Zu diesem Buch

Die *Sozialkunde*, längst ein Standardwerk der politischen Bildung, erschien seit 1965 in zahlreichen, immer wieder aktualisierten Auflagen und Ausgaben. Der 40. Jahrestag der Gründung der Bundesrepublik ist Anlaß für eine abermals vollständig überarbeitete Neuausgabe des Werkes.

Die *Sozialkunde* informiert umfassend in lebendiger Darstellung über alle entscheidenden Daten des gesellschaftlichen und politischen Lebens der Bundesrepublik. Sie vermittelt nicht nur zuverlässig aktuelle Fakten, sondern regt auf den verschiedensten Gebieten dazu an, sich gedanklich mit den Möglichkeiten zur Lösung von Gegenwartsproblemen auseinanderzusetzen.

DIETER CLAESSENS, geboren 1921, studierte u. a. Soziologie, Psychologie und Ethnologie. Er war seit 1966 Professor für Soziologie und Anthropologie an der Freien Universität Berlin und gleichzeitig von 1974 bis 1978 Rektor der staatlichen FHSS-Berlin. Er veröffentlichte zahlreiche Arbeiten zu Grundlagen der Soziologie und soziologischen Anthropologie, zuletzt «Das Konkrete und das Abstrakte» (1980) und «Eliten und Liberalismus» (1983).

ARNO KLÖNNE, geboren 1931, ist Professor für Soziologie an der Universität-Gesamthochschule Paderborn. Seine wissenschaftlichen Arbeitsgebiete sind vor allem: Politische Soziologie des deutschen Faschismus, soziale Bewegungen, speziell die Arbeiterbewegung, das politische System der Bundesrepublik. Seine letzten Veröffentlichungen: «Die deutsche Arbeiterbewegung» (1985), «Jugend im Dritten Reich» (1984) und «Zurück zur Nation?» (1984).

ARMIN TSCHOEPE, geboren 1938, studierte Soziologie, war wissenschaftlicher Assistent an der Sozialforschungsstelle in Dortmund sowie der Freien Universität Berlin und später Planungsbeauftragter in der Senatsverwaltung für Familie, Jugend und Sport Berlin. Von 1983 an war er Leiter des Hamburger Landessozialamtes. Seit April 1989 ist er Staatssekretär in der Senatsverwaltung für Gesundheit und Soziales in Berlin. Zahlreiche Veröffentlichungen zur Sozial- und Jugendhilfe.

Dieter Claessens / Arno Klönne /
Armin Tschoepe

Sozialkunde der Bundesrepublik Deutschland

Grundlagen, Strukturen, Trends
in Wirtschaft und Gesellschaft

Vollständig überarbeitete
Neuausgabe

Rowohlt

16.–27. Tausend Juni 1989

Vollständig überarbeitete Neuausgabe

Veröffentlicht im Rowohlt Taschenbuch Verlag GmbH,
Reinbek bei Hamburg, Januar 1985
Copyright © 1978 by Eugen Diederichs Verlag GmbH & Co. KG,
Düsseldorf und Köln
Umschlaggestaltung Meta-Design / Alexander Branczyk
Satz Times (Linotron 202)
Gesamtherstellung Clausen & Bosse, Leck
Printed in Germany
1780-ISBN 3 499 18578 4

Inhalt

Vorwort

In der «Sozialkunde der Bundesrepublik Deutschland» ist während der 25 Jahre ihres Erscheinens in immer wieder überarbeiteten Auflagen stets zu Anfang des Vorwortes darauf verwiesen worden, daß die Bundesrepublik insofern ein «nachfaschistischer» Staat sei, als sie gezwungen war, das Erbe der deutschen Variante des «Faschismus», des «Nationalsozialismus», anzutreten, und neuzubeginnen nicht aus eigener Kraft, von innen her, sondern in der Folge eines «Zusammenbruches», der schlicht eine komplette militärische Niederlage war. Das ist ein Faktum, das als historisches nicht wegdenkbar ist. Hier werden wir also auch wieder anknüpfen müssen.

Vierzig Jahre – seit der Gründung der Bundesrepublik Deutschland – sind aber für jüngere Leser eine so große und schwierig abmeßbare Zeitstrecke, daß heute zugleich darauf hingewiesen werden muß, daß die Bundesrepublik in dieser langen Zeit ihr eigenes Gesicht und Profil entwickelt hat, das sich unterdessen mehr und mehr zwischen die so schwer zu verarbeitende Vergangenheit und die Jetztzeit schiebt.

Die Bundesrepublik ist längst nicht nur eine der führenden Industrie-, Handels- und Exportnationen der Welt geworden, eine Gesellschaft mit einem – aus der Vergangenheit her gesehen – unglaublich hohen Lebensstandard, auch die Verhältnisse in der ganzen von dieser Erde gebildeten «Welt» haben sich grundlegend geändert.

Seit 1945/49 sind nicht nur neue Generationen herangewachsen, die auf die 50er, 60er und 70er Jahre als tiefe Vergangenheit zurückblicken, auch die Bevölkerungsstruktur hat sich nach Alter, Qualifikationen und politischer Orientierung grundlegend verändert. Zur gleichen Zeit haben sich auch alte Kulturbestände, teils in «revolutionärem» Wandel, haben sich Verhaltensformen, Architektur, das Bild der Städte und Infrastukturen derart verändert, einem schnellen Erosionsprozeß durch die Ausbreitung moderner Technologien unterworfen, daß sie heute fast unkenntlich sind für den, der ihr altes Bild noch in sich trägt: Man muß sich beeilen, will man noch Spuren von ihnen entdecken – viele davon sind nur noch für den Tourismus konserviert.

Europa bereitet sich auf das Fallen der Zollgrenzen im Jahre 1992 vor, während die Diskussion um die politische Einzel-Souveränität der europäischen Länder ernsthafte Formen annimmt. Die Erdbevölkerung ist im Begriff, eine Schwelle zu überschreiten, die den Beginn einer neuen Epoche der Menschheit (das muß man heute wagen zu sagen) markiert: Die Erde, unterdessen von fast allen Menschen aus der Satellitenperspektive betrachtet, ist zu «dem Boot geworden, in dem wir alle sitzen», oder in moderner Sprache: ein Raumschiff, das, womöglich einzigartig, seine Lebensverhältnisse selbst geschaffen hat, ein Milieu, dessen Zukunft nun in der Hand der Menschen zu liegen scheint.

Der tradierte technologische Optimismus ist gebrochen oder fragwürdig geworden (aber auf ihm fußten früher Kapitalismus und Sozialismus gleichzeitig); Marktwirtschaft existiert nur noch unter Staatsregie; die «real existierenden sozialistischen Systeme» haben das Profil einer hoffnungsgeladenen Zukunftsorientierung verloren und ringen um Neuorientierung; die Umweltproblematik beginnt zu einem derart zentralen Thema zu werden, daß die Frage gestellt wird, ob nicht «Fortschritte» von den eben durch sie hervorgerufenen «defensiven Kosten» aufgezehrt worden sind, ständig steigenden Lasten zur «Wiedergutmachung» der vom technisch-industriellen «Fortschritt» verursachten Schäden. Während gerade noch als neu und zukunftsweisend angesehene Techniken, voran die Atomtechnik, aber auch die Chemie und nun die Gen-Technologie, äußerst fragwürdig geworden sind oder werden, entwickelt eben diese modernste Technik auch zum Beispiel alternative Möglichkeiten zur Energiegewinnung, und die Hoffnung ist nicht auszuschließen, daß die in diesem Jahrhundert entstandenen Schäden noch ausgeglichen werden können. Zugleich ist «die Welt», nämlich diese Erde, in ein Kommunikationsnetz gehüllt worden, das auch von Diktaturen kaum zu filtern ist und von dem sie sich nicht isolieren können: Informationen durchdringen heute alle Sperren. Historisch fast gleichzeitig haben sich, nicht zuletzt durch die Weltwirtschaftspolitik der mächtigen Industrienationen und deren direkte Nachrücker, die Unterschiede zwischen dem reichen Norden der Erdkugel und dem armen Süden teils unerträglich verschärft, und es werden Wege gesucht, dies Übel an der Wurzel, dem Wirtschaftsverhalten der Industrienationen, zu fassen. Wenn auch bescheiden, melden sich alternative Wirtschafts-, Selbstverwaltungs- und Lebensformen an, die nicht nur für die jüngeren Generationen Vorbildcharakter haben könnten.

Die neue Auflage der «Sozialkunde» vermag sicher nicht allen diesen Wandlungen gerecht zu werden. Viele sich ankündigende Veränderungen sind auch nicht sofort statistisch zu fassen. Unverändert ist aber der Anspruch der Verfasser, die ihrer Meinung nach wichtigsten Daten und Fragestellungen zusammenzutragen und zu skizzieren, um so den Leser möglichst nahe an die gesellschaftliche Wirklichkeit der Bundesrepublik

Deutschland heranzuführen und zur sachlich fundierten Auseinandersetzung mit dem eigenen Umfeld anzuregen.

Es versteht sich, daß bei diesem Buch die Sichtweise der Verfasser in die Darstellung des Stoffes eingeht. Es wurde versucht, Meinungen so darzubieten, daß sie kritisch überprüft werden können und auch Leser oder Leserinnen aus dem Buch Nutzen zu ziehen vermögen, die die Interpretationen der Verfasser nicht teilen. Der langjährige Erfolg des Buches liegt wohl gerade darin begründet, daß hier gleichermaßen informative Materialien wie Impulse zur eigenen Meinungsbildung zu finden sind; offensichtlich zu Recht haben die Verfasser auf eine sachlich interessierte und zugleich kritische Leserschaft gesetzt.

Hinweise zur Fortschreibung des Buches sind dem Verlag und den Verfassern willkommen.

Für die Mitarbeit im langjährigen Wandlungsprozeß des Buches ist vor allem Biruta Schaller zu danken.

I. Historische Bedingungen der westdeutschen Gesellschaft

Die Gesellschaft der Bundesrepublik Deutschland* kann in ihrer Problematik nur dann hinreichend erfaßt werden, wenn man sich ihre historischen Bedingungen vergegenwärtigt. Diese Bedingungen werden von Menschen leicht vergessen, die im Inneren ihres Landes seit fast 45 Jahren Frieden haben. Ihrer Entstehungsgeschichte nach ist die Gesellschaft der BRD – wie die der DDR, allerdings in anderer Weise – als nachfaschistische Gesellschaft zu verstehen. Der Begriff verweist auf die oft übersehenen Auswirkungen des nationalsozialistischen Regimes weit in die Nachzeit hinein, die sich auf manchen Gebieten in der Kontinuität von Rechtsnormen, in personellen Konstellationen, im Nachwirken der faschistischen Ideologie (Rassenwahn, Herrenideologie) und ihrer Nebenideologien (Chauvinismus, Intellektuellen- und Fremdenfeindlichkeit) und auch im Ausfall der historischen antifaschistischen Eliten zeigten.

Noch unter einem weiteren politischen Aspekt ist die Beschäftigung mit der Geschichte vor der Gründung der BRD wichtig: Ihrer Generationenzugehörigkeit und ihrer politischen Erfahrung und Einstellung nach knüpften die Gründer der BRD weitgehend an die Zeit vor 1933 an – ein Phänomen, das ausführlich bei der Behandlung der politischen Strukturen der BRD berücksichtigt werden soll.

Das Deutsche Reich war schon zu Weimarer Zeiten eine Industrienation, die – gemessen an den Vorstellungen des US-amerikanischen Wirtschaftswissenschaftlers Rostow[1] – die Möglichkeiten einer Gesellschaft des Massenkonsums in sich hatte. Ein «Wirtschaftwunder» – so wenig glaubhaft es in der Zeit der großen Arbeitslosigkeit gegen Ende der Weimarer Republik geklungen hätte – war damals technisch-ökonomisch bereits angelegt. Soweit die BRD ihre Prägung gerade in der Phase des soge-

---

* Soweit zweckmäßig, wird im folgenden von der Abkürzung «BRD» Gebrauch gemacht. Die Kurzform «Bundesrepublik» ist nicht immer unmißverständlich; die politische Qualität eines Gemeinwesens aber hängt gewiß nicht von der Verwendung oder Nichtverwendung eines Kürzels ab.

1 W. W. Rostow: Stadien wirtschaftlichen Wachstums, Göttingen 1960. Zur Vorgeschichte s. D. und K. Claessens: Kapitalismus als Kultur, Frankfurt 1979

nannten Wirtschaftswunders (1950 bis 1965) erhielt, sind dessen Vorbe-
dingungen also auch in und vor der Zeit des NS-Regimes zu suchen.

Längst kann die BRD als eine der wirtschaftlich und wissenschaftlich-
technisch führenden Industrienationen gelten. Weniger ihre Boden-
schätze, sondern mehr ihr Bevölkerungspotential, ihre Qualifikationsstruktur, ihre Industrie-, Dienstleistungs- und Agrarkapazität sind
determinierend für ihren gesellschaftlichen Zusammenhalt und für den
Lebensstil ihrer Bevölkerung. In die Betrachtung und Analyse der gegenwärtigen Situation der westdeutschen Gesellschaft aber müssen ständig
historische Aspekte mit eingehen: Das Heute der BRD wird noch weitgehend von der Vergangenheit mitbestimmt, die auch in den nächsten Generationen noch weiterwirken mag; eine Tatsache, derer wir uns nicht
ohne weiteres bewußt sind und die wir uns auch ungern eingestehen wollen. Das ist aber auch – neben ihrer Stärke – die Tragödie jeder Kultur,
daß sie ihre Vergangenheit nicht leichthin abzuwerfen vermag, auch dann
nicht, wenn es ihr vielleicht förderlich wäre. Die Widerstandsfähigkeit
von personellen Konstellationen, von Besitzsystemen, politischen Strukturen und ideologischen Traditionen ist stets größer als vermutet wird.[1]

Die Geschichte Deutschlands trägt einige Züge, die sie auf charakteristische Weise von der anderer, sonst in manchem ähnlichen Gesellschaften abheben. Später als zum Beispiel in Frankreich kam es in Deutschland
zur Herausbildung eines Nationalstaates; anders als zum Beispiel in
Großbritannien blieb die bürgerliche Revolution in Deutschland ohne
Erfolg.[2] Die erste demokratische Verfassung der deutschen Gesellschaft –
die Weimarer Republik – war mindestens zum Teil Resultat einer militärischen Niederlage des deutschen Obrigkeitsstaates und blieb nicht nur in
der Bürokratie weitgehend autoritär orientiert; sie konnte schon nach
relativ kurzer Lebensdauer von der Herrschaftsform des Faschismus abgelöst werden.

Das faschistische System in Deutschland zerschlug die ehemals mächtige, in der Weimarer Zeit freilich politisch gespaltene, am Ende kaum
noch operationsfähige deutsche Arbeiterbewegung. Die Wiedereinführung demokratischer Formen in Deutschland nach 1945 war vollends
Folge einer von außen zugefügten Niederlage; die Herausbildung der beiden deutschen Staaten und ihre jeweilige innere Verfassung waren stark
von dem Willen der beiden großen Gegenmächte des Dritten Reiches,
also der USA und der UdSSR, und ihrer gesellschaftspolitischen Rivalität
geprägt.

1 Zur Kontinuität der politischen Problematik Deutschlands vgl. F. Fischer: Bündnis der Eliten, Düsseldorf 1979; ferner A. Klönne: Zurück zur Nation? Kontroversen zu deutschen
Fragen, Köln 1984
2 S. hierzu: G. Lowell Field u. John Higley, Eliten und Liberalismus, Opladen 1983

Volkssouveränität ist demnach in Deutschland niemals vom Volk selbst erkämpft worden; die demokratischen Staatsverfassungen waren in unserem Lande zunächst Folgen verlorener Kriege. Insofern hat wohl auch heute noch die Bundesrepublik einen Nachholbedarf an demokratischen Lernprozessen, damit der «Souverän», nämlich jeder Bürger, sich auch als solcher empfindet und verhält.

Jene Generationen, die heute altersmäßig und von der gesellschaftlichen Aktivität her im Zentrum der westdeutschen Gesellschaft stehen, sind nicht mehr von den Erfahrungen des Dritten Reiches, des Zweiten Weltkrieges und der «Zusammenbruchgesellschaft» um 1945 geprägt; bestimmend ist für sie eher die Zeit des «Wirtschaftswunders» als Hintergrund der eigenen politischen Sozialisation. Allerdings wird auch in der Gegenwart Deutschland – die Bundesrepublik wie der DDR – immer wieder von der weiter zurückreichenden deutschen Problemgeschichte eingeholt.

Der «deutsche Weg» – versäumte bürgerliche Revolution

Eine eigentümliche Sonderexistenz Deutschlands gegenüber anderen westlichen Nationen, die später in der Ideologie des deutschen Bürgertums vom Gegensatz «deutscher Kultur» und «westlicher Zivilisation» ihren Ausdruck findet, läßt sich bis in die Zeit der Reformation hinein zurückverfolgen. Politisch betrachtet, nahm die Reformation in Deutschland einen anderen Weg als die reformatorischen Bewegungen in der Schweiz, den Niederlanden und England. Die Option Luthers für die Bindung der reformierten Kirche an die Landesherren und die Auseinandersetzung zwischen dem reformatorisch aufbegehrenden städtischen Bürgertum und den sozial-rebellierenden Bauern stützten im Ergebnis die feudale Kleinstaaterei in Deutschland, die sich hier aus geographischen Gründen ohnehin besser erhalten konnte als in den westlichen Nachbarstaaten. Das deutsche Bürgertum geriet damit zuerst einmal in Distanz zu revolutionären Impulsen, wie sie zu dieser Zeit die westeuropäische Geschichte bestimmten und dort die gesellschaftliche Entwicklung vorantrieben.[1]

Hier bereits wurde der Grund gelegt für eine Verhaltensweise, die dann lange Zeit hindurch charakteristisch für das deutsche Bürgertum blieb, nämlich eine widerstandslose Anpassung an die immer mehr in Rückstand geratenden partikularen Obrigkeiten, kompensiert durch realitätsferne Ansprüche auf «Weltgeltung». So erhielt die kleinstaatliche Struk-

---

1 Vgl. zum folgenden H. Kohn: Wege und Irrwege. Vom Geist des deutschen Bürgertums, Düsseldorf 1962

tur in Deutschland die Chance, ihre Herrschaft noch in einer Zeit aufrechtzuerhalten, in der andere – bis dahin lange Zeit der Entwicklung in Deutschland in etwa gleichlaufende – Gesellschaften, vor allem England und Frankreich, ihre Nationalstaatlichkeit voll durchsetzen konnten.

Plessner hat diesen Vorgang auf die Formel gebracht, daß Deutschland eine «verspätete Nation» sei.[1]

Auch die Auswirkungen der Französischen Revolution auf Deutschland haben es nicht vermocht, nationale Einheit und wirtschaftliche Freiheit zur eigenen Sache des deutschen Bürgertums zu machen. Die historische Konstellation der Befreiungskriege brachte es mit sich, daß der Kampf für nationale Unabhängigkeit gleichzeitig als Kampf gegen die Ideen der Französischen Revolution erschien und damit in die Regie nicht des Bürgertums, sondern des Obrigkeitsstaates geriet. Immerhin aber wurde seit der Französischen Revolution auch in Teilen des deutschen Bürgertums der Wunsch nach einem einheitlichen staatlichen Rahmen als Voraussetzung wirtschaftlicher Entwicklungsmöglichkeiten lebendig und steigerte sich dann um 1830 und 1847 zu neuen Höhepunkten.

Der bürgerliche Nationalismus dieser Zeit befand sich dabei nicht etwa prinzipiell im Widerspruch zur Idee einer Verständigung zwischen den Nationen, im Gegenteil, zu dieser Zeit wurde mit dem Anspruch auf Einheit und Freiheit der eigenen Nation vielfach auch die Anerkennung des Rechtes anderer Nationen auf Einheit und Freiheit verbunden. Bezeichnend hierfür sind etwa die Sympathien des nationalbewußten deutschen Bürgertums für die polnischen und italienischen nationalen Bewegungen dieser Zeit.

Das späte Auftreten der bürgerlichen Nationalbewegung in Deutschland brachte es jedoch mit sich, daß sich im Höhepunkt des bürgerlichen Versuchs zur Revolution – markiert durch das Jahr 1848 – schon die nächste gesellschaftliche Klasse mit ihren revolutionären Wünschen abzeichnete, nämlich die Arbeiterklasse. Die bürgerlich-demokratische Bewegung der Jahre 1848/49 blieb ohne durchschlagenden Erfolg; die Obrigkeitsstaaten und feudale Eliten behielten die Oberhand.

Das späte Zustandekommen der deutschen Nationalstaatlichkeit hatte noch weitere Folgen: Während in England und Frankreich die kapitalistische Industrialisierung aufgrund des jeweils geschlossenen Wirtschaftsraumes frühzeitig in Gang kam und dabei ihre eigene Ideologie ausbilden konnte, nämlich die des liberalen Rechtsstaates als politischer Form der Industrialisierung, setzte die Industrialisierung Deutschlands ebenfalls vergleichsweise spät ein, nahm einen explosiven Charakter an und vollzog sich unter der politischen Herrschaft und in den ideologischen Traditionen des Obrigkeitsstaates.

1 H. Plessner: Die verspätete Nation, 4. Aufl. Stuttgart 1966

Industrialisierung im Obrigkeitsstaat

Das deutsche Bürgertum, das den Nationalstaat nicht selbst hatte durchsetzen können, gewann auch im Prozeß der Industrialisierung nicht jenes politische Selbstbewußtsein, das für das englische und französische Bürgertum bezeichnend war. Industrieller Aufstieg wurde vom deutschen Bürgertum nicht so sehr als eigene, gegen die Widerstände feudaler Schichten erkämpfte Leistung, sondern eher als Geschenk des Staates empfunden. Gerade in den Jahrzehnten zwischen 1871 und 1914, in denen die industrielle Entwicklung Deutschlands in rapidem Tempo vorangetrieben wurde, fügte sich das deutsche Bürgertum fast ohne Vorbehalte dem Muster des preußischen Obrigkeitsstaates ein. «So entwickelte sich in Deutschland, im Gegensatz zu anderen Industrieländern, kein ökonomischer Individualismus, kein liberaler Kapitalismus, ja nicht einmal eine klassische Nationalökonomie. Die industrielle Bourgeoisie unterwarf sich den bürokratisch-militärischen Werten ihrer historischen Vorgänger. In der formalisierten Statusstruktur der deutschen Gesellschaft, aber auch in der Familienstruktur, der Stellung der Frau, dem Fundamentalismus und Romantizismus des deutschen Denkens zeigten sich die Konsequenzen dieser Entwicklung.»[1]

Auch fehlte dem deutschen Bürgertum jene Weltgewandtheit, die Engländer und Franzosen in ihrer Kolonialtätigkeit und im Welthandel gewonnen hatten. Das Gefühl, in mancher Hinsicht zu kurz gekommen zu sein, prägte sich mehr und mehr im politischen Bewußtsein des deutschen Bürgertums aus und suchte seinen Ausgleich in vagen Träumen von einer kommenden deutschen Weltstunde. Das Bedürfnis nach politischem Selbstbewußtsein und Selbstbestimmung, welches das deutsche Bürgertum im Rahmen des Obrigkeitsstaates auch zur Zeit der Industrialisierung nicht hatte befriedigen können, wurde nun kompensiert durch ein militantes Überlegenheitsgefühl des Völkisch-Deutschen gegenüber der westlichen «Zivilisation», ihrem Wertsystem und ihrer politischen Form. Der Zivilisationshaß im deutschen Bürgertum kann als ein Gefühl angesehen werden, das sich im Grunde gegen die westliche Realisierung jener Wünsche richtete, deren Erfüllung dem deutschen Bürgertum versagt geblieben war. Wollte man einen Ersatz für das im eigenen Lande fehlende bürgerliche Selbstbestimmungsrecht in verspäteten imperialen Ansprüchen außerhalb der eigenen Nation finden, dann war die Bedingung dafür wiederum die Anerkennung der preußisch geprägten Feudalschicht, die im eigenen Obrigkeitsstaat den Ton angab. Von der Autorität dieser

1 R. Dahrendorf: Demokratie und Sozialstruktur in Deutschland, in: ders.: Gesellschaft und Freiheit, München 1961, S. 265. Zur Ideologiegeschichte des deutschen Bürgertums vgl. auch G. L. Mosse: Ein Volk, ein Reich, ein Führer, Königstein 1979

Schicht suchte nun das Bürgertum zumindest einen Abglanz zu erhaschen; das Idol des Reserveoffiziers, der wenigstens eine Andeutung des Machtbewußtseins der aktiven Offiziersschicht besaß, ist ein Symptom dafür.

Von hier aus wird erklärlich, weshalb im deutschen Bürgertum wirtschaftliche und politische Bedürfnisse nach Weltgeltung sich zu einer Weltanschauung ideologisierten, die in dieser Dichte dem effektvollen Imperialismus des individualistisch-kapitalistischen englischen und französischen Bürgertums durchaus fehlte. Der Schritt von einer solchen Ideologie zum Glauben an besondere und auszeichnende Rassemerkmale des Deutschen war nicht weit. Bezeichnend für die politische Sonderentwicklung Deutschlands ist der Akt der Reichsgründung 1871 in Versailles. Die deutsche Einheit, die dem Bürgertum von den deutschen Obrigkeiten nun als Geschenk zugestanden wurde, trat als Schlußpunkt eines Sieges über eine fremde Nation in Erscheinung und wurde auf fremdem Boden etabliert. Gleichzeitig erschien damit die deutsche Einheit als Sieg über den «welschen Demokratismus».

Wie dominierend die hiermit angedeutete Ideologie damals in Deutschland war, zeigt sich deutlich an den Reaktionen der gesellschaftlichen Gruppen, die innerhalb des Reiches zunächst als Außenseiter dastanden. Politischer Katholizismus einerseits und Sozialdemokratie als politische Vertretung der Arbeiterschaft andererseits befanden sich in Auseinandersetzung mit dem preußisch-deutschen Obrigkeitsstaat und nahmen einen Teil des demokratischen Gedankengutes auf, dessen sich das deutsche Bürgertum bei seinem Bündnis mit dem Obrigkeitsstaat entledigt hatte. Dennoch blieben sowohl politischer Katholizismus wie auch Sozialdemokratie nicht unberührt von der antiliberalen politischen Philosophie des «deutschen Weges». Teile des deutschen Katholizismus, ohnehin hierarchisch denkend, suchten ihr nationalpolitisches Selbstbewußtsein im Rückgriff auf einen Reichsmythos.

Die Neigung, eine Veränderung der eigenen Rolle in der Gesellschaft eher vom Eingriff des Staates als vom Prozeß der gesellschaftlichen Willensbildung zu erhoffen, trat schon in der Geburtsstunde der deutschen Sozialdemokratie in der Konzeption von Lassalle deutlich zutage, und auch zu Zeiten Bebels war die deutsche Sozialdemokratie, wenn auch nicht in der Theorie, so doch in ihrem Verhaltensstil, so weit von autoritären Einstellungen bestimmt, daß einer ihrer Kritiker wohl nicht zu Unrecht vom «Bismarxismus» gesprochen hat. Nur so wird auch verständlich, mit welcher Erleichterung viele Sozialdemokraten und Anhänger des Zentrums bei Beginn des Ersten Weltkrieges zur Kenntnis nahmen, daß nun die Obrigkeit keine Parteien mehr kannte und «vaterlandslose Gesellen» und «Ultramontane» wenigstens in Kriegszeiten am Wohlwollen der Staatsautorität teilhaben konnten. Dies war ein Konsensus mit der herrschenden «Obrigkeit», der mit dem Eliten-Konsensus in anderen «westlichen» Ländern wenig gemein hatte (s. hierzu: Field/Higley, Eliten und Liberalismus a. a. O.).

Der Vorgang einer ständig sich steigernden politischen Ideologisierung im deutschen Bürgertum, der die rationale Anpassung an internationale und soziale Veränderungen hemmte, hat eine seiner Ursachen vermutlich in folgendem:

Der preußisch-deutsche Obrigkeitsstaat verlor, kaum daß er sich etabliert hatte, sozusagen seine gedankliche Unschuld, weil in der gesellschaftlichen Realität die Schicht des Landadels und der Offiziere, die Preußen traditionell verkörperte, ständig an Funktionen verlor und sich gezwungen sah, zumindest wirtschaftliche Machtpositionen mit der Schicht der Großindustriellen zu teilen. In demselben Maße aber, wie der Obrigkeitsstaat seiner Naivität verlustig ging, nahm der Zwang zur ideologischen Verfestigung zu. Dies hat seinen erkennbaren sozialen Hintergrund: Die Feudalaristokratie mußte zwar Erhaltung ihrer Privilegien, nicht aber Expansion im Sinn haben. Die in den Gründerjahren in den Vordergrund tretende Schicht der Großindustriellen brauchte, schon um ihre kleinbürgerliche Gefolgschaft an großindustrielle Ziele zu binden, eine expansive Ideologie. Auf der anderen Seite sah sich das Kleinbürgertum zu dieser Zeit bereits in einer wirtschaftlichen Situation, die sozialen Aufstieg nur noch in Einzelfällen erlaubte, da der Konkurrenzkapitalismus in Deutschland keine längere Phase der industriellen Entwicklung besetzen konnte, sondern schnell durch wirtschaftliche Konzentration und Oligopole abgelöst wurde. Das Kleinbürgertum also, das sich in den Jahrzehnten um 1900 bereits von der wirtschaftlichen Konzentration einerseits, von dem anwachsenden Proletariat andererseits in seiner Stellung bedroht fühlte, fand einen Ausweg aus diesem Dilemma dort, wo es den «Feind» nach außen verlagerte, eine ideologische Orientierung, die ihrerseits wiederum den Interessen der Großindustriellen entsprach, die ihre ökonomischen Ziele über den «starken Staat» zu realisieren und auch nach außen hin durchzusetzen suchten.

Bürgertum und Weimarer Republik

Die Niederlage Deutschlands im Ersten Weltkrieg ist nicht zuletzt deshalb für weite Teile des deutschen Bürgertums so schwer erträglich gewesen und hat infolgedessen so tiefe Ressentiments hinterlassen, die den Nationalsozialismus mit vorbereiteten, weil der bürgerliche Nationalismus in Deutschland seine Absichten auf Weltgeltung und auf eine Neuverteilung der Weltmärkte nicht rational, sondern ideologisch und missionarisch begriff.

Es kam hinzu, daß die für die Kriegsführung weitgehend verantwortliche Schicht in Deutschland bei Kriegsende die Verantwortung für das Eingeständnis der Niederlage einer bis dahin politisch machtlosen Schicht zuzuschieben verstand, nämlich der Koalition von Sozialdemokratie und Zentrumspartei. Damit war die Möglichkeit eröffnet, diesen politischen Gruppen auch die Schuld für die Niederlage selbst propagandistisch zuzuschreiben. Noch in anderer Hinsicht bot die gesamte Situation in der Weimarer Gesellschaft Vorteile für jene Gruppen, die bis 1918 kaum angefochten die politische Macht in Deutschland innegehabt hatten. Hohe Bürokratie und Justiz, Großagrarier und Großindustrielle konnten nach 1918 ihre ökonomischen und politischen Machtpositionen weitgehend erhalten, ohne jedoch die formelle Verantwortung für die politische Entwicklung der Weimarer Republik übernehmen zu müssen. Sie hatten infolgedessen die Möglichkeit, die «Weimarer Koalition» von Sozialdemokratie, Zentrum und Liberalen von zwei Seiten her anzugreifen, einerseits von der faktischen Machtposition her, andererseits durch die propagandistische Kritik an dem «herrschenden System».

Diese Vorgänge kann man freilich noch nicht als hinreichende Bedingungen für den Faschismus in Deutschland ansehen, sondern weit eher als Voraussetzungen eines autoritären Regimes, wie es in der Endphase der Weimarer Republik ja auch praktiziert wurde. Das erste Ereignis, das zusätzliche Bedingungen für ein faschistisches System schuf, war die Inflation 1923. Diese Inflation, volkswirtschaftlich eine Entwertung des Kleinkapitals zugunsten einer Wertsteigerung des Besitzes an Produktionsmitteln, kann gerade in ihren sozialpsychischen Wirkungen gar nicht hoch genug eingeschätzt werden. Die Masse des deutschen Kleinbürgertums sah sich durch die Inflation ihres, wenn auch bescheidenen, finanziellen Rückhalts beraubt und war zu gleicher Zeit gezwungen, das wirtschaftliche Stabilität versprechende, alte gesellschaftliche Wertsystem in Frage zu stellen.

Kleinbürgerliche Schichten, nun ökonomisch nahezu in eine proletarische Existenz hinabgedrückt, hätten sich bei einer rationalen Analyse dieses Vorganges mit dem Proletariat solidarisch fühlen müssen. Dem stand jedoch die Tradition des deutschen Bürgertums entgegen. Angesichts dessen suchte und fand ein großer Teil des in Unsicherheit versetzten Kleinbürgertums seinen Ausweg darin, Ressentiments gegen vermeintliche Urheber dieser Misere auszubilden. So wurde damals die Schuld an der inflationären Enteignung einerseits den Siegern des Weltkrieges und ihren Reparationsforderungen, «Versailles» also (und damit wiederum den angeblichen Verursachern der Niederlage im eigenen Land), andererseits dem Judentum als vermeintlichem Nutznießer der Inflation zugeschoben. Der Antisemitismus erhielt nun in Deutschland eine Massenbasis: Das dumpfe Gefühl des Betrogenseins und ein unre-

flektierter Antikapitalismus fanden eine Lösung in der Projektion der
Schuld für alle wirtschaftlichen und sozialen Niederlagen und Unsicherheiten auf die Juden.

Zu gleicher Zeit breitete sich im deutschen politischen Gemüt, wo es
sich außerstande sah, eigenes Schicksal rational zu erfassen, sozialer Dar-
winismus als Prinzip aus, also die Regression auf einen idealistisch ver-
klärten Dschungelkampf als politische Leitidee, auf das Recht des Stärkeren, das seinen Rahmen im «Kampf der Volksgemeinschaft gegen innere
und äußere Schädlinge» und seine Scheinlegitimation in der «biologi-
schen Überlegenheit» eines Volkes oder einer Rasse über andere Völker
und andere Rassen fand. Damit war der Faschismus in seinem ideologischen Kern vorbereitet; die soziale Basis für eine faschistische Massenbewegung gaben vor allem die Mittelschichten ab.

Gerade in diesen Schichten standen einer Anpassung an die Lebensformen der industriellen Gesellschaft gewichtige Hindernisse im Wege, dies
um so mehr, als die Industrialisierung in Deutschland ohne das «gute Gewissen» war, das die industrielle Entwicklung bei den westlichen Nachbarstaaten in ihrem Zusammenhang mit der Idee des Liberalismus und
der Demokratie gefunden hatte. Sowohl in der Sozialstruktur der
NSDAP als auch an den regionalen Schwerpunkten nationalsozialisti-
scher Wählerschaft vor 1933 läßt sich die Bindung zwischen Faschismus
und Mittelschichten erkennen; der Zerfall der liberalen und national-li-
beralen Mittelparteien in der Weimarer Republik gibt einen weiteren
Hinweis auf die parteipolitischen und sozialen Herkünfte der aufsteigenden nationalsozialistischen Massenbewegung. Die Mittelschichten, ein-
geklemmt zwischen der zunehmenden wirtschaftlichen Konzentration
auf der einen und dem Anspruch der Arbeiterschaft auf der anderen
Seite, gerieten vielfach in einen Widerspruch zwischen ihrem realen sozialen und wirtschaftlichen Status und ihrem Selbstverständnis. Den Ausweg aus der für sie unsicheren Situation sahen sie in dem Appell zur Stärkung einer vorgeblich neutralen Staatsgewalt.

Den letzten Ausschlag für die Machtergreifung des Faschismus in
Deutschland gab die Wirtschaftskrise gegen Ende der zwanziger Jahre.[1]
Nachdem soziale Konflikte durch die Jahre der relativen wirtschaftlichen
Stabilisierung zeitweise überdeckt gewesen waren, brachte die Wirtschaftskrise eine Radikalisierung mit sich, die u. a. auch – angesichts des
offensichtlichen Scheiterns des bisherigen Wirtschaftssystems – die Möglichkeit einer sozialistischen Umstrukturierung wieder aktualisierte, wie
sie 1918 knapp hatte vermieden werden können. In dieser Situation setzten nun auch großindustrielle Führer und konservativ-autoritäre Gruppen, die bis dahin dem Nationalsozialismus mit beträchtlichen Vorbehal-

1 D. Peukert: Die Weimarer Republik. Krisenjahre der klassischen Moderne, Frankfurt 1987

ten gegenüberstanden, insofern Hoffnungen auf die faschistische Massenbewegung, als diese geeignet schien, eine autoritäre Integration der deutschen Gesellschaft herbeizuführen und soziale und wirtschaftliche Reformbewegungen ihres demokratischen Instrumentariums zu berauben.

Krise des liberalen Rechtsstaats

Hier tritt eine Frage auf, die zur Klärung der Ursachen des Faschismus gestellt werden muß, nämlich die, ob nicht überhaupt kapitalistisch verfaßte Gesellschaften in Situationen geraten können, wo der wirtschaftsliberale Rechtsstaat, der zunächst den «idealtypischen» Rahmen der Industrialisierung in westlichen Gesellschaften abgab, an Grenzen stößt und also diese oder jene neue gesellschaftliche Verfassung gesucht wird, eine Frage, die ihre Aktualität nicht eingebüßt hat.

Der wirtschaftsliberale Rechtsstaat hatte seine Basis zunächst in einer breit angelegten Konkurrenz wirtschaftlicher Unternehmungen, für die der Staat als Garant der Rechtssicherheit und damit auch des Privateigentums Voraussetzungen schuf. In dem Maße, in dem wirtschaftliche Konzentration sich durchsetzte, wirtschaftliches Risiko außerordentlich anstieg, zugleich ein Subventionsbedürfnis privater Wirtschaftsgebilde entstand, Arbeiterparteien und Gewerkschaften soziale Sicherungen auch für die abhängig Arbeitenden zu erreichen versuchten und schließlich wirtschaftliche Expansion und Konkurrenz auf internationaler Ebene politischer Unterstützung bedurften, wurde der Staat aus seiner bloß absichernden in eine ökonomisch organisierende Funktion gedrängt. Damit wurde die Eroberung der Staatsgewalt für die miteinander streitenden sozialen oder wirtschaftlichen Gruppen zur Schlüsselfrage; die neue Rolle des Staates, der in Produktion, Distribution und Konsumtion interveniert, führte zu einer ständig zunehmenden Politisierung sozialer und wirtschaftlicher Interessenkämpfe, ohne daß überall aus historischer Substanz, wie in England und den USA, ein Regelkonsens an erster Stelle rangierte.

Nun ist aber die Vorstellung vom liberalen Rechtsstaat und von einer sich selbst regulierenden Gesellschaft in der Theorie noch aufrechterhalten worden, als praktisch der Staat längst zu nachdrücklichen Eingriffen in sozioökonomische Abläufe genötigt war. Die offene Anerkennung der neuen Rolle des Staates brachte insofern Schwierigkeiten mit sich, als ja in Zeiten effektiver parlamentarisch-demokratischer Möglichkeiten politisch zur Mehrheit gekommene Bevölkerungsmajoritäten den Staat als Mittel für Veränderungen des bisherigen wirtschaftlich-sozialen Systems benutzen könnten. Hier ist offenbar eine Grenze des liberalen Rechtsstaates erreicht, an der zwei Möglichkeiten einer weiteren Entwicklung sichtbar werden: Entweder wird der liberale Rechtsstaat in ein demokratisches Entscheidungssystem auch ökonomischer Fragen verwandelt, oder man verzichtet um der Durchsetzung wirtschaftlicher Gruppeninteressen willen auf Rechtsstaat und Demokratie. Den ersten Weg hatten die westlichen Demokratien bereits viel früher gewählt (s. dazu Field/Higley, op. cit.).

Der andere Weg ist in Deutschland vor 1933 in der Staatslehre vorbereitet und 1933 praktisch beschritten worden. Die staatstheoretische Fundierung, am profiliertesten von dem Staatsrechtslehrer Carl Schmitt[1] geleistet, läßt sich etwa so kennzeichnen: Die neue interventionistische Rolle des Staates wird als unvermeidlich akzeptiert, die bestehenden demokratischen Regelungssysteme für die Bildung des Staatswillens – also etwa das Parlament oder das Parteiensystem – werden als «dysfunktional» nachgewiesen, wobei man von den historischen und den sozialen und ökonomischen Bedingtheiten der Krise dieser Regelungssysteme absieht und ihre Wirklichkeit statt dessen an einem abstrakten Bild von «Parlamentarismus» mißt und so die Möglichkeit gewinnt, die demokratische Wirklichkeit radikal zu verurteilen. Die Frage, ob dem Wertsystem «Demokratie» nicht durchaus ein einigermaßen funktionierendes Regelungssystem entsprechen könnte, falls Eingriffe in das tatsächliche gesellschaftliche Machtsystem erfolgten, wird ausgeschaltet. Übrig bleibt die Forderung nach einer Stärkung der Staatsmacht «an sich». Somit kann eine bestimmte, sich öffentlich nicht unbedingt ausweisende Machtrealität für allein gültig erklärt, die Identität partieller Interessen mit dem Staatsinteresse behauptet und ein sozial oder ökonomisch auftretendes gegensätzliches Interesse illegalisiert werden. Ein solches Konzept bricht mit den überkommenen demokratischen Legitimitätsvorstellungen, es bedarf somit einer anderen Legitimität, die der Nationalsozialismus etwa aus dem Rückgriff auf mythische, vorindustrielle Sozialbilder (wie «Blut und Boden» usw.) herleitete.

In der Staatsrechtslehre der Weimarer Zeit ist die Gegenposition hierzu und damit u. a. zu der Auffassung von Carl Schmitt am klarsten von dem Staatsrechtslehrer Hermann Heller vertreten worden.[2] Heller wies darauf hin, daß demokratisch nicht legitimierte oder nicht kontrollierte ökonomische Machtpositionen insofern katastrophenträchtig sein können, als die Inhaber nichtkontrollierbarer Macht in Krisenzeiten in die Versuchung geraten, die Bedrohung ihrer Machtpositionen von seiten demo-

---

1 C. Schmitt: Verfassungsrechtliche Aufsätze aus den Jahren 1924–1954, Materialien zu einer Verfassungslehre, Berlin 1958; zur Kritik: J. Fijalkowski: Die Wendung zum Führerstaat, Köln-Opladen 1958
2 H. Heller: Staatslehre, hrsg. v. G. Niemeyer, Leiden 1934

kratischer Willensbildung dadurch auszuschalten, daß sie den Rahmen dieser demokratischen Willensbildung, die rechtsstaatliche Demokratie, außer Geltung setzen. Die prinzipielle Alternative dazu sei der Ausbau des Rechtsstaates zum «sozialen» Rechtsstaat, in dem die sozialen Verhältnisse und das System der Güterverteilung nicht als vorgegeben und dem Staatswillen entzogen angesehen werden, sondern Gesellschafts- und Wirtschaftsordnung insgesamt der demokratischen Willensbildung zur Verfügung gestellt werden, in dem also die demokratisch repräsentierte Gesellschaft die Möglichkeit hat, ihre Struktur selbst zu bestimmen.

Entwicklung der deutschen Arbeiterbewegung

Nicht nur das deutsche Bürgertum hat, gemessen an der Entwicklung in «früheren Demokratien», seine historischen Eigentümlichkeiten und besonderen Reaktionsweisen auf jene Probleme, die der industriell-kapitalistische Prozeß in der Form der Nationalstaatlichkeit erbrachte, auch die deutsche Arbeiterbewegung als historische Gegenströmung muß in ihren spezifischen Zügen betrachtet werden.[1] Die Industrialisierung Deutschlands ist in zwei Phasen verlaufen: Eine erste, noch zaghafte Welle der Durchsetzung industrieller Produktionsmethoden lief in den Jahrzehnten zwischen 1820 und 1850 ab; die eigentliche Umformung Deutschlands zu einem Industriestaat geschah aber erst in den Jahrzehnten nach 1870, dann allerdings in rasantem Tempo.

Um 1840 lebten noch 80% der Bevölkerung Deutschlands auf dem Lande und von der Landwirtschaft. Erst um die Jahrhundertwende war die Zahl der in der Industrie Beschäftigten in Deutschland erstmals größer als die der landwirtschaftlich Tätigen.

Wenn Industrialisierung rapide Zunahme der wirtschaftlich Abhängigen bedeutete, dann heißt das nicht, daß es vor der Industrialisierung nur wirtschaftliche Selbständigkeit gegeben hätte. Auch vor der Durchsetzung industrieller Produktionsmethoden lebten Massen der Bevölkerung in wirtschaftlicher Abhängigkeit, so etwa die Unterschichten auf dem Lande oder die Gesellen in den Handwerksbetrieben oder die Stadt-Arbeiter. Aber diese Abhängigkeit war eine Art persönlicher Zuordnung – mit allen Nachteilen, aber auch Vorteilen eines solchen Verhältnisses. Ländliche Feudalherren, städtische Handwerksmeister und patriziale Stadtverwaltungen hatten so etwas wie eine dauerhafte Fürsorgpflicht für die bei ihnen Beschäftigten; die Existenzsicherung, wenn auch auf

---

1 Vgl. W. Abendroth: Einführung in die Geschichte der Arbeiterbewegung, Heilbronn 1985; A. Klönne: Die deutsche Arbeiterbewegung, Düsseldorf 1985

niedrigem Niveau, war in ein solches Abhängigkeitsverhältnis eingeschlossen. Die Fabrikarbeiter hingegen, die im Zuge der Industrialisierung zur großen Masse werdenden Proletarier, waren «frei». Sie konnten
ihre Arbeitskraft verkaufen, da sie rechtlich in keinerlei dauerhaftem Un-
terwerfungsverhältnis zu irgendeiner Person standen, sie konnten dem
Unternehmer die Arbeit aufkündigen; andererseits übernahm aber auch
der Unternehmer keinerlei Verpflichtung, ihre Existenz dauerhaft zu sichern.

Insofern befand sich das Industrieproletariat, das im vergangenen Jahrhundert aufkam, in einer zwiespältigen Lage. Wer vom Knechtsverhältnis
in der Landwirtschaft oder vom Gesellenverhältnis im Handwerk in das
Verhältnis des Fabrikarbeiters überwechselte, wurde einerseits frei von
den oft unerträglichen und beengenden Bindungen persönlicher «Hörig-
keit» – zugleich aber war er nun auf sich gestellt und äußersten Existenz-
unsicherheiten ausgesetzt.

Rechtlich war der «freie Arbeiter» zwar dem Unternehmer gleichgestellt; beide gingen einen Arbeitsvertrag ein, den der eine so gut wie der
andere wieder lösen durfte. Aber faktisch sah sich der einzelne Arbeiter
am kürzeren Hebel: Der Unternehmer konnte es unschwer kompensieren, wenn ihm ein Arbeiter kündigte, aber der Arbeiter hatte keinerlei
Sicherheit, eine neue und bessere Arbeitsstelle zu finden, für ihn bedeutete Verlust des Arbeitsplatzes ohne augenblicklichen Ersatz sofort
schlimmste Not. Es ist klar, daß unter solchen Bedingungen die rechtliche
Freiheit des Arbeitsvertrags nicht viel bedeutete; die eine der beiden ver-
tragschließenden Parteien, nämlich der Arbeiter, konnte kaum Forderungen stellen, wenn es um die Höhe des Entgelts oder die Arbeitsbedingungen ging. Die Arbeiterbewegung war die Antwort auf die Lage. Schon
früh breitete sich unter den Industrieproletariern die Einsicht aus, daß sie
ihre Position gegenüber den Unternehmern nur durch Solidarität stärken
könnten. Die Tradition der früheren Gesellenverbände diente dabei als
organisatorischer Anknüpfungspunkt.

Erste Arbeitervereine und frühe Formen der Gewerkschaften entstanden in Deutschland in den Jahren um 1848. Sie unterstützten auch die
politische Bewegung dieser Jahre, so den Versuch, einen parlamentarischen Einheitsstaat in Deutschland an die Stelle der zahlreichen kleinen
und größeren Feudalstaaten zu stellen. Dieser – gescheiterte – Versuch
einer demokratischen Revolution in Deutschland 1848/49 war allerdings
im wesentlichen noch vom Bürgertum getragen; die Arbeiterschaft war
sozial und politisch damals in Deutschland eine Minderheit. 1848 ist aber
zugleich das Erscheinungsjahr des «Kommunistischen Manifests» von
Marx und Engels, in dem zum erstenmal systematisch ein gesellschaftsre-
volutionäres Programm aus der Lage des Industrieproletariats hergeleitet
wurde.

Der zeitliche Zusammenfall – 1848 als Datum des bürgerlichen Revolutionsversuchs und als Erscheinungsjahr des Kommunistischen Manifests – deutet die Problematik bereits an: Zwar war zu dieser Zeit das Industrieproletariat noch schwach und der politische Organisationsgrad gering, aber die kommende politische Kraft der Arbeiterbewegung meldete sich unüberhörbar an. Damit geriet der bürgerliche Revolutionsversuch in Deutschland in einen inneren Zwiespalt. Zur gleichen Zeit nämlich, als die bürgerliche Bewegung sich gegen den Obrigkeitsstaat durchzusetzen bemühte, spürte sie ihren eigenen Machtanspruch schon gefährdet durch die nachrückende soziale Klasse, also die Industriearbeiterschaft. Die Halbherzigkeit des deutschen Bürgertums in der Revolution 1848/49 wird damit erklärlich; schon damals lag der Gedanke nahe, sich vor dem Proletariat in die rettenden Arme des Obrigkeitsstaates zu flüchten...

Das Scheitern der bürgerlichen Revolution in Deutschland brachte zunächst auch für die beginnende Arbeiterbewegung einen schweren Rückschlag. 1854 beschloß die Versammlung der deutschen Einzelstaaten, die Arbeitervereine im gesamten deutschen Gebiet aufzulösen. Erst in den sechziger Jahren lockerte sich dieses Verbot etwas. Es bildeten sich neue gewerkschaftliche Zusammenschlüsse in einzelnen Berufssparten, es entstand (1863) der «Allgemeine Deutsche Arbeiterverein» unter Ferdinand Lassalle, und im Rahmen bürgerlich-liberaler Parteien und Organisationen entwickelten sich besondere «Arbeiterbildungsvereine».

Mehr und mehr gewann innerhalb der wachsenden Industriearbeiterschaft der Gedanke an Boden, daß eine Verbesserung der eigenen sozialen und politischen Lage nur durch starke eigene Organisationen erreichbar sei. Man erhoffte sich nichts mehr von dem bloßen moralischen Appell an die wirtschaftlich oder politisch Stärkeren, also die Unternehmer oder den Staat, sondern man ging dazu über, die andere Seite unter Druck zu setzen.

Das Reservoir unausgeschöpfter Arbeitskräfte war damals so groß, daß der Unternehmer den Lohn des Arbeiters sehr niedrig halten konnte, wenn dieser als einzelner und in Konkurrenz mit anderen Arbeitern seine Arbeitskraft anbot. Die Arbeiterbewegung ging deshalb daran, durch gewerkschaftliche Organisation das Konkurrenzverhältnis zwischen den Arbeitern zurückzudrängen und die eigene Verhandlungsposition durch gemeinsame Lohnforderungen zu stärken. Da unterdessen die Produktivität gestiegen war, konnte auf diese Weise der Lohn erhöht werden. Unterstützungskassen der Arbeiterorganisationen sollten das Risiko des einzelnen mindern, wenn es zu Konflikten mit dem Unternehmer und zeitweiliger Arbeitslosigkeit kam. Arbeitsverweigerungen – Streiks – konnten den Forderungen nach Lohnerhöhung Nachdruck geben; meistens ging es dabei zugleich um bessere Arbeitsbedingungen, also z. B. kürzere Arbeitszeit, menschenwürdige Arbeitsplätze, Schutz vor Arbeitsunfällen. Unter der Parole «Wissen ist Macht» waren diese Arbeiterorganisationen auch bestrebt, bei ihren Mitgliedern einen Ausgleich für den Informationsrückstand zu vermitteln, der Folge einer unzureichenden Schulbildung war. Die Forderungen der Arbeiterbewegung richteten sich aber auch an den Staat. Ein Schutz des Arbeiters vor physischer Verelendung und eine wenigstens minimale Sicherung der Existenz des Arbeiters für den Fall der Invalidität und im Alter waren nur auf dem Weg über staatliche Gesetzgebung zu erhoffen, ebenso das Verbot von Kinderarbeit u. ä. Wollte man kollektiv für diese Ziele aktiv werden, dann hatte das aber wieder einige Grundvoraussetzungen: Die Arbeiter mußten sich frei organisieren und ihre Forderungen öffentlich vertreten können (Koalitionsrecht, Versammlungs- und Pressefreiheit); sie mußten das Recht erhalten, durch kollektive Arbeitsverweigerung Forderungen an die Unternehmer Nachdruck zu geben (Streikrecht); sie mußten die Chance erhalten, auf die Entscheidungen des Staates Einfluß zu nehmen (Parlamentarisierung, allgemeines, gleiches Wahlrecht).

Damit ist das Programm umrissen, für das sich in den Jahrzehnten ab 1860 die Arbeiterbewegung in Deutschland in langwierigen Kämpfen einsetzte. 1868 entschied sich die Mehrheit des Vereinstages deutscher Arbeitervereine (Nürnberg) unter Führung von August Bebel und Wilhelm Liebknecht für die Trennung von den bürgerlich-liberalen Parteien und für eine eigenständige politische Organisation der Arbeiter.

Mit dieser Zielsetzung wurde 1869 die «Sozialdemokratische Arbeiterpartei» gegründet, die sich 1875 mit dem Allgemeinen Deutschen Arbeiterverein (Lassalleaner) vereinigte. Die Einheit Deutschlands war inzwischen (1871) hergestellt, freilich nicht durch eine Bewegung von unten her und auch nicht durch bürgerliche Eliten, sondern durch den preußischen Obrigkeitsstaat. Bei den Wahlen zum Deutschen Reichstag (der allerdings nicht die Macht hatte, die Regierung zu bilden) gewann die Sozialdemokratische Partei 1877 rund 500000 Stimmen. Die führenden Schichten des Obrigkeitsstaates erkannten die wachsende Stärke der organisierten Arbeiterbewegung. Mit Hilfe der Mehrheit der bürgerlich-liberalen Abgeordneten im Reichstag erließ die Reichsregierung 1878 das «Gesetz gegen die gemeingefährlichen Bestrebungen der Sozialdemokratie» (das sogenannte Sozialistengesetz), mit dem Organisationen und Propaganda der Arbeiterbewegung einschließlich der Gewerkschaften verboten und unterdrückt wurden. Gleichzeitig versuchte Reichskanzler Bismarck, durch sozialpolitische Maßnahmen der Arbeiterbewegung «das Wasser abzugraben». So kam es – früher als in anderen Industrieländern – zur Einführung der Krankenversicherung (1883), der Unfallversicherung (1884) und der Alters- und Invalidenversicherung (1889). Dieses Reformwerk bedeutete für die soziale Situation der Arbeiter einen erheblichen Fortschritt; ihre politischen Forderungen ließ sich die Arbeiterbe-

wegung dadurch jedoch nicht abkaufen. Weder die Bismarcksche Sozialgesetzgebung noch das Sozialistenverbot konnten den weiteren Aufstieg
der Arbeiterbewegung verhindern. Zu den Reichstagswahlen konnten
sozialdemokratische Kandidaten trotz des Parteiverbots auftreten; 1884
wurden 550 000 Stimmen für die Sozialdemokraten abgegeben, 1887 waren es schon 760 000. Im Jahre 1889 ging eine Streikwelle durch die deutschen Industriezentren, an der Hunderttausende von Arbeitern beteiligt
waren. Das Sozialistengesetz erwies sich als erfolglos. 1890 wurde es vom
Reichstag nicht mehr erneuert. Bei der Reichstagswahl in diesem Jahr
gewann die Sozialdemokratie 1,4 Millionen Stimmen, das waren rund
20 % der Wähler im Deutschen Reich. Bis 1913 hatte die SPD ihren Anteil an den Wählerstimmen auf 34,8 % gesteigert. Sie war damals die wäh-
lerstärkste deutsche Partei.

Ebenso erfolgreich waren die freien Gewerkschaften, die mit der SPD
eng zusammenarbeiteten. Sie hatten sich 1890 zu einem Zentralverband
zusammengeschlossen; 1913 hatten sie in Deutschland 2,5 Millionen Mitglieder. Schon an diesen Zahlen läßt sich der rapide Aufstieg der deutschen Arbeiterbewegung zwischen 1870 und 1914 ablesen; er entsprach
der Ausbreitung der Industrialisierung und der Zunahme des Industrieproletariats. Die SPD und die freien Gewerkschaften waren damals für
die überwiegende Mehrheit der Arbeiterschaft auf fast selbstverständliche Weise «ihre» Organisationen. Als Vertretung von Arbeiterinteres-
sen bestanden daneben die Christlichen Gewerkschaften, die politisch
mit dem linken Teil der Zentrumspartei zusammenhingen; hier organisierte sich ein erheblicher Teil der katholischen Arbeiter.

Die Arbeiterbewegung war zwischen 1871 und 1914 die einzige größere
politische Kraft in Deutschland, die ohne Einschränkungen für die politische Demokratie eintrat. Sie hatte damit das Erbe jener bürgerlich-
demokratischen Forderungen von 1848/49 übernommen, auf die das
deutsche Bürgertum selbst zugunsten seines Bündnisses mit dem wilhelminischen Obrigkeitsstaat verzichtete.

Der Erste Weltkrieg brachte die Spaltung der bis dahin einheitlichen
deutschen Arbeiterbewegung. Ein Teil der Sozialdemokratischen Partei
wollte die Kriegspolitik der deutschen Regierung nicht länger tolerieren
und machte sich in der USPD (Unabhängige Sozialdemokratie) selbständig. Streiks und revolutionäre Bewegungen gerade aus der Arbeiterschaft
ließen 1918 den Obrigkeitsstaat, als dieser den Krieg nicht mehr gewinnen konnte, zusammenbrechen. SPD und USPD waren in diesem Zusammenbruch zunächst die einzig aktionsfähigen parteipolitischen Kräfte.
Die SPD setzte sich für die Bildung einer Nationalversammlung ein, aus
der eine parlamentarische Staatsform hervorgehen sollte. Weiter links
stehende Gruppen der Arbeiterbewegung (Teile der USPD, Spartakus-
bund) wollte die sozialistische Räterepublik, also die Ausschaltung bür-

gerlicher Parteien und die sofortige Sozialisierung der Großindustrie, der
Banken, des Großgrundbesitzes. Es kam zu Auseinandersetzungen, bei
denen die SPD-Führung sich auf das Militär stützte, das seinerseits nicht
eben Sympathien für einen demokratischen Staat hatte und in der SPD
nur ein kleineres, zeitweise zu tolerierendes Übel sah. Die Mehrheit der
Arbeiterschaft entschied sich für das Konzept der SPD, also für den parlamentarischen Staat. Im Gegensatz dazu bildete sich die Kommunistische
Partei (KPD), die nun zur dauerhaften und scharfen Konkurrenz der SPD
im Felde der Arbeiterbewegung wurde. Nur einmal noch kam es zu einer
gemeinsamen Aktion aller Arbeiterorganisationen: beim Generalstreik,
mit dem im Jahre 1920 ein Putsch rechtsradikaler Gruppen gegen die Weimarer Demokratie vereitelt wurde (Kapp-Putsch).

Die parlamentarische Staatsform, die sich ab 1919 in Deutschland zunächst durchsetzte, bot durchaus die Möglichkeit, wichtige Forderungen
der Arbeiterbewegung nun endlich zu realisieren. Das allgemeine und
gleiche Wahlrecht war durchgesetzt; Koalitions- und Streikrecht waren
anerkannt; die Gewerkschaften hatten das Recht, Tarife für die Arbeiter
mit den Unternehmern auszuhandeln; Arbeitszeitbeschränkungen (Acht-
Stunden-Tag, Mindesturlaub) setzten sich durch. In der Weimarer Demokratie wurden auch erstmals Interessenvertretungen der Arbeiter und
Angestellten in ihren Arbeitsstätten (Betriebsräte) gesetzlich eingeführt.
Die SPD als Traditionspartei der deutschen Arbeiterbewegung schien zunächst die führende Kraft unter den Weimarer Parteien zu werden, und
der Sozialdemokrat Friedrich Ebert wurde zum ersten Reichspräsidenten
gewählt. Gewerkschaften und Sozialdemokraten hofften, die parlamentarische Demokratie durch eine «Wirtschaftsdemokratie» ergänzen zu
können; sobald sich die deutsche Wirtschaft von den Folgen des verlore-
nen Krieges erholt hätte, so meinten sie, könnten auch die große Industrie und die großen Banken ohne revolutionäre Aktionen in die Verfügungsgewalt demokratischer Entscheidungsgremien einbezogen werden.
Die politische und wirtschaftliche Entwicklung der Weimarer Republik
ließ solche Hoffnungen schnell zerrinnen. Zwar erhielt die SPD bei den
Wahlen zur Nationalversammlung 1919 39,9 % der abgegebenen Stimmen, aber schon bei den Reichstagswahlen 1920 ging die SPD auf 21,6 %
zurück, ein Verlust, der auch durch den erhöhten Stimmenanteil von
USPD und KPD nicht wettgemacht wurde. Von da an gelang es den politischen Parteien, die sich so oder so als Repräsentanten der Arbeiterbewegung verstanden (SPD und KPD, die USPD teilte sich zwischen SPD und
KPD auf), nicht mehr, ihre Wählerschaft insgesamt wesentlich auszuweiten.

Der scharfe Gegensatz zwischen den beiden Linksparteien, der insbesondere nach der Ermordung der kommunistischen Führer Rosa Luxemburg und Karl Liebknecht (1919) Langfristigkeit erhielt, und die immer

stärkere Bindung der Politik der KPD an die spezifischen Interessen der Sowjetunion lähmten die Arbeiterbewegung zusätzlich. Andererseits hatte der Demokratie-Gedanke die Verwaltung, insbesondere die Ministerialbürokratie, in keiner Weise erfaßt. Wie bereits erwähnt, blieb sie «kaisertreu», mindestens «autoritär».

Zudem hat – entgegen weitverbreiteten Vorstellungen von der SPD als der «führenden Partei» der Weimarer Republik – diese Partei zwischen 1920 und 1933 nur für kurze Fristen Anteil an der Regierungsgewalt gehabt. Nach dem Tode Eberts (1925) wurde der ehemalige kaiserliche Generalfeldmarschall von Hindenburg Reichspräsident – eine Wahl, die die latente politisch-reaktionäre Orientierung offen zutage treten ließ. Die 1929 einsetzende Weltwirtschaftskrise wirkte sich dann auf die Verhältnisse in Deutschland katastrophal aus. Die Zahl der Arbeitslosen erreichte zeitweise die Rekordhöhe von 7 Millionen. Die von der Arbeiterbewegung erkämpften Rechte, Koalitionsrecht und Streikrecht, waren praktisch wertlos, wenn Millionen von Arbeitern ohne Arbeitsplatz waren. Die Sozialgesetzgebung wurde ohnmächtig, als die Wirtschaftskrise ihr keine finanzielle Deckung mehr ließ. Und gegenüber einem demokratischen Staat, in dem Millionen Arbeitswillige keinen Arbeitsplatz fanden, mußte man mißtrauisch oder gleichgültig werden.

Dennoch gelang der faschistischen Bewegung kein Einbruch in das traditionelle Reservoir der Arbeiterbewegung. Rechnet man die Wählerstimmen der SPD und der KPD zusammen, so blieb ihr Anteil an den abgegebenen Stimmen zwischen 1924 (Reichstagswahl im Dezember) und 1932 (letzte freie Wahl, November) ziemlich gleichbleibend bei rund 35%.

Die Wahlerfolge der NSDAP gingen vor allem auf Kosten der bürgerlich-liberalen oder der gemäßigt nationalistischen Parteien. Diese Parteien (ausgenommen das Zentrum, das aufgrund der konfessionellen Bindung seinen Wählerstamm halten konnte) fielen von insgesamt 38% im Dezember 1924 auf 13% im November 1932 zusammen, wobei ein Teil von ihnen bereits mit der NSDAP zusammenging. Je schwieriger die wirtschaftliche Situation wurde, desto mehr trieb die Angst vor dem sozialen Abstieg die Wählermassen der bürgerlich-liberalen Parteien in die faschistische Bewegung, die ihnen Rettung durch einen starken, autoritären Staat zu versprechen schien. Kreise aus der Großindustrie und aus dem Großgrundbesitz und nicht unerhebliche Reste der Führungsschichten des alten Obrigkeitsstaates von vor 1918 unterstützten die Machtergreifung der NSDAP. Sie nutzten die gesellschaftlichen Machtpositionen, die ihnen die Demokratie Weimarer Prägung belassen hatte, um eben diese Demokratie zu zerstören. Die Arbeiterbewegung (Gewerkschaften, SPD, KPD) fand nicht mehr die konzeptionelle Kraft und organisatorische Geschlossenheit, um die Machtübernahme Hitlers zu verhindern.

Die im Effekt selbstmörderische Politik der KPD (die die Sozialdemokraten als «Sozialfaschisten» bekämpfte) und die Konzeptionslosigkeit der SPD trugen gleichermaßen zu dieser Ohnmacht bei. Hinzu kam, daß es der Arbeiterbewegung kaum gelang, sich auch auf die Interessen und die Mentalität der anwachsenden Angestelltenschaft einzustellen.

Auflösung und Verbot der Organisationen der Arbeiterbewegung waren die ersten Schritte des deutschen Faschismus nach seiner Machtergreifung. Der Widerstand gegen den NS-Staat wurde im wesentlichen von illegalen Gruppen der Arbeiterschaft getragen. Zehntausende von Arbeitern und Funktionären der Arbeiterorganisationen wurden in Gefängnisse und Konzentrationslager verbannt, Tausende ermordet. Andere führende Persönlichkeiten der Arbeiterbewegung konnten sich nur durch die Flucht ins Ausland retten. Wie in keinem anderen Land wurde die Tradition der Arbeiterbewegung durch die faschistische Herrschaft in Deutschland zerschlagen. Damit einher ging die Verdrängung oder «Ausdünnung» der linken, aber auch der liberalen und liberal-konservativen Eliten in Deutschland.

Das System des Faschismus

Versucht man, die im vorhergehenden kurz skizzierten Entwicklungen sowohl des Bürgertums wie auch andererseits der Arbeiterbewegung in Deutschland bis 1933 für die Frage auszuwerten, wie die Entstehungsbedingungen des faschistischen Systems auf den Begriff gebracht werden können, so läßt sich folgender Umriß geben: Der Faschismus ist – im Unterschied zu autoritären Gruppen oder Systemen – dadurch gekennzeichnet, daß er eine ideologische Massenbewegung zur Grundlage hatte, die nicht nur durch Feindseligkeit gegenüber der liberalen Form der Demokratie, sondern zugleich durch einen irrationalen Antikapitalismus geprägt war.

Die faschistische Massenbewegung hatte ihre soziale Basis vorwiegend nicht in der Industriearbeiterschaft, sondern in den Mittelschichten, im Kleinbürgertum; und im Affekt weiter Teile der Angestelltenschaft gegen die Arbeiterbewegung fand sie günstigen Boden. Der Anti*kapitalismus* der faschistischen Bewegung verhielt sich strikt feindselig gegenüber der traditionellen Ausformung von Antikapitalismus, nämlich der sozialistischen Arbeiterbewegung. Die Irrationalität dieses «Antikapitalismus» lag auch in seiner historischen Abhängigkeit vom Interesse des Großkapitals:

Durchsetzungsfähigkeit, Machtergreifung und Machtbefestigung des Faschismus hatten eine Interessenkoalition vor allem mit großkapitalistischen Machteliten zur Voraussetzung. Diese Koalition dauerte – wenn auch nicht ohne Konflikte – im faschistischen System an (bezeichnend hierfür ist, daß z. B. im Dritten Reich Eingriffe des Staates in Eigentumsverhältnisse systematisch nur gegenüber dem jüdischen Bevölkerungsteil geschahen). Der Staatsapparat entwickelte dabei im Detail eine relative Autonomie gegenüber den wirtschaftlichen Machtgruppen.

Die faschistische Massenbewegung war nicht etwa Produkt großkapitalistischer Strategie. Nur unter ganz bestimmten Bedingungen erscheint kapitalistischen Machtgruppen das Bündnis mit solchen Massenbewegungen bzw. deren Führungsapparaten als Ausweg aus einer Existenzbedrohung nützlich, dann nämlich, wenn das liberale System, das auf staatsbürgerliche Gleichheit ohne Demokratisierung der Wirtschaft eingestellt ist, keine Legitimation bei den Massen mehr findet und die Gefahr droht, daß das traditionelle Potential des Liberalismus, die Mittelschichten, einem antikapitalistischen Konzept sich zuwenden könnten. Die egalitäre und die antiegalitäre Richtung bürgerlicher Politik waren nicht mehr kompromißfähig. Der Zerfall des antiegalitären Liberalismus zugunsten faschistischer Bewegungen verlief um so widerstandsloser, je weniger die liberale Demokratie verinnerlicht, also Bestandteil nationalen und bürgerlichen Selbstbewußtseins war, wofür Deutschland, das Land der verpaßten bürgerlichen Revolution und der von oben gebildeten Nation, einen klassischen Fall darstellte.

Die Krise des (politisch) liberalen und (ökonomisch) kapitalistischen Systems wurde nicht zuletzt durch das Auftreten innerer und äußerer Systemalternativen in Gestalt der sozialistischen Bewegung und eines sozialistischen Staates forciert; der Umschlag in den Faschismus lag nahe, weil andererseits dieses linke Alternativsystem draußen (im Falle des historischen Faschismus: die Sowjetunion) eher abschreckend wirkte (jedenfalls auf die Mittelschichten und auf Teile auch der Arbeiterschaft) und linke Alternativkräfte im eigenen Lande aufgrund konzeptioneller und strategischer Schwächen nicht in der Lage waren, die verunsicherten Bevölkerungsgruppen für sich zu gewinnen. Zu fragen ist hier auch nach den Gründen und Folgen der Koalitionsunfähigkeit der Linken.

Der zeitweilige Erfolg und die relative Stabilität des faschistischen Systems sind nicht nur auf die Kombination von Manipulationstechnik und Gewaltherrschaft, sondern auch auf den «Modernisierungsschub» zurückzuführen, den es im Hinblick auf Wirtschaftsverfassung, Technologie, Sozialstruktur mit sich brachte. (Das Dritte Reich verband eine weitgehend antiindustriegesellschaftliche Ideologie mit forciert industriegesellschaftlicher Praxis.) Daß diese – im sozialtechnischen Sinne zunächst funktionierende – «Modernisierung» mit einem katastrophalen Verlust an demokratischen Möglichkeiten und Rechten sowie mit einem nicht minder katastrophalen existentiellen Risiko (Krieg) erkauft wurde, konnte durch kurzfristige Erfolge überdeckt werden.

Wollte das faschistische System seine fortbestehenden inneren Widersprüche (so vor allem den zwischen privatkapitalistischen Interessen und vorgeblicher Orientierung des Staatshandelns am «Gemeinwohl») überbrücken, so gelang dies am ehesten dadurch, daß potentielle innergesellschaftliche Konflikte materiell und ideologisch auf den Kampf gegen «Fremdgruppen» drinnen und draußen abgelenkt wurden; ohne ein solches «Feindbewußtsein» als Integrationsmittel wäre der Faschismus wohl kaum zur Stabilität gekommen. Die extremste Ausformung fand dieser Vorgang im Staatsverbrechen der Massenvernichtung jüdischer Bevölkerung und anderer Bevölkerungsgruppen, die als «gemeinschaftsfremd» von der «Volksgemeinschaft» ausgegrenzt wurden.

Faßt man die wichtigsten Merkmale der hier skizzierten Entwicklung zusammen, so läßt sich sagen: Der Faschismus hatte sein antreibendes Moment in der Tendenz sozialökonomisch privilegierter Gruppen, den Demokratisierungsprozeß, den die industriegesellschaftliche Entwicklung möglich macht, an einem bestimmten Punkt zum Halt zu bringen und rückläufig zu machen, wobei um der Erhaltung ökonomischer Privilegien willen die Teilung der Macht mit einer neuen «politischen» Funktionselite in Kauf genommen wurde.

Faschismus hatte als Bewegung seine Erfolge dort, wo vor allem kleinbürgerliche Massen in das liberale Konzept vom Staat kein Vertrauen mehr setzten, eine linke Alternative überzeugend nicht vertreten wurde und innergesellschaftliche Konflikte durch Projektion auf einen äußeren «Feind» oder auch auf «Fremdgruppen» in der eigenen Gesellschaft ideologisch umgebogen werden konnten.

Damit sind auch Merkmale einer Konstellation angedeutet, in der substantiell ähnliche «Problemlösungen» sich anbieten könnten, wie sie der historische Faschismus für die damalige Situation praktizierte.[1]

Wirtschaftliche und politische Ausgangssituation nach 1945

Als 1945 die nationalsozialistische Herrschaft von außen her zerschlagen war und das Gebiet des ehemaligen Deutschen Reiches in vier Besatzungszonen aufgeteilt wurde, entbehrte dieses Territorium zwar jeder politischen Souveränität, war aber in seinem wirtschaftlichen Potential keineswegs so beeinträchtigt, wie es vordergründig scheinen mochte. Rüstungsanstrengungen der Kriegswirtschaft des Dritten Reiches hatten einen neuen Schub zur vollen Industrialisierung bedeutet; eine hochent-

1 Vgl. R. Saage: Faschismustheorien, München 1976: W. Wippermann: Europäischer Faschismus im Vergleich, Frankfurt 1983. Zur «Vergangenheitsbewältigung» siehe D. Diner (Hrsg.): Ist der Nationalsozialismus Geschichte? Frankfurt 1987

wickelte Massenproduktionstechnik, qualifizierte Arbeiter-, Meister- und Ingenieurgruppen, perfektionierte Verwaltungs- und Organisationsverfahren als Vorläufer modernen Managements waren Begleiterscheinungen des Zweiten Weltkrieges.

Durch Liquidierung, Vertreibung, Einkerkerung und im Kriege dann durch Tod an der Front und in der Heimat waren die Verluste an Menschen zwar ungeheuer, die für die industrielle Entwicklung nach dem Kriege notwendigen fachlich-technischen Kapazitäten wurden dadurch aber nicht wesentlich betroffen. Der NS-Terror wirkte sich in erster Linie als radikale Verminderung der demokratischen politischen Intelligenz aus. Besonders die linksorientierten Kreise (1933 galten auch liberale Demokraten als links) waren von diesen Vertreibungs- und Vernichtungskampagnen betroffen, nicht aber die im Kriege «unabkömmlichen» Techniker und Organisatoren.

Die Verdrängung der dem Nationalsozialismus entgegenstehenden Intelligenzschichten, insbesondere von Juden, Kommunisten und Sozialdemokraten, überhaupt von demokratischer Elite, auch liberal-konservativer, ist einer der Gründe für das politische Vakuum, das nach dem Kriege vorherrschend war. Nahezu jeder, der nur wollte, auch wenn er im Dienst des NS-Systems gestanden hatte, konnte in den ersten Nachkriegsjahren nach seiner Entnazifizierung in eine politische Führungsrolle hineinkommen.

Nur wenige hatten jedoch politische Ambitionen. Das politische Engagement, das der Parteigenosse, aber auch der Mitläufer in der NS-Zeit entwickelt hatte, wurde jetzt nach der Niederlage in sein Gegenteil gekehrt: Politische Abstinenz schien einzige Gewähr dafür zu sein, daß ein ähnliches «Unglück» nicht wieder geschehen würde. Es gab ja auch genug andere Aufgaben, für die man Fähigkeiten besaß und bei denen ein Energieeinsatz lohnenswerter erschien.

Denn neben dem politische Souveränitätsverlust gab es nach Ende des Krieges – durch Kriegszerstörungen, Demontage, den völligen Zusammenbruch des Versorgungsnetzes – ein wirtschaftliches Vakuum. Der Krieg und das Dritte Reich hatten jedoch die wirtschaftlichen Fachkräfte nicht in gleicher Weise dezimiert wie die politischen Führungskräfte. Viele Verhaltensweisen, die im Krieg eingeübt worden waren – wie Organisationsfähigkeit, Wendigkeit, Aktivität auch unter höchster Anspannung usw. –, übertrugen sich nach dem Kriege auf zivile Bereiche. Der «Wirtschaftskampf» begann, zunächst als Mittel zur Befriedigung der Grundbedürfnisse, später als «Kampf um Status». Es stand eine große Anzahl hochqualifizierter Arbeiter, Ingenieure, Verwaltungsexperten usw. zur Verfügung, die – zusammen mit dem zwar erheblich reduzierten, aber doch auf Massenproduktion eingerichteten Industriepotential und mit einer relativ gutstrukturierten Agrarwirtschaft – auf Aktivität hin drängten. Es bedurfte nur noch eines Zusatzimpulses, der in den Westzonen durch den Marshallplan gewährt wurde, um diese angestauten ökonomisch orientierten Energien in die Tat umzusetzen.

Verstärkt wurde diese Entwicklung durch das Einströmen der Millionen von Vertriebenen, die in noch größerem Umfang als die einheimische Bevölkerung Verluste erlitten hatten und nun energisch gewillt waren, sich das Ihre zurückzuerobern. Insofern hatten unmittelbar wirtschaftliche Zielsetzungen für die Masse der Bevölkerung in den Jahren nach 1945 Priorität.

Wenn man sich die politischen Verhältnisse im Gebiet des früheren Deutschen Reiches in der ersten Periode nach der militärischen Zerschlagung des nationalsozialistischen Regimes vergegenwärtigen will, dann ist zunächst der Hinweis darauf notwendig, daß eine eigene politische Willensbildung der deutschen Bevölkerung in den ersten Jahren nach 1945 zwar nicht völlig ausgeschlossen war, jedoch gegenüber den politischen Direktiven der Besatzungsmächte zurückzutreten hatte. Soweit sich in der deutschen Öffentlichkeit politische Organisationen bilden konnten, zeigten sich einige Tendenzen, die mehr oder weniger ausgeprägt für alle Besatzungsgebiete Deutschlands galten, so etwa das Bestreben, den Nationalsozialismus unwiederholbar zu machen, zugleich aber auch der Versuch, die Schwächen des Weimarer politischen Systems bei einer politischen Neukonstruktion zu vermeiden. In diesem Zusammenhang sind auch die damals bei allen politischen Gruppen in Deutschland anzutreffenden gesellschaftsreformerischen Absichten zu sehen; wenn zunächst auch solche politischen Gruppen, die personell auf «rechte» Parteien der Weimarer Republik zurückgriffen, Veränderungen in der wirtschaftlichen Besitz- und Machtstruktur guthießen, dann war das Motiv hierfür die Erfahrung mit dem Nationalsozialismus und seinen sozialen Ursachen.

Nach 1945 schien es auch der Arbeiterbewegung erforderlich, bestimmte Fehler der Weimarer Republik nicht zu wiederholen. Auf gewerkschaftlicher Ebene wollte man nicht mehr in Richtungsgewerkschaften zerspalten sein (und in der Tat setzten sich nach 1945 Einheitsgewerkschaften im wesentlichen durch); privatem Großbesitz wollte man nicht mehr die Chance lassen, wirtschaftliche in politische Macht umzusetzen.

Unter dem Einfluß von Gruppen, die früher in den christlichen Gewerkschaften und in der Zentrumspartei organisiert waren, setzten sich solche Vorstellungen zunächst auch in der CDU durch. Folgerichtig hieß es daher z. B. in den ‹Kölner Leitsätzen» der CDU vom September 1945: «Die Vorherrschaft des Großkapitals, der privaten Monopole und Konzerne ist zu beseitigen...» Ähnliche Forderungen enthielt auch noch das Ahlener Wirtschaftsprogramm der CDU von 1947. Konkret dachte man daran, Schlüsselindustrien und Großbanken in Gemeinwirtschaft zu

überführen und im übrigen in allen Unternehmen und in der Gesamtwirtschaft Vertreter der Arbeiter und Angestellten an wirtschaftlichen Entscheidungen zu beteiligen (Mitbestimmung).

Diese Gedanken haben auch noch in die Verfassungen einzelner westdeutscher Länder Eingang gefunden, die vor Gründung der Bundesrepublik konstituiert wurden. Die Verfassung des Landes Hessen z. B. sieht
vor, daß die Großbetriebe im Bergbau, der Energiewirtschaft und der
Stahl- und Eisenerzeugung in Gemeineigentum überführt und die Großbanken staatlicher Kontrolle unterstellt werden (Art. 41); die Verfassung
des Landes Nordrhein-Westfalen erteilt (Art. 27) den Auftrag, Großbetriebe der Grundstoffindustrie und alle anderen monopolartigen Unternehmen in Gemeineigentum zu überführen. Diese und ähnliche Verfassungsbestimmungen der Länder wurden damals auch mit den Stimmen
der CDU beschlossen. Damit schien garantiert zu sein, daß traditionelle
Forderungen der Arbeiterbewegung nun in wesentlichen Teilen realisiert
würden.

Die tatsächliche politische Entwicklung verlief jedoch anders. Die
Gründe dafür sind vielschichtig, hier können nur einige wichtige Gesichtspunkte aufgeführt werden: Die faktische politische Entscheidungsgewalt lag ja nach dem Zusammenbruch des Dritten Reiches nicht bei den
politischen Parteien und Organisationen deutscherseits, sondern bei den
vier Besatzungsmächten, und der weltpolitische Konflikt, der «Kalte
Krieg» zwischen West und Ost, führte nach 1945 gerade auf deutschem
Gebiet zu einer Verschärfung der Gegensätze; die Besatzungsmächte
aber (die drei westlichen unter Führung der USA und auf der anderen
Seite die UdSSR) verfolgten die Politik, ihre jeweiligen Besatzungsgebiete in Deutschland auch gesellschaftspolitisch nach dem eigenen Modell auszurichten. Für die Westzonen hieß das: die USA ließen keinerlei
«Wirtschaftsdemokratie» zu; wo die deutschen Länderparlamente die
Überführung bestimmter Großunternehmen in Gemeineigentum beschlossen, legten die Besatzungsmächte ihr Veto ein. Die Abhängigkeit
der Westzonen von den gesellschaftspolitischen Vorstellungen der USA
wurden noch verstärkt durch die wirtschaftliche Notlage; wer die materielle Hilfe der USA annnahm, war kaum in der Lage, sich den damit
verbundenen politischen Wünschen zu entziehen.

Aber auch das Vorgehen der Sowjetunion machte die Hoffnungen der
Arbeiterbewegung in den westlichen Zonen zunichte. Die Politik in der
sowjetischen Besatzungszone Deutschlands stand ja unter dem propa-
gandistischen Anspruch, dort das Programm der Arbeiterbewegung in
die Tat umzusetzen. Die politische Wirklichkeit der sowjetischen Besatzungszone erschien aber der Masse der Arbeiter und Angestellten in den
Westzonen alles andere als akzeptabel. Hinzu kam, daß auch die wirtschaftliche Versorgung in dieser Zone (da die Besatzungsmacht, anders

als die USA, selbst unter äußerstem Mangel litt) völlig unzureichend blieb. Reformen der Gesellschaft mit sozialistischer Zielsetzung wurden so mehr und mehr im öffentlichen Bewußtsein mit den spezifischen Zuständen in der sowjetischen Besatzungszone gleichgesetzt, und das Reformprogramm der Arbeiterbewegung in den Westzonen geriet damit bald in Mißkredit und innere Unsicherheit.

Ein entscheidendes Datum war die Währungsreform in den westlichen Zonen Deutschlands im Juni 1948. Die Entwertung der alten Geldbestände verlief hier so, daß – ähnlich wie bei der Inflation 1923 – die Sparguthaben und kleinen Geldvermögen zusammenschmolzen, während der Wert der Produktivvermögen (Anlagen, Aktienkapital, Grundbesitz) nicht angetastet wurde. Das war eine deutliche Absicherung der Macht des Großbesitzes.

Als 1949 die Bundesrepublik gegründet wurde, entsprach daher ihre Verfassung nicht jenen sozialreformerischen Forderungen, die die Gewerkschaften, die SPD und zeitweise auch die CDU gestellt und in den ersten Jahren nach 1945 noch für realisierbar gehalten hatten. Das Grundgesetz der Bundesrepublik legte nicht die erhoffte «neue Wirtschaftsordnung» fest; weder gab es (wie noch einige Länderverfassungen Westdeutschlands) den Auftrag, übermächtige wirtschaftliche Großunternehmen in Gemeinwirtschaft zu überführen, noch verankerte es soziale und wirtschaftliche Mitbestimmungsrechte der Lohn- und Gehaltsabhängigen in Betrieben und Unternehmen. Die Realisierung sozialer Postulate blieb dem jeweiligen gesellschaftlichen «Klima», d. h. vor allem der wirtschaftlichen Konjunktur überlassen.

Allerdings schloß das Grundgesetz Schritte zur Wirtschaftsdemokratie auch nicht aus; Artikel 15 des Grundgesetzes erklärt: «Grund und Boden, Naturschätze und Produktionsmittel können zum Zwecke der Vergesellschaftung... in Gemeineigentum oder in andere Formen der Gemeinwirtschaft überführt werden.» Dieser Artikel, im Zusammenhang mit der im Grundgesetz proklamierten «Sozialstaatlichkeit», gibt gesellschaftsreformerischen Bestrebungen immerhin eine legale, verfassungsmäßige Grundlage.

Das Potsdamer Abkommen hatte 1945 noch den Willen der Besatzungsmächte zum Ausdruck gebracht, die Einheit Deutschlands zu erhalten. Diese Absicht hätte sich jedoch nur dann realisieren lassen, wenn ein Minimalkonsens zwischen USA und UdSSR die Neutralisierung Deutschlands zur Folge gehabt hätte.

Der Entschluß der westlichen Besatzungsmächte im Jahre 1947, ihre Besatzungszonen zunächst wirtschaftlich (durch eine Währungsreform) und sodann staatlich (durch Konstituierung der Bundesrepublik) zu einem handlungsfähigen Gebilde zu vereinheitlichen, ist, soweit es um die diesem Entschluß innewohnenden politischen Konsequenzen geht, zunächst von der Bevölkerung dieser Gebiete lediglich hingenommen und erst später politisch mitvollzogen worden.[1] Wie weittragend die damit eingeleitete Entwicklung sein würde, ist allerdings in den Jahren 1948/ 49 wohl kaum von den Besatzungsmächten selbst, geschweige denn von der deutschen Bevölkerung erkannt worden. Nicht von ungefähr enthielt die Direktive der drei westlichen Militärgouverneure zur Einberufung des Parlamentarischen Rates, der die Funktion einer verfassunggebenden Versammlung zu übernehmen hatte, eine Formulierung, wonach lediglich eine «angemessene» Zentralinstanz geschaffen werden sollte, und folgerichtig stellt das Grundgesetz der Bundesrepublik Deutschland nur den Anspruch, «dem staatlichen Leben für eine Übergangszeit eine neue Ordnung zu geben». Auch die Wahl des Begriffes «Grundgesetz» anstatt «Verfassung» sollte den provisorischen Charakter des konstituierten Staatsgebildes deutlich werden lassen; das Grundgesetz soll nach Art. 146 an dem Tage seine Gültigkeit verlieren, an dem eine neue, vom gesamten deutschen Volke in freier Entscheidung beschlossene Verfassung in Kraft treten kann.

Tatsächlich allerdings bedeutete die Vorbereitung der Gründung der Bundesrepublik die Entscheidung für die Zweistaatlichkeit Deutschlands.[2]

---

1 Vgl. u. a. P. H. Merkl: Die Entstehung der BRD, Stuttgart 1965; H. P. Schwarz: Vom Reich zur Bundesrepublik, Stuttgart 1981; C. Kleßmann: Die doppelte Staatsgründung, Bonn 1982; W. Benz: Von der Besatzungsherrschaft zur Bundesrepublik, Frankfurt 1984
2 Zur weiteren Entwicklung vgl. H. K. Rupp: Politische Geschichte der Bundesrepublik Deutschland, Stuttgart 1982; W. Benz (Hrsg.): Die Bundesrepublik Deutschland, Geschichte in drei Bänden, Frankfurt 1983

II. Politische Strukturen und Probleme

Der Gründung der Bundesrepublik war – ebenso wie in der sowjetischen Besatzungszone der Gründung der DDR – die Konstituierung einzelner Länder in den Besatzungszonen vorausgegangen, die sich teilweise auch bereits vor Beratung bzw. Annahme des Grundgesetzes eine Landesverfassung gegeben hatten. Der Auftrag der westlichen Besatzungsmächte, die Gründung der Bundesrepublik vorzubereiten, war an die Ministerpräsidenten dieser Länder adressiert; diese bildeten aus Abgeordneten der Länderparlamente und beratenden Abgeordneten der Stadt Berlin den Parlamentarischen Rat, der am 1. 9. 1948 zum erstenmal zusammentrat.

Weimarer Reichsverfassung und Bonner Grundgesetz

Der Auftrag an den Parlamentarischen Rat, eine Verfassung für das erstrebte staatliche Teilgebilde auszuarbeiten, legt den Vergleich mit der verfassunggebenden Nationalversammlung der Weimarer Zeit nahe. Bei allen Parallelen in der Situation lassen sich gewichtige Unterschiede nicht verkennen. Während die Weimarer Verfassung ein halb konstitutionelles, halb autoritäres staatliches System abzulösen hatte und eine Legitimation im Aufbegehren innerstaatlicher Kräfte gegen dieses vorangegangene System fand, hatte das Grundgesetz der Bundesrepublik die Hinterlassenschaft eines totalitär-faschistischen Systems zu bewältigen, das allein durch eine militärische Niederlage zum Sturz gebracht worden war. Die Legitimation für die staatliche Neuordnung lag daher nach 1945 zunächst nur in einer «Revolution von außen», formell repräsentiert durch die Besatzungsmächte. Hinzu kam, da ein einheitliches Staatsgebilde im Bereich des früheren Deutschen Reiches nicht herstellbar schien, der Vorbehalt des Provisorischen.

Die Beratungen des Parlamentarischen Rates waren durch die Meinung bestimmt, daß das Weimarer Verfassungssystem nicht freigesprochen werden könne von einer Mitschuld am Zustandekommen des nationalsozialistischen Staates. Die Ausarbeitung des Verfassungstextes im Parlamentarischen Rat bzw. im Herrenchiemseer Entwurfsausschuß war infolgedessen durch die Absicht geprägt, einerseits in gewissem Umfange die Weimarer Verfassung zu rezipieren, andererseits vermeintliche oder wirkliche Schwächen dieser Verfassung durch Neuregelungen zu vermeiden, wobei man nicht so sehr mögliche Probleme der deutschen Situation nach 1945, sondern mehr die Erfahrungen der Vergangenheit im Blick hatte.

Die Kritik am Weimarer System gab den gedanklichen Hintergrund für eine Reihe wichtiger Verfassungskonstruktionen des Grundgesetzes ab, die dann aber im Zusammenhang mit der politischen Entwicklung der Bundesrepublik Eigengesetzlichkeit erhielten. Während in der Weimarer Republik der Reichspräsident als Staatsoberhaupt durch unmittelbare Volkswahl, Recht auf Regierungsbildung, Notverordnungsrecht und Recht auf Parlamentsauflösung eine starke politische Position neben dem Parlament einnahm, hat das Grundgesetz dieses präsidialstaatliche Prinzip nicht wieder aufgenommen und die Stellung des Bundespräsidenten durch mittelbaren Wahlakt, Kürzung der Amtszeit, Beschränkung der Wiederwählbarkeit und Einschränkung aller Eingriffsmöglichkeiten in Legislative und Exekutive auf wenige spezifizierte Fälle sehr schwach gehalten. Andererseits hat das Grundgesetz gegenüber der Weimarer Verfassung die Position der Regierung und hierbei wiederum die Position des Kanzlers entscheidend gestärkt; die Institution des konstruktiven Mißtrauensvotums und die parlamentarische Alleinverantwortlichkeit des Bundeskanzlers enthalten außerordentlich starke stabilisierende Effekte. Auch der Verzicht auf plebiszitäre Regelungen im Grundgesetz, das den Volksentscheid nicht einmal für den Fall der Verfassungsänderung vorsieht und lediglich für den Sonderfall der Neugliederung der Bundesländer zuläßt, bedeutete gegenüber dem Weimarer System eine Stabilisierung der Regierungs- bzw. Kanzlergewalt. Systematisch lassen sich diese Neuerungen gegenüber der Weimarer Reichsverfassung als Verzicht des Grundgesetzes auf unvermittelte Ausdrucksmöglichkeit der Volkssouveränität und als Stabilisierung der Regierungsgewalt des Kanzlers auf Kosten der Funktionen des Staatspräsidenten und des Parlaments kennzeichnen.

Das Grundgesetz enthielt allerdings noch in anderer Weise Reaktionen auf Erfahrungen in der Weimarer Republik und im Dritten Reich. Die Weimarer Verfassung hatte den Reichspräsidenten zum «Hüter der Verfassung» bestimmt und ihm die Möglichkeit gegeben, durch Notverordnungen nach Art. 48 der Weimarer Reichsverfassung politische Rechte zu beschneiden. In der Praxis diente dieser Artikel, zum Schutz der Republik eingeführt, später der Durchsetzung der Diktatur. Das Grundgesetz hingegen band die Suspendierung bestimmter Grundrechte an einen in der Verfassung beschriebenen Tatbestand; so war die Ausweitung dieses Mittels ebenso erschwert wie die Nichtanwendung im Falle eines Schutzbedürfnisses der Demokratie. Zusätzlich zu dieser Möglichkeit, Grundrechte im Falle ihres Gebrauches gegen die verfassungsmäßige Ordnung außer Kraft zu setzen, hat das Grundgesetz Verfassungsänderungen erschwert und bestimmte demokratische Grundzüge der Verfassung gegen Verfassungsänderung geschützt, um so legale Umwandlungen in ein autoritäres System zu verhindern. Auch die verfassungsrechtliche Bindung der Parteien an demokratische Strukturpinzipien, wie sie das Grundgesetz vornahm, entspringt den Lehren der Weimarer Republik, und die verfassungsrechtliche Bindung des neuen Staates an Frieden und Verständigung (Art. 24, 25, 26 Grundgesetz) zieht die Folgerungen aus der Kriegspolitik des Nationalsozialismus. Dem Bundesverfassungsgericht gab das Grundgesetz die Funktion des «Hüters der Verfassung», wobei auch hier die negativen Erfahrungen der Weimarer Republik, in der die Rechtsprechung durchweg «rechts» sprach, im Hintergrund standen.

Der Entwurf des Grundgesetzes, vom Parlamentarischen Rat am 8. Mai 1949 mit 53 gegen 12 Stimmen angenommen, wurde nicht – wie ursprünglich vorgesehen – der Volksabstimmung im Gebiet der Westzonen unterworfen, sondern, um auch hierdurch den Charakter des Provisoriums zu betonen, lediglich den Parlamenten der Länder zur Abstimmung vorgelegt, nachdem zuvor die Genehmigung der Militärregierungen, nicht ohne einige Vorbehalte, erteilt worden war. Zwischen dem 18. und dem 21. Mai 1949 wurde das Grundgesetz von allen Landtagen, ausgenommen den Bayerischen Landtag, gebilligt und konnte am 23. Mai in Kraft treten.[1]

Das Grundgesetz der Bundesrepublik Deutschland ist, wie jede Verfassung, in seiner Wirksamkeit erst zu erfassen, wenn man es im Zusammenhang der politischen Geschichte der Bundesrepublik und der gegenseitiger Beeinflussung von Legal- und Sozialstruktur betrachtet. Damit stellt sich die Aufgabe, Verfassung und Verfassungswirklichkeit der Bundesrepublik in ihrer historischen Entwicklung und in ihrem gegenwärtigen Verhältnis zu erörtern.[2]

---

1 Vgl. hierzu H. Nawiasky: Die Grundgedanken des Grundgesetzes für die BRD, Stuttgart 1950; ferner: F. K. Fromme: Von der Weimarer Verfassung zum Bonner Grundgesetz, Tübingen 1962
2 Vgl. D. Hesselberger: Das Grundgesetz, Neuwied 1983; J. Seifert: Das Grundgesetz und seine Veränderungen, Neuwied 1983

«Sozialstaat» als Kompromiß

Das politische System der Bundesrepublik Deutschland ist, wie schon angedeutet, neben anderem durch eine deutliche Differenz zwischen dem gedanklichen Bezugssystem des Verfassunggebers – des Parlamentarischen Rates – einerseits, den realen, die Verfassungswirklichkeit bald zunehmend beeinflussenden innen- und außenpolitischen Faktoren andererseits bestimmt.

Während die verfassunggeberische Tätigkeit des Parlamentarischen Rates nicht zuletzt durch die Absicht geprägt war, einen Rückfall in «Weimarer Zustände» unmöglich zu machen, resultierten die tatsächlichen Probleme, denen sich das politische System der Bundesrepublik schon bald nach der Konstituierung gegenübersah, aus der supranationalen Integration der Bundesrepublik im Zeichen des Kalten Krieges, aus der gleichzeitigen Verfestigung der deutschen Teilstaatlichkeit, aus der anhaltenden – nicht nur als Folge des Krieges auftretenden – Ausdehnung der Staatsaufgaben und schließlich aus den generellen Funktionsschwierigkeiten der liberalen, rechtsstaatlichen Demokratie in einer sich ökonomisch immer mehr konzentrierenden kapitalistischen Industriegesellschaft.

Nichts deutet darauf hin, daß die Problematik der im Grundgesetz der Bundesrepublik akzeptierten «Sozialstaatlichkeit» (Art. 20, 28 GG) zu dieser Zeit bereits in ihrem vollen Umfange begriffen worden wäre. Zwar war gerade in Deutschland der Staat bereits relativ früh aus der Funktion des bloßen «Rechtsstaates», der wirtschaftliche und soziale Prozesse der Selbstregulierung überlassen hatte, in die Funktion des «Leistungs- und Verteilungsstaates» hinübergewechselt, beschleunigt noch durch die Begleiterscheinungen der Kriegswirtschaft, aber die Staatstheorie, soweit sie nicht autoritär oder marxistisch orientiert war, hatte diese Praxis nur zögernd zur Kenntnis genommen. Gegen Ausgang der Weimarer Republik hatte Hermann Heller darauf hingewiesen, daß unter industriegesellschaftlichen Bedingungen die Annahme einer Sphärentrennung von «Staat» und «Gesellschaft» zur bloßen Ideologie absinke, hinter deren Schein die private Indienstnahme sozio-ökonomischer Intervention des Staates immer kräftiger werde. Das NS-System versperrte den Weg zu weiterer politisch-wissenschaftlicher Klärung solcher Zusammenhänge in Deutschland; der Parlamentarische Rat kam zur prinzipiellen Einsicht in die Unzulänglichkeit der Definition des Staates als Garanten der Rechtsordnung gegenüber einer als «staatsfrei» angenommenen Gesellschaft, ohne jedoch die Konsequenzen dieses Strukturwandels im Hinblick auf das Regierungssystem näher zu prüfen.

Erst in den Jahren ab 1950 geriet in der deutschen Staatsrechtslehre die Debatte über die vielfältigen Implikationen des Sozialstaatsbegriffes wieder in Gang. So heißt es etwa in einem Referat von Ernst Forsthoff (1953): «Der Sozialstaat ist... ein Verteiler größten Stils. Diese Verteilung tritt nur dort in Erscheinung, wo der Staat positive Leistungen erbringt und dem einzelnen zuteilt. Das Verteilungsmoment wohnt auch der Währungspolitik und erst recht der Steuerpolitik inne, es ist nahezu in allen Funktionen des Sozialstaates enthalten. Insoweit bedeutet die Staatswillensbildung die Verfügung über den sozialstaatlichen Verteilungsmechanismus. Damit ist die Staatswillensbildung gebenüber dem 19. Jahrhundert substantiell verändert worden. Das Ringen um den Anteil an der Staatswillensbildung ist Ringen um den Anteil an der Verteilung geworden.»[1] Forsthoff deutete an, daß damit eine folgenreiche Wandlung der legislativen Funktion stattfinde, der man bisher kaum Beachtung geschenkt habe. Die tiefere Problematik des Begriffes «Sozialstaat» bleibt aber auch in dieser Interpretation noch unbegriffen. Das Sozialstaatspostulat im Grundgesetz kann als ein restlicher Ausdruck jener Tendenzen angesehen werden, die in den Westzonen vor Gründung der Bundesrepublik eine Demokratisierung der Wirtschaft anstrebten, jedoch durch die damaligen Besatzungsmächte zurückgedrängt wurden. Der Begriff «Sozialstaat» drückt formelhaft den Kompromiß aus, der – aus den politischen Kräfteverhältnissen und Machtkonstellationen der Jahre 1948/49 her – das Grundgesetz in seinen sozio-ökonomischen Inhalten bestimmt. Während Artikel 14 des Grundgesetzes das Eigentum garantiert (und es dabei allerdings in seinem Gebrauch auf eine Gemeinwohlbindung verpflichtet), fixiert Artikel 15 die Möglichkeit der Sozialisierung als Grundrecht. Sieht man den in Artikel 20 GG als unabänderlich festgelegten Rechtsgrundsatz, wonach die Bundesrepublik ein «sozialer» und «demokratischer» Staat zu sein habe, in Verbindung mit Artikel 15, so läßt sich daraus schließen, daß das Grundgesetz zumindest die Chance für Eingriffe in die wirtschaftliche Machtstruktur zugunsten demokratischer Kontrolle und Entscheidung auch ökonomischer Schlüsselfragen offenhalten will.

In der historisch-politischen Praxis der Bundesrepublik hat sich das Sozialstaatskonzept so ausgewirkt, daß die «Marktwirtschaft», also die Eigendynamik eines ungehemmten Kapitalismus, «sozial gezähmt» wurde. Begünstigt durch den enormen wirtschaftlichen Aufstieg, entwickelte sich ein – auch im internationalen Vergleich – höchst ansehnliches System sozialer Sicherungen und Schutzrechte für die breite Mehrheit der Bevölkerung, auch ein beträchtliches Maß von Mitbestimmungsrechten für die

---

1 E. Forsthoff: Verfassungsprobleme des Sozialstaats, Münster 1954, S. 15; vgl. zum folgenden H. H. Hartwich: Sozialstaatspostulat und gesellschaftlicher Status quo, Opladen 1978; H. Ridder: Die soziale Ordnung des Grundgesetzes, Opladen 1975; O. E. Kempen (Hrsg.): Sozialstaatsprinzip und Wirtschaftsordnung, Frankfurt 1976

Arbeitnehmerschaft und von Verbandsmacht der Gewerkschaften. Sozialdemokratische und christlich-demokratische Politikentwürfe stimmten in der Anerkennung des Sozialstaatskonzepts zumindest teilweise über lange Jahre hin überein. Im Zeichen neokonservativer und neoliberaler gesellschaftspolitischer Tendenzen ist dieser sozialstaatliche Kompromiß inzwischen allerdings nicht mehr selbstverständlich akzeptiert.

Volkssouveränität und Gewaltenteilung

Wichtige Grundentscheidungen der Verfassung der Bundesrepublik liegen in folgendem:

Das Grundgesetz brachte eine Abwendung vom Weimarer System, das eine Mehrzahl von Ausdrucksweisen der Volkssouveränität zuließ (in der Weimarer Verfassung standen Wahl des Reichspräsidenten, Wahl des Parlaments und Volksbegehren/Volksentscheid als drei Mittel, Volkswillen geltend zu machen, nebeneinander) und eine Hinwendung zur Konzentration des politischen Willens im Parlament und – von der Parlamentsmehrheit ausgehend – bei der Bundesregierung bzw. im Amt des Bundeskanzlers. Diese Veränderungen in der Verfassung brachten notwendig einen Funktionswandel für die Institution der Gewaltenteilung, das Parlament und die Parteien mit sich, über dessen konkrete Ausformung noch zu sprechen ist.

In einem Punkt hat der Parlamentarische Rat die Folgen eines solchen Systemwandels im Verfassungstext selbst eigens berücksichtigt: Das Grundgesetz der Bundesrepublik gab, wie Gustav Radbruch sagte, «das Versteckspiel des Staatsrechts gegenüber den politischen Parteien auf».

Die Weimarer Verfassung hatte die Existenz der Parteien lediglich in einem abwertenden Nebensatz erwähnt; das Grundgesetz gab den politischen Parteien in Deutschland erstmals eine verfassungsrechtliche Legitimation (Art. 21 GG). Damit hat sich die Bundesrepublik im Verfassungstext jener traditionellen Ressentiments gegen die Parteien entledigt, die obrigkeitsstaatlichen und autoritären politischen Bewegungen als wichtiges Vehikel gedient hatten.[1]

Dem Vertrauen des Verfassunggebers in die positive Funktion der Parteien entsprach allerdings keineswegs ein Vertrauen in die Funktionsmöglichkeit der Volkssouveränität, die nach der Verfassung die Legitimität auch der Parteien begründet. Nawiasky spricht von einer «grundsätzlichen Zurückhaltung des Grundgesetzes gegenüber der unmittelbaren

---

1 Zur Geschichte der Parteien vgl. H. Kaack: Geschichte und Struktur des deutschen Parteiensystems, Köln-Opladen 1971; R. Stöss (Hrsg.): Parteien-Handbuch, 4 Bde., Opladen 1986

Demokratie», also gegenüber unvermittelten Äußerungen jenes Volks-
willens, an dessen Herausbildung die Parteien laut Grundgesetz lediglich
eine Mit-Wirkung haben. In der Tat sieht das politische System der Bundesrepublik Urabstimmungen der Bürger im Rahmen des Bundes und
seiner Kompetenzen auf allen Ebenen (ausgenommen die Neugliederung
der Bundesländer) nicht vor. Auch das Grundgesetz selbst ist einer Volksabstimmung nicht ausgesetzt worden; insofern gibt der Satz der Präam-
bel, «das deutsche Volk» habe kraft verfassunggebender Gewalt beschlossen, zu Mißdeutungen Anlaß. Zwar ist in Art. 20 GG von «Wahlen
und Abstimmungen des Volkes» die Rede, aber ein Antrag der Vertreter
des Zentrums im Parlamentarischen Rat, Volksbegehren und Volksentscheid unter bestimmten Umständen vorzusehen, fand keine Mehrheit;
eine unmittelbare Ausdrucksmöglichkeit des demokratischen Souveräns
der Bundesrepublik besteht infolgedessen nicht. Die Staatsgewalt, vom
Volke ausgehend, ist zunächst auf die Parteien übergegangen. Zugleich
hat das Prinzip der Gewaltenteilung im politischen System der Bundesrepublik einen neuen Inhalt angenommen. Das Grundgesetz hat dieses
Prinzip übernommen und es (Art. 79) zur unabänderlichen Verfassungs-
institution erhoben. Sieht man von der rechtsprechenden Gewalt ab und
untersucht die Trennung von Legislative und Exekutive, so erweist sich,
daß Regierung und Parlamentsmehrheit nicht mehr zwei voneinander ge-
trennte, jeweils gesondert legitimierte Machtchancen darstellen, sondern
praktisch weitgehend miteinander kombiniert sind. «Hinter der ‹Gewaltentrennung› steht nicht mehr das Widerspiel realer Machtfaktoren, hinter
beiden steht die Macht derselben Partei.»[1] Die Konzentration legislativer
und exekutiver Möglichkeiten bei der Mehrheitspartei bzw. -koalition und
der von ihr legitimierten Regierung verändert nicht nur das überlieferte
Schema der Gewaltenteilung, sondern ist zugleich eine der Ursachen für
den Funktionswandel des Parlaments. Das Parlament steht nicht mehr
wie zu Zeiten des Widerspiels von Obrigkeitsstaat und liberalem Parlamentarismus oder wie in einem Präsidial-System potentiell geschlossen
der Regierung gegenüber, sondern Regierung und Mehrheitsparteien haben legislative Funktionen und exekutive Funktionen potentiell für sich
monopolisiert. Die Chancen der nicht in der Regierung repräsentierten
Parteien verengen sich, sieht man von bestimmten Kontrollmöglichkeiten ab, auf die Änderung der Mehrheitsverhältnisse, die bei einer Neu-
wahl oder durch Koalitionswechsel erhofft werden kann. Wenn auch dem
Staatsgedanken des Grundgesetzes offenbar noch das Schema einer Gewaltenteilung zwischen Regierung und Parlament zugrunde lag, so ist in
der Verfassungswirklichkeit also ein neues Schema gültig, in dem nicht
Trennung zwischen Legislative und Exekutive, sondern Konkurrenz der

1 D. Brüggemann: Die rechtsprechende Gewalt, Berlin 1962, S. 116

großen Parteien den möglichen Gehalt der Gewaltenteilung ausmacht.[1] Diese Konstruktion aber, zumal wenn sie – wie in der Bundesrepublik – mit der Institution des konstruktiven Mißtrauensvotums verbunden ist, muß zur Verlagerung des politischen Schwergewichts zur Seite der Regierung und Staatsbürokratie hin führen. Die Parlamentsmehrheit gibt, sobald sie den Regierungschef bestellt, ihre Souveränität auf nicht leicht widerrufbare Weise an die Regierung ab. (Die Vorstellung von einer strikten Trennung der Legislative und der Exekutive in der BRD wird im übrigen auch fragwürdig angesichts der legislativen Funktionen des Bundesrats – einer Vertretung der Länderexekutiven.)

Die «Kanzler-Demokratie»

Das zentrale verfassungspolitische Problem des Weimarer Staates war die Machtverteilung zwischen Reichspräsident, Reichskanzler und Reichstag. Nicht zuletzt die Erfahrung, daß die umfangreichen Kompetenzen des Reichspräsidenten dem Parlamentarismus in der Endphase des Weimarer Staates den Boden entzogen und die Präsidialkabinette der Weimarer Republik einen gleitenden Übergang zur Diktaturgewalt des Dritten Reiches möglich machten, hatte den Parlamentarischen Rat bewogen, die Position des Bundespräsidenten der Bundesrepublik gegenüber der des Reichspräsidenten des Weimarer Staates entschieden schwächer zu halten. Elemente einer präsidialen Regierungsweise sind im Verfassungssystem der Bundesrepublik nahezu vollständig ausgeschlossen worden. Wenn Artikel 58 bis 60 des Grundgesetzes dem Bundespräsidenten u. a. die Funktionen zuweisen, den Bund völkerrechtlich zu vertreten, Verträge mit auswärtigen Staaten zu schließen und Bundesrichter, Bundesbeamte und Offiziere zu ernennen, so handelt es sich hierbei nicht um eigentliche Kompetenzen, da nach den gleichen Artikeln des Grundgesetzes die Anordnungen und Verfügungen des Bundespräsidenten der Gegenzeichnung durch den Bundeskanzler oder den zuständigen Minister bedürfen und praktisch von diesen vorentschieden werden. Auch die vom Bundespräsidenten zu schließenden auswärtigen Verträge bedürfen der vorherigen Beschlußfassung durch die Legislative in der Form eines Bundesgesetzes.

Insofern entspricht die Rolle des Bundespräsidenten der Bundesrepublik eher der des Monarchen in Großbritannien oder in anderen monarchisch-parlamentarischen Systemen als der des Reichspräsidenten der Weimarer Republik oder der Regelung in Präsidialdemokratien. Immer-

---

1 Vgl. zum allgemeinen historisch-politischen Kontext K. Kluxen: Geschichte und Problematik des Parlamentarismus, Frankfurt 1983

hin liegt in dieser Position des Bundespräsidenten eine gewisse Kontrolle im Hinblick auf die Verfassungsmäßigkeit der Regierungs- und Parlamentsakte.[1]

Das Recht des Bundespräsidenten, dem Bundestag den Bundeskanzler vorzuschlagen, hat in Zeiten einer eindeutigen parlamentarischen Regierungsmehrheit überwiegend formalen Charakter; auch im Falle der Anwendung des konstruktiven Mißtrauensvotums kann der Bundespräsident nur dem Willen des Bundestages folgen. Dennoch kann u. U. bei der Regierungsbildung eine politische Entscheidungsrolle des Bundespräsidenten liegen, dann nämlich, wenn die Voraussetzungen für eine absolute Mehrheit bei der Kanzlerwahl nicht gegeben sind. Nach Art. 63 des Grundgesetzes ist der Akt der Bundeskanzlerwahl in folgenden Abstufungen denkbar:

Wenn der Kanzler-Vorschlag des Bundespräsidenten nicht die Stimmen der Mehrheit des Bundestages auf sich vereinigt, kann der Bundestag binnen 14 Tagen nach diesem ersten Wahlgang mit mehr als der Hälfte seiner Mitglieder (absolute Mehrheit) einen anderen Bundeskanzler wählen. Führt diese Prozedur nicht zum Erfolg, so findet unverzüglich ein neuer Wahlgang statt, in dem gewählt ist, wer die meisten Stimmen erhält. Bleibt es in diesem Wahlgang bei der nur relativen Mehrheit, so liegt beim Bundespräsidenten die Entscheidung, ob er den gewählten Bundeskanzler ernennen oder den Bundestag auflösen will. Parallele Entscheidungsmöglichkeiten hat der Bundespräsident, wenn eine Vertrauensfrage des amtierenden Bundeskanzlers keine absolute Mehrheit findet (Art. 68). Dieser gewichtige Spielraum, den der Bundespräsident im Falle einer Zersplitterung des parlamentarischen Willens erhält, ist allerdings bisher aufgrund der gegebenen Mehrheitsverhältnisse Theorie geblieben, obwohl er sicher in manchen labilen Situationen untergründig Auswirkungen gehabt haben mag. Immerhin kann daher auch in Zukunft im Hinblick auf die Möglichkeit einer parlamentarischen Labilität die Position des Bundespräsidenten als zusätzliche Machtchance für diese oder jene Partei recht interessant sein.

Während also die Position des Bundespräsidenten gegenüber der des Reichspräsidenten der Weimarer Republik wesentlich geschwächt wurde, erfuhr die Position des Kanzlers im Grundgesetz eine außerordentlich bedeutsame Aufwertung, dies sowohl auf Kosten des Bundespräsidenten wie auch auf Kosten des Parlaments und auf Kosten der Bundesminister. Die in der Publizistik und in der politischen Wissenschaft zu Zeiten der Kanzlerschaft von Adenauer üblich gewordene Bezeichnung der Bundesrepublik als einer «Kanzler-Demokratie» meinte gewiß in erster Linie

---

1 Vgl. W. Kaltefleiter: Die Funktionen des Staatsoberhauptes in der parlamentarischen Demokratie, Köln-Opladen 1970

den persönlichen Regierungsstil Adenauers. Diese Kanzler-Demokratie
hielt sich aber durchaus im Rahmen des Regierungssystems, wie es das
Grundgesetz der Bundesrepublik konstruiert hat. Auch die Stabilität der
Regierungen in der Bundesrepublik bzw. die langjährige Kontinuität der
Regierungen Adenauers hat ebensosehr im Verfassungssystem wie in der
personellen und parteipolitischen Situation ihre Gründe; es kann sogar
angenommen werden, daß die Konstruktion des Verfassungssystems in
hohem Maße die parteipolitische Entwicklung in der Bundesrepublik
mitbeeinflußt hat.

Die Grundlagen der starken Position des Kanzlers im Regierungssystem der Bundesrepublik sind in folgenden Verfassungsbestimmungen zu
sehen: der Bundeskanzler bestimmt «die Richtlinien der Politik» (Art. 65
GG); ausschließlich der Bundeskanzler hat das Recht, die Ernennung
oder die Entlassung von Bundesministern dem Bundespräsidenten vorzuschlagen (Art. 64 GG); nur der Bundeskanzler selbst kann vom Parlament gewählt oder abgelöst werden; die Ablösung des Bundeskanzlers
kann nur durch mehrheitliche Wahl eines Nachfolgers (konstruktives
Mißtrauensvotum) geschehen (Art. 67 GG). Damit ist eine parlamentarische Verantwortlichkeit der einzelnen Bundesminister ebenso ausgeschlossen wie eine zunächst nur «negative» Ablösung des Bundeskanzlers
durch ein Mißtrauensvotum des Parlaments. Wesentlich ist ferner, daß
der Bundeskanzler auch die Zahl der Minister bzw. Ministerien und die
Abgrenzung der Geschäftsbereiche der Ministerien bestimmt. Beim Bundeskanzler liegt schließlich auch die «Kompetenz-Kompetenz», d. h. die
Festlegung, was als vom Kanzler zu bestimmende Richtlinien der Politik
und was als selbständige Ausführung solcher Richtlinien durch die einzelnen Minister gelten kann.

Sobald ein Kanzler gewählt ist und wenn ein konstruktives Mißtrauensvotum nicht zu erwarten ist, wohnt diesen Regelungen der Verfassung ein stabilisierender Effekt für die Position der Regierung und eine
Abriegelung gegenüber parlamentarischen Einflüssen inne. Vor der Regierungsbildung sind parlamentarische Einflüsse auch auf die Besetzung
der Ministerien durchaus möglich und zumindest seit 1961 auch gelegentlich praktiziert, nämlich als Vorbedingung der Kanzlerwahl durch
die parlamentarische Mehrheit.

Die Wirkungen der Institution des konstruktiven Mißtrauensvotums
dürfen nicht nur auf der Seite der parlamentarischen Opposition gesucht
werden, deren Einfluß auf die personelle Zusammensetzung der Regierung auf den einzigen Fall beschränkt wurde, daß sie eine parlamentarische Mehrheit für einen neuen Bundeskanzler anbieten kann. Auch die
Regierungsparteien sind durch die Institution des konstruktiven Mißtrauensvotums stark in ihrem Spielraum gegenüber dem Bundeskanzler beschränkt, da sie – schon aus Rücksicht auf die negativen Auswirkungen in

der Öffentlichkeit – kaum in der Lage sind, ihrerseits die Richtlinien-Kompetenz des Bundeskanzlers durch den Hinweis auf parlamentarische Konsequenzen einzuengen.

Daß die Bundesminister nicht direkt vom Parlament, sondern allein vom Bundeskanzler abhängig sind und die Parteien nur vermittelt über das Recht der Kanzlerwahl auf die Besetzung der Ministerien Einfluß nehmen können, hat eine eigentümlich ambivalente Position der Minister zur Folge. Zwar schreibt die Geschäftsordnung vor, daß die Bundesregierung ihre Beschlüsse mit Stimmenmehrheit faßt, wobei im Falle der Stimmengleichheit die Stimme des Bundeskanzlers bzw. seines Stellvertreters den Ausschlag gibt. Aber dieses kollegiale Prinzip ist dadurch begrenzt, daß der Bundeskanzler selbst definiert, was als von ihm allein zu bestimmende politische Richtlinie gilt, was also den Weisungen des Kabinetts entzogen ist. Politisch ist das Kollegialprinzip im Kabinett nur schwer durchzusetzen, da die Minister nicht die Möglichkeit haben, gegebenenfalls die Unterstützung des Parlaments zu gewinnen beziehungsweise diese Unterstützung offenzulegen. Die Position der einzelnen Minister im Kabinett und gegenüber dem Bundeskanzler wird dann stärker, wenn sie sich zugleich als Exponenten bestimmter Verbände oder Richtungen innerhalb der Regierungsparteien oder als Statthalter einer Koalitionspartei im Kabinett ausweisen können und in der Sicht des Bundeskanzlers damit die Funktion erhalten, ihr «Hinterland» an die Regierung zu binden.

Verfassungsrechtlich nehmen die Bundesminister der Justiz und der Finanzen eine Sonderstellung insofern ein, als sie im Hinblick auf die haushaltsmäßige Deckung oder die Rechtmäßigkeit von Regierungsbeschlüssen zeitweilig ein Veto ausüben können.

Eine weitere Differenzierung zwischen den einzelnen Ministerien ist darin zu sehen, daß diese dem Umfang ihrer Funktion nach unterschiedlich dastehen; das wird deutlich etwa an dem Abstand zwischen dem Verteidigungsministerium einerseits, das über einen enormen Etat, über einen Massenbestand an Personal und dementsprechend über große Resonanz in der Öffentlichkeit verfügt, und andererseits solchen Ministerien, die eher dem personellen Spielraum bei Koalitionsbildungen dienen. Das politische Gewicht eines Bundesministers innerhalb des Kabinetts hängt auch vom sachlichen Gewicht seines Ressorts ab.

Die unterschiedliche Macht der Minister zeigt sich auch in der Einrichtung von Zwischenkabinetten, d. h. in der Konzentration wichtiger Beratungen und Entscheidungen auf einen kleinen Ausschnitt des Kabinetts, wie dies etwa im Falle des Bundesverteidigungsrates geschieht, sowie bei der Berufung von Sachverständigen-Beiräten. Hinzu tritt in manchen Ministerien eine Machtverlagerung von den Ministern zu ihren Staatssekretären, zumal dann, wenn diese über gute Kontakte zum Bundeskanzler-

amt oder zu anderen, mächtigeren Ministerien verfügen. Die Machtfülle
des Bundeskanzlers gegenüber dem Kabinett, die Tatsache, daß im Regierungssystem des Bundes Richtlinienkompetenz, parlamentarische
Verantwortlichkeit und Organisationskompetenz gegenüber den Ministerien beim Bundeskanzler monopolisiert sind, tritt noch deutlicher hervor,
wenn man die Regierungssysteme der Länder der Bundesrepublik zum
Vergleich heranzieht, in denen zum Teil die parlamentarische Verantwortlichkeit auch der Minister eingeführt und das kollegiale Prinzip im
Kabinett institutionell gesichert ist.

Ellwein[1] machte darauf aufmerksam, daß die starke Position des Bundeskanzlers einerseits ihren Ausdruck und andererseits ihre Stütze in
einer Institution findet, über die das Grundgesetz nichts und die Geschäftsordnung der Bundesregierung nur wenig sagt, nämlich im Bundeskanzleramt. Informationsanspruch und Führungsanspruch des Bundeskanzlers gegenüber den Bundesministern realisieren sich in diesem
«Oberministerium». Das Bundeskanzleramt koordiniert die Presse- und
Informationspolitik der Regierung. Es verfügt über den Bundesnachrich-
tendienst, es beobachtet und koordiniert ständig die Tätigkeit der Ministerien, bereitet die Entscheidungen des Bundeskanzlers vor und
überwacht die Einhaltung der vom Kanzler angegebenen politischen
Richtlinien. Ellwein meint: «Das Bundeskanzleramt ist wichtiger und
politisch entscheidender als die Mehrzahl der Ministerien.» Hier zeigt
sich allerdings schon, daß die besondere Ausprägung der Kanzler-Demokratie in der Bundesrepublik zwar ihren verfassungsmäßigen Boden hat,
aber nicht ohne die Regierungspraxis unter Adenauer gedacht werden
kann. Unter Adenauer wurde das Bundeskanzleramt zu einer mächtigen
Kontrollinstanz des Regierungschefs ausgebaut, und es griff dabei vielfach – so etwa auch in der Wahlkampfvorbereitung – über die Regierungsfunktion hinaus in die Funktion der Parteiführung ein. Hier machte sich
die Doppelfunktion Adenauers als Regierungs- und Parteichef bemerkbar; diese Kombination von Ämtern beim Bundeskanzler hat die CDU/
CSU lange Jahre hindurch eher als Partei der Regierung denn als Regierungspartei erscheinen lassen.[2]

Die Konzentration des Wahlkampfes auf die Person des Bundeskanzlers, der Vorrang des Bundeskanzlers in der Außenpolitik und die daraus
entstandene Resonanz in der Öffentlichkeit, schließlich die von Adenauer praktizierte innenpolitische Schiedsrichterrolle drängten die CDU/
CSU in die Stellung einer «Kanzler-Partei», ohne daß sie selbst lange

1 T. Ellwein und J.J. Hesse: Das Regierungssystem der Bundesrepublik Deutschland,
  6. Aufl. Opladen 1987
2 Zum politischen Hintergrund vgl. A. Baring: Im Anfang war Adenauer. Die Entstehung der
  Kanzlerdemokratie, München 1982

Jahre hindurch in der Auswahl des Kanzlers Bewegungsfreiheit gehabt hätte. Die parlamentarische Mehrheit schien für eine Zeitlang kaum mehr zu sein als die «ins Parlament verlagerte Exekutive des Kanzlers».

Der Kanzler seinerseits geriet in die Rolle des «Volkskanzlers», dessen Platz «oberhalb der Parteien» war. Ellwein weist darauf hin, daß das Prinzip der Kanzler-Demokratie in einigen Fällen auch anders gerichtete verfassungsrechtliche Regelungen überspielte. So bestimmt z. B. die geltende Geschäftsordnung der Bundesregierung in § 10, daß Abordnungen von Interessenverbänden in der Regel von den federführenden Fachministern empfangen werden sollen; der Bundeskanzler, so heißt es darin, empfängt Abordnungen nur in besonderen Fällen. Tatsächlich wurde aber durch Adenauer hier die Regel zur Ausnahme; der Empfang beim Bundeskanzler, u. U. ohne Hinzuziehung des Fachministers, ist nach Ellwein für die maßgeblichen Interessenverbände die Regel gewesen. Es versteht sich, daß auch hierin eine Stärkung der Autorität des Kanzlers gegenüber den Ministern liegt.

Nach dem Wechsel der Kanzler von Adenauer über Erhard zu Kiesinger hatte sich, soweit es um die Machtposition des Bundeskanzlers geht, eine gewisse Abschwächung angebahnt. Die Trennung der Funktionen von Regierungschef und Parteichef der CDU stand zur Diskussion, kam allerdings nicht zustande. Die zunehmende Differenzierung der politischen Standpunkte innerhalb der CDU/CSU mochte in bezug auf die Rolle des Kanzlers ebensosehr Ursache wie Wirkung sein. Dennoch war der «Kanzlereffekt» im Regierungssystem der Bundesrepublik nicht mit der Person Adenauers verschwunden. Auch die SPD in ihrer ersten Oppositionszeit hat sich diesem Effekt nicht entzogen, im Gegenteil, sie hat mit Erfolg versucht, diesen Effekt auch für sich zu buchen, indem sie den ehemaligen Regierenden Bürgermeister von Berlin, Brandt, als Kanzlerkandidaten präsentierte, dann als Vizekanzler durchsetzte und auf diesem Wege auf die Kanzlerrolle selbst vorbereitete. Seit der Kanzlerschaft Brandts wurde der «Kanzlereffekt» auch im Hinblick auf die SPD unverkennbar; er prägte offensichtlich gerade auch die Rolle von Helmut Schmidt. Dieser gestaltete die Kanzlerrolle vor allem unter dem Aspekt der «Sachautorität»; Helmut Kohl hingegen, der Schmidt ablöste, tritt eher wieder mit dem Anspruch des «Volkskanzlers» auf.

Funktionsprobleme des Parlamentarismus

Wenn man nun im Verhältnis zur Macht des Bundeskanzlers die Macht des Parlaments in der Bundesrepublik festzustellen versucht, dann muß zunächst daran erinnert werden, daß ein voll ausgebildeter Parlamentarismus in Deutschland vor 1949 niemals zustande gekommen war. Eine

antiparlamentarische Tradition war in der deutschen politischen Gefühls-
welt ebenso verankert wie eine antidemokratische Grundeinstellung. Zu
dieser historischen Belastung des Parlamentarismus in Deutschland treten allgemeine Schwierigkeiten für die Funktion eines Parlaments in
einem hochindustrialisierten, hochkapitalistischen Staat mit internationaler Verflechtung und spezifische Schwierigkeiten des Parlamentarismus in der deutschen Situation, die zunächst durch Teilsouveränität und
Einbindung in den Ost-West-Konflikt gekennzeichnet war. Vor allem die
politische, wirtschaftliche und militärische Eingliederung der Bundesrepublik in internationale Bündnissysteme hat durch die dabei praktizierten
Verfahrensweisen die Stellung des Parlaments in der Bundesrepublik
strukturell gegenüber der der Regierung, genauer gesagt: gegenüber der
des Kanzlers beeinträchtigt.

Der Bundestag und vielfach auch die Fraktionen der Regierungsparteien wurden bei der Vorbereitung internationaler Verträge wiederholt
mit dem Argument ausgeschlossen, daß der Handlungsspielraum der Regierung nicht eingeengt werden dürfe. Wildenmann urteilt im Hinblick
auf die frühen außenpolitischen Entscheidungen in der Bundesrepublik:
«In keiner funktionierenden Demokratie wäre das Parlament von wesentlichen Entscheidungen so lange ausgeschlossen worden, bis es praktisch nur noch ja oder nein sagen konnte, wie in der Bundesrepublik...
Auch die Regierungsparteien selber wurden so lange nicht in einer ausrei-
chenden Weise informiert, bis ihr Nein eine Ablösung der Regierung
bedeutet hätte... Unbeschadet der Frage, ob die Europapolitik der Bundesrepublik richtig oder falsch war, bleibt bei den großen Gesetzgebungs-
werken als Fazit, daß über sie erst nachträglich ein Konsens erzielt worden ist.»[1]

Nun muß sicherlich ein gewisses Interesse der Regierung, den Inhalt
internationaler Verhandlungen in bestimmten Stadien nicht öffentlich zu
machen, als begründet angesehen werden. Dennoch bleibt die Frage offen, wie in solchen Fällen das Informations- und Kontrollrecht des Parlaments gewahrt werden kann. Das hiermit angedeutete Problem gewinnt
noch an Gewicht, wenn man bedenkt, daß bei der supranationalen Integration der Bundesrepublik nicht nur die Vorbereitung des einmaligen
internationalen Vertrages, sondern zugleich auch die fortlaufende Prakti-
zierung der vereinbarten Integration weitgehend dem Zugriff des Bundestages sich entzog. Da andererseits parlamentarische Kontrollfunktionen auf der Ebene der supranationalen Institutionen nur rudimentär
entwickelt sind, ist auch hier kein Ersatz für Einschränkungen des innerstaatlichen Parlamentarismus zu finden. Gerade durch die europäische

1 R. Wildenmann: Macht und Konsens als Problem der Innen- und Außenpolitik, 2. Aufl.
 Köln-Opladen 1967

und atlantische Integration erhält die Exekutive einen parlamentarisch
nicht kontrollierbaren Spielraum für zahlreiche Einzelentscheidungen,
die insgesamt durchaus politisch richtungweisend sind und die in das herkömmliche Schema der Gewaltenteilung nicht mehr einzuordnen sind.
Wildenmann kommt zu dem Schluß: «Der aus verfassungsinternen Gründen ohnehin sehr weite Machtbereich des Kanzlers und seines Amtes ist
durch die Vielfalt europäischer Machtpositionen noch weiter ausgedehnt
worden, ohne daß auf dem Gebiete der internationalen Organisationen
wenigstens diejenigen parlamentarischen Sanktionen möglich wären, die
der Bundestag, wenn er seine Funktion erfüllt, im Innern noch ausüben
kann.»[1] Abgabe legislativer Souveränität an zwischenstaatliche politische Institutionen ist allerdings gewiß nicht der einzige Grund für jene
Funktionsschwäche, die man heute dem Parlament attestieren muß,
wenn man es am klassischen Begriff des Parlamentarismus mißt. Der
Druck einer immer detaillierteren und an Umfang zunehmenden Gesetz-
gebungsarbeit hat die Initiative für Gesetzesentwürfe weitgehend auf die
Seite der Regierung bzw. der Ministerialbürokratie und die Beratung solcher Entwürfe vorwiegend in die Parlamentsausschüsse verlagert. Die
Vorbereitung der Mehrzahl der Gesetzesentwürfe durch die Ministerialbürokratie schränkt auch die Vermittlerrolle des Parlaments ein. Die von
der Regierung einzubringenden Gesetzesentwürfe werden mitunter
schon im Referentenstadium mit den Repräsentanten der interessierten
Gruppen und Verbände beraten und abgestimmt, während die Parlamentarier über den Inhalt der Entwürfe noch nicht informiert sind. Folgerichtig geht auch die Mehrzahl der Denkschriften von Interessenverbänden,
die gesetzliche Regelungen zum Ziele haben, an die Ministerien und nicht
an die Abgeordneten. Die Ausschüsse des Bundestages gewinnen, sieht
man von verfassungsändernden Gesetzen ab, am ehesten dann an Funktion, wenn innerhalb der Regierungsparteien oder zwischen den Ministerien über bestimmte Gesetzesentwürfe keine Einigung erzielt werden
kann; in solchen Fällen können dann Ausschußmitglieder einer Opposi-
tionspartei zu Hilfstruppen für rivalisierende Ministerialbürokratien werden. Noch problematischer für die Durchsichtigkeit der politischen Ent-
scheidungsabläufe ist der rasant angewachsene Einfluß jener «Beiräte»,
Sachverständigenkommissionen, Verbänderepräsentationen usw., die
sich im Umkreis der Regierung und der Ministerien mehr und mehr etablierten. Diese Institutionen, in der formellen Verfassung nicht vorgesehen, übernahmen vielfach Entscheidungsfunktionen, die – obwohl nicht
in Gesetzesform gefaßt – größeres politisches Gewicht haben als manche
formellen Legislativakte. Der Prozeß der Willensbildung in diesen Gremien ist aber nur in den wenigsten Fällen für die Öffentlichkeit einsehbar

1 Ebenda, vgl. ferner H. Haftendorn (Hrsg.): Verwaltete Außenpolitik, Köln 1978

und vielfach auch ohne demokratische Legitimation. Für die zunehmende Konzentration exekutiver und legislativer Funktionen bei der Regierung bietet die Statistik der Gesetzgebung in der historischen Entwicklung der Bundesrepublik ein Indiz.[1]

Gesetzgebung in den Wahlperioden des Deutschen Bundestages ab 1949

Eingebrachte Gesetze (insgesamt)									
Wahlperiode	1.	2.	3.	4.	5.	6.	7.	8.	9.	10.
der Bundesregierung	445	431	394	368	415	351	461	322	155	280
des Bundestages	301	414	207	245	225	171	136	111	58	183
des Bundesrates	29	16	5	8	14	24	73	52	38	59
Insgesamt	775	861	606	621	654	546	670	485	251	522
Gesetzesbeschlüsse auf Initiative									
Wahlperiode	1.	2.	3.	4.	5.	6.	7.	8.	9.	10.
der Bundesregierung	392	371	348	326	372	259	427	288	104	237
des Bundestages	141	132	74	97	80	58	62	39	16	42
des Bundesrates	12	8	2	3	9	13	17	15	8	32
von Bundesregierung/ Bundestag/Bundesrat	–	–	–	–	–	5	10	12	11	9
Insgesamt	545	511	424	426	461	335	516	354	139	320

aus: Statistische Jahrbücher.

Nun liegt aber beim Deutschen Bundestag nach dem Willen unserer
Verfassung nicht nur das Recht der Gesetzesinitiative und das Recht auf
Beschlußfassung über Gesetzentwürfe, der Bundestag verfügt darüber
hinaus, abgesehen noch vom Recht der Kanzlerwahl, über das Budgetrecht, über das Recht auf parlamentarische Anfragen und über das Recht
auf Einsetzung von parlamentarischen Untersuchungsausschüssen.
Hinzu tritt die Beteiligung des Bundestages an der Wahl des Bundespräsidenten, der Wahl der Bundesrichter und der Besetzung des Bundesverfassungsgerichts, schließlich die Wahl des Wehrbeauftragten.

Dem klassischen Begriff des Parlamentarismus nach steht die Kontrollfunktion des Parlaments neben der Legislativfunktion. Der Mechanismus
zur Ausübung dieser Kontrollfunktion besteht in unserem Verfassungssystem im Recht auf parlamentarische Anfragen («Große Anfragen») und
in den damit herbeigeführten parlamentarischen Debatten über Richtung
und Leistung der Regierungspolitik. Das Bedürfnis, eine solche parlamentarische, d. h. öffentliche Kontrolle der Regierung zu praktizieren,

1 Vgl. zur Gesamtproblematik die Beiträge der Zeitschrift für Parlamentsfragen (vierteljähr-
lich), Opladen

wird aber bei denjenigen Parteien im Parlament, die aus ihrer Mitte die
Regierung stellen, nicht allzu stark entwickelt sein. Schon im Hinblick
auf die negativen Folgen bei der nächsten Wahlauseinandersetzung werden die Regierungsparteien erhebliche Differenzen mit der Regierung
tunlichst hinter den verschlossenen Türen der Fraktionsführung oder
eines Koalitionsausschusses belassen. Gegenüber den einzelnen Ministerien wird der Wunsch nach einer öffentlichen Kontrolle um so schwächer
sein, je mehr man sich dort personalpolitisch Einfluß verschafft hat. Ein
Bedürfnis, die öffentlichen Kontrollmöglichkeiten des Parlaments zu nutzen, kann daher am ehesten noch bei der Opposition vermutet werden.
Ellwein meinte, die Wirkung eines Gebrauchs der parlamentarischen
Kontrollfunktion durch die Opposition dürfe aber nicht überschätzt werden: «Das Ansehen des Parlaments ist nicht groß genug, als daß seine
Debatten auf die Meinungsbildung im Volk größeren Einfluß hätten und
infolgedessen von den Regierungsparteien übermäßig ernst genommen
werden müßten.»[1]

Während die «Große Anfrage» im Bundestag nur dann möglich ist,
wenn eine Gruppe von Abgeordneten sie einbringt, kann jeder einzelne
Abgeordnete «Kleine Anfragen» stellen oder sich der Fragestunde des
Bundestags bedienen. Diese «Kleinen Anfragen» haben allerdings keine
Debatte zur Folge; immerhin stellen sie im Bundestag die einzige individuelle Aktionsmöglichkeit der Abgeordneten dar. In der vierten Legislaturperiode des Bundestages wurde, um den Parlamentarismus ein wenig
zu beleben, die Institution der «aktuellen Stunde» im Bundestag neu eingeführt, in der – ohne Regierungs- oder Gesetzesvorlage – politische Probleme in Form einer Kurzdebatte behandelt werden.

Das parlamentarische Recht, Untersuchungsausschüsse einzusetzen,
taugt in der BRD eher für die Kontrolle verwaltungsmäßiger Ordnung als
für die Kontrolle der politischen Richtung der Regierungspolitik; im
Untersuchungsausschuß reproduzieren sich leicht die politischen Mehrheitsverhältnisse des Bundestages, wenn nicht gravierende sachliche
Mißstände zur Diskussion stehen, wie 1983/84 im Hinblick auf die Partei-
enspenden.

Ein recht weitgehender parlamentarischer Kontrollanspruch gegenüber der Tätigkeit von Regierung und Verwaltung liegt im Budgetrecht,
d.h. im Recht des Parlaments, über den jährlichen Staatshaushalt in
Form des Haushaltsgesetzes zu entscheiden. Hier entstehen auch für die
parlamentarische Opposition wirkungsvolle Kontrollchancen. Allerdings
wurden auch diese Möglichkeiten faktisch mehr und mehr eingeschränkt,

1 T. Ellwein: a. a. O.; zum Problem ferner U. Thaysen: Parlamentarisches Regierungssystem
in der Bundesrepublik, Opladen 1976; E. Busch: Parlamentarische Kontrolle, Heidelberg
1983

weil im Staatshaushalt solche Etatpositionen einen immer größeren Umfang einnehmen, die rechtlich (durch bereits festliegende gesetzliche Verpflichtungen des Staates auf die damit zu finanzierenden Leistungen) oder faktisch (durch langfristige politische oder wirtschaftliche Festlegungen) nicht mehr zur Disposition stehen. Die traditionelle Haushaltsordnung des Bundes, nach dem Schema jährlicher Entscheidungen über die Staatsausgaben angelegt, entspricht keineswegs dem tatsächlichen und notwendigen wirtschaftlichen Verhalten des Staates. Sie ist durch die mittelfristige Finanzplanung verbessert worden, durch die der Staatshaushalt in großen Zügen auf eine Reihe von Jahren festgelegt wird. Gerade hier wird aber wiederum die parlamentarische Entscheidung geschmälert und der Exekutive noch mehr Spielraum gegeben.

Außer diesem Umstand mag auch die Tatsache, daß Haushaltspläne oft eine gewissermaßen künstliche Kompliziertheit aufweisen, dazu beigetragen haben, daß das Budgetrecht des Parlaments vielfach bei geringfügigen Haushaltsposten, wie etwa Personalausgaben, weit intensiver ausgeübt wird als bei politisch-wirtschaftlich entscheidenden Etatpositionen. Das Budgetrecht des Parlaments ist im übrigen durch Art. 113 des Grundgesetzes eingeschränkt, wonach Beschlüsse des Bundestages, welche die von der Bundesregierung vorgesehenen Ausgaben überschreiten, der Zustimmung der Bundesregierung bedürfen.

Die parlamentarische Willensbildung verlagert sich nahezu zwangsläufig in die Parlamentsausschüsse, die mehr und mehr den größten Teil der parlamentarischen Arbeitszeit des Abgeordneten in Anspruch nehmen. In der zehnten Legislaturperiode des Bundestages standen 2305 Ausschuß- und Unterausschußsitzungen lediglich 256 Plenarsitzungen gegenüber. Die Ausschuß-Phase innerhalb des Gesetzgebungsverfahrens ist längst die wichtigste; damit ist aber «der Teil des Prozesses der parlamentarischen Willensbildung, der im Blickfeld der Öffentlichkeit lag, ausgetrocknet.»[1] Die Geringschätzung der Plenarsitzung gegenüber den Ausschußsitzungen wird auch daran erkennbar, daß Ausschüsse gleichzeitig mit dem Plenum tagen. Die Plenarsitzung wird so zur «Bühne», auf der bereits gefällte Entscheidungen noch einmal vorgeführt werden. Die Ausschüsse wiederum, in deren Arbeit detaillierte Kenntnis von Teilbereichen notwendigerweise am ehesten gefragt ist, geraten eben deshalb in Gefahr, einen neuen Gruppen-Feudalismus auszubilden, zumindest dann, wenn ihre Tätigkeit nicht in übergreifende gesellschaftspolitische Alternativen eingeordnet wird.

Die Ausschüsse des Deutschen Bundestages spiegeln das politische Kräfteverhältnis der Bundestagsfraktionen wider. Strukturell unterscheiden sie sich vom Plenum dadurch, daß in der Regel ihre Sitzungen nicht

1 B. Dechamps: Macht und Arbeit der Ausschüsse, Meisenheim 1954

öffentlich sind. Von der Möglichkeit öffentlicher «Hearings», wie sie in
der Geschäftsordnung des Bundestages vorgesehen ist, wird selten Gebrauch gemacht. Die Ausschußsitzungen, deren Klima auch durch die
Teilnahme von Ministerialbeamten geprägt ist, können nicht jene Funktion ausfüllen, die den Plenarsitzungen des Parlaments zugedacht ist,
nämlich politische Alternativen und die Verantwortlichkeit für politische
Entscheidungen öffentlich bewußt zu machen. Für die Detaillierung von
Gesetzentwürfen aber, die im Mittelpunkt der Ausschußarbeit steht, verfügt die Exekutive im Bundeskanzleramt und in den einzelnen Ministerialbürokratien über ein weitaus höheres Potential an Experten und Ex-
pertenwissen als das Parlament oder die Parlamentarier, selbst wenn den
Bundestagsausschüssen Assistenten zur Seite stehen. Eine solche fachliche oder vielleicht auch nur informatorische Überlegenheit kann leicht
in politische Dominanz umgesetzt werden.

Im übrigen fördern sich Verlagerung der parlamentarischen Entscheidungen in die Ausschüsse und Fraktionierung des Parlaments gegenseitig; ein Schlüssel zur Macht der Fraktion liegt in ihrem Monopol bei der
Besetzung der Parlamentsausschüsse und, dies vor allem bei der Opposition, in dem Informationsangebot der Fraktion für die Expertentätigkeit
in den Ausschüssen.[1] Die Position der Regierung einerseits, der Fraktionsführung andererseits wird gestärkt auch durch die Praxis der vor dem
Parlament geheimzuhaltenden exekutiven «Verschlußsachen». So wird
durch die Beteiligung einiger weniger Abgeordneter an exekutiven Details ein Alibi für den Ausschluß des Parlaments und damit der Öffentlichkeit von der Information und Beratung über derartige «Geheimsachen»
geschaffen. Auch scheint die Gefahr zu bestehen, daß Absprachen zwischen der Regierung oder dem Kanzler und einigen Spitzenvertretern der
Fraktionen geradezu staatsvertragsähnlichen Charakter erhalten, wodurch der parlamentarischen Willensbildung der Boden entzogen wird.

Angesichts der skizzierten Umstände läßt sich die Vorstellung, daß das
Parlament in öffentlicher und freier Debatte politische Alternativen her-
ausfinde und über diese dann unmittelbar entscheide, nicht mehr halten.
Die Verlagerung parlamentarischer Arbeit in die Ausschüsse, die Vorbe-
stimmung parlamentarischer Entscheidungen durch die innerfraktionelle
Willensbildung und die Abwanderung von Vorarbeiten der Legislative
zur Exekutive und zu Beratungsorganen im Umkreis der Ministerien haben die Funktion des Parlaments qualitativ verändert. Damit wird aber
fragwürdig, in welchem Grade das Parlament jene Rolle ausfüllen kann,
die ihm von der politischen Theorie zugeschrieben wird, nämlich die Auseinandersetzung des Gemeinwesens um seine eigene Gestalt verantwort-

---

1 Vgl. hierzu W.-D. Hauenschild: Wesen und Rechtsnatur der parlamentarischen Fraktionen,
   Berlin 1968

lich darzustellen.[1] Wohl nicht zu Unrecht wirft man dem Deutschen Bundestag vor, daß er seiner Aufgabe, politische Meinung öffentlich und verantwortlich auszubilden, vielfach erst dann nachgekommen sei, wenn die außerparlamentarische Öffentlichkeit ihn dazu zwang. Ohne Zweifel steht einem überhöhten Begriff von der Souveränität parlamentarischer Entscheidungen, der sich auch in Staatsbürgerkunden widerspiegelt, in der Verfassungswirklichkeit eine Funktionsschwäche des Bundestages gegenüber, die nicht allein aus dem Sachzwang heutiger parlamentarischer Arbeit erklärt werden kann. Mit Alexander Mitscherlich kann man die Frage stellen, ob nicht mit dem Funktionsverlust der parlamentarischen Demokratie die bisher höchstentwickelte Form bewußter Konfliktbehandlung dahinschwindet, ohne daß ein Ersatz sichtbar wäre. In welchem Umfange die Mehrheit des Parlaments bereit ist, auf Entscheidungsrechte zu verzichten, hat sich bei der Notstandsgesetzgebung (Mai 1968) gezeigt. Kern dieses verfassungsändernden Eingriffs war die Einrichtung eines «Gemeinsamen Ausschusses» (aus 22 Vertretern des Bundestags und 11 Vertretern des Bundesrats), auf den in Zeiten internationaler Spannung Legislativrechte übergehen können.

Andererseits wächst auch unter den Parlamentariern selbst das Unbehagen an der gegenwärtigen Form des Parlamentarismus. Reformversuche, die dieser Unzufriedenheit entsprangen, blieben allerdings bisher in zaghaften Reparaturen stecken.[2] Die «kleine Parlamentsreform» aus dem Jahre 1969 brachte folgende Veränderungen: Bundestagsausschüsse können auf eigenen Beschluß hin öffentliche Sitzungen abhalten; Gesetzesberatungen im Plenum werden nach Sachbereichen längerfristig geplant und gruppiert (und so für den Abgeordneten besser überschaubar); durch Kürzung der Redezeiten erhalten mehr Abgeordnete die Chance, in die Debatte einzugreifen; das Fraktionsquorum wird auf 5 v. H. der Mitglieder des Bundestags herabgesetzt (und damit der Minderheitenschutz verstärkt); der Bundestag kann eigene Enquete-Kommissionen einsetzen. Ein Antrag der FDP, die Ausschußsitzungen in der Regel öffentlich zu machen (und nicht, wie in der Parlamentsreform beschlossen, nur auf besonderen Beschluß), kam nicht durch. Problematisch ist die in der Parlamentsreform beschlossene Regelung, daß Ausschüsse auch auf eigene Initiative hin (und nicht nur im Auftrage des Plenums) tätig werden können. Die Macht des Plenums ist damit noch mehr reduziert. Die seit der Großen Koalition eingeführte Institution der Parlamentarischen Staatssekretäre, gelegentlich als Stärkung des Parlaments

1 Zur prinzipiellen Kritik am Parlamentarismus vgl. J. Agnoli u. P. Brückner: Die Transformation der Demokratie, Frankfurt 1968
2 Vgl. dazu F. Schäfer: Der Bundestag – Eine Darstellung seiner Aufgaben und seiner Arbeitsweise, 4. Aufl. Opladen 1982

ausgegeben, wirkt sich eher als zusätzliches Instrument der Kabinettspolitik aus.

Eine Reform des Parlamentarismus, die über Vordergründigkeit hinauskommen will, müßte strukturelle Fragen aufgreifen. Insbesondere wären zu bedenken: die Position jener extrakonstitutionellen «Nebenmächte» (Beiräte usw.), die sich am Rande der Regierung und der Ministerialbürokratie etabliert haben; die Bedeutung nichtöffentlicher Einflüsse wirtschaftlicher Gruppen auf Regierung und Ministerialbürokratie; die Tatsache, daß gesamtgesellschaftliche Richtungsentscheidungen, insbesondere Innovationsentscheidungen, heute vielfach außerhalb der Gesetzesform erfolgen, während die Masse der formellen Gesetze eher administrativen Charakter hat; die Folgen, die bei hohem Konzentrationsgrad die «Sondersouveränität» privater Großwirtschaft für die gesamtgesellschaftliche Willensbildung hat. Hier wäre zu erkennen, daß dem Machtverlust des Parlaments sehr wohl eine Machtakkumulation an anderen Stellen entspricht, deren demokratische Legitimation zweifelhaft oder gar nicht gegeben ist.

Tätigkeiten des Deutschen Bundestages

Wahlperiode	1.	2.	3.	4.	5.	6.	7.	8.	9.	10.
Große Anfragen	160	97	49	34	45	31	23	47	32	175
Kleine Anfragen	355	377	410	308	487	569	483	434	297	1006
Plenarsitzungen	282	227	168	198	247	199	259	230	142	256
Sitzungen von Ausschüssen und Unterausschüssen	5474	4389	2493	2986	2692	1449	2223	1955	1099	2305
Fraktions- und Vorstandssitzungen	1774	1777	675	727	802	529	718	674	400	900

aus: Statistisches Jahrbuch für die Bundesrepublik Deutschland.

Staatsfunktionen und gesellschaftliche Entscheidungsmacht

Die Funktionsschwäche des Parlamentarismus, der Druck zu immer mehr ausgedehnter und immer mehr ins Detail gehender Gesetzgebung, das Übergewicht der Verwaltung, der Zwang zur oft diffusen Spezialisierung – diese Entwicklungen hängen aufs engste mit Veränderungen der Funktion des Staates zusammen. Als die parlamentarischen Demokratien sich gegen die autoritären Staatsverfassungen durchsetzten, beschränkten sich die Funktionen des Staates im wesentlichen auf folgende: Der Staat hatte dafür zu sorgen, daß «Recht und Gesetz» eingehalten würden; er hatte das Gewaltmonopol nach innen und nach außen (gegenüber anderen Staaten) zu vertreten. Die Gesetzgebung konzentrierte sich damals auf einige wenige Gesetze pro Wahlperiode, mit denen Rechte und Pflichten der Bürger oder der Staatsverwaltung festgelegt wurden; die Ausgaben für Polizei und Militär machten den überwiegenden Teil des Staatsetats aus. Demgegenüber hat der Staat in allen Industrienationen inzwischen einen enormen Zuwachs an Funktionen zu verzeichnen. Das gesamte System der sozialen und wirtschaftlichen Versorgung hängt heute zu großen Teilen vom Staat und seiner Tätigkeit ab.

Etwa ein Drittel des volkswirtschaftlichen Gesamtaufkommens zieht heute der Staat in der BRD an sich und gibt es wieder aus – 1913 waren es im Deutschen Reich nur 7,5 % des Sozialprodukts, die über den Staat liefen. An die 20 % der Erwerbstätigen in der Bundesrepublik sind heute im öffentlichen Dienst beschäftigt – 1913 waren es im Deutschen Reich nicht mehr als etwa 2 %. Die «öffentliche Hand» ist längst der größte Arbeitgeber und Auftraggeber in der Wirtschaft der Bundesrepublik. Hinzu kommt, daß der Staat, über seine direkte wirtschaftliche und soziale Tätigkeit hinaus, ständig regulierend, steuernd und subventionierend in die privatwirtschaftlichen Abläufe eingreifen muß (vgl. das Kapitel III). Die Veränderung der Funktionen des Staates läßt sich auch an der Thematik der Gesetzgebung ablesen; im Unterschied zu früher beschäftigen sich Gesetze heute überwiegend und bis in alle Einzelheiten hinein mit sozialen und wirtschaftlichen Regelungen.

Diese Entwicklung der Funktionen des Staates ist nicht rückgängig zu machen. Im Gegenteil, Leistungen der öffentlichen Hand (Verkehrsversorgung, Gesundheitsfürsorge, soziale Sicherung, Bildungswesen) werden sich noch erheblich ausweiten, und der Staat wird in einem bisher noch kaum geahnten Ausmaße intervenieren und vorsorgen müssen, wenn unsere Gesellschaft auf Zukunft hin existenzfähig bleiben soll.

Gerade die wirtschaftliche Tätigkeit des Staates wird darüber entscheiden, welche Richtung die gesellschaftliche Entwicklung nimmt; sie wird Prioritäten setzen und Weichen stellen. Die Frage ist nur, wer solche Entscheidungen über die Tätigkeit des Staates trifft – und in wessen Interesse. Die Volksvertretung hat in unserem politischen System immer noch das alleinige Recht, Gesetze zu beschließen (wie fragwürdig ihre Rolle bei der Vorbereitung und Diskussion solcher Gesetze ist, hatten wir gesehen), aber es ist zweifelhaft, ob die wichtigsten politischen Richtungsentscheidungen denn durchweg in der Form eines Gesetzes getroffen werden. Und während ein Parlament sich mit Gesetzen abmüht, die dem Inhalt nach Verwaltungstätigkeit sind, werden vielleicht zwischen einem Minister und Vertretern mächtiger gesellschaftlicher Interessen wirtschaftspolitische Maßnahmen des Staates ausgehandelt, die über gesellschaftliche Existenzbedingungen in den nächsten Jahrzehnten entscheiden, ohne öffentliche Diskussion und ohne Einschaltung des Parlaments.

Eine westdeutsche Wochenzeitung berichtete aus Bonn:

«Im Bürokratiedickicht der Ministerien erhalten unter dem Deckmantel von ‹Experten› oft wirtschaftliche Interessenvertreter politischen Einfluß auf die ständig wachsenden Subventionsprogramme der Bundesregierung. Die Gefahr abnehmender politischer Entscheidungsbedeutung wird deutlich am Beispiel der neuartigen Großprogramme, die finanzielle, personelle und wissenschaftliche Kapazität eines Landes für lange Zeit in Beschlag nehmen – Projekte wie z. B. der Bau von ‹Schnellen Brütern›-Reaktoren, die Milliarden kosten. Je zahlreicher derartig umfangreiche Projekte werden, die meist einen ‹Sperrklinkeneffekt› haben, desto schmaler wird der Spielraum, innerhalb dessen überhaupt noch demokratische Entscheidungen gefällt werden können, desto mehr wächst die Gefahr der Technokratie, in der morgen nur noch verwaltet wird, was gestern bereits im Langfristprogramm entschieden ist.»

Angesichts solcher Probleme mutet es seltsam an, wenn bei sozialkundlicher Unterrichtung immer noch das Schwergewicht darauf gelegt wird, z. B. das Gesetzgebungsverfahren in all seinen verfassungsrechtlichen Stationen zu schildern, während nicht gefragt wird, welche Bedeutung für gesellschaftliche Richtungsentscheidungen diese Gesetzestechnik noch hat, welche Souveränität denn überhaupt jenes Parlament hat, dem das Volk seine Souveränität übertragen hat.[1]

Das gegenwärtige System zentraler demokratischer Willensbildung in der Bundesrepublik, also der Parlamentarismus, ist in seiner Funktionsweise und in seinen Funktionsbedingungen auf die eigentlichen Gestaltungsaufgaben der gesellschaftlichen Ordnung unzureichend eingerichtet. Wo der Staat in der Bundesrepublik Planungsfunktionen wahrnimmt, vollzieht sich dies teilweise abseits der parlamentarischen Willensbildung; hinzu kommt, daß gesamtgesellschaftliche Planungsmacht sich nur zu oft außerhalb des staatlichen Zugriffsbereiches überhaupt befindet, nämlich in der Verfügung der Zentren der hochkonzentrierten privaten Wirtschaft.

Als besonders schwerwiegende Verunsicherung der traditionellen Funktionsweisen des Parlamentarismus erweist sich die Expansion von Technik mitsamt ihren oft kaum zu kalkulierenden Folgewirkungen, ebenso die Revolutionierung wissenschaftlich entwickelter Eingriffsmöglichkeiten in die außermenschliche und menschliche «Natur» (Gentechnik). Die «Technologiefolgenabschätzung» (und ebenso die «Wissenschaftsfolgenabschätzung») wirft nicht nur ethische Grundsatzfragen auf, sondern weist auch auf das Problem hin, inwieweit die überkommenen

1 Vgl. dazu V. Ronge u. G. Schmieg: Restriktionen politischer Planung, Frankfurt 1973; ferner R. Roth (Hrsg.): Parlamentarisches Ritual und politische Alternativen, Frankfurt 1980

parlamentarischen Analyse- und Entscheidungsmodalitäten auf solche sachlichen Dimensionen überhaupt eingestellt sind.[1]

Die Tendenz geht dahin, daß die Parlamente in einer Flut von Detailentscheidungen in Gesetzesform ersticken, die dem Inhalt nach eher Verwaltung bedeuten, während die gesellschaftlichen Richtungsentscheidungen, die faktisch Souveränität bedeuten, an anderen Stellen getroffen werden. Der überkommene Gesetzesbegriff, der ja – abgesehen von der Wahl der Regierung – die Souveränität des Parlaments definieren soll, ist offensichtlich nicht ohne weiteres in der Lage, gesellschaftliche Prioritätensetzung und Zukunftssteuerung in den Griff zu bekommen.

Fehlt es dem Parlament an Souveränität, so ist aber zugleich auch der Bürger betroffen, dessen formelle Mitwirkungschance in unserem politischen System ja auf die Wahl der Volksvertretung beschränkt ist. Der Politikwissenschaftler J. Raschke urteilt[2]:

«Der Bürger als Wähler und Parteimitglied ist frei in dem, was zweitrangig ist, hat aber keine Macht über das, was wirklich zählt: Bestimmung der Prioritäten der Produktion, Verteilung der Investitionen usw. Diese Entscheidungen, die die Beschaffenheit der Gesellschaft bestimmen, gehören in die Souveränität privatwirtschaftlicher Gruppen... Auch ein Wahlsieg verschafft zwar Regierungsämter, aber keinen Zugriff auf die gesellschaftlichen Machtpositionen. Die wirtschaftlich Mächtigen können z. B. durch Investitionsbeschränkungen, Preiserhöhungen, Kapitalflucht u. ä. ein gegen sie gerichtetes Regieren verhindern.»

Allerdings ist hier anzumerken, daß die Steigerung des gesellschaftlichen Problemdrucks (Umweltkrise, Krise des Arbeitsmarktes, Krise des Sozialstaats) und auch die Veränderung der Parteienkonstellation (Erfolg der «Grünen») zumindest der Tendenz nach die öffentliche, ansatzweise auch die parlamentarische Debatte über die ökonomisch-politischen Alternativen, vor denen staatliches Handeln steht, angeregt haben. Ob damit die Frage nach den Bedingungen und nach der Legitimation gesellschaftlicher Entscheidungsmacht sich auf längere Sicht verschärft stellt, läßt sich zur Zeit noch nicht absehen.

---

1 Dazu C. Böhret und P. Franz: Technologiefolgenabschätzung, Frankfurt 1982; W. Bruder (Hrsg.): Forschungs- und Technologiepolitik in der Bundesrepublik, Opladen 1986; M. Jänicke: Staatsversagen. Die Ohnmacht der Politik in der Industriegesellschaft, München 1986
2 In: W. Steffani: Parlamentarismus ohne Transparenz, Opladen 1971, S. 196; vgl. auch M. Greven: Parteien und politische Herrschaft, Meisenheim 1977

Die Abgeordneten

Die Struktur des Parlamentarismus heute bleibt nicht ohne Folgen für die Funktion des einzelnen Parlamentariers. Das klassische Bild des Parlamentariers im liberalen Rechtsstaat war das des Vertreters des «Gesamtwillens», der ohne Weisungen und Aufträge in öffentlicher Verhandlung Entscheidungen herbeiführt. Der Parlamentarische Rat hat sich bei der Beratung des Grundgesetzes an eben diesem Bilde insoweit orientiert, als der Abgeordnete in Art. 38 des Grundgesetzes als «Vertreter des ganzen Volkes, an Aufträge und Weisungen nicht gebunden und nur seinem Gewissen unterworfen» beschrieben wird. Der hier definierten Rolle des Abgeordneten widerspricht die Wirklichkeit des derzeitigen Parlamentarismus. Tatsächlich ist der Abgeordnete im parlamentarischen System der Bundesrepublik einem Netz verschiedener Aufträge unterworfen; «Auftraggeber» können Wähler, Fraktionen, Regierung und Interessenverbände sein.

Das in Art. 38 zum Ausdruck kommende reine Repräsentativprinzip steht auch im Widerspruch zum Prinzip der «Parteiendemokratie», wie sie sich, gestützt auf den Artikel 21, in der Verfassungswirklichkeit der BRD durchgesetzt hat. Der fraktionslose Abgeordnete bleibt innerhalb des Parlaments ohne Wirkung. Da die entscheidenden Beratungen in den Ausschüssen oder im Zusammenspiel von Regierung und Regierungsparteien ihren Platz haben und im Plenum im allgemeinen nur noch vorweg bestimmte Entscheidungen registriert oder demonstriert werden, muß der Abgeordnete sich der Regie der Fraktionsführung überlassen, die ihm Ämter in der Fraktion als «Vorparlament», in den Parlamentsausschüssen und schließlich auch im Plenum zuweist. Der Aufstieg aus den Reihen der «Parlamentshinterbänkler» in wichtige Ausschüsse und Arbeitskreise oder in den Franktionsvorstand setzt die Zustimmung der Fraktionsführung voraus, es sei denn, hinter dem Abgeordneten stünde der massive Druck eines wichtigen außerparlamentarischen Verbandes.

Auch die erneute Kandidatur bei der nächsten Wahl ist selbst bei Direktmandaten nicht unabhängig von der Fraktions- bzw. der zumeist mit ihr eng verbundenen Parteiführung. Das Wahlsystem in der Bundesrepublik ist lediglich eine personalisierte Parteienwahl, die nur in wenigen prominenten Fällen durch Persönlichkeitseffekte beeinflußt wird. Daß der Parlamentarier im Deutschen Bundestag außer seinem Gewissen noch etlichen anderen Instanzen «verantwortlich» ist, erklärt sich auch aus seiner Position als Berufspolitiker. «Berufspolitiker auf Zeit» rekrutieren sich vorzugsweise aus der staatlichen oder verbandlichen Angestellten- und Beamtenschicht.

In dieser Schicht ist das Risiko beruflicher Nachteile durch die Mandatszeit nicht gegeben, sondern es liegt sogar in der Abgeordneteneigenschaft eine Aufstiegschance; genau hier liegt aber auch eine – wie auch immer vermittelte – Abhängigkeit von der Parteiführung am nächsten.

Ein Fraktionswechsel geschieht in der Bundesrepublik nicht allzu häufig, und die «Dichte» der Fraktionen im Bundestag ist zumeist garantiert. Die Fraktionsdisziplin in den Parteien ist faktisch so weit gestützt, daß die gängige Fragestellung nach einem fixierten Fraktionszwang irrelevant wird.

Eine gewisse Autonomie innerhalb der Fraktion ist am ehesten solchen Abgeordneten möglich, die entweder als Verbandsexponenten oder als Repräsentanten der Partei selbst so sehr mit dem «Image» der Partei verbunden sind, daß sie nur schwer ausgewechselt werden könnten; allerdings ist auch diese Chance sehr begrenzt, da die Trennlinien zwischen den Parteien gerade hier als starr gelten und damit die Möglichkeit des Übergangs zur anderen Partei als leere Drohung erscheinen muß. Auch die einmal erworbene «Prominenz» eines Abgeordneten und die damit verbundene relative Unabhängigkeit gegenüber der Fraktion ist auf ihre Haltbarkeit zu prüfen. Die Fülle von Informationen, die auch in Sachen Politik täglich dem Bürger entgegentritt, bringt es mich sich, daß unter Umständen Prominenz von heute schon morgen wieder vergessen sein kann, zumal Verbreitung von Nachrichten über eine bestimmte Person selbst wiederum, auch von seiten der Partei- und Fraktionsführungen, manipulierbar ist. Das Schicksal mancher Minister oder Ministrablen, bis hin zu den im Laufe der Jahre benannten Regierungsmannschaften, zeigt die Möglichkeit eines schnellen Abbaus von Prominenz. Politische Übereinstimmung mit den jeweils in der Partei oder Fraktion vorherrschenden Tendenzen dürfte auch in der Schicht prominenter Abgeordneter Bedingung für die Aufrechterhaltung solcher Prominenz sein. Auch die parlamentarische Karriere auf dem Wege des Angebots von Sachverstand ist alles andere als gesichert. Die Bedeutung von «Experten» in der parlamentarischen Arbeit ist unverkennbar, doch ist die Expertenrolle bei den Parteien und in den Fraktionen von einer Reihe anderer, sozusagen sachfremder Bedingungen abhängig.

Eine «Anfechtung» für die vorherrschenden Praxisformen in Parlamenten und Fraktionen bedeutete der Einzug der «Grünen» in die Volksvertretungen. Hier wurde der Anspruch gestellt, Politik unkonventionell und in stetiger Verbindung zur «Basis» zu betreiben; das Verlangen nach Rotation in der Mandatsausübung war Teil dieses alternativen Verständnisses parlamentarischer Tätigkeit. Daß solche Ansprüche bei ihrer Umsetzung in den «Abgeordnetenalltag» auf Schwierigkeiten stoßen, ist freilich auch den «Grünen» bereits deutlich geworden.

Die bei den großen Parteien jedenfalls vorwiegende und sehr weitgehende Disziplinierung der Abgeordneten durch den «Fraktionswillen», der selbst wiederum seine Abhängigkeit von den Entscheidungen einer

Abgeordnete im...Bundestag

	8.	9.	10.	11.
insgesamt	518	519	520	519
darunter:				
Beamte (ohne Lehrer)	107	100	95	84
Lehrer	55	71	68	83
Angehörige freier Berufe (Rechtsanwälte, Ärtze, Ingenieure, Journalisten)	65	83	65	73
Angestellte politischer und gesellschaftlicher Organisationen (z. B. Parteien, Gewerkschaften)	71	67	71	72
Regierungsmitglieder und ehemalige Regierungsmitglieder	53	45	74	66
Selbständige (Unternehmer, Handwerker, Landwirte)	67	65	67	57
Angestellte in der Wirtschaft (Industrie, Handel Gewerbe und entsprechende Organisationen)	53	53	43	41
Angestellte des öffentlichen Dienstes	26	16	12	9

Quelle: Institut der deutschen Wirtschaft

jeweils relativ kleinen Gruppe der Partei- und Fraktionsführung kaum
verleugnen kann, ist vermutlich auch durch historische und verfassungs-
strukturelle Bedingungen des deutschen Nachkriegsparlamentarismus
mitbestimmt.[1] Die Parteien in Westdeutschland sind nicht im Zusammenspiel mit parlamentarischen Gruppierungen «historisch» entwickelt, sondern nach 1945 unter starker Dominanz der Parteiführungsstäbe eingerichtet worden, so daß ein Gegengewicht gegenüber den Partei- und
Fraktionsführungen in Gestalt bewährter, selbstbewußter Parlamentarier
kaum bestand. Auch die Stabilität der Regierungen in der Bundesrepublik und die Institution des konstruktiven Mißtrauensvotums trugen zur
Disziplinierung der Fraktionen bei.

An dieser Stelle wird ein systematischer Überblick zum Wahl- und Parteiensystem und dessen Entwicklung nach 1945 notwendig. Bevor wir zu
dieser Analyse ansetzen, seien noch einige Hinweise zum Sozialprofil des
Deutschen Bundestages mitgeteilt.

1 Zu den «Sozialisationsbedingungen» im Parlament vgl. B. Badura u. J. Reese: Jungparla-
mentarier in Bonn, Stuttgart 1976; allgemein ferner C. C. Schweitzer: Der Abgeordnete im
parlamentarischen Regierungssystem, Opladen 1979

Die Zusammensetzung des 11. Deutschen Bundestages bestätigt sehr massiv Tendenzen, die sich schon seit einigen Legislaturperioden durchgesetzt hatten: Der Bundestag ist ein Parlament der öffentlich Bediensteten, vornehmlich der Akademiker und hier nicht zuletzt der Juristen. 350 Abgeordnete haben eine Hochschulausbildung.

176 Abgeordnete kommen aus dem öffentlichen Dienst, und 72 sind der verbandlichen Verwaltung zuzurechnen (Partei- und Gewerkschaftsangestellte etc.).

Naturwissenschaftler und Techniker sind kaum vertreten, auch die Industrie ist zahlenmäßig nur schwach repräsentiert; Arbeiter sind im Bundestag sehr rar.

Obwohl in der Wählerschaft die Frauen in der Überzahl sind, stellen sie im Bundestag nur ca. 15 % der Abgeordneten. Gegenüber den vorhergehenden Legislaturperioden hat sich der Einzug jüngerer Abgeordneter wieder reduziert, der Altersdurchschnitt des Parlaments liegt nun bei etwa 50 Jahren.

Insgesamt läßt sich feststellen, daß der Bundestag die soziale Struktur der Bevölkerung nicht einmal annähernd widerspiegelt. Das Bonner Parlament ist eine «Männerangelegenheit», es dominiert dort die Verwaltung, und die Akademisierung schreitet fort. Die Altersstruktur des Parlaments liegt vergleichsweise hoch.

Eine ähnliche Zusammensetzung finden wir übrigens inzwischen auch in den Parlamenten der Bundesländer, wobei Angehörige solcher Berufe, die von der öffentlichen Hand leben, hier noch eindeutiger vorherrschen.

Wahlsystem und Wahlkampf

Das Grundgesetz hat das Wahlsystem der Bundesrepublik offengelassen, im Unterschied zur Weimarer Reichsverfassung, die in Art. 22 die Verhältniswahl festgelegt hatte. Infolgedessen ist das Wahlsystem durch die Parlamentsmehrheit bestimmbar, ein Umstand, der zumindest die Möglichkeit politischer Pressionen vermittels Androhung von Wahlgesetzänderungen nahelegt.

Das erste Wahlgesetz der Bundesrepublik blieb nur für die Wahl des Jahres 1949 gültig; es handelte sich um ein Mischwahlsystem, nach dem von 400 zu wählenden Abgeordneten 242 durch «Persönlichkeitswahl», d. h. nach dem Prinzip der Mehrheitswahl, und 158 über die Landeslisten im Verhältniswahlsystem zu wählen waren. Parteien, die nicht 5 v. H. der insgesamt abgegebenen gültigen Stimmen in einem Bundesland oder ein Direktmandat in einem Wahlkreis erhielten, waren von der Mandatsverteilung ausgeschlossen.

Die Sperrklausel wurde in den späteren Wahlgesetzen noch verschärft:

nun ist der Einzug ins Parlament unter Anrechnung der für die Landeslisten abgegebenen Stimmen nur für solche Parteien möglich, die entweder drei Direktmandate oder mindestens 5 v. H. der abgegebenen gültigen Stimmen im gesamten Bundesgebiet erhalten. Außerdem wurde die Verbindung von Wahlkreisvorschlägen mehrerer Parteien durch das Wahlgesetz ausgeschlossen.[1]

Das Wahlsystem der Bundesrepublik ist eine Mischung von Verhältniswahlrecht, wie es in reiner Form in der Weimarer Republik galt, und Mehrheitswahlrecht, wie es etwa in England praktiziert wird. Die Verteilung der Sitze im Bundestag geht jetzt davon aus, daß die in den Wahlkreisen direkt gewählten Abgeordneten um die gleiche Anzahl von solchen Abgeordneten ergänzt werden, die auf den Landeslisten der Parteien kandidieren, also 248 Wahlkreisabgeordnete und 248 Landeslistenabgeordnete; hinzu kommen 22 nicht direkt gewählte Abgeordnete aus West-Berlin. Jeder Wähler hat zwei Stimmen, eine Erststimme für einen Wahlkreiskandidaten, eine Zweitstimme für die Landesliste einer Partei. Diese Stimmen kann der Wähler trennen; er kann z. B. die Landesliste der FDP, aber den Direktkandidaten der CDU wählen.

In den Wahlkreisen ist gewählt, wer die relative Mehrheit der Stimmen auf sich vereinigt. Man spricht im Hinblick auf dieses Wahlsystem am besten von einer personalisierten Verhältniswahl; die Verteilung der Mandate auf die Parteien ist nämlich von den Zweitstimmen abhängig, geschieht also nach dem Verhältnisprinzip; durch die Erststimme ist die personelle Zusammensetzung der Parteifraktionen im Bundestag direkt beeinflußt. Dieser Effekt wird erreicht, indem bei der Verteilung der Sitze auf die Parteien nach dem Verhältnis der Zweitstimmen ausgerechnet wird, wie viele Sitze auf die Landeslisten der jeweiligen Parteien entfallen; diese Mandate der einzelnen Parteien werden zunächst durch die direkt gewählten Kandidaten, dann erst durch die Listenkandidaten besetzt. Übersteigt die Zahl der für eine Partei gewählten Direktkandidaten in einem Bundesland die dieser Partei nach dem Verhältnis der Zweitstimmen zustehenden Sitze, so werden Überhangmandate geschaffen, damit in jedem Falle alle direkt gewählten Kandidaten zum Zuge kommen.

Der Ausgleich der Sitze über die Zweitstimmen empfiehlt sich übrigens schon deshalb, weil die Bevölkerungszahl in den einzelnen Wahlkreisen einige Differenzen aufweist und deshalb bei einer Sitzverteilung nur nach Direktmandaten von einer «gleichen» Wahl nicht ganz die Rede sein könnte. Vom Wähler wurde von der Möglichkeit, Erst- und Zweitstimmen parteipolitisch zu trennen, zunächst nur zögernd Gebrauch gemacht. Seit der Bundestagswahl 1969 hat aber das «Splitting» von Stimmen an

---

1 Vgl. E. H. Lange: Wahlrecht und Innenpolitik, Meisenheim 1975

Bedeutung gewonnen. Die Unterscheidung von Direktmandaten und Listenmandaten erweist sich als wichtig, wo es um die Aufstellung der Kandidaten geht; bei einer Partei, die ihre Bundestagssitze überwiegend durch Direktmandate erhält, haben die lokalen Parteigliederungen größere Einflußmöglichkeiten auf die personelle Zusammensetzung der Fraktion als bei einer Partei, die überwiegend Listenmandate gewinnt. Über die Kandidaturen auf den Landeslisten bestimmen Delegierte der Landesorganisation der Partei, was den Parteileitungen vermutlich größeren Einfluß einräumt, als sie ihn bei der Kandidatenaufstellung in den einzelnen Wahlkreisen in der Regel ausüben können. Das Bundeswahlgesetz schreibt vor, daß die Direktkandidaten durch die Parteimitglieder oder von diesen gewählte Delegierte im Bereich der Wahlkreise aufgestellt werden. In der Praxis kann diese Vorschrift zur Folge haben, daß die Stimmen einiger hundert Parteimitglieder genügen, um einen Kandidaten aufzustellen, der für seinen Wahlerfolg dann durchschnittlich etwa 80 000 Stimmen benötigt.

Wahlgesetzgebung, Parteienstruktur und materielle Bedingungen der Parteienkonkurrenz machen den Wahlerfolg einer bisher nicht im Bundestag vertretenen Partei oder einer freien Kandidatur in einem Wahlkreis (die das Wahlgesetz unter bestimmten Bedingungen zuläßt) außerordentlich schwierig.

Um so überraschender war für die politikwissenschaftliche Interpretation des politischen Systems der Bundesrepublik, daß mit den «Grünen» eine neue Partei sich bis in die Volksvertretung auf Bundesebene hinein durchsetzen konnte. Dies deutet auf einen neuen Problemhorizont bei Wahlentscheidungen hin; zugleich besteht offenbar ein Zusammenhang des Erfolgs der «Grünen» mit der größeren politischen Beweglichkeit der nachwachsenden Generation und der «neuen Mittelschichten».[1]

Die Fluktuation bei der Parteienwahl ist nach empirischen Untersuchungen bei den Arbeitern und Beamten relativ niedrig, bei den Angestellten und Selbständigen liegt sie höher. Unter den direkten Mitteln der Wahlwerbung scheinen Fernsehen und Postwurfsendungen die wirksamsten zu sein, während Plakate, Anzeigen und Wahlversammlungen das Wahlverhalten nur in geringerem Umfange beeinflussen. Einen politischen Meinungsaustausch über die zu treffende Wahlentscheidung findet man nach diesen Untersuchungen am ehesten noch in der Familie.

Neben der Familie dürften Freundeskreise und politisches Milieu unmittelbar am Arbeitsplatz für Parteipräferenzen und den eventuellen Wechsel derselben prägend sein. Kontakte mit politisch Andersdenkenden in solchen Primärgruppen sind ein wesentliches Element für politische Einstellungsveränderungen; der Wunsch, nicht gegen die vorherr-

---

1 Vgl. dazu kritisch W. Kaltefleiter: Parteien im Umbruch, Düsseldorf 1984

schenden politischen Normen in Familie, Freundes- und Nachbarnkreis und unter Arbeitskollegen zu verstoßen, ist sicherlich in der Regel ein wichtiges Motiv. Der Wahlkampf wird nicht nur darauf abzielen, den rivalisierenden Parteien bisher «treue» Anhänger abzugewinnen, sondern muß sich auch darauf richten, potentielle Anhänger zu mobilisieren, sie in möglichst großem Umfange zur Stimmabgabe zu animieren und bereits schwankende Anhänger anderer Parteien endgültig zur Wahl der eigenen Partei herüberzuziehen. Die Wahrnehmung von Wahlpropaganda ist dort am dichtesten, wo ohnehin Sympathien für oder Bindungen an die betreffende Partei gegeben sind. Der Übergang von der Entscheidung für die eine zur Entscheidung für die andere Partei erfolgt allen empirischen Untersuchungen nach kaum im Direktverfahren, sondern über eine Kette von Zwischenakten. Manche wahlsoziologischen Analysen bestreiten, daß Einstellungen, die zur Wahl dieser oder jener Partei führen, überhaupt durch politische Werbung wesentlich beeinflußt werden können: «Wir fanden in keinem Falle, daß ein Wechsel der politischen Meinung nur infolge von Beeinflussung durch Propaganda erfolgte.»[1]

Diese Argumentation verkennt freilich, daß die Manipulation der Meinung sich auch darin erweisen könnte, daß ein Wechsel nicht erfolgt. Im übrigen beschränken sich solche Untersuchungen häufig auf die Feststellung der Reaktionen auf propagandistische Maßnahmen, die sich direkt als Werbung der Parteien ausweisen. Dabei bleibt die Frage offen, ob nicht eine Steuerung des Wählverhaltens gerade dort vorliegt und als problematisch angesehen werden muß, wo Parteiwerbung sich als solche nicht zu erkennen gibt, infolgedessen auch nicht auf ihren Wahrheitsgehalt überprüft werden kann und insofern «unverantwortlich» bleibt.

Schon die scheinbar überparteilichen Parallelaktionen bei den Wahlen müssen in dieser Hinsicht kritisch betrachtet werden, da sie die bewußte Auseinandersetzung mit dem politischen Anspruch der Partei, für die sie Stimmen zu gewinnen suchen, erschweren. Fragwürdig erscheint in diesem Zusammenhang auch die Rolle der Meinungsforschung bei der Wahlvorbereitung.

Längst ist es im Zuge der Wahlwerbung üblich geworden, daß durch Umfragen die Erwartungen bestimmter Bevölkerungsgruppen ermittelt werden und die Führungsstäbe der Parteien – wobei regierende Parteien hier allemal im Vorteil sind – sodann durch wohldosierte Wahlgeschenke oder Wahlversprechungen gerade jenen Gruppenwünschen den Vorzug geben, von deren Erfüllung sie sich Stimmengewinne im Fluktuationsbe-

---

1 EMNID: Der Prozeß der Meinungsbildung – dargestellt am Beispiel der Bundestagswahlen 1961, Bielefeld 1962, S. 115. Zur Wahlforschung allgemein vgl. D. Oberndörfer (Hrsg.): Wählerverhalten in der Bundesrepublik, Berlin 1978

reich der Wählerschaft versprechen.[1] Die politische Werbung um Stimmen wird so vorverlegt in gezielte Konzessionen an bestimmte Gruppen. Der Sinn der Wahlen, wie ihn unser Verfassungssystem meint, nämlich die öffentliche Auseinandersetzung mit alternativen Konzepten für eine künftige Regierungspolitik, wird auf diese Weise offensichtlich nicht erfüllt. Auch hier besteht die Gefahr, daß die Wünsche bestimmter Wählergruppen sich als politische Forderungen nicht auszuweisen brauchen und damit der Verantwortlichkeit entbehren.

Wenn gesagt wird, der Wähler dürfe nicht überfragt werden, der Wahlkampf müsse daher unvermeidlich die politischen Probleme auf verhältnismäßig einfache Alternativen zuspitzen, so ist dazu zu bemerken, daß eben solche Alternativen oft nicht erkennbar werden, daß vom Wähler also die Antwort auf Fragen verlangt wird, die gar nicht definiert sind. Das Verständnis der parlamentarischen Demokratie als eines Systems von wählbaren und abwählbaren Alternativen für befristete Herrschaftsaufträge findet in der Verfahrenspraxis der Wahlkämpfe nur zu oft keine Realität.

Daß Ohnmachtsgefühle gegenüber dem Vorgang der Wahl nur zu oft gegeben sind, kann nicht durch den Hinweis auf die vergleichsweise hohe Wahlbeteiligung widerlegt werden. Die bloße Wahlbeteiligung kann gerade dem Wunsch nach Entlastung gegenüber einem als fremd empfundenen politischen System entspringen; Parteiverdrossenheit und hohe Wahlbeteiligung müssen nicht unbedingt einen Widerspruch darstellen. Die Vermutung liegt nahe, daß die hohe Wahlbeteiligung in der Bundesrepublik sich auch aus obrigkeitsstaatlichen Verhaltensmustern nähren konnte; Untersuchungen haben Hinweise darauf erbracht, daß erst beim Nachrücken der Jungwähler die inhaltlich unbestimmte Vorstellung von einer «Wahlpflicht» durchbrochen wurde. Die geringere Wahlbeteiligung sollte daher nicht ohne weiteres negativ gewertet werden.

Konzentration und Innovation im Parteiensystem

Da das Wahlsystem dem Einzelkandidaten keine Chance gibt und die großen Parteien eindeutig bevorzugt und auch die Rolle des Parlamentariers in der Bundesrepublik kaum noch Selbständigkeit zuläßt, sondern aufs engste in die Struktur der Parteien bzw. Fraktionen eingebunden ist, liegt es nahe, die Analyse der Verhältnisse in und zwischen den Parteien als eigentliche Schlüsselfrage unseres politischen Systems anzusehen.[2]

Als nach 1945 in den einzelnen Besatzungszonen mehr oder weniger

1 Siehe dazu E. Wangen: Polit-Marketing, Opladen 1983
2 Zur Entwicklung der Parteien vgl. O. K. Flechtheim (Hrsg.): Die Parteien der Bundesrepu-

zögernd die Tätigkeit deutscher Parteien wieder zugelassen wurde, ergab sich, eigenen deutschen Wünschen wie auch dem Willen der Besatzungsmächte entsprechend, das Bild eines «Parteienkartells», das, der Situation des «Nullpunktes» sich anpassend, die politischen Zielsetzungen aller Parteien innerhalb des Kartells auf bestimmte gemeinsame Linien festzulegen bestrebt war. Die Skala der von den Besatzungsmächten zugelassenen Parteien nahm sich wie eine säuberliche Aufreihung jener politischen «Weltanschauungen» aus, die im Dritten Reich aus dem politischen Leben verbannt gewesen waren: Die Freie Demokratische Partei (in Südwestdeutschland zunächst unter dem Namen Demokratische Volkspartei, in der sowjetischen Besatzungszone als Liberal-Demokratische Partei operierend) repräsentierte die «liberale», die Christlich-Demokratische Union (bzw. Christlich-Soziale Union) die «christlich-demokratisch-soziale», die Sozialdemokratische Partei die «reformistisch-sozialistische» und die Kommunistische Partei die «marxistische» Tendenz. In der Anlage waren damit zunächst rein ideologische Unterscheidungen zwischen den Parteien getroffen, ohne daß die Zuordnung bestimmter Parteien zu bestimmten sozialen Gruppen von vornherein erkennbar gewesen wäre.

Das Parteienschema der Weimarer Republik konnte hierbei nur zum Teil als Anknüpfungspunkt dienen, am ehesten noch bei der SPD und der KPD, während FDP und CDU/CSU nun ein politisches Feld beherrschten, das bis 1933 von einer Vielzahl von Parteien besetzt war. Die Beschränkung der Parteien auf dieses Vier-Parteien-Kartell erwies sich in den Jahren zwischen 1946 und 1949 allerdings zuerst einmal als unpraktikabel, zumindest in der britischen und der amerikanischen Besatzungszone, wo die Militärregierungen zusätzliche Parteien lizenzierten. Die Zusammensetzung des Ersten Deutschen Bundestages im Jahre 1949 gab einen deutlichen Eindruck von dieser Erweiterung des Parteienschemas und erinnerte an das Bild der Weimarer Reichstage. Neben der CDU/CSU, FDP, SPD und KPD waren nun im Bundestag vertreten:

Deutsche Partei (17 Mandate), Bayernpartei (17), Wirtschaftliche Aufbauvereinigung (12), Zentrum (10), Deutsche Rechts- bzw. Deutsche Reichspartei (5), Südschleswigscher Wählerverband (1), Unabhängige (3). Die beiden großen Parteien, SPD und CDU/CSU, konnten bei der Bundestagswahl 1949 nur insgesamt 60,2 v. H. der Stimmen für sich gewinnen.

Das wichtigste Merkmal der Nachkriegsentwicklung der westdeutschen Parteien war, wenn man den Bundestag von 1949 mit den Parlamenten der darauffolgenden Legislaturperioden vergleicht, der fast völlige Zerfall

blik, Hamburg 1973; J. Dittberner: Parteiensystem in der Legitimationskrise, Opladen 1973; D. Staritz (Hrsg.): Das Parteiensystem der Bundesrepublik, Opladen 1976

dieser kleinen Parteien, ausgenommen die FDP; ein Zerfall, der sich in der Hauptsache zugunsten der CDU/CSU auswirkte und diese für etliche Legislaturperioden zur sozusagen «geborenen» Regierungspartei machte.

Mandatsverteilung im Bundestag (ohne Berliner Abgeordnete)

		CSU	CDU	FDP	Sonstige	SPD
1949	402 Abgeordnete	24	115	52	80	131
1953	487 Abgeordnete	52	191	48	45	151
1957	497 Abgeordnete	55	215	41	17	169
1961	499 Abgeordnete	50	192	67	–	190
1965	496 Abgeordnete	49	196	49	–	202
1969	496 Abgeordnete	49	193	30	–	224
1972	496 Abgeordnete	48	177	41	–	230
1976	496 Abgeordnete	53	190	39	–	214
1980	497 Abgeordnete	52	174	53	–	218
1983	498 Abgeordnete	53	191	34	27	193
1987	497 Abgeordnete	49	174	46	42 («Grüne»)	186

Die Konzentration der Wählerstimmen auf wenige große Parteien zeigte sich in der Zahl der in den Bundestagen vertretenen Parteien: Während im Ersten Bundestag noch 11 Parteien Sitz und Stimme hatten, waren es im Zweiten Bundestag noch 5, im Dritten 4, im Vierten nur noch 3 Parteien, wenn man CDU und CSU als eine Partei ansieht. Wie stark diese Reduzierung der Parteien zugunsten der CDU/CSU wirkte, wird in folgendem erkennbar: 1949 erzielte die CDU/CSU nur 31 v. H. der Stimmen, 1953 kam sie auf 45,2, 1957 auf 50,2 der abgegebenen Stimmen.

Der Zerfall der Regionalparteien und der «bürgerlichen» Parteien zugunsten der CDU/CSU in den Jahren zwischen 1949 und 1957 wird damit deutlich. Ein Zwischenspiel bildet bei diesem Vorgang lediglich der zeitweilige Aufstieg des BHE (Block der Heimatvertriebenen und Entrechteten); der BHE übersprang bei seinem ersten Auftreten zur Bundestagswahl 1953 die 5-v. H.-Grenze, zerfiel dann aber endgültig nach der erfolglosen Kandidatur zum Dritten Bundestag wieder, wohl im Zusammenhang mit der gesellschaftlichen Integration der diese Partei tragenden Gruppe der Vertriebenen.

So ergab sich in den Jahren von 1949 bis 1969 das Bild einer permanenten Regierungspartei, der CDU/CSU, die mit wechselnder Konstellation zunächst die im Bundestag vertretenen kleineren Parteien, sodann in der fünften Legislaturperiode die SPD als Juniorpartner in die Koalition nahm.

Es kann angenommen werden, daß die Koalitionspolitik der CDU/CSU einen zusätzlich fördernden Faktor bei der Auflösung der kleineren

Parteien darstellte; der Übertritt von Ministern der kleineren Koalitionsparteien zur CDU hat offenbar wiederholt den Zerfallsprozeß dieser Parteien noch beschleunigt. Demgegenüber hatte sich die FDP in der Zeit
ihrer Nichtzugehörigkeit zur CDU/CSU-Regierung «erholt». Die Koalitionsverbindung mit der CDU/CSU hatte, teilweise auch für die FDP, für
die kleineren Parteien einen Spaltungseffekt, für die CDU/CSU selbst
hingegen einen Integrationseffekt; der «Sog» der CDU/CSU wirkte offenbar um so nachhaltiger, je enger man sich in Verbindung mit dieser
Partei befand.

Stimmenanteile bei den Bundestagswahlen 1949–1983 in Prozent

Partei	1949	1953	1957	1961	1965	1969	1972	1976	1980	1983	1987
CDU/CSU	31,0	45,2	50,2	45,3	47,6	46,1	44,9	48,6	44,5	48,8	44,3
FDP	11,9	9,5	7,7	12,8	9,5	5,8	8,4	7,9	10,6	6,9	9,1
SPD	29,2	28,8	31,8	36,2	39,3	42,7	45,8	42,6	42,9	38,2	37,0
Grüne	–	–	–	–	–	–	–	–	1,5	5,6	8,3
Sonstige	27,9	16,5	10,3	5,6	3,6	5,4	0,9	0,9	0,5	0,5	1,3

Die parlamentarische Mehrheit der CDU-Regierung war durch diese
Integrationspolitik in den Legislaturperioden 1953, 1957, 1961 und 1965
hinreichend gesichert. Während Adenauer seine erste Regierung noch
mit der knappen parlamentarischen Mehrheit von 51,9 v. H. für die damalige Regierungskoalition von CDU/CSU, DP und FDP bilden mußte,
hatte die zweite Regierung Adenauer, die den BHE mit in die Koalition
aufnahm, eine Mehrheit von 68,4 v. H. der Mandate, die dritte Bundesregierung (CDU/CSU und DP) eine Mehrheit von 57,8 v. H., die vierte
Regierung Adenauer (CDU/CSU und FDP) wurde mit einer Mehrheit
von 61,9 gebildet.

Andererseits ist anzunehmen, daß auch die SPD in zunehmendem
Maße von dem Trend zur Konzentration, wie er sich bei dem Aufstieg der
CDU/CSU zeigte, profitiert hat. Ferdinand A. Hermens hat in seiner
«Verfassungslehre»[1] die Meinung vorgetragen, daß das Wachstum der
SPD auch als indirekte Wirkung der Stärke der Christdemokraten zu interpretieren sei. Vielleicht ist die These möglich, daß die Regierungsübernahme der SPD nach der Bundestagswahl 1969, womit nach zwanzigjähriger Führungsrolle in der Regierung die CDU/CSU erstmals in der
Geschichte der Bundesrepublik in die Opposition geriet, durch die langjährige Konzentration von Wählerstimmen bei der CDU/CSU und die
damit eingeleitete Polarisierung auf zwei Großparteien hin erleichtert
wurde.

---

1 F. A. Hermens: Verfassungslehre, Frankfurt 1964, S. 472

Regierung und Opposition im Bundestag bei der
jeweiligen Regierungsbildung

	Regierungskoalition	Opposition	Abgeordnete insgesamt
1949	CDU/CSU/DP/FDP 208	194	402
1953	CDU/CSU/BHE/DP/FDP 333	154	487
1957	CDU/CSU/DP 287	210	497
1961	CDU/CSU/FDP 309	190	499
1966	Große Koalition CDU/CSU/SPD 447	49	496
1969	SPD/FDP 254	242	496
1972	SPD/FDP 271	225	496
1976	SPD/FDP 253	243	496
1980	SPD/FDP 271	226	497
1983	CDU/CSU/FDP 278	220	498
1987	CDU/CSU/FDP 269	228	497

Der dominierende Zug in der Entwicklung des Parteiensystems der Bundesrepublik war der Trend zur Zweiparteiendominanz, zumindest bis 1976. Rechnet man die Stimmenanteile der CDU/CSU und der SPD bei den Bundestagswahlen zusammen, so ergibt sich folgendes Bild: 1949: 60,2 v. H. 1953: 74,0 v. H. 1957: 82,0 v. H. 1961: 81,5 v. H. 1965: 86,9 v. H. 1969: 88,8 v. H. 1972: 90,7 v. H. 1976: 91,2 v. H. (aller abgegebenen Zweitstimmen). Der Zuwachs der SPD war dabei, abgesehen von den Bundestagswahlen 1953, bis 1972 kontinuierlich und betrug jeweils rund 3 v. H. Stimmenanteile. Insofern ist die These, erst die Teilnahme der SPD an der Großen Koalition habe dieser Partei den «Durchbruch» gebracht, nicht haltbar. Auch die Verluste, die die SPD bei Landtagswahlen nach Eintritt in die Große Koalition erlitt, sprechen gegen die obengenannte These. Vermutlich hat gerade der politische Zerfall der Großen Koalition (vor ihrem formellen Ende und eher von der politischen Öffentlichkeit als von den Parteiführungen herbeigeführt) den relativen Erfolg der SPD bei der Wahl 1969 mitvorbereitet. Bemerkenswert ist, daß auch die Große Koalition entgegen manchen Erwartungen nicht zu einem Erfolg der linken und rechten Flügelparteien (ADF, NPD) bei der Wahl 1969 führte. Auch die Wahl 1969 und die SPD/FDP-Koalition bedeuteten allerdings keinen politischen «Erdrutsch» im Parteiensystem der Bundesrepublik. Die SPD erreichte nicht die absolute Mehrheit, die die CDU/CSU einst hatte, und das Wählerpotential, das gegen die neue Koalition stand (CDU/CSU, NPD), war insgesamt bei der Wahl 1969 stärker als das Potential von SPD und FDP. Die parlamentarische Mehrheit der neuen Koalition stützte sich auf die Tatsache, daß die NPD knapp an der 5-v. H.-Klausel scheiterte, die FDP aber diese Grenze ebenso knapp überspringen konnte.

Die wesentlichen Veränderungen, die die Wahl 1969 für das Parteiensystem der Bundesrepublik mit sich brachte, lagen in der Positionsveränderung der FDP (die vorübergehend in die Nähe der SPD rückte) und in der strukturellen Umschichtung von Wählerpotentialen, die sich am deutlichsten darin ausdrückte, daß die SPD erstmals mehr Direktmandate gewann als die CDU/CSU. (1969: 127 zu 121; zum Vergleich die Direktmandate bei der Wahl 1953: 45 zu 246.) Die nach dem Scheitern des konstruktiven Mißtrauensvotums durch die vom Kanzler gestellte Vertrauensfrage terminlich vorgezogene Wahl zum 7. Bundestag (November 1972) machte erstmals die SPD zur wählerstärksten Partei und zur stärksten Fraktion im Bundestag. Die CDU/CSU fiel erstmals seit 1953 hinter 45 v. H. der Zweitstimmen zurück. Während 1957 die Differenz zwischen den Stimmanteilen der SPD und der CDU/CSU 18,4 v. H. betrug, gewann nun die SPD einen knappen Vorsprung bei den Stimmanteilen.

Nachdem schon bei den Landtagswahlen 1974 und 1975 die CDU/CSU auf Kosten der FDP und vor allem der SPD ihre Position wieder erheblich verbessern konnte, behauptete sich bei der Bundestagswahl 1976 die sozialliberale Koalition zwar knapp als Mehrheit, die CDU/CSU wurde aber wieder zur stärksten Partei. Sie erreichte ihr zweitbestes Wahlergebnis nach den «Adenauer»-Wahlen 1957 und überschritt wieder die 45-v. H.-Grenze, während die SPD diese Marke nicht wieder erreichen konnte. Bemerkenswert ist, daß 1976 die CDU/CSU auch die Mehrheit der Direktmandate (134) wieder erreichte, die SPD hingegen nur mehr 114 Wahlkreise gewinnen konnte. Zum Vergleich: 1972 hatte die SPD 152 Direktmandate, die CDU/CSU nur 96 erreicht. Da die Wahlbeteiligung 1976 kaum geringer war als 1972 und die FDP prozentual verlor, stellte sich die Polarisierung zwischen den beiden Hauptblöcken SPD und CDU/CSU diesmal noch eindeutiger dar. Bei der Bundestagswahl 1980, im Zeichen der Alternative Schmidt/Strauß, fiel die CDU/CSU auf 44,5 v. H. ab; die SPD eroberte wieder die Mehrheit der Direktmandate zurück (127 von insgesamt 248 Wahlkreisen).

Eine massive Veränderung in der Wählerlandschaft bedeutete die Bundestagswahl vom März 1983, nachdem durch den Partnerwechsel der FDP die Sozialdemokratie bereits in der vorhergehenden Legislaturperiode die Rolle der Regierungspartei in Bonn hatte aufgeben müssen.

Der Abstand zwischen den Unionsparteien und der SPD vergrößerte sich nun wieder auf mehr als 10 Prozentpunkte; die SPD konnte nur noch 68 Direktmandate gewinnen, die Unionsparteien hingegen kamen auf 180 Direktmandate. Mit den «Grünen» zog nach langen Jahren des «Dreieinhalbparteiensystems» eine neue, vierte Kraft in den Bundestag ein. Gleichzeitig war ein Bedeutungsverlust der FDP zu beobachten.

Aus der Bundestagswahl vom Januar 1987 ging die christlich-liberale Koalition erneut als Siegerin hervor, allerdings mit einem empfindlichen Rückgang der Unionsstimmen, aber einem Zugewinn der FDP. Leichte Verluste hatte die SPD, die Grünen bauten ihre Position aus. Bei den Direktmandaten lag die CDU/CSU (mit 169) weit vor der SPD (79).

Ein wichtiger Zug der Entwicklung der Parteien in der Bundesrepublik, von dem vermutet werden kann, daß er zum langjährigen Konzentrationsprozeß bei den großen Parteien beigetragen hat, war die verfassungspolitische Ausschaltung radikaler Flügelparteien. Die Verbote der rechtsradikalen Sozialistischen Reichspartei (1952) und der Kommunistischen Partei Deutschlands (1956) durch Urteile des Bundesverfassungsgerichtes, die sich auf Art. 21 Abs. 2 des Grundgesetzes stützten, haben wohl über ihre unmittelbare Zwecksetzung hinaus den Effekt gehabt, die Neigung zur Neugründung von Parteien bzw. zur Unterstützung von Parteien an den Außenflügeln der SPD oder der CDU/CSU zurückzudrängen.

Daß in der Bundesrepublik kleinere Parteien oder neue Parteien nur schwer zum Wahlerfolg kamen, dürfte allerdings mehr noch mit dem

Wahlsystem und den materiellen Bedingungen erfolgreicher Parteitätig-
keit in der Bundesrepublik zusammenhängen. Beide Faktoren hatten
eine zunehmende Verdichtung des «Filters» beim Wahlerfolg bewirkt.

Die 5-Prozent-Klausel ist von Politikern kleinerer Parteien beim Bundesverfassungsgericht angefochten worden. Das Bundesverfassungsgericht hat aber in mehreren Urteilen die Auffassung vertreten, daß die
Sperrklausel nicht gegen die Verfassung verstoße, sondern im Sinne des
Grundgesetzes die Funktionsfähigkeit des Parlaments fördere.

Für die früher im Bundestag vertretenen, inzwischen ausgeschiedenen
Parteien bedeutete die Annäherung an die 5-v. H.-Grenze regelmäßig
eine zusätzliche Beschleunigung des Parteizerfalls, da viele Wähler nicht
in Gefahr kommen wollten, ihre Stimme einer Partei zu geben, die unter
Umständen nicht wieder ins Parlament kam. Insofern lag die Wirkung der
5-Prozent-Klausel nicht nur in ihrer unmittelbaren Anwendung, sondern
auch in ihrer Funktion, Neugründungen von Parteien zu verhüten und
den Spielraum kleinerer Parteien zu beschränken.

Auch die anderen Bestimmungen des gegenwärtig gültigen Wahlrechts
in der Bundesrepublik, die Kombination von Mehrheitswahl in den Wahlkreisen und Verhältniswahl über die Landeslisten, wirken offenbar dahin,
die großen Parteien zu stärken, ohne indessen wahlsystematisch oder
wahlpsychologisch die Entscheidung für die Person des Kandidaten in
den Vordergrund zu rücken. In Zeiten knapper Mehrheiten pflegt die
Debatte über eine Reform des Wahlrechts der Bundesrepublik sich zu
beleben; es mehren sich dann die Stimmen für die Einführung eines
Mehrheitswahlrechts. Die Befürworter einer solchen Reform weisen darauf hin, daß durch die Mehrheitswahl das Wechselspiel von starker Regierung und starker Opposition garantiert, die Wahlalternativen für den
Wähler überschaubar gemacht und die Entstehung von radikalen Flügelparteien verhindert werden könnten. Hierzu ist anzumerken, daß auch
ein Mehrheitswahlsystem die genannten Effekte keineswegs mit Sicherheit herbeiführt; zudem enthält die Mehrheitswahl das Risiko, daß allzu
leicht (und ohne entsprechende Legitimation durch die Wählerschaft)
sich absolute, u. U. gar verfassungsändernde Mehrheiten im Parlament
herausbilden oder – sofern die Größenverhältnisse zwischen zwei Parteien annähernd gleich sind – die Politik der Parteiführungen sich völlig
auf Konzessionen an eine kleine, zwischen den beiden Parteien fluktu-
ierende Wählerschicht fixiert.

Der Aufstieg einer neuen Partei und deren Einzug in den Bundestag
war bis Ende der siebziger Jahre kaum erwartet worden.

Die überwiegende Mehrheit der Wähler und der zur Mitarbeit in Parteien willigen Bürger in der Bundesrepublik hatte sich offenbar im gegebenen Parteiensystem eingerichtet; das «Dreieinhalb-Parteien-System»
mit CDU/CSU, SPD und FDP schien bis auf das Zwischenspiel der NPD

kaum noch variabel. Daß die NPD ihre Anfangserfolge in den Landtagen nicht stabilisieren konnte, zeigte sich schon bald.

Zeitweilige Sezessionen links – wie etwa vor Jahren die Gesamtdeutsche Volkspartei unter Dr. Heinemann und Frau Wessel oder die Absplitterung einiger Sozialisten von der SPD im Zusammenhang mit der Kontroverse um den Sozialistischen Deutschen Studentenbund – hatten bald parteipolitische Ambitionen aufgeben müssen; ihre Anhänger haben sich zum Teil wieder in das Gehege der großen Parteien zurückbegeben. Parteien, die vom Standort des Verfassungsschutzes aus als links-extrem angesehen werden (DFU oder DKP), konnten bei Wahlen den ihnen politisch aufgeschlossenen Raum nicht ausschöpfen, weil die 5-Prozent-Klausel potentielle Wähler zur Wahlenthaltung oder zur Wahl der großen Parteien abdrängte. Insofern stellte das Auftreten von Kleinparteien im System der Bundesrepublik lange Zeit hindurch eher einen «Warneffekt» für die jeweils benachbarten Großparteien und weniger die Möglichkeit einer Umschichtung der Parteienkonstellation selbst dar. Diese Stabilität der Parteienkonstellation in Bonn hatte allerdings nicht langfristig Bestand. Partielle Erfolge der «Grünen» in Gemeinden und Ländern deuteten auf ein neues politisches Potential jenseits der traditionellen Parteifronten hin, und bemerkenswerterweise gewannen solche Neuorientierungen gerade bei den Jungwählern viel Sympathien. Eine Tendenz zu größerer Beweglichkeit in den Parteipräferenzen zeichnete sich ab. Die «Grünen», die 1983 als vierte Partei in den Bundestag einzogen, haben dann die Parteienkonstellation nachhaltig verändert.[1]

Parteiendemokratie – verfassungspolitische Anforderungen

Die politische Soziologie mißt den modernen Parteien die Funktion zu, die durch erfolgte Demokratisierung freigesetzten Millionen von potentiell politischen Bürgern zu «politischen Handlungseinheiten zu organisieren». Parteien sollen, nach einer Formulierung von Gerhard Leibholz, «das Sprachrohr sein, dessen sich das mündig gewordene Volk bedient, um sich in der politischen Sphäre artikuliert äußern zu können». Im Grundgesetz der Bundesrepublik hat diese Funktion der Parteien erstmals in der deutschen Verfassungsgeschichte ausdrückliche Berücksichtigung gefunden. Art. 21 Abs. 1 GG bestimmt, daß die Parteien an der politischen Willensbildung des Volkes mitwirken, ihre Gründung frei ist und ihre innere Ordnung demokratischen Grundsätzen entsprechen muß.

1 W. P. Bürklin: Grüne Politik, Opladen 1984

Man darf freilich nicht verkennen, daß in der Verfassungskonstruktion, wie sie das Grundgesetz darstellt, zwei sehr unterschiedliche Prinzipien des parlamentarischen Staates und damit auch einer Rollenbeschreibung der Parteien kombiniert sind: Einerseits bekennt sich das Grundgesetz mit Art. 38 Abs. 1 zur parteifreien parlamentarischen Repräsentation, indem es die Abgeordneten für «an Aufträge und Weisungen nicht gebunden» erklärt, andererseits entwirft das Grundgesetz das Bild einer Parteiendemokratie und erhebt die Parteien in den Rang verfassungsrechtlicher Institutionen. Der Blick auf die Verfassungswirklichkeit der Bundesrepublik zeigt, daß das zweite Prinzip sich mehr und mehr durchgesetzt hat.

Die Wahlen auf den Ebenen des Bundes, der Länder und inzwischen weitgehend auch der Kommunen werden von den Parteien bestimmt; die reine «Persönlichkeitswahl» hat in der Bundesrepublik keine Chance. Die Legislative, soweit sie parlamentarisch beherrscht ist, befindet sich in Händen der Parteien und ihrer Fraktionen, nicht etwa in Händen fluktuierender Mehrheiten von Parlamentariern. Bei der Regierungsbildung und bei der Wahl des Bundespräsidenten liegt die Entscheidung bei den Parteien. Auch im Bundesrat kommen eher parteipolitische Gesichtspunkte als originär föderale Motive zum Zuge. Im Bereich der Exekutive und der Verwaltung, bis in die kommunale Selbstverwaltung, haben die Parteien unmittelbar und mittelbar erhebliche Einflüsse. Da politische Entscheidungsmöglichkeiten vielfach von der Legislative in die Exekutive hinübergewandert sind, sind die Parteien verständlicherweise daran interessiert, die Stellenbesetzung zu durchdringen. Gewisse Einflüsse der Parteien auf die Rechtsprechung sind auch verfassungsrechtlich eingeräumt. Gegenüber bestimmten Organen der öffentlichen Meinung haben die Parteien, formell oder informell, erhebliche Kontrollmöglichkeiten, so etwa im Falle der Funk- und Fernsehanstalten.

Dies alles legt die Notwendigkeit nahe, nicht nur die strategische Position der Parteien in Verfassung und Verfassungswirklichkeit darzustellen, nicht nur das Verhältnis von Parteien und Wählern, Parteiprogrammen und Wahlen zu klären, sondern auch die innere Struktur der Parteien zu untersuchen, also festzustellen, auf welche Weise jener politische Wille zustande kommt, dem unser Verfassungssystem so umfangreiche Machtchancen bietet.

Der Artikel 21 des Grundgesetzes verfolgt offenbar die Absicht, die Leitgedanken des Artikels 20, wonach Rechtsstaatlichkeit, Sozialstaatlichkeit und Volkssouveränität zu den unabänderlichen Verfassungsgrundsätzen der Bundesrepublik gehören, im Hinblick auf die Parteien zu konkretisieren. Die Anforderungen, die unsere Verfassung an die Parteien stellt, umfassen nach Art. 21: demokratische Binnenstruktur, öffentliche Rechenschaftslegung über die Herkunft der Mittel, Anerkennung des Prinzips der freien Parteigründung. Wenn auch die näheren

gesetzlichen Bestimmungen der in Art. 21 aufgestellten Grundsätze bis
zur Annahme des Parteiengesetzes im Juni 1967 offenblieben, wurde
doch schon bald durch die Verfassungsgerichtsbarkeit eine Interpretation
dieser Grundsätze entwickelt, die kaum bestritten werden kann, wenn
man nicht den theoretischen Rahmen der Verfassung selbst verlassen will.
Danach hat sich das Grundgesetz zum Idealtyp der demokratisch strukturierten Mitgliederpartei bekannt, in der sich die Willensbildung «von
unten nach oben» vollziehen soll. Die vom Bundesinnenminister beru-
fene Parteienrechtskommission, die Vorarbeiten zu dem im Grundgesetz
vorgeschriebenen Parteiengesetz leistete, hat hierzu folgende Formulierungen gegeben: «Demokratische Ordnung im Sinne des Art. 21 GG
meint Übereinstimmung mit den Grundsätzen einer politischen Willensbildung aus dem freien Spiel der Kräfte, Aufbau der Organisation und der
parteiinternen Willensentscheidungen auf Willenskundgebungen der
Parteimitglieder oder der aus ihrer Wahl hervorgehenden stufenweisen
Vertretungskörper. Sie setzt eine Willensbildung ‹von unten nach oben›
innerhalb der Partei voraus und steht einem autoritären Aufbauprinzip
der Leitung und Gliederung der Partei entgegen. Die Beseitigung oder
Ausschaltung eines aktiven und bestimmenden Einflusses der Mitglieder,
die Willensbildung ‹von oben› oder ‹von außen› muß also dieser Zielrichtung des Grundgesetzes widersprechen.»[1]

Auch in Entscheidungen des Bundesverfassungsgerichtes (so im Urteil
über die Verfassungsmäßigkeit der «Sozialistischen Reichspartei» vom
23.10.1952) wird das Mitbestimmungsrecht des Parteimitglieds in seiner
Partei aus den Intentionen des Grundgesetzes zwingend abgeleitet.

Aus den Bestimmungen des Grundgesetzes leitet sich ferner das Recht
auf Opposition innerhalb des Systems der Parteien her. Wenn sich nach
dem Willen des Grundgesetzes in den Parteien «Aktivbürger» organisieren, um an der politischen Willensbildung des Volkes mitzuwirken, insbesondere um politische Lösungen vorzutragen, über die dann der Wähler
entscheiden kann, dann setzt dieser Vorgang das Bestehen von Alternativen, wie auch immer im einzelnen ausgestaltet, voraus. Folgerichtig hat
daher auch § 88 Abs. 2 des Strafgesetzbuches das Recht auf parlamentarische und damit parteipolitische Opposition unter den Verfassungsgrundsätzen genannt.

Wendet man sich nun der Realstruktur des Parteiensystems in der Bundesrepublik zu, so erhebt sich zunächst die Frage, ob die Alternativität
parteipolitischer «Angebote» an den Wähler noch, wie das in der Geschichte der deutschen Parteien weitgehend der Fall war, ihren Grund in

1 Rechtliche Ordnung des Parteiwesens, Bericht der Parteienrechtskommission, Frankfurt
1957, S. 157. Vgl. ferner B. Zeuner: Innerparteiliche Demokratie, Berlin 1969; K. H. Seifert:
Die politischen Parteien im Recht der Bundesrepublik Deutschland, Köln 1975

der Bindung der Parteien an bestimmte langfristige Programme oder soziale Schichten finden kann. Wenn auch unverkennbar ist, daß die Parteien in der Bundesrepublik sich immerhin noch nach ideologischen Akzentsetzungen unterscheiden lassen, so dürfte doch zutreffend sein, daß die jeweiligen politischen Entscheidungen der Parteien und die Entscheidungen der Wähler für diese oder jene Partei weitaus weniger als in der Vergangenheit von konsistenten politischen Positionen aus gesteuert sind. Zwar nimmt in der CDU/CSU die Begründung politischer Entscheidungen durch konfessionell vermittelte Wertvorstellungen noch einen gewissen Raum ein, aber auch die SPD gab solchen Motiven zunehmend Raum. Andererseits ist ein wohlfahrtsstaatliches Konzept, das sich bei der SPD als Restbestand sozialistischer Ideen erhalten hat, auch für Teile der CDU akzeptabel. Bestimmte liberale Akzentsetzungen wiederum überlassen weder CDU noch SPD der FDP allein. Die neuauftretende Partei der Grünen hat ihr historisches Spezifikum darin, daß sie ökologische Erfordernisse zum Maßstab von Politik macht; inzwischen haben aber auch die anderen Parteien sich in programmatischen Erklärungen zu der Notwendigkeit bekannt, den Schutz der Umwelt in die politischen Leitwerte einzureihen. Auf eine gewisse Einebnung ideologischer Profile der Parteien deuten auch die bei allen Parteien anzutreffenden Schwierigkeiten bei der Formulierung oder Revision programmatischer Leitsätze hin, soweit es dabei um eine unverwechselbare «Identität» geht.

Die «Entideologisierung» der Parteien, ihre programmatische Indifferenz, kam in Zeiten wachsenden materiellen Wohlstandes zustande, und sie hatte ohne Zweifel den Vorzug, einen Konsensus aller Bundestagsparteien zu erleichtern, der Funktionsbedingung unseres Verfassungssystems ist, soweit es um die Annahme der Verfassungsgrundsätze und der Spielregeln der Verfassung geht. Andererseits liegt die Verwechslung von Ideologiefreiheit mit Theoriefeindlichkeit, vielleicht gar mit Konzeptionslosigkeit nahe.[1] Nicht die Entideologisierung, wohl aber der Mangel an alternativen, sachlichen Konzeptionen der Parteien könnte irrationale Elemente im politischen Leben wieder stärken.

Wählerpotentiale – Wählerbewegung

Festhalten läßt sich, wenn man mit einer Parteientypologie arbeiten will, daß die großen Parteien der Bundesrepublik kaum noch dem alten Typ einer «Weltanschauungspartei» entsprechen. Sozialstrukturelle Akzente lassen sich allerdings noch feststellen; so hat etwa die CDU/CSU immer

1 Zum historischen Zusammenhang dieser Problematik vgl. W. D. Narr: CDU und SPD –
   Programm und Praxis seit 1945, Stuttgart 1966

noch Vorteile bei der Wahlentscheidung in ländlichen Gebieten mit starkem katholischen Bevölkerungsanteil, die SPD Vorteile bei gewerkschaftlich gebundenen Arbeitnehmern, die FDP beim freiberuflichen Teil der Wählerschaft.[1]

Wahlstatistische Untersuchungen für den Zeitraum bis zur Bundestagswahl 1965 ließen folgende Tendenzen erkennen: Die CDU/CSU hatte deutliche Sympathievorteile bei der Masse der weiblichen Wähler, in den unteren Gemeindegrößenklassen, bei den älteren Wählerschaften, bei agrarisch oder gewerblich tätigen Beschäftigtengruppen und beim katholischen Bevölkerungsanteil. Am größten waren die Erfolge der CDU/CSU dort, wo mehrere dieser Kategorien zusammentrafen. So erhielt z. B. die CDU/CSU bei der Bundestagswahl 1965 ihren höchsten Stimmenanteil bei den über 60jährigen Wählerinnen in Gemeinden unter 1000 Einwohnern (65,5 v. H. der Stimmen). Die SPD erhielt damals ihren höchsten Stimmenanteil (57,3 v. H.) bei den 30- bis 45jährigen Männern in Gemeinden über 200 000 Einwohnern.

Die CDU/CSU geriet bei dieser Zuordnung in Nachteil, je mehr sich «Verstädterung» der Lebenseinstellung und Generationswechsel durchsetzten. Bei der Wahl 1969 erhielt die CDU/CSU in keiner Großstadt mit über 250 000 Einwohnern relative Mehrheiten, auch nicht in den katholisch geprägten. Hinzu kam, daß die Sympathievorteile für die CDU/CSU im katholischen Bevölkerungsteil sich deutlich verringerten; gerade hier konnte die SPD mit der Wahl 1969 aufholen. Auch die Hemmungen, die bis dahin bei «arrivierten» Angestellten, Beamten und freiberuflich Tätigen gegenüber der Wahl der SPD bestanden, hatten sich nach Teiluntersuchungen des Wahlverhaltens offensichtlich reduziert. Schließlich war auch bei den Frauen nach Repräsentativuntersuchungen eine zunehmende Neigung zur SPD zu beobachten.

Bei der Bundestagswahl 1972 bestätigen sich einige der oben bereits genannten Tendenzen im Wählerverhalten. Diese Wahl war gekennzeichnet durch die in der Geschichte der Bundesrepublik höchste Wahlbeteiligung (91,2 v. H. der Wahlberechtigten) und – infolge der Herabsetzung des Wahlalters auf 18 Jahre – durch einen erheblichen Zugang von Jungwählern. Der Wahlerfolg der SPD war dabei insbesondere der hochgradigen Mobilisierung ihrer Stammwählerschaft in den Industriearbeitergebieten und dem weiteren Abbau von Vorbehalten gegenüber der SPD im katholischen Bevölkerungsteil und bei den Frauen, schließlich auch der bei den Jungwählern vorherrschenden Sympathie für die sozialliberale Koalition zuzurechnen.

Nach Erhebungen von Meinungsforschungsinstitutionen betrug das

1 Zum folgenden G. A. Ritter und M. Niehuss: Wahlen in der Bundesrepublik Deutschland, München 1987

Verhältnis von SPD/FDP-Stimmen und CDU/CSU-Stimmen bei den Jungwählern 2 zu 1 zugunsten der regierenden Koalition.

Die Zunahme der FDP-Stimmen bei der Bundestagswahl 1972 war in Gebieten besonders deutlich, die stark durch Dienstleistungs- und Verwaltungsberufe geprägt sind; der FDP kam zugute, daß noch stärker als bei der Wahl 1969 vom Stimmensplitting Gebrauch gemacht wurde. Bei den Zweitstimmen hatte 1972 die FDP einen Vorteil von rund 900000, wobei es sich hier offenbar überwiegend um Wähler handelte, die ihre Erststimme der SPD gaben.

Die Neuverteilung der Stimmenanteile bei der Wahl 1972 war eine Folge sowohl des Neuzugangs an Wählern als auch der Umorientierung unter bisherigen Wählern. Nach einer Berechnung des Infas-Instituts hatten – verglichen mit 1969 – etwa 22 v. H. der bisherigen Wähler sich 1972 für eine «neue» Partei entschieden; diese Wählerbewegungen vollzogen sich per Saldo im wesentlichen von der CDU/CSU zur SPD, von der SPD zur FDP, von der NPD zur CDU/CSU.

Regionale Unterschiede im Wählerverhalten waren auch 1972 deutlich: die SPD konnte relativ hohen Zuwachs vor allem in Nordrhein-Westfalen, im Saarland und in Schleswig-Holstein erzielen, sie war damit in allen Bundesländern außer Rheinland-Pfalz, Baden-Württemberg und Bayern die stärkste Partei; in Hessen konnte die CDU, in Bayern die CSU leichten Zuwachs verzeichnen.

Das «Nord-Süd-Gefälle» im Wahlverhalten setzte sich bei der Bundestagswahl 1976 noch stärker durch; die CDU/CSU erzielte besonders günstige Ergebnisse in Bayern, Baden-Württemberg und Rheinland-Pfalz und konnte ihre Position in Hessen erheblich verbessern; im Norden der Bundesrepublik hingegen traf sie auf weniger günstige Bedingungen.

Wichtiger noch – und wohl kaum erwartet – war, daß nun die CDU/CSU die SPD vom Platz der stärksten Partei eindeutig wieder verdrängen konnte.

Was die Wählerwanderungen angeht, so war dieses Ergebnis nicht zuletzt darauf zurückzuführen, daß 1976 offensichtlich einige 1969 und 1972 für die SPD günstige Tendenzen wieder rückläufig waren: gerade in katholisch geprägten Regionen verlor die SPD wieder an Terrain, Teile der von ihr neugewonnenen Mittelschichten (Beamte, Dienstleistungsberufe etc.) wandten sich wieder von ihr ab, dies insbesondere in großstädtischen Siedlungsräumen.

Die Bundestagswahl 1980 ließ (bei leicht abfallender Wahlbeteiligung) erkennen, daß im Hinblick auf Sozialstruktur und Konfessionsgliederung SPD wie CDU/CSU nach wie vor bestimmte «Bastionen» haben, die allerdings bei den jüngeren Bevölkerungsgruppen an Bedeutung verlieren. Der Abstand zwischen den beiden Großparteien verringerte sich wieder, zugunsten der SPD; diese hatte deutliche Sympathievorteile bei den

Jungwählern und gewann erstmals mehr Frauen- als Männerstimmen. Die FDP profitierte vor allem vom Stimmensplitting, auch auf Kosten der CDU/CSU.

Die Bundestagswahl 1983, nach der «Wende» in der Bonner Regierungskoalition, brachte erhebliche Verlagerungen. Die Distanz zwischen den Unionsparteien als der führenden parteipolitischen Kraft und der SPD in der Gunst der Wähler erweiterte sich massiv. Die Unionsparteien konnten ihre Position auch im Norden der Bundesrepublik weiter ausbauen; nur noch in den Stadtstaaten Hamburg und Bremen war die SPD bei den Bundestagswahlen 1983 die regional stärkste Partei. Abwanderungen von der SPD vollzogen sich offenbar insbesondere im kleinstädtisch-ländlichen Milieu, bei den Mittelschichten und bei den gewerkschaftlich nicht gebundenen Teilen der Arbeiterschaft, überwiegend zugunsten der Unionsparteien. Andererseits gab die SPD auch Wähler an die «Grünen» ab; diese erwiesen sich als besonders erfolgreich bei Wählern unter 35 Jahren, in Universitätsstädten und in Wahlbezirken mit einem hohen Anteil von Dienstleistungsberufen bzw. «neuen Mittelschichten».

Die FDP konnte sich 1983 im Bundestag wiederum nicht zuletzt durch das Stimmensplitting halten, aber auch die «Grünen» zogen aus dieser Möglichkeit Vorteile.

Die Bundestagswahl 1987 demonstrierte einige bemerkenswerte Akzentverlagerungen im Wählerverhalten, obwohl im Resultat die konservativ-liberale Regierungskoalition bestätigt wurde.

Mit 84,3 v. H. ergab sich diesmal die niedrigste Wahlbeteiligung nach 1949; Unionsparteien und Sozialdemokratie erhielten nun nur noch 81,3 v. H. der Stimmen insgesamt; die Unionsparteien – zusammengerechnet – verbuchten mit 44,3 v. H. ihr schlechtestes Ergebnis seit der zweiten Bundestagswahl.

Ferner erwies sich, daß die Grünen – trotz aller inneren Differenzen – über ihre erste Legislaturperiode hinaus sich stabilisieren konnten.

In traditionellen Milieus industrieller Arbeitnehmerschaft konnte die Sozialdemokratie sich gut behaupten; Verluste hatte sie nun im großstädtischen Dienstleistungsmilieu. Der Vorrang der Unionsparteien im ländlichen Milieu schwächte sich weiter ab.

Die Stimmen für die Grünen nahmen – vor allem auf Kosten der SPD – im urbanisierten Milieu, bei lohn- und gehaltsabhängigen Mittelschichten zu; die FDP hatte Zuwachs in ländlichen Regionen.

Die überkommenen Determinanten des Wählerverhaltens (sozialökonomische Konfliktlinie zwischen Kapital und Arbeit, zwischen sozialstaatlicher und marktwirtschaftlicher Orientierung; Konfessionsstruktur bzw. kirchliche Bindung) sind nicht wirkungslos geworden, aber im Zuge des Wandels hin zur «Dienstleistungsgesellschaft» und aufgrund des Be-

Soziodemographische Herkunft der Wählerschaft von Grünen im
Vergleich zur SPD und zur CDU/CSU (in Prozent, Oktober 1982)

	Bevölkerung insgesamt	Grüne	SPD	CDU/CSU
Schulbildung				
– Volksschule ohne Lehre	19,9	0,0	21,1	19,9
– Volksschule mit Lehre	46,1	31,5	51,0	42,2
– Mittlere und höhere Schule	34,0	68,5	27,9	37,8
Beruf (Haushaltsvorstand)				
– Un- und angelernte Arbeiter	12,0	3,5	15,3	10,1
– Facharbeiter	31,1	25,5	38,2	23,2
– Mittlere Angestellte und Beamte	33,9	28,3	33,6	37,1
– Leitende Angestellte und höhere Beamte	6,4	9,5	4,2	8,1
– Mittlere Selbständige	7,2	10,9	3,8	9,2
– Größere Selbständige/freie Berufe	2,7	5,0	0,9	4,7
– Mittlere Landwirte	2,1	0,0	1,1	4,0
Ortsgröße				
– 5000	12,8	13,6	11,6	14,0
– 20000	29,7	24,5	26,7	35,6
– 100000	22,6	34,0	19,5	22,3
– 100000 und größer	34,8	27,8	42,3	28,0
Alter (in Jahren)				
– 24	13,7	48,2	10,9	11,3
– 29	8,5	23,9	9,3	4,2
– 39	16,3	14,5	18,3	17,1
– 49	19,1	2,3	22,5	18,7
– 59	15,7	8,4	15,8	16,3
– 60 und älter	26,8	2,6	23,2	32,4
Gewerkschaftsmitglied				
– ja	29,4	40,6	41,3	19,5
– nein	67,2	56,8	56,2	76,6

aus: ZDF-Politikbarometer, Oktober 1982; Forschungsgruppe Wahlen Mannheim

deutungsverlusts von Traditionen lockern sich vor allem bei den abhängig
arbeitenden Mittelschichten die alten Loyalitäten, die parteipolitischen
Optionen werden flexibler. Auch hat der Ökologiekonflikt die bisherigen
Konfliktmuster teilweise korrigiert.[1]

1 Vgl. R.-O. Schultze: Die Bundestagswahl 1987, in: Aus Politik und Zeitgeschichte,
   21.3.1987

Historische Einordnung der Ergebnisse 1987

Jahr	Wahl-beteiligung	CDU/CSU	SPD	FDP	Grüne	Sonstige
1949	78,5%	31,0%	29,9%	11,9%	–	27,8%
1953	86,0%	45,2%	28,8%	9,5%	–	16,5%
1957	87,8%	50,2%	31,8%	7,7%	–	10,3%
1961	87,7%	45,3%	36,2%	12,8%	–	5,7%
1965	86,8%	47,6%	39,3%	9,5%	–	3,6%
1969	86,7%	46,1%	42,7%	5,8%	–	5,5%
1972	91,1%	44,9%	45,8%	8,4%	–	0,9%
1976	90,7%	48,6%	42,6%	7,9%	–	0,9%
1980	88,6%	44,5%	42,9%	10,6%	1,5%	0,5%
1983	89,1%	48,8%	38,2%	7,0%	5,6%	0,5%
1987	84,4%	44,3%	37,0%	9,1%	8,3%	1,4%

Innerparteiliche Willensbildung – Parteienfinanzierung

Deutlicher als in der Sozialstruktur der Wählerschaft finden sich Unterschiede zwischen den Parteien in der Mitgliederstruktur, ebenso im Verhältnis der Parteien zu Interessengruppen und außerparlamentarischen politischen Gruppierungen. Die Mitgliederprofile der Parteien stehen jedoch offensichtlich in keiner unmittelbaren Entsprechung zu den Wahlergebnissen. Es muß angenommen werden, daß sich politische Vorstellungen bestimmter sozialer Gruppen nicht in der direkten Kommunikation zwischen Parteimitgliedern und Parteiwählern auf breiter Ebene artikulieren können, sondern auf die Vermittlung über den innerparteilichen Willen zur Parteipolitik und damit zum Wähler, oder auf die Vermittlung außerparteilicher Gruppen und Verbände angewiesen sind. Schon das geringe Organisationsverhältnis der Parteien – von den wahlberechtigten Bürgern der Bundesrepublik sind insgesamt nicht mehr als etwa 5 v. H. Mitglieder von Parteien – macht eine unvermittelte Kommunikation zwischen Parteimitgliedern und Parteiwählern unwahrscheinlich. Um so mehr Aufmerksamkeit gehört daher dem Prozeß der innerparteilichen Willensbildung und dem Verhältnis von Parteien und Verbänden.[1]

Wenn im Durchschnitt 95 v. H. der Wahlberechtigten in der Bundesrepublik die unmittelbare Bestimmung der politischen Konzepte und der Kandidaten, über die sie abzustimmen haben, nur 5 v. H. ihrer Mitbürger überlassen, dann ist wiederum weiter zu fragen, wie viele von jenen 5 v. H. die Chance der innerparteilichen Mitbestimmung in Anspruch nehmen und welchen Schwierigkeiten sich eine solche Anteilnahme aussetzt.

1 Zum folgenden vgl. W. D. Narr (Hrsg.): Auf dem Weg zum Einparteienstaat, Opladen 1977

Die Statuten der Parteien gehen sämtlich, wenn auch mit Abstufungen, vom Konzept einer demokratischen Massen- und Mitgliederpartei aus.[1]

Die Frage nach dem realen Anteil aller formell Beteiligten an der politischen und personellen Entscheidung ist damit freilich nicht beantwortet. Wenn sich die Ergebnisse empirischer Teiluntersuchungen zur Frage innerparteilicher Demokratie auch nicht ohne weiteres verallgemeinern lassen, so geben sie doch deutliche Hinweise auf den geringen Grad einer effektiven Teilnahme der Parteimitglieder an der parteilichen Willensbildung und an der Auswahl der Repräsentanten der Partei. Diese Passivität der Mehrheit der Mitglieder in den lokalen Parteiorganisationen wird selbst von den Parteiführungen kaum bestritten; die Meinungsverschiedenheiten beginnen erst dort, wo nach Gründen oligarchischer Tendenzen in den Parteien gefragt wird.[2] Ist der Minderheit der Führungsgruppen in den Parteien eine derartige Machtstellung zugewachsen, weil sich die Mehrheit der Parteimitglieder von vornherein passiv verhält, oder ist jene Passivität der Mehrheit nur eine Reaktion auf die Vorwegnahme der Entscheidungen durch eine Minderheit? Oder ist gar die Konzentration der tatsächlichen Willensbildung einer Partei bei einer relativ kleinen Schicht von Führungsgruppen aus arbeitsorganisatorischen Gründen eine Notwendigkeit, die im Sinne des Zieles der Parteien positiv bewertet werden muß? Im Gegensatz zu idealdemokratischen Vorstellungen konstatierte schon vor Jahren z. B. Wolfgang Treue: «Wir müssen uns trennen von der alten Vorstellung der politischen Willensbildung von unten nach oben, von der Meinung also, daß die Führung einer Partei sich lediglich als ausführendes Organ des Willens der Mitglieder betrachtet.»[3]

Die Ausführung des Wahlkampfes liegt zumindest bei den «alten» Parteien vorwiegend in Händen kommerzieller Dienstleistungsbetriebe, bedarf also kaum der Mitarbeit der Masse der Parteimitglieder. Die Feststellung politischer Erwartungen der Bevölkerung liegt bei der kommerziellen Meinungsforschung. Die Finanzierung der Parteien geschieht zu erheblichen Teilen durch wirtschaftliche Unternehmungen und durch den Staat, so daß auch in dieser Beziehung die Rolle des einzelnen Parteimitgliedes zunehmend unbedeutender wurde. Auch die Aufstellung von Wahlkandidaten und die Ausarbeitung von politischen Programmen ist durch kleine parteiliche Führungsgruppen technisch leichter möglich als unter Teilnahme der Mehrzahl von Parteimitgliedern. Hinzu kommt, daß Wahlkämpfe, die im Stile kommerzieller Werbefeldzüge geführt werden,

1 Vgl. zur Problematik der politischen Willensbildung in den Parteien U. Müller: Die demokratische Willensbildung in den politischen Parteien, Mainz 1967, S. 73 ff; ferner H. Kaack, a. a. O.
2 Vgl. dazu die klassische Studie von R. Michels: Zur Soziologie des Parteiwesens in der modernen Demokratie, Leipzig 1911
3 W. Treue: Der Wähler und seine Wahl, Wiesbaden 1964, S. 41

zwangsläufig die Position der Parteizentrale gegenüber den Mitgliedern stärken. Die Notwendigkeit der Mitwirkung der «einfachen Parteimitglieder» läßt sich heute kaum mehr aus den organisatorischen Bedürfnissen oder dem machtpolitischen Ziel der Parteien, sondern am ehesten aus der politischen Funktion begründen, die unser Verfassungssystem den Parteien aufgegeben hat. Wenn man davon ausgeht, daß unser Parteiensystem nicht nur deshalb demokratisch genannt wird, weil es der Bevölkerung die Auswahl zwischen Kandidaten verschiedener Parteien überläßt, sondern auch deshalb, weil es den Bürger über die Mitgliedschaft in einer Partei die Möglichkeit der Mitbestimmung von Programm und Kandidaten der Parteien einräumt, dann wird die Frage nach der realen Mitwirkung der Parteimitglieder zu einem Test für die Realität der im Grundgesetz festgelegten Prinzipien. Jene organisatorischen Einheiten der Parteien, in denen sich Parteimitglieder noch ohne Vermittlung durch ein Delegationssystem äußern können, nämlich Ortsverein oder Ortsgruppe, beschrieb schon in den sechziger Jahren Ulrich Lohmar[1] als «Ausläufer der innerparteilichen Willensbildung von oben nach unten, Mittelpunkt eines zur Exklusivität neigenden und zur Geselligkeit tendierenden Parteilebens und Zentrum der kommunalen Arbeit der Parteien». Eine politische Meinungsbildung von unten nach oben, die Vermittlung eines politischen Willens der Bevölkerung zur Parteiführung hin, ist – nach Lohmar – durch die Ortsvereine der großen Parteien kaum zu realisieren.

Untersuchungen von Renate Mayntz ließen erkennen, daß die örtlichen Parteigruppen weder auf die politische Willensbildung der Parteiführungen noch auf die Aufstellung von Kandidaten für innerparteiliche oder parlamentarische Wahlen auf höherer Ebene nennenswerte Einflüsse ausüben. Lohmar resümierte:

«Der Einfluß der Mitgliederversammlungen auf die Auswahl der Bewerber für Landtags- und Bundestagswahlen ist... begrenzt. Lediglich in den Wahlkreisen mag die Sympathie der aktiven Mitglieder dem einen oder anderen Bewerber nützen. Die Zusammensetzung der Landeslisten entzieht sich dem Einfluß der Mitglieder vollständig... Die Mitglieder übertragen ihre Funktion als Kreationsorgan auf die Delegierten... Die Mitglieder befinden nicht über die Programmatik, sie erfüllen nicht oder nur ungenügend eine Mittlerrolle zwischen Parteiführung und Bevölkerung, und ihr Einfluß auf die Zusammensetzung der öffentlichen und parteiinternen Führungsgruppen bleibt auf die kommunale Ebene beschränkt.»[2]

Während Lohmar die damit gekennzeichnete Struktur der innerpartei-

---

1 U. Lohmar: Innerparteiliche Demokratie, Stuttgart 1963, S. 40
2 Ebenda, S. 44f

lichen Willensbildung auf der unteren Ebene für unveränderbar hielt, stellte Renate Mayntz die Frage, ob nicht eine Institutionalisierung der Mitbestimmung der Parteibürger dem Verfassungsanspruch an die innere Struktur der Parteien mehr Realität verschaffen könnte: «Es wäre denkbar, daß es in einer Partei zur Regel wird, anstehende Entscheidungen von grundsätzlicher Wichtigkeit den Mitgliedern zur Diskussion zu unterbreiten und sie direkt zur Meinungsäußerung aufzurufen... Weniger eine bürokratische Verhärtung in der Partei als vielmehr die fehlende Institutionalisierung der politischen Mitentscheidung der unteren Einheiten läßt die Mitglieder in ihrer Passivität verharren... Die Diskussion in der Mitgliederschaft oder wenigstens in den unteren Gremien von Amtsträgern setzt allerdings voraus, daß die Parteiführung selbst eine artikulierte, in konkret formulierte Ziele übersetzbare Konzeption hat.»[1]

Die Darstellung der relativ geringen Bedeutung der unteren Parteieinheiten für die politische Willensbildung der Parteien und für die Auswahl der Mandatsträger auf der oberen Ebene wirft die Frage auf nach der Rolle der «Parlamente» der Parteien, also der Parteitage. Lohmar meint, die Politik zu bestimmen sei nicht Sache der Parteitage; diese trügen einen vornehmlich demonstrativen Charakter. Der Parteitag gerate nur dann in das Spiel der politischen Willensbildung der Partei, wenn die Parteiführung sich nicht zu einer gemeinsamen Politik durchringen oder nicht mit gemeinsamen personellen Vorschlägen an den Parteitag herantreten könne. Auch die den Parteitagen von der Parteiführung zugewiesene Aufgabe, die Stärke und Geschlossenheit einer Partei, meist in nicht allzu großem zeitlichem Abstand zur Bundestagswahl, zu demonstrieren, bilde eine psychologische Schranke gegenüber kritischen Diskussionen. Lohmar kam zu folgendem Schluß: «Auf der obersten Ebene der parteiinternen Vertretungskörperschaften wiederholt sich die Entwicklung, die wir bei der Beschreibung des Lebens in den Ortsgruppen analysiert haben; eine Ausblendung wirksamer politischer Willensbildung zugunsten einer Festigung der Partei als Gemeinschaft und der politischen Stabilisierung ihrer Führung. Treffender spricht man deshalb von der Rolle, die die Parteitage in der inneren Ordnung der Parteien spielen, als von ihrer Funktion.»[2] Die einzig verbliebene Chance, innerhalb der Parteien wenigstens partiell demokratische Willensbildung von unten nach oben zu vollziehen, sah Lohmar in der Möglichkeit für den Parteibürger, sich von Zeit zu Zeit zwischen «Teams und Führern» zu entscheiden, die die Parteiführungen herausstellen. Die gleiche Chance des Aufstiegs in die Parteiführung für jeden Parteibürger sei entscheidend für den Grad der

1 R. Mayntz: Parteigruppen in der Großstadt, Köln-Opladen 1959, S. 153f
2 U. Lohmar: Innerparteiliche Demokratie, Stuttgart 1963, S. 94

Demokratisierung innerhalb der Parteien. An diese These ist nun allerdings die Frage zu stellen, wie sich eine solche Auswahl zwischen verschiedenen Führungsteams angesichts der auch von Lohmar selbst geschilderten Praxis der innerparteilichen Führerwahl auf den Parteitagen realisieren läßt. Wenn bei Wahlen für die Parteivorstände und Parteifunktionen Spielraum nur innerhalb einer geringen «Überschuß»-Quote besteht, dann kommt eine solche Wahl strukturell kaum über den Charakter einer bloßen Akklamation hinaus. Lohmar selbst mußte feststellen, daß eine Fluktuation in den engeren Führungsgremien der großen Parteien kaum, in den weiteren Führungszirkeln nur in geringem Umfange zu beobachten war. Es muß in Frage gestellt werden, ob der Tendenz zur «Verharschung» der einmal in Machtpositionen befindlichen innerparteilichen Führungsgruppen allein, wie Lohmar meint, durch eine Ausweitung der «Funktionselite» oder die Qualifizierung eines größeren Personenkreises für solche Funktionen entgegengewirkt werden kann, solange nicht institutionelle Regelungen für einen gewissen Grad an «Rotation» der Führungsgruppe in den Parteien geschaffen werden.

Im Gegensatz zum Art. 21 des Grundgesetzes und im Gegensatz zur verfassungsrechtlichen Interpretation dieses Artikels läßt sich nach alledem über die Verfassungswirklichkeit der großen Parteien in der Bundesrepublik feststellen, daß die Ergänzung der Führungsgruppen weitgehend im Wege der Kooptation geschieht, eine Wahl der Parteirepräsentanten durch die Masse der Parteienbürger also kaum in nennenswertem Umfange möglich ist, daß ferner auch die Herausbildung des politischen Willens der Parteien nur sehr vermittelt dem Einfluß der Mitglieder unterliegt und von einer Willensbildung «von unten nach oben» jedenfalls nicht gesprochen werden kann.

Von erheblicher Bedeutung für den Mangel an innerparteilicher Diskussion und für die Schwierigkeit innerparteilicher Demokratie dürfte ferner das langjährige Oligopol von «dreieinhalb» Bundestagsparteien gewesen sein. Die innerparteiliche Auseinandersetzung vermag sich ohne den zumindest potentiellen Druck einer Konkurrenzpartei nur schwer zu entfalten.

Die Schwäche innerparteilicher Demokratie wird auch nicht ohne weiteres durch Einflüsse der Parteiwähler auf politische Zielsetzung und personelle Führung der Parteien wettgemacht. Vorwahlen, wie sie in den USA eingerichtet sind, kennt das Wahlsystem der Bundesrepublik nicht; die Wähler haben infolgedessen auch keinen Einfluß auf die Auswahl der parlamentarischen Kandidaten. Lohmar konstatierte: «Der Wähler hat so gut wie keinen Einfluß auf eine Demokratisierung der Parteien. Er verfügt weder über eine Stimme bei der Führungswahl für innerparteiliche Vertretungskörperschaften oder für die Parlamente, noch findet seine

Meinung Gehör, wenn es sich darum handelt, Sachziele der Politik in den Parteien zu formulieren und zu erreichen.»[1]

Die Unempfindlichkeit der Parteiführungen gegenüber politischen Willensäußerungen der Mitglieder und Wähler der Partei läßt sich auch kaum durch den Kontakt zwischen Parteimitgliedern und Parteiwählern und den direkt gewählten Parlamentariern in den Wahlkreisen korrigieren. Da die Rechenschaftspflicht des Abgeordneten gegenüber seinem Wahlkreis vage bleibt und auf keine Weise institutionell gesichert ist, hält sich dieser Kontakt auf der Ebene eines unverbindlichen Meinungsaustausches. Auch die eigenartige Rolle, die bei der Herausbildung programmatischer Äußerungen der Parteien der Meinungsforschung zugewachsen ist, trägt keineswegs zur Intensivierung einer demokratischen Willensbildung im Zusammenhang von Partei, Parteimitgliedern und Parteiwählern bei; demoskopisch ermittelte Einstellungen der Wähler treten diesen in relativ unverbindlichen programmatischen Äußerungen der Parteien wieder entgegen und erwecken den Anschein einer unproblematischen Übereinstimmung von Wählerwillen und Parteikonzepten. Ein Prozeß der politischen Meinungsbildung wird so aber eher verhindert als gefördert; dem Wähler bleibt die Auseinandersetzung mit einer profilierten politischen Vorlage der Parteien, den Parteien die offene Reaktion auf Äußerungen der Wähler erspart.

Parteien, die mit überkommenen Vorurteilen, politischer Gedankenlosigkeit und Trägheit rechnen, können auf die Aktivierung der Massen verzichten. Sie leben ja davon, daß diese Massen passiv bleiben. Parteien aber, die Reformen durchsetzen wollen, sind auf gedankliche und praktische Mobilisierung angewiesen, sie können nicht ohne die Aktivität möglichst vieler Parteimitglieder auskommen. Diese Beteiligung ist nur zu erreichen, wenn denen, die sich für eine Partei einsetzen, auch größere Chancen eingeräumt werden, die Entscheidungen dieser Partei mitzubestimmen. Seit den sechziger Jahren ist es in den westdeutschen Parteien zweifellos lebendiger geworden. So gewöhnte man sich z. B. allmählich daran, daß bei innerparteilichen Wahlen den Favoriten des Vorstands aus der Mitgliedschaft heraus andere Kandidaten entgegengesetzt werden. Früher galt das weithin als sozusagen «ungehörig».

Nun deutete manches darauf hin, daß politisch interessierte Teile gerade der nachwachsenden Generationen von einer demokratischen Partei nicht «disziplinierte Geschlossenheit», sondern offene Auseinandersetzung, Durchsichtigkeit der innerparteilichen Willensbildung, Raum für eigene Initiative erwarteten.

Ein gewisser Gewinn an innerparteilicher Demokratie war interessanterweise vor allem einer Bewegung zu verdanken, die sich zur Parteiende-

---

1 U. Lohmar: Innerparteiliche Demokratie, a. a. O., S. 34

mokratie prinzipiell kritisch verhielt, nämlich der «APO» (Außerparlamentarische Opposition). Die politische Aktivität gerade junger Leute außerhalb der Parteien setzte, trotz all ihrer Schwächen, die Parteien unter Druck. Sie mußten sich kritischen Strömungen in ihren eigenen Reihen öffnen. Anregend wirkten auf die innere Diskussion der Parteien auch die bei den Bundestagswahlen 1969 und 1972 sich ausbreitenden Wählerinitiativen, in denen sich Gruppen von Bürgern namentlich und mit differenzierter, oft durchaus kritischer Stellungnahme für die Wahl dieser oder jener Partei engagierten.

Vielleicht kann man aus diesen Erfahrungen einen allgemeinen Schluß ziehen: Die Parteiendemokratie zu demokratisieren wird nur gelingen, wenn politisch interessierte Bürger sowohl *in* wie auch *neben* den Parteien aktiv werden. Die Parteien haben nämlich kein Monopol auf politische Willensbildung, sie wirken dabei, wie das Grundgesetz sagt, mit – aber sie wirken nicht allein.

Besonderes Interesse verdient in dieser Hinsicht die weitere Entwicklung der «Grünen». Diese Partei gründete sich auf eine intensive Verbindung von parlamentarischer und außerparlamentarischer Politik, und sie macht den Versuch, Impulse der «neuen sozialen Bewegungen» in die parteipolitisch-parlamentarische Tätigkeit hinein zu vermitteln. Inwieweit ein solcher Anspruch durchgehalten werden kann, bleibt abzuwarten.

Zu institutionellen Reformen des Parteiwesens ist es bisher in der Bundesrepublik ebensowenig gekommen wie zu Strukturreformen des Parlamentarismus.

Ein entscheidendes Hindernis für die Chance demokratischer Meinungsbildung in den Parteien bildet das in der Bundesrepublik üblich gewordene System der Parteienfinanzierung. Im Parlamentarischen Rat hatte man, unter Hinweis auf Erfahrungen der Weimarer Zeit, dem Demokratiegebot für die Parteien den Satz hinzugefügt, daß die Parteien über die Herkunft ihrer Mittel rechenschaftspflichtig sein sollen. Dieser Satz, im Grundgesetz in Artikel 21 verankert, wurde allerdings in der Folgezeit nicht als unmittelbar geltender Rechtssatz in Anwendung gebracht und erst 1967 durch das Parteiengesetz ansatzweise konkretisiert.[1]

Den «sicheren» Posten auf der Einnahmenseite der Parteien machen die Staatsgelder aus, die jährlich als Abschlagzahlung auf die Erstattung der Wahlkampfkosten gezahlt werden. Bei den staatlichen Mitteln für die Parteien, die zum größten Teil (aus rechtlichen Gründen) als «jährliche Abschlagzahlung für Wahlkampfkostenerstattung» firmieren, handelt es sich tatsächlich überwiegend um Zuwendungen für die laufenden Organisationskosten der Parteien. Hinzu kommen verdeckte staatliche Subventionen der Parteien über Stiftungen, Fraktionszuschüsse u. ä. m.

1 Zum folgenden vgl. H. H. v. Arnim: Parteienfinanzierung, Wiesbaden 1982

Hier wird sichtbar, daß die Parteien in der Bundesrepublik ihre relativ hohen Aufwendungen angesichts der relativ schmalen Mitgliederbasis nicht selbst aufzubringen in der Lage sind.

Die Parteien hatten schon seit 1949 versucht, sich eine regelmäßige Fremdfinanzierung zu verschaffen. Das Ergebnis dieser Bemühungen war der Aufbau von «Fördererverbänden» der Industrie und Wirtschaft in den einzelnen Bundesländern, die sich die finanzielle Unterstützung jener Parteien zur Aufgabe machten, die wirtschaftspolitisch das Konzept der Förderer vertraten. Dieses System der Parteienfinanzierung wurde am 16. 12. 1954 durch neue Regelungen im Einkommensteuergesetz und im Körperschaftssteuergesetz gestützt, indem mittelbar oder unmittelbar den Parteien zufließende Gelder steuerlich abzugsfähig gemacht wurden. Die gleiche Mehrheit des Bundestages, die diese Regelung beschloß, lehnte es ab, die steuerliche Abzugsfähigkeit von Parteispenden auch für Lohnsteuerpflichtige einzuführen. Durchführungsverordnungen der Bundesregierung grenzten das Privileg der steuerlichen Abzugsfähigkeit auf Spenden für die im Bundestag bereits vertretenen Parteien ein. Das Bundesverfassungsgericht hob am 21. 2. 1957 diese letztgenannte Bestim-

Die «Parteienhaushalte» im Jahre 1986 ergaben folgendes Bild:

© Erich Schmidt Verlag GmbH

95 055

mung auf eine Verfassungsbeschwerde der Gesamtdeutschen Volkspartei hin auf. Am 24.6.1958 hob das Bundesverfassungsgericht, einer Klage der hessischen Landesregierung folgend, das bis dahin geübte Verfahren der Abzugsfähigkeit von Parteispenden insgesamt auf.[1]

In der Begründung des Bundesverfassungsgerichtes findet sich folgende Argumentation: Die vom Bundestag seinerzeit beschlossene Absetzungsfähigkeit von Parteispenden bei der Einkommen- und Körperschaftssteuer beeinträchtige die Chancengleichheit der Parteien untereinander, weil angesichts der Steuerprogression der Anreiz zu Parteispenden mit der Höhe des Einkommens steige, diese Begünstigung sich aber einseitig zum Vorteil jener Parteien auswirke, die eine besondere Affinität zu kapitalkräftigen Kreisen aufweisen. Andererseits verletze die Steuervorschrift auch das Recht des Bürgers auf Gleichheit; da die Geldspende an eine Partei als Teilnahme an der politischen Willensbildung der betreffenden Partei zu betrachten sei, vermöge der Spender mit hohem Einkommen, begünstigt durch die steuerliche Absetzungsfähigkeit, seiner Meinung zu größerem Einfluß zu verhelfen als der Spender mit geringem Einkommen. Mit diesem Urteil des Bundesverfassungsgerichts wurde die unmittelbare Fremdfinanzierung bestimmter Parteien durch kapitalkräftige Einzelpersonen oder Gesellschaften zwar gehemmt, die mittelbare Förderung jedoch nicht ausgeschlossen und die nicht steuerbegünstigte Fremdfinanzierung von Parteien durch die Wirtschaft nicht angetastet.

In der Folgezeit kam es einerseits zu illegalen Formen von Großspenden an die Parteien, die noch auf Jahre hin Skandale auslösten; andererseits machten die Parteien sich daran, sich nach neuen Quellen der Fremdfinanzierung umzusehen. Im Jahre 1959 kam es erstmals zu einem größeren Staatszuschuß an die Parteien; die Bundestagsmehrheit beschloß die Zuweisung eines Betrages von 5 Millionen DM an die Bundestagsparteien «zur Förderung der politischen Bildungsarbeit». 1962 erhöhten die Regierungsparteien diesen Titel im Bundeshaushalt gegen die Stimmen der SPD auf 20 Millionen DM. Im Haushalt 1964 wurden den Parteien bereits 38 Millionen DM bewilligt. Die Bundesländer, einschließlich der sozialdemokratisch regierten Länder, zogen nach. Auch in den Gemeinden flossen den Parteien Zuschüsse zu.

Zu den Folgen einer solchen Alimentierung der Parteien bemerkte Ulrich Dübber: «Jede Art von staatlicher Finanzierung kann nicht ohne Folgen auf die innere Struktur der Parteien bleiben. Machtkonzentration, Stärkung und Aufblähung der Parteibürokratie, größere Unabhängigkeit der besoldeten Funktionäre und Delegiertenversammlungen von den Mitgliedern sind unausbleibliche Nebenwirkungen... Der Forderung des

---

1 Vgl. hierzu U. Dübber: Parteifinanzierung in Deutschland, Köln-Opladen 1962

Grundgesetzes nach einer inneren demokratischen Ordnung der Parteien würde damit entgegengearbeitet. Auch das Ansehen der Parteien bei der Bevölkerung könnte durch eine Staatsfinanzierung vermutlich keine Aufbesserung erfahren... Die Ausschließung aller nicht im Bundestag vertretenen Parteien von diesen Mitteln begegnet dabei im besonderen verfassungsrechtlichen Bedenken.»[1] Dieselbe Argumentation findet sich in der Verfassungsbeschwerde des Landes Hessen gegen die damalige Form der Parteienfinanzierung durch den Bund, die im Mai 1965 beim Bundesverfassungsgericht eingereicht wurde. Diese Beschwerde kam zu dem Schluß, die staatliche Finanzierung der Arbeit der Parteien in der damals geübten Weise sei unvereinbar mit den Anforderungen, die das Grundgesetz im Hinblick auf die Verhältnisse in und zwischen den Parteien stelle. Auf diese und andere Verfassungsklagen hin hat das Bundesverfassungsgericht im Juli 1966 die bis dahin praktizierte Form der staatlichen Parteienfinanzierung für verfassungswidrig erklärt. Erlaubt ist nach diesem Urteil jedoch die Erstattung von Wahlkampfkosten durch den Staat an die Parteien. Das Bundesverfassungsgericht begründete sein Urteil damit, daß die Parteien freie, von den Bürgern getragene, vom Staat auch materiell unabhängige Vereinigungen sein sollen. Faktisch ist jedoch unter dem Anschein der Wahlkampfkostenerstattung die staatliche Mitfinanzierung der Gesamtaufwendungen der Parteien weitergelaufen und erhält ständig noch größeres Gewicht. Inzwischen ist der Anteil der direkten öffentlichen Mittel an den Gesamteinnahmen der Parteien auf mindestens 25% und zum Teil noch weitaus höhere Anteile angestiegen.

Einer Kritik an der staatlichen Parteienfinanzierung wird nun, nicht ohne Berechtigung, das Argument entgegengehalten, die niedrige Zahl von Mitgliedern bzw. die geringe «Kaufkraft» der Beiträge mache eine Fremdfinanzierung unumgänglich; es bleibe also nur die Wahl zwischen Fremdfinanzierung durch interessierte Wirtschaftsgruppen oder Fremdfinanzierung durch den Staat. Hiergegen läßt sich einwenden, daß das jetzige System der Parteienfinanzierung durch den Staat die Einflußmöglichkeit privater Großspender keineswegs ausschließt.

Auch ist zu fragen, ob nicht bei einiger politischer und gesetzgeberischer Phantasie Möglichkeiten gefunden werden könnten, um die Arbeit der Parteien zu erleichtern, ohne die innerparteiliche Demokratie und die freie Konkurrenz zwischen den Parteien zu schädigen. Dübber weist z. B. auf die Möglichkeit hin, daß der Staat allen konkurrierenden Parteien gleichermaßen kostenlose Dienstleistungen zur Verfügung stellt. Denk-

1 U. Dübber: Parteifinanzierung in Deutschland, Köln-Opladen 1962, S. 80ff. Vgl. R. Wildenmann: Gutachten zur Frage der Subventionierung politischer Parteien aus öffentlichen Mitteln, Meisenheim 1968

bar wäre auch die Einführung eines Bürgerbeitrages für die Parteien, einer Art «Parteisteuer» mit gleichem Betrag pro Kopf, bei dem jeder Bürger die Partei, der diese Steuer zufließen soll, selbst bestimmen könnte.

Mit solchen Vorschlägen ist ein Problem berührt, das seit Gründung der Bundesrepublik in Intervallen immer wieder einmal aktuell geworden ist, ohne bisher befriedigend gelöst worden zu sein, nämlich die Ausführung des in Art. 21 des Grundgesetzes festgelegten Auftrages, die innere demokratische Ordnung und die Offenlegung der finanziellen Verhältnisse der Parteien gesetzlich zu regeln.

CDU/CSU und SPD einigten sich nach Bildung der Großen Koalition auf den gemeinsamen Entwurf eines Parteiengesetzes, das im Juni 1967 beschlossen wurde. Gegenstand dieses Gesetzes war eher die gesetzgeberische Legalisierung der staatlichen Parteienfinanzierung als die Sicherung innerparteilicher Demokratie oder die Offenlegung der Herkünfte der nichtstaatlichen Parteienfinanzierung. Für die Erstattung der Wahlkampfkosten der Parteien durch den Staat wurde ein Betrag angesetzt, der etwa zwei Drittel der bisherigen staatlichen Parteienfinanzierung ausmachte. Das Gesetz in seiner ursprünglichen Fassung legte für die Erstattung der Wahlkampfkosten nicht eine 5-v. H.-Klausel fest, sondern eine Grenze von mindestens 2,5 v. H. der Stimmen der jeweils vorhergehenden Wahl. Die Offenlegung der nichtstaatlichen Parteienfinanzierung regelte das Gesetz so, daß bei einem Parteizuschuß von mehr als 20 000 DM pro Jahr (bei natürlichen Personen) und 200 000 DM (bei juristischen Personen) der Spender zu nennen sei. Ende 1968 erging jedoch auf Klage einiger Kleinparteien ein neues Urteil des Bundesverfassungsgerichts zur Parteienfinanzierung. Danach hatte der Gesetzgeber mit einigen Bestimmungen des Parteiengesetzes gegen die Artikel 21 und 3 des Grundgesetzes verstoßen, als er die Verteilung der Wahlkampfkostenpauschalen davon abhängig machte, daß die Parteien nach dem Ergebnis der vorigen Wahl mindestens 2,5 v. H. der im Wahlgebiet abgegebenen gültigen Zweitstimmen erreicht haben müssen. Dies verstoße gegen das Recht der politischen Parteien auf Chancengleichheit. Außerdem wurden die Bestimmungen des Gesetzes für nichtig erklärt, in denen juristischen und natürlichen Personen Freigrenzen für Nennung der Spender in unterschiedlicher Höhe zugestanden wurden; auch hier werde der Gleichheitsgrundsatz verletzt. Angesichts dieses Urteils des Bundesverfassungsgerichts sah sich der Gesetzgeber gezwungen, das Parteiengesetz so zu revidieren, daß nun eine Wahlkampfkostenpauschale bereits gezahlt wird, wenn 0,5 v. H. der Zweitstimmen im Bundesgebiet erreicht sind; die Herkunft von Parteispenden mußte nun auch bei juristischen Personen als Spendern bereits bei einem Betrag von 20 000 DM an veröffentlicht werden – eine Bestimmung, die sich durch Zerstückelung des Betrags oder Anonymität des Spenders allerdings umgehen ließ.

Im Dezember 1983 beschloß der Bundestag mit den Stimmen der Unionsparteien, der FDP und der SPD und gegen die Stimmen der «Grünen» ein Gesetz zur Neuregelung der Parteienfinanzierung, das im wesentlichen folgende Bestimmungen enthielt: Die Parteien erhalten einen ähnlichen Status wie gemeinnützige Vereine; Parteispenden dürften demnach in nahezu unbegrenzter Höhe bei den Finanzämtern als steuerlich begünstigte Ausgaben geltend gemacht werden. Durch einen sogenannten Chancenausgleich sollen dabei unterschiedliche Vorteilsnahmen der Parteien bei dieser Regelung aus der Staatskasse ausgeglichen werden. Die Parteien sollen durch Neufassung des Grundgesetzartikels 21 Abs. 1 (4) nicht nur über die Herkunft ihrer Mittel, sondern auch über deren Verwendung sowie über ihr Vermögen öffentlich Rechenschaft ablegen. Allerdings müssen Einnahmen aus Krediten nicht mehr gesondert ausgewiesen werden; die Publizierung der Namen von Großgläubigern der Parteien ist nicht vorgesehen.

Gleichzeitig wurde die Wahlkampfkostenerstattung von DM 3,50 auf DM 5,00 je Wahlberechtigten erhöht. Die «Grünen» reichten beim Bundesverfassungsgericht gegen Bestimmungen dieses Gesetzes Verfassungsklage ein. Der verfassungsrechtliche Haupteinwand gegen das neue Gesetz: Der materielle Vorteil der Steuerbegünstigung nimmt mit der Höhe des Einkommens zu, insofern subventioniert der Staat die Spenden von Großverdienern in besonders starkem Maße und stützt damit deren politische Einflußchance. Das Bundesverfassungsgericht entschied 1986 so, daß wiederum eine gesetzliche Neufassung der Parteienfinanzierung notwendig wurde. Steuerbegünstigte Spenden an Parteien sollen nach dieser Entscheidung maximal 100 000 DM betragen.

Durch eine Novellierung Ende 1988 wurden im Parteienfinanzierungsgesetz die staatlichen Grundbeträge weiter ausgebaut.

Insgesamt bleibt die Parteienfinanzierung fragwürdig.

Das Recht zur Opposition

Die Rolle der politischen Opposition im westdeutschen Gesellschaftssystem kann vermutlich nicht richtig beurteilt werden, wenn man nicht Besonderheiten der politischen Geschichte Deutschlands berücksichtigt, die dem Begriff und der Wirklichkeit von politischer Opposition eine ganz eigenartige Bedeutung gegeben haben. Die Tatsache, daß in der jüngeren Geschichte Deutschlands die Opposition im eigenen Verständnis oder im Bewußtsein der Öffentlichkeit außerhalb der jeweils herrschenden «Staatsraison» stand, was sich am Liberalismus und an der Sozialdemokratie im Kaiserreich, aber auch an der Opposition gegen die Weimarer Republik beobachten läßt, hatte langfristige Nachwirkungen.

Immerhin war mit der Gründung der Bundesrepublik zum erstenmal in der politischen Geschichte Deutschlands eine Situation gegeben, in der entschiedene Opposition innerhalb des geltenden und in der Verfassung formulierten politischen Wertsystems wirksam wurde.

Ein Blick auf die politische Rechtsordnung, wie sie im Grundgesetz der Bundesrepublik formuliert ist, zeigt, daß hier der Begriff der «Opposition» zwar nicht ausdrücklich verwendet wird, daß aber eine Vielzahl von Verfassungsvorschriften implizit die Existenz, die Legitimität und die Effektivität einer Opposition voraussetzt. Art. 21 Abs. 1 des Grundgesetzes spricht von den Parteien in der Mehrzahl; Art. 93 Abs. 1 GG sichert der parlamentarischen Opposition den Weg zum Bundesverfassungsgericht. Auch in den Interpretationen, die das Grundgesetz in Urteilen des Bundesverfassungsgerichtes gefunden hat, wird die Existenz einer Opposition als verfassungsnotwendig angesehen.

Man kann demnach in der Bundesrepublik von einer verfassungsrechtlichen Garantie des Rechtes auf Opposition ausgehen, wobei dieses Recht an die Anerkennung bestimmter Grundwerte des freiheitlichen, demokratischen Verfassungsstaates, nicht jedoch an die Anerkennung bestimmter Ausformungen dieser Grundwerte geknüpft ist.[1] Wenn aber das Recht auf Opposition ein unverzichtbares Element der Realisierung demokratischer Grundwerte darstellt, dann gilt dieses Recht auf Opposition für den gesamten, von der Verfassung vorgesehenen politischen Tätigkeitsbereich, ausgenommen den durch Artikel 79 des Grundgesetzes als unabänderlich geschützten (also auch durch eine Zwei-Drittel-Mehrheit nicht revidierbaren) Kernbestand der Verfassung. Die Bestandsgarantie des Grundgesetzes umschließt: den Katalog der Grundrechte, das Prinzip der Volkssouveränität, das Prinzip der Rechtsstaatlichkeit, das Prinzip (und nicht die konkrete Ausformung) der Gewaltenteilung, das Prinzip (und nicht die konkrete Gliederung) des Föderalismus und der föderalen Mitwirkung, das Mehrparteienprinzip und das Recht auf Opposition. Die Unterscheidung zwischen diesem Kernbestand der Verfassung, der jeder legalen Veränderung entzogen ist, und der konkreten Ausformung dieser Leitlinien, die – gesellschaftlichen Entwicklungen folgend – neu gedacht und neu institutionalisiert werden kann, bezeichnet exakt die Grenze zwischen Verfassungsloyalität und Verfassungswidrigkeit; das Grundgesetz will damit den legalen Weg für gesellschaftspolitische Strukturveränderungen offenhalten. Insofern ist auch das konkrete System des Parlamentarismus nicht als unabänderlich geschützt. Keineswegs enthält das Grundgesetz eine Bestandsgarantie für das derzeitige Wirtschaftssystem oder ein Verfassungsverdikt gegen sozialistische Bestrebungen. Die Gleichsetzung von freiheitlich-demokratischer Grund-

---

1 Vgl. hierzu A. Hamann: Das Recht auf Opposition, in: Pol. Vierteljahresschrift, H. 3/1962

ordnung und bestehender Wirtschaftsordnung stellt zweifellos eine verfassungswidrige Argumentation dar.

In der Verfassungswirklichkeit der Bundesrepublik hat nach 1949 zunächst vier Legislaturperioden hindurch die SPD die Funktion der parlamentarischen Opposition ausgefüllt. Die zeitweise entschiedene, in jedem Falle verfassungskonforme Opposition der SPD, die zumindest in den ersten Legislaturperioden des Deutschen Bundestages auch durch parlamentarische Debatten und politische Argumentation in den Wahlkämpfen der Öffentlichkeit allgemein bewußt wurde, hat im Parlamentarismus der Nachkriegszeit die Existenz einer politischen Alternative dem öffentlichen Bewußtsein nähergebracht.

Dennoch bestand immer wieder das Risiko, daß Opposition als notwendiger Teil der gesamten Verfassungswirklichkeit in der BRD nur schwer anerkannt bzw. der Begriff der verfassungskonformen Opposition unzulässig eingeengt wurde. Einer Anerkennung der Legitimität einer verfassungskonformen Opposition standen zunächst Nachwirkungen obrigkeitsstaatlicher oder auch faschistoider politischer Denkweisen im Wege. Zunächst war die Austragung von politischen Konflikten innerhalb eines von allen Parteien akzeptierten politischen Rahmens dem Bürger der Bundesrepublik keineswegs eine selbstverständliche Erscheinung: demgegenüber kam ein Appell an die «Gemeinsamkeit» aller Parteien, eine Spekulation auf die «Überparteilichkeit» politischer Argumente, relativ leicht zum Erfolg. Wie sehr auch die damalige Opposition sich solchen Reaktionsweisen anpaßte, wird etwa daran deutlich, daß die Führer der SPD in Oppositionszeiten des öfteren die Regierungsfähigkeit ihrer Partei mit dem Hinweis zu beweisen versuchten, die SPD habe ja auch schon in ihrer Rolle als Opposition der überwiegenden Mehrzahl der Gesetzentwürfe der Regierung zugestimmt. Ein weiteres Indiz für die Schwierigkeiten, die in der Rolle der Opposition liegen, war die bei der SPD anzutreffende Berechnung, daß eine Regierungsmehrheit für die SPD nur auf dem Umwege über eine Beteiligung an einer CDU-Koalition und den damit erhofften Ausweis der «Regierungswürdigkeit» zu erreichen sei. Diese Kalkulation stand ja seinerzeit auch Pate bei der Bildung der Großen Koalition, die – verfassungspolitisch höchst problematisch – die «Einigung der großen Parteien» erbrachte und zuerst einmal Opposition auf die kleine FDP beschränkte.

So hat seinerzeit Waldemar Besson die Auffassung vertreten, daß die Bundesrepublik von einem normalen Verhältnis von Regierung und Opposition noch weit entfernt sei. Schon eine genauere Untersuchung der Praxis jener verfassungsrechtlichen Möglichkeiten, die im Bundestag der Opposition zustehen, zeige, wie unbefriedigend der bisherige Zustand der Opposition sei. Besson wies darauf hin, daß z. B. die Waffe des parlamentarischen Untersuchungsausschusses, die nach dem Verfassungsrecht ein wichtiges Instrument der Opposition sein sollte, in der BRD außerordentlich stumpf ist. Es ist zu fragen, ob der seitdem mehrfach vollzogene Wechsel in der Rollenverteilung von Regierung und Opposition in Bonn das Problem gelöst hat. Jedenfalls ist festzustellen, daß die Opposition ihren Anspruch auf die Vertretung politischer Alternative heute insoweit einschränken muß, als durch die Regierungspolitik langfristige Entscheidungen getroffen sind, die auch im Falle der Regierungsübernahme durch eine bisherige Opposition kaum rückgängig gemacht werden könnten. Dies trifft vor allem für supranationale politische, militärische und wirtschaftliche Bindungen zu. Aber auch im Felde der Innenpolitik, so etwa in wirtschafts- und sozialpolitischen Fragen, tragen viele politische Entscheidungen sachnotwendig so viel Langfristigkeit in sich, daß auch hier die Opposition keinesfalls schnelle prinzipielle Änderung versprechen kann.[1]

Die möglichst kräftige Tätigkeit einer außerparlamentarischen Opposition ist übrigens, soweit die verfassungsmäßigen Grundprinzipien akzeptiert werden, durchaus verfassungskonform; das Grundgesetz gibt in Art. 21 den Parteien keineswegs ein Privileg, sondern lediglich die Funktion der Mit-Wirkung bei der politischen Willensbildung des Volkes.

Die Rolle der Verbände

Die Diskussion über das politische System in der Bundesrepublik hat sich schon früh der Rolle der Verbände zugewandt. Hier liegt auch offenbar jene Stelle unserer Verfassungswirklichkeit, an der Wirtschaft und Politik die engsten Verflechtungen zeigen.

Die Analyse der politischen Einflüsse vor allem wirtschaftlicher Verbände stand in den Gründerjahren der Bundesrepublik überwiegend im Zeichen massiver Kritik; zahllos waren die Klagen über die «Kolonisation des Staates durch Teilinteressen», die «Demontage des Staatlichen», die «Verbandsherzogtümer» und ähnliches mehr. Die Vorstellung, daß die staatliche Willensbildung von jeder Einflußnahme der «Interessentenhaufen» prinzipiell freizuhalten sei, geht allerdings von einer Staatsauffassung aus, die schon längst keinen Realitätsgehalt mehr hat, nämlich entweder vom Bild des Obrigkeitsstaates, der sich den Niederungen wirtschaftlicher Interessen vorgeblich fernhält, oder aber von der altliberalen Konzeption, die den Staat als bloßen Garanten der Rechtssicherheit der freiwirtschaftenden Gesellschaft gegenüberstellt. Daß diese Auffassung den tatsächlichen Funktionen des Staates, der heute ständig in soziale und

---

1 Vgl. hierzu H. Harnischfeger: Planung in der sozialstaatlichen Demokratie, Neuwied 1969; K. Lompe: Gesellschaftspolitik und Planung, Freiburg 1971

wirtschaftliche Abläufe eingreift, nicht entspricht und der Rolle des Staates speziell in Deutschland vermutlich noch nie entsprochen hat, wird dabei verkannt.[1]

Im Grundgesetz der Bundesrepublik ist die politische Funktion der gewichtigsten Interessenverbände, nämlich der Koalitionen der Arbeitgeber und der Arbeitnehmer, durch die in Artikel 9 verankerte Koalitionsfreiheit eigens bestätigt worden. Das Ausmaß der Funktionen, die der Staat gerade diesen Verbänden beläßt oder zuordnet, wird an anderer Stelle (vgl. Teil III) noch geschildert.

Wenn man den Versuch macht, die wichtigsten Verbände in der Bundesrepublik, soweit sie politisch oder wirtschaftspolitisch tätig werden, ihrer Struktur und Funktion nach zu charakterisieren und zu typologisieren, dann kann zunächst die Unterscheidung zwischen Verbänden und Parteien hilfreich sein: Während Parteien den Anspruch stellen, einen staatlichen Gesamtwillen auszubilden, repräsentieren die Verbände partikulare Interessen unterschiedlicher Art – eine Definition, die freilich einiger Einschränkungen bedarf.

Zunächst läßt sich jedenfalls festhalten, daß die Zugehörigkeit zu einer Partei den Charakter der Ausschließlichkeit gegenüber anderen Parteien hat, während im Hinblick auf die Verbände der einzelne Bürger sich zumeist in einem Netzwerk verschiedenartiger Zugehörigkeiten befindet, deren Motive u. a. in seinem sozialen Status, seinen wirtschaftlichen Interessen, seiner Konfession und seinen Freizeitbeschäftigungen liegen. Die Reihe der Verbände kann hier nicht insgesamt vorgeführt werden, sie reicht vom Bauernverband über die Gewerkschaften, die Sportvereine, die Elternvereinigungen, die Verbraucherverbände bis hin zum ADAC.

Die Strukturen der Verbände weisen Unterschiede auf, die sich vor allem aus dem Anspruch des Verbandes an seine Mitglieder oder aus den Erwartungen der Mitglieder gegenüber dem Verband herleiten lassen; das Ausmaß der «sozialen Kontrolle» innerhalb der Verbände ist unterschiedlich. Unterschiede lassen sich auch im Hinblick auf die Repräsentanz eines Verbandes für das von ihm bearbeitete soziale Feld feststellen. Neben Verbänden, die in lockerer Konkurrenz innerhalb eines sozialen Feldes nebeneinanderstehen und die ohne Schwierigkeiten Zugänge und Abgänge ermöglichen, finden sich andere, die faktische oder gar rechtliche Monopolstellungen innehaben, deren Existenz langfristig gesichert und deren Zusammenhalt durch Sanktionen gestützt ist. Eine Typologie der Verbände läßt sich auch nach dem Gesichtspunkt des Tätigkeitsziels aufstellen: Die Ambitionen eines Verbandes können sich auf den individuellen Erfolg beim Verbandsmitglied beschränken, sie können auf die

1 Zum historischen Hintergrund: H.-P. Ullmann: Interessenverbände in Deutschland, Frankfurt 1988

Regelung sozialer und wirtschaftlicher Verhältnisse im außerstaatlichen Raum, auf die Beeinflussung der öffentlichen Meinung und schließlich auf Teilnahme an der staatlichen Willensbildung hinzielen. Im zuletzt genannten Fall muß wiederum differenziert werden: Ein Verbandsinteresse kann sich auf die Beeinflussung eines gesetzgeberischen oder exekutiven Details richten, es kann aber auch die ständige Einflußnahme auf staatliche Richtungsentscheidungen im Sinne haben.

Für derartige Einflußnahmen bieten sich mehrere Adressaten an: Parteien, Parlament, Regierung, Verwaltung, Justiz und – als indirekter oder ergänzender Weg – die öffentliche Meinung; je nach Ziel und Position wird ein Verband diese oder jene Adresse bevorzugen.

In der öffentlichen Kritik der politischen Rolle der Verbände ist vor allem auf die Verflechtung von Parteien, Parlament und Interessenverbänden hingewiesen worden; man hat die «Verbandsfärbung» der Parteien beklagt und das Parlament als «Verband der Verbände» beschrieben. In der Tat stützen sich Parteien in vielfacher Weise auf nahestehende Verbände, die ihnen direkt oder indirekt mit materiellen Hilfen, Parallelaktionen zur Beeinflussung der öffentlichen Meinung, Wählerpotential, Experten und zubereiteten Informationen dienen können. Hierbei läßt sich eine «natürliche Nähe» bestimmter Verbände zu bestimmten Parteien feststellen; die CDU/CSU konnte Jahre hindurch auf die Hilfe der katholischen Verbände, CDU/CSU und FDP konnten eher als die SPD auf die Hilfe der Unternehmer-, Mittelstands- und Bauernverbände, die SPD wiederum konnte eher als die FDP und die CDU/CSU auf die Hilfe der Gewerkschaften rechnen. Bei bestimmten Großverbänden zeigte sich allerdings zunehmend die Neigung, die Politik der Parteien nur von Fall zu Fall oder in mehrfacher Kombination zu unterstützen; die Gewerkschaften sind keineswegs mehr so eindeutig wie früher an die SPD gebunden, und auch im Katholizismus bahnte sich eine Auflockerung des Verhältnisses zur CDU/CSU an. Der Grund hierfür kann wohl auch darin gesucht werden, daß eine allzu enge Bindung von Interessenverbänden an eine Partei nicht unbedingt zu einer intensiven Rücksichtnahme der Partei auf das Verbandsinteresse führt.

Weit problematischer als die unverkennbare Unterstützung einer Partei oder einer parlamentarischen Konzeption durch einen Großverband ist, vom Standpunkt der demokratischen Transparenz her betrachtet, die personelle, unter Umständen hintergründige Durchsetzung von Parteiführungen oder Parlamentsfraktionen mit Repräsentanten bestimmter Interessenverbände. In dieser Beziehung müssen vor allem die Parlamentsausschüsse, in denen ja der wichtigste Teil der legislativen Arbeit des Parlaments geschieht, kritisch in den Blick genommen werden. Gewiß ist nicht einzusehen, weshalb die Parlamentsausschüsse auf den Sachverstand, den Verbandsvertreter als Parlamentarier unter Umständen

mitbringen, verzichten sollten; wohl aber muß eine Kontrolle gegenüber
der Tendenz möglich sein, in einer Ausschußmehrheit oder unter Umständen auch – quer durch die Parteien – im Gesamtausschuß Entscheidungen im Interesse sozialer Gruppen zu treffen, ohne daß diese noch der
Prüfung durch die Repräsentanten des gesellschaftlichen Gesamtwillens
faktisch unterliegen. Die vom 6. Deutschen Bundestag beschlossene Offenlegung der Nebentätigkeit der Abgeordneten und die Möglichkeit der
formellen «Registrierung» von Interessenvertretern in Bonn konnten nur
in begrenztem Umfange eine größere Transparenz von Verbandseinflüs-
sen bewirken.

Wichtiger noch als die Einflußnahme auf Parteien und parlamentarische Ausschüsse dürfte für die Interessenverbände der Kontakt zu jenen
Institutionen sein, bei denen heute Gesetzesinitiativen und Gesetzesvorlagen zum überwiegenden Teil entwickelt werden, nämlich zur Ministerialbürokratie und zum Kabinett.

Verbandsvertreter werden zu jenen Beiräten, Ausschüssen usw. hinzugezogen, von denen die obersten Bundesbehörden sich beraten lassen.[1]
Die möglichst frühzeitige Anhörung der großen Interessenverbände ist
seit langem ein in allen Ministerien perfekt eingespieltes Verfahren. Da
die Gesetzentwürfe in diesem Stadium weitgehend noch vertraulich behandelt werden, erfährt die Öffentlichkeit von den Verhandlungen zwischen Ministerialbürokratie und Verbandsspitzen vielfach nur dann
etwas, wenn diese Verhandlungen nicht zur Übereinstimmung führen.
Vielfach erhalten die Parlamentarier von einem Regierungsentwurf für
ein Gesetz erst dann Kenntnis, wenn sich die Verbandsbürokratien längst
intensiv mit den Entwürfen beschäftigt haben oder der Gesetzentwurf
bereits «verbandsfest» gemacht worden ist. Es ist nicht zu verkennen, daß
durch diese Zusammenarbeit von Ministerialbürokratie und Verbandsbürokratien bei der Gesetzesvorbereitung die Funktion des Parlaments
ausgehöhlt werden kann; zwar kann auf diese Weise der Einfluß unterschiedlicher oder entgegengesetzter Verbandsinteressen unter Umständen frühzeitig ausgeglichen werden, aber die Tatsache, daß in den
Gesetzesinitiativen der Regierung vielfach schon der Kompromiß mit den
organisierten Interessen steckt, macht den Vorgang der Legislative für die
öffentliche Meinung kaum noch durchschaubar. Diese Gefahr tritt noch
massiver auf, wenn der Kompromiß zwischen Regierung und Verbänden
auf der höchsten Ebene ausgehandelt wird und geradezu staatsvertrags-
ähnliche Abmachungen zwischen Kanzler und Verbandsführern das Parlament zur Einflußlosigkeit verurteilen.

1 Zum Problem der Rolle der Verbände allgemein G. W. Wittkämper: Das Staatsrecht der
 Interessenverbände, Köln 1969; U. v. Alemann u. R. G. Heinze (Hrsg.): Verbände und
 Staat, Opladen 1981

Das hiermit skizzierte Problem erweist sich als noch gewichtiger, wenn man bedenkt, daß zwischen Ministerialbürokratie und Bürokratien einiger Verbände vielfach ohnehin so etwas wie eine «solidarische Mentalität» besteht. Allerdings ergeben sich hierbei charakteristische Unterschiede zwischen den einzelnen Verbänden. Massenorganisationen wie etwa die Gewerkschaften sind in größerem Umfange auf die öffentliche Zustimmung ihrer Mitgliedschaft bzw. der Öffentlichkeit auch bei Einflußnahmen auf die staatliche Willensbildung angewiesen, sie können sich deshalb nicht allein darauf verlassen, unter Ausschaltung der Öffentlichkeit beim zuständigen Minister oder seinem Referenten Sympathien zu gewinnen.

Die politische Rolle der Verbände ist im übrigen nicht auf die oberste Ebene der politischen Willensbildung beschränkt. Auch auf der Ebene der Länder und der Kommunen üben «private» Verbände vielfältige Einflüsse auf die staatliche und kommunale Willensbildung aus oder nehmen im Auftrage des Staates öffentliche Funktionen wahr, dies insbesondere auf dem Gebiet der Arbeits- und Sozialpolitik und in der Kulturverwaltung. Die Verbände in ihrem gegenwärtigen Zustand erhalten hierbei vielfach eine Art Staatsprivileg bzw. eine staatliche Bestandsgarantie. Man hat davor gewarnt, daß der Verbändepluralismus sich immer mehr vom freien Spiel gesellschaftlicher Kräfte fort- und zu einem staatlich sanktionierten Feudalsystem hinentwickele. Insgesamt ist mit den vielfältigen Einflüssen der Verbände auf die staatliche Willensbildung ohne Zweifel die Gefahr gegeben, daß unter Beibehaltung des formalen Schemas der Gewaltenteilung die Verbände Schlüsselpositionen gewinnen, die mit den Intentionen unserer Verfassungsordnung nicht übereinstimmen. Über Legitimität oder Illegitimität solcher Verbandseinflüsse kann am ehesten geurteilt werden, wenn man nach der Öffentlichkeit und damit der Verantwortlichkeit der Verbandseinflüsse fragt. Zugleich ist zu prüfen, inwieweit die Verbände, die auf das demokratische System Einfluß nehmen, in sich selbst demokratisch strukturiert sind. Sind beide Bedingungen gegeben, so unterliegen die politischen Einflüsse der Verbände immerhin der Möglichkeit der Kontrolle und der Korrektur durch die Verbandsmitglieder, die Wähler und die öffentliche Meinung. Zu unterscheiden ist auch, ob Verbände Masseninteressen oder die Interessen zahlenmäßig kleiner, aber aufgrund anderer Voraussetzungen mächtiger Gruppen vertreten. Eine letzte Frage ist schließlich die, inwieweit angesichts der starken Repräsentation organisierter Interessen die nichtorganisierten Interessen die Chance behalten, in die politische Willensbildung Eingang zu finden. Man hat gegenüber den politischen Funktionen der Interessenverbände in der Bundesrepublik den kritischen Einwand gemacht, daß dringende gesetzgeberische Aufgaben oft unerfüllt bleiben, weil keine organisierten Interessen da sind, die hier den Anstoß geben könnten. Immerhin hat sich an der Diskussion der Umweltproblematik gezeigt, daß die öffentliche Thematisierung dringlicher Fragestellungen auch ohne Zutun der «großen» Verbände sich durchsetzen kann.

Die Bundesländer als Machtfaktoren

Das Grundgesetz der Bundesrepublik Deutschland bezog seine Legitimation aus der Abstimmung der Länderparlamente über den Entwurf dieses Grundgesetzes. Bei der Beratung des Entwurfes für das Grundgesetz stand von vornherein außer Zweifel, daß in irgendeiner Form die politische Rolle der Länder, die ja zunächst durch die Besatzungsmächte geschaffen worden waren, im Verfassungssystem des neu zu bildenden Bundesstaates berücksichtigt und fixiert werden sollte; so kam es zur Institution des Bundesrates.

Die Regelungen, die das Grundgesetz der Bundesrepublik Deutschland zum Verhältnis von Bund und Ländern getroffen hat, sind nun daraufhin zu untersuchen, wie zwischen Bund und Ländern die Aufgaben verteilt sind, wie der Einfluß der Länder auf den Bund und wie der Einfluß des Bundes auf die Länder verfassungsrechtlich festgelegt ist.

Was die Teilung der Aufgaben zwischen Bund und Ländern angeht, so hat das Grundgesetz bestimmt, daß die Ausübung der staatlichen Befugnisse und die Erfüllung der staatlichen Aufgaben Sache der Länder ist, soweit das Grundgesetz keine andere Regelung trifft oder zuläßt (Art. 30 GG). Dem entspricht auch der Inhalt von Art. 70 GG, wonach die Länder das Recht der Gesetzgebung haben, soweit das Grundgesetz nicht die Gesetzgebungsbefugnis dem Bund verleiht, und Art. 83 GG, wonach die Länder die Bundesgesetze als eigene Angelegenheit ausführen, soweit das Grundgesetz nichts anderes bestimmt oder zuläßt.

Art. 28 des GG bestimmt, daß die verfassungsmäßige Ordnung in den Ländern den Grundsätzen des republikanischen, demokratischen und sozialen Rechtsstaates im Sinne des Grundgesetzes entsprechen muß; Art. 37 ermöglicht es dem Bund, Zwang auszuüben, um die Länder zur Erfüllung ihrer verfassungsmäßigen Pflichten anzuhalten. Die Aufteilung der gesetzgeberischen Kompetenzen zwischen Bund und Ländern und die Einschaltung des Bundesrates als der Vertretung der Länder in die Bundesgesetzgebung ist durch die Art. 70–78 GG geregelt. Art. 79 GG legt eigens die Notwendigkeit der Zustimmung der Ländervertretung bei grundgesetzändernden Gesetzen fest und erklärt eine Grundgesetzänderung, die prinzipiell die bundesstaatliche Ordnung oder die Mitwirkung der Länder bei der Bundesgesetzgebung antastet, für unzulässig. Insoweit ist also im Grundgesetz den Ländern erheblicher politischer Spielraum und Einfluß auf den Bund eingeräumt. Im Rahmen der vom Grundgesetz in Art. 28 festgelegten Verfassungsprinzipien bleibt den Ländern auch Raum für eine eigene Ausgestaltung des Verfassungssystems, so etwa im Hinblick auf das Wahlrecht, die Regelung der Regierungsbildung, die Einführung unmittelbarer demokratischer Ausdrucksformen, die Einsetzung von politischen oder wirtschaftlichen Länderkammern u. ä. m. Sieht man vom Gebiet der Kulturpolitik ab, so haben sich die legislativen Funktionen innerhalb des Spielraums, den das Grundgesetz gibt, aber mehr und mehr beim Bund konzentriert, und auch in der Kulturpolitik zog der Bund auf dem Wege der Rahmengesetzgebung entscheidende Kompetenzen an sich.

Auf der anderen Seite hat sich eine föderalistische Struktur insofern erhalten und ihre Bedeutung für die Verfassungswirklichkeit im Laufe der Geschichte der Bundesrepublik noch ausgebaut, als durch die Institution des Bundesrates der Einfluß der Länder auf die Legislative im Bundesmaßstab in großem Umfange gewährleistet ist. Paradoxerweise steigert sich sogar der Einfluß des Bundesrates, je mehr Kompetenzen der Bund auf Kosten der Länder an sich zieht, da ja auf diese Weise immer mehr Bundesgesetze der Zustimmung des Bundesrates bedürfen. Während in den ersten Jahren nach 1949 nur etwa 10 v. H. der durch den Bundestag beschlossenen Gesetze der Zustimmung des Bundesrates bedurften, sind es inzwischen durchschnittlich mehr als 50 v. H.

Die Institution des Bundesrates hat weit über das Maß hinaus, das man ihr im öffentlichen Bewußtsein der Bundesrepublik zugesteht, verfassungsrechliches Gewicht und praktische politische Wirksamkeit gewonnen. Die meisten Bürger der Bundesrepublik sehen im Bundesrat lediglich eine Art diplomatischer Vertretung der Länder in Bonn. Demgegenüber ist zunächst darauf hinzuweisen, daß der Bundesrat ein Bundesorgan ist und an der Gesetzgebung und der Verwaltung auf der Ebene des Bundes mitzuwirken hat.

Der Bundesrat besteht nach Art. 51 GG aus Mitgliedern der Länderregierungen (z. T. auch Staatssekretären), wobei jedes Bundesland mindestens drei, die bevölkerungsstarken Bundesländer zusätzliche Stimmen haben. Nach Art. 52 faßt der Bundesrat seine Beschlüsse mit mindestens der Mehrheit seiner Stimmen. Die Stimmabgabe erfolgt je Land einheitlich. Die Pflicht der Mitglieder der Bundesregierung, auf Verlangen des Bundesrates an dessen Verhandlungen teilzunehmen, und die Pflicht zur Information des Bundesrates über die Tätigkeit der Bundesregierung sind in Art. 53 fixiert. Der Bundesrat hat laut Art. 76 das Recht der Gesetzesinitiative; außerdem sind Gesetzesvorlagen der Bundesregierung zunächst dem Bundesrat zur Stellungnahme zuzuleiten. Nach Art. 77 sind Bundesgesetze, die vom Bundestag beschlossen sind, dem Bundesrat unverzüglich zuzuleiten. Der Bundesrat kann binnen zwei Wochen nach Eingang des Gesetzesbeschlusses die Einberufung des Vermittlungsausschusses (s. u.) zwischen Bundestag und Bundesrat verlangen. Soweit ein Gesetz der Zustimmung des Bundesrates nicht bedarf, kann der Bundesrat, wenn das Vermittlungsverfahren beendet ist, gegen ein vom Bundestag beschlossenes Gesetz Einspruch einlegen. Wenn dieser Einspruch vom Bundesrat mit einfacher Stimmenmehrheit beschlossen wurde, so kann der Bundestag ihn ebenfalls mit einfacher Mehrheit abweisen. Hat der Bundesrat den Einspruch mit einer Mehrheit von mindestens zwei Dritteln seiner Stimmen beschlossen, so kann der Bundestag diesen Einspruch ebenfalls nur mit einer Mehrheit von mindestens zwei Dritteln der Mitglieder zurückweisen.

Die Mitwirkung des Bundesrates an der Rechtsetzung durch den Bundestag ist also sehr weitreichend. Die Tatsache, daß die bisherigen Änderungen des Grundgesetzes, die im übrigen durchweg dem Bund mehr Macht brachten, auch vom Bundesrat akzeptiert wurden, ferner die Erfahrung, daß von den vom Bundestag beschlossenen Gesetzen nicht allzu viele am Veto des Bundesrates gescheitert sind, dürfen nicht so ausgelegt werden, als sei der Bundesrat eine Institution ohne faktischen Einfluß. Die Einflußnahme des Bundesrates auf die Legislative vollzieht sich in der Hauptsache im Stadium zwischen der dritten Lesung eines Gesetzes und der endgültigen Ausfertigung; hier wird jene Institution wirksam, in der sich die Kompetenz des Bundesrates in besonderer Weise zeigt, nämlich die des Vermittlungsausschusses.

Es gibt Gesetze, denen gegenüber der Bundesrat ein volles Vetorecht besitzt. Daneben gibt es die sogenannten «einfachen Gesetze», die dem Bundesrat die Möglichkeit des Einspruchs und damit der Korrektur geben. Um angesichts dieser Mitwirkungsrechte des Bundesrates als politischer Vertretung der Bundesländer die Legislative funktionstüchtig zu erhalten, hat der Grundgesetzgeber den Vermittlungsausschuß etabliert. Die näheren Verfahrensvorschriften für den Vermittlungsausschuß finden sich in einer vom Bundestag mit Zustimmung des Bundesrates beschlossenen Geschäftsordnung des Vermittlungsausschusses, die gemäß Art. 77 Abs. 2 GG folgende Regelungen getroffen hat: Der Vermittlungsausschuß setzt sich paritätisch aus Mitgliedern des Bundesrates und des Bundestages zusammen; Vertreter des Bundesrates sind die Ministerpräsidenten bzw. Regierenden Bürgermeister der Länder oder der Stadtstaaten oder je ein Landesminister bzw. Senator. Die Sitzungen des Vermittlungsausschusses sind vertraulich; außer den Ausschußmitgliedern haben nur die Bundesminister oder deren Staatssekretäre Zutritt. Ein Wechsel der Mitglieder des Vermittlungsausschusses durch Abberufung ist, solange diese ihren Landeskabinetten angehören, nur im Ausnahmefall möglich.

Der Vermittlungsausschuß kann eine Abänderung des vom Bundestag beschlossenen Gesetzes, eine Ergänzung dieses Gesetzes oder eine völlige Aufhebung des Gesetzes vorschlagen. Die politische Potenz des Vermittlungsausschusses ergibt sich nicht zuletzt aus der Vertraulichkeit der Sitzungen, ferner aus der Tatsache, daß die Vertreter des Bundesrates im Vermittlungsausschuß an Instruktionen ihrer Länder nicht gebunden sind. Man hat – gewiß nicht zu Unrecht – über die Tätigkeit des Vermittlungsausschusses gesagt, daß hier in kleinerem Rahmen und unter Ausschluß der Öffentlichkeit jene Art von legislativer Beratung praktiziert werde, die ursprünglich dem Plenum des Parlaments zugedacht war.

Über die im Vermittlungsausschuß gegebenen Möglichkeiten hinaus liegt der Einfluß des Bundesrates auf die Legislative vor allem darin, daß jeder Einspruch des Bundesrates eine erneute Abstimmung im Bundestag erzwingen und damit auch eine Beschäftigung des Bundestages mit den Argumenten des Bundesrates erreichen kann. Jeder Gesetzesbeschluß des Bundestages bleibt so lange unwirksam, bis die Einspruchsmöglichkeit des Bundesrates erschöpft ist oder die Zustimmung des Bundesrates gegeben wird. Bei jenen Gesetzen, die die Zustimmung des Bundesrates zwingend vorschreiben, haben Bundesrat und Bundestag ein völliges Gleichgewicht, da im Falle der fortdauernden Uneinigkeit über die Gesetzesvorlage diese endgültig unwirksam wird.

Die Mitwirkung des Bundesrates an parlamentarischen Funktionen geht über den Bereich der klassischen Gesetzgebung hinaus. Parallel zu den entsprechenden Funktionen des Bundestages hat auch der Bundesrat Mitwirkungsrechte bei der Festlegung des jährlichen Haushaltsplanes, bei der Entlastung der Bundesregierung in der jährlichen Rechnungslegung, bei der Entscheidung über den Verteidigungsfall und den Notstandsfall, bei der Genehmigung von Staatsverträgen. Eine exekutive Funktion erfüllt der Bundesrat, wenn er seine Zustimmung zu Rechtsverordnungen der Bundesregierung oder eines Bundesministers zu geben hat, bei denen eine Mitwirkung des Bundestages nicht vorliegt. Auch bei der Besetzung des Bundesverfassungsgerichtes liegt die Richterwahl nur zur Hälfte beim Bundestag, zur anderen Hälfte beim Bundesrat. Gegenüber dem Bundesverfassungsgericht ist der Bundesrat antragsberechtigt. Die Einrichtung bundeseigener Mittel- und Unterbehörden bedarf der Zustimmung des Bundesrates. Bei der Vereidigung des Bundespräsidenten ist der Bundesrat in gemeinsamer Versammlung mit dem Bundestag vertreten. Die staatspolitische Position des Bundesrates wird schließlich noch dadurch betont, daß die Vertretung des Bundespräsidenten beim Bundesratspräsidenten liegt.

Wenn der Bundesrat somit also in Ergänzung oder in Konkurrenz zum Bundestag eine Fülle legislativer und exekutiver Möglichkeiten besitzt, so muß bei der Analyse des Verhältnisses von Bundestag und Bundesrat noch berücksichtigt werden, daß die Vertreter des Bundesrates für solche Funktionen in vielen Fällen ein größeres Maß an Sachverstand zur Verfü-

gung haben als die Abgeordneten des Bundestages, zumal ihnen Bundes-
ratsausschüsse aus Ministerialbeamten zur Seite stehen. Hinzu kommt
die größere personelle Stabilität des Bundesrates; die Zusammensetzung
des Bundesrates wird durch die Landtagswahlen ja nur insoweit beeinflußt, als es zu neuen Länderregierungen kommt. Vonderbeck kommt zu
folgendem Urteil: «Da der Bundesrat der Bundesexekutive die ebenbür-
tige Kraft der Exekutive der Länder entgegensetzen kann, entwickelt er
aus dem Föderativprinzip eine Selbstkontrolle der vollziehenden Gewalt,
die angesichts der gegenwärtigen Entwicklung des modernen Staatswe-
sens in Richtung auf einen Verwaltungsstaat nicht unterschätzt werden
sollte.»[1]

Wenn man den Versuch macht, die Position des Bundesrates im Verfassungssystem der Bundesrepublik auf eine Formel zu bringen, so läßt sich
sagen, daß der Bundesrat in seinen legislativen Funktionen denen einer
zweiten Kammer nahekommt, ohne jedoch parlamentarisch strukturiert
zu sein; in seinen exekutiven Funktionen stellt der Bundesrat eine Art
«zweite Regierung» dar, dieser Regierungsfunktion auch in seiner Struktur weitgehend entsprechend. Das Prinzip der Gewaltenteilung erweist
sich in seiner klassischen Ausformung gegenüber der Verbindung von Legislative und Exekutive, wie wir sie beim Bundesrat finden, als unbrauch-
bar. Vonderbeck schreibt: «Wie ein konstitutioneller Monarch, jedoch im
demokratischen Gewand eines Bürgerkönigs, vereinigt der Bundesrat in
seiner Hand Funktionen der Legislative und der Exekutive.»[2]

Föderalismus – eine Chance der Gewaltenteilung?

Wenn man fragt, ob der Bundesrat mehr die Funktion einer «zweiten
Regierung» gegenüber der Bundesregierung wahrnimmt oder mehr die
Funktion einer «zweiten Kammer» gegenüber dem Parlament ausübt, ob
in den Einflußnahmen des Bundesrates parteipolitische Standpunkte zum
Zuge kommen oder eher Ressortverstand, vielleicht auch Ressortegois-
mus wirksam wird – in jedem Falle wird man die Antwort immer nur
innerhalb der jeweiligen politischen Konstellation von Regierungen und
Parteien in Bund und Ländern finden können. Es ist denkbar, daß über
den Bundesrat eine Partei, die im Bund in Opposition steht, in den Ländern jedoch an Regierungen beteiligt ist, gewisse Kontroll- oder Veto-
chancen gegenüber Bundesregierung und Regierungsparteien im Bund
erhält. Es ist ebensogut denkbar, daß Landesparteien über den Bundesrat

---

1 H. J. Vonderbeck: Der Bundesrat – ein Teil des Parlaments der Bundesrepublik Deutschland?, Meisenheim 1964, S. 89
2 H. J. Vonderbeck, a. a. O., S. 104; vgl. ferner H. Laufer: Der Bundesrat, Bonn 1972

den Absichten ihrer eigenen Partei – ob in der Regierung oder in der Opposition befindlich – auf Bundesebene entgegenwirken. Das Schema der Regierungs- und Oppositionsparteien im Bundestag reproduziert sich nicht in jedem Falle im Bundesrat, weil in den Bundesländern die Koalitionen ganz anders zusammengesetzt sein können als im Bund. Denkbar ist schließlich auch, daß sich bestimmte Ressortinteressen über den Bundesrat mit gleichen Interessen im Bundestag quer durch die Parteien gegen die Bundesregierung verbünden oder, umgekehrt, Verwaltungsgesichtspunkte in Bundesrat und Bundesregierung verbündet den Interessen des Bundestages insgesamt gegenüberstehen.

Die weitreichenden Macht- oder Kontrollfunktionen des Bundesrates bieten neben anderem eine Erklärung für das intensive Interesse der jeweiligen Bundesregierung am Ausgang der Landtagswahlen; die Politik einer Regierung im Bund ist nur dann als aussichtsreich anzusehen, wenn diese Regierung neben einer Mehrheit im Bundestag zumindest über eine Sperrminorität, möglichst aber über eine Majorität im Bundesrat verfügt.

Die politische Willensbildung des Volkes der Bundesrepublik in der Strukturform der Bundesländer bietet zum Teil ein anderes Bild als in der Strukturform des Bundes. Die Wahlergebnisse der Landtagswahlen und die Wahlen in den Stadtstaaten weichen vielfach von den Ergebnissen der Bundestagswahlen ab; in den Bundesländern ergeben sich häufig andere Parteienkoalitionen als im Bund; der Trend der Politik der Länderregierungen stimmt infolgedessen keineswegs immer mit dem der Bundespolitik überein.

Die politische Willensbildung über die Länder, deren Vermittlung auf Bundesebene beim Bundesrat liegt, kann nicht uninteressante Akzentverschiebungen gegenüber der politischen Willensbildung beim Bundestag enthalten.[1]

Die politischen Mehrheitsverhältnisse in den Ländern signalisieren unter Umständen auch einen Trendwechsel im Bundesmaßstab, da die Termine für die Wahlen im Bund und in den Ländern nicht zusammenfallen; Parteienbündnisse in Länderregierungen, die nicht mit den Koalitionsverhältnissen im Bund übereinstimmen, können eine Art «Versuchsballon» für neue Konstellationen zwischen den Bundesparteien darstellen.

Dabei ist der Grad, in dem Wahlen und Regierungsbildungen in den Bundesländern durch die Bundesrepublik geprägt werden, sicherlich je nach politischer Situation unterschiedlich; in Zeiten starker Polarisierung und knapper Mehrheiten in der Bundesrepublik wird deren Bedeutung für die Entscheidungen in den Ländern besonders groß sein.

In der Phase der sozialliberalen Bundesregierung hatte der Bundesrat mehr und mehr die Funktion der politischen Opposition gegenüber der

1 G. Lehmbruch: Parteienwettbewerb im Bundesstaat, Stuttgart 1976

Stimmen der Länder im Bundesrat (April 1989)

Nordrhein-Westfalen	5	(SPD-Reg.)
Hessen	4	(CDU-FDP-Reg.)
Hamburg	3	(SPD-FDP-Reg.)
Bremen	3	(SPD-Reg.)
Saarland	3	(SPD-Reg.)
Schleswig-Holstein	4	(SPD-Reg.)
Rheinland-Pfalz	4	(CDU-FDP-Reg.)
Niedersachsen	5	(CDU-FDP-Reg.)
Baden-Württemberg	5	(CDU-Reg.)
Bayern	5	(CSU-Reg.)
Berlin (West)	4	(SPD-AL-Reg.)

Politik der Bundesregierung übernommen, ermöglicht durch die Stimmenmehrheit der CDU/CSU-regierten Bundesländer, wie sie sich im Laufe der Länderwahlen herausbildete. Inhalte der Interventionen des Bundesrats waren dabei zunehmend auf der gesamtstaatlich-parteipolitischen Ebene und nicht so sehr auf der Ebene spezifischer Länderinteressen zu suchen. Daß Gesetze oder Verträge des Bundes – vom Datenschutzgesetz bis zum Vertrag mit der Volksrepublik Polen – auf die Zustimmung des Bundesrats angewiesen waren und deshalb von hier aus korrigiert oder abgeblockt werden konnten, war dabei oft nur in politisch unerheblichen Beteiligungen der Länder an der Ausführung solcher Gesetze begründet. Um ihre Regierungsfähigkeit zu erhalten, ging die damalige Bundesregierung nun (so etwa bei der Gesetzgebung zur Berufsbildungsreform) dazu über, Gesetze zu «splitten», also zur selben Materie ein zustimmungsfreies Gesetz und ein weiteres, zustimmungsbedürftiges Ausführungsgesetz zu machen, um so wenigstens das erste heil durch das Legislativverfahren zu bringen. Auch diese Tendenz war nicht eigentlich im Sinne des ursprünglich gemeinten föderativen Prinzips.[1] Deutlich zugenommen hatte während der SPD-FDP-Regierung im Bund die Zahl und die «Oppositionstendenz» der Anrufungen des Vermittlungsausschusses. Die gesamtstaatliche Umpolung und Politisierung der Funktion des Bundesrats wirkt auch auf die Koalitionsmöglichkeiten in den Bundesländern zurück, weil diese dann stärker in ihrer Bedeutung für Bundesratsmehrheiten gesehen werden.

Diese skizzierte Funktion des Bundesrates kann indessen nicht als unproblematisch angesehen werden, wenn man die folgenden Überlegungen mit heranzieht: Im öffentlichen politischen Bewußtsein gilt der Bundesrat nach wie vor eher als Vertretung von Länderinteressen und

1 Siehe hierzu: F. Scharpf u. a.: Politikverflechtung – Theorie und Empirie des kooperativen Föderalismus in der Bundesrepublik, Kronberg 1976

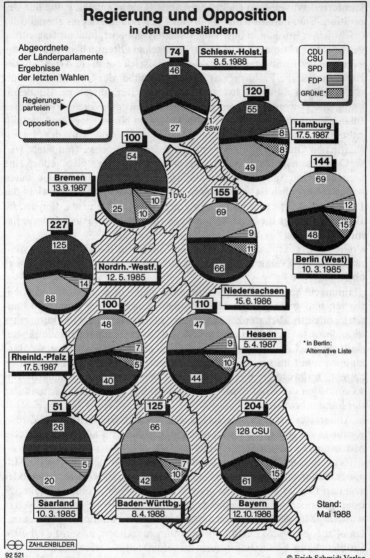

Länderreservaten denn als Instrument der Gewaltenteilung und der Opposition. Eine Funktion innerhalb eines Verfassungssystems aber, die der öffentlichen Einsicht in ihre Möglichkeiten entbehrt, muß als fragwürdig gelten. Hinzu kommt der generelle Mangel an Öffentlichkeit, der für die Tätigkeit des Bundesrates charakteristisch ist; der diskrete Arbeitsstil des Bundesrates, die Farblosigkeit, die er gegenüber der Öffentlichkeit aufweist, mögen durch Sachverständigkeit der Beratungen im Bundesrat kompensiert werden, trugen jedoch keinesfalls zur Verankerung dieser Institution und ihrer realen Möglichkeiten im bürgerlichen und parteilichen Bewußtsein bei. Zu erwägen ist auch, ob nicht die Rolle der bundesstaatlichen Gliederung bisher vor allem deshalb unbestritten blieb, weil sie Opposition im Detail, Korrektur in der Ausführung, nicht jedoch eine Gegenposition in politischen Richtungsentscheidungen zu bedeuten schien. Schließlich ist zu bedenken, daß der Bundesrat das Gewicht der Exekutive, nicht etwa das des parlamentarischen Elements, steigert; im Bundesrat sind ja die Länderregierungen und nicht etwa die Länderparlamente vertreten.

Die theoretische Diskussion über Möglichkeiten einer Neubestimmung der verfassungsmäßigen Funktion des Bundesrates ist keineswegs abgeschlossen.

Einerseits spielt in dieser Diskussion der Gedanke eine Rolle, die politischen und gesetzgeberischen Kompetenzen zwischen Bund und Ländern endgültig abzugrenzen und dann dem Bundesrat die Funktion eines «Länderrats» (einheitliche Entwürfe von Gesetzen für alle Bundesländer, die dann den Länderparlamenten zur Beschlußfassung vorgelegt werden) zu geben; auf informelle und, was die verfassungsmäßige Legitimation angeht, fragwürdige Weise wird eine solche Vereinheitlichung derzeit schon durch die Konferenz der Ministerpräsidenten bzw. Fachminister der Länder betrieben.

Andererseits tritt der Vorschlag auf, aus dem Bundesrat eine Zweite Kammer auf Bundesebene zu machen, die dann für alle Bundesgesetze Mitzuständigkeit erhalten könnte.

Bei dem zuletzt genannten Konzept bleibt die Frage offen, ob die Mitglieder einer solchen Zweiten Kammer von den Länderregierungen oder von den Länderparlamenten gestellt werden sollen – ob also exekutive oder parlamentarische Elemente unseres politischen Systems verstärkt würden.[1] Mit Veränderungen der Struktur oder Funktion des Bundesrates ist auf absehbare Zeit allerdings kaum zu rechnen, da sonst das heikle Problem einer Verfassungsreform insgesamt aufgeworfen würde.

1 Zur Problematik allgemein vgl. H. Laufer: Das föderative System der BRD, München 1973

Kommunale Selbstverwaltung

Artikel 28 des Grundgesetzes der Bundesrepublik Deutschland weist den Gemeinden das Recht zu, im Rahmen der Gesetze die kommunalen Angelegenheiten in eigener Verantwortung zu regeln. Diese von der Verfassung zugestandene Selbstverwaltung der Kommunen umfaßt nicht nur die selbständige Ausführung von Aufgaben, deren Rahmen durch Bundes- oder Landesgesetze gegeben ist, sondern auch die Möglichkeit eigener Rechtsetzung. Man unterscheidet bei den Tätigkeiten der kommunalen Selbstverwaltung Pflichtaufgaben, zu deren Erfüllung die Gemeinde durch den Staat gebunden ist, bei denen die Art der Ausführung jedoch Sache der Gemeinde selbst ist; ferner Weisungsaufgaben, bei denen Zwecksetzung und Durchführung durch den Staat geregelt sind; und schließlich freiwillige Aufgaben, über deren Inhalt und Ausführung die Gemeinden selbst bestimmen können.[1]

Die Abgrenzung zwischen legislativen und exekutiven Funktionen im Bereich der kommunalen Selbstverwaltung und die Kompetenzverteilung innerhalb dieser Funktionen ist in den einzelnen Ländern der Bundesrepublik, entsprechend den recht vielfältigen Traditionen der gemeindlichen Selbstverwaltung, sehr unterschiedlich geregelt.

Im Prinzip geht es bei den unterschiedlichen Konstruktionen der Gemeindeverfassung darum, ob neben den von der Bürgerschaft gewählten Gemeindevertretungen (Gemeinderat, Stadtverordnetenversammlung usw.) und den Vollzugsorganen (Bürgermeister, Gemeindedirektor usw.) noch ein weiteres Organ besteht, das zwar von den Gemeindevertretungen gewählt wird, dann aber eigene Zuständigkeiten erhält und vor allem den Gesichtspunkt der fachlichen Kompetenzen zum Zuge bringen soll.

In der Praxis lassen sich die Gemeindeverfassungen in den einzelnen Bundesländern zumeist nicht streng in das eine oder andere Schema einreihen. Vielfach wird versucht, das bürgerschaftlich-demokratische und das fachliche Element in der Gemeindeverfassung zu kombinieren. Zu bedenken ist auch, daß die unterschiedlichen Größenverhältnisse bei den Gemeinden zu unterschiedlichen Gemeindeordnungen führen müssen.

Diejenigen Gemeinden, die nicht kreisfreie Städte sind, sind in Landkreisen zusammengeschlossen.

Die Landkreise sind zu Regierungsbezirken zusammengefaßt, die jedoch nicht Organ der Selbstverwaltung, sondern Mittelinstanz der staatlichen Verwaltung sind und dementsprechend keine Bürgervertretung enthalten. Lediglich in Bayern bestehen gewählte Bezirkstage mit beratenden und zum Teil auch beschließenden Funktionen. In Nordrhein-

---

1 Vgl. zum folgenden: H. Zielinski: Kommunale Selbstverwaltung und ihre Grenzen, Frankfurt 1977; R. Voigt (Hrsg.): Handwörterbuch zur Kommunalpolitik, Opladen 1984

Westfalen existiert schließlich noch die Einrichtung der Landschaftsverbände, in denen die Kommunen bzw. Landkreise bestimmte Aufgaben gemeinsam erledigen; die parlamentarische Institution bildet hier die Landschaftsversammlung.

Die kommunale Neuordnung hatte zum Ziel, die Funktionsfähigkeit der Gemeinden, Städte und Kreise zu erhöhen. Diese Gebiets- und Verwaltungsreform fiel in die Gesetzgebungskompetenz der Länder. Da der Bund nur beschränkte Möglichkeiten hat, auf deren Reformbestrebungen koordinierend einzuwirken, wurde die Verwaltungsreform in den einzelnen Ländern nicht nur mit unterschiedlicher Intensität durchgeführt, sondern es lagen ihr auch zum Teil verschiedene Konzeptionen zugrunde.

Generell läßt sich bei der Gebiets- und Verwaltungsreform die Tendenz feststellen, die Zahl der Regierungsbezirke und Landkreise zu verringern, die Kleingemeinden durch Eingemeindungen oder Bildung von Großgemeinden abzulösen und kreisfreie Städte mit den sie umgebenden Landkreisen zusammenzufassen. Zugleich wurde versucht, die Grenzen der Gemeinden, Kreise bzw. Städte und Regierungsbezirke den jetzigen wirtschaftlichen Funktionszusammenhängen besser anzupassen. Die Zahl der Gemeinden in der Bundesrepublik ist von 24 282 Mitte 1968 auf rund 8500 Ende 1988 verringert worden, die der Landkreise von 425 auf 237, die der kreisfreien Städte von 135 auf 91. Die Finanzierung der Aufgaben der kommunalen Selbstverwaltung geschieht durch eigenes Steueraufkommen, Erträge aus eigenen wirtschaftlichen Unternehmungen und aus Zuwendungen des Bundes und der Länder (Finanzausgleich). Da die Gemeinden beim Steueraufkommen bis 1970 nur über die Gewerbe- und Grundsteuern verfügten, die 95 v. H. der kommunalen Steuereinnahmen ausmachten, andererseits aber gerade diese Steuern die niedrigste Zuwachsrate hatten, wurde der Anteil an Zuweisungen aus dem Etat des Bundes und der Länder immer größer. Das Dilemma der gemeindlichen Finanzverhältnisse, bei denen stagnierende Einnahmen stark wachsenden Aufgaben und Ausgaben und damit zugleich wachsender Verschuldung gegenüberstanden, wurde immer offensichtlicher.

Die bis 1970 bestehende Verteilung der Steuereinnahmen brachte auch insofern Probleme mit sich, als die Gemeinden daran interessiert sein mußten, ihre Haupteinnahmequelle, nämlich die Gewerbesteuer, um jeden Preis zu steigern, was u. U. zu industriellen Ballungen führte, die unter anderen Gesichtspunkten von den Gemeinden nicht als unbedingt wünschenswert angesehen wurden. Die Finanznot der Gemeinden schlug sich in der Gemeindefinanzreform als einem der wichtigsten Gesetzgebungswerke der Großen Koalition nieder. Das «Einundzwanzigste Gesetz zur Änderung des Grundgesetzes (Finanzreformgesetz)» wurde im Mai 1969 nach zweimaliger Anrufung des Vermittlungsausschusses verkündet und trat nach der Verabschiedung einer Reihe von Ausführungsgesetzen ab 1. Januar 1970 in Kraft.

Mittels der Gemeindefinanzreform sollte den bis dahin grassierenden Mängeln der Finanzverteilung zwischen Bund, Ländern und Kommunen sowie zwischen den Kommunen selbst durch eine Beteiligung der Gemeinden an der Einkommensteuer bei gleichzeitigem Austausch dieses Anteils gegen einen Teil der Gewerbesteuer begegnet werden. Damit wurden den Gemeinden Personalsteuern zugänglich, die an die steuerliche Leistungsfähigkeit der Einwohner anknüpfen, das Gemeindefinanzsystem wurde ausgeglichener. Die Steuerkraftunterschiede zwischen gewerbesteuerschwachen und -starken Gemeinden gleicher Größenordnung sollten abgebaut, die Konjunkturabhängigkeit der Steuereinnahmen eingeschränkt und für die Raumordnung das einseitige Interesse an der Ansiedlung von Gewerbebetrieben beseitigt werden.

Im Durchschnitt betrachtet, hat sich die Position der Gemeinden im Gesamtsystem der öffentlichen Finanzen um einiges verbessert. Es zeigt sich aber, daß die strukturellen Probleme der Finanzierung kommunaler Aufgaben damit nicht ausgeräumt sind; die finanziellen Belastungen gerade im Zuständigkeitsbereich der Gemeinden (soziale Versorgung, Gesundheitswesen) werden immer größer, und auch dort, wo Bund und Länder die Investitionskosten für kommunale Projekte übernehmen – hier lag gegenüber den gemeindlichen Eigeninvestitionen eine überproportionale Steigerung –, sind viele Gemeinden kaum in der Lage, die laufenden Folgekosten zu tragen. Die Verschuldung dieser Gemeinden nimmt weiter zu, die Kreditaufnahme wiederum stößt an die Grenzen des Möglichen. Zu Tage tritt hier, daß beim materiellen Spielraum der Gemeinden aus strukturellen Gründen gleiche Chancen sich nicht ergeben können.

Die kommunalen Spitzenverbände beklagen sich im übrigen darüber, daß die wachsende Flut staatlicher Gesetze mit Auswirkungen für die Kommunalverwaltung sie in eine «Vollzugskrise» bringe; die Bundesregierung zeigte sich hier insofern entgegenkommend, als nun die kommunalen Spitzenverbände per Anhörung in das Gesetzgebungsverfahren eingeschaltet werden.

Wenn der kommunalen Selbstverwaltung und der Beteiligung der Bürger an der Kommunalpolitik vielfach die Rolle einer «Elementarschule» der Demokratie beigemessen und gesagt wird, daß heute am ehesten noch in der Gemeinde das demokratische Prinzip sich unmittelbar entfalten könne, so läßt diese Auffassung die tatsächlichen Schwierigkeiten bürgerlicher Mitbestimmung in der Gemeinde außer acht. Man müßte in dieser Hinsicht zunächst differenzieren zwischen kleinen Gemeinden, in denen in der Tat personelle und sachliche Entscheidungen noch für jeden Bürger überschaubar sind, und den größeren Kommunen, in denen die

Tätigkeiten der gewählten Vertreter oder der Exekutive für den einzelnen Bürger nicht mehr ohne weiteres überschaubar sind. Hinzu kommt, daß die sich immer mehr entwickelnde Mobilität die starke Bindung eines einzelnen Bürgers an seine Gemeinde lockert.

Das tägliche Pendeln vieler Bürger zwischen Arbeitsplatz und Wohnort ist ja vielfach Mobilität zwischen rechtlich selbständigen Gemeinden; damit tritt die Interessenspaltung auf, welcher Gemeinde denn die Anteilnahme des Bürgers gelten soll – der Wohnort- oder der Arbeitsplatzgemeinde? Die Rollenvielfalt bleibt nicht ohne komplizierende Folgen für kommunalpolitisches Engagement. Staatsrechtlich kann in unserem Falle kommunalpolitisches Interesse nur in der Wohnortgemeinde zum Ausdruck gebracht werden; faktisch können aber die Lebensinteressen des Bürgers sehr viel stärker von der Entwicklung der Arbeitsplatzgemeinde tangiert werden.

Auch die zunehmende Mobilität im Hinblick auf mit beruflichem Wechsel verbundenen Wohnortwechsel, also die Intra-Generationen-Mobilität, schwächt die Motivation für kommunalpolitische Mitbestimmung verständlicherweise ab. Wenn ein Bürger schon in wenigen Jahren vermutlich oder möglicherweise nicht mehr die Einrichtungen jener Gemeinde in Anspruch nehmen wird, in der er zur Zeit lebt, so entfällt damit ein wichtiger Teil der Basis für kommunalpolitisches Engagement. In dieselbe Richtung wirkt die Inter-Generationen-Mobilität. Die Erwartung, daß die Kindergeneration nicht mehr in der jetzigen Gemeinde der Eltern leben wird, läßt die Teilnahmebereitschaft der Elterngeneration an gemeindlichen Angelegenheiten schwächer werden. Empirische Gemeindestudien haben dann auch nachgewiesen, daß die Anteilnahme an der Kommunalpolitik sowohl bei Pendlern als auch mit steigender Mobilitätstendenz sinkt.

Kommunalpolitische Mitbestimmungschancen und kommunalpolitisches Teilnahmeinteresse werden ferner durch die Tatsache (und die Einsicht) verringert, daß die kommunale Infrastruktur heute immer weniger auf der Entscheidungsebene der Gemeinde gesteuert wird. Wirtschaftliche und kulturelle Daseinsvorsorge, von der Ausstattung mit Energieversorgung und Verkehrseinrichtungen bis hin zu Ausbildungsstätten, kann heute vielfach nicht mehr im isolierten Rahmen der einzelnen Gemeinde betrieben werden, sondern verlangt übergreifende Planungs- und Verwaltungsräume, die kaum noch mit den tradierten Grenzen der Gemeinden oder auch der Gemeindeverbände in Einklang zu bringen sind. Gewiß ließ sich durch Neuordnung kommunaler Grenzen hier manches wieder besser zur Deckung bringen; aber die neugesteckten kommunalen Grenzen könnten schon bald wieder durch wirtschaftliche und technische Entwicklungen und deren Folgen für die Einrichtungen der Daseinsvorsorge überholt sein, so daß eigentlich «dynamische» kommunale Grenzen nötig wären. Auch andere Interessen des Bürgers, wie etwa das Interesse an Einkaufsstätten und an kulturellen Angeboten, werden heute, dank der Verkehrsmobilität, vielfach außerhalb der eigenen Wohngemeinde realisiert. Zentren der Versorgung mit Konsumartikeln und der «Kulturversorgung» werden heute mehr und mehr von Bürgern in Anspruch genommen, deren kommunalpolitische Zuordnung außerhalb dieser Zentren liegt; auch dadurch lockert sich die kommunalpolitische Interessenbindung.

Mit dieser vielfältigen und sich überschneidenden ‹Verortung› kommunalpolitischer Entscheidungs- und Interessenzusammenhänge tritt nun zugleich ein Defizit an bürgerlichen Mitbestimmungschancen auf der unteren Ebene überhaupt auf. Wenn heute Entscheidungen über die Infrastruktur von Wohnorten, von Arbeitsplatzgemeinden und von Zentren für Einkauf und kulturelle Versorgung in räumlichen Einheiten und Zusammenhängen erfolgen, die nicht mit der gegebenen kommunalpolitischen Aufteilung übereinstimmen, dann ist ja vielfach die Folge, daß auf der Ebene der *faktischen* Entscheidung gar keine institutionellen Vorkehrungen für bürgerliche Mitbestimmung bestehen.

Zwar gibt es heute schon viele regionale Planungseinheiten, die sachnotwendig quer zu den kommunalpolitischen Abgrenzungen, vielfach auch quer zu den Gemeindeverbänden, Kreisen etc. verlaufen, aber dort planen zumeist die interessierten Kommunalbeamten, Wirtschaftsleute usw. «unter sich», also ohne institutionalisierte Teilhabe, oft auch ohne jene institutionalisierte Öffentlichkeit für den Bürger, welche die gewählten Vertretungskörperschaften immerhin als Chance garantieren.

Wenn man um der Deutlichkeit willen einmal überspitzen darf: Wo heute dem Bürger kommunalpolitische Mitwirkungsmöglichkeiten angeboten werden, da nimmt die mitzubestimmende Materie immer mehr ab – wo aber «Entscheidungsstoff» gegeben ist, da fehlen die Möglichkeiten der Mitbestimmung.

Der Gedanke, Selbstverwaltungseinrichtungen und tatsächliche Entscheidungsräume durch kommunalpolitische Neuordnung oder Umstrukturierung der kommunalen Selbstverwaltung wieder zur Deckung zu bringen, bietet zumindest keinen generellen Ausweg aus dem angedeuteten Dilemma. Im Wege steht dieser Lösung zunächst die Dynamik der Entwicklung, auf die oben schon hingewiesen wurde und die immer wieder zu neuen Verlagerungen der Entscheidungsräume führt; im Wege steht ferner die Tatsache, daß auch zum gleichen Zeitpunkt die Entscheidungszusammenhänge je nach dem Gegenstand der Entscheidung sich verlagern, so daß ein beständiger Rahmen für politische Mitwirkung des Bürgers sich kaum abzeichnet. Die Entwicklung geht offenbar dahin, daß Entscheidung und Meinungsbildung *nicht mehr fest lokalisierbar* sind.

Wachsende und in der Planung sich zentralisierende Aufgaben und

Ausgaben im Hinblick auf Sozialaufgaben haben mit der finanziellen auch die kommunalpolitische Selbständigkeit der Gemeinden beschnitten. Völlig zu Recht vermutet ein großer Teil der Bürger heute, daß die Durchsetzung seiner Interessen, was wirtschaftliche Reproduktion, zureichendes Qualifikationssystem, kulturelle Versorgung und öffentliche Dienstleistungen angeht, nicht mehr auf der kommunalpolitischen Ebene gelingt. Die seit etlichen Jahren festzustellende Neubelebung kommunaler Bürgerinitiativen[1] deutet nur scheinbar auf eine gegenläufige Entwicklung hin; tatsächlich reflektieren diese eher die Funktionsunfähigkeit des überkommenen Modells kommunaler «Selbstverwaltung», und vielfach artikulieren sich hier auf lokaler Ebene gesamtgesellschaftliche Alternativvorstellungen, zugleich aber auch Proteste gegen «zuviel Staat». In den lokalen Ausformungen «neuer sozialer Bewegungen», auch in der Ausbreitung lokaler Alternativblätter äußert sich ein weitverbreitetes Unbehagen an der Regelungsdichte staatlicher Politik und an der Zentralisierung der öffentlichen Kommunikation; die Bedürfnisse nach mehr Mitbestimmung, nach direkter Beteiligung an der öffentlichen Willensbildung, die hier leitend sind, lassen sich aber nicht immer im System konventioneller Kommunalpolitik realisieren, und sie stehen auch quer zur den Konkurrenzen der Gemeinden bzw. Städte untereinander.

Alle Debatten über die Raumordnung in der Bundesrepublik haben die hier gemeinte Problematik deutlich werden lassen; gesamtgesellschaftliche Reproduktion (und damit das wohlverstandene Interesse des einzelnen auch in den «bevorzugten» Räumen) hat über kommunal-politische Sonderinteressen hinweg den Ausgleich zwischen «überbesetzten» und «unterversorgten» Regionen zur Bedingung. Die Unausgeglichenheit in der wirtschaftlichen Situation und der sozio-kulturellen Versorgung bestimmter Siedlungsgebiete in der Bundesrepublik ist ein Problem, das nicht nach dem Prinzip der Leistungskonkurrenz von Gemeinden oder Gemeindeverbänden gelöst werden kann, vielmehr über die kommunalpolitische Interessenvertretung hinausweist, obwohl alle Lösungsversuche sich unmittelbar kommunalpolitisch niederschlagen.

Der europäische und weltpolitische Rahmen

Politische und wirtschaftliche Entscheidungen erhalten seit langem zunehmend großräumigen Charakter, dies nicht nur im Maßstab der Bundesrepublik. Die Bundesrepublik Deutschland ist – im Gegensatz zu ihrem Vorgänger, dem Deutschen Reich – dadurch gekennzeichnet, daß sie

---

1 Dazu O. W. Gabriel (Hrsg.): Bürgerbeteiligung und kommunale Demokratie, München 1983

in wichtigen Teilbereichen, vor allem der Wirtschaftspolitik, Souveränität zugunsten supranationaler oder zwischenstaatlicher politischer Institutionen abgegeben hat.[1] Solche Souveränitätsabgaben liegen vor allem in der Zugehörigkeit der Bundesrepublik zur «Europäischen Gemeinschaft» als Nachfolge der Institutionen der Europäischen Gemeinschaft für Kohle und Stahl (EGKS), auch Montan-Union genannt, der Europäischen Atomgemeinschaft (EURATOM) und der Europäischen Wirtschaftsgemeinschaft (EWG). Die Funktionen dieser Europäischen Gemeinschaft sind wirtschafts- und sozialpolitischer Art. Ein Souveränitätsverzicht auf dem Gebiet der Verteidigungspolitik ist in gewissem Umfange durch die Mitgliedschaft der Bundesrepublik in der Nordatlantischen Verteidigungsgemeinschaft (NATO) gegeben. Die Zugehörigkeit der Bundesrepublik zum Europa-Rat, zur Westeuropäischen Union (WEU) und zur Organisation für wirtschaftliche Zusammenarbeit und Entwicklung (OECD) ist weniger gewichtig in bezug auf Einschränkungen von Souveränität, sie ist aber immerhin doch mit institutionalisierten Rücksichtnahmen verbunden. Zu erwähnen ist hier auch die UNO-Zugehörigkeit der Bundesrepublik (seit 1973). Das Grundgesetz der Bundesrepublik hat in Art. 24 die Übertragung von Hoheitsrechten auf supranationale Institutionen prinzipiell bejaht; offen blieb im Grundgesetz die Frage, welche politische Struktur derartige supranationale Institutionen haben müssen, um die Übereinstimmung zwischen dem nationalstaatlichen Verfassungssystem und einer zwischenstaatlichen Ordnung zu wahren.

Die hiermit aufgeworfene Frage mag zunächst reichlich theoretisch erscheinen; sie erweist sich aber als recht bedeutungsvoll, wenn man die tatsächliche politische Entwicklung der Europäischen Gemeinschaft betrachtet.

Im öffentlichen Bewußtsein der Bundesrepublik wurde, soweit man dies feststellen kann, die Souveränitätsabgabe an zwischenstaatliche Institutionen überwiegend als problemlos angesehen. Dies mag auch damit zusammenhängen, daß in der besonderen Situation der Bundesrepublik, also nach der Kapitulation und Beseitigung der letzten zentralen Staatsgewalt in Deutschland 1945, Souveränitätsgewinn – nämlich zunehmende Unabhängigkeit von den westlichen Besatzungsmächten – und Souveränitätsabgabe – nämlich Integration der Bundesrepublik in westeuropäische oder atlantische Bündnissysteme – Hand in Hand gingen. Hinzu kommt, daß politische Richtungsentscheidungen immer noch einseitig im klassischen Ressort der Außenpolitik, nicht aber, wie es der tatsächlichen Lange angemessen wäre, auch im Gebiet der Wirtschafts- und Sozialpolitik vermutet wurden.

1 Hierzu und zum folgenden: W. Woyke (Hrsg.): Handwörterbuch Internationale Politik, Leverkusen 1986

Gerade auf diesem Gebiet liegen die Kompetenzen der Europäischen Gemeinschaft, gerade hier ist die Integration am weitesten vorangetrieben. Die Struktur der Europäischen Gemeinschaft soll im folgenden vor allem auch unter dem Aspekt dargestellt werden, welche Rückwirkungen sie für das politische System der Bundesrepublik hat.[1]

Die Institutionen der Europäischen Gemeinschaft sind durch die vertragliche Errichtung verschiedener Organe zu verschiedenen Zeiten entstanden; sie enthalten in sich die unterschiedlichsten legislativen und exekutiven, bundesstaatlichen und staatenbündischen Elemente.

Das entscheidende Organ in der Europäischen Gemeinschaft ist der Ministerrat, in dem Regierungsmitglieder der beteiligten Staaten vertreten sind. Der Unterschied zur Struktur herkömmlicher zwischenstaatlicher Bündnisse und ihrer Willensbildung liegt hier in folgenden Punkten: In vielen Fällen setzen die Entscheidungen des Ministerrats der Europäischen Gemeinschaft innerhalb der vertraglich geregelten Zuständigkeitsgebiete unmittelbar bindendes Recht, ohne daß vorher oder nachher die so getroffenen Regelungen durch die jeweilige nationale Legislative sanktioniert werden müssen. Den Entscheidungen des Ministerrats liegt in der Regel ein Vorschlag oder ein Entwurf der Exekutive der Europäischen Gemeinschaft zugrunde; die Angehörigen dieser europäischen Exekutive («Europäische Kommission») aber gelten, im Unterschied zu den Mitgliedern des Ministerrats, nicht als Vertreter der Mitgliedstaaten, sondern als Funktionäre der Europäischen Gemeinschaft. Sie werden vom Ministerrat ernannt. Die europäische Exekutive stellt verfassungspolitisch eine Neukonstruktion dar; sie hat weder die umfassenden Möglichkeiten einer einzelstaatlichen Exekutive im Sinne von «Regierung», noch ist sie in ihrer Tätigkeit auf bloße Ausführung im Sinne eines verwaltenden Sekretariats beschränkt.

Neben Ministerrat und Exekutive bildet das Europäische Parlament die dritte Säule im Verfassungssystem der Europäischen Gemeinschaft. Das Europäische Parlament setzte sich bis 1979 aus Parlamentariern der Mitgliedsländer zusammen, die von den nationalen Parlamenten delegiert wurden. Seit 1979 wird das Parlament direkt gewählt.

Legislative Kompetenzen des Europäischen Parlaments sind bisher nicht gegeben, die kontrollierenden Funktionen sind bisher noch bescheiden. Sie liegen in Eingriffsrechten bezüglich des EG-Haushalts und in der – bisher nicht praktizierten – Möglichkeit, mit Zweidrittelmehrheit ein Mißtrauensvotum gegenüber der Exekutive auszusprechen und diese damit zum Rücktritt zu zwingen. Außerdem hat das Parlament das Recht der parlamentarischen Anfrage, und der Ministerrat ist in vielen Fällen gehalten, vor einer Entscheidung das Parlament anzuhören. Die Parla-

---

1 Zum folgenden W. Harbrecht: Die Europäische Gemeinschaft, Stuttgart 1984

mentsausschüsse haben in der Regel Aussprachen mit den Mitgliedern der Exekutive, ohne daß freilich eine solche Verständigung obligatorisch wäre. Ein Initiativrecht haben die Ausschüsse nicht, ebensowenig das Parlament selbst.

Der Europäische Gerichtshof tritt als eine Art Verfassungsgericht in Funktion, wenn die Interpretation der den europäischen Institutionen zugrundeliegenden Verträge strittig ist oder die Rechtmäßigkeit von Entscheidungen der anderen europäischen Institutionen bestritten wird.

Zu erwähnen ist noch, daß die – als Organ nicht vorgesehene – Konferenz der Regierungschefs bzw. der Außenminister inzwischen für die EG eine entscheidende Rolle spielt.

Die Erweiterung der Europäischen Gemeinschaft um Großbritannien, Dänemark und Irland ab Januar 1973 und um Griechenland ab Januar 1981, die einen wirtschaftlich-politischen Raum herstellte, der bevölkerungsmäßig vor der UdSSR und den USA, dem Bruttosozialprodukt nach hinter den USA, aber noch vor der UdSSR rangiert, hat 1986 ihre Ergänzung in der Aufnahme von Spanien und Portugal gefunden.

Die hier nur kurz skizzierte Organisationsstruktur der europäischen Institutionen wirft eine ganze Reihe von Problemen auf. Dem Europäischen Parlament fehlt nicht nur das Recht, die «Regierung», d. h. die Kommission, mit Mitgliedern aus den eigenen Reihen oder nach anderer eigener Wahl zu besetzen, sondern es fehlen ihm auch die anderen Merkmale parlamentarischer Macht, nämlich das Legislativrecht und zum Teil das Budgetrecht. Neunreither kommt zu folgendem Urteil: «Bei der Gesetzgebung – und der Erlaß europäischer Verordnungen ist ein klarer Gesetzgebungsakt – ist das Parlament nur beratend beteiligt. Der Ministerrat holt seine Stellungnahme ein, wenn ihm die Kommission einen Verordnungsvorschlag vorlegt. Gebunden wird er jedoch nicht, und häufig genug schlägt er die Vorstellungen und Wünsche des Parlaments in den Wind. Zuweilen entscheidet er über den Inhalt einer Verordnung schon, bevor ihm die parlamentarische Stellungnahme bekannt ist, und schiebt nur den formellen Beschluß auf. Dies alles zeigt, daß die Bezeichnung ‹Europäisches Parlament› eher einen Anspruch, ein Programm, als eine Realität darstellt.»[1]

Die volle Problematik der gegenwärtigen Struktur der politischen Willensbildung in der Europäischen Gemeinschaft tritt erst dann ans Licht, wenn man ihr Verhältnis zum einzelstaatlichen Parlamentarismus mit in Betracht zieht. Mit der Ratifizierung der europäischen Verträge haben die einzelstaatlichen Legislativen, so etwa der Deutsche Bundestag, wich-

---

1 H. H. Neunreither: Das Europa der Sechs ohne Außenpolitik, Köln 1964, S. 135. Zur «politischen Landschaft» der EG vgl. P. Reichel (Hrsg.): Politische Kultur in Westeuropa, Frankfurt 1984

tige Legislativrechte an europäische Institutionen abgegeben. Entscheidungen und Verordnungen der Europäischen Gemeinschaft stellen eine Art «sekundärer», dem nationalen Parlament entzogener Gesetzgebung dar; sie schaffen einzelstaatlich bindendes Recht, ohne daß die nationalen Legislativen in jedem Einzelfall Einfluß nehmen oder ein Veto ausüben könnten. Der sachliche Zuständigkeitsbereich der Europäischen Gemeinschaft dehnt sich ständig aus; die Verträge greifen weit über die Zollpolitik hinaus in Gebiete der Agrar-, Gewerbe-, Verkehrs-, Konjunktur-, Arbeitsmarkt- und Steuerpolitik ein; sie enthalten ausdrücklich die Tendenz zur Angleichung der gesamten Wirtschafts- und Sozialpolitik im EG-Raum. Auch die Tendenz zu einer Währungsunion verbindet sich mit der EG. Da von einer Trennung der wirtschaftlich-sozialen und der «eigentlich» politischen Sphäre heute keine Rede mehr sein kann, enthalten Entscheidungen auf diesen genannten Gebieten immer auch gesamtpolitische Konsequenzen. Wenn aber nationale Legislativen wichtige Teile ihres Kompetenzbereiches an supranationale Institutionen delegieren, dann kommt der Frage nach der Struktur der Willensbildung dieser Institutionen hohe Bedeutung zu.

Der entscheidende Punkt der Kritik liegt im Kompetenzmangel des Europäischen Parlaments und, umgekehrt, in der nur unzulänglich legitimierten oder kontrollierbaren Machtposition des Ministerrats und der Europäischen Kommission. Ohne Zweifel steckt hierin das Risiko eines «Europas der Exekutive». Willy Zeller umreißt diese Problematik folgendermaßen:

«Natürlich liegt der Wahl der Straßburger Abgeordneten durch die wahlberechtigten Bürger die Vorstellung einer Demokratisierung der Gemeinschaft zugrunde. Aber der Wahlmodus allein vermag den Demokratisierungsprozeß wenig voranzutreiben. Man hat in bezug auf das Europäische Parlament allzuoft und allzu schematisch in den Kategorien der nationalen Parlamentssysteme gedacht. Das (nicht in allen Mitgliedsstaaten rein verwirklichte) Gewaltentrennungsmodell: Rechtsetzung (Parlament) – Rechtsanwendung (Regierung) – Rechtsprechung (Gerichte) ist im Fall der Europäischen Gemeinschaft nicht bzw. nur hinsichtlich der Rechtsprechung erfüllt. Es ließe sich nur dann verwirklichen, wenn ein echtes Europäisches Parlament als Gegenpol nichts weniger als eine europäische Regierung hätte, deren Funktionen etwa die dem Parlament integral verantwortliche EG-Kommission übernähme. Der Ministerrat wäre dann auszuschalten oder aber in einem europäischen Zweikammersystem als Senat zu etablieren...

Der Ministerrat verkörpert jedoch, obschon er ausschließlich aus Regierungsmitgliedern demokratischer Staaten zusammengesetzt ist, in sich selbst ein Demokratiedefizit im europäischen Sinn. Er hat als rechtsetzende Körperschaft keine europäische Legitimation, die sich in einem demokratischen System nur von einer europäischen Wählerschaft herleiten könnte, sei es unmittelbar, sei es mittelbar auf dem Weg über ein parlamentarisches Organ. Die Legitimation der Mitglieder des Ministerrats bleibt eine ausschließlich nationale, aber im nationalen Bereich sind die Regierungen (auch dem Prinzip der Gewaltentrennung und soweit dieses Prinzip Anwendung findet) nur zu exekutiven, nicht zu legislativen Funktionen legitimiert. In dieser Sicht ist der Legitimationsmangel sogar ein doppelter: Der Rat setzt europäisches Recht, ohne wenigstens nationale Legislativorgane zu repräsentieren, und er tut es, ohne über ein unmittelbar europäisches Mandat zu verfügen. Obendrein handelt er dabei im Gegensatz zur parlamentarischen Rechtsetzungstradition nie in öffentlicher Versammlung.»[1]

Die Einführung des Mehrheitsprinzips bei Entscheidungen im Ministerrat, oft als «Demokratisierung» empfohlen, würde hier keine Lösung bedeuten. Probleme der Entscheidungsstruktur verschränken sich bei der EG allerdings mit wirtschaftlich-politischen Interessengegensätzen und Divergenzen. Innerhalb der EG existiert ein deutliches Gefälle im Hinblick auf wirtschaftlich-soziale Ressourcen, und damit wieder verbinden sich überkommene Vorzugspositionen einzelner Nationen und Kapitalgruppen, die von ihren Inhabern gegen alle ausgleichenden oder egalisierenden Absichten verteidigt werden, wobei auch diese Kräfte von der Öffnung des europäischen Marktes profitiert haben und weiter profitieren.[2]

Da gleichzeitig die privatwirtschaftlichen Machtgruppen im EG-Raum einen immer höheren Grad an multinationaler Kooperation und Konzentration erreichen, ist als Zwischenergebnis zu konstatieren, daß der Integrationsprozeß bei all seinen unbestreitbaren Vorzügen eben auch zu einem Westeuropa der Bürokratie und der Konzerne geführt hat.

Im Jahre 1992 soll der Wirtschaftsraum der EG endgültig den Charakter eines Binnenmarktes erhalten. Mit diesem Schritt verbinden sich Visionen eines weiteren wirtschaftlichen Aufschwungs, auch einer Neuverteilung der Gewichte in der Weltpolitik zugunsten (West-)Europas, aber auch Befürchtungen, daß die weitere ökonomische Integration die wirtschaftlich starken Unternehmen und Schichten noch stärker, die schwächeren Gruppen oder auch Regionen noch schwächer machen werde. Es besteht auch die Besorgnis, daß bei der Entwicklung des gemeinsamen Marktes sozial- und arbeitsrechtliche Errungenschaften (wie etwa in der Bundesrepublik) nach unten hin nivelliert werden könnten.

Anzunehmen ist, daß der EG-Binnenmarkt die Bundesrepublik in

1 W. Zeller: Die unvollendete Union, Zürich 1977, S. 27f.
2 Vgl. K. P. Tudyka: Marktplatz Europa, Köln 1975; F. Deppe: Europäische Wirtschaftsgemeinschaft, Reinbek 1975

ihrer internationalen Rolle noch enger auf das westeuropäische Konzept festlegen wird, was den anderen EG-Staaten willkommen sein dürfte. Die Angst vor einem «deutschen Alleingang» (oder auch vor den Risiken einer praktischen Wiedervereinigungspolitik), die ihren historischen Hintergrund hat, ist bei den westeuropäischen Partnern der Bundesrepublik keineswegs verschwunden, auch wenn die Anhänger einer «deutschen Konföderation» oder einer gesamtdeutsch-neutralistischen Lösung in der Bundesrepublik derzeit keinen größeren Einfluß haben.

Allerdings ist in diesem Zusammenhang zu beachten, daß das Argument, die «deutsche Frage» sei «offen», nach wie vor im politischen Selbstverständnis der Bundesrepublik eine weitreichende, in sich vielgestaltige Zustimmung hat, zum Teil mit der problematischen Beimischung, als sei die Zweitstaatlichkeit in Deutschland von den Deutschen selbst historisch nicht zu verantworten.

Seit einigen Jahren mehren sich in der Bundesrepublik Stimmen, die eine Umsetzung des weltwirtschaftlichen Gewichts des eigenen Landes in politische «Weltgeltung» fordern; der «ökonomische Riese» dürfe nicht der «politische Zwerg» bleiben.

Freilich setzt die historisch «geliehene Souveränität» der Bundesrepublik, vornehmlich in der Ankopplung westdeutscher Politik an die USA, solchen Ambitionen Grenzen. Es ist aber nicht auszuschließen, daß die westeuropäische Integration auch als ein Weg angesehen wird, den Machtanteil der Bundesrepublik politisch und auch militärpolitisch zu steigern. Daraus würden sich Konflikte nicht nur im Rahmen der EG ergeben. Keinesfalls resultiert aus der welthistorischen Niederlage Deutschlands im Jahre 1945 bereits eine Garantie der Geschichte gegen riskante neue deutsche Ansprüche in der Weltpolitik.

Rechtsstaatlichkeit und Grundrechte

Die Bundesrepublik Deutschland ist ihrer Verfassung und ihrem Selbstverständnis nach ein Rechtsstaat. Um den Charakter der Rechtsstaatlichkeit zu erklären, sind einige Bemerkungen zur historischen Entwicklung des Rechtsstaatsbegriff notwendig.

Der traditionelle liberale Rechtsstaatsbegriff hatte zunächst nicht die Schaffung eines materiell «gerechten» Rechtszustandes im Sinne, sondern richtete sich darauf, die privaten Freiheits- und Eigentumsrechte gegenüber staatlichen Zugriffen zu garantieren. Man spricht daher im Hinblick auf diesen Begriff des liberalen Rechtsstaates von «Ausgliederungsrechten» oder «negativen Statusrechten». Rechtsstaatlichkeit bedeutet daher zugleich Rationalisierung der staatlichen Machtbetätigung, ohne zunächst die Qualität des herrschenden Rechts inhaltlich festzulegen. Diese Rationalisierung der staatlichen Machtäußerungen konnte als Vorbedingung gelten, um die Kalkulierbarkeit des freien wirtschaftlichen Handelns auf der Seite der Bürger zu gewährleisten. Folgerichtig ging daher die liberale Forderung nach einer formalen Rechtsverfassung und einer Rationalisierung des politischen Herrschaftssystems Hand in Hand mit der Entwicklung der kapitalistischen Wirtschaftsordnung.

Der sogenannte «Vorbehalt des Gesetzes» hatte zur Folge, daß die Verwaltung nur aufgrund eines vorhergehenden Aktes der Legislative in die wirtschaftliche Handlungsfreiheit des einzelnen Bürgers eingreifen konnte, wodurch neben dem Schutz der individuellen Freiheitssphäre auch die Wirtschafts- und Sozialordnung in einem bestimmten Stadium ihrer Entwicklung stabilisiert schien.

Nun haben die im Prozeß der Industrialisierung fortschreitende Ausdehnung der Staatsaufgaben und der Wandel der Funktion des Staates, nämlich die Hinwendung zu ständigen staatlichen Interventionen in wirtschaftliche Abläufe und soziale Ordnungen, zu der Alternative geführt, entweder die Idee des Rechtsstaates auch auf die Arbeits- und Güterordnung auszudehnen und hierfür ein demokratisches Regelungssystem zu schaffen, oder – wie im Falle des Nationalsozialismus praktiziert – mit dem Prinzip der demokratischen Gesellschaftsverfassung auch das Prinzip des Rechtsstaates über Bord zu werfen.

Das Verfassungsprinzip der Bundesrepublik hat sich für die Fortentwicklung des wirtschaftsliberalen zum demokratisch-sozialen Rechtsstaat entschieden (Art. 20 GG), d. h., im Verfassungssystem der Bundesrepublik stehen neben Grundrechten, die einen Raum staatsfreien Privatrechts garantieren, weitere Grundrechte, die eine sozialrechtliche Teilhabe des Bürgers an den sozialen Chancen und an den Erträgen der gesellschaftlichen Arbeit gewährleisten sollen.[1]

Der Grundgesetzgeber hat diese Grundrechte neben anderen Grundwerten als Kernbestand der Verfassung mit besonderen Garantien für ihren Bestand ausgestattet. Durch Art. 79 des Grundgesetzes sollen die fundamentalen Normen unseres Verfassungssystems dem Zugriff einer verfassungsändernden Gesetzgebung entzogen werden. Hiernach kann auch eine Zwei-Drittel-Mehrheit der Legislative folgende Grundsätze nicht revidieren: Die Gliederung des Bundes in Länder (womit nicht die gegenwärtigen Länder und ihre Grenzen, sondern Strukturprinzipien gemeint sind), die grundsätzliche Mitwirkung der Länder bei der Gesetzgebung, die Grundrechte (Art. 1–19) «in ihrem Wesensgehalt», Sozialstaatlichkeit und Demokratie (Volkssouveränität, Wahlen und Abstimmungen, Gewaltentrennung), Rechtsstaatlichkeit (Art. 20). Diese

---

1 Siehe hierzu A. Hamann: Das Grundgesetz für die Bundesrepublik, Neuwied 1969; K. Hesse: Grundzüge des Verfassungsrechts der Bundesrepublik, Karlsruhe 1980

absolute Garantie für den Kernbestand der Verfassung ist Ausdruck einer aus den Erfahrungen der deutschen Vergangenheit gewonnenen Abwehrbereitschaft gegen alle Versuche, das Verfassungssystem auf legalem Wege zu entdemokratisieren. Die Rechtsstaatlichkeit ist in der Verfassung der Bundesrepublik im einzelnen durch folgende Grundsätze verankert: Gewaltenteilung (Art. 20 GG), Bindung der Staatsorgane an das Recht (Art. 20 GG), Grundrechte mit unmittelbarer Wirkungskraft (Art. 1 GG). Ergänzend tritt ein ausgebautes System von Rechtsschutz und Rechtskontrolle hinzu.

Die Rechtsgebundenheit der staatlichen Machtausübung bedeutet in letzter Konsequenz, daß in unserem Verfassungssystem Staatsrechte nur insoweit existieren, als es Staatsrecht gibt, d. h., ein staatliches Organ kann nur in dem Umfang Staatsgewalt ausüben, den die Verfassung eben diesem Organ zugewiesen hat. Der Grundsatz der Rechtsbindung aller Staatsorgane hat aber nicht nur zum Inhalt, daß die Rechtsetzung an die Form des Gesetzes oder an den Rahmen vorliegender Gesetze gebunden ist, sondern auch, daß die Grundrechte und das Prinzip der Sozialstaatlichkeit die Rechtsetzung inhaltlich binden sollen. Ein Gesetz, das mit dieser Grundordnung nicht übereinstimmt, gilt als nichtig. Die Feststellung der Übereinstimmung von Verfassung und Gesetzgebung liegt bei einer Institution, deren Stellung in unserem Verfassungssystem außerordentlich gestärkt wurde, nämlich beim Bundesverfassungsgericht.

Wenn Art. 20 Abs. 3 des Grundgesetzes festlegt, daß Rechtsprechung und Exekutive «an Gesetz und Recht» gebunden sind, so wird auch hier das neue Verständnis vom Rechtsstaat deutlich; der Begriff «Gesetz» meint offensichtlich die Bindung an formale Regeln im Sinne des positiven Rechtes, während «Recht» in Bindung an materielle Grundrechte andeutet. Handlungen der vollziehenden Gewalt und der Rechtsprechung müssen sich demnach nicht nur auf formelle gesetzliche Normen stützen, sie müssen auch mit jenen Richtungsentscheidungen übereinstimmen, die in der Verfassung über das gesellschaftliche System getroffen wurden.

Die verfassungsmäßig gesicherten Grundrechte lassen sich in einige Gruppen aufteilen. Da sind zunächst die individuellen Freiheitsrechte des Grundrechtskataloges: die Freiheit der Persönlichkeitsentfaltung (Art. 2 Abs. 1 GG), das Recht auf Leben, körperliche Unversehrtheit und Unverletzlichkeit der persönlichen Freiheit (Art. 2 Abs. 2 GG), die Glaubens-, Gewissens- und Bekenntnisfreiheit (Art. 4 Abs. 1 GG), das Recht auf Freizügigkeit (Art. 11 GG), die Unverletzlichkeit der Wohnung (Art. 13 GG) und des Eigentums (Art. 14 GG). Öffentlich-politische Grundrechte liegen in folgenden Verfassungsbestimmungen: Vereins- und Versammlungsfreiheit (Art. 8 und 9 GG), Koalitionsfreiheit (Art. 9 Abs. 3 GG), Freiheit der Meinungsäußerungen und Meinungsbildung,

Presse- und Informationsfreiheit (Art. 5 Abs. 1 GG), Freiheit der Lehre (Art. 5 Abs. 3 GG), das Recht auf freie Wahl des Berufes, des Arbeitsplatzes und der Ausbildungsstätte (Art. 12 Abs. 1 GG), das Petitionsrecht (Art. 17 GG) und schließlich das Recht auf Kriegsdienstverweigerung (Art. 4 Abs. 3 GG). Neben diesen beiden Kategorien stehen Grundrechte einer dritten Gruppe, die Rechte des einzelnen auf Leistungen des Staates im Sinne der Daseinsvorsorge begründen. Derartige soziale Rechte liegen im Recht der Mutter auf Fürsorge der Gemeinschaft (Art. 6 Abs. 4 GG), im Recht der Eltern auf Religionsunterricht ihrer Kinder (Art. 7 Abs. 3 GG), im Recht des Enteigneten auf Entschädigung (Art. 14 Abs. 3 GG) und schließlich – in Weiterentwicklung der Verfassungsprinzipien – im Rechtsanspruch auf Fürsorge. Eine umfassende Regelung der sozialen Grundrechte ist im Grundgesetz nicht vorgenommen worden. Insbesondere fehlen Normen über ein Recht auf Arbeit, ein Recht auf Schutz der Arbeitskraft, ein Recht auf Gesundheitsschutz. Insofern bleibt der Schritt zum «Sozialstaat» in der Verfassungspraxis ungesichert.

Immerhin ist durch die Sozialstaatsklausel, die in Verbindung mit dem Gleichheitssatz des Grundgesetzes (Art. 3 GG) gesehen werden muß, eine Richtungsentscheidung über die soziale und wirtschaftliche Ordnung gefallen, die über einen nur liberalen Staatsbegriff hinausführt und als Leitlinie gesellschaftspolitischer Reformen verstanden werden kann.[1]

Der Gleichheitssatz der Verfassung ist in einigen Punkten, wohl in Reaktion auf spezifische Probleme der deutschen Gesellschaft, noch näher entfaltet worden; Art. 3 und Art. 117 des Grundgesetzes regeln die Gleichberechtigung von Männern und Frauen, Art. 6 legt die Chancengleichheit für uneheliche Kinder fest, Art. 3 und Art. 33 enthalten das Verbot der Benachteiligung oder Bevorzugung wegen Geschlecht, Abstammung, Rasse, Sprache, Konfession und politischer Anschauung.

Da die Grundrechte der Verfassung unmittelbar wirksam werden, ohne noch einer weiteren Normierung durch einfache Gesetze unbedingt zu bedürfen, ist der traditionelle Grundsatz der «Gesetzmäßigkeit der Verwaltung» durch das Prinzip der «Verfassungsmäßigkeit der Verwaltung» ergänzt worden. Noch in der Weimarer Verfassung war das Verhältnis zwischen Grundrechten und Einzelgesetzen umgekehrt; damals wurden die Grundrechte nur nach Maßgabe einzelner Gesetze wirksam, heute gelten die Gesetze nur nach Maßgabe der Grundrechte. In der Praxis entstehen bei diesem unmittelbaren Vollzug der Grundrechte schwierige Probleme für Verwaltung und Rechtsprechung, da die Interpretation eines Grundrechtes vielfach den politischen und sozialen Meinungsstreit herausfordert.

1 Vgl. dazu H. Ridder: Die soziale Ordnung des Grundgesetzes, Opladen 1975

Legislative und Exekutive in der Bundesrepublik finden ihre Grenze im übrigen nicht nur im Katalog der Grundrechte, sondern auch im Völkerrecht, das durch Art. 25 des Grundgesetzes dem innerstaatlichen Recht vorgeordnet ist. Gegenüber dem Einwand, Grundrechte und Verfassung seien bei der Analyse gesellschaftlicher Wirkungszusammenhänge im Grunde ohne Bedeutung, da sie ohnehin nur einen Reflex politischer Kräfteverhältnisse darstellten, ist anzumerken, daß der Dialektik gesellschaftlicher Entwicklung die platte Formel, Verfassungsfragen seien Machtfragen, wohl kaum gerecht wird.[1]

Das Justizsystem

Sowohl die Tradition der Rechtsetzung in Deutschland als auch das in der Verfassung der Bundesrepublik verankerte Prinzip der Verfassungsmäßigkeit und Gesetzmäßigkeit von Verwaltung und Rechtsprechung haben dazu geführt, daß soziale Normen und Verhaltensregeln in der Bundesrepublik in einem Ausmaß kodifiziert sind, wie dies in kaum einer anderen Industrienation anzutreffen ist. Kritiker haben angesichts dessen von einer Hypertrophie des Rechtswesens in der Bundesrepublik gesprochen.

Die Rechtslehre geht von einer Hierarchie derartiger Kodifikationen aus, die folgende Abstufungen enthält: grundgesetzändernde Gesetze, einfache Gesetze, Rechtsverordnungen, Verwaltungsvorschriften. Jüngere und ältere Bestände an Gesetzen und Rechts- und Verwaltungsvorschriften stehen dabei nebeneinander, und schon die Daten der Rechtsetzung lassen deutlich die Entwicklung von abgrenzenden Individualrechten zu sozialen Teilhaberrechten erkennen.

Die wichtigsten Rechtsbereiche seien hier aufgezählt: das Bürgerliche Recht stützt sich im wesentlichen noch auf die Regelungen des Bürgerlichen Gesetzbuches, 1900 zuerst kodifiziert; das Handelsrecht geht im wesentlichen vom Handelsgesetzbuch von 1897 aus; das Strafrecht stützt sich auf ein mehrfach novelliertes Strafgesetzbuch von 1871. Zum Bereich des Staatsrecht rechnen Verfassungsrecht, Verwaltungsrecht, Finanz- und Steuerrecht, Polizeirecht, Gewerberecht und Verkehrsrecht; auch das Völkerrecht gehört in diesen Zusammenhang. Einen immer größeren Umfang nehmen Arbeitsrecht und Sozialrecht ein. Für bestimmte soziale Gruppen existieren eigene Rechtsbestände, so etwa das Kirchenrecht, das Wehrrecht und das Disziplinarrecht im öffentlichen Dienst.

Als tragendes Prinzip der Rechtsprechung, als der «Dritten Gewalt» in der Bundesrepublik, gilt, daß die Richter «unabhängig und nur dem Gesetz unterworfen» sind (Art. 97 GG). Die Rechtslehre spricht von einer

1 Hierzu O. Kirchheimer: Politik und Verfassung, Frankfurt 1964

sachlichen und einer persönlichen Unabhängigkeit der Richter. Als sachlich unabhängig wird der Richter angesehen, weil er bei der Rechtsprechung nicht an die Weisungen anderer Staatsorgane gebunden ist und Auflagen über die Rechtsprechung weder von den Justizministern noch von den nächsthöheren Gerichten erhalten darf. Allerdings halten sich die Richter in Zweifelsfällen an den Rahmen von Urteilen, wie sie durch obere Gerichte bereits erfolgt sind, d. h., die Rechtsprechung der unteren Gerichte ist vielfach präjudiziert. Die persönliche Unabhängigkeit des Richters wird durch Beamtenstellung auf Lebenszeit, Gewährung eines festen Gehaltes und den Ausschluß der Versetzung gegen seinen Willen gestützt. Die Unabhängigkeit der Rechtsprechung hat gewisse Garantien ferner in dem Verbot von «Sondergerichten» und in der Tatsache, daß die Gerichte jeweils für ein Jahr im voraus besetzt werden («Ständigkeit der Gerichte»).

Da die Verfahrenseröffnung nur durch Gerichtsbeschluß möglich ist, hat auch die Staatsanwaltschaft, die innerhalb des Legalitätsprinzips an Weisungen vorgesetzter Dienststellen gebunden ist, nur beschränkte Möglichkeiten des Eingriffs.

Die Unabhängigkeit der Rechtsprechung ist schließlich auch durch das Rechtsprechungsmonopol für die Gerichte gestützt. Nach Art. 92 GG liegt die rechtsprechende Gewalt allein bei den Richtern; Exekutive oder Legislative dürfen die Funktion der Rechtsprechung nicht an sich ziehen. Einer denkbaren Beeinflussung der Rechtsprechung durch Manipulation der personellen Zusammensetzung von Gerichten ist dadurch vorgebeugt, daß eine Änderung der Gerichtsbezirke und die Aufhebung oder Neueinrichtung von Gerichten nur über den Weg eines formellen Gesetzes zulässig ist.

Eine Chance der politischen Gegenkontrolle gegenüber der Rechtsprechung als unabhängigem Verfassungsorgan liegt darin, daß in der Bundesrepublik die Mitglieder des Bundesverfassungsgerichtes von Bundesrat und Bundestag gewählt und die Richter bei anderen Bundesgerichten vom zuständigen Bundesminister gemeinsam mit einem Wahlausschuß berufen werden, der aus den zuständigen Ministern der Länder und einer gleichen Zahl vom Bundestag ausgewählter Parlamentarier besteht (Art. 94, 95, 96 GG).

Im übrigen werden die Richter nach Maßgabe des Landesrechts teils von der Regierung, teils von den zuständigen Ministern, teils von diesen gemeinsam mit Richterwahlausschüssen bestellt. Solche Richterwahlausschüsse, die in Bremen, Hamburg und Hessen bestehen, setzen sich aus Parlamentariern der Länder und aus Repräsentanten der Richterschaft und der Anwaltschaft zusammen.

Eine zweite Möglichkeit der politischen Gegenkontrolle liegt in der Institution der Richteranklage. Nach Art. 98 des Grundgesetzes kann auf

Antrag des Bundestages das Bundesverfassungsgericht einen Bundesrichter in ein anderes Amt oder in den Ruhestand versetzen, wenn dieser im Amte oder außerhalb des Amtes gegen die Grundsätze der Verfassung der Bundesrepublik oder gegen die verfassungsmäßige Ordnung eines Bundeslandes verstößt.

Unhaltbar ist sicherlich die Auffassung, die Kontrollfunktion der «Dritten Gewalt», insbesondere auch die des Bundesverfassungsgerichts, sei dadurch gekennzeichnet, daß Rechtsprechung «unpolitisch» sei. Fraglich ist schon, ob man unter den heutigen gesellschaftlichen Bedingungen überhaupt einen «politikfreien» Raum finden kann. Recht ist Ergebnis und wiederum Instrument der Politik; es ist nicht anzunehmen, daß es in der Hand des Richters seine politische Qualität verliert. Die in der Rechtsprechung anzuwendende, zu aktualisierende oder zu entfaltende Norm ist Produkt politischer Auseinandersetzungen, insofern ist Justiz immer Vollstreckerin politischer Entscheidungen bzw. gesellschaftlicher Konzeptionen. Zugleich hat aber insbesondere die Verfassungsgerichtsbarkeit – freilich nicht nur diese – selbst wiederum politische Effekte. Eben hierin liegt die «relative Selbständigkeit» des Rechts und auch des Richters. Insofern übt der Richter Macht aus, insbesondere dort, wo er «rechtsschöpferisch» Normen interpretiert. Symptomatisch für diese Funktion der Rechtsprechung im politischen Kräftespiel ist, daß «alle gesellschaftlich bedeutsamen Interessengruppen heute fachlich qualifizierte Stäbe zur literarischen Beeinflussung der Rechtsentwicklung unterhalten».[1]

Die allzu starke Differenzierung der Rechtsprechung in der Bundesrepublik nach Rechtsbereichen, Zuständigkeiten, Prozeßordnungen und Instanzenzügen macht es dem Bürger nicht leicht, das System der Dritten Gewalt zu durchschauen, zugleich wird es für manche Bürger schwierig, die ihm zustehenden Chancen der Rechtsdurchsetzung zu realisieren.

Verwaltungsapparat und Beamtentradition

Ein derart ausgebautes Rechtssystem, wie wir es in der Bundesrepublik vorfinden, darüber hinaus aber auch die mit einer Industrialisierung generell verbundene Bürokratisierung und die wachsenden Staatsaufgaben in einer Gesellschaft der sozialen Sicherung haben zu einer epochalen Ausweitung der staatlichen und kommunalen Verwaltung und damit zu einer Zunahme der im öffentlichen Dienst beschäftigten Beamten, Angestellten und Arbeiter geführt.

1 B. Rüthers: Institutionelles Rechtsdenken im Wandel der Verfassungsepochen, Bad Homburg 1970; zur Verfassungsgerichtsbarkeit vgl. H. Säcker: Das Bundesverfassungsgericht, Stuttgart 1975

Damit verschärft sich aber auch die Frage, wie die Gesellschaft davor geschützt werden kann, daß der öffentliche Verwaltungsapparat unter dem Anschein des «Sachzwanges» sich gegenüber der Öffentlichkeit und ihrer politischen Willensbildung und Kontrolle verselbständigt.

Im öffentlichen Dienst der Bundesrepublik werden «hoheitliche» Funktionen, die öffentlich-rechtliche Konsequenzen haben, in der Regel von Beamten ausgeübt. Der Beamte steht zum Staat nicht in einem üblichen Arbeitsverhältnis, sondern in einem öffentlich-rechtlichen Dienstverhältnis, das im Beamtenrecht der Bundesrepublik als «Treueverhältnis» definiert wird.[1]

Nach Artikel 33 des Grundgesetzes steht allen deutschen Staatsbürgern nach dem Maßstab ihrer Eignung und Leistung der Zugang zum Beamtenverhältnis ohne Rücksicht auf Religion oder Weltanschauung offen.

Die Beamtenschaft, deren wirtschaftliche Bedeutung und deren Stellung im Zusammenhang der sozialen Schichtung an anderer Stelle behandelt wird, muß in der Bundesrepublik auch in ihrem Verhältnis zu einer bestimmten standespolitischen Tradition gesehen werden. Der Wechsel politischer Systeme, denen zum Teil der gleiche Beamtenkörper diente, mußte für das Selbstverständnis der Beamtenschaft zur Folge haben, daß Beamtentum vielfach als eine den Ergebnissen der politischen Meinungsbildung entzogene Größe erschien; bezeichnend für diese Einstellung war der vielfach verbreitete Satz: «Verfassungsrecht vergeht, Verwaltungsrecht besteht.»

Die besonderen politischen Probleme, die mit der Rolle des deutschen Beamtentums verbunden sind, werden deutlicher, wenn man sich den geschichtlichen Weg dieser sozialen Gruppe vergegenwärtigt:

Deutsche Beamtentradition in ihrem politischen Inhalt und spezifisches Beamtenrecht fanden nach der Niederlage der bürgerlich-liberalen Bewegung in Deutschland (1848/49) ihre Ausprägung. Sie liefen, kurz gesagt, darauf hinaus, obrigkeitsstaatliche Strukturen durch ein Heer von zivilen «Hoheitsträgern» (im Schulwesen z. B. durch die Lehrer) gegen alle demokratischen Regungen der Gesellschaft abzusichern und zu tradieren. Der Beamtenkörper hatte per Administration oder per Sozialisation jene Herrschaft von Eliten zu zementieren, die sich hinter dem Staatsmythos verbarg; zum Dank dafür hatte der Beamte, der dieses «Treueverhältnis» sich zu eigen machte, gegenüber dem nichtverbeamteten Bürger den Vorzug eines Abglanzes staatlicher Hoheitsgewalt.

Diese politische Funktion des scheinbar so neutralen Beamtentums, im wilhelminischen System eingeübt, überlebte den Wilhelminismus selbst. Der Weimarer Staat mußte sich bei seiner Gründung weitgehend auf eine Bürokratie stützen, die den neugesetzten politischen Werten innerlich

---

1 Vgl. E. Brandt: Die politische Treuepflicht, Heidelberg 1976

nicht folgte. Die Ablösung des Weimarer politischen Systems durch den Nationalsozialismus war nicht zuletzt deshalb so reibungslos möglich, weil die neuen Machthaber sich einer Verwaltung bedienen konnten, die gewiß nicht überwiegend aus engagierten Nationalsozialisten bestand, die aber doch in ihrer Mehrheit die Rückkehr zumindest zur autoritären Staatsform guthieß. Da das letzte Glied der Mordmaschinerie des nationalsozialistischen Systems außerhalb der regulären Verwaltung arbeitete, konnte diese das Bewußtsein «legalen» Verhaltens weiterhin aufrechterhalten. Da gerade im Bereich des Verwaltungspersonals, bis hin zur Verwaltungselite, ein größeres Reservoir an Gegnern des Nationalsozialismus nicht bestand, waren auch die Besatzungsmächte in den Westzonen nach 1945 genötigt, Verwaltungsexperten aus der Zeit des Nationalsozialismus in den Wiederaufbau einzuschalten, wenn diese nicht allzu stark belastet waren. So behielten trotz aller politischen Wandlungen Exekutive und Verwaltung bis in die Spitzen hinein weitgehend ihre Kontinuität und, damit zusammenhängend, auch ihr Gruppenbewußtsein. Die ersten Jahre nach 1945 brachten den Zugang einiger bis dahin verwaltungsfremder Kräfte in die Exekutive mit sich. Dieser Vorgang wurde aber vermutlich bei weitem wieder wettgemacht durch die Bestätigung und Rehabilitierung des alten Verwaltungspersonals, wie sie das sog. 131er-Gesetz herbeiführte.[1]

Ein besonderes Staatsbewußtsein der Beamtenschaft findet in den Regelungen des deutschen Beamtenrechts bis heute seine Stütze. Das derzeit gültige Bundes-Beamten-Gesetz, im Jahre 1953 beschlossen, schreibt dem Beamten bei politischer Betätigung «Mäßigung und Zurückhaltung» vor.[2] Es handelt sich hier nicht so sehr um Appelle an gute Umgangsformen auch in der politischen Auseinandersetzung. Diese Begriffe artikulieren vielmehr eine immer noch dominierende politische Tradition im Hinblick auf die erwünschte Funktion des Beamten.

Die beamtenrechtliche Verpflichtung auf «Mäßigung» und «Zurückhaltung» im politischen Verhalten kann nur zu leicht zur Waffe gegen diejenigen Beamten und beamteten Pädagogen werden, die Partei zugunsten demokratischer Emanzipationsversuche ergreifen. Die Vorstellung von «Ruhe und Ordnung», die hinter der beamtenrechtlichen Rollenvorschrift steckt, schlägt faktisch immer für die Erhaltung bestehender Herrschaftsverhältnisse zu Buche. Überprüfung der Verfassungstreue der im öffentlichen Dienst Beschäftigten und deren Legitimation durch die Bezugnahme auf deutsche Beamtentradition hat in dieser Hinsicht einen zusätzlichen und fragwürdigen Anpassungsdruck produziert. Es resultiert aus der besonderen Beamtentradition Deutschlands auch eine Ab-

1 Vgl. U. Mayer in: ders. und G. Stuby: Die Entstehung des Grundgesetzes, Köln 1976
2 Vgl. hierzu F. Rottmann: Der Beamte als Staatsbürger, Berlin 1981

wehrhaltung der Bürokratie gegenüber Kontrollansprüchen der Parlamente und der politisch auftretenden Öffentlichkeit. Demgegenüber gilt in der Bundesrepublik die personelle Überfremdung der Legislative durch die Exekutive kaum als Gefahr; bezeichnend hierfür ist, daß der unverhältnismäßig hohe Anteil von Beamten in den Parlamenten des Bundes und der Länder meist als unproblematisch angesehen wird.

Gerade angesichts der besonderen Tradition des deutschen Beamtentums wird man den Ansprüchen und der kritischen Aufmerksamkeit der Öffentlichkeit gegenüber der Verwaltung zusätzliches Gewicht beilegen müssen.[1] Wenn gesagt wird, die Verwaltung müsse zweckmäßig, rechtmäßig und kontrollierbar arbeiten, so schließt sich die Frage an, welche institutionellen Möglichkeiten eine Kontrolle der Verwaltung in der Bundesrepublik hat. Sieht man von den Kontrollmöglichkeiten der Parlamente und von der materiellen Kontrolle der Verwaltungstätigkeit durch die Rechnungshöfe und Rechnungsprüfungsämter ab, so bleibt für den einzelnen Bürger vor allem die Möglichkeit, gegen den Verwaltungsakt oder gegen andere Handlungen der Verwaltung Widerspruch, Dienstaufsichtsbeschwerde oder Verwaltungsrechtsklage einzulegen. Durch den Ausbau der Verwaltungsgerichtsbarkeit sind die Behörden und ihre Beamten einer unmittelbaren Kontrolle unterworfen worden. Jeder Bürger kann das Verwaltungsgericht als unabhängige Instanz anrufen, um die Einstellung oder Zurücknahme einer ungesetzlichen Verwaltungsmaßnahme zu erwirken und Ersatzansprüche geltend zu machen. Zu fragen ist freilich, inwieweit der einzelne Bürger in der Lage ist, das Verwaltungsrecht zu überblicken und von seinen Rechten Gebrauch zu machen. Eine allgemeine Pflicht zur Offenlegung von Verwaltungsakten, wie man sie in einigen anderen Staaten kennt, besteht in der Bundesrepublik nicht. Allerdings ist die kritische Aufmerksamkeit der öffentlichen Meinung und der Medien gegenüber dem Verwaltungshandeln schärfer geworden.

Die besondere Tradition der deutschen Verwaltung und Beamtenschaft macht erklärlich, weshalb in der Bundesrepublik weithin noch ein unbürgerliches Verhältnis gegenüber der Verwaltung und andererseits ein unbürgerliches Verhalten der Verwaltung festzustellen sind. Das Verhältnis des Bürgers zur Verwaltung ließe sich vermutlich eher von obrigkeitsstaatlichen Traditionen befreien, wenn nicht der Verwaltungsaufbau mit seinem Dickicht von Zuständigkeiten, Zugängen, Vorschriften und formalen Verhaltensregeln den Eindruck einer kaum durchschaubaren Polykratie erwecken würde. Daß Beamte in der Bundesrepublik Weisungen und Beförderungen durch die gleiche übergeordnete Instanz erfahren, ein Wechsel des Arbeitsplatzes aus eigener Initiative in der Regel nicht

1 Zum historischen Hintergrund: B. Wunder: Geschichte der Bürokratie in Deutschland, Frankfurt 1988

möglich ist und die Beamtenlaufbahn zum guten Teil unabhängig von den individuellen Leistungen vorgegeben ist, trägt vielleicht zum Teil zur Unabhängigkeit des Beamten, andererseits aber auch zu einer Unempfindlichkeit gegenüber möglicherweise sachgerechten Einwänden der Öffentlichkeit bei.[1]

Problematisch ist die Rolle des Verwaltungsapparats vor allem auch auf den oberen Ebenen des politischen Systems. Regierungsbürokratien bei Bund und Ländern haben gegenüber Ministern oder politischen Staatssekretären mittels administrativer Techniken durchaus Möglichkeiten, politische Entscheidungen zu treffen – oder zu verhindern. Es gibt hier eine Fülle von Instrumentarien (Steuerung des «Dienstweges», Auswahl der Entscheidungsgrundlagen, Verzögerung von Entscheidungen durch Überhäufung mit Material u. ä.), denen gegenüber sich nur besonders erfahrene oder entscheidungswillige Politiker durchzusetzen vermögen. In der Tendenz führt der Einfluß der Verwaltung auf politische Entscheidungen vielfach dahin, «bekannte und bewährte» Problemlösungen zu bevorzugen, zumal deren unmittelbare Folgen am ehesten voraussehbar sind, wobei denn freilich Nebenfolgen oder Spätfolgen oft nicht zur Kenntnis genommen werden, zumal dann, wenn sie anderenorts «ressortieren».[2]

Militär und Demokratie

Schon im Hinblick auf den Umfang des Personalbestandes stellt die Bundeswehr einen besonders gewichtigen Teil des öffentlichen Dienstes in der Bundesrepublik dar.

Das Grundgesetz der Bundesrepublik enthielt in seiner ursprünglichen Fassung keine Aussage über die Stellung einer Armee in der Gesellschaft der Bundesrepublik. Nachdem durch internationale Verträge und durch Beschlüsse des Deutschen Bundestages die Wiederbewaffnung Westdeutschlands in die Wege geleitet worden war, wurden durch Ergänzungen des Grundgesetzes vom 19. 2. 1954 und 19. 3. 1956, durch das «Gesetz über die Rechtsstellung des Soldaten» vom 19. 3. 1956 und das Wehrpflichtgesetz vom 27. 7. 1956 Regelungen für die Bestimmung der Position der Bundeswehr und für die Rechte und Pflichten des einzelnen Soldaten geschaffen.

Die soziale und wirtschaftliche Bedeutung der militärischen Verbände

1 Siehe auch D. Claessens, G. Hartfiel, L. Sedatis: Beamte und Angestellte in der Verwaltungspyramide, Berlin 1964; H. Häußermann: Die Politik der Bürokratie, Frankfurt 1977
2 Vgl. H. Bosetzky u. P. Heinrich: Mensch und Organisation – Aspekte bürokratischer Sozialisation, Stuttgart 1984

in der Bundesrepublik wird deutlich, wenn man sich in Erinnerung bringt, daß gegenwärtig die Bundeswehr über rd. 700 000 Beschäftigte, davon ca. Dreiviertel Soldaten, verfügt und der Anteil des Verteidigungsetats am Gesamthaushalt des Bundes einiges über 20 v. H. beträgt. Die militärischen Verbände in der Bundesrepublik umfassen die Bundeswehr mit Wehrpflichtigen, Soldaten auf Zeit und Soldaten auf Lebenszeit und die Territorial-Reserve, die bisher lediglich aus Freiwilligen besteht.

Aufgrund ihrer Funktion und der Geschlossenheit ihres Aufbaues stellen militärische Verbände in jedem politischen System einen Machtfaktor dar. Das militärische Erfordernis der «jederzeitigen Bereitschaft und Schlagkraft» hat bestimmte Organisationsformen zur Bedingung, die nicht ohne weiteres der in einer demokratischen Gesellschaft angestrebten rechtlichen und politischen Verfassung entsprechen. Von daher stellt sich bei der Einordnung militärischer Verbände in ein demokratisches Verfassungssystem die Frage, wie der Vorrang politischer Entscheidungen gegenüber rein militärischen Gesichtspunkten gewahrt und das innere Gefüge der militärischen Verbände mit dem demokratischen politischen Wertsystem in Einklang gebracht werden kann. In der Bundesrepublik hat die Wehrgesetzgebung diese Probleme folgendermaßen zu lösen versucht:

Die Befehls- und Kommandogewalt über die Streitkräfte liegt im Frieden beim Bundesminister für Verteidigung, im Kriegsfalle geht sie auf den Bundeskanzler über. Die Ernennung und Entlassung der Offiziere und Unteroffiziere liegt – wie bei anderen Beamten des Bundes – beim Bundespräsidenten. Neben dem Bundesministerium für Verteidigung sind noch andere Ministerien in Teilbereichen des Militärwesens zuständig. Die Koordination geschieht im Bundesverteidigungsrat, dem neben dem Bundeskanzler die Bundesminister für Verteidigung, Auswärtiges, Inneres, Wirtschaft, Finanzen, Arbeit, Justiz angehören.

Die parlamentarische Kontrolle über die Streitkräfte ist vor allem durch den Artikel 87 a des Grundgesetzes geregelt, der bestimmt, daß die zahlenmäßige Stärke und die Grundzüge der Organisation der Bundeswehr im jährlichen Haushaltsplan des Bundes ausgewiesen werden müssen, somit also der Haushaltsgesetzgebung des Bundestages unterliegen. Der Bundestagsausschuß für Verteidigung ist nach Art. 45 a GG als ständiger Ausschuß eingerichtet und hat die besonderen Rechte eines Untersuchungsausschusses, ohne an ein vom Bundestag vorher beschlossenes Beweisthema gebunden zu sein. Auch die Institution des Wehrbeauftragten, der vom Bundestag für jeweils fünf Jahre gewählt wird und auf Weisung des Bundestages, des Bundestagsausschusses für Verteidigung oder nach eigenem Ermessen tätig wird, soll die parlamentarischen Kontrollmöglichkeiten gegenüber den militärischen Verbänden stärken. Aufgabe des Wehrbeauftragten ist die Wahrung der Grundrechte des Soldaten und der Grundsätze der inneren Führung in der Bundeswehr. Schließlich liegt auch die Feststellung des Verteidigungsfalles beim Bundestag; allerdings geht diese Funktion «bei Gefahr im Verzug» auf den Bundespräsidenten und den Bundeskanzler über, die vor ihrer Entscheidung den Bundestags- und den Bundesratspräsidenten anzuhören haben. Außerdem ist die Entscheidungsgewalt des Bundestages durch die Notstandsgesetzgebung gerade in dieser Hinsicht reduziert worden.

Durch den Beitritt der Bundesrepublik (1955) zum militärischen Sicherheits- und Beistandssystem der NATO wurden überdies sowohl die parlamentarische Kontrolle der Streitkräfte wie auch die militärischen Exekutivrechte in der Bundesrepublik insofern begrenzt, als die Verteidigungsplanung und die militärischen Stäbe der Bundeswehr durch die Integration in die NATO der alleinigen nationalen Verfügungsgewalt entzogen sind. Unter nationalem Kommando stehen lediglich die Territorialverteidigung, die Küstenbewachung und die aus Reservisten aufgestellten Verbände.[1]

Eine Grenze für die militärische Planung in der Bundesrepublik liegt verfassungsrechtlich in Art. 26 GG, der die Vorbereitung eines Angriffskrieges untersagt. (Dieser Artikel verlangt außerdem, daß Handlungen, die das friedliche Zusammenleben der Völker stören könnten, unter Strafe zu stellen sind.)

Für Angehörige der Bundeswehr können laut Artikel 17a des Grundgesetzes (durch Verfassungsänderung vom 19.3.1956 eingefügt) auf gesetzlichem Wege bestimmte Grundrechte, so das Recht auf Versammlungsfreiheit, das Recht auf freie Meinungsäußerung und das gemeinsame Petitionsrecht eingeschränkt werden.

Das Gesetz über die Rechtsstellung des Soldaten schränkt ferner die Wählbarkeit der Soldaten ein, bestimmt aber im übrigen, daß jeder Soldat die gleichen staatsbürgerlichen Rechte wie jeder andere Staatsbürger hat. Nach § 10 des gleichen Gesetzes dürfen Befehle in der Bundeswehr nur im Rahmen des Völkerrechts, der Gesetzes- und Dienstvorschriften und nur zu dienstlichen Zwecken erteilt werden.

Über die politische Betätigung bestimmt § 15 des Soldatengesetzes, daß ein Soldat sich im Dienst, besonders in der Eigenschaft als Vorgesetzter, nicht zugunsten oder zuungunsten einer bestimmten politischen Richtung betätigen darf. In privaten politischen Meinungsäußerungen sind die Soldaten frei, jedoch – ähnlich wie Beamte – zur «Zurückhaltung und Mäßigung» verpflichtet.

Die Einstellung der Bevölkerung zur Bundeswehr zeigt Widersprüchlichkeiten, wenn einerseits der erzieherische Wert des Wehrdienstes zu-

1 Zum allgemeinen Zusammenhang vgl. H. Wulf u. R. Peters: Sicherheitspolitik, Rüstung und Abrüstung, Stuttgart 1982

mindest in Teilen der älteren Generation immer noch hoch angesehen wird, andererseits aber offenbar die Empfindlichkeit des Bürgers gegenüber militärischem «Drill» und Mißgriffen militärischer Vorgesetzter gestiegen ist.

Diese Ambivalenz dürfte vor allem mit unterschiedlichen Einstellungen der verschiedenen Generationen zusammenhängen. Die steigende Tendenz zur Wehrdienstverweigerung, die durch den Einfluß der Friedensbewegung gestützt wird, scheint diese Annahme zu bestätigen. Nationales Selbstbewußtsein jedenfalls, das früher in Deutschland ohne Zweifel nicht zuletzt aus dem Stolz auf die Armee gewonnen wurde, gründet sich heute für die Mehrheit der Bevölkerung nicht auf die Existenz der Bundeswehr; wirtschaftliche Leistungen der Bundesrepublik dürften in dieser Hinsicht eine unvergleichlich größere Rolle spielen.

Die Widersprüchlichkeit in den Erwartungen und Urteilen der Bevölkerung gegenüber der Bundeswehr und die Schwierigkeit, die Funktion der Bundeswehr in der Gesellschaft der Bundeswehr zu umreißen, finden ihre Erklärung ohne Zweifel auch in der Rivalität unterschiedlicher Wertsysteme; auf der einen Seite finden wir Traditionen eines militärischen Selbstbewußtseins, das seine Quellen noch in der gesellschaftsgeschichtlichen Rolle des preußisch-deutschen Militärs hat, andererseits stehen dem die Wertvorstellungen einer an wirtschaftlicher Leistung orientierten Gesellschaft gegenüber[1], aber auch Leitbilder einer rüstungsgegnerischen Strömung.

Die Wirksamkeit und Zweckmäßigkeit militärischer Anstrengungen kann heute nicht mehr im hergebrachten Sinne an der Situation des Kriegsfalles gemessen werden; die Existenz der Massenvernichtungsmittel läßt zumindest in industrialisierten Räumen Militär nur dann als sinnvoll erscheinen, wenn es den eigenen Einsatz zu vermeiden hilft. Die Loyalität des Militärs gegenüber dem Interesse der Gesellschaft bestünde in dieser Situation darin, auf längere Sicht den eigenen Funktionsabbau hinzunehmen oder gar zu erhoffen.

Auch die deutsche Situation führt zu spezifischen Schwierigkeiten bei der Definition der Rolle des Militärs; angesichts der deutschen Teilstaatlichkeit mußte die Wehrmotivation der Bundeswehr weitgehend «entnationalisiert» werden, und auch die Sicherheitserwartungen der Bundesrepublik sind mehr an die westliche Blockmacht als an die Existenz der Bundeswehr geknüpft.

---

1 Vgl. R. Zoll (Hrsg.): Sicherheit und Militär, Opladen 1982; W. v. Bredow: Militarismus heute, Stuttgart 1983

Militärisch-industrieller Komplex

Hinter der Frage nach der verfassungsrechtlichen Einordnung der Bundeswehr steht die nach dem – oft indirekten und vielfach unerkannten – Einfluß des Militärs und der militärischen Verpflichtungen und Interessen auf die ökonomisch-politische Struktur der Gesellschaft. Rechnet man dem direkten militärischen Personal die in der unmittelbaren Rüstungsproduktion beschäftigten Arbeitnehmer hinzu, so kommt man in der Bundesrepublik bereits auf mehr als 1 Million Beschäftigte im militärischen Sektor. Hinzu kommt noch die vielfach indirekte Abhängigkeit wissenschaftlicher und industrieller Produktion von militärischen Aufgabenstellungen. In der Bundesrepublik sind in den letzten Jahren mehr als 30 v. H. des gesamten Rüstungsetats «investiert», also für Rüstungsproduktionen, Rüstungsforschung und -entwicklung ausgegeben worden. Schon die Höhe des staatlichen Jahresetats für militärische Zwecke (rund 50 Milliarden) deutet den gesamtgesellschaftlichen Stellenwert des militärisch-industriellen Komplexes an.[1]

Dieser Komplex gewinnt damit eine Eigenmächtigkeit, die unter Umständen die demokratische Willensbildung im Staat zu überspielen vermag. Jede energische Rüstungsbeschränkung oder Abrüstung würde auf vielfältige objektive und subjektive (in den Vorteilen der Rüstungswirtschaft für ökonomische Gruppen und privatwirtschaftliche Profite begründete) Hindernisse stoßen. Es ist jedoch nicht zu sehen, wie innerhalb der staatsfinanzierten «Gemeinschaftsaufgaben» neue Prioritäten gesetzt werden können, wenn der Rüstungsetat weiterhin gesteigert wird.

Der Beginn und die erste Phase der Aufrüstung der Bundesrepublik schienen ohne Zusammenhang mit ökonomischen Interessen. Die restaurierte wirtschaftliche Machtelite Westdeutschlands trat keineswegs etwa als Verfechterin eines möglichst hohen Rüstungsetats auf; Unternehmerverbände und Unternehmerpresse in der Bundesrepublik äußerten sich damals eher skeptisch oder warnend gegenüber rüstungswirtschaftlicher Produktion. Dieses vordergründige Bild, dessen ursächlicher Zusammenhang mit der damaligen wirtschaftskonjunkturellen Lage und der mißtrauischen Einstellung westlicher Staaten gegenüber einer westdeutschen Rüstungsindustrie leicht zu erkennen ist, darf nicht darüber hinwegtäuschen, daß die politische Führung der Bundesrepublik gerade mit der Aufrüstung und ihren Konsequenzen in entscheidender Weise langfristige und strukturelle «gesamtkapitalistische» Interessen realisierte. Seit etwa 1955 und massiv seit dem konjunkturellen Einbruch im Jahre 1966 setzte sich ein solches langfristiges gesamtkapitalistisches Interesse auch

1 Vgl. hierzu P. Schlotter: Rüstungspolitik in der Bundesrepublik, Frankfurt 1975

in energische kurzfristige Einzelinteressen wichtiger Unternehmensgruppen um.

Die Argumentation verlagert sich nun auf die Ebene der technologisch-strukturellen Konkurrenzfähigkeit der Volkswirtschaft durch staatlich finanzierten Ausbau des privatwirtschaftlichen Rüstungssektors.

Von der Öffentlichkeit zunächst kaum bemerkt, entwickelte sich in den Jahren ab 1966 in enger Kooperation von staatlicher Militäradministration und privatwirtschaftlichen Rüstungsplanern ein neues rüstungsindustrielles Engagement in der Bundesrepublik, wobei sich die rüstungswirtschaftliche «Pause» nach 1945 technologisch zum Teil vorteilhaft auswirkte.

Die Bundeswehr bezieht ihre Rüstungsgüter inzwischen größtenteils von inländischen Unternehmen. Insbesondere die technologisch fortschrittlichen Industriezweige (Elektronik, Raketentechnik, Luft- und Raumfahrt, Fahrzeugbau, Schiffbau, Chemie, Atomenergie) setzten ihre Hoffnungen ins Rüstungsgeschäft und in dessen «technologischen Abfall».

So wurden Kapazitäten geschaffen, die schon aus den Zwangsläufigkeiten der Kapitalverwertung heraus nach Beanspruchung durch Produktionsaufträge verlangen und damit eine Eigengesetzlichkeit erhalten, die bei einer bestimmten Größenordnung innerhalb des gegebenen ökonomischen Systems die Rüstungssteigerung irreversibel zu machen droht. Politisch heftig umstritten ist auch die hier auftretende Tendenz zum Rüstungsexport, also zum Waffengeschäft vor allem mit Dritte-Welt-Ländern.

Die Vorzüge, die das Rüstungsgeschäft privatwirtschaftlichen Unternehmern bietet, liegen längst nicht mehr nur in den günstigen Möglichkeiten der Preis- und Kostenkalkulation (Abnahmegarantie), der Ausschaltung bestimmter Marktmechanismen und den daraus resultierenden Begünstigungen in der Kapitalverwertung, die sich ja gerade in diesem Fall auf eindeutige, von der Gesamtheit der Bürger über den Staatsetat finanzierte Verschleißproduktion mit Extraprofiten einstellen kann.

Vorteilhaft ist für die Unternehmen darüber hinaus die Tatsache, daß speziell im Rüstungsgeschäft – und in diesem Ausmaß nur hier – ein Problem überbrückt werden dann, das ansonsten leicht an die Grenzen des Anspruchs einer «Marktwirtschaft» führen könnte. Im Zuge der technologischen Entwicklung und des damit verbundenen enormen Anwachsens der wissenschaftlichen Vorleistungen für die Produktion (Forschungs- und Entwicklungskosten) hat private Kapitalverwertung, mag sie auch in immer stärker konzentrierten Kapitaleinheiten sich vollziehen, staatliche Finanzierung solcher Vorleistungen zur Bedingung. Je mehr aber diese «Sozialisierung» der Vorkosten für private Produktion und private Kapitalvermehrung ins Bewußtsein der Majorität der Bevölkerung tritt, desto stärker ist die Legitimationsbasis der Privatwirtschaft in Frage gestellt. Genau dieses Risiko für den staatlich verschränkten Hochkapitalismus wird im Rüstungssektor umgangen, indem hier unter Berufung auf militärische Notwendigkeiten und in der damit verbundenen Geheimhaltung generell verwertbare wissenschaftlich-technische Vorleistungen den privaten Unternehmen durch den Steuerzahler finanziert werden. Öffentliche Subventionierung des Forschungs- und Entwicklungsaufwandes privater Produktion läßt sich im Rüstungsgeschäft wie in keinem anderen Produktionszweig realisieren und zugleich ideologisch rechtfertigen.

In der BRD werden vor allem in der Luft- und Raumfahrtindustrie zivile privatwirtschaftliche Projekte unter Hinweis auf die rüstungsbezogene Teilproduktion der entsprechenden Unternehmen vom Staat gefördert, d. h., Rüstungswirtschaft bildet in diesen Unternehmen der Legitimation und Realität nach die Basis einer staatlich subventionierten Tätigkeit auch in anderen Sektoren der Produktion. Das Schwergewicht der Rüstungswirtschaft verschiebt sich dabei kontinuierlich von der «quantitativen» zur «qualitativen» Rüstung, d. h., auch die Rüstungsproduktion wird weniger arbeitskräfteintensiv, dafür um so mehr forschungs- und entwicklungsintensiv.

Die rüstungswirtschaftliche Ausrichtung der Forschung gerade in technologisch fortgeschrittenen Produktionssektoren hat aber langfristige Struktureffekte für die Prioritäten der Forschung und Entwicklung überhaupt. Nicht von ungefähr legen rüstungswirtschaftliche Interessenten äußerstes Gewicht auf das Argument, daß technologischer Fortschritt heute vorzüglich über die «Ehe zwischen Wehrwesen und Naturwissenschaft» zu erreichen sei. Konsequenterweise wird daher auch ein wachsender Anteil öffentlicher Wissenschaftsausgaben direkt oder indirekt für militärische Forschung eingesetzt. Nach einer Untersuchung von Rainer Rilling ist in der Bundesrepublik im Laufe der sechziger Jahre der Anteil der Aufwendungen für direkte militärische Forschung im Etat des Bundes auf rund ein Drittel der gesamten Wissenschaftsausgaben angestiegen. Diese Zahl trifft allerdings noch kaum die wirklichen Verhältnisse; im Bundesforschungsbericht selbst wurde auf die «weitgehende Überlagerung der Forschungsarbeiten für militärische und zivile Zwecke» hingewiesen.

Bei zunehmender Bedeutung des Staates für die große privatwirtschaftliche Produktion und bei zunehmender Relevanz von Forschung und Entwicklung (die wiederum nicht ohne Staatsfinanzierung auskommen) erhält eine Rüstungswirtschaft, die speziell im Staatsetat und speziell im Sektor «Forschung und Entwicklung» dominiert, geradezu eine Schlüsselposition, von der aus die gesellschaftlichen Entwicklungslinien, also die Innovationsrichtungen, ganz entscheidend beeinflußt werden können.[1]

Die Möglichkeit, über beträchtliche Teile der «Produktivkraft Wissenschaft» zu verfügen, bedeutet unter den heutigen technisch-ökonomischen Bedingungen, gesellschaftliche Macht in ihrem Kern zu besitzen. Indem die Rüstungswirtschaft Entwicklungsrichtungen technischen Fortschritts bestimmt, fällt sie auch Entscheidungen für einen Teil des technischen Fortschritts in den nichtmilitärischen Sektoren.

Öffentliche Meinung – die «Vierte Gewalt»?

Bei der Darstellung des politischen Systems der Bundesrepublik waren wir vielfach auf Machtpositionen gestoßen, deren Kontrolle von den in der Verfassung vorgesehenen Institutionen allein nicht erhofft werden kann. Eine Korrektur der zunehmenden «Verharschung» der politischen Willensbildung und ein gewisser Schutz gegen eine völlige Monopolisierung von politischen Machtchancen könnten, so wird vielfach angenommen, nicht zuletzt von der «Vierten Gewalt» im Staate, d. h. von der kritischen öffentlichen Meinung, erwartet werden. Als Vermittler der öffentlichen Meinung stellen sich im wesentlichen die Massenmedien dar; sie übernehmen zugleich aber auch Funktionen, die man als Teil der politischen Sozialisation bezeichnen kann.

Über die Nutzung und Reichweite von Massenmedien in der Bundesrepublik geben die folgenden Zahlen einige Aufschlüsse.

Seit den fünfziger Jahren haben sich in der Bundesrepublik die typischen Entwicklungstendenzen des Umgangs mit Massenmedien in entwickelten Industriegesellschaften durchgesetzt: Expansion des Fernsehens, der Publikumszeitschriften und der Boulevardzeitungen; Stagnation der anspruchsvollen Tagespresse; Stagnation oder leichter Rückgang kulturell oder politisch ambitionierter Zeitschriften; zeitweiliger Rückgang, dann aber Wiederaufholen (zumal bei jüngeren Leuten) des Rundfunks.

Die Problematik jenes Phänomens, das man mißverständlicherweise «Massenkommunikation» nennt, liegt schon in folgendem: Für den Empfänger massenmedial vermittelter Informationen gibt es kaum eine Möglichkeit, sofort und in gleicher Verbreitung auf die gegebene Information zu «antworten»; hier kann der «Empfänger» in der Regel nicht auch zugleich «Sender» sein.

Das heißt nicht, daß man auf massenmedial vermittelte Nachrichten,

---

1 Vgl. auch C. Bielefeldt u. P. Schlotter: Die militärische Sicherheitspolitik der Bundesrepublik Deutschland, Frankfurt 1980

Nutzung des TV-Programms

	Einschaltdauer der Fernsehgeräte pro Haushalt und Tag[1]			
	1985	1986	1985	1986
	in Min.		in %	
Haushalte mit konventionellem Empfang[2] insgesamt	209	213	100	100
ARD	89	93	42,6	43,7
ZDF	90	87	43,1	40,8
Dritte Programme	23	23	110,0	10,8
Sonstige	7	10	3,3	4,7
	2. Halbjahr 1986[3]			
	in Min.		in %	
Haushalte mit Kabelanschluß[4] insgesamt	228		100	
ARD	70		30,7	
ZDF	57		25,0	
Dritte Programme	25		11,0	
SAT 1	28		12,3	
RTL plus	23		10,1	
Sonstige	25		11,0	

1 Montag bis Sonntag; ohne gemeinschaftliches Vormittagsprogramm von ARD und ZDF.
2 Panel mit 2668 Haushalten.
3 Erhebung wird erst seit dem 1. 7. 1986 durchgeführt.
4 Panel mit ca. 400 Haushalten.

Quelle: Institut der deutschen Wirtschaft

Zeitungen und Zeitschriften
Stand: jeweils 4. Vierteljahr

	1970		1980		1985		1986	
	Zahl	Auflage[1]	Zahl	Auflage[1]	Zahl	Auflage[1]	Zahl	Auflage[1]
Zeitungen davon:	509	21846	455	25939	442	26541	434	26275
Tageszeitungen	443	20379	407	24089	395	24689	388	24439
Wochenzeitungen	66	1467	48	1799	47	1851	45	1836
Zeitschriften davon:	903	79682	1016	99506	1148	109231	1224	116723
Publikums- zeitschriften	237	60372	271	84562	369	96191	411	101995
Fachzeitschriften	666	19310	745	14945	779	13041	813	14728

1 Verkaufte Auflage in 1000. Quelle: Informationsgemeinschaft zur Feststellung der Verbreitung von Werbeträgern e. V. (IVW).

Quelle: Institut der deutschen Wirtschaft

Stellungnahmen usw. überhaupt nicht massenmedial reagieren könnte. Wer ein Buch liest, zu dem er öffentlich Stellung nehmen möchte, kann ein neues Buch zum gleichen Thema schreiben und herausgeben – wenn er einen Verleger findet. Wer zu einer über den Rundfunk verbreiteten Meinung eine Gegenposition öffentlich einnehmen will, kann der Rundfunkanstalt eine Stellungnahme einschicken – vielleicht wird etwas daraus zumindest in der «Hörerpost» zitiert. Wer an einer Fernsehsendung Kritik üben will, kann der Fernsehredaktion schreiben oder die Redaktion anrufen – die Aussichten, daß diese Kritik im Fernsehen zitiert wird, sind allerdings gering. Am besten daran ist hier noch derjenige, der selbst – etwa durch seinen Beruf, seine politische oder kulturelle Prominenz, sein wirtschaftliches Ansehen oder seine wirtschaftliche Macht – Zugang zu demselben oder zu einem konkurrierenden Massenmedium hat. Auch er hat freilich den Nachteil der zeitlichen Verzögerung in der Verbreitung seiner Antwort; und er hat keineswegs die Gewißheit, daß seine Antwort auch alle diejenigen Hörer, Leser oder Zuschauer erreicht, die von der Erstinformation erreicht wurden.

Insofern ist festzustellen: Die große Mehrheit der «Empfänger» von Informationen oder Meinungen, die über Massenmedien verbreitet werden, hat jedenfalls keine Chance, als «Sender» auf das Empfangene zu reagieren; «Massenkommunikation» ist unter den gegenwärtigen Bedingungen ein leider höchst einseitiger Vorgang.

Demokratische Gesellschaften beruhen auf dem Grundsatz der Chancengleichheit. «Gleichheit vor dem Gesetz», gleiche Chancen politischer Mitentscheidung (gleiches Wahlrecht) sind die Kernsätze jeder Demokratie. Wie steht es unter den Bedingungen der Massenmedien mit der «Gleichheit vor der Information»?

In der Verfassung der Bundesrepublik heißt es: «Jeder hat das Recht, seine Meinung in Wort, Schrift und Bild frei zu äußern und zu verbreiten und sich aus allgemein zugänglichen Quellen ungehindert zu unterrichten. Die Pressefreiheit und die Freiheit der Berichterstattung durch Rundfunk und Film werden gewährleistet. Eine Zensur findet nicht statt» (Grundgesetz, Artikel 5, Absatz 1). Vor dem Grundgesetz sind alle gleich. Aber rechtliche Gleichheit bedeutet noch nicht Gleichheit der Chancen, von diesem Recht Gebrauch zu machen. Auch hier gilt der bekannte Satz: «Alle sind gleich, aber einige sind gleicher.» Ein westdeutscher Zeitungsverleger hat denselben Sachverhalt etwas anders ausgedrückt: «Die Verwirklichung vieler verfassungsmäßiger Grundrechte bedarf des Kapitals.»

Daß jedermann wenigstens das gleiche Recht (wenn auch nicht die gleiche Chance) hat, seine Meinung zu verbreiten, ist eine ziemlich junge und auch heute noch keineswegs selbstverständliche politische Errungenschaft. Auch das gleiche Recht auf den Zugang zu Informationen war

Jahrhunderte hindurch nicht gegeben – und ist auch heute weltweit keineswegs durchgesetzt. Autoritäre Staatsformen gründen ihre Herrschaft vor allem auch darauf, daß der Zugang zu Informationen und die Verbreitung von Nachrichten und Meinungen der jeweils herrschenden Schicht vorbehalten bleiben. Die Geschichte der Durchsetzung bürgerlicher Demokratie ist nicht zuletzt die Geschichte der «Pressfreiheit», wie es damals hieß, also des Kampfes um das Recht, sich Informationen frei zu beschaffen und sie frei zu verbreiten. Die Länder, in denen sich das Interesse des aufsteigenden Bürgertums an rechtsstaatlich-parlamentarischen Verhältnissen zuerst durchsetzte (England, USA, Frankreich), sind auch diejenigen, in denen eine freie Presse die längste und am besten gesicherte Tradition hat. Von daher erklärt sich auch, daß in diesen Ländern die Öffentlichkeit auf jede Einschränkung der Pressefreiheit sehr empfindlich reagiert. In Deutschland ist die Pressefreiheit erst relativ spät, nämlich in der – sonst nicht eben erfolgreichen – bürgerlichen Revolution von 1848 erkämpft worden. Auch danach griff allerdings der Obrigkeitsstaat mit Zensur und Verbot in die Pressefreiheit ein, so vor allem während des «Sozialistengesetzes». Wirkliche Freiheit der Meinungsäußerung gab es in Deutschland erst in der Zeit der Weimarer Republik (1918–1933). Hier zeigte sich freilich, daß Pressefreiheit noch nicht Existenz einer freiheitlichen Presse verbürgt. Eine der mächtigsten Meinungsfabriken der Weimarer Zeit war der Hugenberg-Konzern, der mit Zeitungen, Nachrichtendiensten und Filmen zur Zerstörung der Demokratie und zur Machtergreifung des Faschismus in Deutschland beitrug.

Die Erwartungen, die man im offiziellen politischen Selbstverständnis der BRD in die demokratische Funktion der Presse und der anderen Massenmedien setzt, sind recht hoch angesetzt. Das Bundesverfassungsgericht hat näher beschrieben, welche Freiheit das Grundgesetz in seinem fünften Artikel garantieren will:

«Eine freie, nicht von der öffentlichen Gewalt gelenkte, keiner Zensur unterworfene Presse ist ein Wesensmerkmal des freiheitlichen Staates, insbesondere ist eine freie, regelmäßig erscheinende politische Presse für die moderne Demokratie unentbehrlich. Soll der Bürger politische Entscheidungen treffen, muß er umfassend informiert sein, aber auch die Meinungen kennen und gegenseitig abwägen können, die andere sich gebildet haben. Die Presse hält diese ständige Diskussion in Gang, sie beschafft die Informationen, nimmt selbst dazu Stellung, wirkt damit als orientierende Kraft in der öffentlichen Auseinandersetzung» (Bundesverfassungsgericht in einem Urteil vom 5.8.1966). Es versteht sich, daß mit dieser Funktionsbeschreibung neben der Presse immer auch die anderen Massenmedien gemeint sind.

Bei anderer Gelegenheit hat das Bundesverfassungsgericht Pressefreiheit als «Bestand einer relativ großen Zahl von selbständigen und nach

Tendenz, politischer Färbung und weltanschaulicher Grundhaltung miteinander konkurrierenden Presseerzeugnissen» beschrieben.

Noch anschaulicher hat einmal der frühere Bundespressechef Karl-Günther von Hase die Anforderungen an eine demokratische Presse formuliert:

«Dem Grundgesetz steht das Bild der Presse vor Augen als ein Stück der freien Gesellschaft, dem frischen Luftzug des Wettbewerbs ausgesetzt, der immerzu neue Talente, neue Presseunternehmen, neue Presseorgane nach vorn bringt... Im Bereich der Presse ist es ganz wesentlich, daß von der Freiheit, die jedem zusteht, auch tatsächlich jeder, zumindest eine Vielzahl, Gebrauch machen kann.»[1]

Die Pressefreiheit, einst in langwierigen Kämpfen dem Obrigkeitsstaat abgerungen, soll demnach durch gleichgewichtige Konkurrenz, durch gegenseitige Kontrolle, durch Neugründungen und steten Wandel gesichert werden.

Diese Vorstellung orientiert sich am Bild der Marktwirtschaft, der konkurrierenden Vielfalt wirtschaftlicher Unternehmen, die auch der Neugründung gleiche Chancen bietet. Dieses Bild stimmt aber mit der Realität der Wirtschaft unserer Gesellschaft heute nicht mehr überein. Auch die Presse ist längst in den Sog entgegengesetzter Tendenzen der wirtschaftlichen Entwicklung geraten. Die Zahl der selbständigen Tageszeitungen ist in der BRD seit etwa 1955 ständig zurückgegangen. Aus der Statistik ergibt sich folgendes Bild (siehe Tabelle auf Seite 146).

Tageszeitungen mit selbständigen Redaktionen sind in der BRD seit Mitte der fünfziger Jahre um mehr als die Hälfte reduziert; aber auch der Großteil dieser «selbständigen Redaktionen» ist an einige wenige große Zeitungskonzerne gebunden, die auch bei der Gesamtauflage der Tagespresse dominieren. Von einem «frischen Luftzug des Wettbewerbs» und einer «Vielzahl konkurrierender Meinungen» kann bei der Tagespresse vor allem dort keine Rede mehr sein, wo sich in Großstädten Verlagsmonopole herausbilden oder wo in Stadt- und Landkreisen überhaupt nur noch eine lokale Tageszeitung existiert. Diese Tendenz zu lokalen Tageszeitungs-Monopolen setzt sich verstärkt fort.

Im Bereich der Publikumszeitschriften ist die Auflagenkonzentration bei wenigen Großverlagen noch erheblich stärker fortgeschritten als bei den Tageszeitungen: Bei laufend gewachsener Gesamtauflage entfällt hier auf 30 von insgesamt etwa 250 Titeln ein Marktanteil von rund 70 Prozent, in den sich die vier Verlagsgruppen Bauer, Springer, Burda und Gruner & Jahr/Bertelsmann teilen.[2] Die Gesamtauflage der Publikums-

1 Politischer Club Tutzing: Umstrittene Pressefreiheit, München 1967
2 Zur Pressekonzentration vgl. die jeweiligen Übersichten von H. H. Diederichs in der Zeitschrift Media Perspektiven

Verkaufte Auflage ausgewählter Zeitungen und Zeitschriften
Stand: jeweils 4. Vierteljahr

	1960	1970	1980	1985	1986
	in 1000				
Bild-Zeitung	3114,5	3391,4	4710,2	5065,1	4716,5
Süddeutsche Zeitung	199,5	258,8	330,5	355,5	364,6
Frankfurter Allgemeine	220,8	255,1	312,2	327,3	340,0
Die Welt	224,6	225,5	203,7	202,4	214,8
Frankfurter Rundschau	101,6	146,5	183,9	192,1	191,4
Handelsblatt	24,3	54,8	83,3	95,2	122,4
Bild am Sonntag	1508,6	2168,9	2462,9	2327,5	2325,7
Die Zeit	78,7	262,0	388,8	433,2	448,1
Welt am Sonntag	355,4	340,3	325,8	323,7	325,5
Bayernkurier	25,0	121,2	179,1	157,0	159,1
Deutsches Allgemeines Sonntagsblatt	110,6	112,6	125,3	119,2	120,7
Rheinischer Merkur[1]	48,6	50,3	141,3	125,0	119,5
Der Spiegel	340,6	890,4	947,6	926,8	895,6
Capital	9,6[2]	165,0	227,5	255,9	276,2
Impulse	–	–	120,0[3]	125,2	128,1
manager magazin	–	–	70,0[3]	70,8	72,8
industriemagazin[3]	–	26,4[4]	59,8	79,9	81,3
Wirtschaftswoche	10,0	41,3	109,6	119,0	127,6
Stern	1259,1[5]	1634,0[5]	1740,4	1431,4	1406,1
Bunte Illustrierte	786,6	1702,2	1425,4	1110,2	1063,3
Neue Revue[6]	.	1760,8	1238,4	1086,0	1047,1
Quick	1202,2	1432,4	974,2	852,4	815,9

1 Ab 1. Quartal 1980 fusioniert mit Christ und Welt.
2 4. Quartal 1963.
3 Garantiert in der Zielgruppe verbreitete Auflage.
4 4. Quartal 1971.
5 Ohne Österreich.
6 Seit Aug. 1965 aus dem Zusammenschluß von Revue und Neue Illustrierte entstanden.

Quelle: Institut der deutschen Wirtschaft

zeitschriften lag 1986 in der BRD bei ca. 100 Millionen, demgegenüber
die der Tageszeitungen bei ca. 24 Millionen.

Ohne Zweifel beherrschen in immer größerem Umfange einige Groß-
verlage den Pressemarkt der Bundesrepublik. Angesichts dessen wird das
Urteil verständlich, das der durchaus konservative Publizist Paul Sethe
abgab: «Pressefreiheit in der Bundesrepublik ist die Freiheit von 200 reichen Leuten, ihre Meinung zu verbreiten. Journalisten, die diese Meinung teilen, finden sie immer. Frei ist, wer reich ist. Das ist nicht von Karl
Marx, sondern von Paul Sethe.»

Die Pressekonzentration hat ihre Ursachen in Bewegungsgesetzen der
Wirtschaft, denen auch der publizistische Unternehmer sich anzupassen

hat – wenn er Unternehmer bleiben will. Viele Unternehmer auf dem Pressesektor haben das Rennen um höhere Marktanteile, modernere Herstellungstechniken, größere Anzeigeneinnahmen nicht durchhalten können.

Die neu entwickelten Herstellungstechniken für Zeitungen und Zeitschriften erforderten immer höhere Kapitalinvestitionen, die sich nur die wirklich großen Zeitungsverlage erlauben konnten. Wer bereits Massenauflagen erreicht hat, kann sich neue und moderne Maschinen leisten und dadurch den Abstand zu den mittleren und kleineren publizistischen Unternehmen wiederum vergrößern. Wer moderne Druckverfahren benutzt, kann pro Stück kostengünstiger produzieren. Und wer die bessere Druckqualität und den größeren Marktanteil vorweisen kann, hat alle Aussichten, auch bei der Konkurrenz um die Inserate (vor allem die Anzeigen der Markenartikelindustrie) die mittleren und kleineren und weniger kostspielig hergestellten Zeitungen und Zeitschriften aus dem Felde zu schlagen.

Hinzu kommen die Vorteile des Großverlages beim Vertrieb und bei der Eigenwerbung. Die Grossisten, die den Zeitungs- und Zeitschriftenvertrieb für die Kioske beherrschen, bevorzugen Blätter mit Massenauflage, und für sie ist es rationell, wenn sie ihre Ware von einigen wenigen Großunternehmen beziehen können. Ein Verlag, der bereits über mehrere Zeitungen und Zeitschrifen mit hoher Auflage verfügt, kann direkt oder indirekt in seinen Organen gegenseitige Werbung betreiben. Er hat damit die bessere Chance, eine neue Publikation überhaupt erst einmal den möglichen Käufern bekannt zu machen. Der Volkswirtschaftler Werner Hofmann hat diese Zusammenhänge auf eine nüchterne Formel gebracht: «Presse ist ein Gewerbe. Sie geht auf Gewinn. Sie verbreitet Nachricht, Meinung, Unterhaltung als Ware und unterliegt damit den Gesetzen der Warenproduktion.»[1]

Der Kampf um den größeren Marktanteil, der den Trend zur Pressekonzentration vorantreibt, richtet sich nicht auf den Markt der Leser, sondern mehr noch auf den der Inserenten. Zeitungen und Publikumszeitschriften ziehen ihre Gewinne längst zum größten Teil aus den Anzeigen, die sie veröffentlichen, und nicht etwa aus den Zahlungen der Abonnenten und Käufer. Die Einnahmen der Tageszeitungen in der Bundesrepublik stammen zur Zeit durchschnittlich zu 30 % aus dem Verkaufserlös, zu 70 % aus dem Inseratengeschäft. Bei den Illustrierten liegt das Verhältnis noch eindeutiger zugunsten der Inserate.

So wird übrigens auch erklärlich, weshalb gelegentlich Zeitschriften mit hohen Auflagen plötzlich ihr Erscheinen einstellen. Schon ein leichter Rückgang des Anzeigengeschäfts kann eine Publikation zum Tode verur-

1 W. Hofmann in B. Jansen und A. Klönne: Imperium Springer, Köln 1968

teilen, da die hier ausfallenden Einnahmen angesichts des Konkurrenz-drucks nicht durch Steigerung des Verkaufspreises wettgemacht werden können.

Eine boshafte Bemerkung über das Zeitungs- und Zeitschriftenge-schäft besagt, der redaktionelle Teil der Presse sei heute nur noch «die Fortsetzung der Anzeige mit anderen Mitteln».

In der Tat muß bei Publikationen, die ihre Einnahmen zum größeren Teil durch Inserate gewinnen, die verlegerische Kalkulation in erster Li-nie auf den Anzeigenraum als Ware gerichtet sein, die dann durch einen redaktionellen Teil und durch ein nachgewiesenes Leserpublikum absetz-bar wird.

Unter solchen Umständen ist es für die Presse außerordentlich schwierig, jene Aufgabe wahrzunehmen, die ihr in einer demokrati-schen Gesellschaft zugeschrieben wird, nämlich: unabhängig von fal-schen Rücksichtnahmen an der Herausbildung einer freien öffentlichen Meinung mitzuwirken. Die Abhängigkeiten, die das Inseratengeschäft mit sich bringt, liegen nicht einmal so sehr in der direkten Einfluß-nahme von Inserenten auf den redaktionellen Teil, obwohl auch solche Steuerungsversuche immer wieder vorkommen. Viel wirkungsvoller ist ein indirekter Mechanismus, den der Zeitungswissenschaftler Otto B. Roegele beschreibt als «Rücksichtnahme auf mögliche oder wirk-liche, vermutete oder erklärte Empfindlichkeiten der wirtschaftlichen Interessenten», als die Entstehung von «Schweigezonen, die … einan-der nicht aufheben, sondern sich summieren und zu einem System wei-ßer Flecken auf der Landkarte der in den Zeitungen behandelten The-men auswachsen».

Im Unterschied etwa zu den USA sind in der Bundesrepublik die neben der Presse wirkungsvollsten Massenmedien, nämlich Fernsehen und Rundfunk, zunächst als «Anstalten des öffentlichen Rechts», also nicht privatwirtschaftlich organisiert worden.

Zwar heißt es in der Verfassung der Bundesrepublik, «jeder hat das Recht, seine Meinung in Wort und Bild frei zu äußern und zu verbreiten», aber bei Rundfunk und Fernsehen war es schon aus technischen Gründen (es standen nicht genügend Frequenzen zur Verfügung) gar nicht denk-bar, daß jeder von diesem Recht Gebrauch machte. Technische Schwie-rigkeiten, der enorme finanzielle Aufwand bei der Einrichtung von Funk-und Fernsehsendern und die Einsicht, daß es deshalb bei diesem Medium in jedem Falle ein Oligopol geben würde, veranlaßten die Volksvertre-tungen der Bundesrepublik seinerzeit dazu, Funk und Fernsehen nicht der Gewerbefreiheit privater Unternehmen zu überlassen, sondern – so-zusagen am Rande des Staates – als öffentlich-rechtliche Anstalten einzu-richten. Angesichts dessen und aufgrund der staatlich eingetriebenen Benutzergebühren waren Rundfunk und Fernsehen den Zwängen privatwirtschaftlicher Rentabilität, wie sie sich in der Presse so problematisch bemerkbar machen, zunächst entzogen.

Andererseits liegt bei einer solchen Lösung die Gefahr autoritär-staatlicher Lenkung der Rundfunk- und Fernsehanstalten nahe.

Die Staatsverträge und Gesetze der Bundesländer, die den rechtlichen Rahmen für Funk und Fernsehen in der BRD abgeben, enthalten deshalb sämtlich Bestimmungen etwa folgenden Inhalts:

«Der... (folgt die Angabe des Senders) hat seine Sendungen im Rahmen der verfassungsmäßigen Ordnung zu halten. Er hat die weltanschaulichen, wissenschaftlichen und künstlerischen Richtungen zu berücksichten... Er darf nicht einseitig einer politischen Partei oder Gruppe, einer Interessengemeinschaft, einem Bekenntnis oder einer Weltanschauung dienen.»

Die Vielfalt von Meinungen und Standpunkten soll bei den öffentlich-rechtlichen Funk- und Fernsehanstalten also durch die Verpflichtung auf eine pluralistische Redaktionspolitik gewährleistet werden.

Die Rundfunk- und Fernsehräte als Selbstverwaltungsorgane der Sender sollen durch ihre Zusammensetzung sichern, daß Berichterstattung und Meinungsäußerungen in Funk und Fernsehen nicht einseitig werden; deshalb sind in ihnen die großen Parteien, gesellschaftlichen Gruppen usw. nach bestimmten, etwas wechselnden Verteilerschlüsseln vertreten.

Auch diese Konstruktion hat freilich ihre Schattenseiten. Sie kann dahin führen, daß kritische Stimmen verstummen, weil die Intendanten, die Programmdirektoren, die Redakteure nach Möglichkeit jeden Anstoß vermeiden wollen. Da in den Aufsichtsgremien der politische Proporz regiert, kann jede entschiedene Kritik an oder zwischen den Parteien oder gesellschaftlichen Großorganisationen zum Risiko werden; risikolos ist dann am ehesten eine routinierte Farblosigkeit gesellschaftlicher Stellungnahmen.

Vergleicht man das Programm der westdeutschen Fernsehanstalten mit den Funk- und Fernsehsendungen vieler anderer Länder, so stellt sich immerhin heraus, daß das Programm in der BRD relativ viel politisch informierende und gesellschaftlich kritische, auch anspruchsvolle Sendungen bringt.

Nach jahrelangen Auseinandersetzungen sind heute private Funk- und Fernsehangebote selbstverständlicher Teil der Massenmedien auch in der Bundesrepublik. Ökonomisch kam aber vor allem das Interesse zum Zuge, den Werbemarkt auch im Funk- und Fernsehbereich zu öffnen. Das Bundesverfassungsgericht hat mit einer Entscheidung vom Juni 1981 den Zugang privater Träger zu Funk und Fernsehen grundsätzlich für legitim erklärt, sofern eine gewisse Staatsaufsicht gewährleistet sei.

Übrigens sind auch die öffentlich-rechtlichen Rundfunk- und Fernsehanstalten der Bundesrepublik in zunehmendem Maße Geschäftsunter-

nehmen, wenn auch eigener Form. Bis auf den Deutschlandfunk und die
Deutsche Welle bringen alle Sender Werbung, und die Werbeeinnahmen
stiegen schneller als die Einnahmen aus den Benutzergebühren.

Hinzu kommt, daß die Fernsehanstalten einen immer größeren Teil
ihrer Sendungen von Ateliergesellschaften produzieren lassen, bei denen
meist Sender und Privatunternehmer gemeinsam als Gesellschafter fun-
gieren. Die privatwirtschaftliche Produktion von TV-Sendungen nahm in
dem Maße zu, wie das Kassettenfernsehen sich ausbreitete.

Seit längerem schon stellten sich die privaten publizistischen Großunternehmen auf die Informationsindustrie im Medienverbund ein. Eine
solche Tendenz stützt sich auf die «technische Revolution» im Informa-
tionssektor, also auf die enorm erweiterten Möglichkeiten der Übertragung und Speicherung von Bild und Text, etwa durch Satellitensender,
durch das Kabelfernsehen, durch Bildschirm- und Videotexte, Bildplat-
ten u. ä. m.[1] Die in diesem Bereich interessierten Unternehmen realisieren über diese technischen Neuerungen neue Chancen der Vermarktung,
des Anlagenbaus, der Gerätelieferung und des Programmverkaufs.

Die Tendenz zu einer «Informations- und Unterhaltungsindustrie im
Medienverbund», konzentriert vor allem bei wenigen kapitalkräftigen
Großunternehmen, taucht am Horizont auf. Diese Großunternehmen
können in technisch höchstentwickelter Form und mit größter kommerzieller Rationalisierung Wort-, Bild- und Tonproduktion betreiben, von
der Papierherstellung über die zentrale «Informations-Bank» bis zu Bü-
chern, Zeitschriften, Schallplatten, Filmen, Lernmaschinen und Ton-
Film-Kassetten und privaten Funk- und Fernsehsendern.

Pressefreiheit war einmal gedacht als Möglichkeit für jeden Bürger,
sich durch freien Zugang zu Informationen ein eigenes Urteil über seinen
gesellschaftlichen Standort zu bilden und die gesellschaftlich Mächtigen
durch Öffentlichkeit und Kritik unter Kontrolle zu nehmen. Entwickeln
sich die Medien, die dieses Interesse des Bürgers vermitteln sollen, nun
zum Instrument der Verhaltenssteuerung des Bürgers im Interesse der
wirtschaftlich Mächtigen?

Es gibt in der Bundesrepublik eine Reihe von Vorschlägen, wie man
den politischen Gefahren, die aus publizistischer Konzentration herrüh-
ren, entgegenarbeiten könnte. Zur Diskussion steht u. a.: publizistische
Konzerne einer bestimmten Größenordnung zu entflechten; privatwirtschaftliche Machtzusammenballungen in der Informationsindustrie unter
öffentliche Kontrolle zu nehmen; durch einen «Anzeigenpool» auf genos-
senschaftlicher Basis die unmittelbare Abhängigkeit der Medien vom Inseratengeschäft aufzulösen; durch gesetzlich verankerte Selbstbestim-

1 Vgl. C. Eurich: Das verkabelte Leben, Reinbek 1983; K. Betz u. H. Holzer (Hrsg.): Totale
   Bildschirmherrschaft?, Köln 1983

mungsrechte der Redaktionen publizistische und kommerzielle Funktionen zu trennen.

Das zuletzt genannte Konzept, unter dem Stichwort «innere Pressefreiheit» geläufig geworden, ist in einigen Verlagen bereits ansatzweise realisiert. Auch in den öffentlich-rechtlichen Funk- und Fernsehanstalten könnten die Mitbestimmungsmöglichkeiten der Journalisten ausgebaut werden. Die angedeuteten Reformvorschläge sind nicht problemlos; zudem stoßen sie auf massive politisch-ökonomische Gegeninteressen. Ganz gewiß können aber die überkommenen Vorstellungen über Gewerbefreiheit, Privatbesitz, Eigentumsrecht usw. gerade im Bereich der Informationsindustrie zu fragwürdigen Vorwänden werden, wenn den Grundsätzen unserer Verfassung, also dem Recht auf Freiheit der Information und Meinungsäußerung, unter den Produktionsbedingungen von heute und morgen Geltung verschafft werden soll. Die Chance einer Meinung, öffentlich zu werden, muß in unserem gesellschaftlichen System ohne Zweifel immer wieder neu gegen Widerstände durchgesetzt werden.

Wertewandel und politische Entwürfe

An den Schwierigkeiten, das überkommene Konzept der Pressefreiheit unter den Bedingungen einer hochkonzentrierten Medienindustrie zu realisieren, werden auch generelle Probleme des Begriffs von Demokratie heute deutlich. Das historische, liberale Modell der «öffentlichen Meinung» konnte sich auf unproblematische Weise auf das Prinzip der Rationalität, der rationalen Meinungsbildung durch ständige Diskussion berufen: Die «ideelle» und zeitweise praktische Gleichheit der Ausgangspositionen am Markt begründete eine prinzipielle Übereinstimmung der Interessen, innerhalb derer dann Entscheidung durch Diskussion möglich war. Eine solche Vorstellung von öffentlicher Meinung und der gesellschaftliche Zusammenhang, dem sie entsprang, drängten dabei mit einer gewissen Zwangsläufigkeit auf Parlamentarisierung, das heißt auf die repräsentative Zusammenfassung der öffentlichen Diskussion in einer zentralen Institution gegenüber der Staatsgewalt, letztere soweit wie möglich beschränkend. Die historisch festzustellende enge Verbindung von Pressefreiheit und Parlamentarismus war insofern nicht einfach einem gleichen abstrakten ideologischen Ausgangspunkt zuzurechnen, sondern Pressefreiheit wie Parlamentarismus waren Ausformungen des gleichen bürgerlichen Interesses.

Nun ist dieses liberale Konzept von Meinungsbildung freilich, soweit es historisch Realität gewinnen konnte, relativ bald in Verunsicherung geraten, und zwar in dem Maße, in dem sich die sozialökonomische Basis

dieses Konzepts veränderte. Teilhabe an der räsonierenden Öffentlichkeit, ob durch den Parlamentarismus oder durch die Presse verwirklicht,
setzte dem liberalen Verständnis nach zunächst wie selbstverständlich
Besitz voraus. Pressefreiheit war dem klassischen liberalen Begriff
nach eine Funktion *privaten Eigentums*, sozial eingeschränkt wie andere
Rechte.

Mit fortschreitender Veränderung der sozialen Basis erwies sich diese
Beschränkung von Grundrechten als unhaltbar; das liberale Konzept der
Grundrechte wurde mehr und mehr ausgedehnt zu einem – nicht mehr an
Eigentumstitel gebundenen – demokratischen Konzept. Auf der anderen
Seite wandelten sich Eigentumsstruktur und Wirtschaftsverfassung; um
es abgekürzt zu sagen: der frühe Konkurrenzkapitalismus wuchs hinüber
in den oligopolistischen oder monopolistischen Kapitalismus. Diese bei-
den entgegengesetzten, aber zugleich aufeinander bezogenen Entwick-
lungslinien sind es, die mit ihren Folgeerscheinungen dem altliberalen
Konzept den Boden entzogen.

Das liberale Konzept der Einschränkungen öffentlicher Rechte auf Eigentümer verlor ebenso an Überzeugungsfähigkeit wie die ideologische
Voraussetzung dieses Konzepts, nämlich die Behauptung, daß bei hinrei-
chender Tüchtigkeit und Energie für jedermann der Aufstieg in den Status des Eigentümers und damit die Teilhabe an der institutionalisierten
Öffentlichkeit erreichbar sei.

Seit der Einführung des allgemeinen, gleichen Wahlrechts drohte ökonomisch herrschenden Interessen die Gefahr, daß die wahlberechtigte
Bevölkerung über eine Mehrheit im Parlament, der Legislative, strukturell verändernd in die wirtschaftliche Sphäre eingreifen könnte. Auch die
«große» Wirtschaft in privater Verfügung ist aber andererseits längst
in vielfältiger Weise auf stützende Interventionen des Staates angewiesen.

Die Folge der demokratischen Entwicklung war zuerst, daß die private,
in der öffentlichen Meinung bis dahin nichtthematisierte Sphäre des Eigentums, der ökonomischen Ordnung, der Wirtschaftsprozesse und ihrer
Steigerung zur *öffentlichen* Angelegenheit und zum Gegenstand der öffentlichen politischen Debatte wurde. Potentiell gerieten damit aber auch
Grundrechte und die jeweils herrschenden gesellschaftlichen und wirtschaftlichen Verhältnisse in Konflikt, insoweit jedenfalls, als diese zur
öffentlichen Angelegenheit gewordene Sozial- und Wirtschaftsverfassung «Besitzstandsverteidigungscharakter» hat, der nun nicht nur allein
das Großkapital meint, sondern ebenfalls die riesigen Gruppen der «normalen» Bevölkerung, die ihren unterdessen rechtlich erheblich abgesicherten «Besitzstand» verteidigen.

Damit stellt sich die Situation heute recht kompliziert dar. Einerseits
sind kompakte Machtansprüche besonders im Bereich des Großkapitals

immer noch ein Teil des Profils möglicher Konflikte. Aber schon hierbei ist zu berücksichtigen, daß neben den Prozeß der Konzentration des Großkapitals in der Tat eine breite Eigentumsstreuung getreten ist, die eine Mehrheit der Bevölkerung sensibel gegenüber dem Thema «Privateigentum» macht. Daneben ist aber durch die gewachsenen «unkündbaren Anrechte» – besonders im öffentlichen Dienst, aber nicht nur dort – eine derart große Zahl von Bundesbürgern (und Westberlinern) «versorgt», daß man heute von Millionen von «Anrechtsmillionären» in der Bundesrepublik sprechen kann, d. h. von Beamten und Angestellten, die unkündbare Bezugs- und Altersversorgungsanrechte in einer Höhe haben, deren individual-wirtschaftliche Sicherung in jedem Einzelfall ein Millionenkapital erfordern würde (s. hierzu in Kapitel III). Diese hohe Absicherung eines erheblichen Teils der Bevölkerung auf der einen Seite und die – im Weltvergleich – immer noch respektable Absicherung im «sozialen Netz» auf der anderen Seite stellen Quellen der Ermutigung dar – die Lebensqualität in der Bundesrepublik wird hoch eingeschätzt.

Dies ist kein schlechter Boden für die Bewährung einer freiheitlichen, auf den sozialen Ausgleich abzielenden Politik. Materielle Notzeiten sind gerade in der deutschen Geschichte dem demokratischen Politikentwurf nicht gut bekommen.

Insofern muß also auch aus Gründen des Demokratieschutzes Interesse daran bestehen, die Produktivität der Bundesrepublik zu erhalten und auszubauen; eine Rückkehr zu vorindustriellen Formen des Wirtschaftens bietet höchstens für experimentierende Minderheiten eine Chance.

Strittig wird aber seit einigen Jahren die Frage, ob die Weiterentwicklung des ökonomischen Potentials der Gesellschaften vom Typ der Bundesrepublik die sozialstaatliche Regulierung noch brauche – oder noch zulasse. Auf Zukunft hin, so wird von neokonservativer oder neoliberaler Seite her gesagt, sei nur eine Gesellschaft konkurrenzfähig, die sich von arbeits- und sozialrechtlichen Bindungen weitgehend löse und damit Leistungsimpulse freisetze.

Der sozialstaatliche Konsens ist in der Bundesrepublik nicht mehr durchgängig gegeben; darüber hinaus tritt eine Gesellschaftsphilosophie neu oder wieder auf, die das «Recht auf soziale Ungleichheit» verkündet. Von hier aus liegt der gedankliche Übergang zu einem Politikentwurf nahe, dem das Prinzip der gleichen Existenzrechte für alle Menschen (und für alle Völker) als «Humanitätsduselei» erscheint. Mit dem Wertesystem der Verfassung der Bundesrepublik läßt sich eine solche Einstellung nicht vereinbaren.

Die verfassungsmäßige Festlegung von Grundrechten war das Ergebnis eines jahrhundertlangen Kampfes gegen Unterdrückung und Ungleichheit. Der Kampf um die Grundrechte war auch dann nicht abgeschlossen, als diese in der Verfassung verbürgt waren.

Der Grundrechtskatalog unserer Verfassung wird allerdings nur dann mit Leben erfüllt, wenn Bürger einerseits bereit sind, Grundrechte auch in Anspruch zu nehmen und im gesellschaftlichen Alltag durchzusetzen, oftmals gegen noch mächtige Traditionen, gegen kapitalmächtige Interessen und auch gegen Verwaltung und Justiz, in denen häufig noch die «obrigkeitsstaatliche» Vorstellung zu herrschen scheint, der Bürger sei für die Verwaltung da – und nicht die Verwaltung für den Bürger. Solcher Anmaßung kann und muß auf der Basis der Grundrechte entgegengetreten werden.

Andererseits können die Grundrechte nur realisiert werden, wenn die Bürger auch in Hinsicht auf ihre *Verpflichtungen* verantwortungsbewußt und leistungsbereit sind. Die Verwirklichung der Grundrechte ist auch nicht unabhängig von der Form ihrer Beanspruchung und noch weniger vom materiellen Standard, das heißt der gesamtgesellschaftlichen Produktivität und einer vernünftigen Verteilung ihrer Resultate. Die Verwirklichung von Grundrechten wird schwieriger, je schmaler die wirtschaftliche Basis einer Gesellschaft ist.

Die Beanspruchung der Grundrechte muß also mit Vernunft geschehen. Daß Bürgerrechte wie Versammlungsfreiheit und Freiheit der Meinungsäußerung nach unserer Verfassung höheren Rang haben als Interessen kommunaler Ordnungsämter – diese Erkenntnis zum Beispiel hat sich erst durchgesetzt, als politische Demonstrationen solche Rechte ungewohnterweise praktizierten. Dieser Anspruch wurde wieder beschädigt, als diese Rechte gewalttätig überzogen wurden.

Gruppen und Bewegungen, in denen Bürger die Durchsetzung von Grundrechten und die Vertretung ihrer Interessen am Ort selbst in die Hand nehmen, gibt es seit den sechziger Jahren in der Bundesrepublik in zunehmendem Maße. Bürgerinitiativen wenden sich z. B. unter Berufung auf das Grundrecht körperlicher Unversehrtheit gegen die Umweltzerstörung; die Frauenbewegung wendet sich unter Berufung auf den Gleichheitsgrundsatz gegen die soziale Benachteiligung von Frauen; Bürgerinitiativen setzen sich für Veränderungen im Schul- und Ausbildungssystem ein, um das Recht auf freie Entfaltung der Persönlichkeit zur Geltung zu bringen; eine neue Friedensbewegung protestierte gegen das Konzept der Abschreckung durch Massenvernichtungsmittel. Solche «Basisaktivitäten» können der Politik neue Impulse geben, sie können berechtigte gesellschaftliche Interessen zum Ausdruck bringen, die in den großen Parteien und Verbänden nicht ohne weiteres zum Zuge kommen. Bürgerinitiativen gehen von einer sehr realistischen Annahme aus: Die eingefahrenen politischen Parteien und Verbände und die Berufspolitiker aller Art vertreten die Interessen derjenigen, die sie zu repräsentieren beanspruchen, immer nur soweit, als Bewegung von unten sie unter Druck setzt.[1]

Allerdings können auch Bürgerinitiativen nicht so etwas wie «direkte», «unvermittelte» Demokratie herstellen. Das politische Entscheidungssystem kann heute nicht mehr so funktionieren, als ob jede kleinste gesellschaftliche Einheit isoliert existiere oder spontan und in jedem Moment widerruflich ihre politischen Fragen lösen könne. Eine hochentwickelte Industriegesellschaft braucht langfristige und großräumige Regulierungen. Das zeigt sich schon in der Kommunalpolitik; notwendigerweise schließen sich die Gemeinden heute zu größeren Planungseinheiten zusammen, und selbst der Nationalstaat ist als Rahmen für wirtschaftliche und politische Strukturentscheidungen längst zu eng geworden. Eben deshalb hat Demokratisierung (ein Begriff, der die Realität besser trifft als der Begriff «Demokratie», der den trügerischen Schein des Abgeschlossenen nahelegt) beides zur Bedingung: Mitbestimmung über die großräumigen gesellschaftlichen Entwicklungsrichtungen und Prioritäten (was nur mittels großer Organisationen und Parteien möglich ist) – *und* immer neu sich entwickelnde politische Aktivitäten an der Basis.[2]

Demokratischen Aktivitäten an der Basis standen nun allerdings gerade in der Bundesrepublik mancherlei Barrieren im Wege.

Die überkommene «Staatsgläubigkeit» vieler Bürger unseres Landes, die weithin verbreitete Gleichsetzung von Staat und Regierung, das potentielle Bedürfnis nach einer «starken Hand» in Krisenzeiten, die eigentümliche Schwäche oder Mißachtung außerparlamentarischer demokratischer Initiativen, die obrigkeitliche Binnenstruktur vieler Parteien und Verbände – dies alles erinnerte daran, daß Demokratie 1945 für Westdeutschland zunächst nur ein Siegergeschenk war. Immerhin ist der Umgang mit demokratischen Formen in der Bundesrepublik inzwischen nicht ohne Erfolg geblieben. Die «Verinnerlichung» des demokratischen Prinzips und die progressive Demokratisierung gesellschaftlicher Strukturen und Institutionen stoßen jedoch schon deshalb auf erhebliche Schwierigkeiten, weil die in unserem Lande erst spät geschaffenen liberalen und parlamentarischen Einrichtungen einer weitgehend vergangenen Phase der sozialen und politisch-ökonomischen Entwicklung entstammen und heute – nicht nur in der Bundesrepublik – zunehmend in Funktionsschwierigkeiten geraten sind. In diesem Zusammenhang tritt schärfer denn je die Differenz zwischen der Eigengesetzlichkeit gesamtgesell-

1 Vgl. hierzu B. Guggenberger: Bürgerinitiativen in der Parteiendemokratie, Stuttgart 1980; B. Guggenberger u. C. Offe: An den Grenzen der Mehrheitsdemokratie, Opladen 1984

2 Vgl. dazu K.-W. Brand u. a.: Aufbruch in eine andere Gesellschaft. Neue soziale Bewegungen in der Bundesrepublik, Frankfurt 1983; R. Roth und D. Rucht (Hrsg.): Neue soziale Bewegungen in der Bundesrepublik Deutschland, Bonn 1987

schaftlich relevanter ökonomischer Entscheidungen und dem Anspruch der Demokratie zutage. In der Verfassungswirklichkeit der Bundesrepublik sind wirtschaftsdemokratische Vorstellungen auch deshalb nicht zum Zuge gekommen, weil sich begründete Zweifel einstellten, ob die gegebenen ökonomischen Probleme durch sie gelöst werden könnten. Statt dessen haben bei uns alle vom «Wirtschaftswunder» profitierenden Gruppen – die Mehrheit der Bevölkerung – versucht, ihren «Besitzstand» zu erweitern und rechtlich möglichst hoch abzusichern, und die Interessen wirtschaftlicher Oligarchien haben mehr und mehr die politische Willensbildung zu bestimmen versucht.[1]

Die «Verstaatlichung der Gesellschaft», die zugleich «Vergesellschaftung des Staates» ist, entzieht dem überkommenen Konzept des liberalen, parlamentarischen Rechtsstaates den Boden; bleibt einerseits die zunehmend konzentrierte Wirtschaftsmacht demokratischer Kontrolle entzogen und ist andererseits Anrechtsdenken von sozialen Gruppen nicht offen für die Lösung neu auftretender sozialer Fragen, so führt diese Entwicklung offensichtlich zu einer Entleerung demokratischer Institutionen, zur Akkumulation gesellschaftspolitischer Entscheidungsgewalt bei den Zentren privater Kapitalmacht und zur Bewegungsunfähigkeit der politischen Entscheidungsgremien auf allen Ebenen.

Auf der anderen Seite enthalten die gesellschaftlichen Veränderungen, die scheinbar diesen Prozeß im Sinne eines «Sachzwangs» vorantreiben, tatsächlich auch Chancen einer fundamentalen Demokratisierung.

Die um 1968 in der Bundesrepublik auftretende gesellschaftliche Oppositionsbewegung der jüngeren Generationen spiegelte diese Alternative wider. Opposition entzündete sich hier vor allem an dem Widerspruch zwischen dem heutigen Stand der industriell-technischen und wissenschaftlichen Produktivkräfte und dem System ihrer Verwendung, ebenso an dem Widerspruch zwischen den Prinzipien der Volkssouveränität und der gesellschaftlichen Chancengleichheit auf der einen, autoritären politischen und gesellschaftlichen Entscheidungssystemen und ungleicher Verteilung sozialer Chancen auf der anderen Seite. Die Jugendrevolte thematisierte diese Widersprüche in einem Protest, der freilich nicht frei war von irrationalen Zügen und schicht- und generationsspezifischen Beschränktheiten.

Dennoch ist jenen Interpretationen zu widersprechen, die die Jugendrevolte von 1966/68 lediglich als Weigerung gegenüber (nicht weiter zu prüfenden) «Anpassungsforderungen» der Industriegesellschaft ansahen und sie damit gesamtgesellschaftlich für irrelevant erklärten. Sowenig die programmatischen Aussagen einer solchen Bewegung erschöpfende Aus-

1 Vgl. dazu einerseits: J. Hirsch: Der Sicherheitsstaat, Frankfurt 1980, und andererseits die Studie von Francois de Closets: Toujours plus!, Paris 1982

kunft über ihren Motivationszusammenhang und ihre realen gesellschaftlichen Folgen geben, so wenig vermag der Hinweis auf die innere Problematik der Jugendrevolte den Problemcharakter der von ihr thematisierten gesamtgesellschaftlichen Fragen zu entkräften. Anders ausgedrückt: Wenn einer Oppositionsbewegung teilweise irrationale Motivationen, Verhaltensweisen und auch Zielvorstellungen innewohnen (welche historische Opposition wäre davon frei gewesen!), so beweist das keineswegs die Rationalität der von dieser Opposition angegriffenen Strukturen, im Gegenteil: gerade die Schwierigkeiten bei dem Versuch, Oppositionsfunktionen auszuüben, den Schritt von der «großen Weigerung» zur «bestimmten Negation» zu tun, indizierten tiefliegende Strukturprobleme unserer gesellschaftlichen Gegenwart.

Die von Bürgerinitiativen, neuen sozialen Bewegungen und einer außerparlamentarischen Opposition angeregten Reformversuche haben das Bild der Politik in der Bundesrepublik seit etwa 1969 zunehmend beeinflußt.

Die von hier aus angeregte Reformpolitik (so etwa in Sachen Bildungswesen, Arbeitsförderung, Städteplanung und Raumordnung, soziale Sicherung) blieb nicht ohne Erfolg im Detail, aber stieß strukturell immer wieder an harte Grenzen ihrer Möglichkeiten, wobei sich ein Bevorzugen administrativer Regelungen häufig rächte. Insbesondere blieb die Hoffnung auf staatliche Reformpolitik dort ohne Effekt, wo sie den Interessen industriellen Wachstums und festgeschriebener Vorstellungen von Kapitalverwertung massiv zuwiderlief und auf den politischen Willen einer wirtschaftlichen Interessenposition stieß, die auf nachhaltige Weise in Entscheidungsprozesse der formellen politischen Entscheidungsinstanzen eingreifen kann und deren Einflußnahme überwiegend gerade dort zu finden war und ist, wo sie sich keineswegs naivöffentlich darstellt.

Diese extra-konstitutionelle Souveränität privatwirtschaftlicher Machteliten gegenüber den legalen oder konstitutionellen Entscheidungsinstanzen realisiert sich nur zum geringsten Teil über konventionelle Einflußmechanismen wie etwa Lobbyismus, Parteienalimentierung oder ähnliches, sie liegt vielmehr darin begründet, daß unter den gegenwärtigen Umständen eine Regierung um ihren Rückhalt in Bevölkerung und Wählerschaft fürchten muß, wenn sie der Eigendynamik wirtschaftlicher Interessen zuwiderhandelt. Mit einem Satz: unter den gegenwärtigen Umständen kann keine Regierung in der Bundesrepublik (und in ähnlich strukturierten Staaten) ohne weiteres jenem Grundgesetz zuwiderhandeln, das zwar nicht in der Verfassung steht, das aber die politische Ökonomie dieser Gesellschaft beherrscht, nämlich dem Gesetz der Kapitalverwertung und Gewinnmaximierung in privater Hand. Dieser Herrschaftsmechanismus funktioniert um so eindeutiger, je stärker sich Kapitalverfügung konzentriert und je intensiver die jeweilige Volkswirtschaft in den Weltmarkt und seine Konkurrenz einbezogen ist. Nationalstaatlich organisierte Parlamentsdemokratie gerät demgegenüber leicht ins Hintertreffen.

Unter diesen Aspekten erwies sich die politische Entwicklung in der Bundesrepublik seit Bildung der Großen Koalition 1969 als höchst widersprüchlich. Der Eintritt der SPD in die Regierung und mehr noch die Übernahme der Führungsrolle in Bonn durch diese Partei weckten offensichtlich Erwartungen sowohl bei der sozialen Basis der SPD, also weiten Teilen der Arbeiter und Angestellten, als auch bei Kapitalgruppen. In der Formel von der Notwendigkeit der Reformpolitik schienen sich unterschiedliche und kontroverse soziale Interessen zusammenzufinden. Der Versuch, Reformpolitik zu praktizieren, brachte jedoch Enttäuschungen für beide Seiten mit sich. So erklärt sich, daß spätestens ab 1972 die Regierungspolitik einerseits wieder auf stärkere Abneigung bei den traditionellen ökonomischen Machtgruppen stieß, andererseits aber auch unter den Lohnabhängigen an Kredit einbüßte und sich bis ins Stammpotential der SPD hin Verdrossenheit ausbreitete – die Frage, in wessen Interessen Reformen angebahnt werden sollten, war von vornherein nicht wirklich beantwortet worden, viele Folgeprobleme waren völlig übersehen oder unterschätzt worden.

Die «Tendenzwende», von der man in der Bundesrepublik ab 1974 sprach, war insofern mitbedingt durch den Verfall jener Hoffnungen, die man einige Jahre hindurch in die reformpolitischen Fähigkeiten der SPD gesetzt hatte.

Daß zeitweilige politische Bewegungen auf der Linken («APO») nicht zu konkreten Konzepten durchstießen und in sektiererische, gerade für die Arbeiterschaft bedeutungslose «revolutionäre» Kleinparteien ausliefen, brachte die Forderung nach gesellschaftlichen Alternativen zusätzlich in Mißkredit.

Entscheidend war aber die allgemeine Einsicht, daß weder Produktivitäts- noch Verteilungsprobleme durch eine schlichte «Überführung in Gemeineigentum» gelöst werden können. «Konservative» Politik gewann wieder an Boden. Dies fand auch seinen Ausdruck in der Rückkehr der Unionsparteien in die Rolle der führenden Kraft auf der Ebene der Bundes-Regierungspolitik.

Auch neue Neigungen zu rechtsextremen Weltbildern (Fremdenhaß, Antipluralismus, Autoritarismus) wurden unverkennbar. Andererseits traten neue «antiautoritäre» Bewegungen auf, so etwa die Ökologiebewegung, die Friedensbewegung und die in ihren Resultaten recht erfolgreiche Frauenbewegung. Bei den «grünen» oder «bunten» Alternativgruppierungen kommt so etwas wie ein «Wertewandel» zum Vorschein, eine auch politisch wirksame Abwendung gerade jüngerer und höher qualifizierter Menschen vom industriegesellschaftlichen Wachstumsmodell und von der «Verstaatlichung» der Lebensvollzüge. Die überkommene Polarisierung von «rechten» und «linken» Politikvorstellungen scheint hier aufgehoben zugunsten einer Konfrontation von «Alternativlern» und «Traditionalisten» in bezug auf die Industriegesellschaft. Auch diese Strömung fand Ausdruck im parlamentarischen System in den Erfolgen der Partei der «Grünen».

Über längerfristige gesellschaftspolitische Orientierungen ist damit allerdings vorerst noch wenig ausgesagt, und es mag sein, daß bei zunehmendem Problemdruck sich die «Wertelandschaft» und auch die Parteienkonstellation noch weiter verändern.

Ein solcher Problemdruck ist vor allem von der technologischen Entwicklung her zu erwarten, die selbstverständlich nicht ablösbar von der sozio-ökonomischen Entwicklung überhaupt gedacht werden kann. Es zeichnet sich ab, daß hier auch die Bundesrepublik mehr und mehr in krisenhafte Situationen und strukturelle Probleme hineingerät, so etwa durch die «Krise der Arbeitsgesellschaft», die sich die Arbeit selbst wegnimmt, aber auch durch die «neuen Risiken» der technisch-wissenschaftlichen Expansion.[1]

Daß in der Vergangenheit die politische Entwicklung in der Bundesrepublik ohne große Reibungsverluste vonstatten und das «Staatsgeschäft» verhältnismäßig glatt ging, hing sicherlich damit zusammen, daß seit den fünfziger Jahren kaum größere ökonomische Belastungen des politischen Systems auftraten und der allgemeine Anstieg des Wohlstandes soziale Interessengegensätze befrieden konnte. Der hohe Grad an Konformität und die konzeptionelle Kompromißfähigkeit der großen Parteien, die sich auf diese Weise herausbildeten, könnten sich in Krisenzeiten als recht problematisch erweisen. In der Gesellschaft der Bundesrepublik durchaus existierende Basiskonflikte haben bisher in der Parteienkonstellation und in der veröffentlichten Meinung nur zögernd Ausdruck gefunden; verschärfen sich aber die sozialen Widersprüche, so wird die Haltbarkeit des demokratisch-rechtsstaatlichen Systems geradezu davon abhängen, ob Veränderungen im gesellschaftlichen Problemfeld sich auf der Ebene der «offiziellen» Politik artikulieren können. Stabilität eines politischen Systems darf nicht mit Starrheit verwechselt werden. Wer sich nicht rechtzeitig daran gewöhnt, Demokratie als ein Feld weitreichender Konflikte auch auf der Zielebene anzusehen, wird, wenn die realen gesellschaftlichen Gegensätze stärker hervortreten, seine Zuflucht leicht in autoritären Modellen suchen.

Andererseits hat der für Gesellschaften wie die Bundesrepublik in der Gegenwart konstatierte «Wertewandel» als (um den üblichen, freilich

---

1 Dazu U. Beck: Risikogesellschaft. Auf dem Weg in eine andere Moderne, Frankfurt 1986; ferner C. Eurich: Die Megamaschine, Darmstadt 1988

mißverständlichen Begriff aufzunehmen) «Hinwendung zum Postmaterialismus» einen Zugewinn an Sensibilität für Umweltprobleme, an Verständnis für gesellschaftlichen Pluralismus, an freier Äußerung eigener Bedürfnisse und an Selbstbestimmung des Lebensentwurfs erbracht.

Es verbindet sich damit aber auch eine Tendenz zum Rückzug ins Private, in die Problemregelung im kleinen, überschaubaren Bereich, also die Abwendung von Politik als gesamtgesellschaftlichem Entwurf – was verständlich ist angesichts des Scheiterns historischer Utopien. Das Sicheinrichten in einer «neuen Unübersichtlichkeit» kann in die «organisierte Unverantwortlichkeit»[1] umschlagen, in eine Verhaltensweise, die von der Politik als Gestaltung Abschied nimmt, wenn nur Selbstverwirklichung in der persönlichen Sphäre nicht angetastet wird. Eine solche «Postmoderne» müßte Abstand von den Gedanken nehmen, daß Menschen mittels politischer Diskussion und Entscheidung ihre Geschichte – wenn auch vorgefundenen Bedingungen – selbst machen können.

Zu überlegen ist, wie entgegen solchen wenig menschenfreundlichen Aussichten Politik ihre Verantwortung neu formulieren und in Form bringen kann.

---

1 Siehe U. Beck: Gegengifte. Die organisierte Unverantwortlichkeit, Frankfurt 1988

III. Wirtschaftliche Strukturen und Probleme

Die ökonomischen Verhältnisse eines Landes bilden Grundbedingungen des politischen Systems, einschließlich des Rechtssystems; andererseits wird das Wirtschaftssystem wiederum politisch gesteuert, und die Mechanismen einer solchen Steuerung erhalten zum Teil Rechtscharakter. Die politische und wirtschaftliche Verfassung einer Gesellschaft bildet den Rahmen, innerhalb dessen Individuen und soziale Gruppen sich einrichten; immer bleibt jedoch zwischen der politischen und ökonomischen Realität und den Wünschen und Wertsetzungen von Individuen und gesellschaftlichen Gruppen eine mehr oder weniger große Differenz und damit unter Umständen auch die Tendenz, gesellschaftliche Verhältnisse neu zu ordnen. Es ist deshalb angebracht, nach der Schilderung des politischen Systems der Bundesrepublik und vor der Analyse der Lebens- und Handlungschancen des Individuums und der sozialen Gruppen eine Darstellung der wirtschaftlichen Strukturen Westdeutschlands einzufügen.

Größe und Ergiebigkeit des agrarisch oder industriell bewirtschafteten Gebietes, Struktur, Dichte und Qualifikation der Bevölkerung, Entwicklungsstand und Produktivität der einzelnen Wirtschaftsbereiche, Art und Umverteilung des erwirtschafteten Wertes, Eigentums- und Verfügungsverhältnisse, wirtschaftliche Funktionen des Staates und internationale Verflechtung charakterisieren das Wirtschaftssystem eines Landes. Im folgenden soll die westdeutsche Gesellschaft im Hinblick auf diese Merkmale geschildert werden.

Einführende Daten

Die Bundesrepublik Deutschland umfaßt – einschließlich West-Berlin – ein Gebiet von 248709 qkm mit einer Bevölkerung von 61,08 Millionen (1988) Einwohnern. Sie steht ihrer flächenmäßigen Ausdehnung nach an 67. Stelle unter den Ländern der Erde, der Bevölkerung nach jedoch an elfter Stelle. Damit gehört die BRD zu den am dichtesten besiedelten Ländern der Erde (1988: 246 Einwohner je qkm inkl. West-Berlin). Diese hohe Bevölkerungsdichte wurde insbesondere durch die starke Zuwanderung der Vertriebenen nach 1945 erreicht und durch den ständigen Zustrom von Flüchtlingen von 1945 bis zur Errichtung der Mauer in Berlin und der scharfen Absperrung der Grenzen der DDR im Jahre 1961 noch gesteigert. So gelangten bis Ende 1961 8956000 Vertriebene und 3099000 Flüchtlinge in die Bundesrepublik, das waren ca. 21,4 v. H. der Bevölkerung der BRD im Jahre 1961.

Die Bundesrepublik Deutschland ist nach den USA, UdSSR und Japan die viertgrößte Industrienation der Erde. Sie wurde durch Japan 1968 vom bis dahin eingenommenen dritten Platz verdrängt.

Die Aufwärtsentwicklung der industriellen Produktion in der Bundesrepublik wurde «Wirtschaftswunder» genannt, ein Begriff, mit dem auf der einen Seite die Erholung der (west-)deutschen Wirtschaft gekennzeichnet wurde, der auf der anderen Seite aber auch darauf hinweisen sollte, daß diese Wirtschaft den Standard, der vor 1945 bereits erreicht worden war, weit überholt hat.

Die Phasen und die wirtschaftlichen Bereiche, in denen Produktion und Bruttosozialprodukt der Bundesrepublik ihren Aufschwung fanden, werden aus den Übersichten auf den folgenden Seiten deutlich.

Der Aufschwung der westdeutschen Industrie hing eng zusammen mit der Entwicklung des Beschäftigungsgrades. Dieser Aspekt verliert bei weiter fortschreitender Automatisierung der Industrie und vieler Dienstleistungen an Bedeutung, da dann hohe Produktivität mit noch geringerem Einsatz von Menschen möglich ist. Die rekonstruierende Phase der wirtschaftlichen Entwicklung in der BRD war aber noch im wesentlichen durch den immer intensiveren Einsatz von Erwerbspersonen bestimmt, allerdings bei zunehmender Technisierung der Produktionsverfahren mit schnell steigender Produktivität pro Kopf. Im Jahr 1950 hatte die BRD bei knapp 50 Millionen Einwohnern ca. 22 Millionen Erwerbspersonen und 1584000 Arbeitslose; d. h., etwa 7 v. H. der Erwerbspersonen waren ohne Arbeit. 1956 war diese Zahl (bei 53 Millionen Einwohnern und 24595000 Erwerbspersonen) auf 765000 oder 3,1 v. H. gesunken. 1967 waren es (bei 59 Millionen Einwohnern und 26200000 Erwerbspersonen) 459000 Arbeitslose und damit weniger als 2 v. H. Bis 1971 hat sich dieses Verhältnis weiter verbessert; ab 1973/74 allerdings stieg die Zahl der Arbeitslosen erheblich an; gegenwärtig liegt die Quote der Nichtbeschäftigung bei etwa 9 v. H. Neben dieser Quote ist der Anteil der Erwerbspersonen an der Gesamtbevölkerung bemerkenswert. Er beträgt in der BRD ca. 45 v. H. (1986), ein Verhältnis, das im mittleren Durchschnitt der anderen Industrienationen liegt. Diese Erwerbsquote ist auch durch die weitverbreitete Mitarbeit von Frauen im Wirtschaftsprozeß zu erklären (1986 waren ca. 34 v. H. der weiblichen Bevölkerung in das Erwerbsleben einbezogen). Eine in hohem Grade erwerbstätige Bevölkerung haben nun aber auch Agrarstaaten aufzuweisen. Der Anteil der Erwerbstätigen in einer Bevölkerung sagt also nur bedingt etwas über wirtschaftlichen

Standard oder über wirtschaftliche Leistungsfähigkeit aus. Ein Blick auf die Beschäftigungsstruktur der Bevölkerung – hier an Hand erster Zahlen über die Wirtschaftssektoren, in denen die Arbeitskräfte beschäftigt sind – gibt einen weiteren Hinweis auf die Quellen der Produktivität in der Bundesrepublik. Der immer mehr abnehmende Prozentsatz derjenigen, die in der Landwirtschaft tätig sind, sowie die etwa 41 v. H. der Erwerbstätigen, die im Bereich des produzierenden Gewerbes arbeiten, dokumentieren den Industriestatus der BRD.

Erwerbsquoten international
Erwerbspersonen in Prozent der Wohnbevölkerung
der entsprechenden Altersgruppe 1985

	Männer im Alter von			Frauen im Alter von		
	20–24	25–54	55–64	20–24	25–54	55–64
USA	84,7	93,1	67,3	71,9	69,5	41,7
Japan	70,1	96,7	83,0	71,9	60,3	45,3
BR Deutschland	76,8	91,5	56,2	69,2	56,7	21,6
Frankreich	77,7	95,9	50,1	66,0	68,9	31,0
Italien	72,8	95,0	55,2	59,6	48,0	15,5
Niederlande	74,2	92,6	53,6	71,6	46,5	14,5
Schweden	83,0	95,2	76,0	81,0	88,9	59,9
Spanien	78,8	94,1	66,3	54,7	35,2	19,9
Großbritannien	84,9	93,8	68,3	68,2	67,2	34,8

Quellen: International Labour Office: OECD   © Deutscher Institut-Verlag

Die steigenden Zahlen im Dienstleistungssektor verweisen aber darauf, daß die Bezeichnung Industriestaat allein heute nicht mehr charakterisierend ist. Wie auch in anderen industrialisierten Nationen haben in der BRD tiefgreifende Wandlungen stattgefunden, die es berechtigt erscheinen lassen, die BRD eher als «Industrie- und Dienstleistungsgesellschaft» zu bezeichnen.[1]

Der Charakter der Wirtschaft der Bundesrepublik als einer Industrie- und Dienstleistungswirtschaft wird zusätzlich erkennbar, wenn man die Entwicklung der Beiträge der einzelnen Wirtschaftsbereiche zur Bruttowertschöpfung verfolgt; dabei wird auch der zunehmende Stellenwert der Dienstleistungen deutlich.

1 Vgl. J. Gershuny: Die Ökonomie der nachindustriellen Gesellschaft, Frankfurt 1981

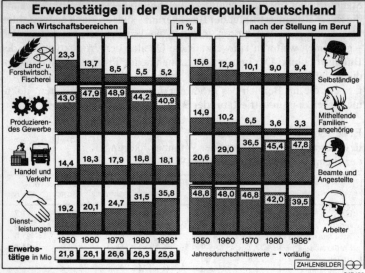

Erwerbstätige in der Bundesrepublik Deutschland

nach Wirtschaftsbereichen					in %					nach der Stellung im Beruf				
Land- u. Forstwirtsch., Fischerei	23,3	13,7	8,5	5,5	5,2	15,6	12,8	10,1	9,0	9,4				Selbständige
Produzieren-des Gewerbe	43,0	47,9	48,9	44,2	40,9	14,9	10,2	6,5	3,6	3,3				Mithelfende Familien-angehörige
Handel und Verkehr	14,4	18,3	17,9	18,8	18,1	20,6	29,0	36,5	45,4	47,8				Beamte und Angestellte
Dienst-leistungen	19,2	20,1	24,7	31,5	35,8	48,8	48,0	46,8	42,0	39,5				Arbeiter
	1950	1960	1970	1980	1986*	1950	1960	1970	1980	1986*				
Erwerbs-tätige in Mio	21,8	26,1	26,6	26,3	25,8	Jahresdurchschnittswerte – * vorläufig								

ZAHLENBILDER

© Erich Schmidt Verlag GmbH   247 130

Bevölkerungsentwicklung, Qualifikationsstruktur und Arbeitskräftepotential

Die Lage einer Volkswirtschaft wird nicht zuletzt durch das Bevölkerungspotential bestimmt, also durch die Zahl der Arbeitskräfte, der zu
Versorgenden und der Konsumenten. Strukturwandlungen in der Bevöl-
kerungsgliederung bleiben nicht ohne Wirkung auf die Struktur der
Volkswirtschaft. Wenn man die Beziehungen zwischen Bevölkerung und
Arbeitskräftepotential deutlich machen will, dann ist es notwendig, die
Faktoren zu bestimmen, die innerhalb des gegebenen Rahmens der gesamten Bevölkerungszahl den Grad und die Art menschlicher Arbeitskraft bestimmen.

Die Größe des Arbeitspotentials wird im Verhältnis zur Bevölkerungszahl schon dadurch reduziert, daß im allgemeinen erst von einem bestimmten Mindestalter an und nur bis zu einem bestimmten Höchstalter
Erwerbstätigkeit in Frage kommt. Die Grenzen hierfür sind gesellschaftlich und individuell ohne Zweifel variabel, doch gibt es in den Industrienationen heute durchweg Regelungen, die Altersgrenzen bei der Erwerbstätigkeit von Arbeitnehmern festlegen. Die Statistik hat im Hinblick auf
diese Grenzen die Kategorie der «Personen im erwerbsfähigen Alter»

Wertschöpfung in der BRD nach Wirtschaftsbereichen, in Prozent

Jahr	Brutto-wert-schöpfung insgesamt	Unter-nehmen	davon				Staat, private Haushalte und private Organisatio-nen ohne Erwerbs-charakter
			Land- und Forst-wirt-schaft	Waren-produ-zierendes Gewerbe	Handel und Verkehr	Dienst-leistun-gen	
1960	100	88,4	4,9	50,3	15,8	17,4	11,6
1965	100	89,0	3,6	52,1	15,9	17,3	11,0
1970	100	89,4	3,4	52,8	15,9	17,3	10,6
1975	100	88,3	3,3	50,2	15,4	19,5	11,7
1978	100	88,9	3,2	50,3	15,6	19,8	11,1
1981	100	86,5	2,2	46,3	14,7	23,4	13,5
1987	100	86,3	1,5	42,4	14,6	27,8	13,7

Quelle: Statistisches Jahrbuch 1988, S. 546

eingeführt, zu denen die Statistik der Bundesrepublik alle Männer und Frauen im Alter von 15–65 Jahren rechnet.

Eine Vielzahl von Faktoren führt nun dazu, daß auch von den Personen im erwerbsfähigen Alter nur ein Teil dem effektiven Arbeitskräftepotential zugerechnet werden kann.

Zunächst wird das Arbeitskräftepotential durch die unterschiedliche Beteiligung von Frauen und Männern am Erwerbsleben begrenzt; die Stellung von Frauen zum Erwerbsleben und die Möglichkeiten verheirateter Frauen, am Erwerbsleben teilzunehmen, sind je nach sozialen Schichten und Familienverhältnissen recht unterschiedlich. Dies hat zur Folge, daß gerade bei Frauen die Beteiligung am Erwerbsleben in den einzelnen Lebensphasen variiert.

Das Arbeitskräftepotential einer Gesellschaft wird in seiner Entwicklung mitbestimmt auch durch die Struktur der Haushalte.

Die Beteiligung am Erwerbsleben wird ferner durch die regionale Struktur der Arbeitsplätze und der Arbeitsstätten beeinflußt; arbeitsbereite Menschen, die in Regionen beheimatet sind, die keine günstigen Arbeitsplätze anbieten, können für Arbeitsplätze in anderen Gegenden möglicherweise nicht verfügbar gemacht werden, weil sie nicht gewillt sind, ihre Wohnorte aufzugeben. Immerhin zeigten die Wanderungen der Vertriebenen innerhalb des Bundesgebietes und die Abwanderung aus ländlichen Gebieten, wie das Arbeitspotential durch eine neue räumliche Verteilung der Bevölkerung erheblich ausgeweitet werden kann. Verkehrserschließungen eines Gebietes und Motorisierung der Bevölkerung können in gewissem Umfang Diskrepanzen zwischen Bevölkerungsverteilung und Verteilung der Arbeitsplätze überbrücken. Auch die Struktur

Bevölkerung am 31. 12. 1986 nach Altersgruppen und Familienstand

Alter von... bis unter... Jahren	Ledig				Verheiratet				Verwitwet				Geschieden			
	männlich		weiblich		männlich		weiblich		männlich		weiblich		männlich		weiblich	
	1000	%	1000	%	1000	%	1000	%	1000	%	1000	%	1000	%	1000	%
unter 15	4609,3	100	4408,5	100	-	-	0,0	0,0	-	-	0,0	0,0	-	-	-	-
15–20	2314,5	99,8	2163,2	98,3	3,6	0,2	37,3	1,7	0,0	0,0	0,1	0,0	0,0	0,0	0,2	0,0
20–25	2530,2	90,9	1967,8	75,3	244,7	8,8	632,0	23,8	0,2	0,0	1,3	0,0	7,5	0,3	22,2	0,8
25–30	1506,5	59,0	857,5	35,9	985,5	38,6	1431,8	60,0	0,9	0,0	5,7	0,2	60,1	2,4	91,6	3,8
30–35	718,6	32,2	375,5	17,6	1394,2	62,5	1607,3	75,5	2,8	0,1	13,2	0,6	114,0	5,1	132,7	6,2
35–40	420,1	19,8	182,4	9,0	1549,3	73,0	1658,1	81,9	6,9	0,3	27,3	1,3	147,5	6,9	157,5	7,8
40–45	244,6	12,9	113,5	6,2	1492,0	78,7	1516,4	82,8	10,7	0,6	43,9	2,4	148,0	7,8	157,0	8,6
45–50	241,4	9,7	132,8	5,5	2053,7	82,4	2000,5	83,0	24,8	1,0	102,4	4,2	171,0	6,9	174,5	7,2
50–55	143,9	7,2	115,4	5,9	1702,3	85,6	1576,9	80,6	34,5	1,7	152,3	7,8	107,7	5,4	112,0	5,7
55–60	91,7	5,2	132,4	7,2	1554,0	87,8	1361,7	74,2	53,9	3,0	251,1	13,7	69,4	3,9	89,9	4,9
60–65	54,5	4,0	174,8	9,0	1202,9	88,2	1230,7	63,2	65,1	4,8	445,7	22,9	40,7	3,0	96,0	4,9
65–70	32,5	3,4	134,7	8,6	830,4	86,8	776,0	49,5	69,0	7,2	579,3	36,9	24,7	2,6	78,0	5,0
70–75	30,7	3,6	127,0	8,2	705,0	81,7	528,6	33,9	107,8	12,5	834,9	53,6	19,4	2,2	67,7	4,3
75 und mehr	56,7	4,2	291,9	9,8	858,7	63,9	477,3	16,0	405,9	30,2	2127,0	71,3	21,6	1,6	88,4	3,0
Insgesamt	*12995,2*	*44,4*	*11177,3*	*35,1*	*14576,3*	*49,8*	*14825,7*	*46,5*	*782,5*	*2,7*	*4584,3*	*14,4*	*931,5*	*3,2*	*1267,7*	*4,0*
dagegen am 31. 12. 1985	12922,9	44,3	11171,3	35,1	14596,8	50,0	14830,3	46,6	782,3	2,7	4602,9	14,5	887,9	3,0	1225,9	3,9

Aus: Statistisches Jahrbuch für die Bundesrepublik Deutschland 1988, S. 64

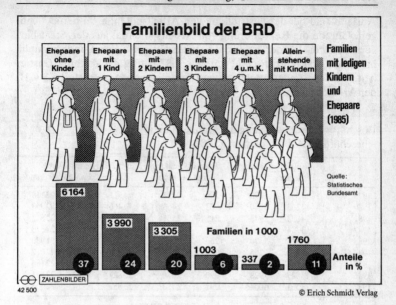

Familienbild der BRD

| Ehepaare ohne Kinder | Ehepaare mit 1 Kind | Ehepaare mit 2 Kindern | Ehepaare mit 3 Kindern | Ehepaare mit 4 u.m.K. | Allein-stehende mit Kindern |

Familien mit ledigen Kindern und Ehepaare (1985)

Quelle: Statistisches Bundesamt

6164

3990

3305

Familien in 1000

1003

1760

337

Anteile in %

37 · 24 · 20 · 6 · 2 · 11

ZAHLENBILDER
42 500

© Erich Schmidt Verlag

des Angebotes an Arbeitsplätzen wirkt sich auf das Angebot an Arbeitskräften aus. Verheiratete Frauen werden sich unter Umständen eher für eine Erwerbstätigkeit entscheiden, wenn ihnen eine Teilzeitarbeit angeboten werden kann. Die Höhe der Löhne oder Gehälter und das Steuersystem beeinflussen die Entscheidung verheirateter Frauen für eine außerhäusliche Tätigkeit ebenso. Einen unverhältnismäßig hohen Anteil bei der Frauenerwerbstätigkeit hat die – häufig durch die Umstände erzwungene – Teilzeitbeschäftigung, siehe auch hierzu die nachfolgende Tabelle.

Außerordentlich wichtige Faktoren für die Abgrenzung des Potentials an Arbeitskräften sind die Dauer der Schulausbildung und das System der Berufsausbildung. Gerade die Qualifikationsstruktur einer Gesellschaft gibt aufschlußreiche Einsichten nicht nur in die wirtschaftliche, sondern auch in die politische und soziokulturelle Verfassung eines Landes. Eine hohe Zahl von Arbeitskräften besagt für sich allein noch wenig, da sie für traditionale Gesellschaften wie für Industriegesellschaften gelten kann. Erst die Beantwortung der Frage, wie qualifiziert diese Arbeitskräfte sind, erklärt den Unterschied zwischen beiden Gesellschaftsformen. Schließlich ist zu berücksichtigen, inwieweit durch Militärdienstpflicht ein Teil der Personen im erwerbsfähigen Alter dem Arbeitspotential entzogen wird; auch die Abwanderung inländischer Arbeitskräfte ins Ausland und der Zustrom von Arbeitskräften aus dem

Ausland sind bei der Feststellung von Arbeitspotential zu berücksichtigen. Gerade die Rekrutierung von Arbeitspotential aus den Staatsbürgern anderer Länder ist für die Volkswirtschaft der Bundesrepublik historisch charakteristisch geworden. 1987 betrug die Zahl der Gastarbeiter in der Bundesrepublik etwa 1,5 Millionen, das sind etwa 6,3 v. H. der Arbeitnehmer.

Beschäftigungsentwicklung bei Männern und Frauen
– beschäftigte Arbeitnehmer in 1000 –

| | Vollzeitbeschäftigte | | Teilzeitbeschäftigte | | Beschäftigte insgesamt | | |
	Männer	Frauen	Männer	Frauen	Männer	Frauen	Summe
1970	14391	5690	220	1837	14611	7527	22138
1980	14263	6030	203	2463	14466	8493	22959
1981	14093	5948	215	2561	14308	8509	22817
1982	13754	5883	195	2546	13949	8429	22378
1983	13415	5570	260	2743	13675	8313	21988
1984	13350	5766	286	2615	13636	8381	22017
1985[1]	13436	5865	274	2711	13710	8476	22186
1986[1]	13537	5928	290	2676	13827	8604	22431
1987[1]	13561[2]	6004[2]	291[2]	2710[2]	13852	8714	22566
			in vH				
1970–1987	−5,8	+5,5	+32,2	+47,5	−5,2	+15,7	+1,9
1984–1987	+1,5	+4,1	+ 1,7	+ 3,6	+1,6	+ 4,0	+2,5

1 vorläufig
2 Berechnet auf der Grundlage der Teilzeitquote von 1986

Quelle: Arbeitskräftegesamtrechnung des IAB; Berechnungen des WSI

Ein Versuch, die Bevölkerungsbewegung und ihren Einfluß auf die Entwicklung des Arbeitspotentials in den wichtigsten Tendenzen zu kennzeichnen, ergibt folgendes Bild:

Alle industrialisierten Länder haben in den letzten 150 Jahren eine deutliche Wandlung ihrer «generativen Struktur» durchgemacht. Die Sterblichkeit ist in diesem Zeitraum ständig gesunken und scheint sich jetzt auf einem relativ niedrigen Niveau zu stabilisieren. Die Sterbeziffern zeigen diesen Tatbestand deutlich: während in Deutschland 1875 auf 1000 Einwohner noch 27,6 Gestorbene entfielen (ohne Totgeborene), hält sich der Wert seit 1930 bei 11 v. T. Der Rückgang der Mortalität ist in erster Linie mit dem Sinken der Säuglingssterblichkeit und der Kindersterblichkeit zu erklären. Andererseits ist aber auch die Geburtenhäufigkeit ebenso wie die Sterblichkeit stark gesunken. Durch diese Entwicklung haben sich in den letzten hundert Jahren bezeichnende Veränderungen im Altersaufbau der Bevölkerung ergeben; hinzu kommen kurzfristige

Einwirkungen, bedingt durch die beiden Weltkriege. Bei einer normal verlaufenden weiteren Entwicklung kann angenommen werden, daß die Sterblichkeit in Zukunft noch um einiges sinken wird. Es ergibt sich daraus die Wahrscheinlichkeit einer höheren «Belastungsquote» im Bevölkerungsaufbau, d. h. eines höheren Anteils der über 65jährigen Menschen gegenüber den Personen im erwerbstätigen Alter. Die Zahl der Geburten in Westdeutschland stieg nach 1946 zunächst kontinuierlich an und erreichte mit mehr als einer Million Lebendgeborenen im Jahre 1964 ihren Höhepunkt; der Geburtenüberschuß betrug in diesem Jahr mehr als 400000 Personen. Seit 1964 sank dann die Geburtenziffer rasch ab; seit 1974 zeigte die Bevölkerungsentwicklung eine «Unterbilanz» von mehr als 100000 Personen jährlich. Seit 1980 hat sich diese Tendenz etwas abgeschwächt.

Altersaufbau der Bevölkerung der Bundesrepublik

| Jahr | Prozent-Anteile der Altersgruppe | | | |
| | unter 15 Jahre | 15–60 Jahre | über 60 Jahre | Spalte 1+3 |
	1	2	3	4
1950	23,5	62,7	13,8	37,3
1955	21,2	64,0	14,8	36,0
1960	21,6	62,0	16,4	38,0
1965	22,6	59,3	18,1	40,7
1970	23,2	57,6	19,2	42,4
1975	21,2	58,7	20,1	41,3
1980	17,8	62,8	19,4	37,2
1986	14,7	64,7	20,6	35,3

Als langfristiger historischer Trend bleibt aber zu beobachten, daß die Bevölkerung der Bundesrepublik erheblich «älter» geworden ist und sich auch weiterhin die Altersklassenzusammensetzung von den jüngeren zu den älteren Jahrgängen verschieben wird.

Waren 1970 noch ca. 23 v. H. aller Einwohner der Bundesrepublik jünger als 15 Jahre, so hat sich nach Ergebnissen der Volkszählung im Jahre 1987 diese Altersgruppe auf ca. 14 v. H. reduziert. Die Tendenz zur Überalterung wird freilich gebremst durch Zuwanderungen von «Gastarbeiter»-Familien und Aussiedlern oder Asylsuchenden. Das Übergewicht der jüngeren Jahrgänge ist hier unverkennbar.

In den Entwicklungstendenzen, durch die die «einheimische» Bevölkerungsstruktur gekennzeichnet ist (und von denen mit zeitlicher Verzögerung dann auch die zugewanderten Bevölkerungsgruppen erfaßt werden), kommt ein epochaler Wandel des sozialen Verhaltens und der «Lebensplanung» zum Ausdruck; der Rückgang der Kinderzahl hat seine Entsprechungen darin, daß der Anteil alleinlebender Menschen an-

Ausländer nach Altersgruppen, Familienstand und Aufenthaltsdauer

Stichtag 31. 12. Gegenstand der Nachweisung	Insgesamt		Darunter nach der Staatsangehörigkeit								
	1000	%	Griechenland	Italien	Jugoslawien	Niederlande	Österreich	Polen	Portugal	Spanien	Türkei
							1000				
1985	4378,9	–	280,6	531,3	591,0	108,4	172,5	104,8	77,0	152,8	1401,9
1986	4512,7	–	278,5	537,1	591,2	109,0	174,6	116,9	78,2	150,5	1434,3
1987	4630,2	100	279,9	544,4	597,6	109,3	177,0	142,2	79,2	147,1	1481,4
1987 nach dem Geschlecht											
Männlich	2627,7	56,8	151,4	332,8	331,4	57,8	99,7	79,0	42,0	83,0	841,2
Weiblich	2002,5	43,2	128,5	211,6	266,2	51,5	77,3	63,2	37,2	64,1	640,2
1987 nach Altersgruppen Alter von ... bis unter ... Jahren											
unter 6	323,4	7,0	14,0	39,6	29,9	2,0	3,5	7,2	3,8	5,2	153,3
6–10	260,7	5,6	12,8	27,6	33,3	1,5	3,1	5,2	3,6	5,3	121,2
10–15	368,7	8,0	24,4	37,2	52,4	3,1	6,2	5,6	7,0	10,1	169,8
15–18	236,5	5,1	17,1	24,7	28,2	3,3	5,8	2,6	4,9	7,3	109,9
18–21	234,1	5,1	17,1	30,7	17,4	4,2	7,9	3,1	5,0	8,1	97,8
21–35	1249,2	27,0	62,7	170,4	87,7	29,0	49,3	54,0	17,7	31,5	354,7
35–45	947,1	20,5	47,8	95,9	187,0	25,5	50,2	30,7	18,0	29,0	232,1
45–55	630,5	13,6	54,6	71,0	113,5	13,8	27,8	10,7	14,5	29,3	197,9
55–65	254,2	5,5	25,4	35,3	40,9	10,7	11,4	11,6	4,1	18,4	39,7
65 und mehr	125,8	2,7	4,0	12,1	7,3	16,2	11,7	11,5	0,6	3,0	5,0
1987 nach dem Familienstand											
Ledig	2395,1	51,7	140,0	310,3	267,7	41,4	81,0	54,4	38,9	77,8	818,4
Verheiratet	2109,0	45,5	134,5	225,6	311,3	60,9	85,2	78,6	39,2	66,9	645,1
Verwitwet/ geschieden	126,1	2,7	5,4	8,5	18,6	6,9	10,8	9,2	1,0	2,3	17,9

Aussiedler nach Herkunftsgebieten und Altersgruppen

Herkunftsgebiet / Alter von... bis unter... Jahren	1968 bis 1980	1981	1982	1983	1984	1985	1986	1987
Insgesamt	*460888*	*69455*	*48170*	*37925*	*36459*	*38968*	*42788*	*78523*
nach Herkunftsgebieten								
Polnischer Bereich	247319	50983	30355	19122	17455	22075	27188	48419
darunter:								
Ostpreußen (südlicher Teil)	47127	4177	2941	1163	694	758	890	1359
Oberschlesien	142951	22773	14191	8815	7229	8222	10052	19815
Sowjetischer Bereich	64460	3773	2071	1447	913	460	753	14488
Bulgarien	139	18	16	3	19	7	5	12
Jugoslawien	9208	234	213	137	190	191	182	156
Rumänien	90471	12031	12972	15501	16553	14924	13130	13990
Tschechoslowakei	41467	1629	1776	1176	963	757	882	835
Ungarn	5065	667	589	458	286	485	584	579
Sonstige Länder	2759	120	178	81	80	69	64	44
nach Altersgruppen								
unter 6	33974	5351	3594	3063	2506	2607	2955	7378
6-18	100945	11516	7674	6635	5540	6303	7108	14217
18-25	51509	9983	6166	4215	4269	4358	4799	7855
25-45	146923	25377	14861	11780	13247	13353	14821	27978
45-65	86662	12937	11112	8957	8244	8506	8515	14113
65 und mehr	40875	4291	4763	3275	2653	2701	2860	4283

Quelle: Statistisches Jahrbuch für die Bundesrepublik Deutschland 1988, S. 68, 84

wächst und die Stabilität von Ehen rückläufig ist. Der Lebensentwurf «Familienverband, auf Dauer angelegt» hat an Stellenwert verloren.[1]

Nach Modellrechnungen, die das Bonner Innenministerium im Jahre 1987 vorgelegt hat, wird die westdeutsche Bevölkerung bis zum Jahre 2030 auf ca. 42 Millionen abnehmen – ein Rückgang um immerhin 30%, der Bevölkerungsanteil aus Zuwanderungsgruppen wird auf etwa 20% der Gesamtbevölkerung ansteigen. Die Altersgruppe der unter 20jährigen Bundesbürger wird nach dieser Prognose bis zum Jahre 2030 auf ca. 6,4 Millionen abnehmen, die Altersgruppe der über 60jährigen auf ca. 16,2 Millionen anwachsen.

Befürchtungen, daß angesichts des abfallenden Anteils der Erwerbsfähigen an der Gesamtbevölkerung und angesichts der steigenden Ausbildungs- und Unterhaltslasten für Kinder und Jugendliche bzw. Rentner der Lebensstandard der Gesamtgesellschaft auf bedrohliche Weise reduziert werden müsse, vernachlässigen freilich weitere Faktoren, die hierbei zu berücksichtigen sind, so vor allem die Möglichkeit der Steigerung der Arbeitsproduktivität durch neue Technologien. Außerdem wäre der Begriff des «Konsums» zu problematisieren und zu prüfen, ob nicht der gegenwärtige volkswirtschaftliche Konsum zum erheblichen Teil auf künstlichen Verschleiß bzw. auf unproduktive Güter und damit auf Vergeudung von Ressourcen ausgerichtet ist.

Die Entwicklung der Bundesrepublik hat ein wirtschaftliches Profil entstehen lassen, das durch hohen technischen Standard, Verwissenschaftlichung der Arbeitssysteme und wachsenden Dienstleistungsanteil charakterisiert ist; im gleichen Schritt sind die Qualifikationsanforderungen gestiegen, jedenfalls für weite Teile der Arbeitnehmerschaft. Für den gesellschaftlichen Wohlstand ist damit ökonomisch verwertbare Forschung – um nur diesen Faktor zu nennen – bedeutungsvoller geworden als ein Massenangebot an «einfacher» Arbeitskraft.

Das Qualifikationsniveau der Erwerbsbevölkerung in der Bundesrepublik hat sich in den letzten Jahrzehnten deutlich gesteigert, nicht zuletzt durch bessere Ausbildungschancen für Frauen.

Der Akademisierungsgrad der Erwerbsbevölkerung hierzulande – der Anteil akademisch Ausgebildeter an der Gesamtheit der Erwerbstätigen – ist zwischen 1970 und 1985 um 70% gestiegen; 1985 verfügten 11,4% der erwerbstätigen Männer und 7,0% der erwerbstätigen Frauen über einen Hochschulabschluß. Erheblich ausgeweitet hat sich der Anteil der Erwerbstätigen mit abgeschlossener Berufsausbildung überhaupt.

Nach Prognosen der Bundesanstalt für Arbeit wird der Bedarf an aka-

1 Zum historischen Zusammenhang P. Marschalck: Bevölkerungsgeschichte Deutschlands im 19. und 20. Jahrhundert, Frankfurt 1984
2 Statistisches Jahrbuch für die Bundesrepublik Deutschland 1983, S. 66

demisch ausgebildeten Arbeitskräften der westdeutschen Wirtschaft weiter ansteigen; im Jahre 2000 würden demnach etwa 15 % aller Arbeitsplätze Hochschulabsolventen und -absolventinnen vorbehalten sein. Damit sind Probleme des Zugangs in den Beruf auch für akademisch Ausgebildete allerdings nicht ausgeräumt, da auch im «akademischen» Bereich des Arbeitsmarktes mit Ungleichgewichten zwischen fachspezifischem Angebot und Bedarf auch weiterhin zu rechnen ist.

Veränderungen der Qualifikationsstruktur bei weiblichen und männlichen deutschen Erwerbstätigen (Befragungszeitpunkt: 1985/86)

| | Altersgruppe | |
	25- bis 34jährige	45- bis 54jährige
Frauen ohne Berufsausbildung	18 Prozent	45 Prozent
Männer ohne Berufsausbildung	11 Prozent	21 Prozent
Frauen mit Hochschulausbildung	14 Prozent	6 Prozent
Männer mit Hochschulausbildung	15 Prozent	9 Prozent

Quelle: Bundesminister für Bildung und Wissenschaft: Berufsbildungsbericht 1988

Erwerbstätige Hochschulabsolventen seit 1970

| | Alle Erwerbstätigen in Mill. | Erwerbstätige Hochschulabsolventen in 1000 | in %[1] | Wachstumsindex[2] | Hochschulabsolventen | | | |
					von Fachhochschulen in 100	in %	von wissenschaftlichen Hochschulen in 1000	in %
1970	26,6	1505	5,7	100	505	1,9	1002	3,8
1976	25,8	1848	7,2	123	565	2,2	1283	5,0
1982	26,8	2309	8,6	153	718	2,7	1591	5,9
1985	26,5	2596	9,7	173	889	3,3	1707	6,4

1 Anteil an Spalte 1.
2 Hochschulabsolventen insgesamt.

Quelle: «Wirtschaft und Statistik», 9/1987

Der Trend zur Höherqualifizierung der Arbeitskraft wird in der nachfolgenden Übersicht auf Seite 174 zur Strukturveränderung im Bildungssystem noch einmal deutlich:

Schulabgänger nach Art des Abschlusses in % der 15jährigen Bevölkerung

Jahr	Abgänger nach Beendigung der Vollzeitschulpflicht				Abgänger mit Realschul- oder entsprechenden Abschluß		
	insgesamt	davon			insgesamt	davon aus	
		ohne Hauptschulanschluß		mit Hauptschulabschluß		allgemeinbildenden Schulen	beruflichen Schulen
		insgesamt	darunter aus Sonderschulen				
1960	83,2	–	3,2	–	–	18,2	–
1965	70,8	16,9	3,4	53,1	–	11,8	–
1970	60,6	17,4	4,1	43,2	24,8	17,8	7,0
1975	47,7	11,8	4,4	35,9	33,1	24,2	8,9
1976	46,7	11,5	4,3	35,2	31,7	22,5	9,2
1977	52,4	12,3	4,6	40,0	33,3	24,7	8,6
1978	51,6	11,9	4,5	39,8	36,1	27,5	8,5
1979	50,0	11,1	4,8	38,9	38,2	29,5	8,7
1980	48,4	10,6	3,7	37,8	41,0	31,7	9,3
1981	43,2	9,6	3,2	33,6	41,4	32,2	9,3
1982	45,1	9,5	3,1	35,6	42,8	34,1	8,7
1983	45,8	9,2	3,0	36,5	44,9	36,1	8,8
1984	46,8	9,1	3,0	37,8	48,0	39,4	8,7
1985	48,4	8,9	3,0	39,6	51,9	43,2	8,8

Schulabgänger nach Art des Abschlusses in % der 18jährigen Bevölkerung

Jahr	Abgänger mit Hoch- und Fachhochschulreife							Abgänger nach beendeter Ausbildung aus Berufsschulen
	insgesamt	allgemeinb. Schulen			beruflichen Schulen			
		insgesamt	davon		insgesamt	davon		
			Hochschulreife	Fachhochschulreife		Hochschulreife	Fachhochschulreife	
1960	7,3	7,3	7,3	–	–	–	–	–
1965	6,9	6,9	6,9	–	–	–	–	–
1970	11,3	10,3	10,3	–	1,0	0,5	0,5	64,8
1975	19,4	13,2	13,0	0,2	6,2	1,2	5,0	57,4
1976	22,0	15,0	14,7	0,3	7,0	1,4	5,7	60,2
1977	22,3	15,7	15,4	0,3	6,6	1,3	5,3	57,2
1978	22,6	16,4	16,1	0,3	6,2	1,4	4,8	55,7
1979	19,3	13,5	12,9	0,6	5,8	1,3	4,5	56,4
1980	22,0	15,9	15,5	0,4	6,1	1,3	4,8	60,8
1981	23,8	17,2	16,8	0,5	6,6	1,4	5,2	58,9
1982	26,3	18,6	18,0	0,5	7,7	1,7	6,0	60,6
1983	28,8	20,1	19,5	0,6	8,6	1,9	6,7	61,4
1984	28,7	20,5	20,0	0,6	8,2	1,9	6,3	59,3
1985	29,4	21,3	20,7	0,6	8,1	2,1	6,1	63,8

Quelle: Grund- und Strukturdaten des BfBuW

Siedlungsstruktur und Mobilität

Ein Blick auf die Besiedlungsstruktur zeigt, daß die Vorstellung von der Bundesrepublik als einer großindustriell-städtisch geprägten Gesellschaft allerdings relativiert werden muß. Die Verteilung der Haushalte nach Gemeindegrößenklassen liefert hierfür einige Hinweise:

Von insgesamt 61 140 500 Einwohnern der Bundesrepublik (Ende 1986) befanden sich in Gemeinden mit [2]

unter 5000 Einwohnern	9 201 300
5000 bis 20 000 Einwohnern	15 725 000
20 000 bis 100 000 Einwohnern	16 174 800
über 100 000 Einwohnern	20 039 400

Dabei ist zu beachten, daß dem die Kommunalreformen vorausgingen, die in vielen Fällen zur verwaltungsmäßigen Zusammenlegung, also zu «Großgemeinden» führten; wobei die realen Lebenszusammenhänge oft weiterhin die – formal nicht mehr existierenden – Kleingemeinden sind.

Im Zeitraum von 1968 bis 1978 fielen etwa zwei Drittel der Gemeinden in der Bundesrepublik dieser Gebietsreform zum Opfer. Setzen wir den Begriff «Großstadt» bei Gemeindegrößen über 100 000 Einwohnern an, dann ergibt sich, daß lediglich etwa ein Drittel aller Einwohner in solchen Großstädten zu finden sind, aber zwei Drittel aller Einwohner in Landgemeinden, Klein- und Mittelstädten.

Siedlungstruktur in Deutschland;
ab 1954 für die Bundesrepublik Deutschland

	Von 100 Einwohnern wohnten in Gemeinden										
	1871	1910	1925	1954	1963	1967	1970	1976	1979	1982	1986
unter 2000	63,9	39,9	35,6	26,1	21,7	20,6	18,7	8,1	6,1	6,1	6,1
2000 bis 100000	31,3	38,8	37,6	44,7	45,0	47,0	48,9	57,1	59,7	60,4	61,2
über 100000	4,8	21,3	26,8	29,2	33,3	32,4	32,4	34,8	34,2	33,5	32,7

Wie die Tabelle zeigt, sank der Anteil der ländlichen Bevölkerung bei gleichzeitigem Anstieg der Stadtbevölkerung erheblich; diese Verlagerung der Bevölkerung vollzog sich aber so, daß der Anteil der Klein- und Mittelstädte weiterhin stieg. Typisch für die Siedlungsstruktur der BRD ist daher, daß zwischen den Dörfern und den Großstädten auch heute noch viele kleinere und mittlere Schwerpunkte vorhanden und relativ gleichmäßig über das ganze Land verteilt sind.

Diese weit aufgefächerte Siedlungsstruktur der Bundesrepublik ist – insbesondere bei soziologischen Erörterungen – oft übersehen worden.

Ein genaues Bild über die Verteilung der Gemeindegrößen und den Anteil der Wohnbevölkerung an den verschiedenen Gemeindegrößen, aufgeschlüsselt nach den einzelnen Bundesländern, gibt die Übersicht S. 177.

Allerdings muß die Zahl derjenigen Bürger, die vom Lebensstil der industriellen Ballungsräume bestimmt werden, höher angesetzt werden, als die Statistik der Großstädte sie ausweist, weil ja auch die Randzonen der Großstädte und die kleineren Gemeinden in industriellen Zentren den Ballungsgebieten und ihren Lebensbedingungen zuzurechnen sind.

Die Bevölkerungsdichte in der Bundesrepublik, für das Bundesgebiet einschließlich West-Berlin im Jahre 1988 im Durchschnitt mit 246 Einwohnern pro qkm angegeben, weist in den einzelnen Bundesländern und Regionen charakteristische Unterschiede auf; Binnen- und Außenwanderungen, die für die Bevölkerungsentwicklung in der Bundesrepublik eine große Rolle spielen, haben die Unterschiedlichkeit der Bevölkerungsdichte der einzelnen Regionen zeitweise noch verstärkt.

Wanderungsbewegungen über die Grenzen der Bundesrepublik hatten im Jahre 1986 folgendes Ausmaß: 598 500 Zuwanderer, 410 100 Abwanderer. Im gleichen Jahr wurden innerhalb des Bundesgebietes rund 2,5 Millionen Wanderungen (Umzüge) registriert.

Die Zahlen belegen die erhebliche räumliche Mobilität innerhalb und über die Grenzen der BRD.

Die Bevölkerungsentwicklung der Bundesrepublik zwischen 1950 und 1987 ergibt folgendes Bild:
1950: 50,173 Mill.; 1955: 52,382 Mill.; 1960: 55,433 Mill.; 1965: 59,012 Mill.; 1970: 61,559 Mill.; 1974: 62,054 Mill.; 1979: 61,321 Mill.; 1982: 61,713 Mill.; 1987: 61,170 Mill. Einwohner.

Auch die zeitweise starke Bevölkerungszunahme, die für die Zeit bis 1961 wesentlich mit Vertriebenen- und Flüchtlingszuwanderungen zusammenhängt, ist den einzelnen Regionen der Bundesrepublik sehr unterschiedlich zugute gekommen. Gebieten, die zeitweise oder ständig eine hohe Quote von Zuwanderern aufweisen, stehen andere Gebiete mit ständiger oder zeitweiser Bevölkerungsabwanderung gegenüber. Der Gesamttendenz nach läßt sich dabei eine Bevölkerungszunahme in den westlichen, insbesondere südwestlichen Bereichen, und eine Bevölkerungsabnahme in den östlichen und nördlichen Bereichen der Bundesrepublik registrieren. Die Zuwanderung konzentriert sich allerdings nicht etwa einfach auf Großstädte. Vielfach weisen die Randzonen von Großstädten eine starke Bevölkerungszunahme, die Großstädte selbst hingegen mitunter eine Bevölkerungsabnahme auf. (Die Feststellung hängt allerdings mit den formalen Grenzen der Großstädte zusammen, innerhalb derer die betreffende Bevölkerung gezählt wird.)

Bevölkerungszunahme und Wanderungsbewegungen haben in der Bundesrepublik zur Herausbildung von Ballungsräumen geführt.

Gemeinden und Bevölkerung am 31. 12. 1986 nach Gemeindegrößenklassen und Ländern

Gemeinden mit... bis unter... Einwohnern	Schleswig-Holstein	Hamburg	Niedersachsen	Bremen	Nordrhein-Westfalen	Hessen	Rheinland-Pfalz	Baden-Württemberg	Bayern	Saarland	Berlin (West)	Bundesgebiet absolut	Bundesgebiet %
							Zahl der Gemeinden						
unter 100	53	–	–	–	–	–	149	1	–	–	–	203	2,4
100– 200	111	–	–	–	–	–	284	10	1	–	–	406	4,8
200– 500	325	–	30	–	–	–	709	39	1	–	–	1104	13,0
500– 1000	300	–	245	–	–	1	549	46	227	–	–	1368	16,1
1000– 2000	160	–	271	–	–	10	371	155	659	–	–	1572	18,5
2000– 3000	51	–	100	–	5	31	120	192	346	–	–	840	9,9
3000– 5000	35	–	91	–	74	94	65	222	377	–	–	889	10,5
5000– 10000	44	–	117	–	128	142	72	245	262	13	–	969	11,4
10000– 20000	31	–	99	–	122	99	19	121	124	27	–	648	7,6
20000– 50000	14	–	62	–	38	37	12	60	37	11	–	355	4,2
50000–100000	3	–	7	–	13	7	4	12	11	1	–	82	1,0
100000–200000	–	–	6	1	11	3	3	5	3	–	–	35	0,4
200000–500000	2	–	1	1	5	1	–	2	2	–	–	19	0,2
500000 und mehr	–	1	–	1	–	–	–	1	1	–	1	12	0,1
Insgesamt	1129	1	1030	2	396	426	2203	1111	2051	52	1	8502	100
							Bevölkerung in 1000						
unter 100	3,5	–	–	–	–	–	9,8	0,1	–	–	–	13,4	0,0
100– 200	16,9	–	13,6	–	–	–	43,2	1,6	0,2	–	–	61,9	0,1
200– 500	108,7	–	185,0	–	–	–	241,4	13,8	0,5	–	–	378,0	0,6
500– 1000	216,8	–	374,8	–	–	0,8	389,0	32,8	188,5	–	–	1012,8	1,7
1000– 2000	223,3	–	237,5	–	–	15,7	443,0	242,1	945,4	–	–	2244,3	3,7
2000– 3000	122,6	–	354,2	–	22,7	78,6	288,2	469,7	847,4	–	–	2044,1	3,3
3000– 5000	132,6	–	871,9	–	571,7	378,4	248,1	867,4	1443,4	–	–	3446,8	5,6
5000– 10000	303,6	–	1331,0	–	1822,3	1014,1	479,0	1682,1	1801,3	101,9	–	6825,6	11,2
10000– 20000	412,7	–	1855,7	–	1823,3	1341,1	280,1	1629,7	1677,1	405,5	–	8899,4	14,6
20000– 50000	386,8	–	464,2	–	3755,2	983,8	418,2	1806,0	1070,1	350,4	–	10626,3	17,4
50000–100000	232,3	–	754,7	–	2558,5	446,2	320,2	813,7	713,5	–	–	5548,5	9,1
100000–200000	–	–	247,8	132,2	1737,0	426,0	451,4	639,3	351,1	184,4	–	4676,1	7,7
200000–500000	452,8	–	505,7	522,0	3035,9	266,5	–	563,0	713,4	–	–	5279,4	8,6
500000 und mehr	–	1571,3	–	–	3173,1	592,4	–	565,5	1274,7	–	1879,2	10083,9	16,5
Insgesamt	2612,7	1571,3	7196,1	654,2	16676,5	5543,7	3611,4	9326,8	11026,5	1042,1	1879,2	61140,5	100

Aus: Statistisches Jahrbuch für die Bundesrepublik Deutschland 1988, S. 60

Unter Ballungsraum ist die Häufung von Produktionsstätten und Bevölkerung auf einem engen Raum zu verstehen, die vorwiegend durch Standortvorteile im Hinblick auf Transport- und Kommunikationskosten oder Arbeitsmarktstrukturen verursacht worden ist.

Die Bevölkerungsverschiebungen innerhalb des Bundesgebietes kamen im wesentlichen den Ländern Hessen, Baden-Württemberg und Bayern zugute. Rechnet man die Wanderungsbilanzen für die norddeutschen (einschl. NRW) und die süddeutschen Länder (einschl. Hessen) in absoluten Zahlen gegeneinander auf, so ergibt sich langfristig ein Wanderungsgewinn der süddeutschen Region. Einen Binnenwanderungsverlust hatte auch West-Berlin.

Raumordnung und regionale Entwicklung

Unterschiedliche Wirtschaftsbedingungen oder Infrastrukturen und die Tendenz der Wanderungsbewegungen in der Bundesrepublik haben dazu geführt, daß sich zwei Typen von Siedlungsräumen herausbildeten, die beide ihre spezifischen Probleme haben: Einerseits finden wir in der Bundesrepublik Gebiete, die weit hinter der allgemeinen Entwicklung zurückgeblieben und eine niedrige Bevölkerungsdichte, Bevölkerungsstagnation oder Bevölkerungsabnahme, niedrigen Industriebestand, geringe Realsteuerkraft und niedriges Sozialprodukt aufweisen. Merkmal der Problematik dieser Gebiete ist das geringe Angebot an Erwerbsmöglichkeiten außerhalb der Landwirtschaft. Die Zahl der Fernpendler ist hier hoch. Da die Finanzkraft der Gemeinden in diesen Gebieten schwach bleibt, sind auch die Verkehrs- und Versorgungsanlagen und die kulturellen und sozialen Einrichtungen nur schwer auf den Durchschnittsstand in der Bundesrepublik anzuheben. Wo die Bevölkerungsabnahme erheblich ist, gerät sogar die Aufrechterhaltung der bisherigen sozialen und kulturellen Versorgung in Gefahr.

Die Abwanderung wiederum führte zu neuen Belastungen für diese Räume, weil die Abwandernden meist dann wegziehen, wenn sie ihre Schul- und Berufsausbildung abgeschlossen haben. Die Abwanderungsgebiete verloren auf diese Weise ständig qualifizierte jüngere Arbeitskräfte und damit einen der wichtigsten Faktoren des Entwicklungspotentials dieser Räume. Die Folge war, daß die Abwanderungsgebiete zwar die finanzielle Last infrastruktureller Leistungen (Schulen, Ausbildungseinrichtungen usw.) trugen, die Zuwanderungsgebiete indessen die Vorteile daraus zogen.

Andererseits drohte die hohe Wohn- und Industriedichte in den Ballungsräumen zur sozialen Überbelastung zu führen. Große Entfernungen zwischen Wohn- und Arbeitsplatz bzw. Einkaufsstätte bringen hohe Verkehrsdichten mit sich; der Zugang zu Naherholungsgebieten wird er-

Privathaushalte nach Zahl der Personen, Ländern und Gemeindegrößenklassen

Jahr[1] Land Gemeinden mit ... bis unter ... Einwohnern	Insgesamt	Davon mit ... Person(en)					Haushalts- mitglieder	Personen je Haushalt
		1	2	3	4	5 und mehr		Anzahl
	1000							
13. 9. 1950	16650	3229	4209	3833	2692	2687	49850	2,99
6. 6. 1961	19460	4010	5156	4389	3118	2787	56012	2,88
27. 5. 1970	21991	5527	5959	4314	3351	2839	60176	2,74
April 1986	26739	9177	7886	4564	3516	1596	61357	2,29
April 1986 nach Ländern								
Schleswig-Holstein	1140	362	371	188	160	60	2624	2,30
Hamburg	826	378	249	109	69	21	1591	1,93
Niedersachsen	3043	997	900	521	402	222	7196	2,36
Bremen	327	140	102	45	28	12	656	2,01
Nordrhein-Westfalen	7241	2431	2164	1301	926	420	16627	2,30
Hessen	2367	749	710	428	349	131	5549	2,34
Rheinland-Pfalz	1497	425	457	285	234	96	3636	2,43
Baden-Württemberg	3963	1346	1084	662	595	276	9369	2,36
Bayern	4852	1678	1430	811	623	310	11174	2,30
Saarland	447	132	134	95	64	21	1054	2,36
Berlin (West)	1037	538	286	120	67	26	1880	1,81
April 1986 nach Gemeindegrößenklassen								
unter 5000	3226	729	922	619	595	361	8810	2,73
5000– 20000	6166	1668	1789	1206	1019	484	15579	2,53
20000–100000	7225	2374	2199	1273	967	411	16657	2,31
100000 und mehr	10122	4407	2976	1465	935	340	20311	2,01

1 1950, 1961 und 1970 Ergebnis der Volkszählung; 1986 Ergebnis des Mikrozensus.

Aus: Statistisches Jahrbuch für die Bundesrepublik Deutschland 1988, S. 66

schwert, Lärm und Luftverunreinigung gefährden die Gesundheit, kommunale Einrichtungen sind in ihrer Größenordnung zu schnell überholt, Grundstückserwerb wird maßlos verteuert usw.[1]

Ein Raumordnungsbericht der Bundesregierung beschrieb die hier entstehenden Probleme folgendermaßen:

«Die zentralörtlichen Funktionen der Städte nehmen ständig zu. Banken, Versicherungen und sonstige private und öffentliche Dienstleistungsbetriebe breiten sich in den Innenstädten immer mehr aus und verdrängen die Wohnbevölkerung. Daneben folgt die Bevölkerung teils dem Zug zum Wohnen im Grünen, das sich überwiegend nur noch im entfernteren Umland verwirklichen läßt. Das Ausweichen in das Umland wird durch die z. Z. noch in vielen stark verstädterten Gebieten bestehenden ungünstigen Umweltbedingungen (z. B. Luftverschmutzung, Lärmbelästigung, unzureichende Freiräume und Grünzüge, starker Straßenverkehr, sanierungsbedürftige Wohnungen) gefördert. Die steigenden Bodenpreise lassen in den Verdichtungskernen fast nur noch eine gewerbliche Nutzung zu. Auch Betriebe, die nicht mehr expandieren können und sich wachsenden Verkehrsproblemen gegenübersehen, wandern in das Umland ab, ferner publikumsorientierte Dienstleistungsbetriebe, die der Bevölkerung in die Randsiedlungen folgen.

Die Abwanderung aus den großen Städten und die Zuwanderung von außen in ihre Randgebiete haben erhebliche Folgen für die Raumordnung und Stadtentwicklung: Es ergeben sich in den Verdichtungsräumen immer vielschichtigere Nahverkehrsprobleme; an den Rändern greift die Zersiedlung um sich. Eine geordnete Entwicklung in den Randgebieten der Verdichtungsräume, vor allem eine Konzentration der Wohnbebauung und der Infrastruktureinrichtungen auf neue Entwicklungsschwerpunkte, konnte nur in wenigen Modellfällen verwirklicht werden. Die früher meist ländlichen Gemeinden im Einzugsbereich der Großstädte wurden zu Brennpunkten der Siedlungsentwicklung. Sie sind aber den auf sie zukommenden Problemen meist nicht gewachsen.»[2]

An den ungelösten Fragen der Raumordnung wird im Grunde deutlich, daß eine Gesellschaft wie die der Bundesrepublik noch keinen Weg gefunden hat, um allen die gleiche Chance der «Lebensqualität» zu geben und Prioritäten infrastruktureller Versorgung, d. h. des Angebots an lebenserleichternden Einrichtungen, durchzusetzen.

In der Debatte über Raumordnung zeigt sich, daß in der Bundesrepublik im Hinblick auf viele sozial-kulturelle und ökonomische Möglichkeiten ein erhebliches Gefälle besteht. Bestimmte ländliche Regionen setzen

1 Vgl. R. Petzinger u. M. Riege, Die neue Wohnungsnot, Hamburg 1981
2 Raumordnungsbericht des Bundesministers des Innern, Bonn 1970; vgl. ferner K. Brake: Stadt und Land, Köln 1981

Bevölkerungsentwicklung

Jahr	Bevölkerung 1000	je km²	Jahr	Bevölkerung 1000	je km²
1816	13720	55	1946	46190	186
1819	14150	57	1947	46992	189
1822	14580	59	1948	48251	194
1825	15130	61	1949	49198	198
1828	15270	61	1950	50809	204
1831	15860	64	1951	50528	203
1934	16170	65	1952	50859	205
1837	16570	67	1953	51350	207
1840	17010	68	1954	51880	209
1843	17440	70	1955	52382	211
1846	17780	72	1956	53008	213
1849	17970	72	1957	53656	216
1852	18230	73	1958	54292	218
1855	18230	73	1959	54876	221
1858	18600	75	1960	55433	223
1861	19050	77	1961	56185	226
1864	19600	79	1962	56837	229
1867	19950	80	1963	57389	231
1871	20410	82	1964	57971	233
1880	22820	92	1965	58619	236
1890	25433	102	1966	59148	238
1900	29838	120	1967	59286	238
1910	35590	143	1968	59500	239
1925	39017	157	1969	60067	242
1926	39351	158	1970	60651	244
1927	39592	159	1971	61284	247
1928	39861	160	1972	61672	249
1929	40107	161	1973	61976	249
1930	40334	162	1974	62054	250
1931	40527	163	1975	61829	249
1932	40737	164	1976	61531	247
1933	40956	165	1977	61400	247
1934	41168	166	1978	61327	247
1935	41457	167	1979	61359	247
1936	41781	168	1980	61566	248
1937	42118	169	1981	61682	248
1938	42576	171	1982	61638	248
1939	43008	173	1987	61700	246

Aus: Statistisches Jahrbuch für die Bundesrepublik Deutschland, 1988, S. 52

ihre Einwohner in Sachen Ausbildungschancen, Einkaufsmöglichkeiten, kulturelle Teilnahme, berufliche Wechsel- und Aufstiegsmöglichkeiten, Gesundheitsversorgung usw. entschieden in Nachteil; andererseits sind die Ballungszentren, die in dieser Hinsicht Vorteile aufweisen, oft durch extreme Belastungen in Sachen Umweltgefährdung, Verkehrsanforderungen, Lärmbelästigung und damit verbundene physische und nervliche Schäden gekennzeichnet. Hinzu kommt die soziale Verödung, der Verlust an «Urbanität» vieler Großstädte und ihrer Randgebiete. Der langjährige Münchner Oberbürgermeister Vogel beschrieb die «Strukturkrise der Stadt», die sich schon früh abzeichnete, wie folgt:

«Sie besteht darin, daß auch in unseren Städten die Zuwachsrate das ausschlaggebende Entscheidungskriterium darstellt. Alles was die Zuwachsrate des Sozialprodukts, des Konsums, des Profits steigert, ist gut und geschieht, alles was die Zuwachsrate auch nur abflacht, ist schlecht und unterbleibt. Am deutlichsten tritt dieses Prinzip bei der Konkurrenz mehrerer Nutzungsarten um das gleiche Grundstück hervor. In aller Regel wird sich die Nutzung durchsetzen, die den höchsten Ertrag abwirft und demgemäß den höchsten Preis zahlen kann. Die Frage, ob diese Nutzung auch für die Gemeinschaft optimal ist, tritt demgegenüber weit zurück. Deshalb siegt im Konfliktfall stets das Warenhaus über das Kulturzentrum, die Bank über das alteingeführte Café, das Bürogebäude über den Biergarten. Und wären Dome und Rathäuser nicht in aller Regel unverkäuflich, müßten sie nach dem herrschenden System eigentlich auch einer profitträchtigeren Nutzung weichen.

Es ist nicht zu leugnen: Dieses System hat gewaltige Kräfte freigesetzt und dazu beigetragen, die Massen aus der materiellen Not herauszuführen. Jetzt aber kehrt es sich gegen die Menschen, wird zum Selbstzweck und vertreibt die Menschlichkeit aus unseren Städten.»[1]

Jeder Versuch, Probleme der Raumordnung zu lösen, stößt unter den gegenwärtigen politisch-ökonomischen Verhältnissen unserer Gesellschaft auf Barrieren, die u. a. in der Gemeindestruktur und Gemeindefinanzverfassung, in der Unzulänglichkeit der Planungsinstrumentarien und in den Eigentums- und Besitzverhältnissen begründet sind. Auch das 1971 beschlossene Städtebauförderungsgesetz und die Reform des Bodenrechts von 1976 boten nur zaghafte Ansätze eines Wandels. Insbesondere das Verfügungsrecht an Grund und Boden ist in diesem Zusammenhang zu problematisieren. Vogel meint hierzu: «Das geltende Bodenrecht ist im Grunde bodenlos und eine Hauptquelle bedenklicher Fehlentwicklungen. Der Grundfehler liegt schon darin, daß wir den Boden jedenfalls hinsichtlich der Preisbildung wie eine beliebige Ware behandeln. Das ist er aber nicht. Er ist vielmehr als nahezu einziges Gut unvermehrbar, unverzichtbar und unzerstörbar. Niemand kann auch nur eine Minute leben, ohne ein Stück Boden zu benützen. Die Lebensdauer des Bodens ist unbegrenzt. Und sein Quantum steht ein für allemal fest. Insgesamt für ein ganzes Land, aber auch etwa für den Innenstadtbereich eines Verdichtungsgebietes.

1 H. J. Vogel: Die Amtskette, München 1972, S. 248ff

Bevölkerungsstand und -veränderung in den Ländern

Jahr Land	Bevölkerung am Jahresanfang	Überschuß der Geborenen (+) bzw. Gestorbenen (−) 1000	Überschuß der Zu- (+) bzw. Fortzüge (−) 1000	Bevölkerungszu- (+) bzw. -abnahme (−)[1] insgesamt	Bevölkerungszu- (+) bzw. -abnahme (−)[1] je 1000 Einwohner	Bevölkerung am Jahresende insgesamt 1000	Bevölkerung am Jahresende männlich 1000	Bevölkerung am Jahresende weiblich 1000
Deutsche								
1984	56732,5	−158,9	+ 67,3	− 88,7	− 2	56643,8	26773,5	29870,3
1985	56643,8	−164,2	+ 56,9	−104,9	− 2	56538,9	26747,2	29791,7
1986	56538,9	−126,7	+ 63,9	− 60,3	− 1	56478,6	26747,5	29731,1
Insgesamt								
1984	61306,7	−112,0	−145,7	−257,4	− 4	61049,3	29179,7	31869,5
1985	61049,3	−118,1	+ 89,4	− 28,8	− 0	61020,5	29190,0	31830,5
1986	61020,5	− 75,9	+195,9	+120,0	+ 2	61140,5	29285,4	31855,1
davon (1986):								
Schleswig-Holstein	2614,2	− 6,3	+ 4,8	− 1,5	− 1	2612,7	1265,4	1347,3
Hamburg	1579,9	− 8,6	− 0,0	− 8,6	− 5	1571,3	735,8	835,5
Niedersachsen	7196,9	− 12,8	+ 12,1	− 0,8	− 0	7196,1	3458,5	3737,7
Bremen	659,9	− 3,0	− 2,8	− 5,7	− 9	654,2	306,8	347,3
Nordrhein-Westfalen	16674,1	− 19,5	+ 22,0	+ 2,5	+ 0	16676,5	7963,1	8713,4
Hessen	5529,4	− 10,8	+ 25,0	+ 14,2	+ 3	5543,7	2666,8	2876,9
Rheinland-Pfalz	3615,0	− 6,0	+ 2,4	− 3,6	− 1	3611,4	1732,0	1879,4
Baden-Württemberg	9271,4	+ 8,6	+ 46,8	+ 55,4	+ 6	9326,8	4498,6	4828,2
Bayern	10973,7	+ 2,1	+ 54,8	+ 52,8	+ 5	11026,5	5290,4	5736,1
Saarland	1045,9	− 2,4	− 1,4	− 3,8	− 4	1042,1	495,9	546,2
Berlin (West)	1860,1	− 13,0	+ 32,2	+ 19,1	+10	1879,2	872,1	1007,2

1 Einschl. der auf der Berichtigung von Gemeindeergebnissen beruhenden Zu- bzw. Abnahme.

Aus: Statistisches Jahrbuch für die Bundesrepublik Deutschland 1988, S. 60

Bruttoinlandsprodukt nach Ländern

Land	1970	1980	1983	1984	1985[1]	1986[1]	1987[1]	%
				Mill. DM				
Schleswig-Holstein	23038	53265	59405	62422	64158	67593	69729	3,5
Hamburg	33593	68182	78320	83068	86045	87653	90480	4,5
Niedersachsen	66428	148823	166330	174057	179559	188501	195069	9,7
Bremen	11023	22264	24909	25004	25934	26881	27504	1,4
Nordrhein-Westfalen	193468	406362	451772	469823	488348	512740	528171	26,2
Hessen	62443	144396	166056	173553	182236	191666	201758	10,0
Rheinland-Pfalz	35916	78968	89627	93120	95986	103474	108001	5,4
Baden-Württemberg	105331	231254	261243	274017	288224	310947	324298	16,1
Bayern	107379	249756	289999	307777	323463	344455	361320	18,0
Saarland	9881	22308	25505	26666	27920	29302	30142	1,5
Berlin (West)	26801	53362	61673	66333	69978	73736	76148	3,8
Bundesgebiet	*675300*	*1478940*	*1674840*	*1755840*	*1831850*	*1936950*	*2012620*	*100*

1 Vorläufiges Ergebnis.

Aus: Statistisches Jahrbuch für die Bundesrepublik Deutschland, 1988, S. 546

Die aus alledem resultierende Monopolstellung der Bodeneigentümer hat bereits in der Vergangenheit zu mühelosen Gewinnen großen Ausmaßes geführt. Mit zunehmender Beschleunigung des Verstädterungsprozesses und wachsendem Flächenbedarf haben sich diese Gewinne aber noch potenziert.»[1]

Es ist die Frage, ob die Gesellschaft der Bundesrepublik die Fähigkeit zur bewußten, «sozialstaatlichen» Planung ihrer eigenen Umweltbedingungen entwickeln wird, um der Gefahr der «Zivilisationswüsten» (Verödung einerseits, Überlastung andererseits) zu entgehen.

Zu erörtern ist in diesem Zusammenhang auch das vielzitierte «Nord-Süd-Gefälle» in der Bundesrepublik, also das Auseinanderdriften der Länder und Regionen im Hinblick auf Arbeitsmarktlage, Beschäftigungsstruktur, Branchenprofil und Wachstumsraten.[2]

Im Jahr 1987 lagen die Arbeitslosenquoten in Hamburg (13,6%) und Bremen (15,6%), aber auch im Saarland (12,7%), in Niedersachsen (11,4%), in Nordrhein-Westfalen (11,0%) und in Schleswig-Holstein (10,3%) besonders ungünstig, in Baden-Württemberg (5,1%), Bayern (6,6%) und Hessen (6,7%) vergleichsweise günstig. In Rheinland-Pfalz lag die Arbeitslosenquote zu diesem Zeitpunkt bei 8,1%. Auch die Wachstumsraten des Bruttoinlandsproduktes zeigten ähnliche Disparitäten zwischen den Bundesländern, wobei allerdings die Aufholprozesse der früher wenig industrialisierten – vornehmlich süddeutschen – Regionen zu berücksichtigen sind. Demzufolge hatten auch die Stadtstaaten und Nordrhein-Westfalen trotz ihrer wirtschaftsstrukturellen Schwierigkeiten nach wie vor eine höhere Wirtschaftsproduktivität je Erwerbstätigen zu verzeichnen als Bayern und Baden-Württemberg.

Der Entwicklungstendenz nach steigern sich aber die Probleme der «alten» Industriestandorte und der mit ihnen besonders verbundenen rohstoffgebundenen Branchen, während sich wachstumsintensive, neue Technologien nutzende Branchen vielfach in Bayern, Baden-Württemberg und Hessen angesiedelt haben. Sofern daraus neue wirtschaftliche Monopolstrukturen entstehen, können freilich auf längere Sicht auch hierin Risiken liegen; die Wachstumsbranchen von heute sind möglicherweise die Problembranchen von morgen.

1 H.J. Vogel, a.a.O. Vgl. zu alternativen Möglichkeiten H. Häußermann/W. Siebel: Neue Urbanität, Frankfurt 1987
2 Dazu J. Friedrich/H. Häußermann/W. Siebel: Süd-Nord-Gefälle in der Bundesrepublik? Opladen 1987

Wirtschaftsbereiche und Produktivität

Versucht man, die Entwicklung einer Volkswirtschaft in ihren wichtigsten Zügen zu erfassen, so kann eine solche Analyse zunächst ansetzen beim Vergleich der Rolle, die die einzelnen Wirtschaftsbereiche im Hinblick auf Produktivität und Beschäftigungsquoten spielen oder in Zukunft spielen werden. Vergleiche über den Beitrag der einzelnen Wirtschaftsbereiche zum Bruttoinlandsprodukt ergeben für das Bundesgebiet ein Bild, das auf den Strukturwandel der westdeutschen Wirtschaft hinweist.

Beiträge der Wirtschaftsbereiche zum Bruttoinlandsprodukt in jeweiligen Marktpreisen

BIP zu jeweiligen Preisen in Mrd. DM	1960	1965	1970	1975	1980	1985	1986
Land- und Forstwirtschaft	17,7	20,0	21,8	28,5	30,4	31,1	33,0
Energie und Bergbau	15,7	18,3	22,7	37,7	50,2	70,2	68,4
Verarbeitendes Gewerbe	121,9	184,9	259,5	354,1	482,8	593,6	646,5
Baugewerbe	23,3	40,4	51,6	63,2	99,2	91,8	95,6
Gütererzeugung	178,5	263,6	355,5	483,4	662,6	786,7	843,5
Handel und Verkehr	56,0	82,1	103,5	157,3	225,7	275,9	280,8
Güterverteilung	56,0	82,1	103,5	157,3	225,7	275,9	280,8
Dienstleistungsunternehmen	41,1	70,1	114,4	213,5	335,1	484,5	513,0
Staat (öffentliche Dienstleistungen)	21,6	37,3	62,6	122,9	172,4	207,7	217,9
Private Organisationen, Haushalte	5,0	6,7	10,0	19,1	27,2	36,4	39,5
Dienstleistungen	67,8	114,0	186,9	355,5	534,7	728,6	770,4
Bruttowertschöpfung insgesamt	297,0	450,3	628,0	959,3	1369,0	1706,9	1808,6
Nichtabzugsfähige Umsatzsteuer	–	–	39,9	57,3	96,5	116,3	117,8
Einfuhrabgaben	5,7	8,9	7,4	10,3	13,5	16,8	17,6
Bruttoinlandsprodukt	302,7	459,2	675,3	1026,9	1478,9	1839,9	1944,0

Quelle: Statistisches Bundesamt

Soweit der Anteil der Wirtschaftsbereiche am Bruttoinlandsprodukt zurückging oder zurückgeht, bedeutet dies allerdings nicht eine absolute Abnahme des Produktionsbeitrages dieser Bereiche. Selbst in der Land- und Forstwirtschaft steigt der absolute Wert des Beitrages zum Bruttoinlandsprodukt an. Die Zahlen lassen erkennen, daß das Wachstum des Bruttoinlandsproduktes in der Bundesrepublik nach wie vor in hohem Maße durch das Wachsen des produzierenden Gewerbes bestimmt wird, während gleichzeitig der Wertzuwachs durch Dienstleistungen stärker wird. Ein anderes Bild ergibt sich, wenn man die einzelnen Wirtschaftsbereiche auf ihre Anteile an der Zahl der Erwerbstätigen hin untersucht.

Erwerbstätige nach Wirtschaftsbereichen in 1000* (Jahresdurchschnitte)

	1962	1970	1976	1979	1980	1981	1982	1987
Land- und Forstwirtschaft, Tierhaltung und Fischerei	3307	2262	1682	1479	1436	1406	1382	1327
Produzierendes Gewerbe	12914	13024	11459	11553	11633	11369	10957	10523
Handel und Verkehr	4629	4655	4719	4804	4841	4816	4739	4702
Sonstige Wirtschaftsbereiche (Dienstleistungen)	5840	6727	7731	8203	8392	8532	8590	9419
Insgesamt	26690	26668	25591	26039	26302	26123	25668	25971

* Ergebnisse einer Schätzung, die unter Mitbenutzung von Statistiken für Teilbereiche des Erwerbslebens auf Zahlen der Volkszählungen sowie des Mikrozensus aufbaut

aus: Statistisches Jahrbuch für die Bundesrepublik Deutschland, 1988, S. 100

Aus diesen Zahlen ergibt sich:

Der Anteil der im «Sekundärsektor» Tätigen nimmt ab. Dabei bleiben die Verschiebungen innerhalb des «Produzierenden Gewerbes» außer acht, die vor allem weiterhin von der extraktiven zur verarbeitenden Industrie ablaufen.

Gleichzeitig haben die Dienstleistungen hohen Zuwachs an Beschäftigten.

Hohe Verluste an Beschäftigten hat die «Landwirtschaft» (Primärsektor), deren Anteil in den vergangenen zwanzig Jahren um mehr als die Hälfte zurückgegangen ist.

Setzt man die obengenannten Daten in Beziehung zueinander und schließt von dort her auf eine weitere Größe, nämlich die Produktivität pro Erwerbstätigen, so ergibt sich insgesamt folgendes Bild der Entwicklung der Wirtschaftsbereiche:

für die Land- und Forstwirtschaft ein sinkender Anteil an der Zahl der Erwerbstätigen und am Bruttoinlandsprodukt, aber steigende Produktivität je Erwerbstätigen;

für das produzierende Gewerbe ein leicht rückläufiger Anteil am Bruttoinlandsprodukt, ein sinkender Anteil an der Zahl der Erwerbstätigen und steigende Produktivität je Erwerbstätigen;

für den Tertiärsektor ein wachsender Anteil am Bruttoinlandsprodukt, ein wachsender Anteil an der Zahl der Beschäftigten, aber eine geringer ansteigende Produktivität je Erwerbstätigen.

Deutlich wird aus diesen Daten noch einmal, daß für die Landwirtschaft der Abbau von Arbeitskräften durchaus Steigerung an Produktivität bedeutet. Bei der Untersuchung des Dienstleistungsbereichs stellt sich heraus, das dessen Anteil am Bruttoinlandsprodukt im wesentlichen darüber gesteigert wurde, daß der Anteil der Beschäftigten dort zunahm. Die verhältnismäßig hohe Zahl der Beschäftigten im Dienstleistungssektor ist einleuchtend, wenn man sich die hohe Arbeitsintensität dieses Wirtschaftsbereichs vor Augen führt; zwangsläufig muß daher auch das Wachstum der Produktivität in diesem Wirtschaftsbereich relativ niedrig sein.

Der französische Wirtschaftswissenschaftler Jean Fourastié[1] hat versucht, den Zusammenhang zwischen der Gesamtentwicklung einer Volkswirtschaft und dem wirtschaftstechnischen Fortschritt zu analysieren. Er meinte sogar, die verschiedenen Auswirkungen auf Bevölkerung und Produktivität quantifizieren zu können, und hat diese Veränderungen nach einzelnen Wirtschaftsbereichen schon vor Jahren in einem Modell dargestellt, wonach sich in einem industrialisierten Land im Verlauf des wirtschaftlichen Wachstums folgende Veränderungen ergeben:

Der Anteil der Beschäftigten in der Land- und Forstwirtschaft (primärer Wirtschaftssektor) geht von rund 80 v. H. vor Beginn der Industrialisierung auf etwa 10 v. H. der Gesamtzahl der Beschäftigten nach voller industrieller Entwicklung zurück und bleibt in dieser Höhe in etwa stabil. Der Anteil der Beschäftigten in der Industrie (sekundärer Wirtschaftssektor) steigt im Prozeß der Industrialisierung auf einen Höchststand von 65 v. H., um dann wieder bis zu einem Anteil von 10 v. H. zurückzugehen. Der Anteil der Beschäftigten im Bereich der privaten und öffentlichen Dienstleistungen (tertiärer Wirtschaftssektor) entwickelt sich von 10 v. H. vor Beginn der Industrialisierung bis zu 80 v. H. nach vollausgebildeter Industrialisierung und bleibt in dieser Höhe etwa dann stabil.

Am Ende der industriellen Entwicklung, im zukünftigen System, wo nach Fourastié die «große Hoffnung des 20. Jahrhunderts» liegt, würden also rund je 10 v. H. der Erwerbstätigen in den beiden ersten Sektoren der Volkswirtschaft ausreichen, um der Gesellschaft landwirtschaftliche und industrielle Konsumgüter im Rahmen eines angemessen hohen Lebensstandards zu liefern. Wenn auch die von Fourastié angenommenen Zahlenwerte je nach der wirtschaftlichen Struktur der einzelnen industriellen Gesellschaften sicherlich variieren und sich im übrigen weder der Abstieg der Beschäftigtenquote in der Industrie noch der Anstieg des Anteils des Dienstleistungssektors an der Beschäftigtenzahl so extrem entwickeln, wie Fourastié dies annahm, so kann doch zumindest die Tendenz dieses Modells an Hand der tatsächlichen Veränderungen in der Beschäftigtenstruktur bestätigt werden.

Die Gründe für den Wandel in den Beschäftigtenanteilen der einzelnen Wirtschaftsbereiche sind einmal in den unterschiedlichen Möglichkeiten einer Steigerung der Nachfrage nach Produkten und Dienstleistungen,

---

1 J. Fourastié: Die große Hoffnung des 20. Jahrhunderts, 2. Auflage Köln 1969; D. Bell: Die nachindustrielle Gesellschaft, Frankfurt 1975; kritisch dazu P. Gross: Die Verheißungen der Dienstleistungsgesellschaft, Opladen 1983

zum zweiten in den unterschiedlichen Möglichkeiten einer Steigerung der Arbeitsproduktivität je Arbeitskraft in den einzelnen Wirtschaftssektoren zu suchen. Im Bereich der öffentlichen und privaten Dienstleistungen bestand bisher die größte Chance einer Ausweitung der Nachfrage, während die Steigerung der Arbeitsproduktivität hier nur in bestimmten Sektoren denkbar ist.[1]

Im Sektor des produzierenden Gewerbes hingegen konnte durch Mechanisierung, Rationalisierung und Automation die Produktivität je Beschäftigten in größerem Maße gesteigert werden, während von einer bestimmten Grenze an die Nachfrage nach Produkten, zumindest in bestimmten Branchen, einen Sättigungsgrad erreicht. Infolgedessen muß sich ein Rückgang des Anteils der industriell Beschäftigten von dem Zeitpunkt an zeigen, in dem die Zuwachsrate der Arbeitsproduktivität diejenige der Nachfrage nach industriellen Gütern einschließlich des Exports übersteigt. Wandlungen der Beschäftigtenanteile ergeben sich im Prozeß des wirtschaftlichen Wachstums auch innerhalb des industriellen Sektors. So kann man z. B. in allen industriellen Gesellschaften relativ früh einen Rückgang des Beschäftigtenanteils der Konsumgüterindustrie feststellen, wobei bestimmte Branchen, die Luxusartikel oder Erzeugnisse des gehobenen Bedarfs herstellen, davon wieder ausgenommen werden müssen. Der Mehrbedarf an industriellen Arbeitskräften ergab sich vorwiegend in der Produktionsmittelindustrie, vor allem im Maschinen- und Apparatebau, sowie in der Bauindustrie. Wenn zur Zeit Branchen innerhalb des produzierenden Gewerbes ein verhältnismäßig hohes Wachstum der Beschäftigung aufweisen, so können die Gründe dafür zumeist darin gesucht werden, daß es sich um Branchen mit neuen Erfindungen oder neuen Produktionsverfahren handelt oder um Branchen, die neugeweckte Bedürfnisse befriedigen.[2] Ein Beispiel hierfür ist der Aufstieg der Elektronikindustrie.

Eine gegenläufige Tendenz findet man freilich dort, wo technologisch hochentwickelte Branchen einen Grad der Automatisierung erreicht haben, der sie schon beim Aufbau der Produktion mit geringem Arbeitskräftepotential auskommen läßt.

In jedem Fall findet in hochindustrialisierten Volkswirtschaften eine ständige Verlagerung des Arbeitskräftebedarfs von den wachstumsschwachen zu den wachstumsbegünstigten Industriebranchen und gleichzeitig eine Ausdehnung der Beschäftigung in Dienstleistungstätigkeiten statt. Diese Entwicklung erfordert einen hohen Grad an räumlicher und

1 Siehe hierzu Gershuny, der die Ausweitung von Dienstleistungsberufen vor allem im Produktionsbereich hervorhebt.
2 Vgl. hierzu C. Offe, Arbeitsgesellschaft – Strukturprobleme und Zukunftsperspektiven, Frankfurt 1984

beruflicher Mobilität, sie bringt Probleme einer neuen Berufsausbildung oder beruflichen Umbildung mit sich und weist dem Staat die Aufgabe zu, diese Mobilität so zu begleiten, daß die Anpassung an die neue Beschäftigung ohne soziale Nachteile geschehen kann. Das von Fourastié formulierte Modell der Verlagerung von Wirtschaftsprozeß und Beschäftigung in den tertiären Sektor bedarf allerdings in mancher Hinsicht der Differenzierung; der mit diesem Modell vermittelte Eindruck einer im Grunde problemlosen Umstrukturierung der Wirtschaftsbereiche und des Arbeitsmarktes ist inzwischen auch in der Bundesrepublik durch die tatsächliche Entwicklung widerlegt.[1] *disproved*

Wenn angenommen wurde, daß die in der Landwirtschaft und allmählich auch in der Industrie freiwerdenden Arbeitskapazitäten im tertiären Sektor in jedem Falle Aufnahme finden könnten, weil hier einer sozusagen «endlosen» Leistungsnachfrage eine nur schwer zu steigernde Arbeitsproduktivität gegenüberstünde, insofern also immenser Bedarf an Arbeitskräften anhaltend auftrete, so wurden nun gegenläufige Entwicklungen sichtbar: Auch im Dienstleistungssektor breiten sich technische Neuerungen (elektronische Datenverarbeitung, Selbststeuerung von Dienstleistungsvorgängen u. a.) aus, die zur Rationalisierung, zur höheren Produktivität der eingesetzten menschlichen Arbeitskraft und damit zur Stagnation bzw. zum Rückgang der Beschäftigung führen. Dies gilt zumindest für die privatwirtschaftlichen oder an Produktionsvorgänge angekoppelten Dienstleistungen, zum Teil aber auch für die öffentliche Verwaltung. Andere Leistungsarten aber, die menschliche Arbeitskraft nicht durch Technik ersetzen können, wie etwa Bildungsarbeit, Gesundheitspflege etc., lassen sich nicht über den Markt finanzieren bzw. wirken sich nicht «produktiv» im Sinne der Kapitalverwertung aus; sie müssen als «verlorene Kosten» angesehen werden, die über Steuern und Abgaben zu finanzieren sind. Die Ausdehnung solcher Dienstleistungen setzt also die Erhöhung der Staatsquote voraus; diese wiederum hat eine florierende Volkswirtschaft (und die Bereitschaft zu höheren Abgaben für gesellschaftliche Dienste) zur Bedingung.[2] Die Probleme, die hier angedeutet werden, waren für die westdeutsche Gesellschaft lange Zeit hindurch verdeckt, weil hohe Wachstumsraten und Vollbeschäftigung gesichert erschienen.

Die derzeitige Entwicklung läuft eher darauf hinaus, personalintensive öffentliche Leistungen nicht weiter auszubauen und auch den öffentlichen Dienst zu rationalisieren; andererseits gehen wirtschaftswissenschaftliche Prognosen weiterhin davon aus, daß neue Arbeitsplätze im

1 Vgl. hierzu C. Offe, Arbeitsgesellschaft – Strukturprobleme und Zukunftsperspektiven, Frankfurt 1984
2 Siehe dazu J. Strasser: Grenzen des Sozialstaats?, Köln 1983; Field/Higley, a. a. O.

tertiären Sektor noch am leichtesten, und hier wiederum vor allem im Bereich der öffentlichen Dienstleistungen bereitzustellen seien.

Jedenfalls ist nicht zu erwarten, daß über die Ausdehnung der Beschäftigung im tertiären Sektor jenes besonders günstige Verhältnis von Angebot und Nachfrage auf dem Arbeitsmarkt wiederhergestellt werden könnte, das bis Anfang der siebziger Jahre die Wirtschaftsgeschichte der Bundesrepublik prägte.

Der Trend in der Arbeitsmarktentwicklung nahm sich so aus, daß von 1952 bis 1964/66 die Zahl der offenen Stellen trotz geringfügiger Unterbrechungen gestiegen, die Zahl der Arbeitslosen gesunken war. Der Abstand zwischen offenen Stellen und der Zahl der Arbeitssuchenden war dann 1970 noch einmal besonders deutlich. Die im gleichen Zuge anwachsende Zahl der Gastarbeiter belegt, daß bei der Beschränkung auf das einheimische Arbeitskräftepotential in dieser Phase die Wirtschaft in größere Schwierigkeiten geraten wäre.

Neben dem Zustrom ausländischer Arbeitskräfte hatte sich seit Beginn der fünfziger Jahre der Wechsel von Selbständigen und mithelfenden Familienangehörigen in den Status des Arbeitnehmers als ergiebigste Quelle für die Zunahme des industriellen und dienstleistenden Arbeitspotentials erwiesen. Die Steigerung der Beschäftigung von Frauen schien vor allem insoweit möglich zu sein, als es sich um Berufstätigkeit von verheirateten Frauen handelte.

Die zunächst auch in der Knappheit des Arbeitskräftepotentials begründete Notwendigkeit, Produktivitätssteigerung durch zunehmenden Kapitaleinsatz und damit einhergehenden technischen Fortschritt sowie durch gesteigerte Leistungsintensität in Gang zu halten, wurde bestärkt durch die Tendenz zur Verkürzung der Arbeitszeit. Die Arbeitszeitverkürzung, die die Arbeiterschaft mit Hilfe der Gewerkschaften schrittweise durchzusetzen vermochte, ist Ausdruck einer gesellschaftlichen Entwicklung, die darauf abzielt, einen Teil des Fortschritts in Form von Muße zu konsumieren. Angesichts des gegebenen Lebensstandards war das Konsumgut «Freizeit» für den Arbeiter erstrebenswerter geworden als in Zeiten niedriger Löhne, in denen jeder zunächst versuchen mußte, seine materielle Lage zu verbessern.

Allerdings ist dabei zu berücksichtigen, daß die durch Arbeitszeitverkürzung gewonnene zusätzliche Freizeit durch gleichzeitige Steigerung der Arbeitsintensität und die damit verbundene nervliche Belastung sowie durch die vielfach verlängerten Fahrzeiten zum und vom Arbeitsplatz zum Teil wieder entwertet wird.

Charakteristisch für die wirtschaftliche Entwicklung der Bundesrepublik ist die Steigerung der Produktivität je Beschäftigungsstunde. Nach einer Berechnung des Berliner Instituts für Wirtschaftsforschung ist in der Bundesrepublik schon im Jahre 1963 der industrielle Produktions-

Arbeitslose und offen Stellen in der Bundesrepublik Deutschland

Jahresdurchschnitt*	Arbeitslose	offene Stellen
	in 1000	
1950	1580	116
1952	1379	115
1954	1221	137
1956	761	219
1958	683	216
1960	271	465
1962	155	574
1964	169	609
1966	161	540
1967	459	302
1968	317	499
1970	140	725
1972	246	546
1974	582	315
1976	1060	235
1980	889	308
1981	1272	208
1982	1833	104
1987	2228	171

* 1950–'58 ohne Saarland und West-Berlin

aus: Statistische Jahrbücher für die Bundesrepublik Deutschland

wert, gemessen an den Preisen von 1950, mit nur 58 v. H. der Beschäftigten erarbeitet worden, die im Jahre 1950 noch für den gleichen Produktionswert erforderlich gewesen sind.

Während vor Erreichen der Vollbeschäftigung der Kapitaleinsatz je Arbeitsplatz nur wenig zunahm und Investitionen vor allem der Schaffung neuer Arbeitsplätze dienten, ist seit Mitte der fünfziger Jahre der Kapitaleinsatz je Arbeitsplatz stark angestiegen und die Arbeitsintensität forciert worden. Das damalige Tempo des Wirtschaftswachstums wäre aber dennoch nicht möglich gewesen, wenn nicht gleichzeitig Arbeitskräfte aus Wirtschaftsbereichen mit niedriger Arbeitsproduktivität in solche mit hoher Arbeitsproduktivität übergewechselt wären.[1]

Berechnungen der Arbeitsproduktivität je Erwerbstätigen zwischen 1950 und 1967 zeigen, daß die Arbeitsproduktivität in diesem Zeitraum insgesamt um 125 v. H. gestiegen ist, daß die Steigerungsrate aber unter 80 v. H. geblieben wäre, wenn in diesem Zeitraum die Verteilung des Arbeitskräftepotentials auf die einzelnen Wirtschaftsbereiche die gleiche geblieben wäre wie 1950.

1 Vgl. W. Glastetter: Die wirtschaftliche Entwicklung der BRD im Zeitraum 1950 bis 1975, Berlin 1977

Arbeitsproduktivität 1961–1986

Jährlicher Zuwachs des realen Bruttoinlandsprodukts je Erwerbstätigenstunde in Prozent

Jahresdurch-
schnittlicher
Produktivitäts-
zuwachs

+5,3%   1961–1970
+3,9%   1971–1980
+2,4%   1981–1986 (1986 geschätzt)

ZAHLENBILDER

© Erich Schmidt Verlag GmbH   349 100

Im Zeitraum von 1962–1967 ist die Produktivität je Beschäftigten in der Industrie der Bundesrepublik nach Berechnungen des Statistischen Bundesamtes um mehr als 24 v. H. gestiegen. Innerhalb der einzelnen Industriezweige ergaben sich dabei deutliche Abweichungen. Diese sind auf Unterschiede in der Automatisierung und im technischen Entwicklungsstand der einzelnen Branchen zurückzuführen.[1]

Eine Durchschnittsberechnung für alle Bereiche der Warenproduktion und der Dienstleistungen in der Bundesrepublik ergibt, daß für die Hervorbringung eines Produktions- oder Leistungsvolumens im Wert von einer Million DM (in Preisen von 1981) im Jahre 1961 noch 34 Erwerbstätige, 1971 nur mehr 22 und 1981 lediglich 17 Erwerbstätige gebraucht wurden.

Inzwischen hat sich der Produktivitätszuwachs je Arbeitsstunde durchschnittlich um einiges abgeschwächt, worin auch der Strukturwandel der Wirtschaft (Zunahme von Dienstleistungen) zum Ausdruck kommt.

1 Vgl. W. Abelshauser: Wirtschaftsgeschichte der BRD, Frankfurt 1983

Strukturproblem Arbeitslosigkeit

In Jahren der Vollbeschäftigung sah sich die westdeutsche Wirtschaft gedrängt, durch technologische und arbeitsorganisatorische Neuerungen Ersatz für knappe menschliche Arbeitskraft zu schaffen. Der damit in Gang gesetzte Trend, also eine neue Welle der Rationalisierung, führt aber zwangsläufig dann zur Arbeitslosigkeit, wenn freiwerdende menschliche Arbeitskraft nicht in neue, zusätzlich geschaffene Arbeitsplätze umgelenkt werden kann.[1] Neue Arbeitsplätze aber sind im privatwirtschaftlichen Bereich nur dann und nur insoweit zu erwarten, als Absatz- und Gewinnerwartungen bei Gütern und Leistungen zu Investitionen veranlassen, die nicht auf die Modernisierung und Rationalisierung bereits vorhandener Produktionsvorgänge, sondern auf Schaffung neuer Produktionsvorgänge abzielen (Erweiterungsinvestitionen). Genau hieran mangelt es seit 1974 auch der Wirtschaft der Bundesrepublik.

Die Entwicklung bis zum heutigen Stand vollzog sich, was die einzelnen Wirtschaftsbereiche angeht, schubweise:

Noch vor Erreichen der Vollbeschäftigung nahmen der sekundäre (produzierendes Gewerbe) und der tertiäre Sektor (Dienstleistungen) in großem Umfange Arbeitskräfte auf, die im primären Sektor (Agrarwirtschaft) freigesetzt wurden. In der Phase der Vollbeschäftigung stagnierte dann die Zahl der Beschäftigten im sekundären Sektor, seit 1973 ging sie zurück. Im tertiären Sektor stieg die Gesamtzahl der Beschäftigten über lange Zeit hindurch stetig an; inzwischen ist aber auch hier offenbar in vielen Bereichen ein Sättigungsgrad erreicht, der die zusätzliche Bereitstellung von Arbeitsplätzen nicht mehr zuläßt.

Die optimistische Annahme, die Arbeitslosigkeit in der Bundesrepublik werde je nach dem Konjunkturanstieg von selbst zurückgehen, hat sich nicht bestätigt. Im folgenden ein Beispiel dafür, daß es sich nicht um ein konjunkturelles, sondern um ein strukturelles Problem handelt. Nach den Rückschlägen in den Jahren 1974/75 konnte die westdeutsche Industrie ihre Nettoproduktion im Jahre 1976 um 8,3 v. H. steigern; die Umsätze erhöhten sich in diesem Jahre sogar um 11,7 v. H. Umsatz- und Produktionssteigerung waren jedoch keineswegs von einem Anstieg der Beschäftigtenzahlen begleitet. Zum Vergleich: Im Jahre 1973, also vor der Rezession, belief sich der Gesamtumsatz der westdeutschen Industrie auf 667 Milliarden DM; die Beschäftigtenzahl lag bei 8 367 000. Im Jahre 1976 machte die westdeutsche Industrie einen Umsatz von 819 Milliarden DM bei 7 428 000 Beschäftigten. Das Leistungsplus pro Beschäftigten erklärt

---

1 Vgl. hierzu und zum folgenden W. Sengenberger: Die gegenwärtige Arbeitslosigkeit, Frankfurt 1978; J. Matthes (Hrsg.): Krise der Arbeitsgesellschaft?, Frankfurt 1983; R. G. Heinze: Der Arbeitsschock, Köln 1984

sich aus der inzwischen vorgenommenen technischen Modernisierung, zugleich aber auch aus der Intensivierung der Arbeitsanforderungen (die in Zeiten der Arbeitslosigkeit leichter durchsetzbar ist). So betrug denn auch der Produktivitätszuwachs pro Beschäftigten in der Industrie im Jahre 1976 mehr als 10 v. H. und lag damit höher denn je zuvor.

Daß die «Unterbeschäftigung» in der Bundesrepublik im Zuge der demographischen Entwicklung, also des Rückgangs der im erwerbsfähigen Alter befindlichen Bevölkerungsgruppen, als Problem verschwinden, möglicherweise sogar ein Mangel an Arbeitskräften in großem Stile wieder auftreten werde, ist wenig wahrscheinlich. Ein solcher Umschwung wäre dann zu erwarten, wenn ein größerer Teil der weiblichen Bevölkerung im Erwerbsalter sich wieder auf die Sphäre von «Heim und Herd» zurückziehen würde; dies ist aber schon angesichts der veränderten Lebens- und Familienkonstellationen unwahrscheinlich und im übrigen vom Gedanken der Gleichberechtigung her auch nicht zu wünschen. Der Vorschlag, Familienarbeit im Sinne von Kindererziehung gesellschaftlich zu «entlohnen» (und damit den Arbeitsmarkt zu entlasten), ist nicht nur schwer umsetzbar; in der Praxis würde eine solche Entwicklung wiederum Frauen benachteiligen und zudem nur den (kleiner werdenden) Sektor der Bevölkerung betreffen, der mit der familialen oder familienähnlichen Betreuung von Kindern zeitweise beschäftigt ist. Der Kinderwunsch ist nicht nur deshalb zahlenmäßig rückläufig geworden, weil es an der Entlohnung der privaten Kinderbetreuung fehlt, und die heute vorherrschende Neigung zur Erwerbsarbeit bei Frauen ist nicht etwa nur Kompensation für den Mangel an gesellschaftlich entlohnter «Familien-Kinder-Arbeit».

Hinzu kommt, daß die Wegrationalisierung menschlicher Erwerbsarbeit durch produktions- und dienstleistungstechnische Neuerungen in neue, jetzt noch personalintensive Wirtschaftssektoren eindringen wird.

Auch das (zum Teil aus Fremdenfeindlichkeit sich nährende) Argument, der Arbeitsmarkt in der Bundesrepublik könne durch abweisende oder ausweisende Politik gegenüber der Gastarbeiterschaft und Aussiedlern oder Asylsuchenden entlastet werden, ist nicht nur wenig menschenfreundlich, sondern verkennt auch die Struktur des Arbeitsmarktes und die Probleme der Alterszusammensetzung des Arbeitspotentials.

Die gesellschaftspolitisch wirkenden Kräfte in der Bundesrepublik können sich angesichts der hier skizzierten Probleme nur zum geringen Teil auf die «Selbstheilungskräfte» des Marktes verlassen – oder gar Arbeitslosigkeit als «unvermeidliches Risiko» in Kauf nehmen; überzeugender ist demgegenüber die Argumentation derjenigen, die strukturelle Eingriffe zum Abbau der Unterbeschäftigung projizieren, und zwar solche Maßnahmen, die über die herkömmlichen Staatshilfen zur Förderung neuer Arbeitsplätze hinausgehen. Über die Mittel freilich, mit denen man der Arbeitslosigkeit beikommen könnte, gibt es die unterschiedlichsten Meinungen. Zieht man einen Querschnitt durch die Vorschläge der großen Parteien und der Gewerkschaften, so kamen vor allem die folgenden Diskussionskonzepte auf:

1. Verkürzung der regulären täglichen oder wöchentlichen Arbeitszeit, 2. Abbau der Überstunden, 3. Verlängerung des Urlaubs, 4. stärkere Einführung von Teilzeitarbeitsverträgen, 5. Herabsetzung der Rentenaltersgrenze bzw. noch stärkere Flexibilität der Altersgrenze, 6. Ausdehnung der Ausbildungs-Pflichtzeit.

Bei all diesen Konzepten treten Probleme auf und sind Bedingungen und Folgen umstritten. Der Grundgedanke ist hier stets, die Arbeit gleichmäßiger zu verteilen, indem man die Arbeitszeit auf diese oder jene Weise reduziert und das Arbeitskräfteangebot einschränkt, ohne jedoch in die Wirtschaftsstruktur selbst einzugreifen. Dabei tritt die Frage auf, wie die individuellen und gesellschaftlichen Kosten solcher Maßnahmen verteilt und getragen werden könnten; weitgehend ungeklärt ist auch, inwieweit der Effekt solcher Maßnahmen angesichts weiterer Rationalisierungsmöglichkeiten in den Betrieben den Absichten der Beschäftigungspolitik entspricht, also zusätzliche Arbeitsplätze zustande kommen. Manche Vorschläge laufen deshalb auch darauf hinaus, eine Entlastung der Arbeitsmarktlage im wesentlichen von neuen Arbeitsplätzen im öffentlichen Dienst oder einem durch öffentliche Mittel geförderten «zweiten Arbeitsmarkt» (ABM) zu erwarten; auch dabei stellt sich aber die Frage nach den Finanzierungschancen.

Teile der Unternehmerschaft und des liberal-konservativen politischen Lagers in der Bundesrepublik haben auf die Beschäftigungsproblematik mit einem weitreichenden Konzept der «Deregulierung» und «Flexibilisierung» von Arbeitsformen, Arbeitszeiten und Arbeitsvertragsbedingungen reagiert; in der Arbeitsgesetzgebung ist dieses Konzept auch bereits wirksam geworden. Es läuft in seiner Grundtendenz darauf hinaus, von dem «Normalarbeitsverhältnis», wie es durch gewerkschaftliche Politik und staatliche Rahmengesetzgebung in der Bundesrepublik zumindest für den männlichen Teil der Erwerbsbevölkerung historisch durchgesetzt werden konnte, wieder abzukommen, die Tarifsysteme zu lockern, das Lohnniveau je nach Wirtschaftslage der Unternehmen abzusenken und den Anteil von Teilzeitarbeit, Arbeit auf Abruf oder «geringfügiger Beschäftigung» auszudehnen. Im Effekt bedeutet dies eine neue oder gesteigerte sozial-materielle Differenzierung der Erwerbsbevölkerung; wird dieser Weg weitergegangen, so wird eine «Klassenbildung» innerhalb der Arbeitnehmerschaft, gesteigerte soziale Ungleichheit also, unvermeidlich sein.

Schon jetzt ist nicht nur langfristige Arbeitslosigkeit, sondern auch erzwungene Teilzeitarbeit, befristete Tätigkeit oder geringfügige Beschäftigung zur «neuen sozialen Frage» in der Bundesrepublik geworden.

Arbeitslose

Jahr[1]	Insgesamt[2]		Männer	Frauen	Arbeitslosenquote
	(in 1000)				%-Zahlen
1970	149	(286/ 95)	93	56	0,7
1971	185	(286/ 135)	101	84	0,8
1972	246	(376/ 190)	141	106	1,1
1973	274	(486/ 201)	150	124	1,2
1974	583	(946/ 451)	325	258	2,6
1975	1074	(1223/1002)	623	452	4,7
1976	1060	(1351/ 899)	567	494	4.6
1977	1030	(1249/ 911)	518	512	4,5
1978	993	(1224/ 864)	489	504	4,3
1979	876	(1171/ 737)	417	459	3,8
1980	880	(1118/ 767)	426	463	3,8
1981	1272	(1704/1110)	652	619	5,5
1982	1833	(2223/1646)	1021	812	7,5
1983	2258	(2536/2134)	1273	985	9,1
1984	2266	(2539/2113)	1277	989	9,1
1985	2304	(2619/2149)	1289	1015	9,3
1986	2228	(2593/2026)	1200	1028	9,0

1 1950, 1955 ohne Saarland, Jahresdurchschnitte
2 in Klammern: Höchste und niedrigste Monatswerte

Altersspezifische Arbeitslosenquoten

Altersgruppen	Arbeitslosenquote Ende September						
	1980	1981	1982	1983	1984	1985	1986
unter 20 Jahre	3,5	5,9	9,1	9,7	8,4	8,9	7,6
20 bis unter 25 Jahre	5,1	8,5	11,5	13,3	12,9	11,5	10,5
25 bis unter 30 Jahre	4,4	7,0	9,8	11,3	11,4	11,0	10,5
30 bis unter 35 Jahre	3,4	5,6	7,4	8,6	8,7	8,9	8,7
35 bis unter 40 Jahre	2,3	3,3	5,8	7,2	7,3	7,7	7,8
40 bis unter 45 Jahre	2,3	3,6	4,9	5,7	5,4	5,4	5,0
45 bis unter 50 Jahre	2,4	3,7	5,2	6,1	6,4	6,1	6,2
50 bis unter 55 Jahre	2,9	3,9	5,2	6,0	6,4	7,3	7,6
55 bis unter 60 Jahre	5,5	6,6	7,8	9,6	11,4	11,7	10,9
60 bis unter 65 Jahre	9,1	11,9	10,7	9,4	9,5	9,2	8,1
Zusammen	3,5	5,4	7,5	8,6	8,6	8,6	8,2

Hinzuweisen ist noch auf die ungleichen Risiken im Hinblick auf Arbeitslosigkeit, die durch die innere Struktur des Arbeitsmarktes bedingt sind. Daraus ergeben sich geschlechtsspezifische, regionale und altersspezifische Disparitäten mit tiefgreifenden Folgen für die Lebenschancen

und Lebensentwürfe. Die folgenden Tabellen geben hierzu einige Aufschlüsse.

Arbeitslosenquoten in den Landesarbeitsamtsbezirken und Bundesländern

Landesarbeitsamtsbezirk/ Bundesland	1976	1977	1978	1979	1980	1981	1982	1983	1984	1985	1986
Schleswig-Holstein–Hamburg	4,6	4,8	4,6	4,0	3,8	5,8	8,4	10,3	10,9	11,6	11,7
davon: Schleswig-Holstein	5,2	5,2	4,8	4,2	4,2	6,4	9,1	10,5	10,7	11,1	10,9
Hamburg	3,9	4,2	4,3	3,6	3,4	5,0	7,4	10,2	11,2	12,3	13,0
Niedersachsen–Bremen	5,4	5,5	5,2	4,7	4,7	6,8	9,5	11,4	12,1	12,5	11,9
davon: Niedersachsen	5,4	5,5	5,2	4,6	4,7	6,8	9,5	11,3	11,9	12,3	11,5
Bremen	5,6	5,4	5,4	4,9	5,3	7,2	10,1	13,1	13,8	15,2	15,5
Nordrhein-Westfalen	4,9	5,0	5,0	4,6	4,6	6,4	8,6	10,6	10,7	11,0	10,9
Hessen	4,4	4,0	3,6	2,9	2,8	4,3	6,2	7,8	7,4	7,2	6,8
Rheinland-Pfalz–Saarland	5,2	5,2	5,1	4,3	4,4	6,0	7,7	9,2	9,3	9,7	9,4
davon: Rheinland-Pfalz	4,8	4,6	4,3	3,7	3,8	5,4	7,1	8,5	8,3	8,7	8,3
Saarland	6,7	7,2	7,6	6,5	6,5	8,1	9,7	11,8	12,7	13,4	13,3
Baden-Württemberg	3,4	2,9	2,6	2,1	2,3	3,3	4,8	5,9	5,6	5,4	5,1
Bayern	5,0	4,6	4,2	3,6	3,5	5,1	6,9	8,1	7,8	7,7	7,0
davon: Nordbayern	5,7	5,2	4,8	4,1	4,0	6,0	8,2	9,4	8,9	8,7	7,8
Südbayern	4,5	4,1	3,7	3,2	3,1	4,4	5,9	7,1	6,9	6,9	6,4
Berlin (West)	3,9	4,5	4,6	4,0	4,3	5,8	8,7	10,4	10,2	10,0	10,5
Bundesgebiet	4,6	4,5	4,3	3,8	3,8	5,5	7,5	9,1	9,1	9,3	9,0

Arbeitslose Jugendliche (unter 25 Jahren)

Jahr (jew. Sept.)	gesamt (Tsd.)	davon unter 20 J. (Tsd.)	20–25 J. (Tsd.)	weibl. (%)	m. abgeschl. Berufsausb. (%)	davon weibl. (%)
1982	551,1	194,8	356,3	49,1	46,6	51,1
1983	623,3	203,4	419,9	51,2	49,1	52,8
1984	582,3	176,8	405,5	51,7	49,3	54,2
1985	563,5	174,4	389,2	53,4	46,5	56,6
1986	503,2	149,0	354,2	53¿9	43,9	57,3
1987	478,6	131,5	347,0	51,9	43,8	56,1

Quelle: Amtliche Nachrichten der Bundesanstalt für Arbeit.

Die Zahl der arbeitslosen Jugendlichen insgesamt ist rückläufig, und zwar in erster Linie der unter 20jährigen; darin kommt zum Ausdruck, daß Jugendliche unter 20 Jahren in zunehmendem Maße noch in der Schule oder in einer betrieblichen Ausbildung sind.

Die amtlichen Zahlen spiegeln die Arbeitslosigkeit nicht in vollem
Umfange. Vor allem bei «Problemgruppen» des Arbeitsmarktes, so bei

Frauen und bei «Gastarbeitern», existiert eine «stille Reserve» von Arbeitsuchenden, die für das Jahr 1987 auf mehr als anderthalb Millionen geschätzt wurde. Zunehmend ist die statistische Erfassung von Arbeitslosen amtlicherseits dazu übergegangen, die Statistik vergünstigend zu «bereinigen», indem Teilgruppen als «nicht vermittelbar», «zu alt» oder «nur auf Teilbeschäftigung eingestellt» definiert und so nicht mitgezählt werden. Die Arbeitslosenquote bei Ausländern ist besonders hoch; der «Gastarbeiterschaft» war und ist die Funktion eines «Puffers» im Arbeitsmarkt zugedacht [1] – ein Konzept, das aber ebenso unrealistisch wie unzumutbar ist, wenn es beliebige Rückwanderungsströme in die Herkunftsländer unterstellt, das in der Tat also eher die in der Bundesrepublik daueransässigen «Gastarbeiter» zur Randgruppe im Arbeitsmarkt macht.

Die Zukunft der Arbeitsgesellschaft

Die Krise auf dem Arbeitsmarkt wirft die Frage auf, ob jener Typ von «Arbeitsgesellschaft», der sich im Zuge der industriekapitalistischen Entwicklung herausgebildet hat, überhaupt noch Zukunftsaussichten hat.

Vielfältige Tendenzen deuten auf einen weitreichenden Wandel der Arbeitsverhältnisse und des Verhältnisses zur Arbeit hin:[2]

Als typisch für die Situation der Arbeitnehmer galt bisher, daß diese sich in einem Vollzeitarbeitsverhältnis befinden, daß die Beschäftigung in einem Betrieb sich vollzieht, daß der Lebensunterhalt aus diesem Arbeitsverhältnis bestritten wird, daß die Regelung und Vermittlung der Beschäftigungs- und Einkommenschancen über den «organisierten» Arbeitsmarkt erfolgt.

Demgegenüber erleben wir heute eine erhebliche Ausdehnung von Teilzeitarbeit, eine Wiederausbreitung von (technologisch gestützter) Heimarbeit, die Zunahme von «Scheinselbständigen» und einen Bedeutungszuwachs der «Schattenwirtschaft» (Schwarzarbeit etc.) und der «Eigenarbeit» («do it yourself») für die materielle Lage des einzelnen oder der Familie. Damit relativiert sich auch die Funktion des Arbeitsmarktes, zugleich schwächt sich die Fixierung auf die formelle Arbeit als «Lebenssinn» ab. Der vor allem bei der jüngeren Generation festzustellende Wertewandel läßt auch die überlieferten «Arbeitstugenden» nicht unberührt; «Fleiß» und «Disziplin» gelten nicht mehr als unbefragt positive Verhaltensweisen.

1 Historisch dazu U. Herbert: Geschichte der Ausländerbeschäftigung in Deutschland 1880 bis 1980, Berlin/Bonn 1986
2 Siehe hierzu W. Bonß und R. G. Heinze (Hrsg.): Arbeitslosigkeit in der Arbeitsgesellschaft, Frankfurt 1984

Andererseits stellte die Alternativökonomie ein Gegenbild zur industriekapitalistischen Arbeit auf und artikuliert das Bedürfnis nach selbstbestimmter, am Gebrauchswert orientierter Tätigkeit.[1]

Hier ergeben sich schwierige Problemlagen: Der Verweis auf die «alternative» Arbeitsrolle kann auch der Ablenkung von der Misere des formellen Arbeitsmarktes dienen, und schattenwirtschaftliche materielle Möglichkeiten können die Arbeitsmarktpolitik und den Sozialstaat vom Zumutungsdruck der Arbeitslosen oder Unterbeschäftigten entlasten. Offen ist zur Zeit, wohin die weitere Entwicklung tendiert; kommt es zu einer Aufspaltung der Gesellschaft in neue, voneinander abgeschottete soziale Klassen: auf der einen Seite die «Arbeitsplatzbesitzer» (Beamte, abgesicherte Angestellte, Stammbelegschaften bei den Arbeitern) – auf der anderen Seite Dauerarbeitslose, «Halbbeschäftigte» oder «Abrufarbeitnehmer» und «Aussteiger» mit geringem, durch eine informelle Ökonomie vor absoluter Verarmung bewahrtem Lebensstandard?

Oder wird diese «Schrägverteilung» von Arbeit und Einkommen vermieden durch eine gezielte Politik der Gleichverteilung von Beschäftigungs- und Erwerbschancen, und wer könnte Träger oder Initiator einer solchen Politik sein? Wäre auf längere Sicht vielleicht auch ein neues Modell der Arbeitsgesellschaft realisierbar, in dem Umverteilung formeller Beschäftigungsmöglichkeiten und Förderung der informellen Ökonomie sich verbinden, so daß dem einzelnen ein größerer Spielraum eigener Entscheidung zwischen den beiden Sphären oder zwischen «Vollerwerb» und Teilzeitarbeit nebst Eigenarbeit sich eröffnet, ohne daß das Existenzminimum unterschritten wird? Jedenfalls ist es nicht zu erwarten, daß die Krise auf dem Arbeitsmarkt sich ohne strukturelle Veränderungen im Arbeits- und Erwerbsleben lösen läßt.[2]

Die gegenwärtige Krise des «Normalarbeitsverhältnisses» wird in der sozialwissenschaftlichen Diskussion zum Teil auch als Chance gedeutet, von fremdbestimmten oder entfremdeten Arbeitsverhältnissen oder Arbeitsvollzügen wegzukommen und im Wege einer neuen Arbeitspolitik mehr Souveränität über Inhalt und Organisation oder Zeitplanung von Arbeit zu gewinnen. Die neuen Informations- und Steuerungstechniken enthalten Möglichkeiten, Produktion oder Dienstleistungen in gewissem Sinne zu dezentralisieren, in kleinere Einheiten auszulagern und im Rahmen vorgegebener Arbeitszwecke oder Arbeitssysteme Spielräume für die Arbeitenden im einzelnen zu erweitern. Zu bedenken ist dabei freilich, daß «systematische Rationalisierung» nicht nur diesen Effekt hat, sondern zugleich neue – vielfach «abstrakte» – Zwänge setzt.

---

1 Vgl. V. Teichert (Hrsg.): Entwicklungstendenzen informeller und alternativer Ökonomie, Opladen 1988
2 Dazu B. Guggenberger: Wenn uns die Arbeit ausgeht, München 1988

Technische und unternehmensstrategische Neuerungen führen seit einigen Jahren auch dazu, daß betrieblich oder individuell «neue Selbständigkeit» sich ausbreitet. Faktisch handelt es sich dabei aber vielfach um eine nur scheinbare wirtschaftliche Autonomie, zum Teil sogar um Abdrängung in materiell prekäre Existenzweise. Jedenfalls ist nicht zu sehen, daß auf diese Weise der epochale Trend der Verallgemeinerung abhängiger Arbeit zum Halt käme.

Auf die Zunahme des Anteils der abhängig Arbeitenden und die Abnahme des Anteils der Selbständigen an der Erwerbsbevölkerung ist bereits hingewiesen worden; anzumerken ist, daß die Quellen für die Zunahme der abhängig Arbeitenden vor allem in der Abnahme bisher landwirtschaftlich Selbständiger und mithelfender Familienangehöriger, zum Teil aber auch im Verlust der selbständigen Existenz von Handwerkern oder Kleingewerbetreibenden lagen. Auch die Zuwanderung von Arbeitskräften in die Bundesrepublik, die fast durchweg in abhängige Arbeit kommen, sowie die Ausweitung der Frauenerwerbstätigkeit spielten hierbei eine Rolle.

Die Tabelle auf S. 202 gibt noch einmal die Entwicklung der abhängigen Arbeit und der Anteile der verschiedenen Gruppen dabei wieder.

Der Begriff «abhängige Arbeit» darf nun aber nicht darüber hinwegtäuschen, daß unter diesem Sammelbegriff höchst unterschiedliche Qualifikationen, Arbeits- und Einkommensbedingungen zusammengefaßt sind, selbst wenn man einmal von der relativ kleinen Gruppe höchstbezahlter und mit den gesellschaftlichen Entscheidungszentren eng verbundener Spitzenkräfte der Angestellten und Beamten absieht. Einheitlichkeit der sozialökonomischen Bedingungen für die abhängig Arbeitenden liegt, wenn man die eben genannte Gruppe einmal ausklammert, nur insofern vor, als sie vom Besitz oder der Verfügung über Produktionsmittel ausgeschlossen sind.[1]

Bei der Untersuchung der Binnendifferenzierung der abhängigen Arbeit fällt zunächst ins Auge, daß die Gruppen der Angestellten und – in geringerem Maße – der Beamten anteilig anstiegen, während die Gruppe der Arbeiter prozentual zurückfällt. Im Jahre 1987 lag der Anteil der Angestellten an der Arbeitnehmerschaft der Bundesrepublik erstmals höher als der Arbeiteranteil.

Hinter der hier erkennbaren Entwicklung steht die Verlagerung volkswirtschaftlicher Funktionen vom Agrarsektor und dann auch vom Produktionssektor zum Dienstleistungssektor und, im Zusammenhang damit, nicht zuletzt die starke Zunahme des Beschäftigtenpotentials der öffentlichen Hand; zugleich macht sich hier aber auch die Veränderung von Funktionen bzw. Qualifikationsanforderungen innerhalb der Wirt-

1 Vgl. zum Problem R. Kreckel (Hrsg.): Soziale Ungleichheiten, Göttingen 1983

	Erwerbs-bevölkerung in 1000	Anteil an Erwerbsbevölkerung in Prozent			
		Abhängig Arbeitende	Arbeiter	Angestellte	Beamte
1882*	17005	63,5	57,4	3,0	3,1
1925*	32329	66,2	50,2	11,7	4,3
1950	22074	70,9	50,9	16,0	4,0
1961	26527	77,7	48,5	24,5	4,7
1965	26630	80,0	48,6	26,3	5,1
1969	26153	81,6	47,4	28,8	5,4
1976	25752	86,4	42,6	35,2	8,6
1979	27199	87,6	42,3	36,7	8,6
1986	26946	88,3	39,3	40,2	8,8

* Zahlen für das Deutsche Reich

Quellen: Helmut Steiner, Soziale Strukturveränderungen im modernen Kapitalismus, Berlin 1967, S. 12f., und Statistisches Jahrbuch für die Bundesrepublik Deutschland, fortlaufend.

schaftsbereiche bemerkbar. Zu immer größerem Anteil verlagert sich der Einsatz von Arbeitskraft auf Tätigkeiten, die sozusagen vor, hinter oder neben der eigentlichen Produktion angesiedelt sind.[1]

Es liegt auf der Hand, daß Landwirtschaft, Industrie und Dienstleistungsbereich recht unterschiedliche Strukturen aufweisen, soweit es um die Anteile von Arbeitern, Angestellten und Beamten geht. Innerhalb der Industrie zeigen beim Verhältnis von Angestellten und Arbeitern auch die einzelnen Branchen beträchtliche Abweichungen. Auch in der Industrie ist jedoch der Anteil der Angestellten stetig gestiegen.

Bei der Zunahme der Angestelltentätigkeit war der Anstieg des Anteils der Frauen bemerkenswert; weibliche Angestellte stellen heute die Hauptmasse der Beschäftigten im Handel und in verschiedenen Dienstleistungsbereichen, wobei sie vorwiegend auf die unteren Ränge der Beschäftigungs- und Einkommenshierarchie beschränkt sind.

Auch die Unterscheidung von Beamten, Angestellten und Arbeitern gibt allerdings heute nicht mehr ohne weiteres die faktische soziale Differenzierung innerhalb der abhängigen Arbeit wieder, und innerhalb der Gruppe der Arbeiter ist die traditionelle Differenzierung zwischen Facharbeitern, angelernten Arbeitern und ungelernten Arbeitern längst fragwürdig geworden.

Die Schwierigkeit, die sozialen Differenzierungen innerhalb der abhängigen Arbeit einigermaßen in den Griff zu bekommen, hängt damit zusammen, daß in der Wirtschaft der Bundesrepublik die Gesamtentwicklung der Qualifikationsstruktur in eine höchst widersprüchliche Bewegung geraten ist. Das Nebeneinander von Produktions- und Dienstlei-

1 Vgl. hierzu W. Littek u. a. (Hrsg.): Einführung in die Arbeits- und Industriesoziologie, 2. Aufl. Frankfurt 1983

stungsformen und -verfahren, die im Hinblick auf ihren technologischen Stand und die damit verbundenen Arbeitsanforderungen extreme Unterschiede aufweisen, führt zum Nebeneinander sehr unterschiedlicher, zum Teil gegenläufiger Tendenzen in der Entwicklung der Qualifikation der Arbeitskräfte.

Einerseits wird angenommen, daß die zunehmende Tendenz zur Mechanisierung bzw. Automatisierung von Arbeitsverfahren und die Verwissenschaftlichung von Produktion und Dienstleistungen das Qualifikationsniveau der Arbeitskräfte generell anheben werden; andererseits zeichnet sich die Tendenz zur Polarisierung zwischen theoretisch und intellektuell anspruchsvollen Arbeitsvollzügen hier, monotonen Routinearbeiten dort ab, damit also auch zum Qualifikationsverlust bestimmter Gruppen der abhängig Arbeitenden. Diese Entwicklung wird zur Zeit noch partiell verdeckt, indem manche Arbeitskräfte auf formal noch als qualifiziert eingestuften Arbeitsplätzen beschäftigt sind, ohne daß dort wirklich Qualifikation gefragt wäre.

Gerade die Technisierung von Arbeitsvorgängen kann einerseits hohe Qualifikationsansprüche für Entwurf und Wartung an eine bestimmte Gruppe von Arbeitenden mit sich bringen, andererseits kann sie Arbeitskraft auch auf mechanisch zu vollziehende Teilfunktionen reduzieren.

Arbeiter und Angestellte, die – ob hochgradig spezialisiert oder breit einsetzbar – auf derartige Routinetätigkeiten abgerichtet sind, geraten damit noch mehr in eine Position, die dem Produktions- oder Dienstleistungsprozeß lediglich «beigeordnet» und keineswegs übergeordnet ist. In der industriellen Fertigung hat die Tendenz zur weiteren Mechanisierung den Bedeutungsverlust traditioneller Facharbeiterausbildung und damit das Risiko der Entwertung bestehender Facharbeiterqualifikationen zum Resultat (sog. Dequalifizierung), wobei zugleich der Anteil der unmittelbar in der Fertigung tätigen Arbeiter zurückgeht. Vielfach werden hier Facharbeiter auf Anlerntätigkeiten abgedrängt. Zugleich werden an manche Facharbeiter und zum Teil auch an bisher «angelernte» Arbeiter neue Anforderungen gestellt, die auf größere Reaktionsschnelligkeit, «Kreativität» und ähnliche Verhaltensweisen hinauslaufen und nervliche Beanspruchungen intensivieren. Dies führt dazu, daß die Unternehmen mehr noch als bisher an solchen Arbeitsplätzen junge und wendige Arbeitskräfte bevorzugen, zumal hier traditionelle Ausbildung und lange Berufserfahrung eine geringere Rolle spielen. Ältere Arbeitskräfte können hier zunehmend in soziale Unsicherheit geraten.

In den Bereichen der industriellen Instandhaltung, Wartung und Reparatur hingegen hält sich zur Zeit noch der Bedarf an Facharbeit und zugleich die Tendenz zur höheren Qualifikation der Arbeitskraft. Auch hier macht sich allerdings eine Tendenz zur Polarisierung der Arbeitsvollzüge bereits bemerkbar, aus der am ehesten eine relativ kleine Gruppe von

ingenieurtechnisch qualifizierten Arbeitern bzw. Angestellten ähnlich
wie bei vollautomatisierten Anlagen oder EDV-Anlagen Vorteile zieht.

In der industriellen Produktion wuchs in den vergangenen Jahren aber
auch die Zahl technischer, zum Teil akademisch ausgebildeter Angestellter, so vor allem in den Forschungs- und Entwicklungsabteilungen. Industriezweige, die technologisch fortschrittlich sind, weisen eine überdurch-
schnittlich hohe Zuwachsquote von Angestellten auf.[1]

Im Dienstleistungssektor und im Bereich Transport und Verkehr sind
unter den Arbeitern nach wie vor – mehr als in der Industrie – Angelernte
vertreten; gleichzeitig steigt der Anteil der Angestellten hier weiter. Die
Mechanisierung oder Automatisierung von Arbeitsvollzügen in den Bü-
ros wird es allerdings zunehmend fragwürdiger machen, ob Angestelltentätigkeit hier unbedingt höhere Qualifikation und bessere Arbeitsbedingungen als Arbeitertätigkeit in der Industrie bedeutet. Auch hier könnte
ein Prozeß der Polarisierung in Gang kommen, der einerseits eine relativ
kleine Gruppe von Organisations- und Datenverarbeitungsspezialisten
(mit Hochschulausbildung) übrigläßt, andererseits die Mehrheit der Bü-
roangestellten (darunter gerade auch die Frauen) in monotone Arbeitsvollzüge hineinzwingt.[2]

Insgesamt läßt sich sagen, daß die widersprüchlichen Entwicklungstendenzen in Hinblick auf Qualifikation und Dequalifikation der abhängigen
Arbeit die Grenzen zwischen Angestellten und Arbeitern noch mehr ins
Unscharfe geraten lassen und die Vorstellung von der «Vorgesetzten»-
Funktion der Angestelltenschaft insgesamt als völlig überholt erweisen. Die rasche Veränderung von Arbeitsanforderungen, die mit dem
Strukturwandel innerhalb der und zwischen den Wirtschaftsbereichen zusammenhängt, weist auf das Problem des Verschleißes von Arbeitsquali-
fikationen hin (der ja, im Unterschied zum Verschleiß von Produktionsmitteln, von den Betroffenen nicht «abgeschrieben» werden kann), der
die Angestellten und Arbeiter vor erhebliche soziale und persönliche
Unsicherheiten stellt.

Die gegenwärtige Situation der abhängigen Arbeit ist dadurch gekennzeichnet, daß kaum irgendwo Gewißheit darüber besteht, wie lange und
wo welche Qualifikationen ihrem ursprünglichen Anspruch gemäß eingesetzt werden können.

Seit Einsetzen der Vollbeschäftigung hatte die Wirtschaft der Bundesrepublik zunächst in rasch wachsendem Umfang ausländische Arbeitskräfte an sich gezogen. Der Funktion im Wirtschaftsmechanismus nach
stellten Gastarbeiter lange Zeit hindurch jene «industrielle Reservear-
mee» dar, die zumindest aus den männlichen inländischen Arbeitneh-

1 Vgl. hierzu auch: M. Beck u. a.: Soziologie der Arbeit und der Berufe, Reinbek 1980
2 S. hierzu R. Kreckel (Hrsg.), a. a. O.

mern angesichts der damaligen Arbeitsmarktlage nicht mehr gebildet werden konnte. Mit Einsetzen der Arbeitslosigkeit wurde dann das Potential ausländischer Arbeitskräfte wieder verringert.

Die zahlenmäßige Entwicklung:

Beschäftigte ausländische Arbeitnehmer in 1000
(ohne Familienangehörige)

1967	1970	1972	1973	1974	1975	1976	1980	1983	1987
1014	1807	2285	2595	2287	2039	1921	2071	1714	1589

Ausländische Arbeitnehmer werden insbesondere in solchen Branchen, Betrieben oder Betriebsabteilungen eingesetzt, wo arbeitsintensive Produktionstechniken herrschen, viele Hilfsarbeiter benötigt werden, die Arbeitsbedingungen vergleichsweise ungünstig und die Löhne relativ niedrig sind und wo Arbeiten anfallen, die aus physischen oder nervlichen Gründen besonders unangenehm sind. Vom Altersaufbau her sind dabei in überproportionalem Umfange junge und insofern besonders anpassungsfähige bzw. beanspruchbare Arbeitnehmer gefragt. Zwischen dem Gros der einheimischen und dem Gros der ausländischen Arbeitnehmer in der Bundesrepublik besteht ein deutliches Gefälle im Hinblick auf Lohn- und Arbeitsplatzsituation; hinzu kommt für ausländische Arbeitnehmer ein höheres Arbeitsplatzrisiko.

Noch keine Aussagen können zur Zeit darüber gemacht werden, wieviel Ausländer sich mit Erfolg selbständig gemacht haben.

Frauenarbeit – Frauenerwerbstätigkeit

Es wurde schon darauf hingewiesen, daß die Erwerbsquote der Frauen in der BRD seit 1950 angestiegen ist; Zuwachsraten lagen sowohl bei weiblichen Angestellten als auch bei Arbeiterinnen vor, während der Anteil von Frauen an der Beamtenschaft nur in geringerem Umfange anwuchs. Relativ gering ist auch der Anteil der Frauen unter den Selbständigen; rückläufig war der Anteil der Frauen bei den mithelfenden Familienangehörigen, was wiederum dem Zuwachs der weiblichen abhängig Arbeitenden zugute kam. Im allgemeinen kann man davon ausgehen, daß Frauen nach wie vor nur unter Aufwendung überproportionaler Energie und nur bei vergleichsweise höherer Qualifikation mit männlichen Arbeitnehmern im Hinblick auf den Platz in der Arbeitshierarchie gleichziehen können.[1]

1 Vgl. hierzu M. Kutsch: Die Frau im Berufsleben, Freiburg 1980

Dieses Problem wird inzwischen noch verschärft durch die Arbeitslosigkeit, die auch die Tendenz mit sich bringt, bei Freisetzung von Arbeitskräften im Zweifelsfall zunächst die Frauen aus dem Erwerbsleben «freizustellen» – eine Arbeitsmarktstrategie, die sich auf immer noch mächtige Rollenklischees stützen kann. Die Differenzierung der Einkommensverhältnisse nach Männern und Frauen zeigt die Übersicht S. 207.

Bezeichnend für die Situation ist, daß bei den schlechtbezahlten und vom Rang der Arbeitsanforderungen her niedrigsten Tätigkeiten in Industrie und Dienstleistungen die Gruppe der Frauen (und zwar sowohl im Arbeiter- als auch im Angestelltenstatus) überproportional stark vertreten ist.

Der Arbeitsmarkt ist geschlechtsspezifisch «segmentiert»; Frauen sind zu hohem Anteil in jenen Segmenten zu finden, die durch hohe Arbeitsbelastung, niedriges Qualifikationsniveau und niedrige Entlohnung gekennzeichnet sind, und es handelt sich dabei in weitaus größerem Umfange als bei den Männern um Teilzeitbeschäftigungen.

Kennzeichnend für Frauenerwerbsarbeit ist nach wie vor der hohe Grad an in aller Regel familiär begründeten Unterbrechungen der beruflichen Tätigkeit, was sich wiederum qualifikationssenkend auswirkt und viele berufliche Aufstiegschancen vereitelt. Die Dauer solcher Unterbrechungen nimmt allerdings der Tendenz nach ab. Das Spektrum der für Frauen zugänglichen Berufe hat sich um einiges erweitert. Aber auch in «typischen Frauenberufen» kommen Frauen oft nicht über die mittleren Funktionsebenen hinaus, weil Leitungstätigkeiten vielfach immer noch als «Männersache» gelten. Frauen, die mit Familien- und Kinderbetreuungsarbeit belastet sind, haben auch Schwierigkeiten, sich im Hinblick auf das Berufsleben zeitlich flexibel und örtlich mobil zu verhalten; dies behindert nicht nur beruflichen Aufstieg, sondern mindert auch die Chancen für den Wiedereinstieg im Falle von Berufsunterbrechung oder Arbeitslosigkeit.[1]

Frauen sind im Durchschnitt nicht nur häufiger, sondern auch länger arbeitslos als Männer; aufgrund ihrer schlechteren Position in der Arbeits- und Berufshierarchie sind sie wiederum auch in der arbeitsbezogenen sozialen Sicherung benachteiligt.

Bei alledem schlägt die überlieferte geschlechtsspezifische Arbeitsteilung noch durch, werden auch geschlechtsspezifische Rollenkonzepte nach wie vor wirksam. Andererseits hat Erwerbstätigkeit inzwischen bei der großen Mehrheit der Frauen einen zentralen Platz in der Lebensplanung, ohne daß damit durchweg die Familienorientierung entfallen wäre. Hauswirtschaft und Familienarbeit sind nicht mehr – wie noch um die

1 Zur Problemlage von Frauen im Arbeitsmarkt siehe C. Klein: Mädchen- und Frauenarbeitslosigkeit in der Bundesrepublik, Frankfurt 1987

Nettoeinkommensgruppen – Männer/Frauen

Stellung im Beruf	Insgesamt 1000	Davon mit einem Nettoeinkommen von … bis unter … DM										
		unter 600	600 bis 800	800 bis 1000	1000 bis 1200	1200 bis 1400	1400 bis 1800	1800 bis 2200	2200 bis 2500	2500 bis 3000	3000 bis 4000	4000 und mehr
Männlich												
Selbständige	1324	100	2,8	1,1	2,3	3,9	2,9	8,6	14,7	8,3	10,3	15,9	29,1
Beamte	1684	100	8,5	0,7	0,9	1,3	2,9	10,1	15,5	10,8	14,4	20,8	14,0
Angestellte	4856	100	5,1	1,6	1,2	1,6	2,6	10,7	19,0	12,2	14,1	17,9	13,9
Arbeiter	7324	100	8,5	1,7	1,6	3,2	6,1	28,6	31,9	10,8	5,2	2,0	0,4
Zusammen	*15187*	*100*	*6,9*	*1,5*	*1,5*	*2,6*	*4,3*	*19,1*	*24,5*	*11,0*	*9,5*	*10,4*	*8,7*
dar. Auszubildende und Teilzeiterwerbstätige	1126	100	59,1	11,5	5,5	3,6	2,6	4,7	4,1	1,9	1,8	2,3	2,9
Weiblich												
Selbständige	442	100	17,1	6,1	8,6	9,5	6,2	11,3	13,9	5,2	6,0	7,0	9,1
Beamte	463	100	–	–	4,6	4,8	6,2	18,7	19,0	10,1	14,0	17,7	3,0
Angestellte	5482	100	13,6	7,9	10,0	11,0	10,7	22,8	14,7	4,0	2,5	2,0	0,8
Arbeiter	2845	100	4,3	11,3	12,9	15,4	14,6	16,0	4,3	0,6	0,3	–	–
Zusammen	*9231*	*100*	*16,4*	*8,5*	*10,5*	*12,0*	*11,4*	*20,0*	*11,7*	*3,4*	*2,6*	*2,5*	*1,1*
dar. Auszubildende und Teilzeiterwerbstätige	3452	100	36,3	18,1	16,2	10,5	5,8	6,5	3,4	1,1	0,8	0,8	0,4

Ergebnisse des Mikrozensus, Statistisches Jahrbuch für die Bundesrepublik Deutschland, 1988, S. 102.

Jahrhundertwende – die vorherrschenden Bereiche weiblicher informeller oder auch formeller Beschäftigung; die Bewegung zur vollen Durchsetzung der Gleichberechtigung von Frauen auch im Berufsleben wird sich nicht stillstellen lassen.

Industrialisierung der Landwirtschaft

Wie wir gesehen haben, ist der Stellenwert des primären Sektors der Volkswirtschaft bei zunehmender Industrialisierung der Gesellschaft rasch rückläufig. Daher befindet sich auch die Landwirtschaft in der Bundesrepublik bei fortgesetztem Zwang zur Anpassung in einem dauernden Umwälzungsprozeß.

Der Anteil der in der Land- und Forstwirtschaft (einschließlich Tierhaltung und Fischerei) beschäftigten Personen ist von 1950 bis 1986 von 24,6 v. H. auf 4,6 v. H. der Gesamtheit der Erwerbstätigen gesunken.

Die Zahl der landwirtschaftlichen Betriebe (über 1 ha) sank zwischen 1949 und 1988 von 1,647 Millionen auf 681000. Die landwirtschaftliche Nutzfläche (LN) verminderte sich in dieser Zeitspanne nur relativ geringfügig.

Die Schrumpfung der Zahl der landwirtschaftlichen Betriebe und Verlagerung der landwirtschaftlichen Betriebsgrößen zum mittleren und größeren Betrieb bei gleichzeitigem Schwund an Arbeitskräften ging dabei Hand in Hand mit einer Steigerung der Produktivität.

Trotz steigender Produktivität ist aber, wie schon dargestellt, der relative Beitrag der Landwirtschaft zum Bruttoinlandsprodukt der Bundesrepublik zurückgegangen.

Erhöhung der Produktivität bedeutet ferner nicht in jedem Fall Erreichen oder Aufrechterhalten von Rentabilität. Auf die Schwierigkeit, beides miteinander zu vereinen, ist die angespannte Lage in der Landwirtschaft zurückzuführen. Im Wettbewerb mit den Arbeitslöhnen der Industrie und den konkurrierenden Landwirtschaften der Handelspartner der Bundesrepublik mußte im Rahmen des technischen Fortschritts die Mechanisierung vorangetrieben werden; neuartige Maschinen, Geräte und Einrichtungen, die heute der Landwirtschaft zur Verfügung stehen, waren aber nur durch Investitionen zu erreichen, die wiederum neue Rentabilitätsprobleme stellten.

Diese Drucksituation besteht unvermindert weiter. Für das Erlösniveau in der Landwirtschaft ist die Nachfrageentwicklung für die von ihr angebotenen Güter von größter Bedeutung. Parallel zum Ansteigen des allgemeinen Lebensstandards der Bevölkerung in der Bundesrepublik hat sich auch die Nachfrage nach Agrarerzeugnissen geändert. Nachfragezunahme stellten die Landwirte fast ausschließlich bei Erzeugnissen der tierischen Veredlung fest, während der Verbrauch an Brotgetreide, Speisekartoffeln und Grobgemüse rückläufig war. Weiter zeigte sich die Tendenz zum Konsum verfeinerter Nahrungsmittel des gehobenen Bedarfs, die nicht im Inland erzeugt werden und der Landwirtschaft daher als Nachfrage verlorengehen. Eine weitere Erhöhung der Produktivität stößt also zunächst auf zwei Grenzen, deren eine aus der Tatsache erwächst, daß sich die Nachfragegewohnheiten der Verbraucher wandeln, und deren andere darauf beruht, daß der Konsum an Nahrungsmitteln seine absolute Grenze in der beschränkten Aufnahmefähigkeit des Menschen hat: Auch die intensivste Werbung, etwa für Butter oder Brot, wird den Konsum über eine gewisse Grenze hinaus, die sich mit der allgemeinen Bevölkerungsentwicklung verändert, nicht nennenswert steigern.

Angesichts der Grenze der Nachfrage nach Nahrungsmitteln ist die Produktionskapazität der Landwirtschaft seit langem viel zu hoch. Es ist zu erwarten, daß die Produktionskapazität infolge biologischer und mechanisch-technischer Fortschritte zukünftig noch weiter anwachsen wird. Die landwirtschaftlichen Betriebe sind jedoch gezwungen, im Interesse einer Steigerung ihrer Arbeitsproduktivität ertragssteigernde Fortschritte auf jeden Fall zu nützen. Das ist wiederum nur möglich, wenn je Arbeitskraft entsprechend große Nutzflächen beziehungsweise Nutztierbestände für den Einsatz der modernen Technik zur Verfügung stehen. Eine bessere Rentabilität und eine weitere Erhöhung der landwirtschaftlichen Einkommen kann im jetzigen Landwirtschaftssystem nur verwirklicht werden, wenn zusätzliche Arbeitskräfte aus der Landwirtschaft ausscheiden und die Produktionseinheiten (Betriebe) weiter vergrößert werden. Trotz der enormen Konzentrationsbewegung in der westdeutschen Landwirtschaft – im Zeitraum einer Generation wurde, rein rechnerisch betrachtet, jeder zweite landwirtschaftliche Betrieb aufgegeben – ist die Agrarstruktur der Bundesrepublik nach wie vor durch eine Differenzierung geprägt, in der eine große Zahl von Zuerwerbsbetrieben (Familienangehörige verdienen außerhalb der Landwirtschaft zu) und Nebenerwerbsbetrieben (Hauptquelle des Einkommens liegt außerhalb der Landwirtschaft) die Vollerwerbsbetriebe ergänzt. Insofern geben auch Zahlen über die «Landflucht» im Arbeitsmarkt, also die massive Abnahme der laut Berufsstatistik in der Landwirtschaft Beschäftigten, nicht die realen Verhältnisse wieder.

Die durchschnittliche Größe landwirtschaftlicher Betriebe in der Bundesrepublik ist von 8 ha (1969) auf ca. 17 ha (1988) gestiegen, bei Vollerwerbsbetrieben sogar auf 27 ha. Von den derzeit etwa 681 000 landwirtschaftlichen Betrieben sind ca. 336 000 Vollerwerbsbetriebe; man rechnet damit, daß diese Zahl sich weiter verringert bis auf etwa 200 000 Betriebe mit dann durchschnittlich noch größerer Fläche – nach dem Prinzip

«Wachsen oder Weichen». Die Abstände im Einkommen auch der Vollerwerbsbetriebe sind gegenwärtig ganz erheblich, sie liegen in einem Spektrum von 10000 bis über 100000 DM jährlich.

Zuerwerbs- und Nebenerwerbsbetriebe in der Landwirtschaft haben große Bedeutung für die Erhaltung der Landschaftsstruktur und dienen gewissermaßen dem Erholungsinteresse anderer Bevölkerungsgruppen; ihre Betriebsrentabilität ist freilich nicht unproblematisch.

Die außerbetriebliche Tätigkeit bei Zuerwerbsbetrieben dient vorrangig der Einkommensverbesserung. In vielen Fällen mißlingt das jedoch, da die neue Erwerbsquelle vielfach als eine Art Kapitalhilfe zur Betriebsaufstockung und zur Ablösung finanzieller Verbindlichkeiten in der Landwirtschaft dient.

Der generelle Trend zur Verstädterung und Industrialisierung hat einen Lebensstandard hervorgebracht, der fast allgemein verbindlich geworden ist. Die in der Landwirtschaft Beschäftigten fühlten sich daher vielfach als «sozial Deklassierte», da sie zwar das physiologische, nicht jedoch das soziale Existenzminimum, das von bestimmten Vorstellungen der Gesellschaft geprägt wird, bestreiten konnten. Es mußten also in der Landwirtschaft die Arbeitslöhne bzw. Einkommen angehoben werden, so daß ein am industriellen Niveau orientiertes «Paritätseinkommen» entstehen konnte. Das bedeutete jedoch, daß die gleichen Erlöse mit weniger Aufwand an menschlicher Arbeitskraft, insbesondere Lohnkräften, erzielt werden mußten. Auch das zwang die Landwirte zur Mechanisierung und damit auch zu weiteren Investitionen. Industriegleiche Entlohnung von landwirtschaftlichen Arbeitskräften und Rationalisierungsinvestitionen stellen aber Anforderungen an die Landwirtschaft, die ohne Subventionen schwer lösbar sind.

Die Lage der Landwirtschaft wird weiter dadurch ungünstig beeinflußt, daß in ihr selbst eine «interne Disparität», eine gewisse Unausgewogenheit besteht.[1] Sie ist dadurch entstanden, daß sich einerseits Großbetriebe eher den erwähnten Ansprüchen angleichen konnten und daß andererseits Betriebe in der Nähe von industriellen Ballungsräumen – diese Gebiete liegen zudem durchweg auf guten Böden – größere Rentabilitätschancen haben.

Es lassen sich drei Strukturzonen unterscheiden:

1. Gebiete nahe an den Industrieballungsräumen mit günstigen Bodenverhältnissen (z. B. Salzgitter-Braunschweig, Kölner Raum),
2. Gebiete, in denen zwar viele Kleinbetriebe liegen, die aber zusätzliche Erwerbsmöglichkeiten haben (z. B. Münchener Umgebung),
3. Gebiete, die fast keine oder gar keine Industrie haben, mit schlechten Böden und zu kleinen Höfen (z. B. Schwarzwald, Bayerischer Wald).

1 Vgl. hierzu die Agrarberichte der Bundesregierung

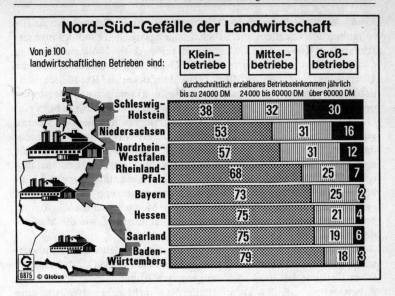

Nord-Süd-Gefälle der Landwirtschaft

Von je 100 landwirtschaftlichen Betriebe sind:

	Klein-betriebe	Mittel-betriebe	Groß-betriebe
	durchschnittlich erzielbares Betriebseinkommen jährlich		
	bis zu 24000 DM	24000 bis 60000 DM	über 60000 DM
Schleswig-Holstein	38	32	30
Niedersachsen	53	31	16
Nordrhein-Westfalen	57	31	12
Rheinland-Pfalz	68	25	7
Bayern	73	25	2
Hessen	75	21	4
Saarland	75	19	6
Baden-Württemberg	79	18	3

6875 © Globus

Die Entwicklung in der ersten Zone wird durch einen höheren Bestand der Höfe über 10 ha als in den anderen Zonen deutlich. In der zweiten und dritten Zone gibt es eine große Anzahl von Nebenerwerbsbetrieben. Besonders problematisch ist die Situation jener landwirtschaftlichen Betriebe, in denen die Betriebsgröße nicht ausreicht, um einen angemessenen Lebensstandard zu gewährleisten, die andererseits aber aufgrund des Fehlens nichtlandwirtschaftlicher Arbeitsplätze in der Nähe auch nicht als Nebenerwerbsbetriebe aufrechterhalten werden könnten.

Die Agrarpolitik der Bundesregierungen hat, unter anderem durch hohe Subventionen, versucht, die Landwirtschaft allmählich zu modernisieren, wobei sie allerdings nur zum Teil strukturelle Erfolge aufzuweisen hat. Die Aufgaben einer landwirtschaftlichen Strukturpolitik wurden auf längere Sicht darin gesehen, einerseits den Arbeitskräftebestand weiter zu verringern, um die Einkommen denen der übrigen Wirtschaft anzupassen, und andererseits die Zahl der Kleinbetriebe noch mehr zu reduzieren.

Der Versuch, die Agrarwirtschaft der Bundesrepublik unter den Bedingungen des landwirtschaftlichen Weltmarktes und den Konditionen der EG-Agrarpreise existenzfähig zu halten, brachte und bringt für die westdeutsche Volkswirtschaft erhebliche Belastungen in Form direkter und vermittelter Subventionen mit sich. Die EG-Agrarpolitik lief darauf hinaus, durch Festsetzung von Mindestpreisen für landwirtschaftliche Erzeugnisse und vor allem durch Ankauf der agrarischen Produktionsüberschüsse (auf Kosten des EG-Agrarfonds) eine Art Einkommenssicherung für die Vollerwerbslandwirte in den EG-Ländern zu betreiben. Solche Überschüsse, vor allem an Milch, Getreide, Zucker und Rindfleisch, werden dann eingelagert und später unter Weltmarktpreisniveau abgestoßen oder notfalls vernichtet. Diese Politik kostete den EG-Haushalt bisher im Durchschnitt etwa zwei Drittel des Gesamtbudgets. Kritisiert wird hieran vor allem die Verschwendung von öffentlichen Mitteln und die Vergeudung von Produktionsfaktoren (Arbeit, Energie, Boden, Material) für eine Überschußproduktion, die marktwirtschaftlich nicht existenzfähig wäre. Hinzu kommt, daß diese Politik der Subventionierung die Einkommensabstände in der Landwirtschaft nur noch vergrößert; gefördert hat sie auch die Produktion übermäßiger Mengen und die ökologisch höchst nachteilige Intensivierung der Bodennutzung sowie die Massentierhaltung.

Prognosen zur weiteren Entwicklung der westdeutschen Landwirtschaft gehen von einem fortgesetzten Trend zum Abbau landwirtschaftlicher Betriebe aus, was auch fortgesetzten Abbau landwirtschaftlicher Arbeitsplätze bedeutet. Dabei ist allerdings nicht zu erwarten, daß eine rasche «Bereinigung» in rentable Großbetriebe hier und nur noch nebenher betriebene kleine Landwirtschaften dort eintritt. Einmal abgesehen von der Frage, ob unter anderen Aspekten als denen der Betriebsrentabilität eine solche Umstrukturierung im ländlichen Raum überhaupt zu wünschen ist, stehen dem auch die allgemeine Arbeitsmarktstruktur und die «Geographie» der Arbeitsplätze im Wege.

Es ist anzunehmen, daß sich auch in Zukunft die Veränderung der Agrarstruktur gerade bei vielen kleineren Betrieben in verschiedenen Etappen über die Aufnahme eines Zuerwerbs und die Stufe des landwirtschaftlichen Nebenerwerbs bis zur Aufgabe der Landbewirtschaftung – allerdings weitgehend ohne Aufgabe des Eigentums an Boden – vollziehen wird. Zunehmend schwieriger wird es allerdings, für die in der Landwirtschaft «Freigesetzten» neue Existenzmöglichkeiten in Industrie oder Dienstleistungen zu finden.

Für die Raumordnung der Bundesrepublik stellt sich dabei die Frage, wie vermieden werden kann, daß der Strukturwandel in der Landwirtschaft zu einer sozialkulturellen Verödung und Entleerung der bisher vorwiegend landwirtschaftlich geprägten Gebiete führt.

Unter diesem Gesichtspunkt ist auch die bisherige Zielsetzung der Agrarpolitik zu problematisieren. Inwieweit ist es sinnvoll, unter volkswirtschaftlich hohen Kosten eine «Rationalisierung» zu fördern, die den Umweltwert des Agrarraumes mindert, die verheißene Rentabilität aber, gesamtwirtschaftlich gesehen, keineswegs erreichen kann?

Mit der Industrialisierung der Landwirtschaft hat sich im Hinblick auf die ökologischen Folgen ein extremer Eingriff vollzogen, dessen Resultate auch die städtische Bevölkerung treffen. Agrarfabriken, «Flurbereinigung», Monostrukturen, hochgradiger Einsatz von Agrarchemie und maschinenangepaßte Bodengestaltung haben das «Land» belastet und verändert, die Artenvielfalt bei Pflanzen und Tieren drastisch reduziert und Naturkreisläufe zerbrochen. Ansatzweise zeigen sich inzwischen agrarpolitische Korrekturen dieser Entwicklung, etwa derart, daß «Produktionsschwellen» eingeführt, Obergrenzen im Verhältnis von Viehbestand und Fläche gesetzt, extensive Formen der Agrarwirtschaft gefördert werden sollen. In die gleiche Richtung zielen Versuche, ökologisch durchdachte, «alternative Landwirtschaft» im Agrarmarkt zur Geltung zu bringen. Nur unzureichend ist bisher der Grundsatz realisiert, daß Boden kein unbeschränkt zu vernutzendes Gut sein darf.[1]

Verfügungsverhältnisse und Verteilungskonflikte in der Wirtschaft

Nicht nur in der Landwirtschaft, sondern vor allem auch – und hier mit größerem gesellschaftlichem Gewicht – im Bereich des produzierenden Gewerbes zeigt sich eine Entwicklungstendenz, die offenbar für alle industriellen Gesellschaften mit kapitalistischer Wirtschaftsform bezeichnend ist, nämlich der historische Wandel als Rückgang des Anteils der wirtschaftlich Selbständigen. Zwischen 1882 und 1986 ging der Anteil der Selbständigen an der Gesamtheit der Erwerbstätigen im Gebiet des Deutschen Reiches bzw. der Bundesrepublik von 36,5 auf 11,6 v. H. (mithelfende Familienangehörige eingeschlossen) zurück. Die Entwicklung in der Bundesrepublik zwischen 1950 und 1986:

Abhängige und Selbständige unter den Erwerbstätigen in der Bundesrepublik Deutschland in Prozent

	1950	1965	1970	1976	1982	1986
Selbständige (einschl. mithelfende Familienangehörige)	29,1	20,0	17,2	13,6	12,5	11,6
Abhängige (Arbeiter, Angestellte, Beamte)	70,9	80,0	82,8	86,4	87,5	88,4

Weiterhin zeigt sich, daß unter den Abhängigen die Gruppe der Ange-

---

1 Vgl. hierzu H. Priebe: Die subventionierte Unvernunft, Berlin 1985, ferner B. Glaeser (Hrsg.): Die Krise der Landwirtschaft, Frankfurt 1986

stellten mit Abstand den höchsten Zuwachs hat, während die Gruppe der
Arbeiter relative Verluste aufweist:

Aufgliederung des Anteils der Abhängigen

	1950	1965	1970	1976	1982	1986
Arbeiter	50,9	48,6	46,5	42,6	43,9	39,3
Angestellte	16,0	26,3	29,1	35,2	40,4	42,2
Beamte	4,0	5,1	7,2	8,6	8,9	8,8

Was die Selbständigen angeht, so ist zu berücksichtigen, daß dem statistischen Begriff der Selbständigkeit formelle, juristische Kriterien zugrunde liegen; die höchst unterschiedlichen Größenverhältnisse wirtschaftlichen Besitzes und der faktische Grad wirtschaftlicher Selbständigkeit sind damit nicht erfaßt.

Das Anwachsen der Gruppe der abhängig Arbeitenden ging, wenn
man die Entwicklung in der Bundesrepublik seit 1950 betrachtet,
einerseits auf den Zustrom von Vertriebenen und Flüchtlingen und auf
die zunehmende Einbeziehung von Frauen in das Erwerbsleben zurück,
andererseits war sie durch den Verlust bisheriger wirtschaftlicher Selbständigkeit und die Freisetzung von bisher mithelfenden Familienangehörigen für abhängige Arbeit bedingt. Der Zuwachs an Abhängigen aus
der Gruppe der bisher Selbständigen rekrutierte sich vor allem aus kleinen Existenzen der Landwirtschaft sowie des produzierenden Gewerbes
und des Handels. Wie die Tabelle «Erwerbstätige nach Wirtschaftsbereichen und Stellung im Beruf» zeigt, sind auch im Zeitraum von 1960 bis
1986 in allen Wirtschaftsbereichen der Bundesrepublik, ausgenommen
die Dienstleistungen, die absoluten Zahlen der Selbständigen und der
mithelfenden Familienangehörigen bis Anfang der achtziger Jahre rückläufig gewesen; im produzierenden Gewerbe allerdings steigt die Zahl der
Selbständigen seitdem wieder leicht an. Es wurde schon darauf hingewiesen, daß es sich dabei zum Teil um eine neue, eher scheinhafte Selbständigkeit handeln kann.

Bei einem internationalen Vergleich der Stellung der Erwerbspersonen
im Beruf stellt sich heraus, daß die Bundesrepublik einen besonders niedrigen Anteil an Selbständigen hat. Dieses Ergebnis weist die Bundesrepublik als hochindustrialisierte Gesellschaft aus. Es besteht offenbar ein
enger Zusammenhang zwischen dem Rückgang der wirtschaftlich Selbständigen und dem «Fortschritt» der wirtschaftlichen Entwicklung; ein
geringer Anteil an Selbständigen deutet auf eine rationalisierte Struktur
der Landwirtschaft und vor allem auf einen hohen Grad an Konzentration
in der Industrie hin.

Schon aus den statistischen Angaben über das Verhältnis von wirt-

Erwerbstätige nach Wirtschaftsbereichen und Stellung im Beruf

Wirtschaftsbereich Stellung im Beruf	Jahresdurchschnitt (in 1000)							
	1960	1964	1968	1970	1976	1979	1982	1986
Land- und Forstwirtschaft, Tierhaltung und Fischerei	3623	3084	2630	2406	1714	1544	1382	1244
Selbständige	1159	1001	873	828	615	544	495	436
Mithelfende Familienangehörige	1931	1692	1453	1294	857	745	642	526
Abhängige	533	391	304	284	242	255	245	282
Produzierendes Gewerbe	12518	13022	12479	13247	11379	11482	10957	11064
Selbständige	808	742	685	704	595	609	551	576
Mithelfende Familienangehörige	248	215	171	157	111	100	76	60
Abhängige	11462	12065	11623	12386	10673	10773	10330	11064
Handel und Verkehr	4515	4752	4703	4802	4500	4553	4739	4842
Selbständige	776	766	733	716	617	617	602	557
Mithelfende Familienangehörige	272	257	242	234	170	138	80	62
Abhängige	3467	3729	3728	3852	3713	3798	4057	4223
Sonstige Wirtschaftsbereiche (Dienstleistungen)	5591	6121	6530	6749	7483	7969	8590	9790
Selbständige	541	580	655	654	619	667	681	834
Mithelfende Familienangehörige	181	179	200	184	175	150	86	70
Abhängige	4869	5362	5675	5911	6689	7152	7823	8886
Insgesamt	26247	26979	26342	27204	25067	25548	25668	26940
Selbständige	3284	3089	2946	2902	2446	2437	2329	2403
Mithelfende Familienangehörige	2632	2343	2066	1869	1313	1133	884	718
Abhängige	20331	21547	21330	22433	21317	21978	22455	23819

aus: Statistisches Jahrbuch für die Bundesrepublik Deutschland, fortlaufend

schaftlich Selbständigen und wirtschaftlich Abhängigen in der Bundesrepublik wird deutlich, daß die übergroße Majorität der Bevölkerung vom Besitz an Produktionsmitteln ausgeschlossen ist und die Tendenz der ökonomischen Entwicklung dahin ging, die Gruppe der «gewichtigen» Produktionsmittelbesitzer weiter zusammenschrumpfen zu lassen. Da gleichzeitig der Wert der privatwirtschaftlich zur Verfügung stehenden Produktionsmittel in der Bundesrepublik insgesamt langfristig anstieg, kann auf eine eindeutige Konzentrationsbewegung des Besitzes an Produktivkapital geschlossen werden. In der Diskussion über das Wirtschaftssystem der Bundesrepublik nimmt das Thema der Konzentration seit langem großen Raum ein. Unter Konzentration ist allgemein ein Prozeß zu verstehen, der ein Ansteigen des Umsatz- und Kapitalanteils der größeren Unternehmen gegenüber den kleineren erkennen läßt, wobei die größeren Unternehmen sich auf Kosten kleinerer ausbreiten, indem sie schneller wachsen oder die kleineren in sich aufgehen lassen bzw. ruinieren. Besondere Bedeutung wird dabei der industriellen Konzentration zugemessen. Zwar lassen sich auch in der Landwirtschaft und im Sektor der Dienstleistungen Konzentrationsvorgänge erkennen, zudem treten Konzentrationsbewegungen vor allem auch im Bankgewerbe, bei den Versicherungsgesellschaften und im Warenhandel und Warenverkauf schon seit vielen Jahrzehnten in großem Umfange auf, doch richtete sich die Aufmerksamkeit der wirtschaftspolitisch Interessierten vor allem auf den Trend der Konzentration in der Grundstoff- und Produktionsgüterindustrie und in jenen Industriezweigen, die technologisch an der Spitze liegen. Gerade in diesen Wirtschaftsbereichen wohnte offenbar schon der technischen Entwicklung ein Zwang zur stärkeren Unternehmensverflechtung inne; die Konzentration gleichartiger Industriebetriebe zu wenigen Großunternehmen oder auch die Konzentration von Herstellungs- und Zulieferunternehmen eröffnete die Möglichkeit, rentablere Produktionsverfahren einzuführen, Forschung und Werbung zu intensivieren, den Absatz besser zu planen und den Markt zu steuern.

Seit einigen Jahren zeigt sich hier auch eine gegenläufige Entwicklung; Großunternehmen geben Teile des Produktionsvorganges an rechtlich selbständige Klein- und Mittelbetriebe, um sich damit von Risiken und Kosten zu entlasten. Die «Steuerungsgewalt» kann dabei durchaus beim Großunternehmen verbleiben, bis hin zur arbeitsorganisatorischen Anbindung von Zulieferunternehmen (etwa durch Just-in-time-Verfahren) an die «Zentrale».

Die neuen Technologien geben in einigen Branchen aber auch Klein- und Mittelbetrieben wieder Möglichkeiten, ihren Spielraum im Marktgeschehen zu gewinnen.

Systematisch lassen sich Vorgänge wirtschaftlicher Konzentration auf verschiedenen Ebenen und in unterschiedlicher Richtung feststellen: Konzentration tritt auf der betriebswirtschaftlichen Ebene der Arbeitsstätte und des Betriebes als örtlicher Produktionseinheit auf; Konzentration findet als Zusammenführung bisher selbständiger Unternehmen statt; Konzentration stellt schließlich auch die kapitalmäßige Verflechtung juristisch selbständiger Unternehmen dar. Von horizontaler Konzentration spricht man, wenn es sich um die Zusammenführung von Unternehmen handelt, die gleiche Produkte herstellen (Ausdehnung auf der gleichen Produktionsstufe); vertikale Konzentration stellt die Verflechtung von Unternehmen dar, die unterschiedliche Güter oder Dienstleistungen innerhalb desselben Produktionsbereiches anbieten, also etwa die Konzentration von der Grundstoffherstellung bis zum Warenver-

kaufsunternehmen (Ausdehnung in vor- und nachgelagerte Wirtschafts-
stufen). Diagonale Konzentration schließlich besteht in der Zusammenfassung von Unternehmen, deren Produkte oder Leistungen nichts oder
fast nichts miteinander zu tun haben («Gemischtwarenkonzerne»).

Konzentrationsvorgänge können sich sowohl in der Steigerung der Beschäftigtenzahl, des Kapitalvermögens oder des Umsatzes bestimmter Unternehmen als auch in der Ansammlung wirtschaftlichen Steuerungs- und
Machtpotentials oder in der Kapitalverflechtung, unabhängig von der formellen Selbständigkeit der Unternehmen ausdrücken.

In immer stärkerem Umfange sind ferner Konzentrationsvorgänge quer
zu den Grenzen der einzelnen Volkswirtschaften zu beobachten (multinationale Konzentration).

Einigermaßen sichere Auskünfte über das Ausmaß der wirtschaftlichen
Konzentration auf der Ebene der Unternehmen gibt die Umsatzsteuersta-
tistik, wobei hier Daten über Beschäftigtenzahlen und Beiträge zum
Bruttoinlandsprodukt ergänzend hinzutreten. Konzentrationsbewegungen werden bei den Unternehmen besonders deutlich, wenn man die Um-
satzanteile von Großunternehmen innerhalb bestimmter Branchen registriert. Systematische amtliche Untersuchungen über die Konzentration in
der Wirtschaft der Bundesrepublik liegen kaum vor; für die Aufbauphase
der westdeutschen Wirtschaft gab die sog. Konzentrationsenquête (1964
veröffentlicht) einige Auskünfte, und er Zeitraum ab 1972 ist durch die
Berichte der von der Bundesregierung eingesetzten Monopolkommission
teilweise erfaßt. Das Datenmaterial ergibt folgendes Bild: Zwischen 1957
und 1977 erhöhte sich der Anteil der 50 größten westdeutschen Industrieunternehmen am Gesamtumsatz von 29,9 auf 47,1 v. H., der Beschäftigten-
anteil derselben Gruppe in demselben Zeitraum stieg von 24,8 auf 36,3
v. H.[1] Die Beschäftigtenanteile der industriellen Großunternehmen sind
inzwischen freilich für das Ausmaß ökonomischer Machtzusammenbal-
lung nicht mehr so sehr aussagefähig, da gerade in diesen Unternehmen
technische Anlagen immer mehr menschliche Arbeit ersetzen.

Für 1982 ermittelte die Monopolkommission, daß der Umsatzanteil der
jeweils größten drei Unternehmen eines Industriezweiges in der BRD an
dessen Gesamtumsatz im Durchschnitt bei einem Viertel, der jeweils sechs
größten Unternehmen bei einem Drittel und der jeweils zehn größten
Unternehmen bei mehr als vierzig Prozent lag. In der Automobilindustrie
erreichte der Umsatz der sechs größten Unternehmen z. B. 64 Prozent des
Umsatzes der gesamten Branche.[2]

Die Konzentrationstendenz bei den Unternehmen der industriellen
Produktion wird hier sehr deutlich.

---

1 Vgl. hierzu Hauptgutachten der Monopolkommission, III, Baden-Baden 1980
2 Ebenda, 1982

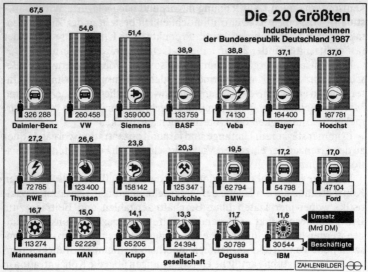

Die 20 Größten

Industrieunternehmen
der Bundesrepublik Deutschland 1987

	Umsatz (Mrd DM)	Beschäftigte
Daimler-Benz	67,5	326 288
VW	54,6	260 458
Siemens	51,4	359 000
BASF	38,9	133 759
Veba	38,8	74 130
Bayer	37,1	164 400
Hoechst	37,0	167 781
RWE	27,2	72 785
Thyssen	26,6	123 400
Bosch	23,8	158 142
Ruhrkohle	20,3	125 347
BMW	19,5	62 794
Opel	17,2	54 798
Ford	17,0	47 104
Mannesmann	16,7	113 274
MAN	15,0	52 229
Krupp	14,1	65 205
Metallgesellschaft	13,3	24 394
Degussa	11,7	30 789
IBM	11,6	30 544

ZAHLENBILDER

© Erich Schmidt Verlag   336 121

An einer außerordentlich starken Konzentration und Machtstellung des privaten Unternehmenskapitals in wenigen Händen kann kein Zweifel bestehen. Lediglich für einen kleinen Bereich von etwa 10 v. H. des personenbezogenen Aktienkapitals, das sich jedoch auch nur in den Händen eines geringen Prozentsatzes aller Haushalte befindet, kann von einer breiteren Streuung die Rede sein. Die Verfügungsmacht über dieses Kapital liegt aber überwiegend bei den Banken, die in ihren Depots nahezu das gesamte Aktienkapital aus dem Besitz von Privatpersonen verwalten und über den größten Teil des Streubesitzes mit Hilfe der Depotstimmrechte disponieren.

Die Banken wiederum sind sachlich und personell eng mit den führenden Kapitalgesellschaften verbunden. Im Kredit- und Versicherungsgewerbe ist die Machtstellung der Großen noch weitaus eindeutiger als im produzierenden Gewerbe.

Die bisherige Darstellung geht von den rechtlich faßbaren Verhältnissen aus; würde man informelle Bindungen und Steuerungsmöglichkeiten mit in die Untersuchung einbeziehen, so würde sich ein noch weit höherer Grad an Konzentration herausstellen, ganz zu schweigen von der faktischen Abhängigkeit eines großen Teils der rechtlich selbständigen kleinen Zulieferer- und Dienstleistungsbetriebe.

Gewicht der jeweils zehn größten Unternehmen
in den Wirtschaftssektoren – Stand 1984

Sektor	Zahl der Unternehmen in 1000	Bezugsbasis	Gesamtgeschäft des Sektors in Mrd. DM	Anteil der zehn größten Unternehmen in %
Produzierendes Gewerbe	486,4	Umsatz	2005,9	14,7
Handel	568,8	Umsatz	1239,9	8,9
Verkehr- und Dienstleistungen	751,4	Umsatz	449,2	7,7
Kreditgewerbe		Bilanzsumme	3173,9	36,6
Versicherungsgewerbe	10,1	Erstvers.pr.	38,0	37,1
		Rückvers.pr.	23,2	60,2

Die wirtschaftspolitischen Maßnahmen und das geltende Recht in der BRD (Gesellschafts-, Konzern-, Kartell- und Steuerrecht) haben, entgegen vielen Beteuerungen der Mittelstandsfreundlichkeit der verschiedenen Bundesregierungen, die wirtschaftliche Konzentration auf mancherlei Weise gefördert.

Die Kartellbehörden in der Bundesrepublik (oberste Landesbehörden, i. d. R. Wirtschaftsministerien und das Bundeskartellamt in Berlin), die aufgrund des Gesetzes gegen Wettbewerbsbeschränkungen vom 27.7.1957 (Kartellgesetz, in Kraft getreten am 1.1.1958) arbeiten, blieben gegenüber den eigentlichen Konzentrationsvorgängen unwirksam, da sich ihre Tätigkeit nur gegen übermäßige Machtballungen der Anbieter auf dem wirtschaftlichen Markt richtet und dabei nur solche Vorgänge erfaßt werden können, die sich formell, also als vertragliche Vereinbarung darstellen. Daran hat auch die mehrfache Novellierung des Gesetzes (Fusionskontrolle) nur wenig verändert.

Die «Vermachtung der Märkte» durch Kartelle und Konzerne läßt die alte liberale Modellvorstellung, wonach die Nachfrage der Konsumenten auf konkurrierende Angebote der Unternehmer trifft und dieser «Markt» Produktion und Preisbildung steuert, als der volkswirtschaftlichen Realität nicht immer angemessen erscheinen. «Marktwirtschaft» im skizzierten Sinne ist durch den Prozeß der Unternehmens- und Kapitalkonzentration zum Teil verdrängt worden. Auf der großwirtschaftlichen Ebene wird, soweit es um technische Gebrauchsprodukte geht, Konkurrenz allerdings durch das internationale Angebot in Gang gehalten. In Produktbereichen, die politisch besondere Wertschätzung auf sich ziehen können (so etwa in der Rüstungs- oder Raumfahrtindustrie), aber auch bei energiewirtschaftlichen und kommunikationswirtschaftlichen

Projekten tritt zum Teil der Staat an die Stelle des Marktes und wird so zum Financier privater Unternehmenswirtschaft. Gleichzeitig haben aber Unternehmenskorporationen wie zum Beispiel die Daimler-Benz-Gruppe ein volkswirtschaftliches und damit politisches Gewicht, dem sich staatliche Entscheidungen kaum entziehen können. Wirtschaftliche und zugleich politische Probleme, die infolge der zunehmenden Konzentration von Unternehmen und Produktivkapital in der Bundesrepublik entstehen, sieht der Wirtschaftswissenschaftler H. Arndt auf drei Ebenen: «Horizontal – durch Monopolisierung und damit durch Beherrschung eines Marktes; vertikal – durch Beherrschungs- bzw. Abhängigkeitsverhältnisse infolge spezifischer zwischenunternehmerischer Beziehungen, z. B. zwischen einem Anbieter und einem Nachfrager oder zwischen einem Kreditgeber und einem Kreditnehmer; diagonalfunktional – durch Vereinigung verschiedener, z. B. wirtschaftlicher und politischer Funktionen in einer Hand. In allen drei Fällen kann die Macht eingesetzt werden, um den Schwachen im Interesse der Gewinn- oder Vorteilsmaximierung des Stärkeren zur Umwertung zu zwingen.»[1]

Der Trend zur Konzentration wird noch verstärkt durch die internationale wirtschaftliche Konkurrenz, bei der die Großunternehmen im Hinblick auf Investitionsmöglichkeiten, Rationalisierung der Produktion und Marktstrategie im Vorteil sind. Zugleich wachsen die Unternehmen in multinationale Kapitalverbindungen hinein.

Kritik am Prozeß der wirtschaftlichen Konzentration, die von der Vorstellung ausgeht, man könne die Zusammenballung der Unternehmen und des Kapitals zugunsten einer breitgelagerten Konkurrenz mittlerer Unternehmen rückgängig machen, bleibt gegenüber den Realitäten ohnmächtig.

Im Mittelpunkt der Diskussion sollte vielmehr die Frage stehen, welche Folgen für die gesellschaftlichen Entscheidungsvorgänge und Prioritäten privatwirtschaftliche Konzentration hat und auf welchem Wege die hier angesammelte und sich weiter ansammelnde wirtschaftliche Macht dem Anspruch der Demokratie unterworfen werden kann. Gleichzeitig ist zu bedenken, daß der materielle Ertrag wirtschaftlicher Selbständigkeit für die große Mehrheit der Bevölkerung ohne Bedeutung ist; an deren Stelle sind wirtschaftliche Sicherungen durch Einkommen und Anrechte auf Versorgung getreten, deren Quellen abhängige Arbeit und sozialstaatliche Leistung sind.

Die im vorhergehenden Abschnitt mitgeteilten Daten geben Aufschluß über die Konzentration des Produktivvermögens; sie verschaffen jedoch keinen Einblick in die Verteilung des Gesamtvermögens in der Bundesrepublik. Wer Aussagen hierzu machen will, stößt auf große methodische

1 H. Arndt in: D. Grosser (Hrsg.): Konzentration ohne Kontrolle, Opladen 1974, S. 40

Schwierigkeiten. Die offizielle Statistik in der Bundesrepublik hat bisher kaum versucht, die Einkommens- und Vermögensverteilung umfassend zu erheben, was den «Spiegel» zu der Anmerkung veranlaßte: «Das Statistische Bundesamt, das Jahr für Jahr ausgewählte Obstkulturen, abgemagerte Schlachttiere und die Freunde des deutschen Männergesangs akribisch zählt, durfte die Klassenunterschiede in der westdeutschen Gesellschaft nie erforschen.»

Hinzu kommt, daß die Vermögensverhältnisse der wirtschaftlich Abhängigen statistisch leichter zu erfassen sind als die der Selbständigen, was nicht nur damit zusammenhängt, daß die Selbständigen weniger Neigung zeigen, über ihre Vermögensverhältnisse Auskunft zu geben. Die wirtschaftlich Abhängigen und Besoldungsempfänger verfügen, abgesehen von Grund- und Hausbesitz, im wesentlichen über materielle Anrechte, die in Geld berechenbar sind, und über Geldvermögen, die Selbständigen hingegen vielfach über Sachvermögen und Beteiligungskapital, bei dem sich weitaus größere Bewertungsschwierigkeiten stellen. Außerdem sind alle Angaben über Vermögensverteilung, die für die Gruppen der Selbständigen und der Abhängigen Durchschnittswerte nennen, im Grunde ohne Aussagefähigkeit, da hier Besitzer riesiger Vermögen und z. B. Einzelhändler am Rande des Existenzminimums, einkommensschwere Spitzenmanager und Gelegenheitsarbeiter zu statistischen Mittelwerten zusammengerechnet werden.

Im Jahre 1971 hat J. Siebke in Fortschreibung des Krelle-Gutachtens und in Auswertung des überhaupt vorhandenen statistischen Materials ein Gutachten vorgelegt, das die Verteilung des privaten Vermögenszuwachses in der BRD im Zeitraum von 1950 bis 1969 und die Verteilung des privaten Vermögensbestandes für das Jahr 1966 beschreibt.[1] Die Arbeit von Siebke gibt wichtige Hinweise auf die Entwicklung der privaten Vermögensverhältnisse in der Phase, in der die Wirtschaftsstruktur der Bundesrepublik sich herausbildete (siehe Tabelle auf Seite 222).

Die klare Hierarchie des Vermögenszuwachses in der Aufschwungphase der BRD wurde hieraus deutlich. Damit waren die heute noch herrschenden Verteilungsverhältnisse grundgelegt. Nicht erfaßt war dabei allerdings das Phänomen der «Anrechte» aus garantierten sozialen Leistungen. Hier handelt es sich um eine Art von «Vermögen», das vor allem in gesicherten Arbeitsplätzen (Beamte, auch viele Angestellte im öffentlichen Dienst) und deren Nebeneffekten bzw. in Renten und Pensionen besteht. Die Differenzen zwischen der Vermögensbildung der Unselbständigen und der Selbständigen und auch die Differenzen zwischen den verschiedenen Gruppen der Unselbständigen werden auch sichtbar, wenn man die Anteile der einzelnen Erwerbstätigengruppen am Vermögenszu-

1 J. Siebke: Die Vermögensbildung der privaten Haushalte. Gutachten Bonn 1971

Private Vermögensbildung 1950 bis 1969 (nach Siebke)

	Mrd. DM	Prozent des Gesamt-zuwachses	Vermögen je Einkom-mensbezieher in DM 1950–1969
Arbeiter	73	12	6000
Angestellte	95	16	13000
Beamte	36	6	19100
Arbeitnehmer insgesamt	204	34	9500
Rentner	54	9	6000
Unselbständige insgesamt	258	43	8500
Landwirte	23	4	9900
Selbständige *	316	53	121500
Selbständige insgesamt	338	57	68700
Alle	597	100	16700

* einschl. freie Berufe

wachs mit ihrem Anteil an der Gesamtheit der Erwerbstätigen ver-gleicht:

	Anteil an der Erwerbsbevölkerung	am Vermög.-Zuwachs bis 1969
Selbständige (einschl. Landwirte)	24 %	57 %
Beamte	4,7 %	6 %
Angestellte	22,5 %	16 %
Arbeiter	49,2 %	12 %

(Für die Anteile an der Erwerbsbevölkerung, die sich zwischen 1950 und 1969 verändert haben, sind hier mittlere Werte für den Ganzzeitraum angegeben.)

Stellt man den im Zeitraum 1950–1969 innerhalb der jeweiligen Gruppe durchschnittlich erreichten Vermögenszuwachs pro Kopf gegen-über, so ergibt sich für die Gruppe der Arbeiter ein Durchschnittsbetrag von 6000 DM, für die Gruppe der Selbständigen (ohne Landwirte) von 121500 DM, also eine Relation von rund 1:20.

Um keine Fehlinterpretation aufkommen zu lassen, sei hier darauf hingewiesen, daß die oben angegebenen Zahlen neben den genannten materiellen «Anrechten» zwei wesentliche Komponenten des privaten Vermögens und seines Zuwachses außer acht lassen, nämlich die 1950 bereits vorhandenen Vermögen und den Vermögenszuwachs, der sich aus der Wertsteigerung der schon vorhandenen und der jeweils erworbe-nen Vermögensobjekte ergibt.

Als Bestandsaufnahme für das Jahr 1966 ergab sich aus den Berechnungen Siebkes, daß rund 2 v. H. aller privaten Haushalte etwa 32 v. H. des privaten Gesamtvermögens besaßen.

Der Eindruck einer anhaltenden Hierarchie der Vermögensverhältnisse bestätigt sich, wenn man die gegenwärtige Einkommensstruktur in der Bundesrepublik betrachtet, die ja zumindest für die wirtschaftlich Abhängigen die Basis einer eventuellen Vermögensbildung abgibt.

Selbst wenn man die Einkommensbezieher unter 600 DM monatlich (die Teilzeitarbeitsverhältnisse u. ä. umfassen) ausklammert, wird deutlich, daß die Masse der Arbeiter und die Mehrheit der Angestellten sich in Einkommensgruppen befinden, die eine kapitalträchtige Vermögensbildung nicht erlauben. Mit der Einkommenshöhe verändert oder erweitert sich zugleich die Funktion des Geldes: «Niedriges Einkommen gibt Verfügung über Verbrauchsgüter für den jetzigen Verbrauch, höheres Einkommen sichert die Verfügung für späteren Verbrauch, noch höheres Einkommen gewährt Einkommen aus dem gebildeten Kapital, sehr hohes Einkommen gibt Verfügung über Menschen, gibt Macht und Ansehen in der Gesellschaft.»[1]

Wenn auch in der Grundstruktur Ungleichgewichte der Vermögensverteilung in der Bundesrepublik sich nicht verändert haben, so ist doch in den Zeiten des wirtschaftlichen Wachstums der großen Mehrheit der Arbeitnehmer nicht nur eine beträchtliche, um 1950 noch kaum zu ahnende Steigerung der Reallöhne und -gehälter zugewachsen, sondern es hatte sich auch in der Zeit von 1960 bis 1981 das Verhältnis zwischen der Gesamtheit des Lohneinkommens und der Gesamtheit des Einkommens aus Unternehmertätigkeit und Vermögen zugunsten des Lohns um einiges verschoben. Die «bereinigte» Lohnquote (die Umschichtungen zwischen den Anteilen von Arbeitnehmern und Selbständigen an der Erwerbsbevölkerung berücksichtigt) stieg von 60,1 im Jahre 1960 auf 65,6 im Jahre 1981 an.

In der «arbeitnehmerfreundlichen» Phase der westdeutschen Wirtschaftsentwicklung ergab sich auch eine merkbare (absolute und relative) Steigerung der «Sozialeinkommen», d. h. der materiell wirksamen Sozialleistungen zugunsten der Arbeitnehmer. Insbesondere im Zeitraum von 1969 bis 1978 stiegen die Sozialleistungen an; sie wiesen in diesem Zeitraum eine Steigerungsrate von 182 % (gegenüber einer Steigerungsrate von 115 % des Bruttosozialprodukts) auf.

Seit 1982 ist die Lohnquote rückläufig; 1988 war sie bereits unter das Niveau von 1960 zurückgefallen. Im gleichen Schritt stieg die Gewinnquote aus Unternehmertätigkeit und Vermögensbesitz an.

Nun gibt das Niveau der Löhne und Gehälter allein keine vollständige Auskunft über die Einzel- oder Haushaltseinkommen der abhängig arbei-

1 A. Kozlik: Volkskapitalismus – Jenseits der Wirtschaftswunder, Wien 1968, S. 26

Einkommensstufung nach Stellung im Beruf und Nettoeinkommensgruppen* – April 1986

Stellung im Beruf	Insgesamt 1000	Davon mit einem Nettoeinkommen von ... bis unter ... DM										
		unter 600	600 bis 800	800 bis 1000	1000 bis 1200	1200 bis 1400	1400 bis 1800	1800 bis 2200	2200 bis 2500	2500 bis 3000	3000 bis 4000	4000 u. mehr
		%										
Männlich												
Selbständige	1324	100	2,8	1,1	2,3	3,9	2,9	8,6	14,7	8,3	10,3	15,9	29,1
Beamte	1684	100	8,5	0,7	0,9	1,3	2,9	10,1	15,5	10,8	14,4	20,8	14,0
Angestellte[1]	4856	100	5,1	1,6	1,2	1,6	2,6	10,7	19,0	12,2	14,1	17,9	13,9
Arbeiter[2]	7324	100	8,5	1,7	1,6	3,2	6,1	28,6	31,9	10,8	5,2	2,0	0,4
Zusammen	*15187*	*100*	*6,9*	*1,5*	*1,5*	*2,6*	*4,3*	*19,1*	*24,5*	*11,0*	*9,5*	*10,4*	*8,7*
dar. Auszubildende[3] und Teilzeiterwerbstätige[4]	1126	100	59,1	11,5	5,5	3,6	2,6	4,7	4,1	1,9	1,8	2,3	2,9
Weiblich												
Selbständige	442	100	17,1	6,1	8,6	9,5	6,2	11,3	13,9	5,2	6,0	7,0	9,1
Beamte	463	100	–	–	4,6	4,8	6,2	18,7	19,0	10,1	14,0	17,7	3,0
Angestellte[1]	5482	100	13,6	7,9	10,0	11,0	10,7	22,8	14,7	4,0	2,5	2,0	0,8
Arbeiter[2]	2845	100	24,3	11,3	12,9	15,4	14,6	16,0	4,3	0,6	0,3	–	–
Zusammen	*9231*	*100*	*16,4*	*8,5*	*10,5*	*12,0*	*11,4*	*20,0*	*11,7*	*3,4*	*2,6*	*2,5*	*1,1*
dar. Auszubildende[3] und Teilzeiterwerbstätige[4]	3452	100	36,3	18,1	16,2	10,5	5,8	6,5	3,4	1,1	0,8	0,8	0,4
Insgesamt												
Selbständige	1766	100	6,4	2,4	3,9	5,3	3,8	9,2	14,5	7,6	9,2	13,7	24,1
Beamte	2147	100	6,9	0,8	1,7	2,0	3,6	12,0	16,3	10,7	14,3	20,1	11,6
Angestellte[1]	10338	100	9,6	4,9	5,9	6,6	6,9	17,1	16,8	7,9	8,0	9,5	6,9
Arbeiter[2]	10169	100	12,9	4,4	4,8	6,6	8,5	25,1	24,2	7,9	3,8	1,5	0,3
Insgesamt	*24419*	*100*	*10,5*	*4,1*	*4,9*	*6,1*	*7,0*	*19,4*	*19,6*	*8,1*	*6,9*	*7,4*	*5,8*
dar. Auszubildende[3] und Teilzeiterwerbstätige[4]	4578	100	41,9	16,4	13,6	8,8	5,1	6,1	3,6	1,3	1,0	1,0	1,0

* Ergebnis des Mikrozensus. – Ohne 1153000 Selbständige in der Landwirtschaft und mithelfende Familienangehörige aller Wirtschaftsbereiche sowie ohne 1368000 Erwerbstätige, die keine Angaben über ihre Einkommenslage gemacht haben bzw. kein eigenes Einkommen hatten.
1 Einschl. Auszubildende in anerkannten kaufmännischen und technischen Ausbildungsberufen.
2 Einschl. Auszubildende in anerkannten gewerblichen Ausbildungsberufen.
3 In anerkannten kaufmännischen, technischen und gewerblichen Ausbildungsberufen.
4 Erwerbstätige mit einer Wochenarbeitszeit unter 36 Stunden.

Aus: Statistisches Jahrbuch für die Bundesrepublik Deutschland, 1988, S. 102

tenden oder auf abhängige Arbeit indirekt angewiesenen Bevölkerung, sondern es sind hier auch die Transfereffekte der Sozialleistungen und die steuerlichen Eingriffe mitzubedenken. Auch in dieser Hinsicht hat sich aber die Situation breiter Teile der Arbeitnehmerschaft seit 1982 im Vergleich zur Unternehmerschaft und zum Vermögensbesitz bzw. dem dort entstehenden Anteil am Volkseinkommen verschlechtert.

Was die Gewinnquote angeht, so umfaßt diese auch Vermögenserträge von abhängig Arbeitenden; faktisch geht es dabei vor allem um Erträge aus dem Vermögen der oberen Gruppe der Beamten- und Angestelltenschaft.

Auch die Vermögenssteuerstatistik gibt Hinweise auf massive Abstände in der Reichtumsverteilung der Bundesrepublik. Nach dem letzten publizierten Stand (1983) bestand bei den rund 667 000 Privatpersonen, die in jenem Jahr vermögenssteuerpflichtig waren, ein Gesamtvermögen von 479,4 Milliarden DM. Bei 70 v. H. dieser Steuerpflichtigen ging das Vermögen nicht über jeweils 500 000 DM hinaus. 12,3 v. H. der Steuerpflichtigen gehörten zum Kreis der ein- oder mehrfachen Vermögensmillionäre. 0,5 v. H. der Steuerpflichtigen hatten ein Vermögen von 10 Millionen oder mehr. Die Vermögenskonzentration wird sichtbar, wenn man folgende Zahlen hinzunimmt: die obersten 10 v. H. der Vermögenssteuerpflichtigen hatten mehr als 50 v. H. der nachgewiesenen Vermögenswerte insgesamt in ihrem Besitz; das ganz oben angesiedelte eine Prozent der Steuerpflichtigen verfügte über einen Anteil von 25 v. H. des Gesamtvermögens.

Angesichts der strukturellen Ungleichheit in der Vermögensverteilung sind schon seit den fünfziger Jahren verschiedene Modelle einer breiteren Vermögensstreuung oder einer «Vermögensbildung in Arbeitnehmerhand» in die Diskussion gekommen und in bescheidenen Ansätzen auch praktiziert worden. Der Grundgedanke solcher Konzepte ist, daß eine Korrektur der Verteilungsverhältnisse im Volksvermögen nicht auf dem Wege einer expansiven Lohnpolitik oder einer Anhebung der sozialen Leistungen oder schließlich einer «oben» stärker abschöpfenden Steuerpolitik, sondern durch Sparförderung, durch «Investivlohn» oder durch investive Gewinnbeteiligung zugunsten der Arbeitnehmerschaft zustande kommen soll.

Was das Konzept der Sparförderung angeht, so ist dieses durch verschiedene staatliche Maßnahmen (so etwa die Gesetze zur Förderung der Vermögensbildung der Arbeitnehmer oder durch Begünstigung des Bausparens) sozialpolitisch mit zeitlich wechselnder Intensität umgesetzt worden. Es versteht sich, daß darüber zwar positive Effekte für das Verbrauchs- oder Gebrauchseigentum bei Teilen der Arbeitnehmerschaft entstehen, die Grundstrukturen der Vermögens- und Kapitalbildung aber nicht entscheidend verändert werden können.

Investivlohnregelungen oder investive Gewinnbeteiligungen für Ar-

226 III. Wirtschaftliche Strukturen und Probleme

beitnehmer haben im Durchschnitt für den Arbeitnehmerhaushalt denselben, freilich «hinausgeschobenen» Effekt. Solche Modelle sind in einer Reihe von Unternehmen realisiert. Problematisch ist hier die Unternehmensgebundenheit des auf diese Weise entstehenden Kleinbesitzes; hinzu kommt, daß auf diese Weise die besonders gutgestellten und in florierenden Unternehmen beschäftigten Arbeitnehmergruppen begünstigt sind. Ob demgegenüber Vorschläge für eine «überbetriebliche investive Gewinnbeteiligung» der Arbeitnehmer Vorteile für die Arbeitnehmerschaft in ihrer Majorität haben und gesellschaftspolitisch so etwas wie Machtverteilung erbringen könnten, muß in Frage gestellt werden. Unklar bleibt, wie solche Beteiligungsfonds ökonomisch eingesetzt und wie sie verwaltet werden könnten; unklar ist auch, wie die Ungleichheit in der Ertragslage der Unternehmen und in der Arbeitsmarktlage der Arbeitnehmer in einem solchen Modell ausgeglichen werden könnte. Daß Arbeitnehmervermögensbeteiligungen in einem gewerkschaftlich betreuten Gemeinschaftsfond als volkswirtschaftliche «Gegenmacht» zur privaten Unternehmenswirtschaft ihren Sinn haben könnten, wird für die Arbeitnehmerschaft nach den negativen Erfahrungen mit gewerkschaftsnahen Großunternehmen («Neue Heimat» etc.) kaum überzeugend sein.

Es bleibt demnach wohl nur der Schluß, daß «Vermögensbildung in Arbeitnehmerhand» brauchbare Sparförderung bedeuten oder günstig gelagerte Gruppen von Arbeitnehmern zu (unternehmenspolitisch freilich einflußlosen) «stillen Kleingesellschaftern» machen kann, daß auf diese Weise aber weder «ökonomische Unabhängigkeit» oder «Sicherheit durch Vermögen» für die einzelnen Arbeitnehmer, noch eine Strukturreform der Macht- und Entscheidungsverhältnisse beim Produktivvermögen zu erreichen ist. Der «Verteilungskonflikt» ist ein dauerhaftes Charakteristikum des geltenden Wirtschaftssystems; es sind Entscheidungen in der Tarifpolitik, in der Steuerpolitik und in der Sozialpolitik, die hier jeweils die Kräfteverhältnisse anzeigen und die Gewichte zugunsten des Kapitals oder zugunsten der Arbeit oder auch die Gewichte zwischen verschiedenen Schichten der Arbeitnehmerschaft bestimmen und verändern. Mit diesen Verteilungsentscheidungen verbinden sich wiederum Effekte für das gesellschaftspolitische Machtsystem.

Vertretung von Kapitalinteressen

Konzentrierte Verfügung über Produktivkapital, wie sie aus den bisher mitgeteilten Daten deutlich wird, resultiert nicht nur aus dem Konzentrationsprozeß bei den Unternehmen bzw. den unternehmerisch tätigen Kapitalgesellschaften, sondern sie hängt auch mit der Konzentration im Bankwesen der Bundesrepublik und der engen personellen und sachlichen Verflechtung zwischen den Vorständen und Aufsichtsräten der großen Unternehmen oder Konzerne und der Großbanken und großen Versicherungsgesellschaften zusammen.[1] Die drei führenden Großbanken in der Bundesrepublik (Deutsche Bank, Dresdner Bank, Commerzbank) sind Publikumsgesellschaften, ihr Aktienkapital ist also relativ weit gestreut. Eben dadurch ist aber in der Praxis keine Kontrollmöglichkeit der Masse der Kapitaleigner über die Wirtschaftspolitik der Großbanken gegeben; die Verfügungsmacht über den Kapitaleinsatz dieser Großbanken (man schätzt, daß die drei eben genannten Banken über ca. 60 v. H. des gesamten Aktienkapitals in der BRD disponieren können, wobei ihnen die Praktiken des Depotstimmrechts zugute kommen) liegt bei den Leitungsorganen, bei denen sich eine höchst intensive Funktionshäufung bei wenigen Personen feststellen läßt. Vertreter der Großbanken besetzen nun wiederum einen Großteil der Aufsichtsratssitze und ähnlicher Mandate in den privatwirtschaftlichen Großunternehmen. Über das Depotstimmrecht oder über direkte Kapitalbeteiligungen nehmen die Banken Einfluß auf die Aktiengesellschaften in Industrie und Handel. Die von den Leitungsorganen der Großbanken in großem Umfang kontrollierten Vorstände der Großunternehmen werden umgekehrt wiederum als Kontrolleure der Großbanken tätig – eine personell kaum noch zu entflechtende Funktionsverschränkung. «Auf regionaler Ebene bestehen Institutionen, mit welchen die Systeme der personellen Rückverflechtungen fortgesetzt werden. Einerseits haben die Großbanken auf regionaler und lokaler Ebene über die Direktoren und Leiter der großen Filialen zahlreiche Mandate in den Kontrollorganen der für sie regional und lokal bedeutsamen Unternehmen. Andererseits werden bei den Großbanken Landesbeiräte oder ähnliche Gremien gebildet, die sich vor allem aus den Vorstandsmitgliedern dieser Unternehmen zusammensetzen.»[2]

Die großen Banken in ihrer Verflechtung mit produzierenden oder Handel betreibenden Großunternehmen, flankiert von den großen Versicherungsunternehmen, nehmen die vorherrschende, in ihrer politischen Rolle freilich weitgehend informelle Vertretung von Kapitalinteressen wahr.

Die formelle Repräsentation der kapitalorientierten Interessen gegenüber der Öffentlichkeit, den Arbeitnehmerorganisationen (Gewerkschaften) und den politischen Entscheidungsgremien stellt sich in der Bundesrepublik in der Form mehrerer miteinander verbundener Organisationssysteme dar. Als Kontrahenten der Gewerkschaften und als in erster

1 Hierzu und zum folgenden N. Koubek: Wirtschaftliche Konzentration, in: Aus Politik und Zeitgeschichte, 8.7.1972; als «Fallstudie» H. Pfeiffer: Das Imperium der Deutschen Bank, Frankfurt 1987
2 Koubek, a. a. O., S. 13

Linie tarifpolitische Interessenvertretungen wirken die Arbeitgeberverbände, in deren Bundesvereinigung (BDA) Branchen- und Regionalverbände quer durch die verschiedenen Wirtschaftszweige zusammengeschlossen sind. Es wird geschätzt, daß von den Vorstandsmitgliedern der BDA mehr als die Hälfte aus Großunternehmen kommt.

Die wirtschaftspolitische und unmittelbar politische Repräsentation der Industrieunternehmen finden wir im Bundesverband der Deutschen Industrie (BDI), der wiederum Fachgruppen und Regionalverbände umfaßt. Hier ist das Gewicht der Großunternehmen noch stärker, zumal die Durchschlagskraft der Verbandsmitglieder von ihrer Kapitalstärke und der Zahl der Beschäftigten abhängt.

Dritter kapitalorientierter Dachverband ist der Deutsche Industrie- und Handelstag (DIHT), in dem die Industrie- und Handelskammern der Bundesrepublik zusammengeschlossen sind und der Klein- und Mittelunternehmensinteressen mit denen der Industrie vermittelt. Das Präsidium des DIHT setzt sich zu hohem Anteil aus Vertretern der Großindustrie und der Banken zusammen; auf der Ebene der einzelnen Industrie- und Handelskammern ist das Gewicht der Klein- und Mittelunternehmen zumindest in der personellen Repräsentanz stärker.

Die drei genannten Dachverbände arbeiten mit anderen (z. B. Bundesverband Deutscher Banken, Zentralverband des Deutschen Handwerks, Bundesverband des Groß- und Außenhandels) im «Gemeinschaftsausschuß der deutschen gewerblichen Wirtschaft» zusammen.

Diese kapitalorientierten Verbändesysteme verfügen über eine Vielzahl formeller und informeller Möglichkeiten, ihre ökonomischen und politischen Vorstellungen in Einfluß auf die öffentliche Meinungsbildung umzusetzen oder in das Vorfeld der staatlichen Institutionen bzw. unmittelbar in diese selbst hinein zu vermitteln. Zu erwähnen ist hier zunächst die kapitalorientierte Verfügung über den Großteil des Presse- und Verlagswesens (siehe Teil II), denen die Organisationen der Arbeitnehmer keine gleichgewichtigen publizistischen Mittel entgegenzusetzen haben. Zu erwähnen ist zweitens die enge, zum Teil auch finanziell abgestützte Verbindung von Kapitalinteressen und einigen Parteien, die sich parlamentarisch vor allem in wirtschaftlich relevanten Ausschüssen und deren personeller Besetzung niederschlägt. Zu erwähnen sind drittens die vielfältigen personellen Repräsentanzen der Kapitalseite in dem Geflecht von Beiräten, Kuratorien, Beratergremien usw., das sich um die staatliche Willensbildung gelagert hat, wobei hier neben unmittelbar wirtschaftspolitischen vor allem auch Fragen der Bildungs- und Wissenschaftspolitik Gegenstand der Einflußnahme sind.[1]

1 Vgl. W. Simon: Macht und Herrschaft der Unternehmerverbände, Köln 1976

Verflochtene und verdichtete Einflußstrukturen, in denen Kapitalinteressen leitend sind, haben sich vor allem auch in den wirtschaftlich
erfolgsträchtigen Komplexen der Luft- und Raumfahrtindustrie, der
Telekommunikationsindustrie, der Nuklearwirtschaft und der Rüstungswirtschaft herausgebildet,[1] wo enge sachliche und personelle Beziehungen zwischen den Unternehmensleitungen, wissenschaftlichen Kommis-
sionen oder Einrichtungen und Beiräten oder Ausschüssen am Rande des
Staates politisch wirksam werden.

Durch Funktionsanhäufungen und Mehrfachmandate ist hier eine wirt-
schaftlich-politische Machtelite im Sinne eines relativ kleinen Personenkreises entstanden; man kann annehmen, daß es wenige Hunderte von
Personen sind, die das Zentrum der Vertretung kapitalorientierter Interessen in der Bundesrepublik bilden.

Vermutlich ist es nicht so sehr die geringe Anzahl von Funktionsträ-
gern, sondern vielmehr die fehlende bzw. unzulängliche gesellschaftliche
Kontrolle dieses Personenkreises, die zur Kritik herausfordert. Die Interessen und Ziele dieser Funktionselite bleiben weitgehend unerkannt bzw.
im Halbdunkel sogenannter Sachzwänge, wobei diese im wesentlichen
aus den Eigengesetzlichkeiten der (in unserer Gesellschaft vorwiegend
privatwirtschaftlich organisierten) Kapitalverwertung resultieren.

Insofern ist der machtmäßig entscheidende Teil unserer Gesellschaft
mit den bisher entwickelten gesellschaftlichen Organisationsformen demokratisch nicht oder nur lückenhaft zu kontrollieren.

Der Faktor Arbeit und seine Vertretung

Der Vertretung kapitalorientierter Interessen, wie sie im vorhergehenden
Abschnitt geschildert wurde, stehen die Gewerkschaften als Repräsentation arbeitsorientierter Interessen gegenüber. Gesichert ist durch das
Grundgesetz die Koalitionsfreiheit, damit also auch die Freiheit zur Bildung von Gewerkschaften. In Artikel 9, Absatz 3 des Grundgesetzes
heißt es: «Das Recht, zur Wahrung und Förderung der Arbeits- und Wirtschaftsbedingungen Vereinigungen zu bilden, ist für jedermann und für
alle Berufe gewährleistet.»

Von den rund 22 Millionen Lohn- und Gehaltsabhängigen in der Bundesrepublik Deutschland sind (1987) rund 9,4 Millionen gewerkschaftlich
organisiert. Unter den Gewerkschaften stellt der Deutsche Gewerkschaftsbund mit etwa 7,8 Millionen Mitgliedern die größte Organisation
dar, es folgen mit etwa 780 000 Mitgliedern der Deutsche Beamtenbund,

1 Siehe dazu Arbeitsgruppe Alternative Wirtschaftspolitik: Wirtschaftsmacht in der Marktwirtschaft, Köln 1988

mit rund 500000 Mitgliedern die Deutsche Angestellten Gewerkschaft, mit rund 300000 Mitgliedern der Christliche Gewerkschaftsbund Deutschlands. Rund 42 v. H. der abhängig Beschäftigten in der BRD sind also gewerkschaftlich organisiert, darunter allein im DGB rund 34 v. H. Der DGB ist ein Dachverband von 17 Einzelgewerkschaften, die innerhalb eines Industriezweiges Arbeiter, Angestellte und Beamte umfassen.

Soweit es um sämtliche Gewerkschaften geht, liegt der Organisationsgrad der Arbeiter bei rund 53 v. H., der der Angestellten lediglich bei etwa 24 v. H. Der Organisationsgrad der Beamten ist insgesamt sehr hoch (etwa 75 v. H.); allerdings nehmen hier ständische Organisationsformen großen Raum ein, zumal die Besoldungs- und Arbeitsbedingungen der Beamten ja nicht durch Tarifvereinbarungen, sondern durch Verwaltungsakte bzw. Gesetze festgelegt werden.

In allen Beschäftigtengruppen zusammen sind die Männer zu mehr als 50 v. H., Frauen aber nur zu etwa 26 v. H. gewerkschaftlich organisiert. Auch damit hängt der immer noch vergleichsweise niedrige gewerkschaftliche Organisationsgrad in Angestelltenberufen zusammen, in denen Frauen ja stark vertreten sind. Für den geringeren Organisationsgrad von Frauen sind teils die spezifischen Arbeits- und Lebenssituationen, teils

Arbeitnehmerorganisationen in der Bundesrepublik Deutschland

DGB Deutscher Gewerkschaftsbund
mit 7,76 Mio Mitgliedern
in 17 Einzelgewerkschaften

davon:

IG Metall	2 609
Gewerkschaft Öffentliche Dienste, Transport und Verkehr	1 203
IG Chemie-Papier-Keramik	656
IG Bau-Steine-Erden	476
Deutsche Postgewerkschaft	464
Gew. Handel, Banken u. Versicherg.	385
IG Bergbau und Energie	348
Gew. der Eisenbahner Deutschl.	340
Gew. Nahrung-Genuss-Gaststätten	268
Gewerkschaft Textil-Bekleidung	254
Gew. Erziehung und Wissenschaft	189
Gewerkschaft der Polizei	159
IG Druck und Papier	145
Gew. Holz und Kunststoff	143
Gew. Leder	48
Gew. Gartenbau, Land- u. Forstw.	43
Gewerkschaft Kunst	28

DAG Deutsche Angestellten-Gewerkschaft 494

Deutscher Beamtenbund 786

CGB Christlicher Gewerkschaftsbund 308

Deutscher Bundeswehr-Verband 292

Mitglieder in 1 000 – Ende 1987

ZAHLENBILDER

© Erich Schmidt Verlag GmbH

240 110

aber auch die traditionellen, «männlichen» Leitbilder und Praktiken gewerkschaftlicher Politik verursachend.

Gegenstand der Auseinandersetzungen zwischen kapitalorientierten und arbeitsorientierten Interessen und damit zwischen Arbeitgebern und Gewerkschaften ist in erster Linie die Tarifpolitik. *collective bargaining parties*

Die Verfassung der Bundesrepublik hat den Koalitionen der Arbeitgeber und Arbeitnehmer das Recht zugestanden, dieses Gebiet in eigener Verantwortung zu ordnen. Die verfassungsmäßige Grundlage hierfür gibt der zitierte Art. 9 des Grundgesetzes. Mit diesem Grundrecht der Koalitionsfreiheit wird zugleich die Tarifhoheit, also die kollektive Regelung der Lohn- und Arbeitsbedingungen, den wirtschaftlichen Koalitionen als autonomes Recht zugestanden. Diese Autonomie wird von der Mehrheit der Verfassungsrechtler in der Bundesrepublik nicht als eine staatliche «Ermächtigung», die jederzeit zurückgenommen werden könnte, sondern als ein den Koalitionen prinzipiell zugestandenes Grundrecht angesehen. Die Regelung der Tarifvereinbarungen zwischen Arbeitgebern und Arbeitnehmern soll demnach in einem «staatsfreien» Raum erfolgen, dessen Grenze die verfassungsmäßige Ordnung setzt.

Praktisch ist die Autonomie der Tarifpartner zunächst dadurch eingeschränkt, daß der Staat durch das Tarifvertragsgesetz festgelegt hat, wer das Recht autonomer Regelung der Lohn- und Arbeitsbedingungen hat und damit also Träger der Tarifautonomie ist. Auch sachlich ist die Tarifautonomie durch eine Reihe von gesetzlichen Vorschriften, so etwa über Mindestarbeitsbedingungen, Mindesturlaub, Höchstarbeitszeit usw., eingeschränkt. Andererseits wirken die Koalitionen der Arbeitgeber und Arbeitnehmer z. B. bei der staatlichen Festsetzung der Mindestarbeitsbedingungen mit, und der Staat stützt durch die Allgemeinverbindlichkeitserklärung die autonomen Vereinbarungen der Tarifvertragsparteien. Man könnte sagen, daß der Gesetzgeber im Bereich der Lohn- und Arbeitsbedingungen eine untere Grenze gezogen hat, oberhalb derer der eigentlich autonome Bereich der Koalitionsfreiheit beginnt.

Da durch die staatliche Erklärung der Allgemeinverbindlichkeit von tarifvertraglichen Vereinbarungen auch Nichtmitglieder der Koalitionen in den Gültigkeitsbereich der Tarifverträge einbezogen werden, kann man eine Quasi-Rechtsetzungsfunktion nichtstaatlicher Organisationen feststellen.

In den Beziehungen zwischen den Tarifvertragsparteien spielt das Recht auf Arbeitskampf, d. h. auf Streik oder Aussperrung, eine große Rolle. Während über die grundsätzliche Freiheit des Arbeitskampfes in der Bundesrepublik Einigkeit herrscht, bestehen Differenzen über die Grenzen dieses Rechtes. Vielfach wird auf seiten der Arbeitgeber und auch von seiten der Arbeitsrechtsprechung das Argument vorgetragen, der Arbeitskampf dürfe nur als letztes Mittel der Auseinandersetzung zwischen den Tarifvertragsparteien praktiziert werden, und der «soziale Frieden» sei in jedem Falle höheren Ranges als die Möglichkeit, im Tarifstreit Streik oder Aussperrung anzuwenden. Gegenüber dieser Auffassung ist vorgebracht worden, das Wunschbild einer druckfreien Ruhelage in der Tarifauseinandersetzung entstamme einem ideologischen Nährboden, der unter dem Vorwand der Sozialfriedlichkeit dem Staat die eigentlichen Entscheidungen auch im Bereich der Lohn- und Arbeitsbedingungen zuschieben wolle.

Arbeitskämpfe gelten in der Bundesrepublik vielen immer noch als «Notstandssituation», manchen gar als «staatsgefährdend». In älteren Demokratien hat man demgegenüber ein weniger problematisches Verhältnis auch zum Streik. Der Soziologe H. Anger schrieb:

«Wenn in der Bundesrepublik über Auseinandersetzungen zwischen Unternehmern und Gewerkschaften gesprochen wird, dann ist gern von sogenannten Sozialpartnern die Rede, eine beschönigende und nicht recht zutreffende Ausdrucksweise. Sie täuscht leicht darüber hinweg, daß wir es hier nicht mit Partnern, sondern mit Kontrahenten zu tun haben, mit Vertretern durchaus gegensätzlicher Interessen. Jede der beiden Parteien sucht prinzipiell ihren Vorteil, und jede kann ihn prinzipiell nur auf Kosten der jeweils anderen Partei realisieren... Das Bewußtsein für die gesellschaftliche Notwendigkeit solcher Auseinandersetzungen scheint bei uns nur gering entwickelt.»[1]

Besonders umstritten war in der Bundesrepublik, ob das Mittel des Streiks auch für politische Forderungen eingesetzt werden dürfe (etwa als Demonstrationsstreik gegenüber dem Parlament für eine erweiterte Mitbestimmungs-Gesetzgebung).

Umstritten ist auch, ob die Unternehmer als Waffe gegen den Streik die Aussperrung (kollektive Unterbrechung oder Beendigung des Arbeitsverhältnisses) einsetzen dürfen. Die Landesverfassung von Hessen z. B. verbietet dies; das Bundesarbeitsgericht hingegen hat in einer Entscheidung von 1980 die Aussperrung für prinzipiell zulässig erklärt.

Umstritten ist schließlich, ob «wilde Streiks» (spontane, ohne die Gewerkschaften durchgeführte Streiks) mit der Rechtsordnung der Bundesrepublik übereinstimmen. Bei der großen Streikwelle im September 1969 (bei der rund 140 000 Arbeiter und Angestellte die Arbeit verweigerten), handelte es sich um solche «wilden» Streiks. In kleinerem Umfange werden Streiks ohne Beschluß der Gewerkschaften oft auch als Abwehrmaßnahme gegen drohende Massenentlassungen, Stillegungen von Betrie-

---

1 In: H. L. Baumanns u. H. Grossmann: Deformierte Gesellschaft?, Reinbek 1969, S. 27; hierzu und zum weiteren vgl. auch W. Däubler: Das Arbeitsrecht, Reinbek 1976

ben, Verschärfung des Arbeitstempos u. ä. durchgeführt. Der Rechtswissenschaftler Bernd Rüthers schrieb zu diesem Problem:[1]

«Unmittelbare Folge der wilden Streiks ist ein verändertes Selbstbewußtsein der Arbeiterschaft. Die Sprechchöre: ‹Alle Räder stehen still, wenn der Arbeiter es will›, drücken eine unbestreitbare Teilwahrheit aus, die in der arbeitsfriedlichen Bundesrepublik etwas vergessen worden war... Der Ablauf der ‹wilden› Streiks erweckt Zweifel an der bisher herrschenden Lehre im Arbeitsrecht, wonach solche nicht gewerkschaftlich organisierten Kampfmaßnahmen immer und überall unrechtmäßig seien. Das Grundgesetz kennt ein gewerkschaftliches Streikmonopol nicht. Es wurde erst später von der Rechtsprechung entwickelt. Es wird immer betont, das Koalitionsrecht sei zuerst und vor allem ein Grund- und Freiheitsrecht der einzelnen Arbeitnehmer. Die Arbeitsrechtswissenschaft wird zu prüfen haben, ob das nicht im Grundsatz auch für die Streikfreiheit gilt. Wenn die Gewerkschaften aus welchen Gründen auch immer notwendige Maßnahmen zur Behebung akuter Konfliktlagen versäumen, dann wird man den Arbeitnehmern nicht jede eigene Initiative verwehren können.»

Die gesetzliche Grundlage für die Tarifvereinbarungen in der Bundesrepublik bietet das Tarifvertragsgesetz von 1949 in der Fassung von 1969. Hiernach können Tarifvertragsparteien auf seiten der Arbeitgeber ein einzelner Arbeitgeber (Haus- oder Firmentarif) oder ein Arbeitgeberverband (Verbandstarif), auf seiten der Arbeitnehmer eine Gewerkschaft sein. Voraussetzung für die Tariffähigkeit einer Gewerkschaft oder eines Arbeitgeberverbandes ist in der Bundesrepublik, daß die Koalition unabhängig ist, auf freiwilliger Mitgliedschaft gründet, überbetrieblich organisiert und «gegnerfrei» ist, d. h., Arbeitnehmer und Arbeitgeber können nicht derselben Koalition angehören. Die Vereinbarungen eines Tarifvertrages gelten zunächst für die Mitglieder der Vertragsparteien; auf nicht organisierte Arbeitgeber oder Arbeitnehmer im räumlichen und fachlichen Geltungsbereich eines Tarifvertrages können die getroffenen Vereinbarungen durch eine staatliche Allgemeinverbindlichkeitserklärung ausgedehnt werden.

In der Tarifgestaltung unterscheidet man zwischen Lohn- und Gehaltstarifverträgen, die über Höhe und Bemessungsgrundsatz des Arbeitsentgeltes bestimmen, und Manteltarifverträgen, die allgemeine Arbeitsbedingungen, vor allem Arbeitszeit- und Urlaubsregelung, festlegen.

Die Festsetzung der Lohngruppen (und die Entscheidung darüber, wer in welche Lohngruppe gehört) ist für die Arbeiter und Angestellten von größter Bedeutung. Fordern die Gewerkschaften Lohnerhöhungen, so muß unterschieden werden zwischen prozentualen und linearen Erhö-

1 Die Zeit, 26.9.1969

hungen. Die prozentualen Lohnerhöhungen vergrößern den Abstand zwischen den hohen und niedrigen Lohngruppen; lineare Lohnerhöhungen hingegen wirken auf eine Abflachung der Lohnunterschiede hin.

Wichtig ist auch die Festlegung der Laufzeit eines Tarifvertrages, da innerhalb dieser Frist die Gewerkschaften im Geltungsbereich des Tarifvertrags keine Arbeitskämpfe führen dürfen. Die Verhandlungsstärke der Gewerkschaften hängt sehr von der jeweiligen Konjunkturlage und der Situation auf dem Arbeitsmarkt ab, und bei Abschluß eines Tarifvertrages läßt sich oft nicht vorauskalkulieren, ob kürzere oder längere Laufzeiten im Interesse der Arbeitnehmer liegen und wie die Situation bei Auslaufen des Tarifvertrages sein wird.

Die tatsächlichen Löhne von Arbeitern und Angestellten liegen – je nach Konjunktur und Situation des betreffenden Unternehmens – oft über den tariflich vereinbarten Löhnen, man spricht hier von «Effektivlöhnen». Die Gefahr für den Arbeitnehmer liegt hier darin, daß solche zusätzlichen Lohnteile nicht tarifvertraglich abgesichert sind; der Unternehmer kann sie also gegebenenfalls streichen, ohne vertragsbrüchig zu werden. Ob er das tun oder nicht tun wird, hängt von der Marktlage ab. Ähnlich ungesichert sind freiwillige Sozialleistungen und andere Vergünstigungen, die nicht Teil von Tarifverträgen sind. Die Gewerkschaften arbeiten deshalb darauf hin, Tariflöhne und Effektivlöhne möglichst in Deckung zu bringen.

Bei den Gewerkschaften besteht seit einiger Zeit die Tendenz, tarifvertragliche Regelungen über die Lohn- und Arbeitszeitpolitik hinaus auf neue Bereiche auszudehnen, so etwa auf Fragen der Fortbildung, der Arbeitsplatzgestaltung, der Gesundheitsförderung und des Rationalisierungsschutzes.

Einige Gewerkschaften versuchen auch, Mitbestimmungsrechte der Arbeiter und Angestellten (über die gesetzlich gesicherten Möglichkeiten hinaus) durch Tarifverträge auszubauen. Im öffentlichen Dienst ist das zum Teil bereits gelungen. Hier liegt ein interessantes Feld für künftige Aktivitäten der Gewerkschaften.[1]

Zu bedenken wäre auch, ob nicht neben den sozialen und physischen heute auch die psychischen Arbeitsbedingungen von zunehmender Bedeutung sind, also z. B. Monotonie und Isolierung am Arbeitsplatz, daraus entstehende nervliche Belastung u. ä. m. Auch solche Fragen können zum Gegenstand von Arbeitskämpfen werden.

Für das zukünftige Verhältnis von Arbeitgeberverbänden, Gewerkschaften und Staat in der Bundesrepublik wird es von großer Bedeutung sein, ob diese von den Gewerkschaften angestrebte Ausdehnung der ta-

1 Hierzu und zur Thematik insgesamt siehe auch W. Müller-Jentsch: Soziologie der industriellen Beziehungen, Frankfurt 1986

rifvertraglich zu regelnden Materie auf neue Bereiche jenseits der bloßen Lohngestaltung gelingt und damit weitere Sachgebiete des Arbeitslebens der autonomen Vereinbarung durch die arbeitsrechtlichen Koalitionen offenstehen, oder ob solche Fragen der staatlichen und gesetzgeberischen Regelung vorbehalten bleiben.

Das Arbeitsrecht in der Bundesrepublik ist dadurch gekennzeichnet, daß ein staatlicher Schlichtungszwang bei Tarifauseinandersetzungen und Arbeitskämpfen nicht besteht. Die Bundesrepublik hat besondere gesetzliche Vorschriften für die Schlichtung von Arbeitsstreitigkeiten nicht geschaffen; lediglich die meisten Länderverfassungen enthalten Grundsätze zur Frage der Schlichtung. Im Anschluß an eine Anordnung des Kontrollrats der alliierten Besatzungsmächte noch vor Gründung der Bundesrepublik gehören Schlichtungsvereinbarungen zu der Kompetenz der Tarifparteien selbst. Sofern Schlichtungsinstanzen der Tarifparteien nicht tätig werden, kann ein von Arbeitgebern und Arbeitnehmern paritätisch besetzter Schlichtungsausschuß unter Vorsitz eines von der staatlichen Arbeitsbehörde (Arbeitsminister des betreffenden Bundeslandes) benannten «Landesschlichters» hinzugezogen werden. Schiedssprüche dieser Schlichtungsstelle sind jedoch nur dann bindend, wenn beide Tarifparteien ihnen zustimmen. Infolgedessen hat auch in diesem Falle der Staat keine Möglichkeit, eine fehlende Einigung der Tarifparteien durch einen verbindlichen Schiedsspruch zu ersetzen.

Wenn auch dem Staat keine formelle Möglichkeit gegeben ist, in Tarifauseinandersetzungen der arbeitsrechtlichen Koalition zu entscheiden, so ist doch eine praktische Einwirkung des Staates auf Bundes- und Länderebene gerade bei großräumigen Tarifauseinandersetzungen und Arbeitskämpfen durchaus möglich. Die Grundlage hierfür bietet die vielfache, etwa parteipolitische Verflechtung von politischen Instanzen und Tarifparteien.

Wir hatten schon darauf hingewiesen, daß durch die Allgemeinverbindlichkeitserklärung von Tarifvereinbarungen Regelungen, die zunächst nur für die Tarifparteien ausgehandelt wurden, durch staatliche Anordnung auf Nichtmitglieder der Koalitionen ausgedehnt werden können. Auf Antrag einer Tarifvertragspartei kann der Bundesminister für Arbeit und Sozialordnung (oder der Arbeitsminister bzw. Senator für Arbeit eines Landes oder eines Stadtstaates) einen Tarifvertrag für allgemeinverbindlich erklären, wenn die tarifgebundenen Arbeitgeber nicht weniger als 50 v. H. der unter den Geltungsbereich des Tarifvertrages fallenden Arbeitnehmer beschäftigen. Voraussetzung für die Allgemeinverbindlichkeitserklärung ist die Zustimmung eines Tarifausschusses beim Bundes- bzw. Landesarbeitsminister, dem je drei Vertreter der Arbeitgeber und der Arbeitnehmer angehören.

Mit dem staatlichen Akt der Allgemeinverbindlichkeitserklärung behcrrschen die von den Tarifparteien festgelegten Normen praktisch das Feld der Lohn- und Arbeitsbedingungen auch für dic Außenseiter. Die autonome Regelung weiter Bereiche des Arbeitslebens durch Tarifverträge zwischen den arbeitsrechtlichen Koalitionen, der Verzicht auf staatliche Schlichtung und die Bindung des Staates an die Vereinbarungen der Tarifparteien bei der Allgemeinverbindlichkeitserklärung deuten darauf hin, daß in der Wirtschafts- und Sozialordnung der Bundesrepublik ein Monopol des Staates bei der Rechtsetzung nicht gegeben ist. Die Rechtsetzung durch Tarifnormen steht neben der formellen Gesetzgebung durch den Staat.

Betriebsverfassung und Mitbestimmung

Das Verhältnis zwischen privatwirtschaftlichen Unternehmen und Arbeitnehmern auf der Ebene des Betriebes und auf Unternehmensebene ist in der Bundesrepublik durch die Mitbestimmungsgesetze und durch das Betriebsverfassungsgesetz geregelt. Um die Problematik dieser Regelungen zur Betriebs- und Unternehmensverfassung verständlich zu machen, ist ein historischer Exkurs notwendig.[1]

Nach dem Ende des Dritten Reiches war die Feststellung, daß unkontrollierte wirtschaftliche Machtkonzentration nur zu leicht die politische Demokratie gefährden oder außer Funktion setzen könne, ein unbestrittener Gemeinplatz der politischen Argumentation. Begründet wurde diese Feststellung nicht zuletzt mit dem Hinweis auf die verhängnisvolle Rolle bestimmter Großunternehmen bei der Durchsetzung einer nationalistischen Politik und bei der Etablierung des NS-Systems. In den großen Parteien (man denke u. a. an das Ahlener Programm der CDU), von den Kirchen und auch von den Sprechern der Unternehmerschaft wurde in den ersten Jahren nach 1945 in den westlichen Besatzungszonen Deutschlands ein weit über die späteren gesetzlichen Regelungen hinausgehendes betriebliches und überbetriebliches Mitbestimmungsrecht der Arbeitnehmer gefordert oder diskutiert. Als Vertretung der Arbeitnehmer bei der Wahrnehmung dieses Mitbestimmungsrechtes galten die neu entstandenen Gewerkschaften um so problemloser, nachdem sie als Einheitsgewerkschaften begründet wurden. Das 1949 beschlossene Grundsatzprogramm des DGB verlangte in Übereinstimmung mit vielen außergewerkschaftlichen Stellungnahmen die «Mitbestimmung der Arbeitnehmer in allen personellen, wirtschaftlichen und sozialen Fragen der Wirtschaftsführung und Wirtschaftsgestaltung». Im Bereich der Montanindustrie des Rhein-Ruhr-Gebietes, Niedersachsens und

1 Vgl. dazu H. Thum: Mitbestimmung in der Montanindustrie, Stuttgart 1982

einiger anderer westdeutscher Industriereviere kam es wie selbstverständlich zu ersten Realisierungen von Mitbestimmung der Arbeitnehmervertretungen auch ohne gesetzliche Grundlage. In den Verfassungen
der meisten Bundesländer, die – ausgenommen Nordrhein-Westfalen –
vor Gründung der Bundesrepublik beschlossen wurden, wurden Mitbestimmungsrechte der Arbeitnehmervertretungen verfassungspolitisch fixiert. Schon um 1949 wandelte sich allerdings die Einstellung der politischen Kräfte in Westdeutschland zur Mitbestimmung der Arbeitnehmer.
Im Zeichen der beginnenden Ost-West-Auseinandersetzung sahen sich
die Gewerkschaften, soweit es um Bestrebungen zu einer wirtschaftspolitischen Strukturveränderung ging, zunächst der Unterstützung durch die
Besatzungsmächte beraubt; gleichzeitig schwächten sich die Konzes-
sionsbereitschaft der Unternehmer und die Sympathie der Christlich-
Demokratischen Union gegenüber der gewerkschaftlichen Mitbestim-
mungsprogrammatik ab.

Das Grundgesetz der Bundesrepublik enthält infolgedessen keinerlei
Bestimmungen über Mitbestimmungsrechte der Arbeitnehmer. Statt des-
sen wurden schon bald nach der Gründung der Bundesrepublik auf dem
Wege der einfachen Gesetzgebung (also jederzeit durch parlamentarische
Mehrheit wieder veränderbar) Regelungen über die Rechte der Arbeiter
und Angestellten in den Betrieben und Unternehmen getroffen. Das er-
ste Gesetz war hier das Montan-«Mitbestimmungsgesetz» von 1951. Sein
Geltungsbereich war auf solche Großunternehmen beschränkt, die in der
Form von Kapitalgesellschaften überwiegend in der Montanindustrie
(Bergbau, Kohle- und Stahlerzeugung) tätig sind. Dieses Mitbestimmungsgesetz, als erstes Gesetz zu Fragen der Betriebsverfassung noch
unter dem Eindruck der starken Position der Gewerkschaften in der
Nachkriegszeit zustande gekommen, schreibt für die Kapitalgesellschaften der Montanindustrie vor, daß die Arbeitnehmerschaft im Aufsichtsrat
paritätisch zu den Vertretern der Kapitaleigner vertreten sein muß und
daß ein Arbeitsdirektor im Vorstand bestellt wird, der nicht gegen die
Stimmen der Arbeitnehmervertreter im Aufsichtsrat gewählt werden
kann. Die Arbeitnehmervertreter im Aufsichtsrat müssen zum Teil Be-
triebsangehörige sein. Zum anderen Teil werden sie von den Gewerkschaften vorgeschlagen. Das Mitbestimmungsgesetz entsprach weitgehend den Forderungen der Gewerkschaften, die es als Beginn einer
Strukturreform mit dem Ziel der «Gleichberechtigung von Kapital und
Arbeit» werteten.

Seit 1951 haben sich freilich wirtschaftliche Entwicklungen ergeben,
die den faktischen Geltungsbereich dieser Mitbestimmungsregelung und
die relative gesamtwirtschaftliche Bedeutung derselben mehr und mehr
abbauten. Die zunehmende Konzernierung von Grundstoffindustrien
des Montanbereiches mit weiterverarbeitenden Unternehmen oder Un-

ternehmen anderer Branchen machte Stück um Stück die gesetzliche Grundlage für die Mitbestimmungsrechte hinfällig. Zusätzlich wurde die Montanbestimmung durch supranationale Konzernierung, wie sie sich im Rahmen der EG abzeichnete, in Frage gestellt. Hinzu kommt, daß der Anteil der Montanindustrie an der Gesamtwirtschaft stetig abnimmt; der Montanbereich kann längst nicht mehr als Schlüssel zum Zentrum wirtschaftlicher Macht angesehen werden. Unter diesen Umständen wurde, wenn die Gewerkschaften nicht neue Regelungen durchsetzen konnten, die qualifizierte Mitbestimmung, die immer noch den Angelpunkt ganzer Sozialtheorien abgab, in der Realität zu einem wirtschaftspolitisch nicht allzu relevanten Randphänomen.

Der Deutsche Gewerkschaftsbund forderte daher seit Jahren die Ausdehnung der Mitbestimmung über die Kapitalgesellschaften der Montanindustrie hinaus auf alle Großunternehmen gleich welcher Rechtsform und gleich welchen Wirtschaftszweiges.

Nach langen Auseinandersetzungen zwischen den Parteien und innerhalb der Regierungskoalition kam im Frühjahr 1976 ein neues Mitbestimmungsgesetz zustande, das für Kapitalgesellschaften mit mindestens 2000 Beschäftigten gilt und nicht mehr auf einen bestimmten Wirtschaftszweig beschränkt ist. Das Montanmitbestimmungsgesetz blieb daneben für seinen Geltungsbereich bestehen. Die wichtigsten Unterschiede gegenüber der Montanmitbestimmung liegen in folgenden Punkten: Das neue Mitbestimmungsgesetz schreibt im Aufsichtsrat, der paritätisch durch Kapitalvertreter und Arbeitnehmervertreter besetzt wird, auf der Arbeitnehmerseite zwingend mindestens einen Repräsentanten der leitenden Angestellten vor – also einen «Arbeitnehmer», der laut Bundesarbeitsgericht eher unternehmerische Aufgaben wahrnimmt. Kommt bei der Wahl des Aufsichtsratsvorsitzenden die vom Gesetz vorgesehene Zweidrittelmehrheit nicht zustande, so wählen im nächsten Gang die Kapitalvertreter allein den Vorsitzenden. Den Arbeitnehmervertretern bleibt dann nur der Posten des Stellvertreters. Ergeben Abstimmungen im Aufsichtsrat ein Patt, so hat der Aufsichtsratsvorsitzende bei der endgültigen Abstimmung zwei Stimmen und setzt damit die Entscheidung. Ein Arbeitsdirektor im Unternehmensvorstand ist bei seiner Bestellung nicht zwingend auf die Stimmen der Arbeitnehmervertreter im Aufsichtsrat angewiesen.

Von seiten der Gewerkschaften werden gerade diese Bestimmungen mit dem Argument kritisiert, auf diese Weise sei eine wirkliche Parität von Kapital und Arbeit unterlaufen worden. Kritik üben die Gewerkschaften ferner an den vorgesehenen Wahlverfahren für die Arbeitnehmervertreter (Gruppenwahl), durch die eine Aufspaltung der Arbeitnehmerschaft begünstigt werde. Zum Teil monieren die Gewerkschaften auch, daß sie für die in den Aufsichtsräten auf der Arbeitnehmerseite vorgesehenen Gewerkschaftsvertreter nur ein Vorschlagsrecht haben.

Von der Arbeitgeberseite her wurde das neue Mitbestimmungsgesetz, in dessen Geltungsbereich rund 650 Unternehmen fallen, als schwerwiegender Eingriff in das unternehmerische «Recht am Gewerbebetrieb» und als unvereinbar mit dem Grundsatz der Tarifautonomie (weil die Arbeitgeberseite nun nicht mehr «gegnerfrei» sei) kritisiert; eine Reihe von Arbeitgeberverbänden hatte Verfassungsklage gegen das Gesetz eingereicht, blieb dabei aber ohne Erfolg.

Für die überwiegende Mehrheit der Betriebe in der Bundesrepublik gelten nach wie vor nicht die Regelungen des Mitbestimmungsgesetzes oder des Montanmitbestimmungsgesetzes, sondern die Bestimmungen des Betriebsverfassungsgesetzes. Das Betriebsverfassungsgesetz kam 1952 gegen den Widerspruch der Gewerkschaften zustande, die eine weitergehende Einflußnahme der Arbeitnehmervertreter forderten; es ist 1972 novelliert und 1988 ergänzt worden, ohne aber in seinen Leitlinien verändert zu werden.

Das Betriebsverfassungsgesetz räumt den von den Arbeitern und Angestellten gewählten Betriebsräten in sozialen Fragen des Betriebs ein Mitbestimmungsrecht, in personellen Fragen ein Mitwirkungsrecht und in wirtschaftlichen Fragen ein Informationsrecht ein, wobei allerdings der Betriebsrat vom Arbeitgeber zur Geheimhaltung wirtschaftlicher Informationen gegenüber der Belegschaft verpflichtet werden kann. Das zuletzt genannte Recht soll über «Wirtschaftsausschüsse», die von Arbeitnehmervertretern beschickt werden, realisiert werden. In vielen Betrieben sind solche Wirtschaftsausschüsse gar nicht eingerichtet worden, weil das Gesetz ihnen kaum echte Zuständigkeiten gibt.

Die 1972 beschlossene Neufassung des Betriebsverfassungsgesetzes enthält gegenüber der Fassung von 1952 Verbesserungen für die Arbeitnehmer, indem sie die Arbeitnehmer zur Einsicht in ihre Personalakten berechtigt, ihnen ein Beschwerderecht einräumt, Kündigungen durch Einspruch des Betriebsrates aufschiebbar macht und den Jugendvertretern eigene Rechte einräumt. Die 1988 vom Bundestag beschlossene Ergänzung des Betriebsverfassungsgesetzes – mit der sich eine Absicherung der Montanmitbestimmung verband – gibt Minderheiten in der Belegschaft und den leitenden Angestellten mehr Raum in der betrieblichen Vertretung; den Betriebsräten gesteht es (bescheidene) Rechte bei der Einführung neuer betrieblicher Techniken zu.

Über das Verhältnis von Unternehmensleitung und Betriebsräten sagt das Betriebsverfassungsgesetz: «Arbeitgeber und Betriebsrat arbeiten... vertrauensvoll... zum Wohle der Arbeitnehmer und des Betriebs zusammen.»

Darin liegt eine schwerwiegende Einschränkung der Handlungsmöglichkeiten der Betriebsräte. Der «Betriebszweck» ist ja, vom Unternehmerinteresse her ganz verständlich, auf eine möglichst hohe Gewinnquote gerichtet. Das Interesse der Arbeiter und Angestellten ist demgegenüber auf eine möglichst hohe Lohnquote und auf möglichst gute Arbeitsbedingungen gerichtet. Beide Interessen liegen ganz selbstverständlich in Konflikt miteinander. Das Gesetz aber geht offenbar von einer «Harmonie»-Vorstellung aus. Der Betriebsrat, der doch die Interessen der Arbeiter und Angestellten vertreten sollte, wird darin gleichzeitig auf die Interessen des Unternehmers verpflichtet. So kann es unter Umständen dahin kommen, daß in bestimmten Betrieben der Betriebsrat eher zu einer Art Anhängsel der Personalabteilung für soziale Fragen wird. Der Betriebsrat kann sich nach diesem Gesetz nicht an der Organisation von Arbeitskämpfen beteiligen, er unterliegt einer «Friedenspflicht» und dem Verbot «parteipolitischer Betätigung im Betrieb». Das Betriebsverfassungsgesetz gibt für Unternehmen, die in der Form von Kapitalgesellschaften arbeiten, den Arbeitern und Angestellten auch in den Aufsichtsräten Vertretung, dies aber nur zu einem Drittel der Aufsichtsratsitze. Eine Einflußmöglichkeit auf die Unternehmensentscheidungen ist damit nicht gegeben, da die Vertreter der Arbeiter und Angestellten hier ja ohne weiteres überstimmt werden können.

Die Anwendung der Bestimmungen des Betriebsverfassungsgesetzes scheint in Großbetrieben und in einem erheblichen Teil der Mittelbetriebe gesichert zu sein; in vielen kleineren Industriebetrieben und in vielen Handwerks- und Handelsbetrieben dürften die Bestimmungen des Betriebsverfassungsgesetzes hingegen noch kaum praktische Bedeutung gewonnen haben.

Die Vertretung der Beschäftigten in den Betrieben der öffentlichen Hand (kommunale und staatliche Betriebe) ist, mit Sonderregelungen für die hier tätigen Beamten, durch das «Personalvertretungsgesetz» ähnlich wie im Betriebsverfassungsgesetz geregelt. Allerdings konnten hier unterhalb der gesetzlichen Regelung in einigen Kommunen weitergehende Mitbestimmungsrechte durchgesetzt werden.

Das Betriebsverfassungsgesetz von 1972 gewährleistet – nach Unterrichtung des Arbeitgebers – den Gewerkschaften das Zugangsrecht zu den Betrieben. Neben den Betriebsräten, die ja keine gewerkschaftlichen Organe sind, gibt es in den größeren Betrieben meistens gewerkschaftliche «Vertrauensleute». Sie sollen die Verbindung zwischen Gewerkschaftsorganisation und Betrieb halten, Forderungen der Arbeiter und Angestellten an die Gewerkschaftsfunktionäre weitergeben, für die Ziele der Gewerkschaften bei den noch nicht Organisierten werben und Kandidaten für die Betriebsratswahlen aufstellen. Gerade in Großbetrieben sind diese gewerkschaftlichen Vertrauensleute oft näher an den Sorgen und Wünschen der einzelnen Arbeiter und Angestellten als die (zum Teil freigestellten) Betriebsräte. Die Vertrauensleute können aus diesem Grund auch auf das Verhalten des Betriebsrats Einfluß nehmen.

Welche Möglichkeiten hat der einzelne Arbeiter und Angestellte gegenüber dem Betriebsrat und den Vertrauensleuten? An der Wahl der Vertrauensleute können sich alle Gewerkschaftsmitglieder im Betrieb beteiligen, an der Wahl der Betriebsräte alle Arbeiter und Angestellten (ausgenommen die sogenannten «leitenden Angestellten», die ihre eigenen Sprecherausschüsse haben). Auch der Betriebsrat funktioniert dann allerdings nach dem Prinzip der «repräsentativen» Demokratie, d. h., er ist in seiner Amtszeit nicht ohne weiteres abwählbar und er ist nicht verpflichtet, Aufträge seiner Wähler entgegenzunehmen und auszuführen.

Viermal im Jahr sollen Betriebsrat und Geschäftsleitung auf einer Betriebsversammlung die Arbeiter und Angestellten über ihre Tätigkeit informieren und sich zur Diskussion stellen. Die Festsetzung der Tagesordnung und die Leitung der Betriebsversammlung liegen beim Betriebsrat. In vielen Betrieben kommt es noch nicht zu diesen vorgeschriebenen Betriebsversammlungen. Betriebsratsfunktionen werden außerdem gerade in Großbetrieben oft zu «Lebensstellungen», d. h., der personelle Wechsel in diesen Positionen ist zu gering, ein Informationsvorsprung wird leicht zum Herrschaftsanspruch gegenüber den Arbeitskollegen ausgebaut.

Auch die Betriebsräte erfüllen ihre Funktion, die Interessen der Arbeiter und Angestellten zu vertreten, am ehesten dann, wenn sie ständig unter Kritik und Kontrolle stehen. Offene Diskussion in den Betriebsversammlungen, Aktivität bei der Vorbereitung der Betriebsratswahlen, Mitarbeit bei den gewerkschaftlichen Vertrauensleuten oder Mitarbeit in gewerkschaftlichen und anderen Betriebsgruppen und die Herausgabe von Betriebszeitungen sind Möglichkeiten, um die Probleme im Betrieb offenzulegen und den Betriebsrat an die Willensbildung zu binden.

Perspektiven der Gewerkschaften

Hier tritt die Frage auf: Wo liegen heute überhaupt die Interessen der Lohn- und Gehaltsabhängigen – und inwieweit können diese sich auf die gewerkschaftliche Durchsetzung ihrer Interessen verlassen?[1]

Schon bei der spontanen Streikbewegung im September 1969 ging es nicht allein um die Lohnhöhe. Zur gleichen Zeit wurde eine Umfrage bei (gewerkschaftlich organisierten und nicht organisierten) Arbeitern und Angestellten durchgeführt, welche Forderungen die Gewerkschaften nach Meinung der Befragten vordringlich vertreten sollten. Aus den Antworten ergab sich folgende Rangfolge:

1 Zum historischen Hintergrund siehe K. Schönhoven: Die deutschen Gewerkschaften, Frankfurt 1987

1. Sicherung der Arbeitsplätze,
2. Ausbau der Alterssicherung,
3. höhere Löhne und Gehälter,
4. gerechtere Vermögensverteilung,
5. mehr Mitbestimmung,
6. bessere Bildung und Berufsausbildung,
7. längerer Urlaub,
8. kürzere Arbeitszeit,
9. besserer Unfallschutz.

An diesem Meinungsbild hat sich inzwischen kaum etwas geändert. Allerdings wird der Forderung nach kürzerer Arbeitszeit inzwischen – aufgrund der Arbeitsmarktlage – größerer Stellenwert beigemessen.

Wie die Rangfolge zeigt, begreifen Arbeiter und Angestellte sehr wohl, daß Lohnerhöhungen nur *ein* Mittel unter mehreren sind, um ihre gesellschaftliche Situation zu verbessern. Gesamtwirtschaftliche und politische Forderungen (wie etwa Sicherung der Arbeitsplätze, Ausbau der Alterssicherung, Mitbestimmung) sind aber nicht allein über Tarifauseinandersetzungen mit den Arbeitgebern zu realisieren. Die Einsicht, daß allein mit Lohnkämpfen den Interessen der Lohn- und Gehaltsabhängigen langfristig wenig geholfen ist, liegt angesichts dessen nahe. Die Gewerkschaften erscheinen auf diesem Gebiet immer als die fordernde Partei; Preissteigerungen, Gewinnerhöhungen usw. treten ja nicht als «Forderungen» der Unternehmer auf, sondern ergeben sich scheinbar selbstverständlich und ohne Zwang zur öffentlichen Auseinandersetzung.

Lohnforderungen treten als kompaktes Verlangen «der Gewerkschaften» auf, während die unternehmerische Preis- und Investitionspolitik als geschlossenes Begehren einer sozialen Gruppe nicht öffentlich bewußt wird und die Unternehmen infolgedessen als Wahrer der Stabilität erscheinen können.

Lohnerhöhungen können außerdem durch schleichende Geldentwertung schnell wieder abgeschöpft sein, und den Arbeitnehmern ist die Sicherung der Arbeitsplätze wichtiger als kleine Lohnverschiebungen. Den Arbeitern und Angestellten ist klar, daß ihr künftiges soziales Schicksal nicht von der momentanen Lohnerhöhung, sondern von der volkswirtschaftlichen Entwicklung insgesamt abhängig ist.

Die westdeutschen Gewerkschaften vertreten heute im wesentlichen zwei Konzepte, um die Interessenvertretung über das traditionelle Gebiet der Tarifpolitik hinauszutreiben.

Sie fordern erstens die qualitative Ausweitung der Mitbestimmungsrechte. Sie fordern zweitens «gesamtwirtschaftliche Mitbestimmung», also die Mitwirkung der Vertreter der Lohn- und Gehaltsabhängigen an einer volkswirtschaftlichen Rahmenplanung in der Form von paritätisch besetzten Wirtschafts- und Sozialräten. Beide Vorschläge bedürfen der kritischen Diskussion.

Das Mitbestimmungskonzept, wie es bisher praktiziert wurde, ist nicht unproblematisch. Die Mitbestimmungsrechte sind auf einer nicht allzu günstigen Zwischenebene angesiedelt. Einerseits sind sie, obwohl «betriebliche Mitbestimmung» benannt, auf den Unternehmensrahmen abgestellt und insofern nicht betriebsnah genug, um Mitspracherechte der Arbeitnehmervertreter auf der überschaubaren Ebene des unmittelbaren Produktionszusammenhanges zu intensivieren; von daher wird erklärlich, weshalb auch die Montanmitbestimmung dem Bewußtsein des Arbeitnehmers einigermaßen fremd blieb. Andererseits reicht die Unternehmensmitbestimmung nicht auf jene Ebene hinauf, auf der die eigentlichen wirtschaftspolitischen Entscheidungen fallen. Wenn die Idee der Mitbestimmung der Arbeitnehmer nicht zum bloßen sozialreformerischen Alibi absinken soll, dann müßte sie entschiedener als bisher dorthin vorangetrieben werden, wo gesamtwirtschaftliche Willensbildung sich vollzieht. Mitte der sechziger Jahre kam der Gedanke auf, eine «Konzertierte Aktion» könne überbetriebliche Mitbestimmungschancen enthalten. Der Übergang zur mittelfristigen Finanzplanung, die ja zugleich Wirtschaftsrahmenplanung anzielte, forcierte, unterstützt noch durch die Abschwächung der wirtschaftlichen Konjunktur, Auffassungen, die eine «Objektivierung der Lohnfindung» forderten und in dieser oder jener Variation ein Gremium vorschlugen, in dem Gewerkschaften, Arbeitgeber, wissenschaftliche Experten und Vertreter der Regierung lohnpolitische Leitlinien entwickeln sollten. Dieses Interesse fand in der «Konzertierten Aktion» seinen Ausdruck. In der «Konzertierten Aktion» trafen die Vertreter des Bundesverbandes der Deutschen Industrie, der Bundesvereinigung der Deutschen Arbeitgeberverbände, des Deutschen Industrie- und Handelstages, des Bundesverbandes des Privaten Bankgewerbes, des Zentralverbandes des Deutschen Handwerks und des Bundesverbandes des Deutschen Groß- und Außenhandels mit Vertretern des Deutschen Gewerkschaftsbundes und der IG Metall sowie Regierungsmitgliedern zusammen und tauschten gesamtwirtschaftliche Orientierungsdaten aus. Diese «Konzertierte Aktion» scheiterte noch in der sozialliberalen Regierungszeit.

Solche Einrichtungen würden auch nur dann eine innere Verwandtschaft zur Konzeption überbetrieblicher Mitbestimmung aufweisen, wenn sie nicht nur die Lohnpolitik, sondern die gesamte Wirtschaftspolitik einschließlich der unternehmerischen Investitionen und Gewinne zum Gegenstand der Beratung machen würden; da dies nicht der Fall ist, zielen sie eher eine Dämpfung gewerkschaftlicher Lohnforderungen und damit eine einseitige «Disziplinierung» der Arbeitnehmerseite an.

Die Gewerkschaften können sich angesichts dieser Situation wohl kaum auf ihre Rolle als Arbeitsmarktpartei oder auf die Hoffnung, allein durch tarifpolitische Regelungen ihre Position zu verbessern, beschränken. Dies verbietet sich auch im Hinblick auf die heute gegebene Struktur des wirtschaftspolitischen Entscheidungsprozesses. Der Faktor Lohn ist keineswegs eine wirtschaftspolitisch dominierende, von anderen Faktoren einigermaßen unabhängige Größe, sondern vielmehr *eine* Variable in einer Gesamtrechnung, in der Preise, unternehmerische Investitions- und Gewinnpolitik, staatliche Wirtschaftsinterventionen und anderes mehr mitwirken. Der in der Verfassung (Art. 9 Abs. 3 GG) legitimierte Auftrag der Koalitionen zur «Wahrung und Förderung der Arbeits- und Wirtschaftsbedingungen» kann, angesichts der wirtschaftlichen Konzentration, der zunehmenden «Vermachtung» der Marktstrukturen und der notwendig sich ausweitenden wirtschaftlichen Funktionen des Staates, von den Gewerkschaften nicht mehr allein über den traditionellen Gegenstand der Tarifvereinbarungen, also die Lohnpolitik, realisiert werden. Die Gewerkschaften können auf die Gestaltung der Wirtschaftspolitik, auf Beschäftigungsstrukturen und Arbeitsmarkt nachhaltigen Einfluß nur dann nehmen, wenn sie am Prozeß der großunternehmerischen und der staatlichen wirtschaftlichen Entscheidungen teilhaben. Eine solche, auf «Wirtschaftsdemokratie» hinzielende Lösung ist aber bisher weder als Konzept noch gar als Realität ausgearbeitet. Die Ergänzung des staatlich-parlamentarischen Entscheidungssystems durch ein Repräsentativorgan der wirtschaftlich-sozialen Verbände (und damit auch der Gewerkschaften) könnte vielleicht die öffentliche Debatte und Meinungsbildung befördern und die organisierten Interessen transparent machen, auch den bei ihnen vorfindbaren Sachverstand für die Politikberatung nutzen; aber wäre damit ein gleichgewichtiger Einfluß von Kapital und Arbeit auf die Ökonomie erreichbar? Diese Frage läßt sich schon deshalb kaum bejahen, weil weitgehend ungeklärt ist, wie unter den heutigen Bedingungen wirtschaftlicher Machtbildung und der Einbindung der Volkswirtschaft in den Weltmarkt politische Institutionen in die wirtschaftlichen Entscheidungen noch gestaltend eingreifen können. Eine «institutionelle» Lösung für den Ausbau gewerkschaftlicher Mitbestimmung in der Gesamtwirtschaft bietet sich vorerst nicht an.

Auch die «korporatistische» Lösung, bei der sich Staat und wirtschaftlich-soziale Verbände gegenseitig ihre Aufgaben erleichtern, erweitert nicht unbedingt den Einflußraum der Gewerkschaften bei wirtschaftlichen Entscheidungsprozessen, zudem ist sie auf das Wohlwollen der Kapitalseite und der regierenden Mehrheit angewiesen. Wahrscheinlich ist also, daß die Gewerkschaften ihre Politik weiterhin im freien Spiel des gesellschaftlichen «Kräftemessens» und in einer beweglichen Kombination von kooperativen und konfliktorischen Vorgehensweisen vertreten müssen. Dabei stehen sie vor der schwierigen Frage, wie angesichts des

Wandels in der Arbeitslandschaft und in der Zusammensetzung der Arbeitnehmerschaft, der «Flexibilisierung» auf der Kapitalseite und der zunehmenden Aufspaltung auf der Seite der abhängigen Arbeit, Solidarität als gewerkschaftliche Perspektive durchgehalten und zugleich zeitgemäß neu formuliert werden kann.

Noch einmal: Staat und Verbände

Wie in den meisten Industriestaaten, so findet man auch in der Bundesrepublik ein differenziertes System der Verteilung von Funktionen der Rechtsetzung und der Verwaltung, innerhalb dessen zum größeren Teil der Staat wirkt, in dem teilweise aber auch in Verbindung mit dem Staat soziale Gruppen oder Körperschaften autonom Recht setzen und/oder öffentliche Verwaltung ausüben. Nicht nur die Koalitionen der Arbeitgeber und der Arbeitnehmer, sondern auch andere wirtschaftliche und soziale Gruppen sind in der Bundesrepublik Teilhaber solcher Funktionen auf dem Gebiet der Wirtschafts- und Sozialordnung, die ihnen privilegierte Machtchancen einräumen. Auf die Rolle der arbeitsrechtlichen Koalitionen im Tarifvertragswesen hatten wir hingewiesen; auch die Teilhabe dieser Gruppen an der Arbeits- und Sozialgerichtsbarkeit wurde schon erwähnt. Die arbeitsrechtlichen Koalitionen sind ferner an der sozialen Selbstverwaltung der Kranken-, Unfall- und Rentenversicherung paritätisch beteiligt. Die Vertreterversammlungen der öffentlichen Krankenkassen, der Berufsgenossenschaften und der Rentenversicherungsträger werden nach einem Wahlverfahren zusammengesetzt, bei dem Arbeitgeberverbände und Gewerkschaften das Vorschlagsrecht haben. Sonderregelungen gelten bei den Knappschaften, in denen die Arbeitnehmer zwei Drittel, die Arbeitgeber ein Drittel der Sitze haben, und bei den landwirtschaftlichen Berufsgenossenschaften, in denen die Arbeitnehmer ein Drittel, die Unternehmer und Selbständigen zwei Drittel der Sitze einnehmen.

Die Industrie- und Handelskammern sind reine Unternehmerkammern; als Körperschaften des öffentlichen Rechts mit Pflichtmitgliedschaft für die in ihrem Bezirk tätigen Unternehmer dienen sie einerseits der wirtschaftlichen Interessenvertretung und dem Ausgleich der Interessen verschiedener Gewerbezweige innerhalb ihres Bezirks, andererseits sind ihnen vom Staat bestimmte Funktionen der öffentlichen Verwaltung übertragen, so vor allem die kaufmännische und gewerbliche Berufsausbildung. Der Deutsche Industrie- und Handelstag stellt, wie schon erwähnt, die Dachorganisation sämtlicher Industrie- und Handelskammern dar und vertritt deren Interesse gegenüber dem Bund.

Auch den Handwerkskammern und den Landwirtschaftskammern sind neben der Interessenvertretung Funktionen der öffentlichen Verwaltung, so vor allem das berufliche Prüfungswesen, zugewiesen. In den Handwerks- und Landwirtschaftskammern finden wir zu einem Drittel Vertreter der Arbeitnehmer.

Die Gewerkschaften in der Bundesrepublik fordern, daß alle drei Kammersysteme – Industrie- und Handelskammern, Landwirtschaftskammern und Handwerkskammern – paritätisch mit Unternehmer- und Arbeitnehmervertretern besetzt werden.

In den Bundesländern Rheinland-Pfalz, Saarland, Bayern und in Bremen existieren noch weitere Wirtschaftskammern bzw. Arbeiterkammern, die teils der besonderen Wahrnehmung der wirtschaftlichen und sozialen Interessen der Arbeitnehmer, teils aber auch der gemeinsamen Repräsentation von Unternehmern und Arbeitnehmern dienen. Diese Einrichtungen sind jedoch nicht zu größerer Bedeutung gelangt, da für das Gesamtgebiet der Bundesrepublik eine wirtschaftspolitische und sozialpolitische Repräsentation von Unternehmern und Arbeitnehmern, etwa in der Form eines Wirtschafts- und Sozialrates, nicht existiert.

Nicht nur im klassischen Bereich der Selbstverwaltung, nämlich auf den Gebieten der Arbeits- und Sozialverwaltung und des beruflichen Bildungswesens, sondern auch in anderen Bereichen der öffentlichen Verwaltung, so vor allem der Wirtschaftsverwaltung und – in geringerem Umfange – der Kultusverwaltung, finden wir in der Bundesrepublik Repräsentanten der Arbeitgeber, der Arbeitnehmer und anderer wirtschaftlicher Gruppen in jenem Kranz von Beiräten, Ausschüssen, Fachkreisen usw., den Bund, Länder und Kommunen um ihre Ministerien und unmittelbaren und mittelbaren Behörden geflochten haben. Die Funktionen dieser Institutionen und der Intensitätsgrad der Teilhabe nichtstaatlicher Vertreter sind recht unterschiedlich; zum Teil handelt es sich um die Wahrnehmung öffentlich-rechtlicher Funktionen sozusagen im Auftrage des Staates, zum anderen Teil um Mitwirkung oder Beratung bei legislativen und exekutiven Handlungen. Verfassungsrechtler stellen die Frage, ob das Ausmaß dieser Teilhabe formell privater Verbände an öffentlichen Funktionen, wie sie ohne besondere Regelung im Grundgesetz durch Einzelgesetze, Verwaltungsanordnungen oder auch einfach durch Verwaltungspraxis konstituiert wurde, nicht inzwischen so bedeutend sei, daß man die daran beteiligten Organisationen als verfassungsrechtliche Größen ansehen müsse. Die Rechtswissenschaft operiert hier mit dem Hilfsbegriff der «vom Staat beliehenen Verbände».[1]

Problematisch ist dabei vor allem, ob Organisationen, die mit öffent-

---

1 Zur Diskussion über die Rolle der Verbände vgl. R. Steinberg (Hrsg.): Staat und Verbände, Darmstadt 1985, sowie E.-B. Blümle/P. Schwarz (Hrsg.): Wirtschaftsverbände und ihre Funktion, Darmstadt 1985

lichen Rechtsetzungs- und Verwaltungsfunktionen beliehen wurden, als privatrechtliche Vereinigungen einer Staatskontrolle bzw. einer Verfassungskontrolle jedoch nicht unterliegen, nicht wenigstens einigen Mindestanforderungen hinsichtlich ihrer Struktur unterworfen werden müßten. Das Grundgesetz der Bundesrepublik legitimiert Rechtsetzungsgewalt nur insoweit, als sie demokratisch geschieht. Rechtsetzungsfunktionen, seien sie formell oder nur materiell, könnten demnach nur solchen Institutionen außerhalb der verfassungsmäßigen politischen Willensbildung geliehen werden, die in ihrer inneren Struktur vom Willen derjenigen bestimmt werden, die von dieser Rechtsetzung betroffen sind. Wo also eine verbandsmäßige demokratische Struktur fehlt, hätte nach dieser Überlegung eine autonome Rechtsetzung oder eine Delegation staatlicher Rechtsetzung an die Verbände keinen legitimen Grund.

Außenwirtschaftliche Verflechtung

Die wirtschaftliche Lage einer industriellen Nation, so auch die Volkswirtschaft der Bundesrepublik, wird heute in hohem Maße von der außenwirtschaftlichen Verflechtung bestimmt.

Aus- und Einfuhren (in Millionen DM) der Bundesrepublik Deutschland[1]

Jahr	Ausfuhr	Einfuhr
1950	8362	11374
1960	47946	42723
1970	125297	109617
1976	256642	222173
1983	432300	390400
1987	527377	409641

1 Angaben nach: Statistisches Jahrbuch für die Bundesrepublik Deutschland, fortlaufend

In der Bundesrepublik ist schon in dem Jahrzehnt nach 1950 der Güteraustausch mit dem Ausland in außerordentlichem Umfange ausgeweitet worden.

Der Anteil des Warenhandels der Bundesrepublik Deutschland am gesamten Welthandel betrug:

1950   3,6 v. H. des Exports, 4,6 v. H. des Imports,
1960   10,0 v. H. des Exports, 8,5 v. H. des Imports.

Unterstützt durch die Gesetzgebung, die von Anfang an auf eine Liberalisierung des Außenwirtschaftsverkehrs zusteuerte und ihren Höhepunkt im «Außenwirtschaftsgesetz» vom 28.4.1961 fand, war der Gesamtwert der Ausfuhr der Bundesrepublik von 1950 bis 1976 auf mehr als das Dreißigfache, der Gesamtwert der Einfuhr im gleichen Zeitraum auf das Zwanzigfache gestiegen. Diese strukturellen Entwicklungen in der Außenwirtschaft wurden möglich, weil Import und Export der Bundesrepublik immer stärker von der wirtschaftlichen Verflechtung mit hochindustrialisierten Nationen geprägt wurden und sich dem Rahmen einer internationalen Arbeitsteilung industriell ungefähr gleichentwickelter Volkswirtschaften einfügten. Der Handelsverkehr der BRD mit Entwicklungsländern liegt demgegenüber zurück; dabei bleiben allerdings westdeutsche Kapitalinvestitionen in Entwicklungsländern außer Betracht. Für die Entwicklungsländer selbst können die – von der BRD her betrachtet: relativ zurückbleibenden – Importe und Exporte im Verkehr mit der BRD freilich sehr viel höheren Stellenwert haben.

Wie die Tabelle auf Seite 249 zeigt, blieb der Warenverkehr zwischen der BRD und den Ostblockstaaten relativ gering. Bei einem internationalen Vergleich zeigt sich aber, daß der Anteil der Exporte der Bundesrepublik am Gesamtexport «westlicher» Länder in die Ostblockstaaten vergleichsweise hoch liegt.

Kennzeichnend für die Außenwirtschaft der Bundesrepublik ist ein hoher Anteil der agrarischen Erzeugnisse am Importüberschuß und ein hoher Anteil der Investitionsgüter am Exportüberschuß. Der hohe Anteil solcher Investitionsgüter am Export macht die Volkswirtschaft der Bundesrepublik empfindlich gegenüber Störungen im Wachstum der wirtschaftlichen Partnerländer. Andererseits ist diese Exportstruktur dem Wachstum der Wirtschaft in der Bundesrepublik offenbar förderlich gewesen; hätte sich die deutsche Wirtschaft nicht so sehr auf den Export zugunsten fremder Wachstumsindustrien eingelassen, so wäre auch das Wirtschaftswachstum in der Bundesrepublik beträchtlich langsamer erfolgt. Die hohen Raten des realen Wachstums der Wirtschaft der Bundesrepublik standen in einem unmittelbaren Zusammenhang mit kräftigen Steigerungen des Exportvolumens.

Schon seit vielen Jahren erreicht die BRD Rekorde in den Überschüssen ihrer Außenhandelsbilanz.

In der Exportquote (Anteil des Exports am Bruttosozialprodukt) wie auch im Pro-Kopf-Export und in den absoluten Werten des Exports liegt die BRD weltweit an der Spitze.

Den Rahmen für die außenwirtschaftliche Verflechtung gibt im Falle der Bundesrepublik vor allem die wirtschaftliche Integration Westeuropas ab.

Gerade auch in der BRD hat sich seit Gründung der EG die regionale Struktur der Importe und Exporte stark zugunsten der EG-Länder verschoben, was in erster Linie auf den Abbau von Binnenzöllen innerhalb der EG zurückzuführen ist.

Die starke außenwirtschaftliche Verflechtung der Bundesrepublik im weiteren Sinne zeigt sich auch auf dem Arbeitsmarkt (Anteil der Gastarbeiter am Arbeitskräftepotential) und auf dem Kapitalmarkt.

Die wirtschaftliche Integration Westeuropas erhielt ihren ersten Anstoß durch die amerikanische Wirtschaftshilfe (Marshallplan, ab 1947); dieses – in seiner wirtschaftlich-politischen Motivation stark durch die sich damals zuspitzende System-Konfrontation bestimmte – amerikanische Programm, das dem Betrage nach mit ca. 3–5 v. H. des jährlichen Sozialproduktes den einzelnen Ländern erhebliche «Starthilfen» für den wirtschaftlichen Wiederaufbau brachte, hatte schon ein gewisses Maß an Kooperation zwischen den beteiligten Staaten zur Voraussetzung. Zur Durchführung des Marshallplans wurde durch Vertrag vom 16. 4. 1948 zwischen 16 europäischen Staaten der Europäische Wirtschaftsrat mit seiner Organisation für Europäische Wirtschaftliche Zusammenarbeit (OEEC) in Paris gegründet.

Nach Artikel 4 des Abkommens erstrebte die Organisation eine wirtschaftliche Koordinierung unter den Beteiligten, um Fehlleitungen von Mitteln aus dem Marshallplan zu verhindern und die europäischen

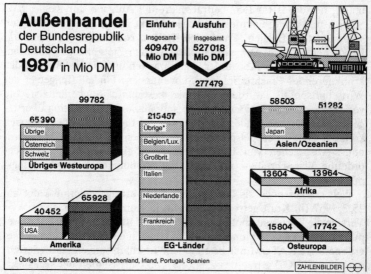

Außenhandel der Bundesrepublik Deutschland 1987 in Mio DM

Einfuhr insgesamt 409 470 Mio DM

Ausfuhr insgesamt 527 018 Mio DM

Übriges Westeuropa: 65 390 / 99 782 (Übrige, Österreich, Schweiz)

Amerika: 40 452 / 65 928 (USA)

EG-Länder: 215 457 / 277 479 (Übrige*, Belgien/Lux., Großbrit., Italien, Niederlande, Frankreich)

Asien/Ozeanien: 58 503 / 51 282 (Japan)

Afrika: 13 604 / 13 964

Osteuropa: 15 804 / 17 742

* Übrige EG-Länder: Dänemark, Griechenland, Irland, Portugal, Spanien

ZAHLENBILDER

© Erich Schmidt Verlag

389 204

Volkswirtschaften zu verschmelzen. Als Mittel dieser Zielsetzung wurden einerseits die Liberalisierung des Handels (gegenseitiger Abbau der Zölle und sonstiger Handelsschranken), andererseits die Entwicklung und Verbesserung eines gemeinsamen Zahlungsverkehrs angesehen.

Am 19.9.1950 wurde in Paris ein im Rahmen der OEEC geschaffenes Zahlungssystem (Europäische Zahlungsunion – EZU) gegründet, das zum Ziel hatte, die europäischen Währungen für den laufenden Zahlungsverkehr konvertierbar (frei austauschbar) zu machen.

Die Europäische Zahlungsunion wurde 1958 durch das Europäische Währungsabkommen (EWA) abgelöst, nachdem die meisten europäischen Währungen die Konvertierbarkeit erlangt hatten. Die 17 Mitgliedstaaten der OEEC schlossen sich dem EWA an und verfolgen seitdem eine einheitliche Devisen- und Wechselkurspolitik.

Die OEEC wurde mit Wirkung vom 30.9.1961 in die OECD (Organization for Economic Cooperation and Development) umgebildet. Diese Organisation für wirtschaftliche Zusammenarbeit und Entwicklung unterschied sich insofern von ihrer Vorgängerin, als sie sowohl eine politische als auch eine wirtschaftlich fundierte «atlantische» Kooperation und eine gemeinsame Entwicklungshilfe vorbereiten sollte.

Während die OEEC und die OECD nicht über die normalen Formen zwischenstaatlicher Kooperation hinausgingen, wurde mit der Europäischen Gemeinschaft für Kohle und Stahl (EGKS, Montanunion) ein neuer Weg supranationaler Wirtschaftspolitik beschritten. Die Montanunion, der die BRD 1952 beitrat, hatte die Aufgabe, für Kohle, Erz, Schrott und Stahl einen einheitlichen Markt innerhalb der beteiligten sechs Staaten (Belgien, Frankreich, Italien, Niederlande, Luxemburg, BRD) herzustellen. Die wirtschaftspolitischen Zielsetzungen der Montanunion waren der Abbau der Zollschranken und die Beseitigung diskriminierender Frachttarife und Subventionen. Für ein Teilgebiet der Wirtschaftspolitik wurden erstmals bestimmte Souveränitätsrechte von den einzelnen Staaten auf eine supranationale Institution übertragen, deren Organe bindende Beschlüsse für die Mitgliedstaaten fassen können. So wurden beispielsweise Zusammenschlüsse und Marktordnungs-Absprachen von Unternehmen, die eine bestimmte Größenordnung überschreiten, innerhalb der Montanunion genehmigungspflichtig.

Weit stärker noch als der Montanunionsvertrag beeinflußte der am 25.3.1957 (in Kraft getreten 1.1.1958) in Rom abgeschlossene EWG-Vertrag die Wirtschaftspolitik und die Wirtschaftsordnung der Bundesrepublik. Während die Montanunion und die mit der EWG zusammen gegründete EURATOM nur bestimmte Wirtschaftsbereiche integrierten, hatte der EWG-Vertrag das Ziel, die Volkswirtschaften der sechs Mitgliedstaaten unter Schaffung binnenmarktähnlicher Verhältnisse zu einem «Gemeinsamen Markt» zu vereinigen.[1] Mit anderen Worten: Die EWG war zunächst ein ökonomisches Unternehmen, in dessen Gebiet eine Anpassung der Wirtschaftspolitik der Mitgliedsländer angestrebt wurde; Ansätze einer politischen Integration ergaben sich daraus aber zwangsläufig. Als Voraussetzung des Gemeinsamen Marktes wurde eine Zollunion vereinbart, d. h., zwischen den sechs EWG-Staaten wurden Binnenzölle und Mengenbeschränkungen in Ein- und Ausfuhr schrittweise abgebaut.

Der Gemeinsame Markt zielte auch einen gemeinsamen Arbeitsmarkt an. Der EWG-Vertrag leitete deshalb die Gleichstellung und die Freizügigkeit aller Staatsbürger der EWG-Staaten im Gemeinsamen Markt ein. Auch der Kapitalverkehr zwischen den EWG-Staaten sollte in einer späteren Phase von allen Beschränkungen frei sein. Eine gemeinsame Sozialpolitik wurde zumindest in Ansätzen entwickelt, eine Steuerharmonisierung wird angestrebt, eine Währungsunion gilt als Fernziel.

Am schwierigsten erwies sich die Herstellung eines gemeinsamen Marktes für landwirtschaftliche Produkte, die als Voraussetzung für den Übergang der EWG-Integration von der ersten zur zweiten Stufe vereinbart war. Für den Agrarmarkt in der EWG wurden Übergangslösungen gefunden, die zunächst noch einzelstaatliche Maßnahmen zum Schutz der Agrarwirtschaft duldeten; inzwischen hat sich auch auf dem Agrarsektor die westeuropäische Integration im wesentlichen vollzogen. Seit 1965 sind Montanunion, EURATOM und EWG institutionell zur EG verschmolzen.

Die wirtschaftliche Integration im EG-Raum wäre zweifellos nicht denkbar, wenn nicht die Volkswirtschaften der beteiligten Staaten zumindest in ihren wichtigsten Zügen eine ähnliche Struktur hätten.

Mit der Erweiterung der EG um Großbritannien, Irland, Dänemark (1973), Griechenland (1981) und Spanien sowie Portugal (1986) entstand hier eine Wirtschaftseinheit, die ihrem Potential nach sonst nur noch mit den USA, der UdSSR und künftig vielleicht der VR China verglichen werden kann. Stärker als diese Wirtschaftsräume wird die EG allerdings auch in Zukunft auf internationalen Handel angewiesen sein. In dieser Hinsicht ist die EG mit der hochleistungsfähigen Wirtschaft Japans vergleichbar. Ambivalent ist das wirtschaftliche Verhältnis der EG zu den USA; einerseits sind die USA an der westeuropäischen Wirtschaftsintegration interessiert und verfügen im EG-Raum über starke Kapitalpositionen; andererseits gerät die EG in manchen Bereichen der Weltwirtschaft in ein Konkurrenzverhältnis zu den USA. Die EG ist seinerzeit nicht zuletzt unter dem Einfluß politischer Weltkonflikte zustande ge-

1 Vgl. hierzu H. J. Küsters: Die Gründung der Europäischen Wirtschaftsgemeinschaft, Baden-Baden 1982

kommen; andererseits beruht sie auf dem gemeinsamen Bedürfnis der Volkswirtschaften der beteiligten Länder nach einem Binnenmarkt europäischen Ausmaßes.

Die in der Grundstruktur der jeweiligen Volkswirtschaften angelegten und seit Gründung der Montanunion und der EWG wirtschaftspolitisch geförderten Gemeinsamkeiten zwischen den Staaten der EG bedeuten keineswegs, daß hier Interessenkonflikte und volkswirtschaftlich-politische Konkurrenzen oder Machtansprüche nahezu ausgeschaltet seien. Die EG war und ist alles andere als ein Raum der Harmonie.[1]

Auf massive Kritik stoßen die Regelungen des EG-Agrarmarktes, der den Namen «Markt» eigentlich nicht verdient. Die Überschußproduktion wird hier auf Kosten der Steuerzahler subventioniert; diese Subventionen verschlingen ca. zwei Drittel des EG-Haushalts. Ein gemeinsamer Markt im Bereich der Stahlindustrie war wesentlicher Antrieb für die westeuropäische Einigung; inzwischen werden in diesem Sektor die Gemeinsamkeiten durch Subventionierungspraktiken einzelner EG-Länder unterlaufen. Im Bereich der langlebigen Konsumgüter wird der gemeinsame Markt durch getarnte Importauflagen einzelner EG-Länder in seinen Regeln durchbrochen.

Ein endgültiger Durchbruch zur Wirtschaftseinheit im Raum der EG wird von dem 1992 zu erreichenden Binnenmarkt erwartet, der für alle EG-Staaten ein gemeinsames System des Austausches von Waren, Kapital, Dienstleistungen und Arbeit etablieren und noch bestehende nationalspezifische Regulierungen beiseite räumen soll. Offen bliebe dann noch, ob es im nächsten Schritt auch zu einer gemeinsamen Währung kommen muß.

Der Binnenmarkt wird die Kluft zwischen den reichen und armen Regionen oder Ländern der EG nicht ohne weiteres überbrücken können, er wird vermutlich den EG-internen wirtschaftlichen und sozialen Problemdruck für die «unteren Ränge» zunächst noch erhöhen. Die ungleichen Ausgangsbedingungen beim Eintritt in den Binnenmarkt werden sichtbar, wenn man die jetzigen Abstände in der ökonomischen Leistungsfähigkeit zwischen den EG-Ländern bedenkt; gemessen am Mittelwert eines Pro-Kopf-Bruttoinlandsprodukts aller EG-Staaten erreichen derzeit Portugal 27 v. H., Griechenland 34 v. H., Spanien 54 v. H. des Gemeinschaftsdurchschnitts, die Bundesrepublik hingegen liegt 40 v. H., Dänemark (als Spitzenreiter) sogar 53 v. H. über dem EG-Mittelwert. In absoluten Zahlen die beiden Pole: Im Maßstab einer «Europäischen Währungseinheit» (ECU) erwirtschaftet gegenwärtig Dänemark 17370 ECU je Einwohner, Portugal hingegen nur 3090 ECU je Einwohner.

1 Vgl. hierzu auch K. P. Tudyka: Marktplatz Europa, Köln 1975; F. Deppe (Hrsg.): Europäische Wirtschaftsgemeinschaft, Reinbek 1975

Unzufriedenheit...

...ist die beste Voraussetzung für den Fortschritt. Nur der, der sich mit dem Erreichten nicht zufriedengibt, sondern Ausschau hält nach neuen Wegen, kommt wirklich vorwärts.

Pfandbrief und Kommunalobligation

Meistgekaufte deutsche Wertpapiere - hoher Zinsertrag - bei allen Banken und Sparkassen

Verbriefte Sicherheit

Angesichts dessen müssen die Arbeitnehmerorganisationen darum besorgt sein, daß «Deregulierung» nationaler Standards zugunsten des EG-Binnenmarktes nicht zu einer sozialen «Harmonisierung nach unten hin» führt, wenn 1992 die EG-weite Konkurrenz um die jeweilige Position im Markt (auch im Arbeitsmarkt) sich noch verschärfen wird.

Die Schwierigkeiten der weiteren Entwicklung der EG liegen auch im Verhältnis von wirtschaftlichen und politischen Entscheidungen. Der EG-Vertrag geht noch von der Möglichkeit einer Unterscheidung wirtschaftlicher Integration und politischer Nationalstaatlichkeit aus; tatsächlich hat aber jede wichtige wirtschaftliche Entscheidung eine Fülle unmittelbar politischer Folgen, und politische Maßnahmen im nationalstaatlichen Rahmen werden durch eine Wirtschaftspolitik im Rahmen der EG unter Umständen in ihrem Inhalt überspielt. Die Schaffung des EG-Binnenmarktes wird die Eingriffsfähigkeit der einzelstaatlichen demokratischen Institutionen in das Wirtschaftsgeschehen weiter reduzieren; dem steht bisher kein entsprechender Zugewinn an Kompetenz bei dem Europäischen Parlament gegenüber.

Wirtschaftliche Funktionen der «öffentlichen Hand»

Die Wirtschaft der BRD ist in vergleichsweise recht hohem Umfange durch wirtschaftliche Funktionen der öffentlichen Hand geprägt. Sieht man von den Sozialversicherungsbeiträgen ab, so wird die Hauptmasse der öffentlichen Einnahmen in der Bundesrepublik (rund 90 v. H.) durch Steuern aufgebracht. Auch an der Entwicklung des Steueraufkommens wird die zunehmende ökonomische Bedeutung der öffentlichen Hand deutlich: Die Relationen zwischen Bruttosozialprodukt, Steueraufkommen, Staatsverbrauch und privaten Investitionen bzw. Privatverbrauch sind wichtiger Teil des gesellschaftlichen Konflikts.

Das System der Steuerarten ist in der BRD recht differenziert: traditionell unterscheidet man vor allem die direkten Steuern (z. B. Einkommensteuer) und die indirekten Steuern (z. B. Mehrwert- bzw. Umsatzsteuer). Die direkten Steuern fallen bei der Zuteilung des Einkommens an, während die indirekten Steuern bei der Verwendung des Einkommens entstehen. Eine andere Möglichkeit, die Steuerarten zu unterscheiden, liegt in der Trennung von Besitzsteuern, Verkehrssteuern und Verbrauchssteuern.

Die Finanzverfassung der Bundesrepublik, in den Artikeln 105 bis 115 des Grundgesetzes geregelt und mehrfach (zuletzt durch die sog. «Finanzreform» von 1969) durch verfassungsändernde Gesetze der Entwicklung angepaßt, weist die Gesetzgebungshoheit über Steuern weitgehend dem Bund zu; die Ertragshoheit über Steuern hingegen kommt sowohl dem

Bund als auch den Ländern zu, während den Gemeinden bzw. Gemeinde-verbänden eine eigene Steuerhoheit nicht eingeräumt ist. Eine vollstän-dige Aufteilung der einzelnen Steuerquellen entweder zum Bund oder zu den Ländern hin besteht nach der jetzigen Finanzverfassung nicht; ande-rerseits hat man sich bei der Reform des Jahres 1969 aber auch nicht zu einem «großen Steuerverbund», also einem einheitlichen Steuerfonds entschließen können, aus dem dann Bund, Länder und Gemeinden je-weils ihren Aufgaben entsprechend Zuweisungen erhalten könnten.

Das jetzige System der Finanzverfassung läuft vielmehr auf einen kom-plizierten Schlüssel der Verteilung von Quoten innerhalb der wichtigsten Steuerarten zwischen Bund und Ländern und ebenso unter den Ländern selbst hinaus, wobei gleichzeitig den Gemeinden bestimmte Mindestan-teile garantiert werden. Man hat demnach zu unterscheiden zwischen Bundessteuern, Ländersteuern, gemeinsamen Steuern von Bund und Ländern und garantierten «Teilsteuern» für die Gemeinden. Die beste-hende Regelung wirft eine Fülle von Problemen auf. Einerseits erlaubt sie den jeweiligen öffentlichen Händen keine langfristige Finanzplanung, weil angesichts des Mischsystems der Steueraufteilung und der Konjunk-turschwankungen bei den einzelnen Steuerarten die zu erwartenden Steuereinkünfte vielfach ungewiß und schwankend sind; andererseits ist das Steueraufteilungssystem wiederum zu starr, als daß es aktuell den wechselnden finanziellen Bedürfnissen und den sich verändernden Priori-täten in den öffentlichen Aufgaben und ihren Trägern entsprechen könnte. Hinzu kommt, daß der Unterschied zwischen steuerstarken und steuerschwachen Ländern ein Dauerproblem darstellt und jeweils auf schwierige Weise ein Ausgleich versucht werden muß.

Die Verteilung des Steueraufkommens zwischen Bund, Ländern und Gemeinden ist erklärlicherweise Gegenstand ständiger Kontroversen. Dabei ist zu berücksichtigen, wo die Aufgabenschwerpunkte der drei Ebenen öffentlicher Haushaltsführung liegen und wie der Stellenwert der einzelnen Aufgaben sich verändert. Da das Grundgesetz festgelegt hat, welche Aufgaben jeweils vom Bund oder von den Ländern und Gemein-den wahrzunehmen sind, bedeuten alle Entscheidungen über die Vertei-lung der Steuerquellen auch, daß damit politische Prioritäten gesetzt wer-den. Beim Haushalt des Bundes bilden Ausgaben für soziale Sicherung und Verteidigung den Schwerpunkt; bei den Ländern stehen Bildungs-ausgaben im Vordergrund des Etats; bei den Gemeinden liegen Ausga-benschwerpunkte beim Gesundheitswesen und der sozialen Hilfe sowie der kommunalen Infrastruktur. Schon diese knappe Übersicht deutet auf Akzentverlagerungen hin: So ist z. B. der Anteil der Kosten für sozialpo-litische Reformprogramme seit den sechziger Jahren rückläufig gewesen, während der Anteil der Ausgaben für das Bildungswesen und die Ge-sundheitsversorgung stark anstieg.

Hiermit steht im Zusammenhang, daß der Anteil des Bundes an den öffentlichen Ausgaben insgesamt im Zeitraum nach 1950 abgesunken ist; im gleichen Zeitraum stieg der Anteil der Länder und der Gemeinden an. Bei Nachlassen der Ausgabendynamik seiner originären Aufgaben hat der Bund die Mitfinanzierung von Aufgaben der Länder und Gemeinden verstärkt. Der Bundesanteil am gesamten Steueraufkommen ist seit den fünfziger Jahren abgesunken; die Länder hingegen konnten ihren Anteil am Steueraufkommen um einiges erhöhen. Nach der «Finanzreform» konnten auch die Gemeinden ihren Anteil an den Steuereinnahmen insgesamt zunächst steigern; seit Mitte der siebziger Jahre trifft dies aber nicht mehr zu. Andererseits stieg seit der Arbeitslosigkeit für viele Gemeinden die finanzielle Belastung durch Sozialhilfe extrem an.

Politiker haben darauf hingewiesen, daß das gegenwärtige System der Mischfinanzierung und Steuerverteilung zu einer «Mischverantwortung» führe. Niemand wisse mehr genau, was er zu finanzieren habe – und was er finanzieren könne. Die Folgen seien endlose und verzögernde Finanzierungskontroversen und mangelnde Transparenz. Auf längere Sicht sei eine Neudefinition der Aufgaben von Bund, Ländern und Gemeinden und eine klare Verteilung und Zuordnung der Finanzmassen bzw. Steuereinkünfte unumgänglich.

Die Anteile (in Prozent) der wichtigsten Steuerquellen am gesamten Steueraufkommen in der Bundesrepublik stellten sich 1987 wie folgt dar:

Lohnsteuer	34,1
Steuern vom Umsatz	24,7
Einkommensteuer	6,5
Gewerbesteuer	7,3
Mineralölsteuer	5,3
Körperschaftssteuer	7,9
Tabaksteuer	3,1

Bei einem Vergleich der Steuerzuwachsraten steht die Lohnsteuer obenan; sie nahm im Zeitraum zwischen 1960 bis 1986 im Gesamtaufkommen um 1772 % zu!

Aus der Tabelle ist zu schließen, wie hoch der Anteil derjenigen Steuern ist, die von der Masse der Lohn- und Gehaltsabhängigen geleistet werden, während die Besteuerung der Kapitalseite relativ gering bleibt. Das Lohnsteueraufkommen, das 1955 erst 10 v. H. des gesamten Steueraufkommens ausmachte, ist inzwischen auf ca. 37 v. H. angestiegen.

Die Aufkommen aus Körperschaftssteuer, Kapitalertragssteuer und Vermögensteuer liegen demgegenüber niedrig.

Dem Steuersystem wird, neben seiner Finanzierungsfunktion für öffentliche Leistungen und Investitionen (Bildungssystem, Infrastruktur usw.), vielfach auch in der Bundesrepublik eine nach Einkommensschichten bzw. Wirtschaftsbereichen «umverteilende» Funktion beigemessen.[1] Diese Vorstellung müßte jedoch auf ihre Realität hin überprüft werden. Es wäre z. B. festzustellen, in welchem Umfange Subventionen einzelner Wirtschaftszweige durch die dort aufgebrachten Steuern wieder wettgemacht werden; auch die Empfänger öffentlicher Sozialleistungen tragen indirekt unter Umständen einen erheblichen Teil zur eigenen Unterstützung bei, wenn z. B. die von ihnen gekauften Lebensmittel in verschiedenen Phasen besteuert sind. Das Dickicht der verschiedenen Beihilfen und Sozialleistungen macht es nahezu unmöglich, dem Prozeß der Umverteilung im einzelnen nachzugehen.

Der große Anteil der indirekten Steuern erweckt den Anschein, als würde in der Bundesrepublik ein relativ hoher Prozentsatz des Steueraufkommens den Unternehmungen aufgebürdet und hierdurch, wie auch durch die progressive Besteuerung des Einkommens, ein umverteilender Effekt erzielt. Diese Wirkung wird jedoch dadurch in Frage gestellt, daß diese Steuern zum Teil wieder auf den Preis und damit auf den Verbraucher abgewälzt werden können. Es scheint das Argument nicht unzutreffend zu sein, daß mancher Bürger unter Umständen genau das zahlt, was er – nach einigem Substanzverlust durch Verwaltungsarbeit – dann wieder zurückbekommt. Diesen Vorgang hat man als «Einkommenskarussell mit Substanzschwund» bezeichnet.

Wenn man davon ausgeht, daß die indirekten Steuern weitgehend auf Kosten der Verbraucher erhoben werden, so entspricht dieser Steuerleistung ein ähnlicher Betrag an sozialen Leistungen (Renten, Pensionen) des Staates, die größtenteils wieder dem Konsum zufließen. Der Anteil am Gesamtsteueraufkommen, der aus Besitz oder Unternehmergewinn stammt, fließt in Form von Begünstigungen, Zinsverbilligungen u. ä. wiederum annähernd an bestimmte Schichten der gleichen Gruppe zurück. Insofern liegt folgender Schluß nahe: Soweit der Staat, gestützt auf das Steuersystem, eine Umverteilung vornimmt, vollzieht sich diese in der Bundesrepublik kaum vertikal, d. h. zwischen einkommensstarken und einkommensschwachen Gruppen, sondern im wesentlichen horizontal, d. h. zwischen Erwerbstätigen und Nichterwerbstätigen. Dieser Einkommensausgleich, den man auch als intertemporären Ausgleich bezeichnet hat, wird in seiner Notwendigkeit schon durch das Verhältnis von erwerbstätiger und nichterwerbstätiger Bevölkerung deutlich.

Im wachsenden Etat der öffentlichen Hand spiegelt sich der Funktionswandel des Staates von einem bloß ordnenden zum Leistungs- und Versorgungsstaat. Der Staat hat heute als Wirtschaftsfaktor Aufgaben, die weit über Rahmengesetze und «Nothilfe» hinausgehen.

---

1 Vgl. dazu H. J. Krupp u. W. Glatzer: Umverteilung im Sozialstaat, Frankfurt 1978

Entwicklung der Ausgaben und Einnahmen der öffentlichen Haushalte nach Arten in Mill. DM

Ausgaben						
Rech- nungs- jahr	insgesamt	darunter					
		Personal- ausgaben	Laufen- der Sach- aufwand	Zins- aus- gaben	Renten u. Unter- stützun- gen	Bau- maß- nahmen	Ver- mögens- über- tragung
1951	37401	8686	12931	765	5987	2573	142
1955	51229	13315	11914	1525	6408	4872	1486
1961	95275	24703	22770	2615	8027	10517	2680
1965	140581	37344	28864	3577	14037	18790	4927
1970	196330	61484	31713	6864	18663	25797	9337
1975	511710	126433	109649	14838	152988	38687	15710
1981	770640	184993	171674	36723	228754	46712	23616
1986	942216	213068	212681	57816	294900	41667	25499

Einnahmen						
Rech- nungs- jahr	insgesamt	darunter				Netto- Kredit- auf- nahme
		Steuern u. steuer- ähnliche Abgaben	Gebühren, sonstige Entgelte	Einnahmen aus wirt- schaftlicher Tätigkeit	Einnahmen der Kapital- rechnung	
1951	36082	29561	2011	2119	328	572
1955	53798	44071	3194	3122	987	1349
1961	95606	79288	5597	4292	2597	2117
1965	130307	106934	8448	4968	4580	7829
1970	188305	155005	13097	7203	5932	6302
1975	455437	352545	25455	8430	10735	54231
1981	702601	598532	40905	20243	16361	69906
1986	904786	766421	55355	33730	19880	41844

aus: Statistisches Jahrbuch für die Bundesrepublik Deutschland, 1988, S. 422

Das Ziel der öffentlichen Finanzwirtschaft, unter der man zunächst die Einnahmen- und Ausgabenpolitik und die Vermögens- und Schuldenverwaltung der öffentlichen Hand versteht, ist die Erfüllung der in Haushaltsplänen angekündigten wirtschaftlichen Leistungen. Hierbei unterscheidet man jeweils auf der Einnahmen- und Ausgabenseite einen ordentlichen und einen außerordentlichen Haushalt; ersterer soll alle regelmäßig wiederkehrenden Einnahmen und Ausgaben, letzterer alle einmaligen Einnahmen und Ausgaben in verschiedener Höhe und für außergewöhnliche Zwecke enthalten.

Für den öffentlichen Haushalt in der Bundesrepublik sind nach dem Grundgesetz zwei Prinzipien bestimmend: einerseits das föderalistische Prinzip, d. h. die Aufteilung auch der Finanzgewalt auf Bund und Länder,

Bundeshaushalt 1982 und 1989

Ausgaben 1982 insgesamt: 244,6 Mrd. DM

Arbeit und Soziales (24,2%) 59,1 Mrd. DM
Landwirtschaft (2,5%) 6,1
Verteidigung (18,1%) 44,4
Forschung (2,8%) 6,9
Verkehr (10,2%) 24,9
Wirtschaft (1,9%) 4,6
Jugend und Familie (7,5%) 18,3
Entwicklungshilfe (2,4%) 6,0
Pensionen (4,2%) 10,3
Bundesschuld (10,1%) 24,6
Bau, Raumordnung (2,1%) 5,1
sonstiges (14,0%) 34,3

Ausgaben 1989 insgesamt: 290,3 Mrd. DM (Plan)

Arbeit und Soziales (23,3%) 67,7 Mrd. DM
Landwirtschaft (3,3%) 9,5
Verteidigung (18,4%) 53,3
Forschung (2,6%) 7,6
Verkehr (8,6%) 24,9
Wirtschaft (2,6%) 7,5
Jugend und Familie (7,1%) 20,5
Entwicklungshilfe (2,4%) 7,1
Pensionen (3,5%) 10,2
Bundesschuld (12,9%) 37,6
Bau, Raumordnung (2,2%) 6,3
sonstiges (13,1%) 38,1

Quelle: Bundesfinanzministerium,
Grafik: Globus / Die ZEIT

zum anderen das Prinzip der parlamentarischen Verfügung über das öffentliche Budget durch die jährlichen Haushaltsgesetze, die nach den Verfassungsbestimmungen in der BRD zu einem Ausgleich von Einnahmen und Ausgaben führen müssen. Ob das zweite Prinzip noch reale Gültigkeit hat, muß bezweifelt werden. Durch die Kombination von ordentlichem und außerordentlichem Haushalt wird die Bestimmung des Ausgleichs von Einnahmen und Ausgaben überspielt; andererseits macht die zwangsläufig langfristige Festlegung vieler öffentlicher Ausgaben das Prinzip des jährlichen Haushaltsgesetzes teilweise zur bloßen Formalität. Seit den sechziger Jahren sind ständig mehr als 80 Prozent der Ausgaben des jeweiligen Bundeshaushaltes im voraus festgelegt gewesen.

Eine derartige Festlegung langfristiger Art ist in einem sozialen Rechtsstaat gewiß nicht zu vermeiden; kritisch ist jedoch anzumerken, daß das System jährlicher Haushaltsgesetze über die volle Belastung, die mit langfristig wirksamen Gesetzen verbunden ist, unter Umständen leicht hinwegtäuscht. Die unrealistische Verfahrensweise der jährlichen Bestimmung über den öffentlichen Haushalt stützt unter Umständen auch die Nachgiebigkeit gegenüber finanziellen Forderungen einzelner Interessengruppen, deren langfristige Folgen nicht bedacht werden.

Ob ein echter Schwerpunktwandel in den Ausgaben der öffentlichen Körperschaften auch nur in mittlerer Sicht möglich wäre, muß dahingestellt bleiben. Einmal gesetzte Prioritäten können nur unter großen

Schwierigkeiten wieder abgebaut werden. Übrigens sind es häufig dieselben Mitbürger, die sonntags über «Zuviel Staat» klagen, die dann werktags die Hand für öffentliche Zuwendungen aufhalten.

Die öffentlichen Arbeitgeber

Die zunehmende wirtschaftliche Bedeutung der öffentlichen Hand zeigt sich nicht nur im wachsenden Anteil der öffentlichen Einnahmen und Ausgaben am volkswirtschaftlichen Gesamtaufkommen, sondern ebenso in der Zunahme des Anteils der bei der öffentlichen Hand Beschäftigten am Potential der Erwerbstätigen.

Das Feld der wirtschaftenden oder verwaltenden Betätigung der öffentlichen Hand reicht von den großen Dienstleistungsbetrieben der Bundesbahn und Bundespost über kleinere, etwa Versorgungsunternehmen und Einrichtungen des «mittelbaren öffentlichen Dienstes» (wie die Sozialversicherungsträger und die Bundesanstalt für Arbeit) bis zu den Institutionen der Gebietskörperschaften: Bund, Länder und Gemeinden. Der gesamte Personalbestand des unmittelbaren und mittelbaren öffentlichen Dienstes (Soldaten nicht mitgezählt) belief sich 1987 auf 4,6 Millionen, darunter etwa 40 % Frauen. Trotz mancher Personaleinsparungen auch in diesem Bereich und trotz des Personalabbaus bei der Bundespost ist die Zahl der Vollbeschäftigten wie auch (dies in den letzten Jahren besonders deutlich) die Zahl der Teilzeitbeschäftigten bei der öffentlichen Hand seit den fünfziger Jahren stetig angestiegen. Jeder fünfte abhängig Beschäftigte befindet sich heute in der Bundesrepublik im öffentlichen Dienst. Besonders kräftigen Personalzuwachs hatten die Länder und Gemeinden, ein ganzes Stück geringer war der Zuwachs beim Bund und bei der Post.

Unter den Vollzeitbeschäftigten des unmittelbaren öffentlichen Dienstes befanden sich (Stand 1986) 46 % Beamte oder Beamtinnen, 32 % Angestellte und 22 % Arbeiter oder Arbeiterinnen. Im Dienst der Länder ist der Anteil der Beamtenschaft besonders hoch, bei den Gemeinden überwiegt die Angestelltenschaft. Bei den Laufbahngruppen (Beamte und Angestellte) gehörten 11 % dem höheren, 22 % dem gehobenen, 39 % dem mittleren und 6 % dem einfachen Dienst an (Vollzeitbeschäftigte) (Siehe Tabelle S. 260).

Mit dem Ausbau des Personals im öffentlichen Dienst hat sich sowohl der Anteil dieser Beschäftigtengruppe an der Gesamtheit der Erwerbstätigen als auch der Anteil der Lohn- und Gehaltskosten an den Gesamtausgaben der öffentlichen Hand kräftig gesteigert. Kostensteigernd war zudem die Anhebung des «Stellenkegels» in manchen Bereichen des öffentlichen Dienstes.

Die personelle Ausdehnung des öffentlichen Dienstes ist wesentlich

Personalentwicklung im öffentlichen Dienst

Jahr (Stichtag)	Insgesamt	Vollzeitbeschäftigte				Teilzeitbeschäftigte			
		zusammen	Beamte und Richter	Angestellte	Arbeiter	zusammen	Beamte und Richter	Angestellte	Arbeiter
2. 9. 1950	2259200	2192200	791400	600800	800000	67000	–	27000	40000
2. 9. 1955	2599500	2507500	1057800	642600	807100	92000	–	41000	51000
2. 10. 1960	3001100	2808300	1181400	776400	850500	192800	–	43600	149200
2. 10. 1965	3348900	3080100	1309200	916800	854100	268800	2200	83900	182700
2. 10. 1970	3641600	3265600	1417100	1040200	808300	376000	8200	145900	222000
30. 6. 1975	4184000	3668400	1597300	1229400	841700	515600	30600	224000	261000
30. 6. 1980	4419900	3801500	1694500	1295900	811100	618400	62800	288800	266800
30. 6. 1985	4594230	3824493	1702776	1318479	803238	769737	136524	354600	278613
30. 6. 1986	4624559	3826386	1691142	1332494	802750	798173	147620	376286	274267
30. 6. 1987	4629767	3834554	1684763	1346941	802850	795213	160457	371462	263294

aus: Statistisches Jahrbuch für die Bundesrepublik Deutschland, 1988, S. 439

auf die Expansion einiger spezifischer Aufgabenbereiche zurückzuführen. Klammert man den seinerzeitigen Aufbau der Bundeswehr hier einmal aus, so waren es vor allem Funktionen der öffentlichen Hand im Bildungswesen, in der sozialen Betreuung und im Gesundheitswesen, die personalintensiv ausgebaut wurden.

Inzwischen deuten sich Grenzen der Ausweitung des öffentlichen Arbeitspersonals an, die teils mit der Technisierung auch von Verwaltungstätigkeiten, mehr noch aber mit der Finanzknappheit der öffentlichen Haushalte zu tun haben. Gleichzeitig macht sich in manchen Bereichen des öffentlichen Dienstes Personalknappheit bemerkbar, und gesellschaftliche Aufgaben, die mit Hilfe der öffentlichen Hand und ihres Personals wahrgenommen werden müßten, bleiben unerledigt. Dies gilt zum Beispiel für Maßnahmen zur Linderung von Umweltschäden. Will die öffentliche Hand hier von einer hinderlichen Personalsparpolitik wegkommen, so setzt dies die Veränderung von Schwerpunkten in den öffentlichen Haushalten voraus.

Instrumentarium staatlicher Wirtschaftspolitik

Aus den bisher mitgeteilten Daten wird bereits deutlich: Die öffentliche Hand ist in der Bundesrepublik Arbeitgeber, Unternehmer und Produzent in großem Umfang. Sie verfügt vor allem über den größten Teil der Dienstleistungsorganisationen.

Die öffentliche Hand stellt die infrastrukturellen Voraussetzungen privatwirtschaftlicher Produktion und privater Dienstleistungen bereit; sie «produziert» Qualifikationen (Schulwesen, Hochschulen), die für die private Wirtschaft Funktionsbedingungen sind; sie vergibt in riesigem Umfange Aufträge an private Unternehmen und sie greift mit Subventionen in privatwirtschaftliche Wirtschaftsbereiche ein.

Einerseits fließt ein großer Anteil privater Einkünfte über die Steuern, Abgaben und Beiträge in Haushalte der öffentlichen Hand; andererseits kommt ein beträchtlicher Teil der Einkommen direkt oder indirekt aus dem öffentlichen Haushalt.

Charakteristisch für unsere Gesellschaft ist demnach die Existenz eines großen Verteilungsapparates staatlicher und kommunaler Art, der in diesem Sinne als «Umverteilungswirtschaft» neben der «freien Wirtschaft» steht. Aus dem privaten Wirtschaftssystem abgeschöpfte Mittel werden hier neu eingesetzt, teils als Sozialleistungen, teils als Subventionen, teils als Aufträge an die private Wirtschaft, teils als Investitionen (Infrastruktur, Verkehr, Bildungswesen), teils auch in der Verwaltungstätigkeit selbst verbleibend, damit aber wiederum durch den Beschäftigtenstand auf die private Wirtschaft rückwirkend. Die wirtschaftliche Tätigkeit des

Personal der öffentlichen Hand (1987)

Beschäftigungsbereich	Insgesamt	Vollzeitbeschäftigte				Teilzeitbeschäftigte			
	zusammen	zusammen	Beamte und Richter	Angestellte	Arbeiter	zusammen	Beamte und Richter	Angestellte	Arbeiter
Unmittelbarer öffentlicher Dienst									
Gebietskörperschaften	3514408	2854066	1187528	1099627	566911	660342	147971	324621	187750
Bund	332408	313066	113528	89627	109911	19342	971	13621	4750
Länder	1913000	1549000	924000	463000	162000	364000	142000	181000	41000
Gemeinden/Gv.	1269000	992000	150000	547000	295000	277000	5000	130000	142000
Kommunale Zweckverbände	50400	38600	2100	24500	12000	11800	100	5000	6700
Deutsche Bundesbahn	279103	276127	158766	5997	111364	2976	720	688	1568
Deutsche Bundespost	531632	440520	30090	29351	102079	91112	10789	22380	57943
Zusammen	4375543	3609313	1657484	1159475	792354	766230	159580	352689	253961
Mittelbarer öffentlicher Dienst									
Sozialversicherungsträger	185661	165256	12381	143497	9378	20435	425	12752	7258
Krankenversicherung	92700	82700	100	81500	1100	10000	0	5900	4100
Unfallversicherung	21100	18800	200	18100	500	2300	0	1800	500
Rentenversicherung	60000	53600	10600	36300	6700	6400	400	4200	1800
Knappschaftsversicherung	11891	10156	1481	7597	1078	1735	25	852	858
Bundesanstalt für Arbeit	67033	58585	14698	42869	1018	8448	452	5921	2075
Träger der Zusatzversorgung	1500	1400	200	1100	100	100	0	100	0
Zusammen	254224	225241	27279	187466	10496	28983	877	18773	9333

Personal der öffentlichen Hand (1987)

Beschäftigungsbereich	Insgesamt	Vollzeitbeschäftigte				Teilzeitbeschäftigte			
		zusammen	Beamte und Richter	Angestellte	Arbeiter	zusammen	Beamte und Richter	Angestellte	Arbeiter
Einrichtungen für Wissenschaft, Forschung und Entwicklung									
Forschungseinrichtungen	41 882	34 666	109	28 756	5801	7216	1	6450	765
Max-Planck-Institute	9521	7184	–	6047	1137	2337	–	2056	281
Fraunhofer-Institute	3573	3190	–	3008	182	383	–	340	43
Großforschungseinrichtungen	21 514	18 841	52	14 812	3977	2673	1	2402	270
Sonst. Forschungseinrichtungen	7274	5451	57	4889	505	1823	–	1652	171
Wissenschaftliche Museen	1946	1711	382	923	406	235	5	179	51
Wissenschaftliche Bibliotheken	1997	1534	419	1027	88	463	52	365	46
Insgesamt	*45 829*	*37 913*	*910*	*30 706*	*6295*	*7914*	*58*	*6994*	*862*
Rechtlich selbständige Wirtschaftunternehmen									
Versorgungsunternehmen	156 538	150 531	–	75 034	75 497	6007	–	2431	3576
Verkehrsunternehmen	74 937	72 371	–	21 145	51 226	2566	–	927	1639
Kombinierte Versorgungs- und Verkehrsunternehmen	36 172	35 149	–	14 040	21 109	1023	–	476	547
Sonstige	2949	2803	–	1350	1453	146	–	89	57
Insgesamt	*270 596*	*260 854*	*–*	*111 569*	*149 285*	*9742*	*–*	*3923*	*5819*

aus: Statistisches Jahrbuch für die Bundesrepublik Deutschland 1988, S. 439

Staates bleibt nicht im Bereich der unmittelbaren Wirkungen durch Besteuerung, Subventionen und Sozialleistungen, sie greift darüber hinaus auf vielfältige Weise in private Wirtschaftsbereiche ein und wirkt dabei zum Teil stimulierend, zum Teil begünstigend oder korrigierend. Die private Wirtschaft wird sich einem öffentlichen Haushalt, der ein Ausmaß angenommen hat, wie wir es bereits beschrieben haben, in mancherlei Hinsicht anpassen, sie wird den Versuch machen, sich im Hinblick auf die Umverteilungswirtschaft der öffentlichen Hand «günstig zu lagern».

Aufträge der öffentlichen Hand bleiben nicht ohne Wirkungen auf den Beschäftigtenstand und auf das Gewinn- und Preisniveau im privaten Sektor der Wirtschaft. Die wirtschaftlichen Einflüsse der öffentlichen Hand ergeben sich nicht nur aus den öffentlichen Haushalten, sondern auch aus der Sozialversicherung, den Sondervermögen im Umkreis des Staates, den öffentlichen Regie-Betrieben und den Wirtschaftsunternehmen im öffentlichen Besitz.

Die Umverteilung durch den Staat bleibt auch nicht ohne Einfluß auf die wirtschaftliche Branchenstruktur. Dies wird besonders deutlich bei den sogenannten «sichtbaren Finanzhilfen» des Bundes, wie die direkten Subventionen an bestimmte Wirtschaftsbereiche genannt werden, etwa an die Landwirtschaft, den Bergbau oder die Luft- und Raumfahrtindustrie. Hinzu kommen die Ausgaben des Bundes für Darlehen – etwa an die Wohnungswirtschaft – oder Zuschüsse für die Sozialversicherung, die indirekt ebenfalls subventionierende Wirkung haben. Die sogenannten «unsichtbaren Begünstigungen», in der Hauptsache die indirekten Subventionen durch Steuer- und Zinsbegünstigungen, sind nur schwer abzuschätzen, vermutlich machen sie etwa das Doppelte der direkten Subventionen aus. Der Umfang aller Subventionen dürfte bei rund 40 v. H. des Bundeshaushaltes liegen.

Da Subventionen primär immer nur bestimmten Wirtschaftssubjekten zugute kommen, ist es erklärlich, daß die Unternehmer einzeln und über ihre Verbände ständig versuchen, ihrem Betrieb nicht nur durch marktwirtschaftliche Operationen, sondern auch durch staatliche Subventionen Kapital zuzuführen. Erfahrungsgemäß sind die Chancen zur Durchsetzung neuer Subventionsansprüche um so größer, je mehr sich der Gesamtumfang aller Subventionen erhöht. Ein öffentlicher Haushalt in dem in der Bundesrepublik gegebenen Umfange kann daher auf die wirtschaftliche Konjunkturlage stabilisierende Wirkungen ausüben: stabilisierend nicht zuletzt deshalb, weil Leistungen, Aufträge oder Beschäftigungen seitens der öffentlichen Hand im allgemeinen längerfristig festliegen, als das in vielen Betrieben der privaten Wirtschaft üblich ist.

Von der öffentlichen Wirtschaft werden heute nicht nur die Befriedigung des öffentlichen Bedarfs und Maßnahmen zur sozialen Sicherheit erwartet, sondern auch wirtschaftspolitische Maßnahmen, die Vollbeschäftigung und Wirtschaftswachstum anzielen. Die Haushaltspolitik der öffentlichen Hand muß sich unter diesen Umständen fortwährend an die allgemeine wirtschaftliche Konjunktur anpassen, wobei je nach dem Stand des Konjunkturzyklus vom Staat eine ausgleichende Ausgabenpolitik erwartet wird, die sich nicht allein nach dem Staatsbedarf richten kann, sondern unter Umständen antizyklische Wirkungen erfüllen soll.

Weiterhin können wirtschaftliche Versäumnisse des Staates sich unter den gegebenen Umständen auf längere Sicht außerordentlich nachteilig für die gesamtwirtschaftliche Entwicklung auswirken, so zum Beispiel dann, wenn der Staat nicht rechtzeitig die Voraussetzungen der Produktion im Bereich der beruflichen Qualifikation, der Forschung und der Infrastruktur absichert.

Öffentliche Aufwendungen zur Verbesserung der Unterrichts- und Bildungseinrichtungen, für Einrichtungen des Gesundheits- und Verkehrswesens u. ä. faßt man unter dem Begriff der «Infrastrukturinvestitionen» zusammen. Im Hinblick auf diese Aufgaben des Staates kann die Klage über die ständige Ausweitung der Haushalte der öffentlichen Hand keineswegs als berechtigt gelten.

Der hohe Anteil des Staates an der gesamtwirtschaftlichen Aktivität hängt allerdings auch mit der aufwendigen Militärpolitik zusammen. Als Verbraucher großer Massen von kurz- und langfristigen Konsumgütern, als Arbeitgeber für Hunderttausende von Beschäftigten und als Auftraggeber für Güter und Dienstleistungen stellt das Militär in der Bundesrepublik einen bedeutenden wirtschaftlichen Faktor dar.

Der Aufbau der Verteidigungsorganisation in der Bundesrepublik war zunächst nur in geringem Ausmaß mit dem Aufbau einer eigentlichen Rüstungsindustrie verbunden. Der Mangel an ausgebauten Rüstungsbetrieben, an Facharbeitskräften und die hohe Nachfrage nach zivilen Gütern ließen Rüstungsaufträge für die Industrie der Bundesrepublik zunächst als nicht übermäßig interessant erscheinen; hinzu kam die Notwendigkeit, gerade durch Rüstungskäufe im Ausland den Devisenüberschuß der Bundesrepublik allmählich abzubauen. Ab etwa 1960 setzte sich aber in bestimmten industriellen Branchen, z. T. infolge eines Konjunkturrückganges auf dem zivilen Markt, ein intensives Interesse an Rüstungsaufträgen durch, so vor allem im Kraftfahrzeug-, Flugzeug- und Raketenbau, in der Elektronik und im Schiffsbau. Als Motiv für eine Hinwendung bestimmter Branchen zur Rüstungsindustrie kann auch gelten, daß hier unter Umständen leichter als im zivilen Sektor Marktschwankungen und Konkurrenz ausgeschaltet werden können und durch staatliche finanzielle Forschungsinvestitionen, deren Ergebnis auch der zivilen Produktion nutzbar ist, privatwirtschaftlich profitabel der Anschluß an die technische Entwicklung im internationalen Maßstab gefunden werden kann. Aber auch in anderen Bereichen lebt die private Wirt-

Verwendung des Sozialprodukts

Verwendungsart	1960	1970	1980	1983	1984	1985	1986	1987
	in jeweiligen Preisen (Mill. DM)							
Privater Verbrauch	171840	368850	840780	964160	1003570	1040970	1080140	1119640
Staatsverbrauch	40450	106470	297790	336210	350230	365550	382140	396760
Verbrauch für zivile Zwecke	31070	86710	257410	288410	301300	315650	330660	344000
Verteidigungsaufwand	9380	19760	40380	47800	48930	49900	51480	52760
Bruttoinvestitionen	82780	186250	349600	342020	361230	359400	374650	397030
Anlageinvestitionen	73580	172050	335800	343820	354630	360800	376750	388330
Ausrüstungen	27140	65880	127340	135600	137580	153850	161380	168670
Bauten	46440	106170	208460	208220	217050	206950	215370	219660
Vorratsveränderung	+ 9200	+14200	+13800	– 1800	+ 6600	– 1400	– 2100	+ 8700
Letzte inländische Verwendung von Gütern	295070	661570	1488170	1642390	1715030	1765920	1836930	1913430
Ausfuhr von Waren und Dienstleistungen	60680	152930	422300	524830	590780	646950	636580	636580
Letzte Verwendung von Gütern	355750	841500	1910470	2167220	2305810	2412870	2473210	2550010
Einfuhr von Waren und Dienstleistungen	52750	138800	425270	486820	535910	567270	524410	526810
Außenbeitrag (Ausfuhr minus Einfuhr)	+ 7930	+14130	– 2970	+38010	+54870	+79680	+111870	+109770
Bruttosozialprodukt	*303000*	*675700*	*1485200*	*1680400*	*1769900*	*1845600*	*1948800*	*2023200*
	% des Bruttosozialprodukts							
Privater Verbrauch	56,7	54,6	56,6	57,4	56,7	56,4	55,4	55,3
Staatsverbrauch	13,3	15,8	20,1	20,0	19,8	19,8	19,6	19,6
Bruttoinvestitionen	27,3	27,6	23,5	20,4	20,4	19,5	19,2	19,6
Außenbeitrag	2,6	2,1	– 0,2	2,3	3,1	4,3	5,7	5,4

aus: Statistisches Jahrbuch für die Bundesrepublik Deutschland, 1988, S. 548

schaft zum Teil von der Forschungs- und Entwicklungshilfe des Staates. Dies gilt für die Nuklearwirtschaft, für die Raumfahrtindustrie und zum Teil auch für die Elektronikindustrie.

Der zunehmende Stellenwert der staatlichen Wirtschaftspolitik und des öffentlichen Haushalts für die private Wirtschaft trug dazu bei, das Instrumentarium staatlicher Wirtschaftsregulierung auszubauen, und zwar durchaus im Interesse der Zentren der privaten Wirtschaft. Über punktuelle Eingriffe hinaus wurde mehr und mehr eine längerfristige Programmierung des wirtschaftlichen Handelns der öffentlichen Hand erwartet. Die gesetzlichen Regelungen zur Investitionshilfe (1952), zum Baustopp (1962) und zur Rationalisierung im Bergbau (1963) bahnten den Weg zur Staatsintervention in der «Marktwirtschaft».

Einen weiteren Schritt hierzu stellte die Einsetzung des «Sachverständigenrats zur Begutachtung der gesamtwirtschaftlichen Entwicklung» (1963 vom Bundestag beschlossen) dar, dessen Jahresberichte der staatlichen Wirtschaftspolitik Anhaltspunkte liefern sollen. Hierbei wurden auch die generellen Ziele der staatlichen Wirtschaftspolitik deklariert.

Nach § 2 des «Gesetzes über die Bildung eines Sachverständigenrates zur Begutachtung der gesamtwirtschaftlichen Entwicklung» wurde der Rat beauftragt, «die jeweilige gesamtwirtschaftliche Lage und deren absehbare Entwicklung darzustellen» und zu untersuchen, «wie im Rahmen der marktwirtschaftlichen Ordnung gleichzeitig Stabilität des Preisniveaus, hoher Beschäftigungsstand und außenwirtschaftliches Gleichgewicht bei stetigem und angemessenem Wachstum gewährleistet werden können».

Die westdeutsche Wirtschaftsrezession 1966/67 führte zum Übergang auf eine neue Stufe der staatlichen Regulierung – zum Stabilitätsgesetz und der mittelfristigen Finanzplanung. Die Krise hatte gezeigt, daß die bereits praktizierten Regulierungsmethoden nicht mehr ausreichten, um ernste Rückschläge vermeiden zu können. Eine Erweiterung des Instrumentariums der staatlichen Regulierung schien unerläßlich.

Am 8.6.1967 verabschiedete der Bundestag das «Gesetz zur Förderung der Stabilität und des Wachstums der Wirtschaft», durch das der Regierung ein politisches Instrumentarium in die Hand gegeben wird, um bei wirtschaftlichen Krisen oder konjunktureller Überhitzung steuernd in den Wirtschaftsablauf einzugreifen. Hierbei soll sie ihre finanz- und wirtschaftspolitischen Maßnahmen den schon im Gesetz über den Sachverständigenrat gesetzten Zielen angleichen bzw. unterordnen.

Der gesamte Staatshaushalt sollte mit diesem Gesetz auf die Durchführung wirtschaftlicher Regulierungsmaßnahmen ausgerichtet werden. Das Kernstück des Stabilitätsgesetzes ist die mehrjährige Finanzplanung, die die öffentliche Finanzpolitik für fünf Jahre im voraus projektiert. Diese langjährige Planung der öffentlichen Finanzwirtschaft, vor allem die Planung der Investitionsprojekte, sollte der privaten Wirtschaft die Orientierung geben, die sie für ihre eigene langfristige Kapazitätsplanung benötigt.

Die Bundesregierung wurde außerdem verpflichtet, im Januar eines jeden Jahres einen Jahreswirtschaftsbericht vorzulegen, in dem eine Stellungnahme zum Sachverständigengutachten, eine Jahresprojektion der für das laufende Jahr angestrebten wirtschafts- und finanzpolitischen Ziele und die Darlegung der geplanten Wirtschafts- und Finanzpolitik verzeichnet sein müssen (§ 2). Alle zwei Jahre muß ein Subventionsbericht erstellt werden, in dem auch Vorschläge zum Abbau der Finanzhilfen gemacht werden sollen. Im Text des Gesetzes wurde ferner zum ersten Male die von Karl Schiller geprägte Formel der «konzertierten Aktion» gesetzlich fixiert. Danach stellt die Bundesregierung Orientierungsdaten zur Verfügung, die ein gleichzeitiges, aufeinander abgestimmtes Verhalten der Gebietskörperschaften, Gewerkschaften und Unternehmerverbände ermöglichen sollen. Zur Abwehr von Störungen kann die Regierung eine Konjunkturausgleichsrücklage anordnen. Auch bestimmte Steuerarten (Einkommen-, Körperschafts- und Lohnsteuer) können für ein Jahr bis zu 10 v. H. erhöht oder gesenkt werden. Ein aus Vertretern des Wirtschafts-, des Finanzministeriums, der Länder und der Gemeinden und Gemeindeverbände zu bildender «Konjunkturrat» kann die Kreditaufnahme der öffentlichen Hand beschränken.

Andererseits konnte sich die Bundesregierung neben dem bereits im Haushaltsgesetz vorgesehenen Kreditspielraum nun um weitere Milliarden verschulden (§ 6,3), um damit gesamtwirtschaftliche Nachfragelücken zu kompensieren. Das Stabilitätsgesetz stärkte den Bund auf Kosten der Länder und vor allem der Gemeinden. Denn die Bundesregierung kann nun durch eine Rechtsverordnung (also nicht etwa durch ein Gesetz, das der Zustimmung des Parlaments bedürfte) den Ländern auferlegen, Teile ihrer Steuereinnahmen stillzulegen (§ 15,1). Die Länder hingegen sind verpflichtet, «durch geeignete Maßnahmen darauf hinzuwirken, daß die Haushaltswirtschaft der Gemeinden und Gemeindeverbände den konjunkturpolitischen Erfordernissen entspricht» (§ 16,1).

Dieses Konzept einer Programmierung der staatlichen Finanz- und Wirtschaftspolitik war im wesentlichen darauf abgestellt, die nach eigenen Zielsetzungen ablaufende Privatwirtschaft in ihren Funktionsbedingungen abzustützen.

Die Erwartungen, die in solcherart «Globalsteuerung» gesetzt wurden, flachten bald wieder ab.

Spätestens seit dem Wechsel von der sozialliberalen zur konservativ-liberalen Regierung in Bonn überwiegen andere Formen staatlicher Hilfestellung für die unternehmerische Ökonomie.

Ein «nebenstaatliches» Instrument der Kredit- und Währungspolitik in der Bundesrepublik stellt die Deutsche Bundesbank dar. Sie ist die Währungs- und Notenbank der BRD (einschließlich West-Berlins); sie entstand im Jahre 1957 durch Verschmelzung ihrer Vorgängerin, der Bank Deutscher Länder (seit 1948) mit den Landeszentralbanken. Sie wurde eingerichtet aufgrund des Gesetzes über die Deutsche Bundesbank vom 26. 7. 1957, dessen rechtliche Grundlage wiederum Artikel 88 des Grundgesetzes ist. Als Hauptaufgaben hat der Gesetzgeber für die Notenbank bestimmt: die Regelung des Geldumlaufs, die Kreditversorgung der Wirtschaft, die bankmäßige Abwicklung des Zahlungsverkehrs und die Führung der Kassengeschäfte des Bundes, mit dem Ziel, die Währung zu sichern. Dabei dienen der Bundesbank als Anhaltspunkte die innerwirtschaftliche Stabilität der Währung und ein stabiler Außenwert des Geldes. Sie ist nicht als eine Behörde konzipiert, die den Kreditsektor autonom lenkt, sondern soll vielmehr in ihrer Funktion als Hüterin der Währung Regeln für Refinanzierungsmöglichkeiten und Anregungen zur Wirtschaftspolitik dem Staat, den Kreditinstituten und der gewerblichen Wirtschaft liefern. Die Bundesbank ist von den Weisungen der Bundesregierung unabhängig, andererseits ist sie jedoch gehalten, die allgemeine Wirtschaftspolitik der Bundesregierung zu unterstützen, und befindet sich damit in einem nicht zu unterschätzenden Interessenkonflikt.

Nun sind Einnahmen- und Ausgabenpolitik des Staates, also die mit der Eintreibung und Verwendung der «öffentlichen Mittel» sich verbindenden Eingriffe in das «private Marktgeschehen» und die am Rande des Staates betriebene öffentliche Währungspolitik nicht die einzigen Mittel, über die sich die Wirtschaftspolitik politischer Institutionen vollzieht. Ordnungspolitisch greift der Staat im Wege der Gesetzgebung in die private Wirtschaft ein, so zum Beispiel im Bereich der Wettbewerbspolitik oder im Terrain des Arbeitsmarktes, und die meisten sozialpolitischen, wissenschaftspolitischen, bildungspolitischen, technikpolitischen, verkehrspolitischen, energiepolitischen und militärpolitischen Regelungen des Staates (um nur die wichtigsten Aufgabenfelder zu nennen) sind im Hinblick auf den «Markt», also die Konkurrenzbedingungen und Kräfteverhältnisse innerhalb der Unternehmenswirtschaft wie auch zwischen Produzenten und Konsumenten oder Nachfragern und Anbietern von Arbeitskraft alles andere als «neutral».

Wenn in der Bundesrepublik seit dem Wechsel von der sozialliberalen zur liberalkonservativen Bundesregierung der Vorrang des «Marktes» wieder stärker herausgestellt wird, so bedeutet dies keineswegs, daß staatliche Wirtschaftspolitik für privatwirtschaftliche Interessen nicht mehr so sehr beansprucht würde.

Zielkonflikte und Steucrungsprobleme der Wirtschaft in der Bundesrepublik Deutschland

Soweit sich die Erwartungen an das wirtschaftliche System der Bundesrepublik auf Produktivitätszuwachs und wirtschaftliches Wachstum richten, sind sie im Laufe der Entwicklung nach 1950 in erstaunlichem Umfange erfüllt worden.[1]

Das Bruttosozialprodukt stieg – bei Verschiebungen des jeweiligen Stellenwerts – in allen Wirtschaftsbereichen an; die Investitionsquote für die Bereitstellung neuer Quellen der Produktivität lag in der Bundesrepublik vergleichsweise hoch. Die staatliche Wirtschaftspolitik hat den Anstieg privatwirtschaftlicher Investitionen gestützt; die für die Bundesrepublik nach 1950 besonders günstige weltwirtschaftliche Situation hat ebenfalls dazu beigetragen. Die bisher gegebene Darstellung wird aber schon gezeigt haben, daß der Begriff der «freien Marktwirtschaft» die Realität der wirtschaftlichen Abläufe und Entscheidungsmechanismen in der Bundesrepublik nicht trifft. Die Konzentration des Produktivkapitals schreitet ständig voran; die Verfügungsgewalt über großwirtschaftliche Vorgänge ist bei wenigen Entscheidungszentren akkumuliert. In wichtigen Branchen bildeten sich Oligopole heraus; die Preisbildung unterliegt nur zum Teil der Steuerung durch die Konsumenten über den Markt und die Konkurrenz der Anbieter. Die privatwirtschaftliche Produktion reagiert nicht mehr allein auf die Bedürfnisse der Konsumenten, sondern sie produziert in großem Umfange selbst Nachfrage, hält Nachfrage durch Wechsel der Techniksysteme in Gang oder ist auf die Aufträge der öffentlichen Hand angewiesen. Das System der Selbstfinanzierung der Unternehmen erlaubt es auch nicht mehr, im hergebrachten Sinne den Kapitalmarkt (und den Kapitalmarktzins) als Steuerungsmechanismus anzusehen. Die Konkurrenz der Großunternehmen hat sich auf eine neue, internationale Ebene verlagert; innerstaatlich ist die personelle und sachliche Interessenverflechtung zwischen einigen dominierenden Industrie- und Bankgruppen das bestimmende Moment.

Das wirtschaftliche Wachstum, das sich in der Geschichte der Bundesrepublik in relativ stetiger Zunahme des Sozialprodukts ausdrückte, bedeutete nicht nur Expansion der privatwirtschaftlichen Großunternehmen, sondern ermöglichte auch eine historisch bisher einmalige Steigerung des Verbrauchs der großen Masse der abhängig Arbeitenden; dieser Umstand und die Tatsache der Vollbeschäftigung trugen zur Legitimation und Konsolidierung dieses wirtschaftlichen Systems bei.

Die ständige Ausweitung von privatwirtschaftlichen Kapazitäten, an-

1 Zum wirtschaftlichen Aufstieg in Westdeutschland nach 1945 vgl. W. Abelshauser: Wirtschaftsgeschichte der Bundesrepublik Deutschland, Frankfurt 1983

getrieben durch das Motiv der Kapitalverwertung und Gewinnmaximierung, macht allerdings die Suche nach profitabler Abnahme immer schwieriger. Überkapazitäten in der privatwirtschaftlichen Produktion wenden sich dabei nicht zuletzt an den Staat als Auftraggeber oder Hilfeleistenden. Zugleich wurde die Konkurrenzsituation auf dem Weltmarkt für die stark exportorientierte westdeutsche Wirtschaft schärfer.

Die Vorstellung von einer «freien Marktwirtschaft», in der die Unternehmen in breitgelagerter Konkurrenz auf den Bedarf der Konsumenten reagieren und auf eigenes Risiko hin und nur auf der Basis privater Kapitalinvestitionen produzieren, erweist sich vor allem bei der Betrachtung der wirtschaftlichen Funktionen des Staates als unzutreffend. Westdeutsche Großunternehmen, deren Umsatz oft den Etat kleiner Staaten übertrifft und die Massen von Arbeitern und Angestellten beschäftigen, stellen wirtschaftliche Faktoren dar, deren Risiko der Staat «sozialisieren» muß. Diese Großunternehmen können nicht mehr daran interessiert sein, daß der Staat lediglich Rahmenbedingungen setzt und im übrigen die private Wirtschaft dem Selbstlauf überläßt; sie sind darauf angewiesen, daß die öffentliche Hand die Vorkosten und Folgelasten (Qualifikationssystem, Verkehrssystem, Forschungsaufwand, Umweltbelastungen etc.) privater Produktion trägt, daß er Aufträge an die private Wirtschaft gibt, daß der Staatsetat im jeweiligen konjunkturellen Interesse der privaten Wirtschaft eingesetzt wird, daß die Kosten für Entwicklungsinvestitionen teilweise vom Staat getragen werden, daß die Steuer- und Kreditpolitik dem Interesse der privaten Unternehmen entspricht, daß Verlustbranchen und stagnierende Branchen vom Staat subventioniert werden.

Zugleich erwartet die private Wirtschaft, daß staatliche Ordnungspolitik zwischen unterschiedlichen oder gegensätzlichen Teilinteressen der Unternehmensgruppen oder wirtschaftlichen Branchen vermittelt und langfristige Gesamtinteressen der privaten Wirtschaft gegenüber kurzfristigen privatwirtschaftlichen Teilinteressen wahrnimmt. Soweit von unternehmerischer Seite her in der Bundesrepublik öffentliche Polemik über die wirtschaftliche Rolle des Staates geführt wird, steht dahinter nicht eigentlich die Ablehnung einer intervenierenden Funktion des Staates für die Wirtschaft, sondern vielmehr die Auseinandersetzung darüber, für jeweils welche Unternehmensgruppen der Staat seine Instrumentarien einsetzen soll.

Die enge Verflechtung zwischen privatwirtschaftlichem und staatlichem Handeln hat im übrigen gerade in Deutschland bereits eine längere Tradition; sie ist forciert worden durch die Kriegswirtschaft im Ersten Weltkrieg, durch die Weltwirtschaftskrise der dreißiger Jahre und die anschließende wirtschaftliche Rolle des faschistischen Staates und durch die Kriegswirtschaft zwischen 1939 und 1945.

Die praktische Vermittlung privatwirtschaftlicher Zielsetzungen in staatliches Handeln hinein kann sich vielfältiger Möglichkeiten des Einflusses und Drucks bedienen. Einer Darstellung von D. Grosser[1] folgend, sei hier auf folgende Mechanismen hingewiesen: Unternehmerverbände und Unternehmensgruppen haben eine Fülle von personellen, politischen und finanziellen Verbindungen zu bestimmten Parteien und Abgeordneten; die Mehrzahl der leitenden Kräfte in Regierung und Verwaltung «steht nach sozialer Herkunft und schichtgebundenen Interessen dem Führungspotential der Privatwirtschaft relativ nahe». Zudem wirken sich gerade wirtschaftliche Mißerfolge einer Regierung auf das Wählerverhalten stark aus; die Wirtschaftslage aber hängt unter den gegebenen Bedingungen weitgehend vom Verhalten, speziell der Investitionsbereitschaft privater Unternehmen ab, diese wiederum ist bestimmt von Gewinnerwartungen. «Eine staatliche Wirtschaftspolitik, die von Unternehmern als Gefährdung vitaler Interessen aufgefaßt wird, kann daher negative Auswirkungen auf Vollbeschäftigung und Wachstum haben, die wahrscheinliche Folge wäre eine Wahlniederlage der regierenden Partei.» Oft genügt schon die Androhung, daß große Unternehmensgruppen die Neigung zu Investitionen verlieren oder Produktion oder Kapital an andere Orte oder in andere Länder verlagern könnten, um Staat oder Länder und Kommunen folgsam zu stimmen. Solche Druckmittel führen um so leichter zum Ziel, je mehr die Konzentration fortgeschritten ist und je weniger die öffentliche Hand die Möglichkeit hat, rivalisierende Unternehmen gegeneinander auszuspielen.

Grosser kommt zu der Schlußfolgerung: «Der Zwang zur Rücksichtnahme auf das Gewinninteresse der Unternehmer, unter dem die Wirtschaftspolitik jeder demokratischen Regierung in einer kapitalistischen Wirtschaft steht, ist überaus schwer zu durchbrechen und gibt den Unternehmern ein weitaus höheres politisches Gewicht, als sie es aufgrund ihrer Stimmenzahl ... hätten.»

Damit ist freilich nicht gesagt, daß unter diesen Bedingungen der Staat lediglich mechanisch das auszuführen hätte, was die führenden Unternehmensgruppen wünschen. Die hochentwickelten Staaten mit kapitalistischer Wirtschaftsordnung – wie etwa die Bundesrepublik – stehen unter dem Zwang, Interessen der Lohn- und Gehaltsabhängigen so weit zu berücksichtigen, daß die Massenloyalität gegenüber dem politischen System erhalten bleibt. Das kann Konflikte mit konkreten und aktuellen privatwirtschaftlichen Interessen mit sich bringen, auch wenn das «Gesamtinteresse» der Privatwirtschaft selbst auf die Erhaltung eben dieser Massenloyalität gerichtet sein muß.

Hinzu kommt, daß die Ausweitung des wirtschaftspolitischen Instrumentariums des Staates, wie viele andere derartige Reformen, ein Ambi-

1 D. Grosser: Konzentration ohne Kontrolle, Opladen 1974, S. 18ff

valenzrisiko enthält; einerseits liegt diese Ausweitung im Gesamtinteresse auch der Privatwirtschaft, andererseits kann die Einsicht in die wirtschaftspolitische Rolle des Staates die Ideologie von der «freien Marktwirtschaft» verunsichern oder abwerten, und das Instrumentarium kann unter bestimmten politischen Umständen möglicherweise auch gegen kapitalorientierte Interessen eingesetzt werden. Ob und in welchem Maße ein solches Ambivalenzrisiko sich aktualisiert, hängt vom Ausmaß des Drucks der arbeitsorientierten Interessen und ihrer Organisationen ab.

Die Möglichkeit eines tiefergehenden Konflikts zwischen kapitalorientierten und arbeitsorientierten Interessen hängt auch davon ab, in welchem Umfange Lohn- und Gehaltsabhängige zumindest teilweise übereinstimmende Interessen und ein Bewußtsein von dieser Kollektivität ihrer Interessen haben.

Es existieren durchaus unterschiedliche Interessenlagen für einzelne Gruppen oder Schichten innerhalb der Gesamtheit der Lohn- und Gehaltsabhängigen, soweit es um den jeweiligen Wert ihrer Arbeitskraft, die Verkaufsbedingungen dieser Ware Arbeitskraft, die relative wirtschaftliche Besserstellung, die relative soziale Sicherheit u. ä. geht.

Daraus wiederum resultieren vielfältige Differenzen und soziale Rivalitäten unter den abhängig Arbeitenden.

Zudem dürfte «kollektives Handeln» derjenigen, die arbeitsorientierte Interessen vertreten, ein über die gegenwärtigen gesellschaftlichen Steuerungsprinzipien und Prioritäten hinausweisendes Konzept alternativer gesellschaftlicher Regelungen und Zielsetzungen voraussetzen.

An dieser Stelle ist darauf hinzuweisen, daß der historische Entwurf einer öffentlich-staatlich geplanten, die kapitalistische Ökonomie ablösenden Wirtschaft, wie er in unterschiedlichen Ausformungen von den sozialistischen Bewegungen hervorgebracht und vertreten wurde, spätestens seit den siebziger Jahren an Einfluß verloren hat, dies weitgehend auch bei den Parteien oder Organisationen, die sich auf die Tradition der Arbeiterbewegung beziehen. Negative Erfahrungen mit der Entwicklung in den «realsozialistischen» Systemen, auch die Mißerfolge dortiger Planwirtschaft, haben zu diesem politischen Kreditverlust beigetragen.

Zielkonflikte im Hinblick auf das Wirtschaftssystem der Bundesrepublik und dessen Entwicklungsrichtung liegen gegenwärtig nicht in der Entgegensetzung von (sozialistischem) «Plankonzept» hier, (kapitalistischem) «Marktkonzept» dort, sondern an anderen Stellen der gedanklichen und praktischen Auseinandersetzung.

So ist strittig geworden, welche Reichweite der Grundsatz sozial-materieller Chancengleichheit in der Regulierung des Wirtschaftsgeschehens haben kann oder soll. Der «sozialstaatliche Konsens» ist brüchig geworden auch deshalb, weil er in Widerspruch steht zum Konzept einer ungehemmten Flexibilisierung wirtschaftlicher Strukturen; das «Recht auf

Ungleichheit» gilt in einflußreichen Teilen der öffentlichen Meinung wieder als notwendige Voraussetzung für wirtschaftliche Leistungssteigerung und Wettbewerbsfähigkeit. Von «freier Marktwirtschaft» ist seit einigen Jahren in der Bundesrepublik häufiger die Rede als von «sozialer Marktwirtschaft».

Andererseits sind aber auch wiederum Leitbilder, die dem Entwurf einer «ungehemmten Marktwirtschaft» historisch innewohnen, im Denken der Gesellschaft der Bundesrepublik zunehmend in Frage gestellt.

Die Priorität, die herkömmlicherweise wirtschaftspolitisch dem Ziel des «Wachstums» (identifiziert mit der Zuwachsrate des Bruttosozialprodukts) gegeben wird, ist nicht mehr unbestritten. Die Orientierung am Ziel des wirtschaftlichen Wachstums war einleuchtend, solange es um die Bewältigung des Gütermangels oder des Mangels an Mitteln der Güterproduktion ging. Sobald ein Produktionsstand erreicht ist, dessen Problem nicht der Mangel, sondern der tatsächliche oder mögliche Überschuß an Produktion ist und wo für die Lebensqualität nicht mehr die weitere Ausdehnung des Güterausstoßes, sondern die Sicherung ökologischer und sozialer Bedürfnisse entscheidend ist, wird die Unterstellung des wirtschaftlichen Wachstumsprozesses unter gesellschaftliche Zielsetzungen notwendig; deren Realisierung aber kann nicht vom Selbstlauf der Kapitalverwertung erwartet werden.

Fragestellungen an das Wirtschaftssystem der Bundesrepublik, die in diese Richtung zielen, sind begründet in den Erfahrungen, die spätestens seit dem Wiederauftreten der strukturellen Arbeitslosigkeit die wirtschaftliche Entwicklung auch in unserem Lande mit sich bringt. Die zunehmenden Krisenphänomene ab 1974 und die seitdem drängenden Strukturprobleme der Sozialverfassung haben die einstige Faszination des «Wirtschaftswunders» verblassen lassen; die Schönwetterzeiten sind offensichtlich auch für die materielle Lage der Bundesrepublik trotz ihres Vorsprungs im EG-Vergleich und ihrer Machtstellung im Weltmarkt vorüber.[1]

Den massivsten Anstoß zur Diskussion der Prioritäten des Wirtschaftssystems gab neben der Unterbeschäftigung die Erfahrung der Umweltbelastung und der Ressourcenverknappung, aber auch der Risiken der Großtechnik.

---

1 Zur Einschätzung der wirtschaftlichen Entwicklung vgl. B. Lutz: Der kurze Traum der immerwährenden Prosperität, Frankfurt 1984

Sozialverträgliche Technik – ökologische Erneuerung?

Vergleicht man den auf wirtschaftliche Strukturen und Probleme bezogenen Diskurs in der Bundesrepublik heute mit dem in den fünfziger und
sechziger Jahren, so zeigt sich ein Wandel vornehmlich in drei Punkten:
Die Frage nach den Erwerbs- und Berufschancen von Frauen hat einen
weitaus höheren, dauerhaften Rang gewonnen; der «Technikoptimis-
mus» ist gebrochen; Belastung und Zerstörung der natürlichen Umwelt
der Menschen sind als existenzgefährdende Problematik erkannt.

Die Frage nach der Gleichstellung von Frauen im Wirtschaftsleben
wurde schon behandelt; im folgenden sollen die beiden anderen Themen
aufgegriffen werden.

Die Technikentwicklung, so wird heute vielfach gefordert, müsse «so-
zialverträglich» gesteuert und korrigiert werden. In dieser Forderung
äußert sich zunächst ein oft diffuses Unbehagen an den Folgen der Expansion von Technologie und Technikeinsatz, wie sie in den letzten Jahrzehnten geradezu sprunghaft sich vollzogen und zu einem historisch bisher
einmaligen Umbruch der Lebenswelt geführt hat.[1] In demselben Maße,
wie die Technikentwicklung die Güterproduktion und die Dienstleistungen auf neue Grundlagen stellte, Produktivität vervielfachte und in den
modernisierten, vollentwickelten Gesellschaften das Volksvermögen
(und den Wohlstand für weite Teile der Bevölkerung) anschwellen ließ,
zeigten sich auch die Schattenseiten, beispielsweise: Die Durchsetzung
des Autos als Massenverkehrsmittel ermöglichte eine bis dahin nie ge-
kannte Mobilität, aber die Landschaft wurde «verbraucht». Die Atom-
wirtschaft stellte riesige neue Energiequellen zur Verfügung, aber sie steigerte auch technische Risiken ins Katastrophale. Die Automatisierung in
Fabriken entlastete von schwerer körperlicher Arbeit, aber sie entwertet
menschliche Arbeitskraft und trägt zur Massenarbeitslosigkeit bei. Die
neuen Informations- und Kommunikationstechniken führen in eine
«dritte industrielle Revolution» hinein und «vernetzen» Wirtschaft oder
Arbeit auf epochemachende Weise, stellen auch für Freizeit und Konsum
bislang ungeahnte Möglichkeiten bereit, aber sie gefährden auch die Privatsphäre, mindern primäre Erfahrungen und soziale Kontakte und setzen durch «systemische Rationalisierung» neue Zwänge.

Damit sind zunächst nur Widersprüchlichkeiten benannt, aber diese
sind doch so schwerwiegend, daß Grundsatzfragen auftreten: Kann eine
Technikentwicklung, deren Folgen so radikal in die Lebensbedingungen
eingreifen, ihrem Selbstlauf oder privatwirtschaftlichen Entscheidungen
überlassen bleiben? Und wenn so etwas wie gesellschaftliche Kontrolle

---

1 Siehe dazu Deutsche Gesellschaft für Soziologie (Hrsg.): Technik und sozialer Wandel,
  Frankfurt 1987

der «Wachstumspfade» von Technik notwendig ist, wie kann dann Technikfolgeabschätzung und demokratische Willensbildung in dieser Sache organisiert werden?

Risiken der «Hochtechnik» werfen die Frage auf, welchen Grad der Katastrophenträchtigkeit sich die Gesellschaft leisten will, wo Grenzen der Beherrschbarkeit der Technik liegen und wie «fehlerfreundlich» ein technisches System sein muß, um menschenfreundlich zu bleiben. Im Verlauf der öffentlichen Debatte über die Atomkraftwerke ist ein Problem deutlicher geworden, das heute allen Hochtechniken im Falle systematischer wirtschaftlicher Nutzung innewohnt: Das Technikkonzept entwickelt Eigendynamik; von einem bestimmten Grad der Ausbreitung an ist der «Ausstieg» nur noch unter größten Schwierigkeiten machbar, vielleicht gar nicht mehr denkbar.

Der Begriff der «sozialverträglichen Technikentwicklung» verharmlost wohl doch die Problemlage; zudem ist das Adjektiv «sozial» hier unscharf. Auch in der Wertung von Technikfolgen gibt es nicht unbedingt gesellschaftliche Harmonie. Unterschiedliche wirtschaftlich-soziale Interessen können zu kontroversen Urteilen über Vorteile und Nachteile technischer Neuerungen führen. An der Debatte über die Gentechnologie zeigt sich, daß es auch nicht ohne weiteres einen ethischen Konsens darüber gibt, was der Technik erlaubt sein kann.[1]

Die Umweltbelastungen und -zerstörungen, die aus einer ungehemmten und lange Zeit hindurch nicht einmal ansatzweise gesellschaftlich kontrollierten technisch-industriellen Entwicklung resultieren, sind inzwischen soweit bekannt, daß sie an dieser Stelle nicht noch einmal aufgezählt werden müssen. Das Bekenntnis zur «ökologischen Verantwortung» des Wirtschaftens auf Zukunft hin gehört heute zum Standard politisch-programmatischer Aussagen. Wiederum kann aber die Formel von der «ökologischen Erneuerung» leicht ins Unscharfe geraten. Bedenkt man die ökologisch bereits angerichteten Schäden und die Eigendynamik der in das wirtschaftliche System eingeführten Konzepte des zerstörerischen Umgangs mit Boden, Wasser und Luft, mit Pflanzen und Tieren, so stellen sich die Grenzen der Möglichkeiten «ökologischer Erneuerung» heraus. Deutlich wird dabei auch, daß eine dem Gesetz der Kapitalverwertung folgende Unternehmenswirtschaft die Tendenz hat, die ökologischen Kosten der Produktion ins Externe zu verlagern, also der Gesellschaft heute oder in späteren Generationen anzulasten. Noch ist nicht zu sehen, wie umweltfreundliches Wirtschaften – noch dazu unter den Bedingungen des Weltmarktes – in die Rentabilität der einzelnen privaten Unternehmen als Systemelement eingelagert oder das «Verursacherprin-

---

1 Siehe dazu auch A. A. Guha / S. Papcke (Hrsg.): Entfesselte Forschung. Die Folgen einer Wissenschaft ohne Ethik, Frankfurt 1988

zip» auf breiter Basis durchgesetzt werden könnte. Die ökologische Lage in den «realsozialistischen» Ländern zeigt gleichzeitig, daß auch die Wirtschaftsplanung des Staates keineswegs eine Garantie für umweltschonende Produktionsweisen gibt.[1] Und schließlich ist nüchternerweise davon auszugehen, daß ein «Friedensschluß mit der Natur» bei der großen Mehrheit der Menschen nur Zustimmung finden wird, wenn er weder das bestehende Wohlstandsniveau dramatisch absenkt noch die jetzt bestehende extreme Ungleichheit materieller Chancen zwischen den reichen und den armen Regionen der Welt festschreibt.

Als Zwischenbilanz bleibt die Feststellung, daß die heute vorherrschenden Wirtschaftssysteme – und so auch die Wirtschaft der Bundesrepublik – einen kardinalen Fehler aufweisen: Sie treffen auf unverantwortliche Weise Entscheidungen über die Lebensbedingungen und Ressourcen der künftigen Generationen; sie setzen Prioritäten, die auf zum Teil irreversible Weise das Angebot an Möglichkeiten einschränken, die der Gesellschaft von morgen noch zur Verfügung stehen.

1 Vgl. U. E. Simonis: Ökologische Orientierungen, Berlin 1988

IV. Soziokulturelle Strukturen und Probleme

Eine Darstellung der Bundesrepublik, die diese in ihrer Komplexität zeichnen will, muß über die Abhandlung historischer, politischer und wirtschaftlicher Strukturen hinaus die soziale und kulturelle Seite der Lebensbedingungen in der Bundesrepublik berücksichtigen.

Die Ausführungen dazu schließen an die früheren Überlegungen an: Ihrem verfassungsmäßigen Selbstverständnis nach war die BRD ein vorläufiges politisches Gemeinwesen, das sich nach dem Zusammenbruch des faschistisch-autoritären Dritten Reiches in den von den westlichen Alliierten besetzten Zonen gebildet hatte. Die Produktivkraft der westlichen Teile des Deutschen Reiches war hoch gewesen. Die Verluste im Arbeitskräftepotential wurden durch den Zustrom von Vertriebenen und Flüchtlingen bald ausgeglichen. Mit Hilfe einer arbeitsentschlossenen Bevölkerung, die unter dem Eindruck von Nationalsozialismus, Krieg und Nachkriegsnot politisch nur ein sehr vorsichtiges Interesse zeigte, konsolidierte sich die BRD rasch als eine technologisch hochentwickelte Industrienation, deren vorwiegend kapitalistisch geprägte Besitzstruktur sich mit der entwickelten gewerkschaftlichen Macht und der arbeitsrechtlich abgesicherten Anrechtsstruktur auf «Wahrung und Erhaltung des Besitzstandes» bei Millionen von Beschäftigten verband.

Die heute in der BRD lebenden Menschen sind innerhalb von nun fast 50 Friedensjahren zu erheblichem Wohlstand gelangt, wenn man die Lage zur Zeit der sogenannten Zigarettenwährung, des Naturaltausches und der (US-amerikanischen) CARE-Pakete zum Vergleich heranzieht. Während sich einerseits ein Anspruchsdenken ausgebreitet hat, das zum Teil wirklichkeitsfremd ist, zum Teil auch Eigeninitiative lähmt, bestehen andererseits Mißstände, an deren Beurteilung und Beseitigung sich die Geister scheiden.

Wird das spektakuläre Wirtschaftswachstum allein als Indiz für sozialen Fortschritt überhaupt genommen, so wird übersehen, daß die entscheidende Frage geblieben ist, *was* mit dem gewonnenen gesellschaftlichen Reichtum angefangen worden ist.

Viele der sozialen und wirtschaftlichen Probleme, mit denen sich die Bevölkerung heute auseinandersetzen muß, sind als die logischen Folgen eines gesellschaftlichen und wirtschaftlichen Systems zu verstehen, das sich an den internationalen Marktbedingungen orientieren muß. Fortschrittliche sozialpolitische Lösungen konnten daher unter kapitalistischen Bedingungen nur erreicht werden, weil eine Elastizität vorhanden war, die zwar auch einem gewandelten Denken zu verdanken war, aber möglich wurde nur durch einen ganz ungewöhnlichen wirtschaftlichen Aufschwung. Die Unternehmerschaft war unter diesen Umständen zu Zugeständnissen bereit, die vorher undenkbar gewesen wären, die aber vertretbar erschienen, als die Unternehmensgewinne trotzdem stiegen.[1] Aus diesem «Topf» konnte über lange Zeit – etwa von 1953 bis 1973 – fast hemmungslos geschöpft werden. Gelegentlich überstiegen die zu Gebot stehenden Geldmittel das Einfallsvermögen der staatlichen und kommunalen oder privaten Anleger. Immerhin wurde aber auch ein in seiner Dichte und Effizienz erstaunliches «soziales Netz» von Dienst- und Hilfeleistungen angelegt. Die Analyse der entsprechenden Daten zur wirtschaftlichen und sozialen Entwicklung in der Bundesrepublik belegt jedoch, daß in vielen Lebensbereichen trotz des allgemein angestiegenen materiellen Niveaus Mängelbedingungen herrschen, was die Verwirklichung von Chancengleichheit und sozialer Mobilität anbetrifft. Dem kam und kommt entgegen, daß die westdeutsche Bevölkerung zur Forcierung struktureller, also tiefer eingreifender Veränderungen kaum bereit ist.

Die aus der obrigkeitsstaatlichen Erziehungstradition Deutschlands herrührenden Traditionen, wie Mißtrauen und Vorurteile gegenüber jedem Außenseitertum, das Bestehen auf «Ruhe und Ordnung» gegenüber Versuchen, auf soziale und politische Mißstände hinzuweisen, die Bewunderung von Macht und die Unterwürfigkeit gegenüber dem Stärkeren, pharisäische Selbstgerechtigkeit und eine Neigung, die Sündenbockrolle anderen, möglichst «Fremden» zuzuschieben, all das stellte und stellt Tendenzen nach «mehr Demokratie» schwer überwindliche Hindernisse entgegen.

Eine Untersuchung der westdeutschen Lebensverhältnisse muß von ökonomischen Daten ausgehen. Nur in Kenntnis der wirtschaftlichen und politischen Gegebenheiten, die die soziale Lage der Mehrzahl der Bundesbürger bestimmen, und der realen Einflußmöglichkeiten, die sie auf diese Lage haben, läßt sich ausmachen, inwiefern die wirtschaftliche und soziale Verfassung der Bundesrepublik einen konservativen, trad-tional bestimmten Reflex im gesellschaftlichen und politischen Bewußt-

1 S. hierzu und zum folgenden: Field u. Higley, Eliten und Liberalismus, Opladen 1983; R. Dahrendorf: Gesellschaft und Demokratie in Deutschland, München 1971; M. u. S. Greiffenhagen: Ein schwieriges Vaterland, München 1979; D. Lattmann: Die lieblose Republik, München 1981; U. Beck: Risikogesellschaft. Auf dem Weg in eine andere Moderne, Frankfurt 1986

sein vieler Bürger selbst herstellt, oder aber, wieweit die Entwicklung zu einer industriell-manageriellen Gesellschaft dafür verantwortlich zu machen ist, daß Vorstellungen von einer gründlichen gesellschaftlichen Reform offenbar nicht realisiert wurden oder werden konnten. Denn dieser neue Gesellschaftstyp, für den eben typisch ist, daß praktisch alle Menschen einer Gesellschaft Verständnis für verwaltendes – und in diesem Sinne «manageriellen» – Tun entwickeln, ist in seiner antiegalitären Grundstimmung vermutlich relativ immun gegen Bemühungen um «Fundamentaldemokratisierung».

Jenseits von Klasse und Schicht – Verteilung von Lebenschancen

Daß von einem einheitlichen Klassenbewußtsein bei den Arbeitnehmern der BRD nicht die Rede sein kann, wurde bereits festgestellt. Daß eine solche Unklarheit nicht auch Ausdruck einer fehlenden Klassenlage sein muß, ist schon früh erkannt worden. Daß eine «Klasse», d. h. eine gemeinsame Lage im Verhältnis zum Eigentum an Produktionsmitteln «an sich» da sein kann, ohne aber «für sich», d. h. mit vollem Bewußtsein nicht nur dieser Situation, sondern auch aller Folgen bis in die Formung der eigenen Psyche hinein, zu existieren, war eine Einsicht schon der intellektuellen Wortführer der Französischen Revolution. Einerseits wurde das erklärt – und ist zu erklären – aus mangelnder Informiertheit. Dazu wäre zu rechnen, daß besonders in Zeiten schnellen sozialen Wandels, wie er etwa die Durchsetzung der Industrialisierung in Deutschland kennzeichnete, sowohl die Selbst- als auch die Fremdeinschätzung der Menschen untereinander den veränderten Relationen zwischen Produktivkräften und Produktionsverhältnissen hinterherhinkt: Die Selbsteinschätzung klammert sich immer dann, wenn das nur irgend möglich ist, an bereits verlorengegangenes Prestige oder soziales Ansehen der Familie noch lange, oft über Generationen hin, und versucht es kompensatorisch, z. B. über Verinnerlichung kultureller Werte, über Betonung der «Bildung» und über Prestige-Konsum fiktiv zu erhalten; die Fremdeinschätzung (soziologisch in unklarem Verhältnis dazu) kann solche Prozesse durchaus verfestigen, nämlich immer dann, wenn sich eben dadurch die Selbsteinschätzung der Beurteilenden erhöhen kann. Vielfältige Mechanismen arbeiten also an der Verschleierung der «an sich» gegebenen Verhältnisse. Andererseits ist eine Bestimmung von «Klassenlage» in der BRD heute objektiv schwierig wie in jeder industriell hochentwickelten Nation, vielleicht wegen der föderalistischen Struktur und besonderen Geschichte Deutschlands noch schwieriger, so daß Aussagen zur soziokulturellen Struktur der BRD entsprechend rahmenhaft bleiben müssen, insbesondere da immer noch zuwenig empirische Untersuchungen vorliegen.

Die historische Dimension gegenwärtiger sozialer Differenzierung weist darauf hin, daß von keiner bürgerlichen Revolution zerstört vielmehr von einer rasch sich verselbständigenden, teilweise bürgerlichen Bürokratie konserviert, die hierarchischen Strukturen des absolutistischen Staates lange für die gesellschaftliche Entwicklung in Deutschland bestimmend bleiben konnten. Auch die im 19. Jh. verspätet einsetzende, staatlich protektionierte Industrialisierung bewirkte eine Übertragung hierarchischer Strukturen auf die Sphäre des Industriebetriebs und damit eine Befestigung der bestehenden Machtverhältnisse. Unbeeinflußt vom Wechsel der politischen Systeme hielt sich der Einfluß des Staatsapparates auf die ökonomische und gesellschaftliche Entwicklung in Deutschland.

Fortschreitende wirtschaftliche und administrative Konzentration fördert den Einfluß hierarchischer Strukturen auf die Stabilität sozialer Differenzierung. In derartig stark integrierten, hierarchisch verfaßten Organisationen hat jedes Mitglied seinen weitgehend festgelegten Platz. Kompetenzen kennzeichnen seine Privilegien, Titel sein Prestige. Bei der Beschreibung der westdeutschen Schichtstruktur muß insbesondere die umfassendste, einheitlichste und historisch am längsten etablierte Hierarchie, die *öffentliche Verwaltung*, hervorgehoben werden. Im Staatsapparat werden mehr und mehr Menschen von einer betrieblichen Organisation erfaßt, deren herrschende Werte sich in verbindlichen Rechtsnormen niederschlagen und zum Muster auch für politisches Verhalten werden. Gerade weil das auch in der empirischen Soziologie bisher vernachlässigt wird, muß deshalb der hierarchischen Struktur der öffentlichen Verwaltung in der BRD ein besonderes Augenmerk geschenkt werden. Leider existiert bisher keine Untersuchung über ein folgenschweres Gesetz in der BRD, das sogenannte «131er-Gesetz»,[1] das Beamte wieder in ihre Rechte einsetzte und wirkungsvoll zur Restauration des alten Beamtentums und zur Verstärkung des Vorbildcharakters des Beamtentums überhaupt beitrug: Beamtenpositionen erwiesen sich als außerordentlich krisenfest, und Beamtenbezüge gingen im Endeffekt 1 : 1 durch alle Katastrophen und auch die Währungsreform hindurch. Grundlegende Reformen des öffentlichen Dienstrechts scheiterten daher auch bislang an der verfassungsrechtlichen Absicherung «der hergebrachten Grundsätze des Berufsbeamtentums» (Art. 33 Abs. 5 GG).

---

1 Gesetz zur Regelung der Rechtsverhältnisse der unter Art. 131 GG fallenden Personen vom 11. 5. 1951; dieses Gesetz betraf «Personen..., die am 8. Mai 1945 im öffentlichen Dienst standen, aus anderen als beamten- oder tarifrechtlichen Gründen ausgeschieden sind und bisher nicht oder nicht ihrer früheren Stellung entsprechend verwendet werden...» (Art. 131 GG)

Die öffentliche Verwaltung erreicht in der Bundesrepublik eine respektable Größe. 1987 wiesen Bund, Länder, Gemeinden, staatliche Wirtschaftsunternehmen, Bundesbahn und Bundespost sowie Sozialversicherungsträger u. ä. einen Personalbestand von über 4,9 Mio. Beschäftigten auf. Diese sind im wesentlichen dem Leitbild der im öffentlichen Dienst geltenden Rangordnung unterworfen.

Die öffentliche Verwaltung ist in vier Laufbahngruppen gegliedert, den «einfachen» (Prototypen «Arbeiter» bis «Platzmeister»), den «mittleren» (Prototyp der «Sekretär»), den «gehobenen» (Prototyp «Inspektor») und den «höheren Dienst» (Prototyp «Studienrat», «Regierungsrat»). Von den im unmittelbaren öffentlichen Dienst bei Bund, Ländern und Gemeinden sowie Bundesbahn und Bundespost Beschäftigten befanden sich als Beamte und Richter bzw. als Angestellte in vergleichbaren Funktionen

14,5 v. H. im «höheren» Dienst, davon 23,2 v. H. Frauen,

28,9 v. H. im «gehobenen» Dienst, davon 39,7 v. H. Frauen,

49,9 v. H. im «mittleren» Dienst, davon 49,3 v. H. Frauen,

 6,7 v. H. im «einfachen» Dienst, davon 26,5 v. H. Frauen.[1]

Der Zugang zu jeder der vier Großgruppen der Rangordnung ist fast nur über bestimmte Ausbildungskanäle möglich. Diese Kanäle sind zugleich identisch mit dem allgemeinen Schulsystem und seinen Abschlüssen (9. Klasse Hauptschule, mittlere Reife, Abitur, Universitätsexamen). Die Einstufung ist damit weitgehend unabhängig von der tatsächlichen Leistung in der Praxis.

In der öffentlichen Verwaltung haben wir gesellschaftliche Großgruppen besonderer Rechtsstellung und besonders günstiger Sicherheitserwartungen vor uns, die hierarchisch geschichtet sind, zwischen denen erhebliche, anrechtmäßig festgelegte Abstände bestehen und von denen die beiden funktional wichtigsten in ihren Einkünften über dem Durchschnittseinkommen der übrigen unselbständigen erwerbstätigen Bevölkerung liegen, wobei im Einkommensdurchschnitt die Besoldung der Beamtenschaft insgesamt durchaus mit der Vergütung und Entlohnung in der Wirtschaft konkurrieren kann, Sicherung und Prestige von Beamten aber immer noch höher liegen als in fast allen anderen Berufsgruppen.

Staatspersonal arbeitet relativ gleichmäßig verteilt in den verschiedensten Bereichen. In Landwirtschaft, Handel, Forstwirtschaft, in der Justiz, in Schulen, Krankenhäusern und Universitäten, in der Finanzverwaltung, in Polizei und Militär, in Gesundheitsverwaltung und Sozialarbeit, bei der Bundesbahn und Bundespost trifft man auf Beamte und Angestellte im öffentlichen Dienst. Es liegt daher nahe, daß die in der Rangordnung des öffentlichen Dienstes vertretenen Leitbilder ebenfalls über-

1 Statistisches Jahrbuch für die Bundesrepublik Deutschland 1988, S. 439 ff

all wirksam sind. In der Tat scheint die Sozialstruktur in der BRD, mehr als gemeinhin angenommen oder gesehen wird, von dem in der Beamtenschaft wirksamen Abstandsdenken und von den Besoldungsabstufungen im öffentlichen Dienst beeinflußt zu sein. Viele Vergütungsordnungen der privaten Wirtschaft orientieren sich deutlich an den Besoldungs- und Vergütungsordnungen der öffentlichen Verwaltung. Wird im folgenden die soziale Schichtung der westdeutschen Bevölkerung untersucht, so können diese von der Struktur der Beamtenschaft ausgehenden Einflüsse nicht vernachlässigt werden.

In der deutschen soziologischen Literatur der Nachkriegszeit gab es sehr viele Arbeiten, die sich irgendwie mit dem Problem der Schichtung befaßten, indem sie in ihre Untersuchung Daten über Schichtzugehörigkeit aufgenommen haben. In den meisten Fällen wurde der Schichtbegriff jedoch nur als ein mehr oder weniger zufällig gewähltes methodisches Hilfsmittel verwandt, so daß gesicherte Aussagen spärlich waren.[1]

Das starke Anwachsen der gut verdienenden Schichten in der BRD ist von verschiedenen Soziologen als Grundlage für eine Strukturbeschreibung unserer Gesellschaft genommen worden, die in den fünfziger Jahren mit dem Begriff der «nivellierten Mittelstandsgesellschaft» (Schelsky) publikumswirksam wurde. In dieser Sichtweise war die Gesellschaft weitgehend von den Mittelgruppen bestimmt, sollte ihr politisches und Konsumverhalten in einem neuen Sinne «mittelständisch» sein.[2]

Nur wenige soziologische Schlagworte erhielten in der BRD eine solche Verbreitung wie das der «nivellierten Mittelstandsgesellschaft». Dieser Begriff wurde zwar sofort heftig kritisiert, schien aber im gesellschaftlichen Bewußtsein einer bestimmten Schicht eine gewisse Unsicherheit zu beseitigen und das allgemeine Bedürfnis nach einer Erklärung für die gewandelte Situation einigermaßen zu befriedigen. Das Modell einer «nivellierten Mittelstandsgesellschaft» vernachlässigte aber schon rein empirisch bestehende soziale Unterschiede. Auch wenn es in den fünfziger Jahren allgemeine Tendenzen einer Nivellierung gab, waren die Unterschiede der Haushalts- und Einzeleinkommen, der Verteilung des Vermögenszuwachses, der Konsumchancen und der Erfüllung sozialer Siche-

---

1 K. M. Bolte: Einige Anmerkungen zur Problematik der Analyse von «Schichtungen» in sozialen Systemen, in: Soziale Schichtung und soziale Mobilität, hrsg. v. D. V. Glass und R. König, 3. Aufl. Köln 1968, S. 50; vgl. ferner: J. Handl u. a.: Klassenlagen und Sozialstruktur, Frankfurt 1977; J. Bischoff u. a.: Jenseits der Klassen? Hamburg 1982; R. Kreckel (Hrsg.): Soziale Ungleichheiten, Göttingen 1983; N. Luhmann (Hrsg.): Soziale Differenzierung, Opladen 1985; H.-W. Franz u. a.: Neue alte Ungleichheiten, Opladen 1986; R. Geissler: Soziale Schichtung und Lebenschancen, Stuttgart 1987
2 H. Schelsky: Die Bedeutung des Schichtungsbegriffes für die Analyse der gegenwärtigen deutschen Gesellschaft, in: ders.: Auf der Suche nach Wirklichkeit, Düsseldorf 1965, erstmals 1953, S. 332

rungserwartungen auch damals alles andere als eingeebnet. Zudem bildeten sich innerhalb der verschiedenen Bereiche, im Beruf, in politischen
Gruppen, in der Familie und in der Freizeit, neue eigenständige Normen
und Verhaltensweisen heraus, die einer Nivellierung entgegenstanden.
Sieht man davon ab, daß im wesentlichen derartige Analysen nur von
Personengruppen gelesen wurden, die für ihre Verwunderung und
Bestürzung über das Aufrücken ehemals «niederer» Gruppen und ihre
mangelnde Einsicht in Macht- und Herrschaftsstrukturen einen legitimie-
renden Ausdruck suchten und fanden, dann ergab dies eine sozialstrukturelle Euphorie und bedeutete Selbsttäuschung auch der Sozialwissen-
schaftler, die – bürgerlich-traditionell – zu Wirtschaftsfaktoren nur ein
hilfloses Verhältnis hatten.[1]

In späteren soziologischen Untersuchungen wird der Beruf eines Menschen als eines der wichtigsten Bestimmungsmerkmale für die soziale
Schichtung angesehen. Hinter der Berufskategorie können sich freilich
sehr unterschiedliche Aspekte der gesellschaftlichen Einordnung verber-
gen. Der Beruf als solcher kann Träger eines bestimmten «Sozialpresti-
ges» sein, er kann aber ebensogut auch bloßer «Indikator» für andere,
eigentlich bewertete Vorzüge oder Nachteile sein, und häufig ist auch
noch die Rangstellung innerhalb eines Berufes bzw. eines Betriebes pre-
stigebestimmend.

Ein anderer Ansatz zur Analyse sozialer Differenzierung liegt in der
Frage nach der Selbst- oder Fremdeinschätzung von Individuen innerhalb
einer Prestigeskala oder einer vorgestellten Schichtungspyramide.

So wird etwa aus einer Untersuchung zur Schichtzugehörigkeit aufgrund subjektiver Zuordnung zu Bewußtseinslagen, Lebensstilen oder
Karriereerwartungen von 1980 ersichtlich, daß Arbeiter sich auch in ihrem Bewußtsein nach wie vor mehrheitlich der Arbeiterschicht zugehörig
fühlen, und zwar gleichermaßen un- und angelernte Arbeiter wie Facharbeiter, Vorarbeiter und Meister (s. nebenstehende Tabelle).[2]

Gewissermaßen «quer» zu diesen Aspekten müßte die Frage nach der
sozialstrukturellen «Herkunft» und möglichen Zukunft des einzelnen
oder seiner sozialen Gruppe gestellt werden, also die historische Dimension einbezogen werden, einschließlich lang- oder kurzfristiger Mobilität
und Mobilitätschancen innerhalb des Systems sozialer Differenzierung.

Hier spielen neuerdings lage- und milieutheoretische Ansätze in der
Schichtungsforschung eine maßgebliche Rolle. Dahinter steht das Bemühen, die bisherigen Aussagen über Klassen- und Schichtstrukturen mit
der heutigen Vielfalt erlebbarer und nachvollziehbarer Ausprägungen sozialer Wirklichkeit und realer Lebenslagen zu verknüpfen. Insbesondere

1 Vgl. G. L. Field und J. Higley: Eliten und Liberalismus, Opladen 1983
2 W. Glatzer und W. Zapf (Hrsg.): Lebensqualität in der Bundesrepublik, Frankfurt 1984

Subjektive Schichteinstufung der Erwerbstätigen nach Stellung im Beruf

	Arbeiter-schicht %	Mittel-schicht %	Obere Mittel-Oberschicht %	Keine der Schichten %
Landwirte	28	58	16	0
Sonstige Selbständige	10	65	22	3
Arbeiter				
un-, angelernte	65	33	1	1
Facharbeiter, Meister	61	39	0	0
Angestellte				
Meister	38	52	10	0
einfache, mittlere	15	80	4	1
gehobene, höhere	5	71	23	1
Beamte				
einfache, mittlere	18	68	14	0
gehobene, höhere	1	57	37	5
Erwerbstätige	32	57	10	1
Nichterwerbstätige	34	55	10	1

öffnet sich hier der Weg über die Orientierung an der einzelnen Person und ihren Merkmalen hinaus zur differenzierteren Betrachtung der sozialen Lage von Haushalten und den Lebenschancen ihrer Angehörigen.

Hierzu gehört auch die Ergänzung der bisherigen «Oben-unten»-Betrachtung um Ungleichheiten, die sich aus dem Verhältnis Stadt–Land, Nord–Süd, Zentrum–Peripherie sowie milieu-spezifischen Lebensstilen ergeben. Bei diesem Forschungsansatz entsteht ein Sozialstrukturmodell, das «objektive» Gegebenheiten und «subjektive» Befindlichkeiten gleichzeitig vertikal und horizontal widergibt (s. nächste Seite).[1]

In Erweiterung dieses Ansatzes kommt eine neuere Untersuchung unter Verwendung umfangreichen statistischen Materials und der Datenquellen der Allgemeinen Bevölkerungsumfrage (ALLBUS '84) zur Darstellung von Ungleichheiten in sozialen Lebenslagen und den sich daraus ergebenden unterschiedlichen Lebenschancen. Die Studie wählte zur Vereinfachung und Verdichtung der Datenfülle bestimmte Haushalts-Nettoeinkommen bzw. das Pro-Kopf-Einkommen in diesen Haushalten als Maßstab für die Zuordnung von Haushalten zu bestimmten sozialen Lebenslagen (Wohlfahrtslagen). Sie unterschied dabei

– kleine Mieter-Haushalte eher nicht-qualifizierter Personen verschiedener sozialer Stellung sowie größere Familienhaushalte nicht-qualifizierter Personengruppen unterer sozialer Stellung, d. h. also sowohl die Rentner- und 1-Personen-Haushalte älterer Frauen als auch kinderreiche Familien im benachteiligten Milieu (*Arme*),

1 Nach S. Hradil: Sozialstrukturanalyse in einer fortgeschrittenen Gesellschaft, Opladen 1987, S. 131

- Sozial gesicherte kleinere Haushalte gering qualifizierter Arbeiter, An-
  gestellter und Rentner, wobei es sich um eine sozial inhomogene
  Gruppe bei materiell ähnlicher Lebenslage handelt (*sozial Gesicherte*),
- Mittelgroße Familienhaushalte von qualifizierteren Angestellten und
  Arbeitern (*gesicherter Wohlstand*),
- Wohlhabende mittelgroße Familienhaushalte von höher qualifizierten
  Arbeitnehmern, insbesondere Angestellten sowie wohlhabende klei-
  nere Haushalte von Arbeitnehmern und Rentnern mit beruflichen
  Qualifikationen und mittlerer allgemeiner Bildung (*Wohlhabende*);
- Wohlhabendere mittelgroße bis größere Familienhaushalte höher qua-
  lifizierter Erwerbstätiger, insbesondere Angestellter, in eher kleineren
  Städten und Gemeinden und mit Wohnungseigentum (*Wohlhabendere*),
- Spitzeneinkommen beziehende eher mittelgroße Familienhaushalte
  von qualifizierteren Angestellten und von Selbständigen in Großstädten sowie Spitzeneinkommen beziehende kleine Haushalte hochqualifizierter Angestellter und Beamter sowie vermögender Selbständiger
  in eher größeren Städten und Großstädten (*Spitzeneinkommensbezieher*),
- Reiche kleinere bis mittelgroße Familienhaushalte mit Wohneigentum

Soziale Schicht und Grundorientierung von Milieus in der Bundesrepublik

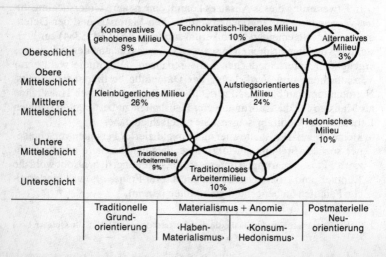

von hochqualifizierten Selbständigen in größeren Städten und Großstädten sowie reiche kleinere Haushalte vermögender Selbständiger
bzw. Beamter und Rentner mit beruflichen Qualifikationen und hoher
allgemeiner Bildung (*Reiche*).

Die Anteile jeder Wohlfahrtslage an der Gesamtstruktur der bundesrepublikanischen Gesellschaft lassen sich graphisch anschaulich darstellen
(s. nächste Seite).[1]

Ein Versuch, die Sozialstruktur einer Industriegesellschaft darzustellen, bliebe unvollständig, wenn man nicht auch auf ihre innere Dynamik, auf die laufenden Veränderungen ihrer inneren gesellschaftlichen
Verhältnisse einginge. Diese Dynamik ist besonders durch die soziale
Mobilität, durch die sozialen Auf- und Abstiegsvorgänge über verschiedene Schichten und Ränge hinweg ebenso wie durch «rang»-gleiche
Veränderung des Wohnsitzes, des Beschäftigungszweiges, des Berufs gekennzeichnet. Es ist ein hervorstechendes Merkmal industrieller Gesellschaften, derartige Standortwechsel und Positionsveränderungen über
«soziale Grenzen» hinweg in vergleichsweise großem Umfang hervorzu-
rufen.

Beide Formen der Mobilität können jeweils entweder nur einzelne Personen oder auch ganze Gruppen erfassen. Schließlich können sich diese
Veränderungen im Zeitraum eines einzelnen Lebens abspielen, sie können aber auch von einer Generation zur anderen auftreten.

Als Maßstab für Mobilitätsmessungen dient in den meisten Untersuchungen die Prestigeskala der Berufe. Bereits für die Analyse von
Schichtung wurde diese Kategorie angewandt. Gerade bei Mobilitäts-
Untersuchungen müßte man allerdings die Veränderungen der Berufe
selbst berücksichtigen. Mit fortschreitender Technisierung sind einerseits
neue Berufe entstanden, während andererseits alte Berufe ihre Inhalte
oft genug gewechselt haben.

Bis zu den 60er Jahren zeigten Untersuchungen eine auffallend große
«Selbstrekrutierung», also eine Weitergabe des Berufes der Eltern an die
Kinder, insbesondere an den Sohn oder zumindest eine gleiche Schichtzugehörigkeit von Sohn und Vater bei den akademischen Berufen, bei den
leitenden Verwaltungsbeamten und -angestellten und bei den selbständigen mittleren und Großunternehmern. Demgegenüber zeigten sich
Handwerker, gelernte, angelernte und ungelernte Arbeiter sowie untere
und mittlere Angestellte und Beamte als recht stark von Mobilitätspro-
zessen erfaßt. Neben einer weitgehenden Beharrung in den traditionellen
Berufspositionen bei den höheren, vornehmlich den akademischen Berufen stand in den Zeiten der Vollbeschäftigung die starke, wenn auch nicht
weitreichende Mobilität in den Gruppen der Arbeiter und Angestellten,

1 D. Krause u. G. Schäuble: Jenseits von Klasse und Schicht, Stuttgart 1988, S. 105

Gruppierung aller Haushalte nach Netto- und Pro-Kopf-Einkommen (Wohlfahrtslagen)

Nettoeinkommen

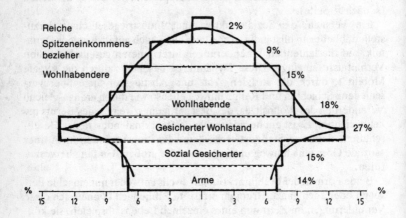

Reiche — 2%
Spitzeneinkommensbezieher — 9%
Wohlhabendere — 15%
Wohlhabende — 18%
Gesicherter Wohlstand — 27%
Sozial Gesicherter — 15%
Arme — 14%

Pro-Kopf-Einkommen

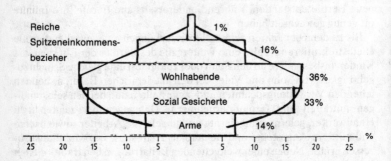

Reiche — 1%
Spitzeneinkommensbezieher — 16%
Wohlhabende — 36%
Sozial Gesicherte — 33%
Arme — 14%

insbesondere in Richtung auf qualifizierte Tätigkeiten angesichts anspruchsvollerer Technologien.[1] Weiter werden ganze Berufszweige durch die Marktentwicklung und die dadurch bedingte Arbeitstechnik und -teilung neu bewertet. Über die Hälfte der westdeutschen Bauern hat in drei Jahrzehnten immerhin ihre Tätigkeit (und weitgehend damit die Höfe) aufgeben müssen. Die Chance zum Aufstieg bot sich in der BRD lange Zeit insbesondere den Abiturienten, die über das Abitur nicht nur den Zugang zu einem Studium fanden, sondern auch beim erfolgreichen Abschluß z. B. das Anrecht zum Eintritt in die «Eingangsstufe des höheren Dienstes» in der Beamtenhierarchie erwarben. Hier gab es soziale Mobilität, sofern Kinder aus Familien ohne Akademikertradition studierten. Der Anteil der Arbeiterkinder an wissenschaftlichen Hochschulen ist aber immer noch bescheiden und das abgeschlossene Studium nur noch ein formales Anrecht und keineswegs immer ein sicherer Einstieg in eine berufliche Karriere.

Bei erheblicher Oberflächenbewegung ist die echte soziale Mobilität in der BRD also vermutlich gering, will man nicht die materielle Besserstellung großer Teile der Bevölkerung insgesamt schon als «soziale Mobilität» kennzeichnen.

Arbeitslosigkeit und «neue Armut»

In der Gesellschaft der Bundesrepublik vollzieht sich seit dem Ende der Vollbeschäftigungsphase und unter den Bedingungen struktureller Massenarbeitslosigkeit eine weitaus gravierendere Aufteilung in eine abnehmende Mehrheit von Arbeitsplatzbesitzern und eine wachsende Minderheit von Arbeitslosen, Frührentnern, in unsicheren Beschäftigungsverhältnissen Tätigen und solchen, die den Zugang zum Arbeitsmarkt überhaupt nicht mehr schaffen.

Das Risiko, in nicht nur kurzfristige Arbeitslosigkeit zu geraten, ist in der Bundesrepublik je nach sozialen Gruppenmerkmalen sehr unterschiedlich verteilt. Die zunehmende Schwierigkeit, einen gesicherten Arbeitsplatz zu finden oder zu behalten, trifft besonders ausländische Arbeitnehmer, Ältere, Behinderte, Ungelernte und Frauen, also gerade die «konfliktschwachen» Gruppen, was etwa gewerkschaftliche Vertretungsmacht angeht. Überproportional betroffen von Arbeitslosigkeit sind auch die jüngeren Arbeitnehmer (unter 25 bzw. 30 Jahren) und die älteren (über 55 Jahren). Der Grund dafür liegt vor allem darin, daß die Betriebe bei hohem Arbeitskräfteangebot die Altersgruppe bevorzugen, die einerseits über Berufserfahrung verfügt, die aber andererseits noch nicht

1 E. M. Wallner u. M. Funke: Soziale Schichtung und soziale Mobilität, Heidelberg 1980

die «Last des Alters» aufweist. Der Sockel von Dauerarbeitslosen wird immer breiter.

Bei der Entwicklung des Arbeitsmarkts bedeutet dies auch: Die Zahl der arbeitslosen Jugendlichen, vor allem auch derjenigen, die überhaupt noch nicht berufstätig waren, wächst an. Seit 1975 – als die Arbeitslosenzahl in der Bundesrepublik zum erstenmal nach langen Jahren wieder die Grenze von 1 Million überstieg – hat die Arbeitslosigkeit auch in immer stärkerem Umfange auf die formal besser qualifizierten Teile der abhängig Beschäftigten übergegriffen; ein Hochschulabschluß ist längst keine Garantie mehr für einen Arbeitsplatz, und der Anteil der Angestellten unter den Arbeitslosen ist größer geworden.

Zugleich wächst die Grauzone der nicht als arbeitslos registrierten Arbeitssuchenden, der «stillen Reserve» in Fortbildungs-, Umschulungs- und Weiterbildungsprogrammen, Arbeitsbeschaffungsmaßnahmen (ABM) – insgesamt weit über eine halbe Million Menschen – sowie der in den Haushalt zurückgedrängten arbeitssuchenden und erwerbsfähigen Frauen.

Arbeitslose nach Altersgruppen
(Anteile in Prozent, jeweils September)

Alter	1970	1975	1982	1987
bis 25	18,7	28,6	30,3	22,7
25–55	50,0	61,2	58,9	63,8
über 55	31,3	10,2	10,8	13,5

Arbeitslose nach ausgewählten Merkmalen
(Anteile in Prozent, jeweils September)

	1975	1982	1987
Deutsche	86,6	86,1	87,5
Ausländer	13,4	13,9	12,5
über ein Jahr arbeitslos	9,6	21,3	31,9
Berufsausbildung			
nicht abgeschlossen	58,1	51,8	50,5
abgeschlossen	41,9	48,2	49,5

Quelle: Bundesanstalt für Arbeit

Von den im September 1987 Arbeitslosen waren 51,4 v. H. Männer und 48,6 v. H. Frauen. Es hatten 49,5 v. H. eine abgeschlossene Berufsausbildung, und zwar
– betriebliche Ausbildung 38,6 v. H.,
– Berufsfachschule/Fachschule 5,0 v. H.,

- Fachhochschule 1,7 v. H.,
- Universität/Hochschule 4,2 v. H.

Bei den jugendlichen Arbeitslosen zeigt sich ein Übergewicht derjenigen, die nicht über eine abgeschlossene Berufsausbildung verfügen. Daraus darf allerdings nicht der Schluß gezogen werden, Jugendarbeitslosigkeit sei im wesentlichen nur ein Qualifikationsproblem; schon deshalb nicht, weil ein erheblicher Teil derjenigen, die nach abgeschlossener Lehre und nach Ableistung des Wehrdienstes keine Stelle finden, von der statistischen Kategorie der «Jugendarbeitslosigkeit» (bis zu 20 Jahren) nicht erfaßt wird. Denn auch wer eine qualifizierte Ausbildung abschließt, hat noch längst keine Gewähr, anschließend einen Arbeitsplatz zu bekommen.

Bemerkenswert ist, daß von den jugendlichen Arbeitslosen, die trotz abgeschlossener Berufsausbildung arbeitslos wurden oder blieben, fast die Hälfte ihre Ausbildung in Kleinbetrieben (unter 10 Beschäftigte) abgeschlossen hatte. Diese Zahl weist auf das Mißverhältnis zwischen Struktur der Berufsausbildung und späterem Qualifikationsbedarf hin.

Untersucht man die Jugendarbeitslosigkeit unter dem Aspekt der sozialen Herkunft und der Familiengröße der Betroffenen, so zeigt sich völlig eindeutig, daß hier soziale Benachteiligungen kumulieren.

Es stimmt nicht, daß die materielle Situation der Herkunftsfamilie für die Ausbildungs- und Berufschancen der Heranwachsenden keine Unterschiede mehr bedeute. Wer aus der Arbeiterschaft oder/und kinderreichen Familien kommt, ist von Arbeitslosigkeit eher bedroht. So werden durch die soziale Struktur der Arbeitslosigkeit soziale Ungleichheiten in der nächsten Generation reproduziert. Für die Jugendlichen bedeutet die Arbeitslosigkeit aber auch Reduzierung ihrer sozialen Aktivitäten auf das Elternhaus, die stärker materielle Abhängigkeit von den Eltern und damit die Beeinträchtigung von Ablösungsprozessen und Gruppenbildung mit Gleichaltrigen. Sie mindern das soziale Ansehen der betroffenen Jugendlichen und begünstigen deren Ausstieg ins Außenseiter- und Randgruppen-Milieu.

Die hohe Arbeitslosigkeit bei Frauen ist auf das Einwirken verschiedener Faktoren zurückzuführen. So arbeiten Männer mehr im verarbeitenden Gewerbe, in dem die Rezession früher und härter einsetzte. Inzwischen erreichte die Beschäftigungsrezession auch den Dienstleistungssektor. Hinzu kommt, daß Frauen – einmal arbeitslos geworden – eher resignieren als die Männer und aus der registrierten Arbeitslosigkeit in die verdeckte abwandern. Über 50 v. H. der im September 1987 arbeitslosen Frauen hatte keine abgeschlossene Berufsausbildung. Die nächsten Schritte des sozialen Abstiegs folgen dann schnell: länger andauernde Arbeitslosigkeit, damit Beschränkung auf Arbeitslosenhilfe und in vielen Fällen gar keine finanzielle Unterstützung mehr vom Arbeitsamt.[1]

Dabei ist der Schutz im Arbeitsverhältnis ein wesentlicher Teil des Systems der sozialen Sicherung. Während sozialpolitische Regelungen generell darauf ausgerichtet sein sollen, ein hinreichendes Angebot an Arbeitsplätzen zu garantieren und einen wirksamen Kündigungsschutz für «Problemgruppen» zu schaffen, zielt die Arbeitslosenversicherung (Bundesanstalt für Arbeit, Arbeitsämter) darauf ab, den einzelnen bei etwaiger Arbeitslosigkeit zu sichern. Die Arbeitslosenversicherung ist für Arbeiter und Angestellte, die der Rentenversicherungspflicht unterliegen, zuständig. Beamte verfügen über eine Beschäftigungsgarantie. Private Versicherungen gegen Arbeitslosigkeit gibt es nicht.

In der Zeit der Vollbeschäftigung fielen dem Arbeitsamt vorrangig die Aufgaben der Arbeitsvermittlung und Berufsberatung zu. Das seit 1969 geltende Arbeitsförderungsgesetz zielte auf Förderung der Arbeitsaufnahme, der beruflichen Fortbildung und Umschulung sowie der beruflichen Rehabilitation. Die Arbeitsämter wurden verstärkt für die Umschulung freiwerdender Arbeitskräfte eingesetzt.

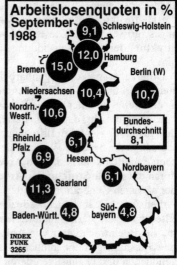

Diese Zeiten sind inzwischen vorbei. Seit 1983 liegt die Zahl der registrierten Arbeitslosen praktisch unverändert bei 2,2 bis 2,3 Millionen Menschen. Im September 1988 waren 2,1 Millionen Menschen als arbeitslos registriert, das entspricht im Bundesdurchschnitt – bei großen regionalen Schwankungen – einer Arbeitslosenquote von 8,1 v. H.

Zu dieser seit Jahren fast konstant bleibenden Stichtagszahl ist allerdings eine weitaus größere Zahl von Betroffenen hinzuzurechnen. Denn seit der anhaltenden Massenarbeitslosigkeit hat bereits fast jeder dritte Erwerbstätige mindestens einmal eine persönliche Erfahrung mit kürzerer oder längerer Arbeitslosigkeit gemacht. Die relative Konstanz der Zahlen aus der Bundesanstalt für Arbeit täuscht nur zu leicht darüber

1 H. Däubler-Gmelin: Frauenarbeitslosigkeit oder Reserve zurück an den Herd, Reinbek 1977; Ch. Rumpeltes: Arbeitslos, Reinbek 1982; H. C. Harten und E. Flitner: Arbeitslosigkeit, Reinbek 1980

hinweg, daß Arbeitslosigkeit nicht gleich als andauerndes Schicksal auftritt, sondern zunächst nur in kleinen Phasen, unterbrochen von ungewissen Abschnitten einer neuen ungesicherten Beschäftigung.

Die Einschnitte der letzten Jahre in die Arbeitslosenversicherung (AFG) waren nachhaltig. 1986 wurde der Beitragssatz auf 4 Prozent gesenkt und 1987 wieder auf 4,3 Prozent angehoben. Die Leistungshöhe für das Arbeitslosengeld liegt für kinderlose Leistungsempfänger bei 63 Prozent, die Arbeitslosenhilfe bei 56 Prozent. Für Arbeitslose mit mindestens einem Kind liegt sie bei 68 bzw. 58 Prozent des Nettoeinkommens.

Zu bedenken ist, daß bei der Masse der kleinen Einkommen – und eben diese Schicht ist ja im Schwerpunkt von Arbeitslosigkeit erfaßt – und bei denjenigen, die gerade eine Familie gegründet haben – und hier liegt altersmäßig ein Schwerpunkt der Arbeitslosigkeit –, dieser Einkommensverlust eine massive Verschlechterung des Lebensniveaus bedeutet, weil die fixen Kosten (Miete, Ratenzahlungen etc.) bleiben und dann keinerlei finanziellen Spielraum mehr belassen.

Von den Arbeitslosen erhielten

| | Arbeitslosengeld | | Arbeitslosenhilfe | | Keine AFG-Leistungen | |
	Anzahl	v.H.	Anzahl	v.H.	Anzahl	v.H.
1982	802002	44,1	298528	16,4	440010	24,2
1985	678740	31,6	568350	26,4	680009	31,6
1987	809193	38,4	475552	22,9	629687	29,9

Quelle: Bundesanstalt für Arbeit

Hinzu kommt, daß das Arbeitslosengeld längstens für ein Jahr bezahlt wird. Wer dann noch keine Stelle gefunden hat, ist auf die Arbeitslosenhilfe nach dem Bedürftigkeitsprinzip angewiesen, wo die Sätze sehr viel niedriger liegen und wo die Bedürftigkeit erst einmal nachgewiesen werden muß. Wer z. B. einen arbeitenden Ehepartner hat, bekommt meist gar nichts.

Für Arbeiterfamilien, die nur durch zwei Verdiener über ein erträgliches Einkommen verfügten, bedeutet insofern ein Fall von Arbeitslosigkeit in der Familie bereits die Halbierung des Einkommensniveaus. Nach Angaben der Bundesanstalt für Arbeit ergibt sich für die Gesamtheit der Arbeitslosen bei einem Vergleich des monatlichen Nettoeinkommens vor und während der Arbeitslosigkeit ein durchschnittlicher Einkommensverlust von 45 Prozent. Weitere Einschnitte und Mittelkürzungen bei den Qualifizierungsprogrammen und Arbeitsbeschaffungsmaßnahmen (ABM) brachte die ab 1.1.1989 geltende 9. Novelle zum Arbeitsförderungsgesetz insbesondere für die Langzeitarbeitslosen, aber auch für viele Initiativen, die Wohlfahrtsverbände und sozialen Organisationen, deren Arbeit nicht unwesentlich durch ABM abgestützt wird.

Immer mehr Arbeitslose fallen überhaupt aus den Leistungsbezügen heraus. Ihnen bleibt nur der Weg zum Sozialamt. Sämtliche zur Entlastung des Bundeshaushalts eingeführten Maßnahmen bewirken damit letztlich eine Belastung der ohnehin schon arg strapazierten Haushalte der Gemeinden. Die Grundlage der Solidarität einer bundesweiten Versicherung wird damit schrittweise aufgegeben, der Versicherte fallengelassen und an die örtliche Sozialhilfe verwiesen.

Dabei sind allein die im Sozialbudget der Bundesrepublik zu veranschlagenden Kosten der Arbeitslosigkeit enorm (s. unten).

In zahlreichen Städten, Gemeinden und Kreisen bilden sich inzwischen Arbeitslosen-Initiativen, oft unterstützt von kirchlichen oder gewerkschaftlichen Gruppen. Die Wirksamkeit der Arbeitslosen-Initiativen liegt wie in anderen Selbsthilfegruppen vornehmlich darin, zu erleben, daß andere in der gleichen Situation sind. So können Schuldvorwürfe und Zweifel an der eigenen Person aufgehoben und die Ursachen der alle betreffenden Arbeitslosigkeit begriffen werden.

Gravierender ist jedoch die psychische und soziale Situation der Langzeitarbeitslosen und ihrer Angehörigen. Je länger die Arbeitslosigkeit, desto geringer die Chance, wieder – oder bei Jugendlichen überhaupt jemals – eine Erwerbsarbeit und damit eine eigene Perspektive zu erhalten. 1987 waren 331900 Menschen (15,8 v. H.) über ein Jahr lang ar-

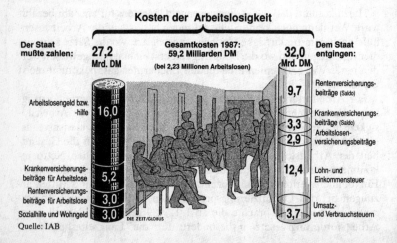

Kosten der Arbeitslosigkeit

Der Staat mußte zahlen: **27,2 Mrd. DM**

Gesamtkosten 1987: **59,2 Milliarden DM** (bei 2,23 Millionen Arbeitslosen)

Dem Staat entgingen: **32,0 Mrd. DM**

Arbeitslosengeld bzw. -hilfe **16,0**

Krankenversicherungsbeiträge für Arbeitslose **5,2**

Rentenversicherungsbeiträge für Arbeitslose **3,0**

Sozialhilfe und Wohngeld **3,0**

Quelle: IAB

9,7 Rentenversicherungsbeiträge (Saldo)

3,3 Krankenversicherungsbeiträge (Saldo)

2,9 Arbeitslosenversicherungsbeiträge

12,4 Lohn- und Einkommensteuer

3,7 Umsatz- und Verbrauchsteuern

DIE ZEIT/GLOBUS

beitslos, weitere 338 300 (16,1 v. H.) bereits zwei Jahre und länger. Zu der finanziellen Belastung und dem Absturz auf das Sozialhilfeniveau und die Sozialhilfepraxis der kommunalen Dienste kommen die nicht weniger gravierenden persönlichen und familiären Konflikte. Die Verarmung führt zu Verschuldungen, Pfändungen, Stromabschaltungen, bisweilen zum Wohnungswechsel oder -verlust, häufig zur Aufgabe von Kontakten zu Freunden und Bekannten. Partnerkonflikte vermehren sich, Alkoholabhängigkeit, Depression, Trennung und Scheidung folgen nach. Alle diese von außen aufgezwungenen Probleme können kaum aus eigener Kraft kompensiert werden, die Kräfte der Familie sind damit überfordert. Auch wenn der Nachweis sozialempirisch noch schwierig ist, so belegen doch zahlreiche Einzeluntersuchungen, daß Langzeitarbeitslosigkeit somatisch und psychisch krank macht. Anhaltende Arbeitslosigkeit führt zur unausweichlichen Ausgrenzung von der vollen Teilhabe am gesellschaftlichen Leben. Diese durch Arbeitslosigkeit ausgelöste «Neue Armut» tritt immer nachhaltiger zu den bisherigen Erscheinungsformen etwa der Altersarmut oder der Obdachlosigkeit hinzu und macht aus ihnen ein Gemisch von gefährlichen gesellschaftlichen Widersprüchen.[1] Die «neue Armut» zeigt nicht minder Auswirkungen auf die Kinder. Schätzungen sprechen von 1,0 bis 1,5 Millionen Kindern in Arbeitslosenhaushalten. Studien berichten von aus Geldmangel zerbrechenden Kinderfreundschaften, von Verzicht auf Schulveranstaltungen und Klassenfahrten, von Abstrichen bei einer gesunden Ernährung. Langfristige Wirkungen sind aber auch im Arbeitsbereich bereits erkennbar. Die Konkurrenz im Betrieb, die Angst um den Arbeitsplatz lassen Entsolidarisierung sich ausbreiten und gewerkschaftliche Gegenmacht schwächen.

Die von der Kostenseite dieser sozialpolitischen Entwicklung am meisten betroffenen Städte und Gemeinden versuchen seit etlichen Jahren gegenzusteuern, indem sie auf die nationale Verpflichtung zur Eindämmung der Arbeitslosigkeit verweisen. Ohne finanziell dazu in der Lage zu sein, müssen die Kommunen im geltenden Finanzsystem der BRD die Kosten der in der Regel national verursachten Dauerarbeitslosigkeit über die Bereitstellung von Sozialhilfe und sozialen Diensten allein tragen.[2]

Hier eine Entlastung zu schaffen diente 1988 die niedersächsische Ge-

---

1 W. Balsen u. a.: Die neue Armut, Köln 1984; Kammer der EKD für soziale Ordnung: Gezielte Hilfen für Langzeitarbeitslose, Hannover 1987; Caritasverband für die Diözese Münster (Hrsg.): Arme haben keine Lobby – Caritas-Report zur Armut, Freiburg 1987

2 Vgl. Sonderuntersuchung der Bundesvereinigung der kommunalen Spitzenverbände in Zusammenarbeit mit der Bundesanstalt für Arbeit zum Zusammenhang von Arbeitslosigkeit und Sozialhilfebezug, Amtliche Nachrichten der Bundesanstalt für Arbeit, 35. Jg. 1987, H. 5, S. 661

setzesinitiative, den Bund zu 50 v. H. an den Kosten der Sozialhilfe zu
beteiligen. Dieser vom Bundesrat mit Mehrheit unterstützte Versuch
scheiterte am Widerstand von Bundesregierung und Bundestag. Ein von
seinem Volumen her weit geringer ausgestattetes und in seiner struktur-
politischen Wirkung zweifelhaftes Alternativgesetz «zum Ausgleich unterschiedlicher Wirtschaftskraft in den Ländern» geht dagegen an den
ursprünglichen Intentionen vorbei und beläßt den Städten, Kreisen und
Gemeinden weiterhin die Last der «Neuen Armut».

Zwischen Sozialhilfe und Sozialarbeit

Aufgrund der immer beengteren Situation kommunaler Finanzen, aber
auch bestimmt durch die zunehmende Einsicht, daß kommunale Sozialpolitik einer intensiven, transparenten und fachlich fundierten Legitimation bedarf, wurden in den letzten Jahren zumindest in zahlreichen Großstädten sog. «Armutsberichte» bzw. Soziallagen-Berichte erstellt.[1] Die
alte und «neue» Armut sowie die Ungleichgewichtigkeiten der Leistungen der verschiedenen Sicherungssysteme sollten aus der Tabuzone
herausgeholt und über Statistiken und Situationsbeschreibungen ins öffentliche Bewußtsein gehoben werden. Die Lebenslagen und die Unterversorgung einer immer größeren Anzahl von Menschen, die steigenden
Sozialhilfeausgaben, verbunden mit massiven Auseinandersetzungen um
den Leistungsumfang der Sozialhilfe, geben diesem bisherigen Randbe-
reich der Sozialpolitik besondere Brisanz.

Da die Sozialhilfe-Gewährung eine kommunale Aufgabe ist, liegen
bundesstatistische Daten nur mit gewisser Zeitverzögerung vor. 1986 hat
erstmals seit Bestehen der Bundesrepublik die Zahl der Sozialhilfe-Emp-
fänger die 3-Millionen-Grenze überschritten. Von den 3,02 Millionen
Menschen waren 1,7 Millionen Frauen. Gegenüber dem Vorjahr erhöhte
sich die Gesamtzahl der Hilfeberechtigten um 7,3 v. H. Damit erhielt etwa
jeder 20. Einwohner der BRD Leistungen durch die Sozialämter. Ein
nicht unerheblicher Teil von einem Drittel erhält diese Leistungen aufgrund von Pflegebedürftigkeit, nicht versicherter Krankheit sowie wegen
seelischer, körperlicher oder geistiger Behinderung. Zwei Drittel erhielten laufende monatliche Geldleistungen zum Lebensunterhalt, verursacht durch Arbeitslosigkeit (ohne Ansprüche gegenüber dem Arbeitsamt), unzureichende Rentenleistungen oder «Ausfall des Ernährers»
(Trennung, Scheidung, Tod). 30 v. H. der Empfänger laufender Hilfe

1 Z. B. Stadt Köln: Arbeitslosigkeit und Sozialhilfe, 1987; Stadt Essen: Soziale Ungleichheit
  im Stadtgebiet, 1987; Freie Hansestadt Bremen: Sozialhilfebericht, 1987; Stadt Bielefeld:
  Struktur der Sozialhilfe, 1987; Landeshauptstadt München: Neue Armut in München, 1987

waren zwischen 25 und 50 Jahre alt, 28 v. H. waren minderjährig und (nur) 18 v. H. waren älter als 65 Jahre.

21,1 Milliarden DM betrug im Jahr 1986 der Sozialhilfeaufwand im gesamten Bundesgebiet, was eine Steigerung gegenüber dem Vorjahr um fast 11 v. H. bedeutete. Ein Drittel davon (6,5 Milliarden DM) entfielen allein auf die Hilfe für pflegebedürftige Menschen. Nach Schätzung des Deutschen Instituts für Wirtschaftsforschung (DIW) in Berlin sind weitere rd. 3 Milliarden DM direkte Folgekosten der ständig gewachsenen Arbeitslosigkeit. Für 1987 liegen nur vorläufige Zahlen vor. Danach ist von einem weiteren Zuwachs bei den Sozialhilfeempfängern um 3,5 v. H. auf über 3,1 Millionen Menschen auszugehen.

Das Recht der Sozialhilfe war 1961 neu geregelt worden. Der veränderten Situation entsprechend trennt das Bundessozialhilfegesetz (BSHG) die Hilfe zum Lebensunterhalt (Ernährung, Unterkunft, Kleidung) von der Hilfe in besonderen Lebenslagen. Den Schwerpunkt sollen die Hilfen in besonderen Lebenslagen bilden. Da Hilfen in der Regel nur dann ihrem Zweck entsprechen, wenn die gesamte Familie berücksichtigt wird, enthalten sie auch direkte familienfördernde Maßnahmen, wie z. B. die Finanzierung der Einstellung einer Familien- und Hauspflegerin bei Krankheit einer Mutter mit mehreren Kindern. Es besteht ein allgemeiner Rechtsanspruch auf diese Hilfe. Form und Maß der Hilfe bleiben dabei allerdings dem Ermessen im Einzelfall überlassen, zumal mögliche Unterstützung durch andere Familienangehörige oder nahestehende Personen bei der Hilfeleistung berücksichtigt werden.[1]

Die Entwicklung der Sozialhilfe seit 1961 ist durch vier Phasen gekennzeichnet: Bis zum Anfang der 70er Jahre gab es nur eine schwache Zunahme. In Folge der Rezession 1974/75 stieg der Sozialhilfebedarf erstmals sprunghaft an. Auf diesem relativ hohen Niveau gab es einen Gleichstand bis 1981. Seit Beginn der 80er Jahre haben sich die Gewichte erneut verschoben. Der verstärkte Zustrom zur Sozialhilfe hat vor allem drei Gründe: Zum einen reicht bei älteren Menschen immer seltener die Rente zum Lebensunterhalt aus. Vor allem Frauen, die in den zurückliegenden Jahren nicht in der Lage waren, Beiträge zur Rentenversicherung zu zahlen, leiden Not. Zum anderen können immer weniger alleinstehende Elternteile, insbesondere nach der Scheidung, sich und ihre Kinder ausreichend versorgen. Auch hier sind meistens die Frauen betroffen, zumal sie bei der schlechten Arbeitsmarktlage kaum mit einer Beschäftigung rechnen können. Schließlich und entscheidend wird auch die

---

1 S. Leibfried u. F. Tennstedt: Politik der Armut. Frankfurt 1984; G. Wenzel u. S. Leibfried: Armut und Sozialhilferecht, Weinheim 1986; G. Schulte u. P. Trenk-Hinterberger: Sozialhilfe, Heidelberg 1986; W. Schellhorn u. a.: Das Bundessozialhilfegesetz, 13. Aufl. Neuwied 1988

Gruppe der Arbeitslosen, die entweder zu lange ohne Arbeit sind und weder Arbeitslosengeld noch Arbeitslosenhilfe bekommen oder die überhaupt noch nicht gearbeitet haben (Jugendliche) und deshalb von Anfang an keine Arbeitslosenunterstützung bekommen, immer größer. Die eigentlich auf den vorübergehenden Notfall angelegte Sozialhilfe wird damit zum Hilfesystem auf Dauer.

Nach wie vor problematisch hinsichtlich der Vergabemodalitäten von Sozialhilfe ist die Tatsache, daß den Betroffenen die offene Darlegung ihrer individuellen und familiären Situation gegenüber anonymen Behörden peinlich erscheinen muß. Infolgedessen kann davon ausgegangen werden, daß eine große Anzahl dieser Menschen weiterhin in erheblichen Notlagen lebt, um sich solchen Fragen nicht stellen zu müssen.

Wer als Hilfebedürftiger Geldleistungen der Sozialhilfe zu beanspruchen hat, erhält die laufenden Leistungen für seinen regelmäßigen Bedarf monatlich pauschaliert als Regelsatz in einer Summe. Die Höhe dieses Regelsatzes bestimmt darüber, wie dem Hilfebedürftigen die Führung eines Lebens ermöglicht wird, das der Würde des Menschen entspricht. Der Regelsatz ist deshalb die Meßlatte für Ausmaß und Qualität der Teilhabe Hilfebedürftiger am gesellschaftlichen Wohlstand und fixiert zugleich eine allgemeine Armutsgrenze.[1]

Der einmal festgesetzte Regelsatz bedarf immer wieder der Anpassung, da ständiger Kaufkraftverlust seinen realen Wert aufzehrt. Darüber hinaus ändert sich der Zuschnitt des allgemeinen Wohlstandes. Und es wandeln sich die gesellschaftlichen Vorstellungen über das den Hilfebedürftigen zuzubilligende Maß der Teilhabe an diesem Wohlstand.

In der Zeitreihe fällt dazu der Vergleich des Regelsatzes für Haushaltsvorstände bzw. Alleinstehende (rechnerischer Bundesdurchschnitt) mit den Reallöhnen der Arbeiter in der Industrie und den Renten der Arbeiter und Angestellten eindeutig zuungunsten der Sozialhilfeempfänger aus:[2]

	Regelsatz DM	Regelsatz-Index 1962 = 100	Reallohn-Index 1962 = 100	Rentenniveau-Index 1962 = 100
1962	107	100	100	100
1970	155	115	149	146
1975	252	139	163	165
1980	309	141	186	201
1986	394	147	181	207

1 H. Hartmann: Sozialhilfebedürftigkeit und «Dunkelziffer der Armut», Stuttgart 1981; W. Breuer und H. Hartmann: Das Verhältnis von Sozialhilfeniveau und Arbeitnehmereinkommen, Köln 1982
2 Berechnungen nach: Bundesminister für Arbeit und Sozialordnung, Arbeits- und Sozialstatistik sowie Statistisches Bundesamt, 1987

Im September 1988 lag der Regelsatz im rechnerischen Bundesdurchschnitt bei 412 DM pro Monat bei deutlichen Unterschieden zwischen den
einzelnen Bundesländern:

426 DM Hamburg
424 DM Berlin (West)
416 DM Baden-Württemberg, Bremen, Hessen
414 DM Nordrhein-Westfalen
410 DM Rheinland-Pfalz
404 DM Bayern (Mindestsatz; München z. B. 432 DM)
403 DM Saarland, Schleswig-Holstein
400 DM Niedersachsen

Den seit Jahren geführten politischen Auseinandersetzungen über die
Regelsatz-Anpassungen kommt im Streit um das Leistungsniveau eine
Schlüsselrolle für das Gesamtsystem sozialer Sicherung zu. 1987/88 ist es
endlich zwischen den kommunalen Sozialhilfeträgern, den Wohlfahrtsverbänden und den Bundesländern zu einer Einigung darüber gekommen, die Bedarfsmessung für die Regelsätze künftig am Einnahme- und
Ausgabeverhalten der unteren Einkommensschichten zu orientieren, um
auf diese Weise wenigstens eine begrenzte, aber regelmäßige Teilhabe am
gesellschaftlichen Wohlstand zu garantieren.[1]

Die Frage nach der Funktion von Sozialarbeit in unserer Gesellschaft
hat sich zu ernsthaften Auseinandersetzungen im Bereich der sozialen
Hilfen entwickelt. So wird etwa Verwahrlosung oder jugendliche Kriminalität zwar immer noch mit dem Verlust der Autorität, mit dem Zerbre-
chen alter Familienstrukturen, mit psychischen Störungen oder dem allgemeinen «morbiden Zeitgeist» erklärt. Es mehren sich aber auch die
Stimmen jener Sozialarbeiter, die an der Vernünftigkeit der praktizierten sozialen Normen zweifeln, deren Stellung wegen ihrer teilweise ge-
sellschaftskritischen Ansichten innerhalb der Behörden sowie auch im
Vergleich zu den anzuwendenden veralteten gesetzlichen Bestimmungen
jedoch recht schwach ist. Diese Sozialarbeiter plädieren dafür, jugendliche Abweichung vor allem als Reaktion auf die Verweigerung von Entwicklungschancen durch gesellschaftliche Strukturbedingungen zu begreifen.

Sozialarbeit darf in dieser Sicht nicht nur an Symptomen kurieren, sie
muß auch bereit sein, zu strukturellen Veränderungen beizutragen. Noch
versucht die herkömmliche Sozialarbeit, die Menschen jenen gesellschaftlichen Bedingungen anzupassen, aus denen heraus sie zu Klienten

1 A. Tschoepe: Neues Bedarfsmessungssystem für die Regelsätze in der Sozialhilfe nach § 22
BSHG, in: Nachrichtendienst des Dt. Vereins f. öffentl. u. priv. Fürsorge, 67. Jg. 1987, H.
12, S. 433; K. Besselmann u. H. Hartmann: Neues Bedarfsbemessungssystem in der Sozialhilfe, Köln 1988

werden. Sie läßt sich vorwiegend auf die unterprivilegierten Schichten ansetzen, von denen am ehesten eine Störung von «Ruhe und Ordnung» befürchtet wird. Sie sucht den Erwartungen der Gesellschaft gerecht zu werden, indem sie Außenseiter isoliert und für deren Wohlverhalten garantiert. Sie verschafft vielfach einer an Harmonie statt an Konflikt, an Wohltätigkeit statt an sozialer Gerechtigkeit interessierten Einstellung ihr gutes Gewissen und stützt damit den Fortbestand widersinniger Zustände. Kritische Sozialarbeit sollte demgegenüber ein berufliches Selbstverständnis haben, das den belasteten Alltag der Menschen zum Ausgangspunkt hat, das aber auf die generelle Kompetenz aller Menschen setzt, diesen Alltag zu bewältigen – auch wenn diese «Bewältigung» manchmal defizitär, abweichend oder kriminell erscheinen mag. Aufgabe dieser Sozialarbeit ist es deshalb, nicht den einzelnen zu «normalisieren», sondern die Situation, in der er lebt, d. h. eigenständige Teilhabe am gesellschaftlichen Leben zu ermöglichen.[1]

Mit dem Wandel der Sozialhilfe und den gesetzgeberischen Konsequenzen aus der neuen Situation ist natürlich auch eine stärkere Anforderung an die Sozialarbeiter verbunden, die insbesondere bei der Ausbildung des Nachwuchses akut wird. Die Nachwuchsausbildung und die Sozialarbeit obliegen neben den staatlichen Stellen weitgehend den Verbänden der freien Wohlfahrtspflege. Der größte von ihnen ist der katholische Deutsche Caritasverband; weitere sind die Innere Mission als Hilfswerk der Evangelischen Kirche, die Zentralwohlfahrtsstelle der Juden in Deutschland, das Deutsche Rote Kreuz, die Arbeiterwohlfahrt und der Deutsche Paritätische Wohlfahrtsverband – Spitzenverband für alle Wohlfahrtsorganisationen, die keinem der übrigen Spitzenverbände angehören. Die Tätigkeit der freien Wohlfahrtsverbände umfaßt die verschiedensten Formen der Sozialarbeit in Kinder- und Jugendheimen, in Krankenhäusern, Altersheimen, Heil- und Pflegeanstalten über die Sozialpädagogik in den Kindergärten und Kinderhorten bis hin zu den sozialen Diensten, der häuslichen Pflege oder der Bahnhofsmission.[2] 1987 waren bei allen Wohlfahrtsverbänden insgesamt 758 000 professionelle Mitarbeiter beschäftigt. Dabei expandieren besonders die Bereiche der Behindertenhilfe und der Altenhilfe, dagegen stagniert bzw. sinkt die Trägerschaft bei Krankenhäusern, Kliniken sowie Einrichtungen der Jugendhilfe. Immer mehr an Bedeutung gewinnen die Hilfen und Dienste für Arbeitslose.

Die Arbeit der Wohlfahrtsverbände, ihre internen Strukturen sowie ihr sozialpolitisches Gestaltungsinteresse sind in letzter Zeit zunehmend kri-

1 Th. Olk u. H. U. Otto (Hrsg.): Der Wohlfahrtsstaat in der Wende. Umrisse einer künftigen Sozialarbeit, Weinheim 1985; D. Kreft u. I. Mielenz (Hrsg.): Wörterbuch Soziale Arbeit, Weinheim, 3. Aufl. 1988
2 Vgl. F. Flamm: Sozialwesen und soziale Arbeit in der Bundesrepublik, Stuttgart 1980

tischer betrachtet worden. Zwischen Besitzstandswahrung und Innovation, in Konkurrenz oder Kooperation mit beweglicheren Initiativ- und Selbsthilfegruppen, in der Auseinandersetzung um knapper werdende Ressourcen des Sozialbereiches stellen sie jedoch nach wie vor einen besonderen Stabilitätsfaktor innerhalb der bundesrepublikanischen Sozialstruktur dar.[1]

Obwohl das allgemeine Sicherheitsstreben in Westdeutschland offensichtlich und nachweisbar ist, stellt sich doch die Frage, wie die geschaffenen Sozialleistungen von der Bevölkerung aufgenommen, welche Reaktionen auf sozialpolitische Maßnahmen in der Öffentlichkeit hervorgerufen werden. Es handelt sich also um das Problem, ob das gesamte System der sozialen Sicherung tatsächlich Gefühle der sozialen Sicherheit und Geborgenheit vermittelt und welcher Art diese Sicherheitsgefühle sind. Bei einem entsprechenden Forschungsprojekt stellte sich heraus, daß bei allgemeiner Zustimmung zum «Status quo», zum bisher sozialpolitisch Erreichten, eine eigenartige Mischung von Anspruchsdenken und Mißtrauen gegenüber den staatlichen Einrichtungen anzutreffen ist. Diese besondere Form sozialer Unsicherheit findet sich in zahllosen Abstufungen und Nuancierungen. So wird bei einigen das handgreifliche Mißtrauen überspielt durch ein «abstraktes Vertrauen» zur bestehenden Staatsordnung («In Bonn machen sie's im großen und ganzen schon richtig»). Andere wieder schwanken zwischen augenblicklichem Sicherheitsgefühl und Skepsis gegenüber der Zukunft («Wenn es einmal ernst wird, dann fällt man auch mit den Sozialversicherungen herein»). Weitergehende, noch intensivere sozialpolitische Maßnahmen allein werden daran nur wenig ändern können, zumal das Gefühl, ein «soziales Netz» zu haben, nur zum Teil von materiellen Leistungen und institutionellen Garantien abhängig ist.

Aussiedler, Flüchtlinge, Ausländer

Die deutsche Geschichte und ihr bewußter Niederschlag im Grundgesetz für die Bundesrepublik Deutschland hat diese Republik in den vergangenen Jahren immer wieder eingeholt und vor innenpolitische wie soziale Probleme gestellt. Art. 116 des Grundgesetzes stellt fest, daß Deutscher sei, wer «als Flüchtling oder Vertriebener deutscher Volkszugehörigkeit oder als dessen Ehegatte oder Abkömmling in dem Gebiet des Deutschen Reiches nach dem Stande vom 31. Dezember 1937 Aufnahme gefunden

---

1 Prognos AG: Entwicklung der Freien Wohlfahrtspflege bis zum Jahr 2000, Basel 1984; Institut für Demoskopie in Allensbach: Die Stellung der Freien Wohlfahrtspflege, Allensbach 1985

hat». Die BRD hat seit Kriegsende bis 1988 auf dieser Grundlage und mit diesem Anspruch über 13 Millionen Vertriebene und Flüchtlinge aufgenommen und eingegliedert. Davon kamen seit 1950 rd. 1,5 Millionen Deutsche als Aussiedler sowie bis 1961 rd. 3,3 Millionen als Flüchtlinge und Zuwanderer aus der DDR «in den Westen». Diese Völkerwanderung ist die Fortsetzung und Folge jener «Umsiedlungen» und Vertreibungen, die mit dem Angriff von Deutschen auf Polen und damit dem Zweiten Weltkrieg ihren Anfang nahmen.

Im Gegensatz zu Flucht und Vertreibung handelt es sich bei der Aussiedlung, die 1950 begann, um das freiwillige Verlassen des Heimatstaates mit Genehmigung der dortigen Behörden. So entwickelte sich der Zuzug dieser Deutschen auch jeweils entsprechend dem Stand der internationalen, aber auch der bilateralen Beziehungen der Bundesrepublik zu den osteuropäischen Staaten, z. B. aufgrund des Abkommens mit der polnischen Regierung vom Oktober 1975 über die Aussiedlung von 120000 bis 150000 Deutschen. Den jeweiligen Bedingungen entsprechend, wurde über die Jahre hinweg ein gesetzlicher und administrativer Rahmen für die Eingliederung der Aussiedler geschaffen und ausgebaut. Als Aussiedler fanden Aufnahme im Bundesgebiet:

1950	48.000
1958	132.000
1960	18.000
1970	20.000
1980	56.000
1985	39.000
1988	203.000

Nach vorsichtigen Schätzungen leben in Osteuropa noch etwa 3,5 Millionen «Deutschstämmiger», die freilich um so weniger übersiedeln wollen, je gesicherter ihre dortige kulturelle Identität (Wolga-Deutsche, Siebenbürger Sachsen, Banater Schwaben usw.), je besser ihre Lebensumstände und je freier die Reise- und Besuchsmöglichkeiten sind.

Von den Aussiedlern des Jahres 1988 kamen 140000 aus Polen, 48000 aus der Sowjetunion sowie 13000 aus Rumänien. Diese großen Gruppen zu integrieren wurde zum schwierigen finanziellen, organisatorischen, aber auch sozialklimatischen Problem. Hinzu kamen Reise- und Zuwanderungs-Erleichterungen für Bürger der DDR. Allein im Jahre 1988 fanden rd. 40000 Menschen aus der DDR Aufnahme in der Bundesrepublik.

Für die große Zahl der Aussiedler mußten die bestehenden Programme (insbesondere Sprachförderung, Umschulung, Einrichtungsdarlehen) finanziell aufgestockt und es mußte vor allem ein umfangreiches Wohnungsbauprogramm aufgelegt werden. Hauptkostenträger waren wiederum die finanziell bereits stark belasteten Kommunen. Vertriebene und (deutsche) Flüchtlinge sind in der Sozialversicherung und der Arbeitslosenversicherung den Berechtigten im Bundesgebiet gleichgestellt. Darüber hinaus gibt es eine Reihe von Leistungen und Vergünstigungen, z. B. bei der Förderung von Akademikern.

Die besonders hohe Zuzugsrate von Aussiedlern fiel 1988 zusammen mit einer unverändert großen Anzahl von Asylbewerbern sowie einem Umschwung auf dem Wohnungsmarkt. In der Tat ergibt sich hier ein innenpolitisches Spannungsfeld, das wiederum mit der spezifischen deutschen Geschichte zusammenhängt. In bewußter Aufnahme der eigenen Geschichte enthält der Art. 16 Abs. 2 des Grundgesetzes die klare Feststellung: «Politisch Verfolgte genießen Asylrecht.» Dieses Asylrecht ist seit Anfang der 80er Jahre angesichts steigender Asylbewerberzahlen zum ständigen innenpolitischen Streitfeld geworden. Verschärft wurde diese Auseinandersetzung durch den Hinweis auf die Geltung *beider* Verfassungsbestimmungen (Art. 16 und Art. 116), nach denen es nicht anginge, Asylbewerber schroff abzulehnen und gleichzeitig für Aussiedler zu werben, Solidarität also gewissermaßen auf die nationale Kategorie einzuengen.

Die Hauptherkunftsländer waren 1988 Polen (30 v. H.), Türkei (19 v. H.), Jugoslawien (13 v. H.), Iran (9 v. H.), Libanon (5 v. H.) sowie Pakistan und Sri Lanka (je 3 v. H.). Unter den Libanon-Flüchtlingen befindet sich auch ein hoher Anteil staatenloser Palästinenser.

Dabei gab es in Abhängigkeit von den Krisenregionen der Welt, aber auch von asylpolitischen Gesetzes- und Verfahrensänderungen der letzten Jahre folgenden Asylbewerberzugang im Bundesgebiet:

1977	16410	1981	49391	1985	73832
1978	33130	1982	37423	1986	99650
1979	51493	1983	19737	1987	57379
1980	107818	1984	35278	1988	103076

Die unzureichenden wirtschaftlichen Verhältnisse und Existenzbedingungen in der Dritten Welt, verbunden mit den zahllosen kriegerischen Konflikten sowie der Unterdrückung ethnischer, religiöser, kultureller Minderheiten in allen Kontinentn, lassen die europäischen Staaten als geeignete Fluchtländer erscheinen, wenngleich es in diesen unterschiedliche, teilweise sehr restriktive asylrechtliche Regelungen gibt. Viele Asylbewerber aus Asien, Afrika und dem indischen Subkontinent haben auch den Versprechungen von kriminellen Schlepperorganisationen über Arbeits- und Verdienstmöglichkeiten namentlich in Deutschland geglaubt und ihre Habe im Herkunftsland zur Finanzierung der Einschleusungskosten verkauft und die Brücken abgebrochen. Das Gesetz über das

Asylverfahren von 1982 hat als Gegenreaktion dem Bundesamt für die Anerkennung ausländischer Flüchtlinge in Zirndorf (Bayern) die Möglichkeit eröffnet, offensichtlich unbegründete oder unzulässige Asylanträge ohne Zulassung von Rechtsmitteln abzulehnen. Zugleich wurden Möglichkeiten der beschleunigten Abschiebung zugelassen. Der Umfang der Anerkennungen als politische Flüchtlinge durch das Bundesamt lag 1987 bei etwa 10 v. H., mit unterschiedlichen Anerkennungsquoten für einzelne Herkunftsländer (z. B. Afghanistan 24 v. H., Iran 31 v. H., Polen 11 v. H., Ghana 0 v. H.), wobei die gerichtliche Überprüfung abgelehnter Asylanträge durch Verwaltungsgerichte möglich ist und auch genutzt wird.

Die Mehrzahl der Asylbewerber ist für die Sicherung des Lebensunterhaltes und der Unterkunft auf öffentliche Hilfe angewiesen. Nur wenige werden von Angehörigen oder Landsleuten aufgenommen und versorgt. Für sie besteht seit einer weiteren Verschärfung des Asylverfahrensgesetzes vom Januar 1987 ein fünfjähriges Arbeitsverbot, so daß die meisten Asylbewerber während der gesamten Dauer des Asylverfahrens auf Sozialhilfe angewiesen sind und diese in einigen Bundesländern auch nur in eingeschränktem Umfang erhalten. In vielen Bundesländern erfolgt die Unterbringung in größeren Sammellagern mit Gemeinschaftsverpflegung.

Die Lebenssituation von Asylbewerbern hat sich durch die seit Mitte der 80er Jahre von der Bundesregierung initiierten Gesetzesmaßnahmen erheblich verschlechtert. Sie wird wesentlich bestimmt durch die erlebte Verfolgung im Herkunftsland und die Umstände der Flucht, die Ungewißheit über die Dauer und den Ausgang des Asylverfahrens, die erzwungene Untätigkeit als Folge des 5jährigen Arbeitsverbots sowie das Warten in den Gemeinschaftsunterkünften, die weitgehende «Sprachlosigkeit», durch die Kontakte mit der deutschen Bevölkerung und mit anderen Flüchtlingsnationalitäten erschwert werden.

Die Zahl der alleinstehenden Asylbewerber ist in den letzten Jahren zurückgegangen, gestiegen ist die Zahl der asylsuchenden Familien. Besonders belastend ist die Situation der Frauen. Für sie ist der kulturelle Bruch zwischen den Verhältnissen in ihrer Heimat, wo Verwandte und Nachbarinnen ein gewisses soziales Netz bilden, und der starken Isolation in Deutschland besonders gravierend. Wegen der traditionellen Benachteiligung der Frauen in fast allen Herkunftsländern sind sie schlecht oder gar nicht auf den völligen Neuanfang in einem europäischen Land vorbereitet. Das genauere Befassen mit der Situation der Frauen zeigt deutlich, daß diese nicht nur als Folge der politischen Verfolgung ihrer Männer auch von dieser betroffen wurden, sondern vielmehr selbst sehr oft wegen ihrer politischen Überzeugung und auch wegen ihres Geschlechts Verfolgung erlitten haben. Sie wurden dabei vielfach Opfer entwürdigender

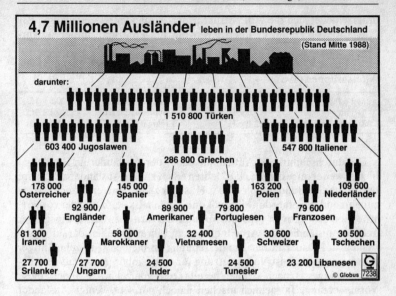

4,7 Millionen Ausländer leben in der Bundesrepublik Deutschland

(Stand Mitte 1988)

darunter:

1 510 800 Türken

603 400 Jugoslawen

286 800 Griechen

547 800 Italiener

178 000 Österreicher

145 000 Spanier

163 200 Polen

109 600 Niederländer

92 900 Engländer

89 900 Amerikaner

79 800 Portugiesen

79 600 Franzosen

81 300 Iraner

58 000 Marokkaner

32 400 Vietnamesen

30 600 Schweizer

30 500 Tschechen

27 700 Srilanker

27 700 Ungarn

24 500 Inder

24 500 Tunesier

23 200 Libanesen

© Globus 7238

Mißhandlung und Folter. Sie teilen dies in den Asylanträgen oft nicht mit, so daß ihre eigenen Fluchtgründe häufig nicht berücksichtigt werden. Dies hat inzwischen auch im internationalen Rahmen zu Überlegungen geführt, den Anwendungsbereich der Genfer Konvention zu erweitern und ihrem Schutz auch Personen zu unterstellen, die aus begründeter Furcht vor Verfolgung wegen ihres Geschlechts ihre Heimatstaaten verlassen haben und dorthin nicht mehr zurückkehren können.

Während die westdeutsche Wirtschaft nach 1945 bis 1960/61 ihren Bedarf an Arbeitskräften durch den Zustrom aus Ost- und Südosteuropa sowie aus der DDR abdecken konnte und damit auch der Anteil der ausländischen Bevölkerung lange Zeit relativ konstant blieb, wurden in den 60er Jahren bis zum Anwerbestop 1973 sehr gezielt ausländische Arbeitskräfte («Gastarbeiter») zum Zuzug in die Bundesrepublik aufgefordert. Ende der 70er Jahre stieg die Zahl der Ausländer durch Familienzuzug, hohe Geburtenraten, die Zuflucht von Asylbewerbern sowie aufgrund der wirtschaftlichen Verhältnisse in den Herkunftsländern weiter an, allerdings seit 1982 gefolgt von verstärkten Eingriffen in das Ausländerrecht, der Verschärfung der Familiennachzugsbestimmungen, der restriktiven Anwendung aufenthalts- und arbeitsrechtlicher Vorschriften sowie der Beschleunigung des Asylverfahrens.

Entsprechend der auf Erwerbstätigkeit ausgerichteten Zuwanderung unterscheidet sich die Altersstruktur der Ausländer wesentlich von der Gesamtbevölkerung; es überwiegen die jüngeren und mittleren Jahrgänge:[1]

Altersgruppen (1987)

unter 6 Jahren	7,0 v. H.	35 – unter 45 Jahren	20,5 v. H.
6 – unter 18 Jahren	18,7 v. H.	45 – unter 65 Jahren	19,1 v. H.
18 – unter 35 Jahren	32,0 v. H.	65 Jahre und mehr	2,7 v. H.

Die durchschnittliche Aufenthaltsdauer der Ausländer im Bundesgebiet ist weiter angestiegen. 1987 lebten 68 v. H. aller Ausländer acht Jahre und länger im Bundesgebiet, 60 v. H. sogar zehn Jahre und länger. Trotz zunehmender Gefährdung ihrer ökonomischen Existenz und der vorherrschenden restriktiven Ausländerpolitik hat sich inzwischen ein großer Teil der ausländischen Arbeitnehmer und ihrer Familien darauf eingerichtet, auf Dauer in der Bundesrepublik zu bleiben. Ein zehnjähriger Mindestaufenthalt ist Voraussetzung für eine Einbürgerung auf dem Ermessenswege. Danach erfüllen bereits sechs von zehn Ausländern diese Voraussetzung. Tatsächlich machen jedoch nur sehr wenige Ausländer davon Gebrauch. Die Quote der Einbürgerung liegt derzeit bei nur etwa 1 v. H.

Entwicklung der Anzahl der Ausländer im Bundesgebiet

1961	0,7 Millionen	1985	4,4 Millionen
1970	3,0 Millionen	1988	4,7 Millionen
1980	4,5 Millionen		

Eine Barriere für ihre Integration ist die nach wie vor vielerorts anzutreffende Ausländerfeindlichkeit. Auf die suggestiv gestellte Frage eines Meinungsforschungsinstituts, ob die Befragten bereit seien, jeweils eine Stunde in der Woche länger zu arbeiten, wenn dadurch keine «Gastarbeiter» mehr benötigt würden, antworteten über 70 v. H. eines repräsentativen Bevölkerungsquerschnittes zustimmend. Vor die Frage gestellt, ob man in Krisenzeiten den «Gastarbeitern» kündigen oder bei der Entlassung allein nach der Tüchtigkeit gehen und gute «Gastarbeiter» behalten sollte, traten 62 v. H. der Befragten für die erste Alternative ein. Die Ursachen für solche Diskriminierungen und Einstellungen ausländischen Arbeitern gegenüber sind sicherlich nicht zuletzt in der offiziellen Ausländerbeschäftigungspolitik zu suchen. So wird von seiten der Bundesre-

1 Statistisches Jahrbuch für die Bundesrepublik Deutschland 1988, S. 68

publik ausdrücklich betont, kein Einwanderungsland zu sein, statt dessen aber ein «Aufenthaltsland für Ausländer, die in der Regel nach mehr oder weniger langem Aufenthalt aus eigenem Entschluß in ihre Heimat zurückkehren»[1]. Diese These ist angesichts der tatsächlichen Perspektiven ausländischer Arbeitnehmer äußerst problematisch. Dieser Linie folgt nichtsdestoweniger das geltende Aufenthaltserlaubnisrecht. Während Bürger aus EG-Mitgliedsstaaten bei der Aufnahme von Erwerbstätigkeit Freizügigkeit genießen, gelten für Bürger aus Dritt-Staaten, auch den mit der EG assoziierten wie der Türkei, strenge Regeln für den Familiennachzug (z. B. Verbot für Jugendliche nach dem 16. Lebensjahr; für Kinder, wenn sich nur ein Elternteil in der BRD aufhält), für die Arbeitserlaubnis sowie für die Aufenthaltserlaubnis.

Für alle Arbeitnehmer aus Staaten, die nicht der EG angeschlossen sind, steht der Nachweis einer Arbeitserlaubnis – als Voraussetzung für die Aufenthaltsgenehmigung – am Beginn ihrer Einreise in die Bundesrepublik Deutschland. Arbeitsgenehmigungen werden nur auf ein Jahr befristet erteilt und beziehen sich ausschließlich auf eine bestimmte Beschäftigung in einem bestimmten Betrieb. Eine unbefristete Aufenthaltsgenehmigung, die erst nach mindestens fünf Jahren Aufenthalt in der BRD erteilt werden kann, wird von besonderen Voraussetzungen abhängig gemacht. Erteilung oder Verlängerung der Arbeitserlaubnis sind von der jeweiligen Arbeitsmarktlage abhängig, jedenfalls für die große Mehrheit der Ausländer.

Beschäftigte ausländische Arbeitnehmer in der
Bundesrepublik Deutschland in Millionen[2]

1970	1,8	1983	1,7
1975	2,1	1985	1,8
1978	1,9	1987	1,6
1980	2,0		

Die meisten Ausländer leben rechtlich in einer «unbefristeten Unsicherheit», die um so drückender wird, je stärker sie den Auswirkungen der wirtschaftlichen Krisensituation mit allen Folgeerscheinungen ausgesetzt sind. Man kann beobachten, daß von der veränderten wirtschaftspolitischen Lage die Ausländer in besonderem Maße betroffen sind. Seit dem 1. April 1975 wurde der weitere Zuzug von Ausländern in «überlastete Siedlungsgebiete» begrenzt. Wollte nun ein türkischer «Gastarbeiter», der in einem Ballungsgebiet wohnt, seine Familie nachkommen las-

1 K. H. Meier-Braun: «Gastarbeiter» oder Einwanderer?, Frankfurt 1980; vgl. ferner: H. Korte und A. Schmidt: Migration und ihre sozialen Folgen, Göttingen 1983
2 Statistisches Jahrbuch für die Bundesrepublik Deutschland 1988, S. 105

sen, bedeutete dies für ihn zunächst einen Wohnortwechsel, der im Normalfall die Kündigung des bisherigen Arbeitsverhältnisses einschließt. Damit träte der § 19 des Arbeitsförderungsgesetzes in Kraft, wonach arbeitslose Deutsche oder Angehörige eines EG-Staates den Vorzug bei der Vermittlung einer neuen Arbeitsstelle haben. Ist aber ein Ausländer arbeitslos, wird die Dauer seiner Unterstützung an der bisherigen Aufenthaltsdauer in der Bundesrepublik bemessen, und damit stände er möglicherweise bald vor seiner Ausweisung. Aufgrund solcher Bedingungen leben rund 40 v. H. aller verheirateten Ausländer ohne ihre Familien, die im Heimatland zurückbleiben mußten.

Die Zahl der arbeitslosen ausländischen Arbeitnehmer hat sich in den letzten Jahren wie folgt entwickelt:

Arbeitslose Ausländer im Bundesgebiet

Jahres-durchschnitt	Insgesamt	Arbeitslosenquote in v. H.	
		Ausländer	Deutsche
1978	103 524	5,5	4,3
1980	107 420	5,0	3,8
1983	292 140	14,7	9,1
1985	253 195	16,0	9,3
1987	262 097	16,5	8,9

Während in früheren Jahren die Arbeitslosenquote ausländischer Arbeitnehmer im allgemeinen nur leicht über der Arbeitslosenquote insgesamt lag, weist die Statistik seit etwa 1982 zunehmend größere Abstände zwischen den beiden Quoten aus.

Das Postulat der Bundesrepublik, kein Einwanderungsland zu sein, entlastet die entsprechenden politischen Instanzen von verschiedenartigen sozialen Folgeleistungen, die sie sonst für die zuwandernde Bevölkerung zu tragen hätten. Statt dessen soll den wegen Arbeitskräftemangel ins Land geholten «Gastarbeitern», die den Wohlstand der Bundesrepublik mitbegründet haben, die «soziale Integration» für «die Dauer ihres Aufenthaltes» sichergestellt werden. Das klingt human, begrenzt aber die Integration nicht nur zeitlich, sondern blendet die politische und rechtliche aus.[1] Erst in letzter Zeit verstärken sich die Chancen zumindest für ein kommunales Ausländerwahlrecht.

In ganz besonders problematischer Weise wirkt sich das Schwanken zwischen Integrations- und Rückführungsabsichten von seiten der bun-

1 Zum Gesamtproblem vgl. V. McRae: Die Gastarbeiter, München 1980; Bundesministerium für Arbeit und Sozialordnung (Hrsg.): Situation der ausländischen Arbeitnehmer und ihrer Familienangehörigen in der Bundesrepublik Deutschland» (Repräsentativuntersuchung '85), Bonn 1986

desrepublikanischen Behörden auf die Lebensbedingungen der Kinder von Ausländern aus. Von den 1,2 Millionen ausländischen Kindern unter 18 Jahren sind bereits 70 v. H. hier geboren und betrachten die Bundesrepublik als ihre Heimat.

Rund 450 000 ausländische Kinder besuchen gegenwärtig deutsche Schulen. Wieviel Unklarheiten über ihre Qualifikationsziele bestehen, läßt sich am besten daran ablesen, daß etwa 40–50 v. H. dieser Kinder keinen Hauptschulabschluß erreichen. Sie werden weder in ihrer Muttersprache noch in der deutschen Sprache genügend ausgebildet, so daß man von «Analphabeten in zwei Sprachen» spricht. Als schwerwiegende Folge davon bleiben drei Viertel aller ausländischen Jugendlichen ohne jede qualifizierende Ausbildung. Ihre Schullaufbahn beschränkt sich zu fast 80 v. H. auf den Besuch der Grund- und Hauptschule. Sie werden von ihrer Umgebung gezwungen, in sprachlicher und kultureller Entfremdung gegenüber ihren Herkunftsländern aufzuwachsen; gleichzeitig aber verwehrt man ihnen die Chance einer Integration in ihre gegenwärtige Heimat.

Wesentliche Voraussetzungen für eine bessere Integration wären ein Rechtsanspruch auf die Erteilung des Daueraufenthaltsrechts nach einer bestimmten Zeit und eine Erleichterung des Erwerbs der besonderen Arbeitserlaubnis. Da bislang ein Anspruch auf diese Erlaubnis, mit der überhaupt erst ein gesicherter Zugang zum Arbeitsmarkt gegeben ist, nur nach fünfjähriger ununterbrochener Beschäftigung besteht, führt die gegenwärtige wirtschaftliche Entwicklung dazu, daß Tausende von Ausländern aus dem Arbeitsmarkt ausgegliedert und auf administrativem Wege zu Sozialhilfeempfängern gemacht werden.

Eine Integration, die zugleich auf kulturelle Vielfalt und auch auf interkulturelle Erziehung in Kindergärten und Schulen aufbaut, ist nur zu erreichen, wenn die Lebens- und Arbeitssituation der ausländischen Arbeitnehmer und ihrer Familien gesetzlich stärker abgesichert und damit längerfristig planbar wird.

Konsum, Lebenshaltung und Prestige

Um die durchschnittlichen Ausgaben für den privaten Verbrauch unterschiedlicher Haushalte zu ermitteln, läßt das Statistische Bundesamt von mehreren hundert Haushalten über die monatlichen Einnahmen und Ausgaben Buch führen. Als Aufwendungen für den privaten Verbrauch gelten alle Güter- und Dienstleistungseinkäufe. Hierzu rechnen auch Käufe von Gebrauchsgütern (z. B. Kühlschränke), die nicht sofort verbraucht, sondern allmählich abgenutzt werden. Zusammengefaßt dargestellt werden die erhobenen Daten für drei markante Haushaltstyen.

– Typ 1: 2-Personen-Haushalte von Rentnern und Sozialhilfeempfängern mit geringem Einkommen;
– Typ 2: 4-Personen-Haushalte von Angestellten und Arbeitern mit mittlerem Einkommen der alleinverdienenden Bezugsperson;
– Typ 3: 4-Personen-Haushalte von Beamten und Angestellten mit höherem Einkommen.

Für die 4-Personen-Arbeitnehmerhaushalte wurde 1986 ein durchschnittliches monatliches Bruttoeinkommen von rd. DM 4696 errechnet; 1967 betrug es rd. DM 1206. Während 1967 nur 14,1 v. H. der Einkommen für Steuern und Sozialversicherungsbeiträge abgezweigt werden mußten, waren es 1986 bereits 23,5 v. H. Das ausgabefähige Einkommen lag mit DM 3778 nominal um DM 2731 über dem des Jahres 1967. (1987 lag das ausgabefähige Einkommen dieses Haushaltstyps bei 3985 DM.)

Die in den sechziger Jahren eingetretene Ausweitung der Aufwendungen für die Lebenshaltung ist zum Teil auf die weitere Anhebung des Lebensstandards zurückzuführen. Es wurden mengenmäßig mehr und bei reichhaltiger Auswahl vor allem bessere Güter und Dienstleistungen gekauft. Erheblich fiel aber die Verteuerung ins Gewicht, die bei der Wohnungsmiete das größte Ausmaß hatte. Bei einem Vergleich der Verbrauchsausgaben über zwei Jahrzehnte hin fällt auf, daß der Anteil der Aufwendungen für Nahrungsmittel und Bekleidung ständig geringer geworden ist. Dagegen sind die Anteilsätze für Wohnungsmiete, insbesondere seit Aufhebung der Wohnraumbewirtschaftung, erheblich gewachsen. Unter den Gesamtausgaben für den privaten Verbrauch rangiert die Wohnungsmiete an dritter Stelle hinter den Aufwendungen für Nahrungs- und Genußmittel sowie den stark gewachsenen Verkehrsausgaben und den Ausgaben für «Kommunikation».

Aus einem längerfristigen Vergleich wird sehr deutlich, daß mit der steigenden Produktivität einer Gesellschaft aus dem erzielten Gewinn neben erhöhten technologischen Investitionen nicht nur eine steigende «Redistribution», d. h. Rückverteilung in Form höherer Löhne, Gehälter, Besoldung, Renten und Pensionen möglich wird. Zugleich stehen damit aber auch Ressourcen zur Verbesserung der «Infrastruktur», für Investitionen in Schulen, Krankenhäusern, Kindergärten, Jugendheimen, Nahverkehrsmitteln, Umweltschutz, Psychiatrie, Rechtspflege, Altenheimen usw. zur Verfügung. Die dafür erforderlichen Mittel erhalten Ausmaße, für die auch bei einer Umlenkung von Konsum ein gesteigertes Wirtschaftswachstum notwendig wäre, einmal abgesehen davon, ob ein Wirtschaftssystem wie das der BRD eine Umlenkung von Konsum auf Investitionen in die Infrastruktur ohne entschiedene Strukturveränderungen überhaupt leisten könnte.

Fragt man nach den Gebieten, auf denen sich die starke Konsumfähigkeit und -neigung besonders äußert, so ergibt sich eine interessante Mi-

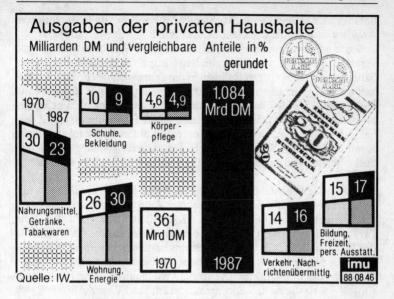

Ausgaben der privaten Haushalte

Milliarden DM und vergleichbare Anteile in %
gerundet

1970
1987

30 23

Nahrungsmittel,
Getränke,
Tabakwaren

10   9
Schuhe,
Bekleidung

4,6 4,9
Körper-
pflege

26 30
Wohnung,
Energie

361
Mrd DM
1970

1.084
Mrd DM
1987

14 16
Verkehr, Nach-
richtenübermittlg.

15 17
Bildung,
Freizeit,
pers. Ausstatt.

Quelle: IW

imu
88 08 46

schung der Betonung von Gebrauchswert und Prestigewert. Entsprechend den «Wellen» in der Wirtschaftsgeschichte der Bundesrepublik, die der Erhöhung der Produktivkraft mit Abschluß der Rekonstruktionsphase des Wirtschaftssystems etwa gegen 1950 folgten, sind zu nennen:
Erhöhung des Anspruchs zuerst an
Lebensmitteln, dann
Bekleidung, dann
Privaten Nah- und Fernverkehrsmitteln (Auto, Fernseher), dann
Wohnraum, dann
Reisen, dann
Einrichtung der Wohnung, dann gleichzeitig oder in Konkurrenz Hobbies, Sport und Freizeit.

Analytisch sind hierbei die Anteile von Gebrauchs- und Prestigewert teilweise auseinanderzuhalten: Subjektiv herrscht – wegen des geringen Bewußtseins über verborgene Funktionen von Konsum überhaupt – der Gebrauchswert vor. Z. B. waren auf dem Lande zunächst die Einrichtung einer «menschenwürdigen» Toilette, von Waschgelegenheiten, die Anschaffung von arbeitserleichternden Maschinen im Haushalt, die Schaffung von Wohnraum bis zum eigenen Bett für das Kind objektiv von hohem Gebrauchswert, besonders gegenüber der Stadt, die im Hinblick auf solche kleineren Infrastruktur-Vorteile stets um Längen voraus war. Umgekehrt war der Stellenwert vom «Sichsattessen» in der Stadt ein objektiv höherer als auf dem Lande. Mit steigender Kaufkraft und raffinierterem Angebot vermischen sich Gebrauchswert und Prestigewert stärker.

Die Konsumwerbung versucht neue, fiktive Wertorientierungen zu schaffen, durch die prinzipiell alle Bedürfnisse aus der Dimension ihrer Sättigung im vernünftigen Rahmen in die Dimension des Prestiges gehoben werden, d. h. ansehensmäßig erzwungen und damit in diesem Sinne «notwendig» werden sollen (die «angemessene» Wohnung, das «angemessene» Auto usw.). Eine Beurteilung dieser Entwicklung scheint deshalb schwerzufallen, weil z. B. ein teureres Auto in der Regel auch mehr Komfort und sogar Sicherheit bietet, eine größere Wohnung dem durchaus zu bejahenden Anspruch auf mehr Bewegungsfreiheit zu entsprechen scheint.

Nicht gestellt wird dann allerdings die Frage nach den wirklichen Kosten und Kostenträgern: Auch das teurere Auto löst nicht das ursprüngliche Freiheitsversprechen mehr ein (freie Straßen, schnelle Fahrt, freie Parkmöglichkeit), zieht vielmehr noch mit seiner Anschaffung das Netz der Belästigungen, der Umweltbelastung und Folgekosten immer enger, verengt darüber hinaus den Spielraum der Gesamtgesellschaft zur Verbesserung der Infrastruktur. Die größere Wohnung mag dem Freiheitsanspruch des Erwachsenen entgegenkommen; setzt dieser Anspruch sich aber als Prestigeanspruch (repräsentatives Wohnzimmer nach Werbungsvorstellungen) um, so kann die Bilanz für das Kind negativ sein – ganz abgesehen von den Folgekosten und damit weiteren, besonders Kinder betreffenden Einschränkungen. D. h.: Die Gebrauchswertchance im steigenden Angebot bei steigender Kaufkraft wird häufig nicht einmal wahrgenommen, selten «realisiert», sie wird häufiger dem Prestigebedürfnis und/oder einem fiktiven Gebrauchswertgefühl untergeordnet.

Wiederholt sind Meinungsforschungsinstitute der Wohnzufriedenheit und den Wohnungswünschen der westdeutschen Bevölkerung nachgegangen. Mit ziemlicher Stetigkeit wünschen sich ungefähr 10 v. H. eine neue Wohnung. Die Wünsche richten sich bald allgemein auf eine Wohnung mit mehr Räumen und einem den heutigen technischen Möglichkeiten angemessenen Komfort, ohne allerdings der oft üblichen Luxusmodernisierung das Wort zu reden. Die größere Wohnung rangiert in der Bewertung noch vor dem eigenen Einfamilienhaus. Die Absicht, in ein eigenes Haus zu ziehen, liegt bei den höheren Einkommensklassen näher, während von den mittleren Einkommensgruppen eher die größere Wohnung ins Auge gefaßt wird. Prestigemotive bestimmen auch weitgehend die Ausstattung der Wohnung. Allgemein wird heute ein höherer Anteil des Einkommens für die Wohnungseinrichtung verwendet.

In unserer Gesellschaft gelten nur wenige Maßstäbe, an denen die erreichte soziale Stellung eines Menschen und seiner Familie abgelesen werden kann. Eines dieser Kriterien ist zweifellos die Wohnung bzw. ihre

Einrichtung, das heißt also der Wohnstil. Man weiß zwar heute kaum, was der andere verdient, wohl aber kann man sehen, wie und wofür er sein Geld ausgibt. Konsum wird zum Symbol für die soziale Stellung. Das soziale Prestige hängt in hohem Maße von der Höhe der Konsumausgaben ab. Da mit der Verkürzung der Arbeitszeit und der Sicherung des Lebens allgemein die Wohnung erheblich an Bedeutung gewonnen hat, erhalten die Anschaffungen für Wohnung und Haushalt ein großes Gewicht.

Viele Menschen neigen dazu, für das in der Berufstätigkeit unter Umständen fehlende Sozialprestige, für die hier fehlende soziale Anerkennung, in der freien Zeit nach Ersatzbefriedigung und kompensatorischer Bestätigung zu suchen. Befriedigung persönlicher und gesellschaftlicher Bedürfnisse wie auch der Kampf um sozialen Aufstieg zumindest in der subjektiven Bewertungsskala sind zu großen Teilen notwendig in die Freizeit verlagert. Es liegt darum nahe, das für industrielle Gesellschaften typische Phänomen aufwendigen Verbrauchs in der Ausstattung der Haushalte mit technischen Geräten und besonderem Komfort bis hin zu Freizeit-Hobbies und den damit verbundenen Anschaffungen aufzuzeigen.

Die Verbraucherstichproben der amtlichen Statistik[1] weisen deutlich unterschiedliche Grade der Ausstattung der Haushalte mit hochwertigen Geräten auf. Selbstverständlich sind ganz bestimmte Gebrauchsgegenstände wie Radio, Staubsauger, Kühlschrank, Waschmaschine, Fernsehgerät und Fotoapparat in sehr vielen Familien aller Schichten anzutreffen. Sie gehören seit Jahren schon zur Standardausrüstung der meisten westdeutschen Haushalte. Demgegenüber wird bei bestimmten elektrischen Küchenmaschinen, Bügelmaschinen, Waschautomaten, Geschirrspülmaschinen sowie bei Stereoanlagen, Tonbandgeräten und Filmkameras eine klare Abhängigkeit des Besitzes von der jeweiligen Einkommenshöhe sichtbar.

1945 waren nicht nur viele Wohnungen zerstört. Auch das gesamte Haushaltseigentum der Vertriebenen, Flüchtlinge und anderer Kriegsgeschädigter war verlorengegangen. Die sich daraus ergebende Notwendigkeit, möglichst rasch jenen Haushaltsbestand neu zu beschaffen, verdeckte zunächst ein auch in anderen Ländern gleichen Entwicklungsstandes typisches Phänomen: Wohnungsgegenstände werden nur noch selten vererbt, in der Regel werden sie in jedem Haushalt neu angeschafft.

Da die Lebensdauer der meisten Haushaltsgüter im Sinne der an Verschleiß orientierten Absatzinteressen kürzer ist als früher, Reparaturen

---

1 Regelmäßige Übersichten hierzu in Wirtschaft und Statistik, herausgegeben vom Statistischen Bundesamt, Wiesbaden, fortlaufend

Spiegelbild des Lebensstandards

Von je 100 Arbeitnehmerfamilien mit mittlerem Einkommen besaßen Ende 1987:

Fotoapparat   Staubsauger   Waschmaschine
Fahrrad   99   98   Telefon
Pkw   97   98   97   Farbfernseher
95   91   Elektr. Nähmaschine
Kühlschrank   Schreibmaschine
Tiefkühlgerät   81   76   75
Kassettenrecorder, Tonband   76   Stereo-Anlage
Elektr. Heimwerker   72   60   Plattenspieler
Geschirrspülmaschine   59   Elektr. Grill
Diaprojektor   47   46   Videorecorder
Kühl-, Gefrier-   45   47   32   Wäschetrockner
kombination
Schmalfilm-   24   24   Heim-
kamera   22   18   computer
16   4
Bügelmaschine   Wohnwagen,
Wohnmobil

© Globus   7263

im übrigen zeitraubend und teuer sind, in den Neubauten auch kaum
Abstellraum verfügbar ist, werden Gebrauchsgüter heute schneller aus-
rangiert. Dieser Trend wird von der Wirtschaft auch bei den kurzlebigen
Verbrauchsgütern gefördert. Man denke an die vielen aufwendigen Ver-
packungsmaterialien aus Kunststoff, Glas und Metall, die auf den Müll-
abladeplätzen ein lawinenartiges Ausmaß annehmen und die Umwelt
belasten.

Die Motorisierung in der Bundesrepublik ist in diesem Zusammenhang
eine der auffallendsten Erscheinungen des wirtschaftlichen Aufstiegs seit
der Währungsreform. 1950 bereits war im Bundesgebiet der Vorkriegsbe-
stand an Kraftfahrzeugen wieder erreicht. Seitdem stieg die Zahl der Autos ununterbrochen. Anfang 1988 kamen in der Bundesrepublik auf je
1000 Einwohner 460 PKW. Zu diesem Zeitpunkt gab es einen Gesamtbe-
stand von 28,3 Millionen PKW, 1,3 Millionen Motorrädern sowie 1,3 Millionen LKW. Die Verkehrsdichte wird sich schätzungsweise bis zum Jahre
2000 so entwickeln, daß statistisch für zwei Einwohner der BRD gleich
welchen Alters jeweils ein PKW zur Verfügung steht. Diese hohe Motori-
sierungsrate – den geographisch bedingten Durchgangsverkehr mit eingerechnet – stellt unterdessen zusammen mit anderen Faktoren – allgemein
hohem Energieverbrauch und Schadstoffaufkommen – eine ernste Um-
weltbedrohung dar.

Hierhin gehört aber auch die Debatte um die Sicherheit im Straßenverkehr, die Verkehrsunfallstatistik sowie Straßenbau und Tempolimit. Der erhöhte PKW-Bestand und das verstärkte Verkehrsaufkommen haben in den letzten Jahren zwar zu einem stetigen Anwachsen der Verkehrsunfälle geführt, nicht jedoch zu einem Anstieg der Zahl der Verkehrstoten. 1970 starben über 19000 Menschen im Straßenverkehr, 1988 – obwohl sich seitdem der Kfz-Bestand mehr als verdoppelt hat – rd. 8300 Menschen. Hauptunfallorte sind nach wie vor die Landstraßen, während die Autobahnen und der innerstädtische Verkehr weniger tödliche Unfälle und auch weniger Unfälle insgesamt aufweisen. Gerade in den Städten dürfte die Einführung von 30-km/h-Zonen in Wohngebieten positive Wirkung erbracht haben.

Wohnungsmarkt und Wohnungspolitik

Die Wohnung, einerseits lebensnotwendige Bedingung – eben nicht eine beliebige Ware –, wurde andererseits im Verlauf der Jahre zu einem Hauptgegenstand des sogenannten «Geltungskonsums», jener Kompensationsbewegung gegen die Einsicht in eine strukturell unveränderte soziale Hierarchie.

Die Wohnungsbaupolitik folgte dieser Bewegung bzw. bestimmte sie: waren die ersten Bundesregierungen zunächst gezwungen, staatliche soziale Politik zur Sicherung eines Wohnungsminimalbestandes zu betreiben, so war gleichzeitig diese Politik von Anfang an auf ihre eigene Aufhebung angelegt, hatte sich also die Wiedereingliederung des Wohnungsbaus in den allgemeinen Marktmechanismus zum Ziel gesetzt.

Wohnungen sind nicht erst seit 1945 in Deutschland ein Problem. Bereits nach dem Ersten Weltkrieg machte sich ein mehr oder weniger akuter Wohnungsmangel bemerkbar. 1939 fehlten in Deutschland über 1 Mio. Wohnungen. Der Zweite Weltkrieg zerstörte über ein Fünftel des Wohnungsbestandes. Zugleich aber strömten Millionen Flüchtlinge und Vertriebene nach Westdeutschland ein. 1948/49 fehlten rund 5 Mio. Wohnungen. Da zumeist die Städte unter den Kriegsfolgen gelitten hatten, während die ländlichen Gebiete der Bundesrepublik weitgehend verschont geblieben waren, konzentrierte sich der Wiederaufbau von Anfang an auf die städtischen Wohngebiete. Angesichts des Fehlbestandes an Wohnungen mußte man zunächst noch zu drei, vier und fünf Parteien in einer Wohnung leben, Alteingesessene und Flüchtlinge, Bombengeschädigte und Evakuierte nebeneinander.

Der allgemeinen Not konnten nur drastische staatliche Maßnahmen abhelfen. Die Wohnungszwangswirtschaft der Vorkriegsjahre wurde beibehalten. Für die unzerstörten Wohnungen, die sogenannten «Altbauten», blieb der 1936 festgesetzte Mietpreisstopp bestehen. Gesetzlicher Mieterschutz sollte Kündigungen erschweren. Den vorhandenen Wohnraum teilten die Wohnungsämter zu. Trotzdem blieben Wohnungsknappheit und Wohnungszwangswirtschaft permanente Krisenherde. Und zu den Spannungen zwischen Mietern und Vermietern in den Altbauten traten sehr schnell Konflikte zwischen denjenigen, die in die neuerstellten Wohnungen einziehen durften, und den anderen, denen sie vorenthalten blieben.

Als man sich 1948 in der Bundesrepublik zur sozialen Marktwirtschaft entschloß, wurden auch für den Wohnungsbau entsprechende Entscheidungen notwendig. Die Bundesregierung wählte für ihre Wohnungspolitik einen Kompromiß zwischen privatwirtschaftlich freifinanziertem und staatlich unterstütztem Wohnungsbau. Dabei sollte die mit der Unterstützung verbundene Regulierung in Form von Mietpreisbindung und Wohnraumbewirtschaftung allmählich zugunsten marktwirtschaftlicher Prinzipien abgelöst werden. Für besondere Härtefälle sollten Ausnahmeregelungen gelten. Dabei diente der zweifellos bedrückende Wohnraummangel zugleich als brauchbarer Deckmantel für einen weitgehend profitorientierten Wohnungsbau. Von der Bodenpreisspekulation bis zur Interessenpolitik bei der Vergabe von öffentlichen Aufträgen und Mitteln an Baugesellschaften und Unternehmer praktizierten die Bauverwaltungen mit Unterstüzung der regionalen Parlamente eine nur beiläufig an sozialpolitischen Kriterien orientierte Baupolitik. Vermögenskonzentration bei wenigen, Subventionierung ohnehin vermögender Schichten mit öffentlichen Mitteln, das Nebeneinanderherlaufen von profitorientierten, kostendeckenden und festgesetzten Mieten, eine in ihrer Branchenstruktur antiquierte und extrem konjunkturanfällige Bauwirtschaft, Mangel an sozialen Einrichtungen wie Schulen, Kindergärten, Freizeitzentren waren soziale Begleiterscheinungen dieses «sozialen Wohnungsbaus».

Neben dem sozialen Wohnungsbau bestand der steuerbegünstigte Wohnungsbau, der ebenfalls staatlich gefördert wurde, allerdings nicht durch direkte Vergabe von öffentlichen Mitteln, sondern durch Grund- und Einkommensteuervergünstigungen. Auflagen bestanden hinsichtlich der Wohnungsgröße und der Mieten – es durften nur kostendeckende Mieten verlangt werden –, im übrigen jedoch konnten die Hausbesitzer die Mietbedingungen selbst festsetzen.

Nach anfänglichem Zögern breitete sich zunehmend der freifinanzierte Wohnungsbau aus, bereits 1955 stellte er die Hälfte des gesamten Wohnungsbauvolumens. Die freifinanzierten Wohnungen wurden weder öffentlich gefördert noch steuerbegünstigt anerkannt, entsprechend unterlagen sie keinerlei Auflagen. Zwar komfortabler in der Ausstattung, dafür aber auch besonders teuer, blieben sie für viele, denen Altbauten

unzugänglich und die für Sozialbauten nicht berechtigt waren, der einzige
Ausweg.

Mit dem «Zweiten Wohnungsbaugesetz» von 1956 wurden sozial- und
vor allem familienpolitische Ziele verstärkt in die Wohnungsbaupolitik
einbezogen. Laut seinem programmatischen Titel «Wohnungsbau- und
Familienheimgesetz» sollte mit Nachdruck der Bau von Familieneigen-
heimen gefördert werden.

Öffentliche Baudarlehen, Lastenbeihilfen und Wohnungsbauprämien
für Einlagen bei den Bausparkassen sowie besondere steuerliche Vorteile
– insgesamt ein verwirrendes Netz staatlicher Hilfe – sollten gerade den
kinderreichen Familien den Umzug aus der zu kleinen Mietwohnung in
das eigene Haus erleichtern und die Belastungen des Hausbaus ausglei-
chen. Die Fixierung auf das «Eigenheim» als familienpolitisches Leitziel
hatte zusehends den Blick versperrt für langfristige Lösungen, die Boden-
knappheit, höhere regionale Mobilität gerade jüngerer Familien und aus-
reichenden Wohnraum für kinderreiche Familien in großstädtischen Siedlungsgebieten zu einem abgestimmten Wohnungsbaukonzept hätten
vereinigen müssen. Der größte Teil der Mehrkinderfamilien lebte nicht
im Eigenheim, sondern in Mietwohnungen, die oft noch viel zu klein waren. Die unzureichende Wohnungsversorgung der größeren Familien bedeutete eine zusätzliche Behinderung der Kinder und dieser Familien.
Getto-Situation, eingeschränkter Spielraum und schulischer Mißerfolg
waren häufige Konsequenzen unzureichender Planung von großstädtischen Ballungsgebieten.

So hat es die Eigenheimpolitik zum einen versäumt, angemessenen
Mietwohnbau bereitzustellen und neue Konzeptionen im Bereich des
großstädtischen Wohnens zu entwickeln, zum anderen hat sie der Boden-
verknappung und Bodenspekulation weiteren Vorschub geleistet – Tendenzen, die in zunehmendem Widerspruch zu den Notwendigkeiten weit-
räumiger infrastruktureller Planungen gerieten.

Das «Gesetz über den Abbau der Wohnungszwangswirtschaft und über
ein soziales Miet- und Wohnrecht» vom Juni 1960 sah schließlich die
Überführung des gesamten Wohnungswesens in marktwirtschaftliche
Bahnen vor. Die damit eingeleitete allmähliche Freigabe der Mieten war
im gesamten Bundesgebiet bis 1973 weitgehend abgeschlossen. Einkom-
mensschwache Familien, Kinderreiche und Rentner sollten nach der
Mietfreigabe ihrer Wohnungen aufgrund des 1965 verabschiedeten
Wohngeldgesetzes staatliche Mietbeihilfen bzw. bei Hauseigentum La-
stenzuschüsse erhalten.

Trotz Wohngeld wurde die Miete zu einer immer größeren Belastung
des Haushaltseinkommens, insbesondere bei den unteren Einkommensschichten. Gleichzeitig unterstützte ungewollterweise das Wohngeld den
Mietenanstieg. Außerdem flossen die Mietbeihilfen weitgehend nicht in

die großen Familienhaushalte, für die sie gedacht waren. Denn große Wohnungen waren gerade in Neubauten Mangelware, so daß kinderreiche Familien oft gar nicht in eine ihrer Größe angemessene Wohnung gelangten, der Wohngeldanspruch also bedeutungslos blieb. Im Dezember 1987 bezogen rd. 1,9 Millionen Haushalte Wohngeld, das waren 7 v. H. aller privaten Haushalte. Die Wohngeldausgaben, die je zur Hälfte vom Bund und den Ländern getragen werden – eine Regelung, die 1988 vergeblich auch für die Sozialhilfeausgaben angestrebt wurde –, betrugen 1987 3,71 Milliarden DM. Von den Empfängern waren 22,4 v. H. Erwerbstätige, 15,9 v. H. Arbeitslose und 61,7 v. H. Nichterwerbstätige, insbesondere Rentner bzw. Pensionäre. Die Haushalte von Alleinstehenden waren mit 51,6 v. H. vertreten, während Kinderreiche (5 Familienmitglieder und mehr) nur zu 8,7 v. H. vertreten waren. Das durchschnittliche gezahlte Wohngeld lag 1987 bei monatlich 145 DM, wodurch im Schnitt die Wohnkostenbelastung dieser Haushalte von 27. v. H. auf rd. 18 v. H. der monatlichen Bruttoeinkünfte gesenkt wurde.[1]

Hier liegt der Ansatz für eine kritische Beurteilung der bisherigen Wohngeldpraxis. Eine Wohnungspolitik, die ausschließlich auf den Markt setzt, muß registrieren, daß eben dieser Markt sich nicht um kinderreiche Familien, alte Menschen, Ausländer, Studenten, Obdachlose, Asylbewerber oder Aussiedler kümmert. Daher sollte eine notwendige Veränderung des Wohngeldkonzepts (Orientierung auf großstädtische Ballungsgebiete) verknüpft werden mit Sonderprogrammen für bestimmte Zielgruppen.

Die Bilanz westdeutscher Wohnungsbaupolitik wies bis 1970 rd. 11 Mio. seit 1949 neugebaute Wohnungen auf. Sie wurden mit einem Kostenaufwand von rd. 350 Milliarden DM erstellt, davon rd. 75 Milliarden öffentliche Mittel. Der Anteil der öffentlichen Hand ging dabei zunehmend zurück: Während 1950 fast 70 v. H. aller fertiggestellten Wohnungen öffentlich gefördert waren, waren es 1986 nur noch 21 v. H.; machten 1950 die öffentlichen Gelder noch fast 40 v. H. der Gesamtfinanzierung aus, lag der Anteil 1986 bei 17 v. H. 1986 hat sich der Bund aus der Mitförderung des Mietwohnungsbaus zurückgezogen. Die nunmehr allein zuständigen Länder haben in den letzten Jahren ihre Förderkontingente drastisch gekürzt. Daß die Behebung des Wohnungsnotstandes nicht unbedingt entsprechend sozialstaatlichen Grundsätzen vor sich ging, mag den verantwortlichen Politikern weniger deutlich geworden sein als den davon Betroffenen. Die Wohnungszwangswirtschaft sowie die unterschiedliche Beteiligung der öffentlichen Hand bei der Finanzierung der Wohnungsneubauten brachte es mit sich, daß die Bundesbürger lange Zeit in drei völlig verschiedenen Klassen von Wohnungen lebten: ein Teil

1 Wohngeld 1987, in: Wirtschaft und Statistik, 1988, H. 10, S. 719

in mietpreisgebundenen Altbauten, ein anderer Teil in öffentlich geförderten Sozialwohnungen, die übrigen in freifinanzierten Wohnungen.

Altbauwohnungen waren bis zum Ende der Wohnungsbewirtschaftung von allen Mietern sehr begehrt wegen der eingefrorenen Mieten und oft verhältnismäßig großen, gut geschnittenen Räume. Für Hauswirte jedoch erwiesen sie sich ohne Mieterhöhungen und durch ihre große Reparaturanfälligkeit und ständig steigende Reparaturkosten oft als kaum mehr rentabel. Seit einiger Zeit ist man mit wachsendem Interesse an der Erhaltung der alten Stadtbilder bei guter Wohnsubstanz dazu übergegangen, die Modernisierung und Sanierung von Altbauwohnungen mit staatlichen Subventionen zu fördern. Ein Teil der Kosten kann dann der Miete zugeschlagen werden.

Kennzeichnend für *Sozialbauten* war, daß sie unter dem kostendeckenden Mietpreis abgegeben wurden, daß sie fest gebundene, niedrige Mieten hatten und schwer zu erlangen waren. Wenn man dann allerdings eine Sozialwohnung bezogen hatte, waren die meisten Wohnungssorgen behoben. Einkommenserhöhungen im Verlauf der Jahre, Erwerbseinkommen des Ehepartners hatten keinen Einfluß auf die Miete, und keine Kündigung drohte wegen Fortfalls der anfänglichen Notsituation. Versuche, das Problem der unberechtigten Sozialmieter zu lösen, verliefen im Sande. Auch weiterhin wohnten Familien mit Einkünften, die weit über den Richtsätzen lagen, in billigen Wohnungen. Fragwürdig wurde die Situation vor allem durch die offensichtliche Benachteiligung anderer Berechtigter, denen die ersten den Platz versperrten. Die vorherrschende Praxis verhinderte so die Beseitigung der sozial bedingten Wohnungsnot. Besonders wurden neben alten Menschen junge Familien benachteiligt.

Die Fehlsubventionierung von Haushalten, die zwar anfangs für den Bezug einer Sozialwohnung berechtigt waren, später jedoch mit ihren Einkünften über der Einkommensgrenze des sozialen Wohnungsbaus lagen, sollte durch ein eigenes Gesetz Ende 1982 abgebaut werden. Diese Mieter können künftig zu einer Ausgleichszahlung («Fehlbelegungsabgabe») verpflichtet werden. Bisher haben aber nur die Bundesländer Bayern, Berlin, Bremen und Nordrhein-Westfalen entsprechende Verordnungen erlassen. Die hier vereinnahmten Mittel fließen vollständig in den sozialen Wohnungsbau zurück. Bundesweit wird die Zahl der fehlbelegten Wohnungen auf 10–15 v. H. der derzeit 4,5 Millionen Sozialwohnungen geschätzt.

Die Preise der *freifinanzierten Wohnungen* stiegen aufgrund der erhöhten Bau- und Grundstückskosten von Jahr zu Jahr. Gleichzeitig verschob sich die Relation zwischen freifinanziertem und sozialem Wohnungsbau immer mehr, so daß das Angebot an relativ billigen und mietstabilen Wohnungen zunehmend knapper wurde. Für viele Wohnungssuchende mit über der Berechtigungsgrenze liegenden Einkommen und ohne Anrechte auf sonstige Vergünstigungen blieben die freifinanzierten Wohnungen daher der einzige Ausweg.

Seit den sechziger Jahren ist der Anteil des sozialen Wohnungsbaus an der Gesamtheit von Baumaßnahmen stetig zurückgegangen. Der private Wohnungsmarkt erweckte weitgehend den Anschein, als bestünde eine Ausgewogenheit zwischen Angebot und Nachfrage. Hier ist jedoch zu bedenken, daß unerschwinglich hohe Mieten vielfach davon abschrekken, sich überhaupt als Nachfrager für größere Wohnungen «auf den Markt» zu begeben.

Der beschleunigte Wegfall der Sozialbindung führt zu einer zusätzlichen Verknappung des Wohnungsangebots. Viele Eigentümer lösen die vor Jahren gewährten Darlehen ab, um danach höhere Mieteinnahmen zu erzielen. 2,4 Millionen Sozialmietwohnungen gehören den rd. 1800 gemeinnützigen Kapitalgesellschaften, deren Gemeinnützigkeit nicht zuletzt als Folge des «Neue-Heimat»-Skandals 1990 ersatzlos aufgehoben wird. Auch dies kann zu einem weiteren Anstieg der Mieten führen.

Nach den Ergebnissen des Mikrozensus von 1985 gab es in der Bundesrepublik zu diesem Zeitpunkt rd. 17 Millionen bewohnte Wohneinheiten, davon 9,7 Millionen Mietwohneinheiten. Nach der Fortschreibung der Gebäude- und Wohnungszählung 1968 gab es 1985 insgesamt einen Wohnungsbestand (einschließlich leerstehender Wohnungen bzw. Freizeitwohneinheiten usw.) von 27,1 Millionen (1986 27,3 Millionen).[1] Erste Ergebnisse der Volkszählung 1987 deuten darauf hin, daß die Zahl der Wohnungen in der Bundesrepublik bis zu 1,5 Millionen nach unten korrigiert werden muß.

Die amtliche Statistik zeigt, wie der Wohnungsbau in den letzten Jahren eine immer mehr rückläufige Tendenz aufweist. Während im Jahre 1973 noch rund 700 000 Wohnungen neu gebaut wurden, waren es 1987 nur noch rund 212 000. Der Grund für diesen außerordentlichen Rückgang liegt nicht etwa in einer weitgehenden Bedarfsdeckung, sondern in der wirtschaftlichen Entwicklung (steigende Baukosten, geringerer Einkommenszuwachs, beginnende Arbeitslosigkeit), die angesichts der zu erwartenden Baukosten bzw. Miethöhe vom Wunsch nach größerem Wohnraum Abstand nehmen läßt. Die Mietkosten liegen inzwischen zum Teil so hoch, daß sie ein Drittel des verfügbaren Einkommens in Anspruch nehmen.

Besonders kraß ist das Verhältnis von Einkommen und Miete bei den ausländischen Arbeitnehmern. Benachteiligungen vor dem deutschen Recht, gekoppelt mit den Vorurteilen vieler Vermieter führen dazu, daß die ausländischen Wohnungssuchenden praktisch gezwungen sind, alles zu nehmen, was ihnen überhaupt angeboten wird. Häufig in «Ausländer-

1 Statistisches Jahrbuch für die Bundesrepublik Deuschland 1988, S. 220 ff

gettos», in abbruchreifen Häusern oder in engen Zimmern zusammenge-
pfercht, ohne zureichende Heizung und sanitäre Anlagen, müssen z. T.
Mieten gezahlt werden, die eher dem Preis von Luxuswohnungen entsprechen.

Die Ergebnisse der Wohnungsbaupolitik in der Bundesrepublik sind in
langfristiger Sicht mit einiger Skepsis zu betrachten. Die öffentlichen Mittel sind in der Vergangenheit zu wahllos an Besitzende und Nichtbesit-
zende verteilt worden. Das diffuse Netz der Miet- und Wohnbedingungen
bei insgesamt immer noch unzureichender Wohnungsversorgung in der
Bundesrepublik ist die Konsequenz dieses Verfahrens.

Forderungen nach Wiedereinführung der Mietpreisbindung, nach
kommunaler Wohnungsaufsicht oder danach, öffentliche Mittel verstärkt
einzusetzen, sind Indizes dafür, daß die Eingliederung des Wohnungsbaus
in die Marktwirtschaft höchst unbefriedigend verlaufen ist. Auf der anderen Seite wird argumentiert, nur die völlige Freisetzung des Profitmecha-
nismus (Wegfall von Mieterschutz etc.) im Wohnungsmarkt könne eine
bessere Wohnungsversorgung herbeiführen. Dem steht aber entgegen,
daß Boden- und Bauspekulation leicht zur «Unwirtlichkeit» der Städte
führen kann. Schon jetzt sind durch gewinnorientierte Altbaugebiet-«Sa-
nierungen» Stadtbilder zerstört und Bausubstanzen vernichtet worden.
Solcherart Entwicklungen haben den Protest der «Instandbesetzer» herausgefordert. Das Städtebauförderungsgesetz von 1971 und die Reform
des Bodenrechts von 1976 boten nur zaghafte Ansätze einer neuen Be-
bauungspolitik. Zwar ist die Belegungsdichte des Wohnraums in der
BRD im Durchschnitt gesunken, dem steht aber ein wachsender Bedarf
an Wohnungen gegenüber, und die Frage ist, für welche Gruppen oder
Familientypen sich die Wohnsituation entspannt, für welche sie sich neu
problematisiert hat.

Sozialstrukturelle Ungleichgewichtigkeiten und ihnen entspringende
Probleme werden in der Wohnungsversorgung zunehmend wieder aktuell. Auf dem Wohnungsmarkt bleiben junge Leute, «sozial Schwache»,
oft auch kinderreiche Familien auf der Strecke. Es kommt zur Konzentration oder Isolation derartiger Familien in infrastrukturell unterversorgten
Siedlungsgebieten oder Satellitenstädten. In dünnbesiedelten Gebieten
zeigt sich die Gefahr einer Verödung auch der Wohn- und Baustrukturen;
in den Verdichtungsräumen wiederum entwickeln sich Wohnverhältnisse,
die gerade für Kinder und für ältere Menschen wenig attraktiv sind.

Bei der Beurteilung der Mietenentwicklung ist zum einen die «reine»
Wohnungsmiete mit der Entwicklung der Lebenshaltungskosten zu ver-
gleichen. Hier ist festzustellen, daß das «Wirtschaftsgut» Wohnung immer noch eine gute Rendite abwirft. Für den Mieter fällt allerdings nicht
nur die Entwicklung der Kaltmieten ins Gewicht, sondern auch die Steigerungsraten der Mietnebenkosten, die in vielen Fällen mit einem Anteil

von rd. 40 v. H. bereits die Bedeutung einer «zweiten Miete» erlangt haben. Der Kostenvergleich von 1982 gegenüber 1987 zeigt folgendes Bild:

Mieten		Nebenkosten	
Altbaumieten	+ 21 v. H.	Abwasser	+ 31 v. H.
Sozialmieten	+ 18 v. H.	Straßenreinigung	+ 17 v. H.
Neubaumieten	+ 13 v. H.	Müll	+ 16 v. H.
Lebenshaltung		Wasser	+ 15 v. H.
insgesamt	+ 8 v. H.	Heizung u. a.	− 16 v. H.

Es wird davon ausgegangen, daß es etwa 450 000 Menschen in der BRD gibt, die über keine Wohnung verfügen. Mindestens weitere 700 000 Menschen leben immer noch in Wohnungen, die den Mindestansprüchen nicht genügen. Praktisch ungezählt sind die sog. Wohnungsnotfälle, bei denen Menschen unmittelbar von Obdachlosigkeit bedroht sind. Verschärfend wirken sich die Strukturveränderungen im Teilmarkt der preisgünstigen Wohnungen aus: Sanierung, Abbruch, Luxusmodernisierung, Zweckentfremdung, Umwandlung von Miet- in Eigentumswohnungen engen das Angebot billigen Wohnraums scheinbar unaufhaltsam ein. Auf der anderen Seite nehmen die einkommensschwachen Haushalte aufgrund der anhaltenden Arbeitslosigkeit zu. Die Nachfrage der Kleinhaushalte vergrößert sich nicht zuletzt durch sozialpolitische Konzepte für ältere Menschen (Sozialstationen), psychisch Kranke, Rehabilitation, Hilfen für Haftentlassene und andere Ambulantisierungsprogramme. Akuter Wohnungsbedarf nach Trennung und Scheidung oder frühzeitige Ablösung von der elterlichen Wohnung verschärfen weiter die ungünstige Lage auf diesem Teilmarkt.

Es ist daher notwendig, die Problematik über das mehr individuelle Thema der Obdachlosigkeit hinaus auf den Ursachenzusammenhang auszuweiten und mit dem Blick auf soziale Brennpunkte eines Gemeinwesens den Wohngebiets- und Stadtteilbezug herzustellen und unter Stadtentwicklungs-Aspekten konkret der Gefahr neuer Armengettos zu begegnen.

Die Wohnungsmarktsituation wird sich auch insgesamt in den 90er Jahren verschärfen, da sowohl die geburtenstarken Jahrgänge Wohnung suchen als auch Wanderungsbewegungen im Rahmen des europäischen Binnenmarktes zu erwarten sind. So sehr es richtig ist, daß sich die Wohnungsversorgung in der Bundesrepublik erheblich verbessert hat und auch weiter verbessern wird, so sehr liegt gerade in dieser Verbesserung eine der Hauptursachen für die Verschärfung am Markt. Gerade weil dieser Markt nachfragebestimmt ist, drängen diejenigen, die es sich leisten können – insbesondere materiell gesicherte Ein- und Zwei-Personen-Haushalte – in bessere, größere Wohnungen, die damit Mehrpersonen-Haushalten verschlossen bleiben. Die «Zwei-Drittel-Gesellschaft» schlägt sich nach dem Rückzug staatlicher Förderung nun auch vehement auf dem Wohnungsmarkt nieder. Die Haushalte im unteren Einkommensbereich geraten durch Mietsteigerungen stärker an die Belastungsgrenze. Immer mehr Haushalte haben Mietkosten zu tragen, die vielleicht gerade noch verkraftbar sind, die aber bei Ausfall von Einkommen oder Einkommensteilen sofort dazu führen, daß die Miete nicht mehr bezahlbar ist und damit Obdachlosigkeit droht.

Wohnungspolitik kann heute nicht mehr allgemeine Wohnungsbauförderung sein. Sie muß vielmehr zielgruppenorientiert sein und kann wohl am ehesten – bei entsprechender Finanzausstattung – von den Kommunen sachgerecht und phantasievoll wahrgenommen werden. Besonders bewährt hat sich z. B. die Regelung in Bremen, nach der die Kooperation zwischen Wohnungswirtschaft, Kommune und Trägern der sozialen Arbeit bei der Lösung von Wohnungsversorgungsproblemen vertraglich vereinbart ist. Wohnungspolitik sollte damit als Sozialpolitik, als weitere Konkretisierung des Sozialstaatsgebotes mit dem Recht auf gesundes, menschenwürdiges und dauerhaft gesichertes Wohnen verstanden werden.[1]

Sicherheitserwartungen und Sicherungssysteme

Zu den bedeutsamsten Folgen des sozialen Wandels im Verlauf der Industrialisierung zählt die teilweise Ablösung vieler traditioneller Gruppen wie Familie, Nachbarschaft und Gemeinde aus ihren Funktionen als Versorgungsträger und ihre Ersetzung durch allgemeine staatliche Sicherungsmaßnahmen. Dabei fällt jedoch auf, daß in Industriegesellschaften das Sicherheitsstreben des Menschen bei steigendem Wohlstand *zunimmt*. Es ist daher zu fragen, in welchem Umfang die staatlichen Bemühungen diesem Verlangen nach wirtschaftlicher und sozialer Sicherung Rechnung tragen.[2]

Soziale Sicherung wird in der Bundesrepublik durch Leistungen aus der gesetzlichen Krankenversicherung, Unfallversicherung, Rentenversicherung der Arbeiter und Angestellten, der knappschaftlichen Rentenversicherung, der Arbeitslosenversicherung und Arbeitslosenhilfe, der Kriegsopferversorgung und der Sozialhilfe (Fürsorge) gewährt. Zu diesen «klassischen» Formen der sozialen Sicherung kamen nach 1949 die

1 Th. Specht u. a. (Hrsg.): Materialien zur Wohnungslosenhilfe – Wohnungsnot in der Bundesrepublik, Bielefeld 1988
2 Vgl. hierzu F. Pilz: Das sozialstaatliche System der Bundesrepublik, München 1988; G. Bäcker u. a.: Sozialpolitik, Köln 1980; V. Hentschel: Geschichte der deutschen Sozialpolitik (1880–1980), Frankfurt 1982

Sozialleistungen aus dem Lastenausgleich, das Kindergeld und im Rahmen der Rentenreform die Altershilfe für Landwirte und teils auf freiwilliger Grundlage für viele andere Gruppen der wirtschaftichen Selbständigen, z. B. der Künstler. Hinzu kamen soziale Ansprüche durch das Behindertengesetz, das Wohngeldgesetz, das Ausbildungsförderungsgesetz, das Arbeitsförderungsgesetz. Als grundgesetzliche Voraussetzungen sozialer Leistungen gelten vor allem die allgemeinen Vorstellungen vom «sozialen Bundesstaat» (Art. 20 GG) und vom «sozialen Rechtsstaat» (Art. 28 GG). Auf dieser «Sozialstaatsklausel» beruht der begründete Rechtsanspruch des einzelnen Bürgers auf öffentliche Leistungen aus dem System der sozialen Sicherung.[1]

Seit jeher bestreitet der größte Teil der Arbeitnehmer seinen Lebensunterhalt ausschließlich aus dem Arbeitseinkommen. Jede Unterbrechung der Erwerbstätigkeit bedeutet damit Ausfall oder Gefährdung der Unterhaltmittel für sich und die Angehörigen. Hier eine Sicherung zu schaffen, gehört zu den üblichen Aufgaben der staatlichen Sozialpolitik. Das System der sozialen Sicherung ist also in erster Linie auf Alter, vorzeitige Invalidität, Arbeitsunfall, Krankheit, Mutterschaft und Arbeitslosigkeit ausgerichtet.

In der sozialstaatlichen Entwicklung und der sozialpolitischen Auseinandersetzung um deren Ziele ist in den letzten Jahren angesichts steigenden Wohlstandes die Tendenz zu verzeichnen, nahezu die gesamte Bevölkerung in das System der sozialen Sicherung einzubeziehen und somit gegen die Grundrisiken zu schützen. Das System der sozialen Sicherheit selbst hört damit allmählich auf, ein Gegenstand der Auseinandersetzung zwischen den gesellschaftlichen Gruppen zu sein. In dem Maße, wie soziale Sicherheit für alle selbstverständlich akzeptiert wird, verlagert sich die Auseinandersetzung auf relative Vorteile innerhalb des Systems.

Sozialpolitik und soziale Sicherung wird dabei von den einen mehr und mehr als Instrument gesellschafts- und wirtschaftspolitischer Steuerung interpretiert. Prinzipien der Planung, Prognose und Antizipation sozial erwünschter oder unerwünschter Entwicklungen treten in den Vordergrund. Planung und ihre Durchführung selbst orientieren sich bewußt an den mittel- und längerfristigen Erfordernissen und Grundlagen der wirtschaftlichen Entwicklung, basieren auf ihren Daten und werden als ökonomische Hebel weiteren Wirtschaftswachstums eingesetzt. Von der anderen Seite wird dagegen die Priorität im wirtschaftlichen Wachstum mittels steigender Unternehmensgewinne gesehen, von dem sich dann gewissermaßen als «Abfallprodukt» eine auf Befriedigung der Minimal-

---

1 Vgl. M. Opielka und I. Ostner (Hrsg.): Umbau des Sozialstaates, Essen 1986; R. G. Heinze u. a. (Hrsg.): Sozialstaat 2000. Auf dem Weg zu neuen Grundlagen der sozialen Sicherung, Bonn, 2. Aufl. 1988

bedürfnisse beschränkte Sozialpolitik ableiten läßt. Diese hat ausschließlich die Aufgabe, nach strengen Kriterien bereits aufgetretene soziale Probleme nachträglich zu korrigieren bzw. zu kompensieren. Beiden Ansätzen stellt sich im Blick auf das gesamtgesellschaftliche System der Bundesrepublik die Frage nach der Finanzierung und der Leistungsfähigkeit der Sicherungssysteme, d. h. auch nach deren Wirksamkeit in die Zukunft bis hin zum Erschließen alternativer oder ergänzender Finanzquellen, z. B. Wertschöpfungssteuer statt oder zusätzlich zu den einkommensbezogenen Sicherungsbeiträgen.

In diese Diskussion drängt sich zunehmend die Problematik des Verhältnisses von Geldleistungen zu den sozialen Dienstleistungen. Gewissermaßen quer zu den bisher relevanten Formen staatlicher Sozialpolitik («Prävention» und «Kompensation») liegt eine Strategie, die mit dem Kennwort «Subsidiarität» ungenutzte Ressourcen aktivieren und neue Formen gemeinschaftlichen Helfens fördern will.[1] Schließlich liegen allein im Altersaufbau der Bevölkerung steigende Anforderungen an professionelle und nicht-professionelle Formen des Helfens, zumal bislang die in den Familienhaushalten erbrachten Leistungen im Sozialbudget regelmäßig vernachlässigt werden. Da Haushalte und Familien kleiner und auch instabiler werden (der Anteil der Alleinlebenden liegt inzwischen bei 15 v. H. der Bevölkerung), schwindet hier zusehends ein weitgehend kostenloses Hilfepotential.

Soziale Leistungen werden final, also von den erwünschten Ergebnissen her und funktional im gesellschaftspolitischen Sinn der Absicherung faktischer Macht- und Kompetenzverteilung begriffen.

Eine sich so verstehende Sozialpolitik hat es schwer, die Grenzen dessen, was «soziale Sicherung», «soziale Sicherheit», «Sozialleistungen» umfassen, zu ziehen. Selbst das ehemals hervorstechendste Kriterium der Abgrenzung des Kreises der Betroffenen durch die Kategorie des abhängigen Beschäftigungsverhältnisses wird durch die laufenden Bemühungen, zunehmend auch Selbständige und Angehöriger freier Berufe in das System der sozialen Sicherung einzubeziehen, aufgegeben. Zum anderen werden nun auch die von Betrieben gewährten zusätzlichen Sozialleistungen in den Katalog sozialer Leistungen einbezogen. Es handelt sich hierbei um medizinische Leistungen, Beschäftigung von Werksärzten, Errichtung von Erholungsheimen, Bau von Wohnungen, Sportanlagen, Kindergärten, Gewährung von Urlaubszuschüssen, vor allem aber vielfältige Arten der betrieblichen Altersversorgung.

Es zeichnet sich die generelle Umorientierung sozialer Leistungen da-

---

1 R. G. Heinze (Hrsg.): Neue Subsidiarität. Leitidee einer zukünftigen Sozialpolitik? Opladen 1986; W. Zapf u. a.: Individualisierung und Sicherheit, München 1987; J. Huber: Die neuen Helfer, München 1987

hingehend ab, daß die Vorrangigkeit mittel- und längerfristig produktiv wirkender sozialer Maßnahmen, wie optimale Aufrechterhaltung bzw. Wiederherstellung des Arbeitsvermögens, gegenüber mehr konsumtiven Sozialleistungen betont wird. Sozialpolitik wird – wie zuvor die Bildungspolitik – Teil der Funktions- und Loyalitätsabsicherung gesamtwirtschaftlicher Abläufe.

Dabei ist freilich zu beachten, daß auch durch diese Neuorientierung der Sozialpolitik die grundlegenden ökonomischen und politischen Machtverhältnisse in der BRD nicht angetastet werden. Dies wird von den Sozialpolitikern allerdings heute auch gar nicht mehr beabsichtigt. Die Hoffnung der Gewerkschaften, über Sozialpolitik die bestehende Gesellschaft zu verändern, hat sich nicht erfüllt.

Die wichtigsten Träger der Gewährung sozialer Leistungen in der Rangordnung ihrer Beteiligung am gesamten Sozialbudget sind
– die Rentenversicherung der Arbeiter und Angestellten,
– die Krankenversicherung,
– die Träger für Leistungen nach beamtenrechtlichen Vorschriften,
– die Arbeitsförderung einschließlich Arbeitslosenversicherung und berufliche Bildung,
– Institutionen, die Kindergeld gewähren,
– die Kriegsopferversorgung,
– verschiedene staatliche Institutionen für soziale Hilfen und Dienste (Sozialhilfe, Jugendhilfe, Familienhilfe, Ausbildungsförderung, öffentlicher Gesundheitsdienst),
– die Träger solcher Systeme, die für Personen in bestimmten Wirtschaftsbereichen zuständig sind (z. B. Versicherungen für Angehörige der Knappschaften, Künstlersozialkasse und die Altershilfe für Landwirte),
– die Unfallversicherung,
– Institutionen, die Wohngeld gewähren.

Im Sozialbudget sind für 1987 insgesamt rd. 575 Milliarden DM an direkten Sozialleistungen – ohne sozial begründete Steuerentlastungen in Höhe von rd. 60 Milliarden DM – ausgewiesen (Vgl. nebenstehende Darstellung des «sozialen Netzes»).

Die in einzelnen Bereichen außerordentlich starke Expansion der Sozialkosten ist vor allem in folgenden Entwicklungen begründet: Im Bereich der Rentenversicherung werden die Verschiebungen in der Beschäftigungsstruktur zugunsten der abhängigen Arbeit, der Ersatz von lohn- und lohnnebenkosten-intensiver Erwerbsarbeit durch sozialversicherungsfreie Maschinenarbeit, das Aufweichen des «Normalarbeitsverhältnisses» durch die Ausdehnung arbeits- und sozialversicherungsrechtlich ungeschützter Beschäftigungsverhältnisse, die Einbeziehung neuer Berufsgruppen in diese Versicherung (darunter auch großer Teile der wirt-

schaftlich Selbständigen) und die Veränderungen in der Bevölkerungsstruktur (langfristige Zunahme der über 65jährigen an der Gesamtbevölkerung bei stagnierender oder absinkender Geburtenrate) sowie der
drastische Anstieg der Zahl der Pflegebedürftigen wirksam. In der gesetzlichen Krankenversicherung führen Krankheitszunahmen einerseits, Ko-
stensteigerungen für Personal und medizinische Mittel andererseits zur
Ausgabenexplosion. Hinzu kommen kostenrelevante Reaktionen des
Staates auf neu auftretende soziale Probleme, wie etwa das Arbeitsförderungsgesetz oder die Rentenreform, mit denen jeweils nach Problemdruck und Finanzierungsbereitschaft Leistungen aufgestockt oder gekürzt werden.

Finanzpolitisch begründete Vorschläge zum Abbau sozialpolitischer
Errungenschaften bedeuten dabei stets eine unvertretbare Rückwärts-
entwicklung, wenn man bedenkt, daß die Erscheinungen, auf die Sozialpolitik reagiert, exakt jenem wirtschaftlich-sozialen System und dessen
Wandel und Folgen entspringen, das die Basis auch des vorhandenen gesellschaftlichen Reichtums ist. Jeder strukturelle Abbau von Sozialleistungen gefährdet den gesellschaftlichen Konsens und die Systemloyalität
der Bevölkerung, die soziale Kultur des Zusammenlebens. Erforderlich

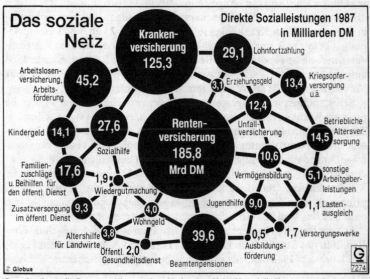

Danach nehmen die Rentenversicherung einen Umfang von 32,3 v. H. und die Krankenversicherung einen
Umfang von 21,8 v. H. ein. Der Anteil der Beamtenpensionen liegt bei 6,8 v. H., der der Sozialhilfe bei (nur)
4,8 v. H.

erscheint allerdings eine Optimierungsstrategie, die vorhandenen und noch zu erschließenden Mittel effizienter auf die veränderten Erscheinungsformen sozialer Hilfebedürftigkeit zu konzentrieren.[1]

Gesundheits- und Alterssicherung

Kranksein hat in unserer Gesellschaft mehr und mehr den Schrecken einer unausweichlichen Naturkatastrophe verloren. Medizinische Wissenschaft, Änderung der gesellschaftlichen Lebensbedingungen und die Form der Sicherung vor den belastenden Krankheitsfolgen haben zu dieser Entwicklung ihren Teil beigetragen. Die Krankenversicherung war von Anfang an Bestandteil staatlicher Sozialpolitik sowie der Systeme sozialer Sicherung. Wie in der Rentenversicherung, so besteht auch in der Krankenversicherung ein Versicherungszwang und ein Rechtsanspruch auf ihre Leistungen. Die Beitragsbemessungsgrenze und zugleich Pflichtversicherungsgrenze für Angestellte – und von 1989 an auch für Arbeiter – lag am 1.1.1989 bei 4575 DM im Monat bzw. 54900 DM im Jahr. Der durchschnittliche Beitragssatz aller gesetzlichen Krankenkassen liegt z. Zt. bei rd. 13 v. H. des Bruttoeinkommens (höchstens gerechnet von der Beitragsbemessungsgrenze), wobei Arbeitgeber und Arbeitnehmer jeweils die Hälfte tragen. Angestellte, die die Versicherungspflichtgrenze überschreiten, haben die Möglichkeit der freiwilligen Weiterversicherung in der gesetzlichen Krankenkasse. Sie erhalten dazu ebenfalls einen Arbeitgeberzuschuß, und zwar auch dann, wenn sie einer privaten Krankenversicherung angehören. Die Beitragsfreiheit der Rentner wurde 1983 aufgehoben. Seit 1.7.1987 müssen sie 5,9 v. H. ihrer Rente bzw. ihrer Versorgungsbezüge als Versicherungsbeitrag zahlen.

Selbständigen und Angestellten mit höherem Einkommen stehen die privaten Krankenversicherungen offen, die ihnen zu den verschiedensten Tarifen Schutz vor wirtschaftlichen Einbußen durch Krankheiten anbieten. Als ‹Privatpatienten› haben sie für die höheren Versicherungsbeiträge Anspruch auf völlig freie Arztwahl und zusätzliche ärztliche Sonderleistungen im Rahmen ihres privaten Versicherungsvertrages. Für die Krankenkassenmitglieder gilt dagegen, daß die ärztliche Versorgung bei prinzipiell ebenfalls freier Arztwahl «ausreichend und zweckmäßig sein muß und das Maß des Notwendigen nicht überschreiten darf».

Für die Beamten besteht in Krankheitsfällen eine Sonderregelung über Beihilfen des Staates. Die Landwirte (1972), die Auszubildenden (1975) und Künstler (1982) sind in die gesetzliche Krankenversicherung einbezogen.

---

1 Vgl. hierzu R. G. Heinze u. a.: Der neue Sozialstaat, Freiburg 1988

Da auch die wegen Alter oder Arbeitsunfähigkeit aus dem Arbeitsleben ausgeschiedenen Arbeitnehmer weiterhin in der öffentlichen Krankenversicherung verbleiben, sind heute ca. 90 v. H. der westdeutschen Bevölkerung – obligatorisch oder freiwillig – gegen Krankheit versichert.

Die gesetzliche Krankenversicherung gewährt dem Versicherten und seiner Familie allgemeinen Krankheitsschutz und trägt weitgehend die wirtschaftlichen Folgen einer Krankheit. Die Familienangehörigen sind also unmittelbar mitgeschützt. Da die ärztliche Versorgung und Hilfe für alle Versicherten grundsätzlich gleich sein soll, hat auch jeder, stets unabhängig von seinen gezahlten Beiträgen, die gleichen Leistungen von seiner Krankenkasse zu beanspruchen. Dieses Prinzip der solidarischen Umverteilung weist aber erhebliche Lücken auf, was aus der historisch entstandenen gegliederten Struktur der Krankenversicherung nach verschiedenen Kassenarten resultiert sowie daraus, daß verschiedene gesellschaftliche Gruppen mit unterschiedlichen Interessen im Gesundheitssystem ihre Einkommens- und Wirtschaftsbasis haben (Ärzte, pharmazeutische Industrie). Eine finanzielle Umverteilung in Form eines Finanzausgleichs unter den Kassenarten, wie er bei der Rentenversicherung der Arbeiter und Angestellten durchgeführt wird, gibt es in der Krankenversicherung nicht. Diesbezügliche Bestrebungen wurden seitens der Ärzteschaft und der privaten Krankenversicherung wie auch der Ersatzkassen bisher abgewehrt. Die Tatsache, daß die Krankenversicherung soziale Funktionen im optimalen Sinne noch relativ unvollkommen erfüllt, dürfte u. a. darauf zurückzuführen sein, daß hier relativ hohe Sachleistungen zu einem großen Teil über einen Markt (Pharmazeutika, Krankenhauseinrichtungen, auch Bauten) vermittelt werden, der nur unzureichend funktioniert. Patienten und Krankenhäuser haben auf den Preis der Produkte kaum Einfluß. Auch haben sich die ärztlichen Verbände in der Verfolgung eigener Interessen bislang als sehr erfolgreich erwiesen. Die Gesamtausgaben für das Gesundheitswesen in der Bundesrepublik Deutschland sind seit 1970 von 70,6 Milliarden DM auf 251,3 Milliarden DM im Jahre 1986 angestiegen. Davon wurden 53,4 Milliarden DM für die Krankenhausbehandlung (bei rd. 3000 Krankenhäusern mit insgesamt rd. 675000 Betten, d. h. 1 Bett für 90 Einwohner), 44,4 Milliarden DM für die Behandlung durch Ärzte bzw. Zahnärzte und – nachdenkenswerte – 32,2 Milliarden DM für Arznei-, Heil- und Hilfsmittel sowie 10,8 Milliarden DM auf Zahnersatz verwandt.

Die BRD hat im internationalen Vergleich eine hohe Arztdichte, auch steigt die Zahl der Ärzte weiter an. 1987 gab es rd. 172000 praktizierende Ärzte (41 v. H. davon in privater Praxis, 48 v. H. in Krankenhäusern) und rd. 38000 Zahnärzte, d. h. durchschnittlich werden von einem Arzt 370 Einwohner, von einem Zahnarzt 1600 Einwohner versorgt. Und trotzdem fehlen Ärzte: auf dem Land, in den Arbeitervierteln der großen Städte, im öffentlichen Gesundheitsdienst und in der betriebsärztlichen Versorgung. Für die Arzneimittelversorgung stehen in der BRD rd. 33 000 Apotheker in rd. 18 000 Apotheken bereit.

Die lange Zeit in der deutschen Sozialpolitik geführten Auseinandersetzungen um die Lohnfortzahlung für kranke Arbeiter haben 1970 einen Abschluß gefunden. Nach dem Lohnfortzahlungsgesetz bekommen seitdem kranke Arbeiter sechs Wochen lang den vollen Arbeitslohn ausbezahlt. Sie sind damit in der Hinsicht den Angestellten im Krankheitsfall gleichgestellt. Während der Arbeitsunfähigkeit oder Arbeitsverhinderung durch Kuren wird der Lohn gezahlt, der bei Arbeitsfähigkeit in diesem Zeitraum erzielt worden wäre.

Diesem Gesetz wurde allgemein eine große gesellschaftliche Bedeutung zuerkannt. Durch die Gleichstellung der Arbeiter mit den Angestellten auf diesem Gebiet fiel ein jahrzehntelang bestehendes Diskriminierungsmerkmal fort.

Die Entwicklung des Krankenversicherungssystems in der Bundesrepublik hat eine Kostenexplosion und gleichzeitig eine massive Steigerung der Beiträge der gesetzlich Versicherten mit sich gebracht. Die Bestrebungen, den Kostendruck im Gesundheitswesen nicht weiter ansteigen zu lassen, reichen bis in das Jahr 1982 zurück, als folgende Einschnitte verfügt wurden:
– Erhöhung der Rezeptgebühr von 1 DM auf 1,50 DM je Arzneimittel;
– Selbstbeteiligung beim Krankenhaustransport von 5 DM;
– Begrenzung des Krankenhausaufenthaltes bei Entbindung auf sechs Tage;
– Herausnahme von sog. Bagatellarzneimitteln aus der Krankenkassenleistung.

Am 1. 1. 1983 traten folgende Kostenbeteiligungen bzw. Leistungseinschränkungen für die Versicherten ein:
– Erhöhung der Rezeptgebühr auf 2 DM je Arzneimittel;
– Selbstbeteiligung der Versicherten bei Kuren von je 10 DM pro Tag;
– Selbstbeteiligung der Versicherten bei Krankenhausaufenthalten von 5 DM täglich für längstens 14 Tage.

Anfang 1987 haben die Regierungsparteien CDU, CSU, F.D.P. eine umfassende Reform des Gesundheitswesens vereinbart. Die über fast zwei Jahre laufende Gesetzesinitiative, mit der ursprünglich insgesamt ein regelmäßiger Jahreswert von 14 Milliarden DM einschließlich eines sog. Solidarbeitrags der Pharmaindustrie von 1,7 Milliarden DM eingespart werden sollte, beabsichtigte eine Begrenzung der Leistungen auf das medizinisch Notwendige, eine Stärkung der Gesundheitsvorsorge und der vorbeugenden Leistungen, die Übernahme von Leistungen in der häuslichen Pflege, mehr Wirtschaftlichkeit und Transparenz bei Krankenkassen, Ärzten und Arzneimittelherstellern sowie eine Modernisie-

rung der Struktur der Krankenversicherung. Das am 1.1.1989 nach zahlreichen Protesten in Kraft getretene Gesundheits-Reformgesetz enthält in der Tat erhebliche Einschnitte in die gesetzliche Krankenversicherung:

- Für Arzneimittel werden schrittweise Festbeträge eingeführt. Wer ein
  teureres Medikament will, muß zuzahlen.
- Die Rezeptgebühr wird von 2 DM auf 3 DM erhöht.
- Festbeträge sind auch für Hilfsmittel (z. B. Hörgeräte) vorgesehen. Für
  Brillengestelle gibt es nur noch einen Zuschuß von 20 DM.
- Für Heilmittel – wie Massagen oder Bäder – müssen statt 4 DM künftig
  10 Prozent selbst bezahlt werden.
- Fahrten zur ambulanten Behandlung werden gar nicht mehr, Fahrten
  ins Krankenhaus nur bei einer Selbstbeteiligung von 20 DM erstattet.
- Beim Zahnersatz und bei der Kieferorthopädie sollen die Versicherten
  die gesamten Kosten vorfinanzieren. Bei Zahnersatz erstattet die
  Kasse 60 v. H. (bisher 100 v. H.). Ab 1991 soll die Erstattung auf 50
  v. H. sinken, wenn der Versicherte keine regelmäßigen Zahnvorsorge-
  untersuchungen vorweisen kann.
- Die Kostenbeteiligung für die ersten 14 Tage im Krankenhaus wird von
  5 DM auf 10 DM pro Tag erhöht.
- Das Sterbegeld wird auf 2100 DM begrenzt. Wer nach dem 1.1.1989 in
  die gesetzliche Krankenversicherung eingetreten ist, hat keinen Anspruch mehr auf diese traditionelle Kassenleistung.
- Wer einen Pflegebedürftigen betreut, kann während des Urlaubs einen
  Monat lang eine Ersatzkraft nehmen. Die Krankenkasse zahlt dafür
  maximal 1800 DM.
- Der Arbeitgeberanteil am Krankenkassenbeitrag beträgt bei Pflicht-
  versicherten in einer Ersatzkasse nur noch die Hälfte des tatsächlichen
  Beitrags, führt dort also zu direkten Einkommensverlusten.
- In bestimmten Härtefällen, so z. B. bei niedrigem Einkommen und So-
  zialhilfeempfängern, wird auf Zuzahlungen verzichtet.

Eine Übersicht über die dabei erwartete Entlastung für die Krankenkassen ist auf der folgenden Seite dargestellt.

Die «Gesundheitsbilanz» der westdeutschen Bevölkerung ist bislang
trotz der immensen Ausgaben nicht erfreulicher geworden. Allmählich
verbreitet sich in der Bundesrepublik die Einsicht, daß sich die bisherige
Sozialpolitik für kranke Menschen notwendigerweise in eine öffentliche
Gesundheitspolitik wandeln muß. Bislang ist der öffentliche Gesundheitsdienst noch überwiegend mit hygienischen Aufgaben betraut worden (Seuchenhygiene, Suchtbekämpfung, Lebensmittelüberwachung
u. a.). Die vorbeugende Gesundheitssicherung stand dabei nur am Rande
des Blickfeldes.

Krankheit ist nicht nur ein privates Risiko, sondern auch ein öffent-

liches; die Öffentlichkeit muß an der Gesundheit der Bevölkerung ebenso interessiert sein wie der einzelne. Eine unter diesem Gesichtspunkt betriebene Gesundheitspolitik muß in zunehmendem Maße das Wechselverhältnis zwischen Krankheit und gesellschaftlichen Bedingungen berücksichtigen.

Zu den häufigsten Todesursachen im Bundesgebiet gehören Herzkrankheiten, Gefäß- und Kreislaufkrankheiten und Krebs. Es sind dies Krankheiten, die für Industriegesellschaften kennzeichnend sind. Man hat sie als «Verschleiß»- und «Automations»-Krankheiten bezeichnet. Überbeanspruchung einzelner Funktionen und Anpassungsschwierigkeiten in einer von neuartigen Arbeitsabläufen bestimmten Berufstätigkeit sind typische Beispiele für die Zusammenhänge von Krankheit und sozialer Situation. Von den rd. 690 000 Todesfällen des Jahres 1987 starben rd. 340 000 Menschen (50 v. H.) an Kreislaufkrankheiten, rd. 166 000 (24 v. H.) an Krebs, rd. 19 000 (3 v. H.) bei Unfällen und rd. 12 000 (1,7 v. H.) durch Selbsttötung.[1]

Dem Wandel im Krankheitsbild der Industriegesellschaft ist die Gesundheitspolitik bisher nur unzureichend nachgekommen.

Durch eine in unverbundene medizinische Einzelreaktionen zerspal-

1 Sterbefälle 1987 nach Todesursachen, in: Wirtschaft und Statistik, H. 10, 1988, S. 733–737

tene Betreuung können die heute dominierenden Krankheitsursachen nicht ausgeräumt und auch nicht zum Halt gebracht werden.

Eine wirksame Vorbeugung von Krankheiten muß dabei der wichtigste Bestandteil einer angepaßten Gesundheitspolitik sein. Laufende Vorsorgeuntersuchungen sind darum dringend geboten. Das Gesundheitsreformgesetz sieht ab 1989 die Einführung von zweijährigen Vorsorgeuntersuchungen ab dem 35. Lebensjahr, insbesondere auf Herz-, Kreislauf-, Nierenerkrankungen und Diabetes, zahnärztliche Vorsorgeuntersuchungen vom 14. bis 25. Lebensjahr sowie Verbesserungen bei der Früherkennung von kindlichen Entwicklungsstörungen vor.

Auch im Rahmen der sozialen Sicherung vorgesehene Leistungen wie Umschulung von im bisherigen Beruf nicht mehr Leistungsfähigen, Heilverfahren, Berufsförderung für Schwerbeschädigte und andere Vorbeugungs- und Rehabilitationsmaßnahmen erhalten größeres Gewicht. Zu den Aufgaben einer vorbeugenden Gesundheitspolitik gehören aber auch die Fragen der Arbeitsbedingungen, der Arbeitsplatzgestaltung, der Unfallverhütung, der Reinerhaltung von Wasser und Luft und der Lärmbekämpfung.

Mit dem bisher dargelegten System der Krankenversicherung sind die Aufgaben der medizinischen Fürsorge und Sicherung noch nicht erschöpft. Es gehören weiter dazu die arbeits- und sozialrechtlichen Regelungen des Mutterschutzgesetzes und der Schwangerenfürsorge. Werdende Mütter dürfen nach den gesetzlichen Bestimmungen keine schweren körperlichen Arbeiten verrichten. Es besteht eine Schutzfrist in Form der Arbeitsbefreiung von sechs Wochen vor und acht bzw. zwölf Wochen nach der Entbindung, in der der Mutter entweder ein Wochengeld oder die Fortzahlung des Arbeitsentgeltes zusteht. Während der Schwangerschaft besteht absoluter Kündigungsschutz. Die Müttersterblichkeit hat zwar den niedrigsten Stand seit dem Ersten Weltkrieg erreicht, ist jedoch immer noch höher als in vielen anderen Ländern. 1987 starben 56 Frauen bei der Entbindung oder im Wochenbett (das sind statistisch 8 Frauen auf 100 000 lebendgeborene Kinder). Auch die Säuglingssterblichkeit ist deutlich zurückgegangen: von über 40 gestorbenen Säuglingen je 1000 Lebendgeborene im Jahr 1955 auf etwa 8 im Jahre 1987. Nach mehreren familienpolitisch motivierten Reformansätzen gibt es seit dem 1. 1. 1986 im Anschluß an den Mutterschutz und den Bezug von Mutterschaftsgeld ein sog. Erziehungsgeld («Babygeld») in Höhe von 600 DM monatlich für die Dauer eines Jahres. Es wird an Mütter oder Väter gezahlt, wenn sie nach der Geburt eines Kindes während dieser Zeit auf volle Erwerbstätigkeit verzichten, um sich ihrem Kind zu widmen («Erziehungsurlaub»). Der Erziehungsurlaub wird mit gewissen Einschränkungen durch eine Arbeitsplatzgarantie ergänzt.

Neben dem System der Krankenversicherung beanspruchen die Regelungen der gesetzlichen Unfallversicherung Aufmerksamkeit. Die Unfallversicherung ersetzt Schäden, die durch einen Arbeitsunfall – eingeschlossen sind auch Unfälle auf dem Wege zwischen der Wohnung und der Arbeitsstätte – oder durch eine Berufskrankheit entstanden sind. Da praktisch für alle Beschäftigten diese Versicherungspflicht besteht – die Beiträge zahlt ausschließlich der Arbeitgeber –, ist ein großer Teil der Bevölkerung zusätzlich gegen Unfallgefahren geschützt.

Das Leistungs- und Versicherungsrecht der Unfallversicherung brachte 1971 weitere Verbesserungen. Erstmals wurde die Unfallversicherung im breiten Maßstab auf Schüler, Studenten und Kinder, die Kindergärten besuchen, ausgedehnt. Dabei entsprechen die diesen Gruppen gewährten Sachleistungen dem allgemeinen Leistungsniveau der Unfallversicherung.

Die meisten Leistungen der für die Unfallversicherung zuständigen Berufsgenossenschaften gehen auf das Konto der Krankenbehandlung und des Krankengeldes. Die ebenso notwendigen Maßnahmen der Wiedereingliederung der Verletzten in das Erwerbsleben sind durch ein Neuregelungsgesetz von 1963 festgelegt.

1980 wurden in der Bundesrepublik rund 1,9 Mio. Arbeitsunfälle gemeldet, 1986 rd. 1,6 Mio. Gemessen daran und erst recht an den sechziger Jahren hat damit die Häufigkeit von Betriebsunfällen immerhin bemerkenswert abgenommen. Arbeitsschutzbestimmungen werden zwar gesetzlich festgelegt, ihre Einhaltung muß jedoch den Beteiligten selbst zur Aufgabe gemacht werden. So sind z. B. in den Betrieben Sicherheitsbeauftragte eingesetzt worden, die den Unternehmer bei der Durchführung des Unfallschutzes zu unterstützen haben. Auch die Zahl der Wegeunfälle ist bemerkenswert von 195000 (1980) auf 169000 (1986) zurückgegangen, während weiterhin sehr problematisch die Entwicklung von Berufskrankheiten ist (rd. 45000 im Jahr 1986).

«Gesundheitsfressende» Produktionsmethoden und Arbeitsbedingungen (Asbest, Dioxin, PCB) sind durch die höhere Technologie keineswegs ausgeräumt. Besonders betroffen sind davon nach wie vor Industriearbeiter, vor allem Fließbandarbeiter, und Frauen in der Industriearbeit. Hier kommen viele durch vorzeitigen Gesundheitsverschleiß kaum noch in den realen Genuß ihrer eingezahlten Rentenbeiträge.

Aufgrund der Anerkennungsbestimmungen einer Krankheit als Berufskrankheiten kommt es immer wieder vor, daß die Beweislast der einzelne Beschäftigte zu tragen hat. Kann er dieser nicht nachkommen und muß er trotzdem wegen (Berufs-)Krankheit die Arbeit teilweise oder ganz aufgeben, so bekommt er in der Regel eine Rente aus der Rentenversicherung. Auf diese Weise muß also die Rentenversicherung eine Vielzahl von Renten gewähren, die eigentlich, von der Entstehungsursache der Gesundheitsschädigung her gesehen, die Unfallversicherung bzw.

das einzelne Unternehmen zu tragen hätte. Ein Grund für diese «Wirtschaftlichkeitsorientierung» der Unfallversicherung liegt eindeutig darin, daß die Beiträge zur Unfallversicherung allein von den Arbeitgebern aufgebracht werden.

Die Sicherheitserwartungen gegenüber einer Gefährdung durch Krankheit und Unfall weisen einige Besonderheiten auf. Da hier die Betonung auf der qualitativen Seite des Schutzes liegt, kommen die Sicherungssysteme an eine Grenze, an der die Bereitstellung von Schutzmaßnahmen allein nicht mehr ausreicht, sondern durch Aufklärung der Bevölkerung, z. B. über die Notwendigkeit vorsorglicher ärztlicher Untersuchung und die Einhaltung von Arbeitsschutzbestimmungen sowie durch stärkere Auflagen an die Arbeitgeber ergänzt werden muß, wo sich aber auch die Frage nach den gesundheitlichen «Kosten» hochentwickelter Arbeits-, Lebens- und Umweltbedingungen («Stress», «Zivilisationsschäden», Ernährungsverhalten, Verkehrsopfer usw.) stellt.

Vorurteile und historisch verfestigte Verhaltensmuster prägen noch heute oft das Leben Behinderter als Minderheiten in einer Gesellschaft Nichtbehinderter. Nur langsam vollzieht sich hier ein Bewußtseinswandel. Die Grundsatzentscheidungen des Sozialstaatsgebots gelten inzwischen selbstverständlich auch für die benachteiligte Gruppe der behinderten Menschen. Das Sozialgesetzbuch gibt jedem Behinderten «das Recht auf Hilfe, die notwendig ist, um ihm einen seinen Neigungen und Fähigkeiten entsprechenden Platz in der Gemeinschaft, insbesondere im Arbeitsleben, zu sichern» (§ 10 Abs. 2 SGB I). Die gesetzgeberische Entwicklung des Bereichs hatte ihren sozialpolitischen Höhepunkt mit dem Schwerbehindertengesetz von 1974. Statt der bisherigen Ursachenbetrachtung (Krieg, Unfall, Krankheit) trat nun die Art und Schwere der Behinderung in den Blick, mit dem Ziel, die jeweils bestmögliche Eingliederung zu erreichen. Dabei spielt die umfassende Beratung des Behinderten eine wichtige Rolle (Gesamtplan). Es sollen, je nach Problemlage, als Hilfen bereitgestellt werden:

- medizinische Leistungen wie Krankengymnastik oder Arbeits- bzw. Psychotherapie;
- berufsfördernde Leistungen wie Umschulung oder behindertengerechte Ausstattung des Arbeitsplatzes;
- Leistungen zur allgemeinen sozialen Eingliederung wie Vorbereitung auf die Schule oder Erleichterungen im Haushalt;
- ergänzende finanzielle Leistungen zum Lebensunterhalt.

Doch auch in diesem Feld klaffen Rechtsanspruch und Lebenswirklichkeit der Behinderten noch oft auseinander. Dies liegt nicht nur daran, daß zur vollen Realisierung die Mittel fehlen oder wegen entgegenstehender Ziele nicht bewilligt werden, wie z. B. beim behindertengerechten Ausbau des öffentlichen Nahverkehrs oder des ungehinderten Zugangs zu

öffentlichen Gebäuden. Es gibt vielmehr auch unterschiedliche Auffassungen über die Mittel und Wege, mit denen Integration am besten erreicht wird. Sehr deutlich wird dies bei der anhaltenden Kontroverse um
die Einrichtung von Gruppen und Klassen für behinderte und nichtbehin-
derte Kinder in Kindergärten und Schulen. Das gleiche gilt im übrigen
auch für die im Schwerbehindertengesetz festgelegte Ausgleichsabgabe
von 100 DM monatlich für jeden unbesetzten Pflichtarbeitsplatz (6 v. H.
der Beschäftigten). Für viele Unternehmen ist dies eine preiswerte Möglichkeit des Freikaufs von der Pflicht, Behinderte zu beschäftigen.

Die Rehabilitation liegt in der Bundesrepublik in den Händen unterschiedlicher Träger, von der Rentenversicherung über die Krankenversicherung bis zur Sozialhilfe. 1985 nahmen rund 1,2 Millionen behinderte
Menschen Rehabilitationsmaßnahmen in Anspruch. Weitere 200 000
Menschen erhielten Leistungen im Rahmen der Sozialhilfe. Eine Vielzahl
von Einrichtungen (Berufsförderungswerke, Werkstätten für Behinderte)
stehen inzwischen zur Verfügung. Besonderes sozialpolitisches Gewicht
haben die großen Interessenorganisationen der Behinderten gewonnen.
Ihnen ist es zu verdanken, daß das Bewußtsein der Bevölkerung um die
Lage der Behinderten und die Bereitschaft zu integrationsfreudigen Mo-
dellen in Schule, Beruf, Wohngegend gewachsen ist. «Normalisierung»
wird künftig die Zielrichtung sein, um in der Tat eine selbstverantwortliche
Lebensgestaltung und damit eine Rückgabe von Verantwortung an den
Behinderten zu erreichen.[1]

Die gleichen Probleme mit der gesellschaftlichen Akzeptanz haben seit
Ende der siebziger Jahre die Programme zur gemeindenahen Versorgung
psychisch Kranker. Die Öffnung der großen, meist stadtfern gelegenen
Anstalten und psychiatrischen Krankenhäuser führte zur Reduzierung
des Bettenbestandes mit dem Ziel, auch geistig und seelisch behinderten
Menschen das Leben in eigenen Wohnungen oder kleinen Wohngemeinschaften – betreut von ambulanten Hilfsdiensten – zu ermöglichen. Die
Welt des Wahnsinns und der Geisteskrankheit sollte nicht mehr eine Welt
der Ausgeschlossenen sein. Psychische Krankheiten und Behinderungen
stellen in der BRD ein zunehmend quantitativ bedeutendes Problem dar.
Zwischen vier und acht Millionen Menschen, die jährlich den Arzt aufsu-
chen, leiden an vorwiegend seelisch bedingten Beschwerden. Etwa eine
Million dieser Patienten sind psychiatrisch oder psychotherapeutisch be-
handlungsbedürftig. Behandlungs- und Therapiewege haben sich dementsprechend auch verändert. Die Selbsthilfe-, Patienten-, Club- oder Ange-
hörigen-Arbeit gehört inzwischen zum Selbstverständnis der Psychiatrie.

1 W. Seyd (Hrsg.): Berufliche Rehabilitation im Umbruch, Hamburg 1985; B. Wischnewsky:
Rehabilitation, in: D. Kreft und I. Mielenz (Hrsg.): Wörterbuch Soziale Arbeit, Weinheim,
3. Aufl. 1988, S. 446–450

Defizite gibt es allerdings in der Versorgung ländlicher Bereiche und bei der Behandlung von psychisch kranken alten Menschen sowie der Wiedereingliederung Kranker in eine Berufstätigkeit. Es fehlt weiterhin an Tageskliniken sowie beschützenden Arbeitsplätzen für Menschen, die am Abend in ihr familiäres Milieu zurückkehren können.[1]

Die Rentenversicherung ist in Deutschland für Arbeiter und Angestellte in getrennten Versicherungszweigen errichtet worden. Daneben gibt es noch die knappschaftliche Rentenversicherung für die Beschäftigten in Bergbaubetrieben, die Altersversorgung für das Handwerk und die Altershilfe für selbständige Landwirte. Für alle Angestellten (seit dem 1.1.1968) und Arbeiter besteht eine gesetzliche Versicherungspflicht. Durch eigene Beitragsleistungen, die nach dem jeweiligen Bruttoverdienst gestaffelt sind, sowie durch gleich hohe Abgaben des Arbeitgebers erwirbt der einzelne Arbeitnehmer einen Rechtsanspruch auf Leistungen. Während 1957 der Beitragssatz noch bei 14 v. H. lag – der Beitrag ist je zur Hälfte vom Arbeitgeber und Arbeitnehmer zu tragen –, wurde er – seit 1968 mehrfach Ansatzpunkt fiskalpolitischer Eingriffe – zum 1.1.1988 auf 18,7 v. H. des Bruttoeinkommens festgelegt. Die Beitragsbemessungsgrenze liegt ab 1.1.1989 bei 6100 DM im Monat bzw. 73 200 DM im Jahr, der Höchstbeitrag des Arbeitnehmers also bei 570 DM. Freiwillig Rentenversicherte müssen mindestens 98 DM monatlich einzahlen. Wochenarbeitszeiten unter 15 Stunden sind versicherungsfrei, ebenfalls Monatseinkommen bis 450 DM.

Zum Ausgleich der Rentenfinanzierung und zugleich zu ihrer Sicherung sind allerdings zusätzliche öffentliche Mittel erforderlich. 1957 belief sich der Bundeszuschuß noch auf 31,9 v. H. der Rentenausgaben. Er verminderte sich stetig, was zu den genannten Erhöhungen der Beitragssätze führte. 1986 lag der Bundeszuschuß nur noch bei 17,7 v. H. Mit diesem Betrag wird je nach sozialpolitischer Interessenlage eingegriffen, um sowohl die Zahlungsfähigkeit zu garantieren als auch die Grundakzeptanz der Rentenversicherung in der Bevölkerung dadurch zu sichern, daß das Verhältnis von eingezahltem Beitrag und späterer Rente im Gleichgewicht gehalten wird. Würde das bislang geltende Berechnungsverfahren beibehalten, würde der Anteil des Bundeszuschusses auf rd. 12 v. H. im Jahre 2015 sinken. Dementsprechend müßten die Beiträge steigen oder die Rentenleistungen eingeschränkt werden.

Der Rentenfall tritt ein, wenn die Erwerbsfähigkeit durch Krankheit oder dergleichen auf weniger als die Hälfte derjenigen eines körperlich und geistig gesunden Versicherten mit ähnlicher Ausbildung, Kenntnis-

1 Bericht über die Lage der Psychiatrie in der Bundesrepublik Deutschland, BT-Drucks. 7/4200, Bonn 1975; R. Tölle: Psychiatrie, Berlin, 6. Aufl. 1982; R. Bategay u. a. (Hrsg.): Handwörterbuch der Psychiatrie, Stuttgart 1984

sen und Fähigkeiten herabgesunken ist. Der Rentenfall ist weiter bei Erwerbsunfähigkeit gegeben, bei der der Versicherte keine regelmäßige Beschäftigung ausüben kann.

Hat der Versicherte bzw. die Versicherte das 60. bis 65. Lebensjahr vollendet, so erhalten sie ein Altersruhegeld. Ab wann und in welchem Umfange die Verrentung innerhalb dieser Zeitspanne einsetzen kann, hängt von einer Reihe von Bedingungen ab (flexible Altersgrenze vom 63. Lebensjahr an, Vorruhestandsgeld), teils auch von eigener Entscheidung. Beim Tode des Versicherten bekommt der Ehegatte eine Hinterbliebenenrente, den Kindern steht eine Waisenrente (höchstens bis zum 27. Lebensjahr) zu. Die Höhe der Rente richtet sich im wesentlichen nach der Zahl der Versicherungsjahre und nach der Höhe der bezahlten Beiträge.

Mit der Rentenreform des Jahres 1957 wurden zwei grundsätzlich neue Regelungen in das Sozialrecht aufgenommen:
1. Die Rentner wurden entsprechend ihrer im Berufsleben erreichten unterschiedlichen durchschnittlichen Einkommenshöhe bei der Rentenberechnung eingestuft.
2. Die Höhe der bereits gezahlten Renten wurde mit dem wirtschaftlichen Wachstum gekoppelt, allerdings mit der Zeitverzögerung von vier Jahren («Rentendynamik»).

Der Lebensstandard der Rentner sollte auf diese Weise mit der Einkommensentwicklung der übrigen Bevölkerung Schritt halten.

Das Rentenreformgesetz von 1972 brachte weitere wesentliche Veränderungen: die Rentenversicherung wurde für Selbständige und Hausfrauen geöffnet und die flexible Altersgrenze für das Ausscheiden aus dem Erwerbsleben eingeführt.

Für den Zeitraum 1979 bis 1982 wurde die Rentendynamik, also die bruttolohnbezogene Rentenanpassung, wieder außer Geltung gesetzt. Seit 1. 7. 1988 gilt sie jedoch wieder.

Zum 1. 7. 1983 setzte die stufenweise Beteiligung der Rentner an den Beiträgen zur Krankenversicherung ein. Bis zum 1. 7. 1987 ist sie auf 5,9 v. H. gestiegen.

Aufgrund einer Entscheidung des Bundesverfassungsgerichts im Jahre 1975 mußten bis Ende 1984 für Witwen- und Witwerrenten gleiche Voraussetzungen geschaffen werden. Gleichzeitig stand eine grundlegende Neuordnung der Hinterbliebenenversorgung an. Schließlich mußte für die soziale Sicherung der alleinstehenden erwerbstätigen Frau und die soziale Sicherung der geschiedenen Frau ein Weg gefunden werden, der nicht wie bisher von der männlich definierten Arbeitsteilung der Geschlechter ausging. Am 1. 1. 1986 trat die neue Regelung in Kraft, nach der Hinterbliebene von der Rente des verstorbenen Ehegatten 60 v. H. als eigene Rente erhalten. Wenn allerdings das eigene Erwerbseinkommen –

aus welchen Quellen auch immer – und das Erwerbsersatzeinkommen (z. B. Krankengeld, Unterhaltsgeld) höher als netto 900 DM (1987: 955 DM) sind, wird der überschießende Betrag mit 40 v. H. bei der Hinterbliebenenrente berücksichtigt. Bei der Einführung der Neuregelung wurde zur Vermeidung von Härten eine Übergangzeit von zehn Jahren vorgesehen.

Mit dieser Regelung sind die ursprünglich von großem sozialpolitischem Konsens getragenen Vorstellungen einer Teilhabe-Rente zu den Akten gelegt worden, bei der der Witwe oder dem Witwer 70 v. H. der von beiden erworbenen Rentenansprüche zuerkannt werden sollten.[1]

Ebenfalls zum 1.1.1986 wurde eine Regelung wirksam, nach der Frauen ab Jahrgang 1921 (sog. «Trümmerfrauen») für jedes Kind zwölf Monate als Kindererziehungszeit bei der eigenen Rente angerechnet bekommen, sofern sie während der Kindererziehung nicht erwerbstätig waren. Für Männer gilt die Wahlmöglichkeit für Erziehungszeiten erst ab 1986. Die Rente erhöht sich damit je Kind um monatlich 28 DM (Stand 1987). Für die Geburtsjahrgänge vor 1921 wurde aus Finanzierungsgründen – unter großem Protest der Betroffenen – die Neuregelung gestaffelt:

– ab 1.10.1987 für Jahrgänge 1906 und früher,
– ab 1.10.1988 für Jahrgänge 1911 und früher,
– ab 1.10.1989 für Jahrgänge 1916 und früher,
– ab 1.10.1990 für alle Jahrgänge vor 1921.

Von den 13,6 Millionen Renten, die 1987 gezahlt wurden, waren 4,3 Millionen Hinterbliebenenrenten. Von den 5,9 Millionen Arbeiterrenten bzw. 3,4 Millionen Angestelltenrenten lag der Rentenbezug vor aufgrund von:

Arbeiter		Angestellte
23,8 v. H.	Erwerbs- und Berufsunfähigkeit	16,6 v. H.
4,1 v. H.	Arbeitslosigkeit	4,2 v. H.
5,0 v. H.	Schwerbehinderung	6,9 v. H.
8,3 v. H.	Erreichen des 63. Lebensjahres	10,5 v. H.
58,8 v. H.	Erreichen des 65. (Männer) bzw. 60. (Frauen) Lebensjahres	61,8 v. H.

Es wird vielfach darauf verwiesen, daß seit den sechziger Jahren eine erhebliche Verbesserung des Rentenniveaus in der BRD erreicht worden sei und daß in den Jahren von 1973 bis 1977 das Renteneinkommen sogar stärker angestiegen sei als das der aktiven Einkommensbezieher. Diese Steigerungsraten verstellen den Blick dafür, daß das Altersruhegeld eines Rentners mit vierzig Versicherungsjahren (und dies ist eine lange Zeit der

1 A. Kohleiss: Sie heiratet ja doch, Freiburg 1983

Beitragszahlung) gegenwärtig bei knapp zwei Drittel des Nettogehalts eines vergleichbaren Arbeitnehmers liegt.

Die eigentlichen Probleme treten aber erst dann zutage, wenn man die Durchschnittsrente auffächert nach verschiedenen sozialen Gruppen. Dabei ergibt sich folgendes Bild:

Durchschnittliche monatliche Renten in DM[1]			
Januar 1981		Juli 1987	bei 25 v. H. lag die Rente unter ... DM
	Arbeiter		
1 069,23	Männer	1 315,28	900
389,61	Frauen	497,91	240
707,35	insgesamt	869,73	–
	Angestellte		
1 480,31	Männer	1 803,52	1 400
708,68	Frauen	866,67	430
1 071,97	insgesamt	1 257,41	–
1 nach: Bundesminister für Arbeit und Sozialordnung: Arbeits- und Sozialstatistik, Hauptergebnisse 1988			

Nun hängt die faktische Einkommenslage von Rentnern natürlich nicht nur von der individuellen Rente, sondern vom Haushaltseinkommen ab, zumal etwa 70 v. H. der Männer und etwa 65 v. H. der Frauen über 60 Jahre noch mindestens eine weitere Einkommensquelle zusätzlich zur Rente (bzw. eine weitere Rente) haben. Aber auch unter diesem Aspekt stellt sich die Situation der Rentnerinnen als vielfach besonders ungünstig dar, da ein relativ hoher Anteil von ihnen in Einpersonenhaushalten lebt.

Bemerkenswert ist die durchweg bessere Alters- und Invaliditätssicherung der Angehörigen des öffentlichen Dienstes, eingeschlossen deren Hinterbliebene. Der Beamte zahlt traditionellerweise keine Beiträge zu einer sozialen Pflichtversicherung, sondern der Staat hat im Rahmen der Beamten-Fürsorgepflicht für den Lebensunterhalt im Alter, bei Invalidität usw. aufzukommen, und diese staatlichen Versorgungsleistungen gehen beim Tod des Staatsdieners auf dessen Angehörige über. Mit der Reform der Zusatzversorgung für Angestellte und Arbeiter im öffentlichen Dienst (1967) haben diese eine der Beamten-«Pension» annähernd gleichgünstige Altersversorgung durchgesetzt.

Der Pensionsanspruch richtet sich nach dem letzten Einkommen des Beamten. Nach 10 Dienstjahren hat er bereits einen Anspruch auf 35 v. H., nach 35 Jahren hat er den Höchstsatz von 75 v. H. der letzten Bezüge erreicht. Pensionäre haben allerdings auf ihre Versorgungsbezüge Steuern zu zahlen, wobwei sie wie berufstätige Beamte eine 13. Monatspension erhalten und eigene Krankenversicherungspflicht gibt.

Anzumerken ist ferner, daß neben der öffentlichen bzw. gesetzlichen Altersversorgung noch eine andere Form der Altersrente in Gestalt der privaten Lebensversicherung besteht. Die Zahl der Lebensversicherungsverträge in der Bundesrepublik entspricht in etwa der Bevölkerungszahl. 1987 bestanden rd. 68 Millionen Verträge. Statistisch kommt also auf jeden Bundesbürger eine mögliche private Altersrente. Tatsächlich kumulieren aber die Lebensversicherungen bei relativ gutverdienenden sozialen Gruppen.

Ende 1988 wurde nach langwierigen und kontroversen Diskussionen ein neuer Versuch zu einer längerfristig wirksamen Rentenreform unternommen. Dabei kam es den großen gesellschaftlichen Gruppen offensichtlich darauf an, wie schon 1957 einen möglichst breiten Konsens bei der in der Vergangenheit oft wählerwirksamen Frage zu erreichen. Vorrangiger Auslöser für die dringend notwendige Strukturreform ist die Bevölkerungsentwicklung. Hochrechnungen zeigen ein Schrumpfen der Wohnbevölkerung von 60,9 Millionen Menschen 1986 auf 40,7 Millionen Menschen im Jahre 2040. Der Anteil der 60- bis unter 80jährigen steigt in diesem Zeitraum von 23,5 v. H. auf 29,5 v. H., der der über 80jährigen von 4,5 v. H. auf 8,0 v. H. Gleichzeitig sinkt der Anteil der 20- bis 60jährigen von 56,7 v. H. auf 47,5 v. H. Für die Rentenversicherung spielt dabei der sog. «Alterslastquotient» eine signifikante Rolle, nämlich das Verhältnis (prozentualer Anteil) der über 60jährigen zu der Gruppe der 20- bis 60jährigen. Die so bestimmte «Alterslast»-Quote steigt von 1986 bis 2040 von 36,0 v. H. auf 79,3 v. H., bzw. in absoluten Zahlen: im Jahre 2040 wird es nach diesen Hochrechnungen 19,3 Millionen Menschen im erwerbsfähigen Alter und 15,3 Millionen Menschen im Rentenalter geben.[1]

Aber nicht nur die Bevölkerungsentwicklung mit geringen Geburtenraten und längerer Lebenserwartung bringt der Rentenversicherung Probleme. Strukturelle Arbeitslosigkeit und technologisch bedingter Rückgang der Beschäftigungsverhältnisse, Veränderungen bei der Erwerbstätigkeit von Frauen, Zunahme der ungesicherten Beschäftigungsverhältnisse, früherer Renteneintritt verändern die Finanzlage der Rentenversicherung. Dabei geht es nicht zuletzt darum, Wege zu finden, das derzeit erreichte Nettorentenniveau (64 v. H. des Nettoentgelts eines vergleichbaren Arbeitnehmers nach 40 Versicherungsjahren) auch künftig aufrechtzuerhalten und zugleich eine Verbesserung für Bezieher sehr kleiner Renten zu erreichen (Rente nach Mindesteinkommen). Jede diesbezügliche Strukturreform kann dabei im übrigen an Entscheidungen zur Harmonisierung der Alterssicherungssysteme, insbesondere der Beamtenversorgung, nicht vorübergehen.

1 Verband Deutscher Rentenversicherungsträger: Zur langfristigen Entwicklung der gesetzlichen Rentenversicherung, Juni 1987

Neben zahlreichen kleineren Eingriffen steht den Sozialpolitikern prinzipiell ein Bündel von Sanierungsmaßnahmen zur Verfügung:
- Erhöhung des Bundeszuschusses,
- niedrigeres Rentenniveau durch Netto- statt Bruttoanpassung,
- höhere Beiträge,
- längere Lebensarbeitszeit und damit späterer Eintritt des Rentenfalls,
- Neu- bzw. Höherbewertung von Ausfall- sowie Kindererziehungs- oder Pflegezeiten,
- bedarfsorientierte Grundsicherung,
- Wertschöpfungsbeitrag der Unternehmen aus Rationalisierungsvorteilen.

Für die ab 1990 bzw. 1992 vorgesehene Rentenreform zeichnen sich Anfang 1989 folgende von CDU, CSU, F.D.P. und SPD getragene Eckwerte ab:
- Die Beitragssätze sollen ab 1995 bis zum Jahre 2010 auf 21 v. H. (z. Z. 18,7 v. H.) steigen.
- Der Bundeszuschuß (Bundesbeitrag) wird dynamisiert.
- Die (höhere) «Rente nach Mindesteinkommen» für die Frauen, die seit 1972 in Rente gegangen sind, zuvor aber nur wenig verdient haben, soll bis 1991 gelten.
- Die Altersgrenze wird schrittweise auf 65 Jahre angehoben, und zwar vom Jahre 2001 an.
- Ab 1992 werden die Renten nur noch entsprechend den Nettoeinkommen erhöht.

Die von der SPD, aber auch von anderen mehr im alternativen Spektrum befindlichen Gruppierungen favorisierte bedarfsorientierte Grundsicherung sowie ein Wertschöpfungsbeitrag für Unternehmer sind in diesem Kompromiß nicht enthalten.[1]

Der Faktor Bildung

Bei der beschreibenden Darstellung des Bildungs- und Qualifikationssystems der Bundesrepublik geht es um Institutionen, die mit besonders ausgewähltem und geschultem Personal, nach eigenen Regeln und Gesetzmäßigkeiten Kultur und Qualifikationen vermitteln. Die Fragen zielen somit auf das Schulsystem als Berufsvorbereitung, auf dessen Stufung und Rekrutierung, damit auf dessen Philosophie und Intention.

1 Arbeitsgruppe «Armut und Unterversorgung»: Memorandum Bedarfsbezogene integrierte Grundsicherung, in: neue praxis, H. 1, 1986, S. 87–101; Wirtschafts- und Sozialwissenschaftliches Institut des DGB (WSI): Bedarfsorientierte Grundsicherung, Düsseldorf 1987; R. G. Heinze: Sozialstaat 2000, Bonn, 2. Aufl. 1988

Das bundesdeutsche Schulwesen ist öffentlich. Obgleich es eine Vielzahl von Privatschulen in der Bundesrepublik gibt – es handelt sich dabei vorwiegend um Gymnasien oder nach besonderen pädagogischen Methoden arbeitende Landschulheime bzw. Internate –, gilt die generelle staatliche Kontrolle und Aufsicht über sämtliche Schulformen. Entsprechend der bundesstaatlichen Ordnung steht das Bildungswesen unter der Kulturhoheit der Länder. Allgemeine pädagogische Fragen, Didaktik und Methodik werden als innere Schulangelegenheiten von den Kultusministerien der Länder geregelt. Die damit verbundene starke Uneinheitlichkeit ist eines der Charakteristika des westdeutschen Schulsystems. Je nach Wirtschaftsstruktur, Besiedlung, Konfession, Tradition und politischer Führung der Bundesländer ergeben sich für die Schulbildung die unterschiedlichsten Bedingungen. Es besteht zwar grundsätzlich eine gesetzliche Schulpflicht vom 6. bis zum 18. Lebensjahr. Allerdings ist sie nur bis zum 15. Lebensjahr auf eine Volksschule festgelegt. Bis zum 18. Lebensjahr haben die im Beruf stehenden Jugendlichen die Pflicht, zur Ergänzung ihrer beruflichen Ausbildung an einem Wochentag die Berufsschule zu besuchen.

Die weitreichenden Auseinandersetzungen um eine Reform des bundesdeutschen Schulsystems hatten in den sechziger Jahren durch die Hinweise auf die Notwendigkeit einer Intensivierung der *vorschulischen Erziehung* neues Material erhalten. Mit dem Verlassen jener entwicklungspsychologischen Theorien, die von erblich bestimmten, nur wenig beeinflußbaren Begabungen ausgingen, wuchs das Interesse an der Bildungsförderung der Kleinkinder. Gestützt auf sozialpsychologische Forschungen gehen Erziehungswissenschaftler davon aus, daß die wichtigste Phase der Entwicklung menschlicher Fähigkeiten wie Sprache, Lernmotivation, Intelligenz, deren Besitz weitgehend den späteren Schulerfolg bestimmen, in der Kindheit liegt, also vor Beginn der Schulpflicht.[1]

Daß diese schon seit längerer Zeit vorliegenden Ergebnisse der Sozialisationsforschung dann zu einem bestimmten Zeitpunkt in die Reformdiskussion- und -planung eingegangen sind, muß im Zusammenhang mit den veränderten Anforderungen an die Qualifikation der erwachsenen Arbeitskräfte gesehen werden. Im ausschließlich familialen Sozialisationsprozeß, so war die These, konnte die Mehrheit der Kinder nicht so erzogen werden, daß eine optimale Entwicklung der individuellen Fähigkeiten und der gesellschaftlich notwendigen Kenntnisse gewährleistet war. Auch die bestehende Struktur und Organisation der Grundschulerziehung ermöglichten keine gezielte Förderung derjenigen Kinder, die durch soziale Benachteiligung und Entwicklungsstörungen nicht die Vor-

---

1 A. Flitner: Der Streit um die Vorschulerziehung, in: G. Bittner und E. Schmidt-Cords (Hrsg.): Erziehung in früher Kindheit, München 1968, S. 364ff

Bildungssystem der Bundesrepublik

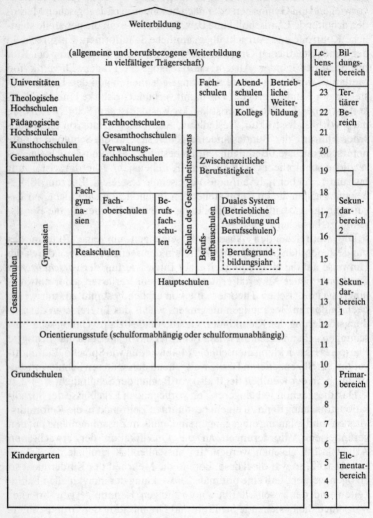

Quelle: Bundesminister für Bildung und Wissenschaft «Grund- und Strukturdaten 1987/88»

aussetzungen hatten, das grundgesetzliche Recht auf Chancengleichheit im Bildungs- und Ausbildungsbereich wahrzunehmen.

Die Auseinandersetzung um die Methoden und Ziele frühkindlicher

Entwicklungsförderung riefen eine Fülle privater und öffentlicher Initiativen ins Leben (Vorklassen-Modell, Kinderladenbewegung, Eingangsstufe).[1] Im Strukturplan des Deutschen Bildungsrates wurden als Lernziele «die Entwicklung des Sprachgebrauchs, der Mut und die Fähigkeit, Fragen zu stellen, um so viele Informationen wie möglich einzuholen; die Entwicklung von Verhaltens- und Handlungsweisen, um mit unbekannten oder schwierigen Situationen selbständig fertig zu werden, also die Entwicklung problemlösenden und nicht zurückweichenden Handelns»[2] angegeben.

Kindergärten haben aber oft auch tagsüber die Betreuungsfunktion bei berufsbedingter Abwesenheit der Eltern. Die Zahl der Kindergartenplätze stieg von 1,2 Millionen (1970) auf 1,5 Millionen (1986), was eine Angebotserweiterung von rd. 385 auf rd. 800 Plätzen je 1000 Kinder zwischen 3 und 6 Jahren bedeutet.

In der Bundesrepublik werden allgemeinbildende und berufsbildende Schulen (Berufsschulen, Berufsfachschulen, Fachschulen) unterschieden. Die Dreiteilung der *allgemeinbildenden Schulen* nach dem Grundschulalter in Hauptschulen, Realschulen und höhere Schulen bzw. Gymnasien ist ein weiteres Charakteristikum des westdeutschen Schulwesens. Nach einem vier- oder fünfjährigen Besuch der Grundschule kann der Schüler entweder zur sechsjährigen Realschule überwechseln und dort mit der «Mittleren Reife» (Abschluß Sekundarstufe I) aufhören oder zum neunjährigen Gymnasium gehen, dessen erfolgreicher Abschluß (Abitur) zur Hochschulreife führt. Gelangt er nicht in das weiterführende Schulsystem, so hat er die Hauptschule bis zum 9./10. Schuljahr weiter zu besuchen. (Eine Übersicht über die Verteilung der Schüler auf die verschiedenen Schulstufen und -formen befindet sich auf der folgenden Seite.)

Die Zahlen spiegeln nur die Grobstruktur des gestuften Bildungssystems wider, weil darin Zwischenabschlüsse nicht berücksichtigt sind. Immerhin deuten sie die Hierarchie der Ausbildung an. Kennzeichnend für die Entwicklung des Schulsystems in der Bundesrepublik seit den sechziger Jahren ist eine Zunahme der Durchlässigkeit der verschiedenen Schulformen, die nicht zuletzt über die Entwicklung verschiedener Schultypen (Fachoberschule usw.) im Bereich der Sekundarstufen I und II erreicht wurde; konsequenteste Form dieser Entwicklung ist die integrierte Gesamtschule, die inzwischen als Regelschule anerkannt ist, einschließlich ihrer Kompromißformen als additiver oder kooperativer Gesamtschule in einem Schulgebäude.

1 R. Gerstacker-Zimmer und J. Zimmer: Vorschulische Erziehung, in: D. Kreft und I. Mielenz: Wörterbuch Soziale Arbeit, Weinheim, 3. Aufl. 1988, S. 588–592

2 Deutscher Bildungsrat. Empfehlungen der Bildungs-Kommission. Strukturplan für das Bildungswesen. Stuttgart 1970, S. 42

Bildungsbereich/Schulart	Schülerzahl (in 1000)		
	1970	1980	1987
Primarbereich			
Grundschulen	3977,3	2772,8	2295,7
Sekundarbereich I			
Hauptschulen	2370,2	1933,7	1372,3
Realschulen	863,5	1351,1	924,1
Gymnasien (Unter- und Mittelstufe)	1062,1	1495,5	1130,2
Sekundarbereich II			
Gymnasien (Oberstufe)	317,4	623,5	471,4
Sonderschulen	322,0	354,3	252,8
Gesamtschulen	–	220,2	244,0
Abendschulen/Kollegs	25,1	35,2	41,3

Quelle: Bundesministerium für Bildung und Wissenschaft «Grund- und Strukturdaten 1987/88», S. 34/35 und Statistisches Jahrbuch für die Bundesrepublik Deutschland 1988, S. 349

Für die Schulabgänger zeigt sich folgendes Bild:		
	1980	1987
– nach Beendigung der Vollzeitschulpflicht	505600	277000
– mit Realschul- oder gleichwertigem Abschluß	380900	301000
– mit Hochschul- oder Fachhochschulreife	218500	222000

Die Strukturveränderungen im Schulsystem haben für die Hauptschule, in der nach wie vor die Mehrheit der Kinder aus Arbeitnehmerfamilien Schulabschluß macht, z. T. durchaus fragwürdige Folgen gehabt. Die Oberstufe der alten Volksschule wurde weitgehend zur «Restschule». Trotz Einführung des 9./10. Schuljahres ist die Möglichkeit, in allen Hauptschulen eine gleich gute Bildung zu erhalten, noch nicht gegeben. Eine gründliche Reform der Inhalte dieser Schulform wurde in den meisten Ländern bisher vernachlässigt. Eine Vorbereitung auf das Berufsleben erfolgt nur in bescheidenem Maße. In der Organisation des Schulwesens gab es Veränderungen: Das Landschulwesen wurde modernisiert. Man richtete sogenannte «Mittelpunktschulen» oder «Dörfergemeinschaftsschulen» für die letzten Klassen bzw. die gesamte Hauptschule ein. Die Kinder werden dafür aus verstreuten Landgemeinden mit Schulbussen in eine zentral gelegene Schule gebracht, in der sie dann ähnliche Bildungsmöglichkeiten haben wie die Stadtschulkinder. Dennoch bleibt die wesentlich in den Bildungsverhältnissen begründete soziale Benachteiligung der Landbevölkerung bestehen.

Neben der vorschulischen Erziehung, der Einführung eines 10. Schuljahres, einer differenzierten Ausbildung in den Hauptschulabschlußklassen und einer Modernisierung des Landschulwesens war lange Zeit der Lehrermangel ein entscheidendes bildungspolitisches Problem. Inzwi-

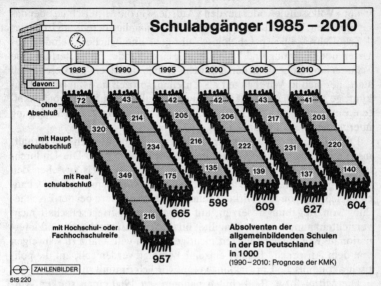

Schulabgänger 1985 – 2010

1985 · 1990 · 1995 · 2000 · 2005 · 2010

davon:

ohne Abschluß: 72 · 43 · 42 · 42 · 43 · 41

mit Hauptschulabschluß: 320 · 214 · 205 · 206 · 217 · 203

mit Realschulabschluß: 234 · 216 · 222 · 231 · 220

mit Hochschul- oder Fachhochschulreife: 349 · 175 · 135 · 139 · 137 · 140

216 · 665 · 598 · 609 · 627 · 604

957

Absolventen der allgemeinbildenden Schulen in der BR Deutschland in 1000
(1990–2010: Prognose der KMK)

ZAHLENBILDER

515 220

© Erich Schmidt Verlag

schen besteht jedoch angesichts sinkender Schülerzahlen eine erhebliche Lehrerarbeitslosigkeit. Hinsichtlich der Schülerzahlen und der Zahl der Schulabgänger wird sich diese Entwicklung noch verstärken:

Der entscheidende Einschnitt im Leben eines westdeutschen Kindes liegt herkömmlicherweise im 10. Lebensjahr. Es geht um das Verbleiben

Lehrer

Schulart	Lehrer (in 1000)			Schüler je Lehrer		
	1970	1980	1986	1970	1980	1986
Grund-/Hauptschule	201,5	232,9	212,1	31,6	21,6	17,5
Sonderschulen	21,0	41,0	39,8	15,3	8,7	6,6
Realschulen	37,8	62,7	57,7	23,1	21,5	16,9
Gymnasien (Unter-/ Mittelstufe)	76,9	73,5	64,6	18,8	20,4	16,2
Gymnasien (Oberstufe)	–	48,3	55,7	–	12,9	10,9
Gesamtschulen	–	16,4	19,3	–	15,4	12,4
Abendschulen/Kollegs	1,5	2,3	2,8	15,9	14,8	14,0

Quelle: Bundesministerium für Bildung und Wissenschaft «Grund- und Strukturdaten 1987/88», S. 80/81

in der «Volksschule» oder um den «Aufstieg» in die Mittelschule oder das Gymnasium. Dieser Konzeption zufolge soll nämlich bereits am Ende des 4. Schuljahres ein – psychologisch übrigens unmögliches – eindeutiges Urteil über Eignung und Nichteignung eines Kindes für weiterführende Schulen abgegeben werden können. Damit findet ein Ausleseprozeß statt, der sich in Wirklichkeit als Zuteilungsprozeß im Hinblick auf zukünftige gesellschaftliche Anerkennung, berufliche Aufstiegsmöglichkeiten, Beteiligung an wirtschaftlicher und politischer Macht und Verfügung über materielle Güter darstellt.

Diese Grundstruktur des Schulwesens – die immer noch die Verhältnisse prägt – geriet allerdings zunehmend unter Kritik. Die Undurchlässigkeit und die enorme Schwierigkeit eines Wechsels zwischen den Schultypen widersprachen nicht nur dem Verfassungsanspruch auf Chancengleichheit, sondern wirkten zunehmend als Barriere bei der Erschließung von Begabungsreserven, auf die eine Industriegesellschaft nicht verzichten kann, wenn sie Stabilität und Wirtschaftswachstum und internationale Konkurrenzfähigkeit nicht gefährden will. Ganz zu schweigen von dem Anspruch, daß der einzelne befähigt werden soll, auf die politisch-ökonomische Entwicklung verantwortlich Einfluß zu nehmen.[1]

Die Mittel- bzw. Realschulen nahmen seit 1960 einen starken Aufschwung. Der Abschluß der mittleren Reifen nach dem 10. Schuljahr bietet die Grundlage für die immer zahlreicher werdenden und dringend benötigten mittleren Berufe in der Industrie, im Handel und der Verwaltung. Die Realschulbildung enthält zugleich die Möglichkeit eines weiteren Besuchs der Fachoberschulen und Wirtschaftsgymnasien. Wegen der kürzeren Dauer dürfte diese Schulbildung auf diejenigen Eltern, die ihren Kindern eine höhere Allgemeinbildung verschaffen wollen, die aber vor dem neunjährigen Gymnasium zurückschrecken, eine starke Anziehungskraft ausüben.

Im Bereich des Mittelschulwesens herrscht allerdings noch ein verwirrendes Durcheinander von Schultypen und Ausbildungsformen. Die selbständigen Mittel- und Realschulen bestehen in einigen Bundesländern als sechsklassige, in anderen nur als drei- bzw. vierklassige Schulen. Diese bauen in der Regel auf Hauptschulen mit sogenannten «Mittelschulzügen» oder besonderen «Aufbaurealschulen» auf.

Das Gymnasium – auch heute noch der am häufigsten beschrittene Weg zur Hochschulreife – stand seit den sechziger Jahren im Mittelpunkt einer vielfältigen Kritik. Man warf ihm vor, es sei im Kern die alte Standesschule geblieben, praktiziere einen undemokratischen Ausleseprozeß und übe einen starken Anpassungsdruck aus. Es gehe nach nicht mehr adäquaten Lehrmethoden und falsch ausgewähltem Lehrstoff vor, da es

1 Deutscher Bildungsrat (Hrsg.): Strukturplan für das Bildungswesen, Suttgart 1970

die theoretisch-sprachliche Bildung überbewerte, die naturwissenschaft-
lich-technische Bildung jedoch vernachlässige.

Das Gymnasium in Normalform, der sogenannten «Langform» mit
neun Schuljahren, baut überwiegend auf dem 4. Grundschuljahr auf. In
einigen Bundesländern findet der Übergang nach dem 6. Schuljahr statt.
Je nach Bundesland kann die Übernahme in das Gymnasium abhängig
sein von verschiedenen Aufnahmeprüfungen oder einem Gutachten des
jeweiligen Grundschullehrers. Die Aufnahmeprüfung hat weitgehend ihren Ausschließlichkeitscharakter verloren. Stellenweise wird die Aufnahme auf Probe praktiziert. In einer Reihe von Bundesländern existiert
in unterschiedlichen Ausformungen die Orientierungsstufe (5. und
6. Schuljahr), die noch verschiedene Wege im weiterführenden Schulsystem offenlassen soll. Die Oberstufe des Gymnasiums ist z. T. nach
Grund- und Leistungskursen differenziert. In den letzten Klassen des
Gymnasiums findet eine Eingrenzung des Unterrichsstoffes statt, indem
einige Fächer praktisch als Vorabitur schon in der 11. oder 12. Klasse abgeschlossen und andere spezialisierte der Wahl des Schülers überlassen
werden. Es ist damit eine stärkere Erziehung zu selbständiger, vertiefter
Arbeit beabsichtigt. Die Studienfähigkeit soll erhöht werden.

Absolventen von Realschulen konnten lange Zeit nur in seltenen Ausnahmefällen auf das Gymnasium überwechseln. Statt jedoch generell
einen breiten Bildungsweg für Schüler mit «Mittlerer Reife» zu schaffen,
wurden in der Bundesrepublik bisher bestehende Einrichtungen unverändert beibehalten und neue hinzugefügt, so daß wiederum eine Vielzahl
von unkoordinierten Einrichtungen den Weg zur Hochschulreife ermöglicht. Die lediglich Fakultätsreife erteilenden Wirtschafts- und
Frauenoberschulen treten in letzter Zeit mehr in den Hintergrund.

Große Verbreitung erlangten statt dessen Fachoberschulen mit verschiedenen Fachrichtungen als Weg zur Fachhochschulreife, zum Teil
auch zu Fächern der wissenschaftlichen Hochschulen.

1969 hatte der Deutsche Bildungsrat eine Empfehlung herausgegeben,
Schulversuche in Richtung auf die integrierte Gesamtschule zu machen.

Mit diesem Konzept wurden verschiedene Zielvorstellungen verfolgt.
Einerseits sollten die im herrschenden dreigliedrigen Schulsystem aufge-
tretenen Probleme gelöst werden, d. h. eine der stetigen Expansion und
den sowohl strukturell als auch inhaltlich neuen Anforderungen entsprechende neue Schulreform entwickelt werden, andererseits sollte mit der
Aufhebung der Undurchlässigkeit zwischen den traditionellen Schultypen die Egalisierung der Bildungschancen vorangetrieben werden.[1]

Mit der Einführung der Gesamtschule als Regelschule sollte jedoch
nicht nur die Möglichkeit gegeben werden, vorschulische soziale Un-

1 Vgl. H. Fend u. a.: Gesamtschule und dreigliedriges Schulsystem, Stuttgart 1976

gleichheit zu kompensieren, sondern auch die Gelegenheit, zu frühe oder
falsche Entscheidungen über den zukünftigen Bildungs- und Ausbildungsweg (Verbleiben auf der Hauptschule, Übergang zur Realschule
oder zum Gymnasium) zu korrigieren. Das Gesamtschulkonzept ist inzwischen im Grundsatz akzeptiert.

Im Rahmen einer Sozialkunde ist es unmöglich, die gesamte Diskussion um die Schulreform darzustellen. Es kann jedoch auf die Erörterung
einiger Probleme, die sich aus dem gegenwärtigen Schulsystem ergeben,
nicht verzichtet werden. Im wesentlichen sind dies die Schwierigkeiten
des Kulturföderalismus sowie die unerschlossenen Begabungsreserven
und die in ihren Erziehungschancen benachteiligten sozialen Gruppen
der bundesdeutschen Bevölkerung.[1]

Die Neuorganisation des Qualifikationssystems ist in allen hochentwik-
kelten Industriegesellschaften zum mehr oder minder deutlichen Aufga-
benbereich staatlicher Kulturpolitik geworden. Trotz aller beachtenswer-
ten Steigerung der öffentlichen Ausgaben für Erziehung und Wissenschaft
schneidet die Bundesrepublik im Verhältnis zu vielen anderen europäischen und außereuropäischen Ländern nicht günstig ab.

Dieser Rückstand der Bundesrepublik ist zu nicht geringen Teilen als
Folge des westdeutschen Kulturföderalismus zu begreifen. Im Föderalismus liegt freilich auch die Chance, je nach finanziellen Möglichkeiten,
politischen Interessen und planerischem Potential bildungspolitische Lösungen wenigstens in Modellform zu praktizieren. So gibt es in der BRD
elf Kultusministerien und infolgedessen elf verschiedene bildungspolitische Konzeptionen, elf verschiedene Ziele und Finanzierungsmöglichkei-
ten, elf Formen der Lehrerbildung, zahlreiche Formen der Begabtenförderung usw.

Die Versuche zu einer Kooperation von Bund und Ländern bei der
Neugestaltung des Bildungswesens führten zu wechselhaften institutionellen Form und Inhalten (Bund-Länder-Kommission für Bildungsplanung).

Noch heute ist das Bildungswesen der BRD von einer Koordination
weit entfernt. Schulsysteme und Bildungschancen sind im Bundesgebiet
sehr unterschiedlich. Die vom Grundgesetz garantierte «Einheitlichkeit
der Lebensverhältnisse» ist auch nicht annähernd realisiert. So erwerben
z. B. im Saarland nur 15,4 v. H. eines Altersjahrgangs das Abitur, während dies in Hessen 25,4 v. H., in Berlin 28,3 v. H. und in Hamburg 29,9
v. H. gelingt.

Dabei ist festzuhalten, daß das Problem der Begabungsreserven in

1 Max-Planck-Institut für Bildungsforschung (Hrsg.): Bildung in der Bundesrepublik
Deutschland, 2 Bde, Reinbek 1980; K. Klemm u. a.: Bildung für das Jahr 2000. Bilanz der
Reform, Zukunft der Schule, Reinbek 1985

ländlichen und Arbeiterfamilien sowie bei Ausländerfamilien keineswegs durch finanzielle Begabtenförderung und Ausbildungsbeihilfen allein zu lösen ist. Selbst die Unentgeltlichkeit des Unterrichts, ausgedehnte Lehrmittelfreiheit sowie Erziehungsbeihilfen im Rahmen der verschiedenen sozialen Sicherungssysteme haben die Abhängigkeit der Schulwahl von finanziellen Gesichtspunkten nur bedingt aufgehoben.

Im August 1971 wurde das Bundesausbildungsförderungsgesetz (BAFÖG) erlassen. Auf die Förderung nach dem BAFÖG besteht im Rahmen seiner Einzelbestimmungen ein Rechtsanspruch.

Nach diesem Gesetz wurden 1981 noch 1,3 Millionen junge Menschen gefördert (760000 davon waren Schüler; über 53 v. H. der geförderten Schüler waren Mädchen). 1986 waren es nur noch 505000 Schüler und Studenten. Der Anteil der Mädchen und jungen Frauen an der BAFÖG-Förderung insgesamt betrug rd. 41 v. H. 79 v. H. der Geförderten lebten während der Ausbildung nicht bei hren Eltern. 1986 wurden folgende Förderungsbeträge gezahlt (Vgl. auch folgende Seite):[1]

mehr als ... bis ... DM	Schüler v. H.	Studenten v. H.
bis 100	3,1	2,6
100–200	6,7	4,9
200–300	6,6	6,6
300–400	8,9	8,6
400–500	12,1	11,0
500–600	45,0	17,5
600–700	12,9	14,5
mehr als 700	4,7	34,3

1982/83 war ein drastischer Abbau der Schülerförderung erfolgt. Zwar hat die Mehrzahl der Bundesländer kurzfristig mit jeweils eigenem «Länder-BAFÖG» reagiert, aber die harten Einschnitte konnten damit nicht ausgeglichen werden. Der Versuch, eine bundeseinheitliche Förderung von Kindern aus einkommensschwachen Familien zu sichern, hat nicht viel länger als zehn Jahre der konservativen Kritik standgehalten.

Ausbildungsmarkt und Qualifikation

Die Bundesrepublik hat seit den 60er Jahren ohne Zweifel einen enormen Ausbau ihres Bildungssystems zuwege gebracht. Dieser stellt sich vor allem als «Explosion» der Schülerzahlen, als ganz erhebliche Vermehrung des Anteils weiterführender Schullaufbahnen und als starker Zustrom zu

1 Statistisches Jahrbuch für die Bundesrepublik Deutschland 1988, S. 369

Ausbildungsförderung nach BAföG (ab 1988)

Wohnung bei den Eltern	Monatliche Höchstförderung*	Wohnung nicht bei den Eltern
Keine Förderung	für Schüler an weiterführenden allgemein-bildenden Schulen, Berufsfachschulen, Fach- und Fachoberschulen	540 DM
540 DM	für Schüler an Abendhauptschulen und Abendrealschulen	650 DM
Keine Förderung	für Schüler an Berufsaufbauschulen und Fachoberschulen**	650 DM
550 DM	für Schüler an Fachschulen**, Abendgymnasien und Kollegs	685 DM
590 DM (als Darlehen)	für Studenten an Höheren Fachschulen, Akademien und Hochschulen	725 DM (als Darlehen)

* ab Klasse 10 — ** in Klassen, die eine abgeschlossene Berufsausbildung voraussetzen

ZAHLENBILDER

© Erich Schmidt Verlag   506 546

den Hochschulen dar. Dabei wirken Bevölkerungsentwicklung (zeitweilig geburtenstarke Jahrgänge) und Wandel im Bildungssystem bzw. in den Qualifikationserwartungen zusammen.

Während die Grundschule Anfang und Mitte der 70er Jahre vom «Babyboom» der 60er Jahre erfaßt wurde (1960: 3,1 Millionen Schüler, 1970: 4,0 Millionen), ist dort inzwischen die Welle längst abgeebbt (1980: 2,7 Millionen, 1987: 2,3 Millionen). In der Mittelstufe (Sekundarstufe I) gab es die Spitze 1979/80. In den Oberstufen der Gymnasien und anderer Schulformen der Sekundarstufe II traf der «Schülerberg» ab 1983 ein. Er stieß damit auch auf den unvorbereiteten Ausbildungsmarkt der beruflichen Bildung und löste dort einen enormen Lehrstellenmangel aus. Z. Z. ist er mit ähnlich belastenden Auswirkungen in den Hochschulen eingetroffen. 1960 gab es in der Bundesrepublik 291 000 Studenten. Die Zahl der Studenten an wissenschaftlichen Hochschulen und Fachhochschulen, die 1980 erstmals die Millionengrenze überschritt, erreichte 1987 einen Stand von 1,4 Millionen, wobei gerade in diesen Zahlen Bevölkerungsentwicklung und Strukturwandel im Qualifikationssystem der Gesellschaft, aber eben auch Emanzipation und Gleichstellung der Frauen kumulieren.

Nicht minder ist der mit der großen Zahl von Studenten verbundene

Problemdruck vom Bildungssystem selbst geschaffen. Es drängen jetzt nämlich in nicht geringem Umfang diejenigen in die Hochschule, die in der Hoffnung, wenigstens zu einem späteren Zeitpunkt in ihr Wunsch-Studienfach zu kommen, zunächst eimal eine «Warteschleife» mit einer berufspraktischen Qualifizierung gezogen haben.

Es versteht sich, daß eine so starke Ausweitung der Schüler- und Studentenzahlen eine Vermehrung der Stellen für Lehrer und für wissenschaftliches Personal an den Hochschulen sowie eine Steigerung der Bildungskosten und ihres Anteils am öffentlichen Haushalt bzw. an der Verwendung des Bruttosozialprodukts mit sich brachte. Das sollte aber nicht verdecken, daß von der Grundschulmisere der 70er Jahre angefangen bis zur gegenwärtigen Misere an den Hochschulen eigentlich nichts überraschend und unvorhersehbar eintrat. Es zeigt vielmehr trotz aller Bildungsplanung die Kurzatmigkeit politischer Praxis.

Insgesamt bietet sich allerdings das Bild einer vor zwei Jahrzehnten noch kaum erwarteten Expansion der Ausgaben und der Leistungen im Bildungswesen. Daß damit nicht alle alten Probleme ausgeräumt sind und zum Teil neue Probleme auftreten, soll wenigstens angedeutet werden.

Berufsbildendes Schulwesen und Hauptschule liegen weithin im argen; die Benachteiligung spezifischer sozialer Gruppen ist nur in Ansätzen behoben; der Bereich der Sekundarstufen I und II bietet ein verwirrendes Bild von Schultypen und Abschlüssen; die Hochschulen platzen aus den Nähten. Trotz mancher Vorstöße aus dem politischen Raum ist nicht zu erwarten, daß die Reform im Bildungssektor im Kern wirklich rückgängig gemacht oder Bildungsaufwand generell reprivatisiert werden könnte.

Wohl aber ist damit zu rechnen, daß Strukturen und Inhalte von Schulen und Hochschulen mehr noch als schon in den letzten Jahren zum Gegenstand permanenter politischer Auseinandersetzungen werden – die Zeit der «pädagogischen Provinzen» ist ein für allemal dahin. Ferner ist damit zu rechnen, daß Verknappung der öffentlichen Mittel und Probleme auf dem Arbeitsmarkt Bildungsreformen stagnieren lassen oder sie in ihrer sozialen Absicht illusionär machen.

Die Situation der Hochschulen in der Bundesrepublik, deren Reform und «Gegenreform», Steigerung oder Drosselung der Studentenzahlen, Hochschulzulassungsbedingungen, Studiengänge und Studienabschlüsse bildet schon seit Jahren einen immer wiederkehren Anlaß öffentlicher Kontroversen in der Bundesrepublik.

Ende der 60er Jahre galten Ausbau und Umbau des Hochschulwesens als ein Kernstück gesellschaftlicher Reform – eine Tendenz, der sich damals auch die eher konservativen politischen Kräfte zunächst nicht entziehen konnten. Angetrieben wurde der Reformeifer im Hochschulbereich vor allem durch die Erwartung, daß die wirtschaftlich-technische Entwicklung eine fast durchgängige Steigerung der Qualifikationsanfor-

derungen zur Folge haben werden, also eine «Verwissenschaftlichung»
von Arbeitsvollzügen auf breiter Ebene, der eine Ausdehnung der akademischen Ausbildung als «Ausschöpfung der Begabungsreserven» entgegenkommen müsse.

Mit dieser Kalkulation verband sich der Wunsch nach mehr Chancengleichheit, nach besseren Möglichkeiten des Hochschulzugangs vor allem
für Arbeiterkinder und Mädchen sowie die Forderung, die weitgehend
noch feudalen Binnenstrukturen der Universitäten abzubauen und die
historisch später aufgekommenen Hochschultypen (Technische Hochschulen, Pädagogische Hochschulen, Fachhochschulen) den alten Universitäten gleichzustellen, organisatorisch im Modell der «Gesamthoch-
schule» zum Ausdruck kommend. Derartige Reformen versprach man
sich in erster Linie von staatlich-gesetzlichen Eingriffen, schon deshalb,
weil in der Bundesrepublik (im Unterschied etwa zu den USA) die Hochschulen bis auf wenige (kirchliche) Ausnahmen staatliche Institutionen
sind, denen freilich traditionell ein bestimmtes Feld von Autonomie zugestanden wurde.

Diese Art von «Hochschulreform» erfüllte allerdings keineswegs sämtliche inhaltlichen Hoffnungen, die man zeitweise in sie gesetzt hatte. Weder gelang es, durchweg zu neuen Formen des «Forschens und Lernens»,
also zur Reform der Studieninhalte und Studienformen zu kommen, noch
konnten die sozialstrukturellen Einseitigkeiten des Hochschulstudiums
wirklich ausgeräumt werden. Ein Grund hierfür liegt sicher auch darin,
daß die finanziellen Ressourcen des Staates sich mindestens ab 1974 als
sehr viel knapper erwiesen, als dies zuvor angenommen worden war. Ein
weiterer Grund ist dort zu vermuten, wo die Arbeitsplatzstruktur und
dann auch die Arbeitsmarktlage den Wandel des Hochschulwesens als gar
nicht mehr so dringlich erscheinen ließen («Akademikerschwemme»).
Schließlich kam hinzu, daß die in der Studentenschaft relativ weitverbreiteten Linkstendenzen das Begehren nach einer «Gegenreform» im Hochschulbereich aufkommen ließen.

Aus diesem Bündel von Faktoren ergab sich eine im wesentlichen andere Linie der Hochschulpolitik, die sich in etwa auf den Begriff «Restrik-
tion» bringen läßt. Zulassungsbegrenzungen durch die Einrichtung der
Zentralstelle für die Vergabe von Studienplätzen (ZVS) in Dortmund,
Regelstudienzeiten, Ordnungsrecht an den Hochschulen und die Wiederherstellung der Dominanz der Hochschullehrer in der akademischen
Selbstverwaltung durch Entscheidung des Bundesverfassungsgerichts
sind ebenso Ausdruck dieser Tendenz wie die Rücknahme von Reformen
im Studienbetrieb. Das seit 1977 wirksame Hochschulrahmengesetz des
Bundes ist von dieser rückläufigen Entwicklung geprägt. Infolge der Kulturhoheit der Länder lassen sich im einzelnen allerdings erhebliche Unterschiede auch in der Hochschulpolitik feststellen. Die Expansion der

akademischen Ausbildung und die Tatsache, daß es sich bei den meisten Hochschulen und Fächern heute um eine Art Massenbetrieb handelt, haben den Anstoß oder auch den Vorwand für Bestrebungen geliefert, Forschungsfunktionen aus den Hochschulen herauszulagern und neben den regulären Hochschulen kleine «Eliteausbildungsstätten», private Hochschulen für bestimmte gesellschaftliche Führungsgruppen zu konzipieren.

Die «Gegenreform» im Hochschulwesen reduziert inzwischen auch die zeitweise erheblich ausgeweiteten Chancen, über den zweiten Bildungsweg (Begabtensonderprüfungen) in die Hochschulausbildung einzusteigen oder über den Fachhochschulabschluß den Zugang in die «höheren» Stufen der Hochschule zu finden. Die Durchlässigkeit des Bildungssystems wird damit erneut eingeschränkt, obwohl alle Erfahrungen dafür sprachen, daß über diesen Weg zum guten Teil besonders lernfähige Studenten kamen. Der Eindruck, die Hochschulen seien durchweg «überfüllt» (was Experten in vielen Fällen für gar nicht gegeben halten) und auf Sicht drohe eine massive Akademikerschwemme, hat auch die Argumentation aufkommen lassen, Hochschulausbildung müsse in ihrer Finanzierung «reprivatisiert» werden, um so die Studentenzahlen zu senken und akademische Berufsqualifikationen (wie dies in einigen Sparten ohnehin geschieht) durch Knappheit in ihrem Verkaufswert zu steigern. Daß durch eine solche Hochschulpolitik die ökonomisch schwächeren Bevölkerungsgruppen noch eindeutiger aus dem akademischen Nachwuchs verdrängt würden, liegt auf der Hand. Hinzu kommt, daß eine künstliche Verknappung des akademischen Arbeitskräfteangebots zum Zwecke der Wertsteigerung der einzelnen Arbeitskraft sich wohl kaum mit dem Grundrecht der freien Berufswahl in Einklang bringen ließe. Mit dem vielbeschworenen «Leistungsprinzip» hätte diese Vorgehensweise ohnehin nichts zu tun.

Eine Entlastung des akademischen Arbeitsmarktes durch eine Politik der Senkung der Hochschulkapazitäten oder der Studentenzahlen würde im übrigen den Druck nach unten hin weitergeben. In Berufen, die eine Hochschulausbildung nicht voraussetzen, würden den Nichtakademikern dann noch weniger Chancen verbleiben.

Allerdings kann die «Inflationierung» der akademischen Abschlüsse langfristig dahin führen, daß ein Hochschulzertifikat nicht mehr ohne weiteres den höheren Einkommensstatus garantiert. Ein solcher Effekt mag unter dem Aspekt der Egalisierung sozialer Chancen als durchaus akzektabel angesehen werden.

Der Wissenschafsrat und die westdeutsche Rektorenkonferenz machen aber auch zunehmend auf die problematische Situation des wissenschaftlichen Personals aufmerksam. Gegenwärtig sind an den Hochschulen rd. 90000 Wissenschaftler hauptamtlich beschäftigt, davon arbeiten zwei Drittel mit befristeten Verträgen. Lag das Zahlenverhältnis von akademischem Personal 1970 noch bei 1 : 11, nähert es sich jetzt der Relation 1 : 18. Auch die Sachaufwendungen für die Hochschulen – vom Mobiliar über die Bibliotheken bis zur Laborausstattung – sind in den letzten Jahren erheblich eingeschränkt worden. Dies rührt nicht zuletzt daher, daß sich die 1,4 Millionen Studenten auf Hochschulen verteilen, die gegenwärtig insgesamt nur auf eine Studentenzahl von 800 000 ausgelegt sind, seit Jahren also «mit Überlast fahren».

Die Studien- und damit wohl auch die Berufsinteressen der rd. 1,4 Millionen Studenten an bundesdeutschen Hochschulen verteilte sich im Wintersemester 1986/87 folgendermaßen (jeweils dahinter der Anteil der Frauen am Studienfach):[1]

Sprach- und Kulturwissenschaften	275 726	(61 v. H.)
davon: Germanistik	58 269	(67 v. H.)
Erziehungswissenschaft	46 041	(67 v. H.)
Wirtschaftswissenschaften	175 015	(32 v. H.)
Rechtswissenschaften	85 401	(40 v. H.)
Mathematik und Naturwissenschaften	211 292	(31 v. H.)
Humanmedizin	97 757	(41 v. H.)
Ingenieurwissenschaften	282 731	(12 v. H.)
davon: Maschinenbau	115 701	(8 v. H.)
Elektrotechnik	79 082	(3 v. H.)
Architektur	43 092	(38 v. H.)
Kunstwissenschaften	65 118	(58 v. H.)

Es gehört zu den Merkmalen einer dynamischen Gesellschaft, daß Wissen veraltet, daß mit dem Verlassen einer Schule immer seltener die für ein ganzes Berufsleben erforderliche Ausbildung abgeschlossen ist. Gerade die Spezialisierung der Fachberufe zwingt zu zusätzlicher Weiterbildung. Auch bringen es die Veränderungen des Ausbildungswesens und noch mehr die gewandelten Ausbildungsinhalte mit sich, daß selbst bei gleicher sozialer Position die Jüngeren Qualifikationen besitzen, die der Arbeitsplatzstruktur mehr entsprechen als die der Älteren. Damit wird aber deutlich, daß es sich bei der laufenden Ergänzung des Wissens nicht so sehr um Aufstiegsstreben, sondern um Verhinderung des sozialen Abstiegs handelt. Gerade unter diesem Gesichtspunkt müssen die verstärkten, aber immer noch unzureichenden Maßnahmen, den «dritten Bildungsweg» als öffentliche Aufgabe zu institutionalisieren, gesehen werden.

Die weiter fortschreitende Arbeitszeitverkürzung erhält unter dem Gesichtspunkt der Erweiterung des Fachwissens und der Ausbildung zusätzliche Bedeutung. Ergänzung und Aufrechterhaltung des Qualifikations-

1 Vgl. Statistisches Jahrbuch für die Bundesrepublik Deutschland 1988, S. 361

niveaus können ebenso als Freizeitbeschäftigung angesehen werden wie Erholung, Pflege der Gesundheit und die Zeit für die Familie. Dabei ist weniger an das belastende Studium auf Abendgymnasien und Abend-Fachschulen gedacht, sondern an die Institutionen der Erwachsenenbildung, die Volkshochschulen, Volksbüchereien, Akademien privater Verbände, kirchlicher Institutionen und politischer Vereinigungen sowie an die Bildungsmaßnahmen der Gewerkschaften.

Die Integration allgemeiner, politischer und beruflicher Weiterbildung, die auch eine emanzipatorische, Chancengleichheit fördernde Zielsetzung hat, wird nur von wenigen Institutionen dieses «dritten Bildungsweges» geleistet. Dies liegt im wesentlichen an zwei zentralen Problemen: Zum einen an der zersplitterten Gesetzgebungskompetenz (z. B. Arbeitsförderungsgesetz und Berufsbildungsgesetz des Bundes, Bildungsurlaubsgesetze vereinzelter Länder), zum anderen an der unterschiedlich gelösten Frage der Trägerschaft der Weiterbildungsangebote (staatlich, kommunal, betrieblich, freie Trägerschaft von Verbänden, Parteien, Gewerkschaften). Das Interesse vieler Träger innerbetrieblicher beruflicher Fortbildung, für ihr Unternehmen unmittelbar nutzbringendes Wissen zu vermitteln, verbunden mit dem Fehlen eines einklagbaren Rechtsanspruches auf Weiterbildung, verhindert die Chance, in größerem Umfang Angebote zu unterbreiten, die neben den beruflichen auch gesellschaftskritische Inhalte einbeziehen.[1]

Eine genaue Übersicht über die Träger der Weiterbildung, über Inhalt und Umfang ihrer Arbeit gibt es nicht. Besonders ins Gewicht fallen die Programme der beruflichen Fortbildung und Umschulung, die im Rahmen des Arbeitsförderungsgesetzes (AFG) finanziert werden (Ende 1987 rd. 350 000 Teilnehmer). Hier ist allerdings durch Änderung des AFG ab 1989 der Rechtsanspruch auf Kostenerstattung einer beruflichen Fortbildungsmaßnahme in eine Ermessensleistung der Arbeitsverwaltung umgewandelt worden.

Der andere große Bereich sind die Volkshochschulen, eingeschlossen zahlreiche Heimvolkshochschulen, in denen in längeren, geschlossenen Kursen Erwachsenenbildung betrieben wird. Die Zahlen der Besucher sind schwer abzuschätzen. Der Deutsche Volkhochschul-Verband gab für 1986 für die 837 Volkshochschulen (davon 357 in kommunaler Trägerschaft) die Zahl von rd. 8,6 Millionen Belegungen ihrer Veranstaltungen an. Dabei dürften die berufsbildenden Kurse etwa 40 v. H. des Angebots ausmachen. Nicht zu vernachlässigen sind schließlich die zahlreichen konfessionellen Akademien und Bildungsstätten, die ein besonderes ge-

---

1 U. Denzin- v. Broich-Oppert: Weiterbildung, in: D. Kreft und I. Mielenz: Wörterbuch Soziale Arbeit, Weinheim, 3. Aufl. 1988, S. 594–599; E. Nuissl und B. Schöler: Staatliche Förderung in der Weiterbildung, Koblenz 1985

358 IV: Soziokulturelle Strukturen und Probleme

sellschaftspolitisches Gegegengewicht zu den zahllosen rein berufsquali-
fizierend ausgerichteten Weiterbildungsinstituten abgeben.

In den Reformvorschlägen zur Neuordnung des Bildungswesens spielten die berufsbildenden Schulen nach anfänglicher Vernachlässigung zunehmend die Rolle eines eigenständigen, parallelen Weges zur Hochschulreife neben dem alten gymnasialen Bildungsgang.

Ein Ergebnis der Reformdiskussion und Planung im Bereich der Berufsbildung war das im Juni 1969 verabschiedete Berufsbildungsgesetz.
Das Gesetz geht weiterhin vom dualen System der Berufsbildung aus,
also einer räumlich und organisatorisch und damit auch in Verantwortlichkeit getrennten Ausbildung, allerdings bei weitergehender Zusammenarbeit und Abstimmung beider Seiten. Gut 68 v. H. eines Alters-
jahrganges der 15- bis unter 17jährigen lernen heute einen anerkannten
Ausbildungsberuf im dualen System von Berufsschule und Betrieb. Für
die Regelung des betrieblichen Teils ist der Bund zuständig, für den schulischen Teil die Länder.

Aufgrund der gesetzlichen Schulpflicht bis zum 18. Lebensjahr nehmen
bei den berufsbildenden Schulen die Berufsschulen den breitesten Raum
ein. Sie sind als Ergänzung der betrieblichen Ausbildung der Lehrlinge
(Auszubildende) und Anlernlinge und der praktischen Tätigkeit der
Jungarbeiter gedacht.

Bevölkerungsdichte und Wirtschaftsstruktur bestimmen die organisatorische Form der Berufsschulen. So sind sie in den Großstädten auf Berufsgruppen spezialisiert (z. B. für Elektroberufe, für Handelsberufe
usw.). In den Mittelstädten werden schon mehrere Branchen zusammengefaßt in gewerbliche, kaufmännische, hauswirtschaftliche u. a. Berufsschulen. In den Kleinstädten und in ländlichen Gebieten werden nach den
regionalen Gegebenheiten gemischtberufliche Klassen zusammenge-
stellt. Bereits beim unterschiedlichen Qualifikationsniveau der Hauptschulen skeptisch geworden, muß man angesichts der großen Uneinheitlichkeit und mangelnden Anpassungsfähigkeit der Berufsschulen
bezweifeln, daß dieser Schulzweig in der gegenwärtigen Struktur noch
eine wirksame Ausbildungshilfe leisten kann.

Nach oder neben den Berufsschulen führen Berufsaufbauschulen zu
einem mittleren Bildungsabschluß, der Fachschulreife. Dieser Abschluß
wird auch von den Berufsfachschulen erreicht. Mit der Fachschulreife,
aber auch mit dem Abschluß der Realschule und der ‹Mittleren Reife› der
Gymnasien steht der Zutritt frei für die Fachoberschulen. Für den Haupt-
schulabsolventen ist der normale Ausbildungsweg die zumeist dreijährige
Lehrzeit in einem Betrieb und in der Berufsschule. Letztere hat nur eine
berufsbegleitende Funktion, da das Hauptgewicht auf der betrieblichen
Lehre liegt.

Die Berufsschule wird meist nur für einen Tag in der Woche besucht.

Berufsschüler

Schulart	Schülerzahl (in 1000)		
	1970	1980	1986
Berufsschulen	1599,4	1847,5	1857,2
Berufsgrundbildungsjahr		80,5	87,1
Berufsaufbauschulen			
Vollzeit	13,4	16,1	6,8
Teilzeit	27,0	5,7	1,4
Berufsfachschulen	182,7	325,6	318,7
Fachoberschulen/Fachgymnasien			
Vollzeit	58,4	110,0	112,9
Teilzeit		23,8	24,2
Fachschulen			
Vollzeit		73,6	70,2
Teilzeit		11,3	20,4

Quelle: Bundesministerium für Bildung und Wissenschaft «Grund- und Strukturdaten 1987/88», S. 36/37

Für den Berufsschulunterricht sind 8–12 Wochenstunden vorgesehen; fast die Hälte aller Berufsschüler erhalten jedoch erheblich weniger Stunden Unterricht, als vorgeschrieben ist. Vom Mangel an Lehrern und geeigneten Räumen sind die Berufsschulen besonders betroffen. Oft werden Schüler von mehr als 10 Lehrbetrieben und mitunter auch verschiedener Fachrichtungen in zu großen Klassen zusammengefaßt. Die Arbeitsbedingungen der Lehrer sind schlechter als in jedem anderen Schulzweig.

Neben diesen Strukturen wirkt sich die fehlende Vermittlung zwischen schulischem und beruflichem Lernbereich verheerend auf die Lernmotivation der Auszubildenden aus. Mehr als drei Viertel aller Lehrlinge sehen keine Verbindung zwischen der schulischen und der betrieblichen Ausbildung. Das Chaos der betrieblichen Ausbildung wird ergänzt durch den Mangel einer Abstimmung der schulischen Lehrpläne mit bestehenden Ausbildungsordnungen.

Die gewerkschaftlichen Forderungen gehen dagegen von der Notwendigkeit der Integration des praktischen und theoretischen Lernens aus. Sie fordern nicht nur einheitliche Curricula für Schule, Betrieb und überbetriebliche Ausbildungsstätten, sondern darüber hinaus eine Integration von beruflicher und allgemeiner Bildung. Im übrigen liegt ein Schwerpunkt der Forderungen bei einheitlichen Regelungen für alle Ausbildungsberufe und einheitlichen Kompetenzen für die Berufsausbildung bei den Bildungsministerien von Bund und Ländern.

Das Berufsgrundbildungsjahr als umstrittener Versuch einer frühzeitigen Nachqualifikation, inzwischen jedoch zu einer Maßnahme zur Milderung der Jugendarbeitslosigkeit verkümmert, erfaßt nur einen geringen Prozentsatz der Lehrlinge bzw. Jungarbeiter und wird von den Betrieben z. T. nicht akzeptiert.

Von der 9. Klasse der Hauptschule ist auch der Übergang zur Berufsfachschule möglich. Diese Vollzeitschule ersetzt ganz oder teilweise eine betriebliche Berufsausbildung bzw. bereitet auf eine nachfolgende betriebliche Ausbildung vor. Obwohl die Zahl der Berufsfachschulen und ihrer Schüler in den letzten zwanzig Jahren stark angestiegen ist, ist der Anteil der Berufsfachschüler gegenüber dem der Lehr- und Anlernlinge in einem betrieblichen Ausbildungsverhältnis immer noch relativ gering.

Die Berufsfachschulen (die z. T. an die Tradition der Handels- und Gewerbeschulen oder der Haushaltungsschulen anknüpfen) sind Vollzeitschulen, die Berufsaufbauschulen sind dies zum Teil. Beide Schultypen dienen einerseits der Erlangung einer unmittelbaren Berufsqualifikation, andererseits leiten sie über in die Fachoberschulen oder in die Fachschulen. Auch die Fachoberschulen haben für die Absolventen teils berufsqualifizierende, teils im Ausbildungssystem weiterqualifizierende Funktionen (Fachhochschulreife).

Die Fachschulen sind berufsbildende Schulen auf einer Ebene oberhalb der Berufsfachschulen. Sie bauen auf einem bereits erlernten Beruf auf und sind eigentliche Endpunkte eines Ausbildungsweges, in der Regel Meisterschulen eines Gewerbes oder Ausbildungsstätten für gehobene Tätigkeiten in einem Beruf. Obwohl sie formal oft nur den erfolgreich abgeschlossenen Besuch der Berufsschule voraussetzen, befinden sich unter ihren Schülern zahlreiche Realschulabsolventen. Diese Fachschulen, vor den Fachhochschulen stehend, suchen den wachsenden Bedarf der Wirtschaft an Technikern für Konstruktion, Betrieb und Verkauf zu decken. Da der Unterricht häufig in Abendkursen stattfindet (in der Regel 6–8 Halbjahre) und außerdem eine Berufspraxis von mindestens zwei Jahren vorausgesetzt wird, nutzen vor allem Hauptschulabgänger in späteren Jahren die von den Fachschulen gebotene Möglichkeit höherer beruflicher Qualifikation.

Außerhalb des direkten fortlaufenden Bildungsganges, z. B. über die Fach- bzw. Fachoberschulen und die Fachhochschule, stehen noch die Abendgymnasien und die Institute zur Erlangung der Hochschulreife sowie das sogenannte «Fremdabitur» und die Begabtenprüfung zur Verfügung. Die beiden letzten Möglichkeiten sind nur für Ausnahmefälle gedacht, sie setzen einen speziellen kultusministeriellen Erlaß voraus und erfordern eigenständige Vorbereitung auf die Prüfung außerhalb einer Schule. Die Begabtenprüfungen erschlossen vor allem für die Pädagogischen Hochschulen ein zusätzliches Reservoir an Studenten.

Die meisten Abendgymnasien, die es in allen Bundesländern vornehmlich in den Großstädten gibt, dienen der Vorbereitung von Berufstätigen auf die Reifeprüfung. Ihre Ausbildung dauert in der Regel vier Jahre, wobei ein Jahr als Vollstudium absolviert werden muß. Daneben gibt es Institute (Kollegs) zur Erlangung der Hochschulreife – rund 50 im Bundesgebiet –, die im Gegensatz zu den Abendgymnasien Vollzeitunterricht haben, wobei den Schülern für ungefähr zweieinhalb Jahre eine Berufstätigkeit unmöglich ist. Obwohl zahlreiche Schwierigkeiten und Belastungen namentlich die Schüler der Abendgymnasien auf ihrem Bildungsweg erwarten, steigt die Zahl ihrer Besucher laufend. Nur 30–40 v. H. erreichen im Durchschnitt das erstrebte Ziel.

Es fragt sich nun, was dieser Zweite Bildungsweg, trotz seiner verwirrenden Vielgestaltigkeit, die man auch als «verwaltetes Chaos» bezeichnen könnte, für unsere Gesellschaft bedeutet. Man erhofft von dieser Einrichtung im allgemeinen eine weitere Erschließung und Ausschöpfung von Begabungsreserven, die beim Ausleseprozeß der allgemeinbildenden Schulen übersehen oder vernachlässigt werden. Dem Zweiten Bildungsweg käme demnach die Funktion zu, begabte, aber bisher zurückgesetzte Jugendliche für qualifizierte Positionen auszubilden. Die Erwartungen, die an diese Einrichtung des Zweiten Bildungsweges gestellt werden, vor allem die Forderung nach gleichen Bildungschancen für alle, müssen allerdings wieder relativiert werden. Einmal sind die Möglichkeiten und Einrichtungen des Zweiten Bildungsweges nicht überall zugänglich. Zum anderen kostet das Durchlaufen dieses Weges erhebliche Zeit. Die Absolventen einer Fachhochschule sind in der Regel vier bis fünf Jahre älter als die Abiturienten der Gymnasien. Der Weg, den sie zurückzulegen haben, ist schwieriger. Während der Gymnasiast bis zum Abitur in seiner «pädagogischen Provinz» verbleibt, hat der Jugendliche auf jeder Stufe des Zweiten Bildungsweges die erreichte berufliche Position gegen eine weitere Ausbildung abzuwägen, die ihm zwar höhere Qualifikationen, aber auch für längere Zeit ein niedriges Einkommen bei hoher Belastung einbringt.

Mit dem Zweiten Bildungsweg tauchte das Problem der «Akademisierung» von Berufen auf, deren Ausübung früher ohne Hochschulabschluß üblich war. Die Funktion der Hochschulen hat sich aber ausgeweitet. Die Erschließung von Begabungsreserven und die Verbesserung der Qualifikation bereits Berufstätiger ist dauernde Aufgabe. Dabei bleibt der «Durchstoß zur Hochschule» so lange wesentlicher Bestandteil des Zweiten Bildungsweges, wie die anderen Wege noch durch überkommene Auswahlmechanismen versperrt sind. Eine Gesellschaft, die den Anspruch erhebt, sich an Leistung zu orientieren, braucht zusätzliche Aufstiegswege, wenn die höher bewerteten Berufspositionen nicht einem Großteil ihrer Mitglieder verwehrt bleiben sollen.

Mit der Vermittlung und Weitergabe des gesicherten, anerkannten Wissens, mit der Ausbildung für die vielfältigen Fertigkeiten einer hochindustrialisierten Wirtschaft obliegt dem Qualifikationssystem auch ein wesentlicher Teil der Aufgabe, die nachfolgende Generation in das gesellschaftliche und kulturelle System einzuführen. Neben Familie und Kirche werden mehr denn je Schule und Beruf als Bereiche angesehen, in denen Kindern und Jugendlichen in der Periode des Übergangs zur vollen gesellschaftlichen Verantwortung Orientierungshilfen mit unterschiedlichem Nachdruck und wechselnder Verbindlichkeit angeboten werden. Auch für die Jugendlichen selbst haben Schule und Berufsausbildung ein großes Gewicht. Der langfristige Lern- und Ausbildungsprozeß nimmt den Jugendlichen zeitlich weitgehend in Anspruch. Die Bestimmung durch Schule und Beruf kann überhaupt als ein Grundcharakteristikum des Jugendalters gelten, zumal auch die zeitliche Eingrenzung vom 15. bis zum 25. Lebensjahr im allgemeinen gerade den Entwicklungsweg von der ersten Aufforderung zu einer Berufswahl bis hin zur Berufsfindung umgreift. Die Einstellung der Jugendlichen – und ihrer Eltern – zur Schule und schulischen Erziehung ist in überwiegendem Maße auf die beruflichen Erfordernisse und die Bedingungen des späteren Lebens ausgerichtet.

Die Schule bildet danach die unumgängliche Durchgangsstelle für das weitere berufliche Fortkommen und für den künftigen sozialen und wirtschaftlichen Erfolg. Der Schule werden im Regelfall keine Bildungs- und Erziehungsaufgaben zugeschrieben, sondern vornehmlich Ausbildungsfunktionen. Sie findet Anerkennung als Stätte des Lernens und der Leistung, nicht aber als Raum der Erziehung. Soweit die Schule diesen Vorstellungen entgegenkommt und einen Stoff vermittelt, den «man später gebrauchen kann», wird sie akzeptiert, andernfalls begegnet man ihr mit großer Skepsis.

Tatsächlich wird die Kluft zwischen der Schule und dem Leben, an dem die Jugendlichen außerhalb der Schule teilnehmen, immer größer. Die Schule steht in Konkurrenz zu anderen Erlebnisbereichen der Jugendlichen, und nur in seltenen Fällen werden die außerschulischen Erfahrungen von ihr pädagogisch verwertet. Ganz deutlich wird die Diskrepanz in der Tatsache, daß sich die gegenwärtige Schule kaum mit den beruflichen Anforderungen außerhalb ihrer «Provinz» auseinandersetzt. Fragen der Arbeitswelt, des Betriebes, der Berufsausbildung werden nur am Rande besprochen. Auch die Einübung demokratischer Verhaltensweisen und nichtautoritärer Erziehungseinstellung fällt in den herkömmlichen Schulen offensichtlich schwer. Die Lebens- und Berufsferne der Schule wird von den Jugendlichen sehr bewußt kritisiert. Diese Kritik aktualisiert sich in dem entscheidenden Augenblick der Berufswahl. Ungenügende Vorbereitung, Unkenntnis der Berufe und ihrer Möglichkeiten, unzureichende Hilfestellung durch die ebenfalls nur oberflächlich über die gewandelte Berufssituation informierten Eltern schaffen eine Unsicherheit für die Jugendlichen, die den Übergang aus dem familiären Bereich in die Berufsausbildung oft sprunghaft, regellos und unbestimmt werden läßt. Aus den Untersuchungen zur Berufswahl der Jugendlichen geht sehr deutlich hervor, daß an die Stelle sachorientierter Überlegungen (Wirtschaftslage, Nachwuchsbedarf, Entwicklungschancen der Berufe) weitgehend irrational begründete Entscheidungen gesetzt werden. So paart sich bei manchen Jugendlichen der Wunsch, in einem Großbetrieb zu arbeiten, mit den Leitbildern der handwerklichen Arbeitswelt. Der Wahl einer kaufmännisch-verwaltungstechnischen Tätigkeit dürfte häufiger das Streben nach Sicherheit oder nach sozialem Aufstieg als sachliches Interesse am Beruf zugrunde liegen. Oft wird auch die Entscheidung für einen Beruf ohne Rücksicht auf berufliche Neigung nur von dem Prestige eines Betriebes oder einer Laufbahn abhängig gemacht. Die Möglichkeit intensiver Berufsausbildung konkurriert oft vergeblich mit der Chance eines frühzeitigen Verdienstes, sei es, daß eine entsprechende Ausbildungsförderung und Berufsberatung fehlt oder nicht genutzt wird. Für Mädchen ist z. T. noch die traditionelle Vorstellung wirksam, daß sie nur eine bescheidenere Ausbildung benötigen. Bei einer Auswahl zwischen Tausenden von Arbeits- und Berufschancen bzw. Hunderten von Lehr- und Anlernberufen, weitgehender Berufsunkenntnis und Berufsfremdheit werden die Beurteilungskriterien viel eher aus dem Konsum- und Freizeitverhalten von Freunden und Bekannten entnommen als aus deren tatsächlichen Arbeitsbedingungen und beruflichen Tätigkeiten. Untersuchungen belegen im übrigen, daß bei z. Z. rd. 420 anerkannten Ausbildungsberufen etwa 40 v. H. der männlichen und etwa 60 v. H. der weiblichen Bewerber ihre Berufsziele auf nur zehn Ausbildungsberufe konzentrieren (vgl. folgende Seite).

Wo die Berufsausbildung (außerhalb der akademischen Berufe) in der Bundesrepublik dem Schwergewicht nach den Betrieben überlassen ist, werden die Jugendlichen sogleich nach dem Verlassen der Schule mit der Arbeitswelt konfrontiert. In dieser neuen Wirklichkeit wird nur wenig Rücksicht auf die pädagogischen Erfordernisse der jugendlichen Entwicklung genommen, und in der Regel haben die Lehrlinge allein mit den andersartigen Lebensbedingungen fertig zu werden. Für die erwerbstätigen Jugendlichen wird diese Lebensphase gekennzeichnet durch den Einfluß und die Einschränkungen, die von der Familie, der Schule und dem Betrieb auferlegt werden.

Die Vorstellung, daß Bildung die Förderung und Ausformung von individuellen und kollektiven Fähigkeiten der jugendlichen Persönlichkeit zum Ziele habe, kommt unter den gegebenen Lernbedingungen gar nicht erst auf. Statt dessen tritt das Ziel der unmittelbaren Berufstätigkeit, die Qualifizierung von Arbeitsvermögen zur effektiven Verwendung im Produktionsprozeß in den Mittelpunkt.

Ausbildungsberuf	Anteil in % aller Auszubildenden	
	1980	1986
männlich		
Kfz-Mechaniker	8,8	7,5
Elektroinstallateur	5,4	4,8
Maschinenschlosser	4,3	4,5
Tischler	4,0	3,3
Maurer	3,7	2,2
Maler/Lackierer	3,6	3,4
Gas- und Wasserinstallateur	3,3	2,9
Groß- und Außenhandelskaufmann	2,8	2,8
Bäcker	2,5	2,6
Bankkaufmann	2,0	2,6
insgesamt	40,4	36,6
weiblich		
Friseurin	10,3	8,7
Verkäuferin	11,5	7,9
Verkäuferin im Nahrungsmittelhandwerk	6,7	6,6
Bürokauffrau	6,4	6,7
Arzthelferin	5,4	5,1
Industriekauffrau	5,5	5,7
Zahnarzthelferin	3,9	3,9
Bankkauffrau	3,7	3,9
Einzelhandelskauffrau	4,1	3,8
Bürogehilfin	2,9	3,2
insgesamt	60,4	55,5

Quelle: Bundesministerium für Bildung und Wissenschaft «Grund- und Strukturdaten 1987/88», S. 104/105

Veränderungen der gesellschaftlich notwendigen Qualifikationsstrukturen, die im Zusammenhang mit technologischen Entwicklungen und Rationalisierungen im Produktionsbereich auftreten, finden ihren Niederschlag in Diskussionen und Auseinandersetzungen um Veränderungen im Ausbildungssektor. Während der Restaurationsperiode des westdeutschen Wirtschaftssystems hatte sich die Qualifikationsstruktur der Arbeitskräfte noch als ausreichend erwiesen, zumal es sich um eine Periode extensiven Wirtschaftswachstums handelte, in der Reserven für die Ergänzung des Arbeitskräftepotentials zur Verfügung standen (Arbeitslose, Frauen, Flüchtlinge aus der DDR). Nach der Phase des Wiederaufbaus und der Ausschöpfung des nationalen Arbeitsmarktes mußte die Stabilität und die Konkurrenzfähigkeit der westdeutschen Wirtschaft durch technologische Innovationen und zunehmende wissenschaftliche Durchdringung der Produktionsprozesse gesichert werden. Daraus ergaben sich einschneidende Konsequenzen für das Verhältnis von Arbeitsplatz- und Qualifikationsstruktur.

Viele Untersuchungen belegen folgende Entwicklungstendenzen[1]:
- die traditionellen Lehrberufe werden reduziert;
- der Anteil ungelernter Tätigkeiten nimmt ab zugunsten angelernter Tätigkeiten;
- bisherige Facharbeitertätigkeiten verändern sich in zwei gegenläufige Richtungen: einer zunehmenden Dequalifizierung mit vermehrter Anlerntätigkeit auf der einen Seite steht eine Steigerung der Arbeitsanforderungen auf der anderen Seite gegenüber.

In den Diskussionen um die Probleme des beruflichen Ausbildungsweges waren ab Mitte der 70er Jahre die Fragen nach einer allgemeinen Verbesserung und Neuorganisation der betriebsgebundenen Ausbildung weitgehend verdrängt worden von den beherrschenden Themen des Lehrstellenmangels und der Jugendarbeitslosigkeit. Während in den sechziger Jahren bei Industrie, Handel und Handwerk und Landwirtschaft durchschnittlich rund 600000 betriebliche Ausbildungsplätze zur Verfügung standen, wurden 1975/76 nur noch 260000 verfügbare Lehrstellen der Berufsberatung der Arbeitsämter gemeldet. Demgegenüber nahm die Zahl der Jugendlichen, die einen Ausbildungsplatz suchten, gegenüber den vorhergehenden Jahren erheblich zu. Anders als im staatlichen Bereich, der zumindest auf den «Schülerberg» mit zusätzlichen Kapazitäten zu reagieren versuchte, wurde mit Blick auf die ökonomischen Interessen der privaten Wirtschaft eine Verknappung des Lehrstellenangebots praktiziert.

Diese rapide Abnahme der angebotenen Ausbildungsplätze wurde in der damaligen politischen Diskussion in der BRD oft mit «überzogenen Ausbildungsordnungen» seit der Reform von 1969 erklärt. Die «Verschulung» und «Verstaatlichung» der dualen Ausbildung bedeutete für Unternehmer eine solche Verunsicherung, daß sie sich weigerten, weitere Ausbildungsplätze zur Verfügung zu stellen; andere sprachen an dieser Stelle von einem «Lehrstellenboykott» der Unternehmer. Die Kontroverse kristallisierte sich vor allem um das 1976 beschlossene «Ausbildungsplatzförderungs-Gesetz», das Ende 1980 durch eine Entscheidung des Bundesverfassungsgerichts für nichtig erklärt und – ohne die umstrittene Ausbildungsplatzabgabe – 1981 als «Berufsbildungsförderungsgesetz» novelliert wurde.

In der längerfristigen Betrachtung zeigt sich jedoch eher eine gleichmäßige Entwicklung (vgl. folgende Seite).

Dabei sind aber auch innere Verschiebungen wahrzunehmen. So haben

---

1 Bundesinstitut für berufliche Bildung (Hrsg.): Berufsbildung in der Bundesrepublik Deutschland, Berlin 1981; L. Alex und F. Stooß: Entwicklungsperspektiven der Berufsausbildung in der 2. Hälfte der 80er Jahre. Sonderveröffentlichung des BIBB, Berlin 1985; R. Zedler: Wege zur Berufsbildung, Köln 1985

Ausbildungsbereich	Auszubildende (in 1000)			Neuabgeschlossene Ausbildungsverträge	
	1970	1980	1986	1986	1987
Industrie u. Handel	724,9	786,9	882,2	349378	334926
Handwerk	419,5	702,3	657,8	227592	211234
Landwirtschaft	38,1	46,8	50,2	21586	18014
Öffentlicher Dienst	20,2	53,8	73,1	26063	24837
Freie Berufe, Hauswirtschaft					
Seeschiffahrt	66,0	125,6	142,0	60559	56764
insgesamt	1268,7	1715,5	1805,2	685178	645775

Quelle: Bundesministerium für Bildung und Wissenschaft «Grund- und Strukturdaten 1987/88», S. 102; BMBW-Informationen 1/88, S. 2

nach Angaben des Zentralverbandes des Deutschen Handwerks 1985 über 12300 Abiturienten eine handwerkliche Lehre angetreten, das sind 5,2 v. H. aller Ausbildungsanfänger dieses Jahres. In ähnliche Richtung weisen die Informationen, daß z. B. bei Handel und Industrie der Anteil der Auszubildenden mit Hauptschulabschluß nur noch bei 32 v. H. liegt, und im überwiegend manuell geprägten Handwerksbereich 50 v. H. einen Hauptschulabschluß haben. Realschulabsolventen und Abiturienten verdrängen in manchen Branchen zunehmend die Hauptschüler in die Arbeitslosigkeit. Während von den rd. 420 Ausbildungsberufen inzwischen fast 400 grundsätzlich auch weiblichen Bewerbern offen stehen, werden z. Zt. noch fast 70 v. H. der weiblichen Lehrlinge in nur 15 Berufen ausgebildet. Anspruch und Umfang der Ausbildung, aber oft eben auch langes Warten binden die Jugendlichen immer länger in der Ausbildungsphase. 1986 waren rd. 37 v. H. aller Auszubildenden älter als 18 Jahre, 1960 waren es nur knapp 10 v. H.

Die Gesamtnachfrage nach Ausbildungsplätzen ist auch Mitte und Ende der 80er Jahre nach wie vor hoch. Sie ist nur noch bedingt demographisch zu erklären, sondern hängt wiederum vielmehr mit Strukturentscheidungen vorangegangener Jahre zusammen: Die ungünstig eingeschätzten Aussichten der akademischen Ausbildung, der Qualifizierungs- und Anforderungsdruck der Betriebe insbesondere im Dienstleistungsbereich und vor allem die relativ große Zahl früherer, nicht zum Zuge gekommener Bewerber, die entweder aus der Arbeitslosigkeit oder aus Wartepositionen des Bildungssystems jetzt auf dem Ausbildungsmarkt in Erscheinung treten.

Zusammenfassend läßt sich zur betrieblichen Ausbildungssituation feststellen, daß der größere Teil der Auszubildenden ausgesprochen ungünstigen Lernbedingungen ausgesetzt ist; ein kleinerer Teil hat relativ bessere Ausbildungsmöglichkeiten. Mädchen sind in besonderem Maße den schlechteren Lernbedingungen unterworfen. Sie werden nur selten

Ausbildungsmarkt jeweils 30. 9.	1984	1986 (in 1000)	1987
Neu abgeschlossene Ausbildungsverhältnisse	705,6	685,2	645,8
Ausbildungsstellen			
Angebote	726,7	716,4	690,3
Nachgefrage	764,0	731,5	679,7
Unbesetzte Ausbildungstellen	21,1	31,2	44,5
Unvermittelte Bewerber	58,4	46,3	33,9

Quelle: Bundesministerium für Bildung und Wissenschaft «Grund- und Strukturdaten 1987/88», S. 108; BMBW-Informationen 4/88, S. 51; vgl. auch den Berufsbildungsbericht der Bundesregierung 1988

von großen Betrieben, die in der Regel bessere Ausbildungsbedingungen haben, eingestellt. Hier wird stärker für den eigenen Bedarf ausgebildet und von Mädchen wird nur eine vorübergehende Berufstätigkeit erwartet. Jugendliche mit schlechterer Schulbildung haben auch eine schlechtere Berufsausbildung zu erwarten; die schulischen Selektionsmaßnahmen finden ihre berufliche Fortsetzung.

Letztlich entscheidend ist aber nicht nur die Sicherung eines ausreichend hohen Ausbildungsplatzvolumens, sondern die Bereitstellung adäquater Arbeitsplätze nach dem Abschluß der Lehre. Nach Untersuchungen des Bundesinstituts für Berufsbildung (BIBB) ist diese «zweite Schwelle» für viele unüberwindbar. Auch eine abgeschlossene Ausbildung ist keine Garantie für einen glatten Start in den Beruf. Sicherlich mit branchenspezifischen Unterschieden droht doch z. Zt. jedem 10. Absolventen einer beruflichen Ausbildung die Arbeitslosigkeit (siehe Seite 368).

Die Arbeitslosigkeit Jugendlicher hat sich in den letzten zehn Jahren verschärft. Jugendliche zählen inzwischen zu den Problemgruppen des Arbeitsmarktes. 1980 waren rd. 73000 Jugendliche unter 20 Jahren arbeitslos. 1987 rd. 130000. Gravierender allerdings ist die Gruppe der 20- bis unter 25jährigen betroffen: rd. 350000, das sind 16,5 v. H. der registrierten Arbeitslosen sind bei den Arbeitsämtern gemeldet und spiegeln dennoch damit nur einen Teil des Problems wider. Die Dunkelziffer der arbeitslosen Jugendlichen dürfte die offiziellen Zahlen eher verdoppeln, wenn ausländische Jugendliche und freiwillig Verzichtende, insbesondere die Mädchen, die nach Schul- und evtl. sogar Ausbildungszeiten zu Hause bleiben, mit eingerechnet würden. Fehlende schulische und berufliche Leistungen im einzelnen, der Verdrängungseffekt durch die besser Ausgebildeten machen die Situation chancenlos. Betroffen sind auch die zahlreichen Jugendlichen, die ein Berufsvorbereitungsjahr oder eine ähnliche Einrichtung zunächst in Anspruch genommen, dann aber den Besuch abgebrochen haben und damit schon über die «erste Schwelle» nicht hinausgekommen sind.

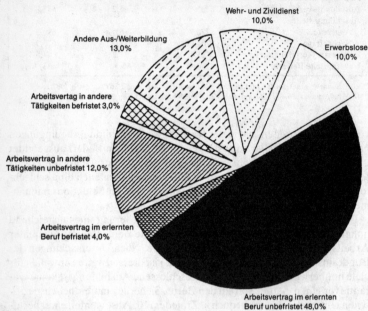

Verbleib der Ausbildungsabsolventen
– 6 Monate nach Ausbildungschluß –

Wehr- und Zivildienst 10,0%

Erwerbslose 10,0%

Andere Aus-/Weiterbildung 13,0%

Arbeitsvertag in andere Tätigkeiten befristet 3,0%

Arbeitsvertrag in andere Tätigkeiten unbefristet 12,0%

Arbeitsvertrag im erlernten Beruf befristet 4,0%

Arbeitsvertrag im erlernten Beruf unbefristet 48,0%

Quelle:
Bundesinstitut für Berufsbildung, Ausbildung und berufliche
Eingliederung: 1. Haupterhebung 1984/85

In dieser Situation ist neben den allgemeinen Instrumenten der Arbeitsmarktpolitik besonders die staatliche, aber auch die verbandliche Jugendhilfe und Jugendarbeit gefragt. Dabei geht es nicht in erster Linie darum, neue Wartezonen wie «Freiwilliges soziales Jahr» oder neuerdings «Freiwilliges ökologisches Jahr» einzuziehen, sondern es sind Programme notwendig, die an den Lern- und Verhaltensschwierigkeiten der jungen Menschen und den Konflikten der übrigen Arbeitswelt mit diesen Jugendlichen ansetzen. Für derartige Programme könnten die z. Z. aufgewandten Mittel, insbesondere die der Sozialhilfe, weit effizienter eingesetzt werden. Zur Programm-Palette gehören Betreuungsverträge mit Betrieben zur Vorbereitung auf ein Arbeitsverhältnis ebenso wie die

Gründung von Selbsthilfebetrieben für und mit Jugendlichen sowie die Abwechslung von Arbeit und Lernen in einem sozialpädagogischen Umfeld. Gerade die Kombination von Teilzeitarbeit mit Teilzeit-Berufsvorbereitung und -Qualifizierung hat sich dabei bewährt. Dies alles setzt viel Kreativität und Einfallsreichtum bei der Auswahl der Arbeitsfelder und der Bereitstellung der Mittel voraus. Nur so haben Projekte freier Initiativgruppen eine Chance, über den Ausgleich individueller Defizite bei den Jugendlichen hinaus z. B. eine Verbindung von Wohnen und Arbeiten (Sanierung, Kleinbetriebe) in stadtteil- oder regionalbezogenen Projekten herzustellen und tatsächlich integrativ zu wirken.[1] Nicht eine Vervielfältigung weiterer individualisierender Lernangebote ist erfolgversprechend, sondern eine Vermehrung neuer Formen kooperativen Lernens in Selbsthilfe.

Jugend – Kultur

Die soziokulturelle Beschaffenheit des gegenwärtigen Gesellschaftssystems der BRD erlaubt es nicht, Jugend als geschlossene Gruppierung oder geschlossenes soziales Phänomen zu definieren. Abgesehen von der allen gemeinsamen Zugehörigkeit zu einer bestimmten Altersklasse und der rechtlich-formalen Unmündigkeit bis zum 18. Lebensjahr trennen die jeweiligen sozialen Lebensbedingungen die Jugendlichen mehr, als daß sie sie als homogene Gruppe faßbar machen würden.

Innerhalb des individuellen Lebenszyklus ist der Übergang von der Rolle des Kindes zu der des Erwachsenen durch starke körperliche und psychosexuelle sowie soziale Veränderungen gekennzeichnet, denen keine eindeutigen kulturellen Definitionen für Jugendliche in modernen Industriestaaten gegenüberstehen. Vom Jugendlichen wird einerseits die Loslösung von der Familie und ein Individuierungsprozeß erwartet, andererseits durch Beruf, Ausbildung und eigene Familienbildung die Anpassung an die Normen und Verhaltensweisen der Erwachsenenwelt gefordert. Die Verlängerung der Ausbildungswege, die damit verbundene weitgehend mittellose Mündigkeit haben diese Durchgangsphase allerdings inzwischen zu einer lang andauernden eigenständigen Lebensphase verändert. Die verschärften Qualifikationsanforderungen lassen im übrigen auch hier frühzeitig die Spaltung wirksam werden zwischen denen, die durch ein Mehr an Leistung sich zu behaupten versuchen, und jenen, die resignieren und für sich keine Zukunft finden (no future). Der einzige

---

1 BBJ-CONSULT: Materialien, Programm zur Beschäftigung und Qualifizierung von Langzeitarbeitslosen und Sozialhilfeempfängern, Berlin 1986; J. Huber: Die neuen Helfer, München 1987

Bereich, wo man «Jugend als solche» anzusprechen versucht und wo dementsprechend ein abgerundetes Bild jugendlicher Bedürfnisse und Verhaltensweisen kreiert wird, ist der Markt. Gemäß den Absatzinteressen wird die Bedürfnisstruktur junger Verbraucher mit geschickten Marktforschungs- und Werbetechniken beeinflußt. Jugend wird hier identifiziert mit Jugendlichkeit im Sinne von Frische, Attraktivität, Spannkraft. Kreativität und Dynamik werden zum Klischee erhoben. Gesellschaftlich sichtbar wird Jugend also einerseits in kultureller Stilisierung des jugendlichen Habitus, zum andern aber durch die häufig unzulässig verallgemeinernd formulierten Informationen der Massenmedien über die Äußerungsformen jugendlicher Randgruppen. Linker (inzwischen auch rechter) Radikalismus, Delinquenz und Aussteigertum werden als Kehrseite jugendlichen Wohlverhaltens dargestellt und führen zu der öffentlichen Überzeugung, daß von der Jugend in Zukunft nichts Gutes zu erwarten stehe.

Die Sozialwissenschaften prägten in den zurückliegenden Jahrzehnten Bezeichnungen, die eine Wandlung der Jugend von der «skeptischen» zur «fügsamen», von der «zornigen» zur «gelangweilten» und schließlich «unbefriedigten» oder «narzißtischen» Generation[1] dokumentieren, ohne aber Bestimmungsgründe dafür angeben zu können.

Es ist schwierig, das Ausmaß jugendlichen Protestes und jugendlicher Abweichung von den sozialen Normen genau anzugeben; grundsätzlich handelt es sich aber um einen Bereich von Minoritäten, der genau differenziert und für verschiedene Altersklassen und soziale Gruppen getrennt betrachtet werden muß. Ihm steht eine Mehrheit sich konform verhaltender, sozial angepaßter Jugendlicher gegenüber.

Ende 1986 lebten in der Bundesrepublik Deutschland rd. 10,6 Millionen Jugendliche im Alter von 14 bis unter 25 Jahren; davon waren

männlich		weiblich
1 640 200	14 bis unter 18	1 560 400
1 579 100	18 bis unter 21	1 497 500
2 234 700	21 bis unter 25	2 095.400
5 454 000	insgesamt	5 153 300

1 Vgl. H. Schelsky: Die skeptische Generation, Düsseldorf/Köln 1967; B. v. Onna, Jugend und Vergesellschaftung, Frankfurt 1976; H. Häsing u. a.: Narziß – ein neuer Sozialisationstyp?, Bensheim 1979; Jugendwerk der Deutschen Shell (Hrsg.): Jugend – vom Umtausch ausgeschlossen, Reinbek 1984; Jugendwerk der Deutschen Shell (Hrsg.): Jugendliche und Erwachsene '85. Leverkusen 1985; K. Allerbeck und W. Hoag: Jugend ohne Zukunft? München 1985; Deutsches Jugendinstitut (Hrsg.): Immer diese Jugend! München 1985; J. Zinnecker: Jugendkultur 1940–1985, Opladen 1987

Die im Auftrag des Bundesministeriums für Jugend, Familie, Frauen
und Gesundheit erarbeitete Sinus-Studie «Die verunsicherte Generation» (1983/85) ermittelte für das Jahr 1982 folgende Wohnsituation der
15- bis 25jährigen (in v. H.)[1]

	15–17	18–21	22–25
Bei den Eltern – ohne eigenes Zimmer	15	6	2
Bei den Eltern – im eigenen Zimmer	81	73	35
Möbliertes Zimmer	–	1	5
Wohnung allein	–	5	12
Wohnung mit anderen	0	2	4
Wohnung mit festem Partner/Familie	1	9	33
Eigenes Haus mit Familie	–	–	4
Sonstiges (z. B. Verwandte, Heim, keine Antwort)	3	4	5

Andere Umfragen bestätigen diesen Trend, der bei Jugendlichen bis zu
18 Jahren weitgehende Orientierung an der elterlichen Wohnung und bei
den Älteren eine größere Verselbständigung und frühe Ablösung vom
Zuhause feststellt. So ermittelte die Jugendstudie des Jugendwerks der
Deutschen Shell 1985 im Vergleich über 30 Jahre folgende Entwicklung:
Es wohnten bei den Eltern (in v. H.)[2]

	15–17	18–20	21–24
1954	94	89	74
1984	95	78	36

Dabei hängen die Wünsche und Möglichkeiten junger Menschen, eine
eigene Wohnung außerhalb des elterlichen Haushalts zu beziehen, neben
anderen Faktoren natürlich von ihrer finanziellen Situation und den Angeboten des Wohnungsmarktes ab.

Insgesamt sind die Verhaltensweisen und Orientierungsmuster der Jugendlichen so unterschiedlich wie die konkreten Lebenslagen und Verhältnisse, in denen sie sich befinden. Sie reichen von Formen apathischen
Rückzugs, in denen sich Jugendliche in Drogen, Alkohol, religiösem Sek-
tierertum den Anforderungen der Erwachsenengesellschaft entziehen
und ihre eigene Welt aufbauen, über Protest und Widerstand oder einer
eher langsameren, sich nicht mehr völlig verausgabenden Gangart – lie-
ber weniger Geld als eine die Freizeit beschneidende Tätigkeit – bis hin zu

1 Nach: Antwort der Bundesregierung auf die Große Anfrage der SPD zur Situation der Jugend und der Jugendhilfe in der Bundesrepublik Deutschland, Bundestags-Drs. 10/6167
  vom 15. 10. 1986
2 Jugendwerk der Deutschen Shell (Hrsg.): Jugendliche und Erwachsene '85, Leverkusen
  1985, Bd. 3, S. 465

Überanpassung und aggressiv-konkurrenzbetontem Verhalten, das von dem Bestreben geleitet wird, es angesichts schwieriger gewordener Verhältnisse dennoch zu schaffen und auf der Karriereleiter nach oben zu kommen.[1]

Ergebnisse neuerer Meinungsumfragen unter Jugendlichen bestätigen die Aussagen länger zurückliegender Studien, in denen der Jugend ein hoher Grad von Anpassung bescheinigt wurde. Für die meisten Jugendlichen gilt nach wie vor, daß sie scheinbar relativ bruchlos in den Erwachsenenstatus hinüberwachsen. Diejenigen, die als Gefahr für die herrschende Ordnung ausgemalt werden, sagen dementsprechend weniger über «die Jugend» aus als über den gegenwärtigen Zustand eines Gesellschaftssystems, auf den mehr oder weniger bewußt abweichend reagiert wird.

Wichtiger als Nachforschungen über das Ausmaß der Abweichungen ist die Frage nach deren Ursachen und Bestimmungsgründen. Ähnlich wie in der Psychoanalyse, die ihre Erkenntnisse über «Gesunde» beim Studium an Kranken» bezog, kann die Analyse jugendlicher Abweichungstendenzen Aufschluß geben über den Gesamtzustand des soziokulturellen Systems. Aber wie schon die Unterscheidung von psychischer Normalität und psychischer Krankheit problematisch geworden ist, stellt sich dieses Problem verschärft bei der Untersuchung jugendlichen sozialen Verhaltens.

Auch ein von den sozialen Normen abweichendes Verhalten muß als Technik der Realitätsbewältigung interpretiert werden, wenn es sich auch massiv oder gar selbstzerstörerisch gegen die vorgefundene soziale Wirklichkeit richtet und von deren Anwälten mit Isolierung und anderen Repressionen geahndet wird. Die Ursachen für abweichendes Verhalten, wie es bei Jugendlichen und Heranwachsenden in Form von Bandenbildung, kriminellen Delikten, Drogenkonsum sowie aggressiven Protestbekundungen auftritt, sind weder in einer nicht weiter hinterfragten Häufung charakterlicher Schwächen zu suchen noch können abstrakt die drückenden Erfordernisse sozialer Eingliederung und Normenübernahme verantwortlich gemacht werden.

Für die Entstehung und die Art abweichenden Verhaltens sind psychische und soziale Faktoren in ihrer wechselseitigen Verschränktheit als primäre Sozialisationseinflüsse in der Familie und sekundäre Einflüsse sozio-ökonomischer und politischer Art zu berücksichtigen; ihr Zusammentreffen entscheidet über ein Verhalten, das von der Gesellschaft als «anomisch», «desintegrativ» oder gar «kriminell» bewertet wird.

---

1 Vgl. ferner M. Mitterauer: Sozialgeschichte der Jugend, Frankfurt 1986; W. Heitmeyer (Hrsg.): Interdisziplinäre Jugendforschung, Weinheim 1986; H.-H. Krüger (Hrsg.): Handbuch der Jugendforschung, Opladen 1988; H. Fend: Sozialgeschichte des Aufwachsens, Frankfurt 1988

Unter dem Hinweis auf die problematische Bestimmung des herkömmlichen Begriffs von Kriminalität, der wie kaum ein anderer über
die Aufrechterhaltung des gegebenen gesellschaftlichen Funktionszu-
sammenhangs wacht und die mögliche Entschuldbarkeit oder gar Berechtigung abweichenden Verhaltens undiskutiert läßt, soll hier – von
Vergehen im Straßenverkehr einmal abgesehen – auf die Ursachen der
von jugendlichen Delinquenten am häufigsten begangenen kriminellen Taten, nämlich Zerstörungs- und Eigentumsdelikte, eingegangen
werden.

Diebstahl und Ladendiebstahl als «klassische» Formen jugendlicher
Kriminalität zeichnen sich dadurch aus, daß sie gegen die bestehende
Ordnung und die bestehenden Werte gerichtet sind, ohne sie prinzipiell
in Frage zu stellen. Hier wird das im bestehenden gesellschaftlichen System hochbewertete und durch viele Paragraphen geschützte Privateigentum auf unkonventionelle Weise in Besitz genommen.

Neben Diebstahldelikten ist in der Gruppe der Jugendlichen bzw.
Heranwachsenden das Delikt «Landfriedensbruch» überproportional
vertreten. Solche Zielrichtung von Delinquenz und die Illegitimität der
Mittel, derer sich die Jugendlichen bedienen, deuten auf das Unbehagen
hin, das sich etwa an der materiellen Benachteiligung oder der Vernachlässigung und Unterdrückung vitaler Bedürfnisse entzündet.

Weder am Arbeitsplatz noch in der Freizeit kann offenbar das Bedürfnis der Jugendlichen nach selbstbestimmter Aktivität legal genügend
ausgelebt werden.

Daß die in Delikten sich Bahn schaffende Vitalität sich gleichsam
symbolisch gegen die Objekte und Personen, von denen die Einschränkungen ausgehen, richtet, zeugt von der dumpfen Ahnung der bestimmenden Hintergründe: in dem «Aufbegehren gegen die Autorität der
manipulierten Ordnung» und die bestehenden Besitzverhältnisse macht
sich die Aggressivität Luft, die täglich aus existentiellen Gründen am
Arbeitsplatz und in der Familie unterdrückt werden muß. Wie die jugendliche «Zerstörungswut» ist auch das Eigentumsdelikt eine illegale
Reaktion auf den Konsumdruck und den wahrenden Wohlstandskom-
fort. Dabei gehen die Bedürfnisse nach sozialer Anerkennung und größerer Beweglichkeit vor allem im Autodiebstahl eine logische Verbindung ein. Sozialpsychologisch beinhalten Vergehen, die unter dem
Druck der Illegalität mit Gleichgesinnten verübt werden, eine Solidarität, die individuell erkämpft durch Mutproben und ritualisiertes Aggres-
sionsverhalten unkonventionelle Chancen zur Erhöhung des Selbstwert-
gefühls bietet.

Freilich geht nur ein verschwindend geringer Teil der Jugend diesen
Weg der Bewältigung der sozialen Realität. Bevor auf schädigende Einflüsse im Sozialisationsprozeß als Ursachen abweichenden Verhaltens

eingegangen wird, soll auf das große Reservoir weniger spektakulärer und auch vielfach gerade gegen junge Leute gerichteter Aggressivität, wie sie alltäglich spürbar wird, hingewiesen werden. In vielen Familien werden vermutlich nicht nur Kinder, sondern auch Jugendliche geschlagen. Bekannt ist auch die ständige Aggressivität in Verkehrsmitteln, auf Postämtern oder in Läden, die sich nicht immer nur gegen Ausländer oder alte Menschen richtet.

Zwischenmenschliche Aggressivität gehört uneingestanden zu den Merkmalen unserer Kultur. Bezeichnend dafür sind etwa die Berichterstattung der Massenmedien und die Auswahl ihrer Unterhaltungsprogramme. Nahezu keine Nachrichtensendung vergeht ohne Bericht vom Erfolg militärischer Gewaltanwendung; Morde, Schießereien und andere Gewalttätigkeiten stehen in Krimis und Western auf der Tagesordnung. Insofern ist das Phänomen «jugendlicher Vandalismus» gar nicht so erklärungsbedürftig, bewegt es sich doch durchaus im Rahmen gängiger Verhaltensangebote.

Kriminalitätsstatistiken geben über diese Sachverhalte vergleichsweise wenig Auskunft. So wurden für das gesamte Bundesgebiet 1986 rd. 137 000 strafmündige, tatverdächtige Jugendliche bzw. rd. 152 000 Heranwachsende registriert. Die Zahl der verurteilten Jugendlichen ging von rd. 80 000 (1980) auf rd. 53 000 (1986) Jugendliche, bzw. von rd. 100 000 (1980) auf rd. 85 000 (1986) Heranwachsende zurück. Dabei lagen die Hauptdelikte im Bereich des Diebstahls sowie der Straftaten im Straßenverkehr. Die kriminologische Forschung bewertet die meisten Formen als Episoden, auf die nicht mit dem Instrumentarium der Justiz und der staatlichen Repression reagiert werden sollte. Daher haben vielerorts sog. «Diversions»-Konzepte, d. h. die weitestmöglich informelle und eher sozialpädagogische Verfahrensweise an Stelle förmlicher justizieller Strafverfolgung, Aufnahme und Anklang gefunden. Dahinter steht die Erkenntnis, daß in diesem Alter die Strafverfolgung oftmals mehr Schaden stiftet als Nutzen bringt.[1]

Neben delinquentem Verhalten muß die Flucht in den Drogenkonsum oder in die Suchtkrankheit als eine wenn auch in hohem Maß selbstzerstörerische Technik der Realitätsbewältigung begriffen werden.

Häufig von der Neigung der Erwachsenen animiert, zur kurzfristigen Lösung seelischer Probleme Tabletten aller Art zu nutzen, greifen auch manche Jugendliche zur Droge weniger des Rausches als der «Lebenshilfe» wegen. Dem öffentlich diskutierten «Drogenproblem» der Jugend steht die (als solche verdrängte) kulturell zugelassene Drogeneinnahme gegenüber. Die Alkoholsüchtigen in der BRD, der Verkauf von Millionen Packungen Tranquilizern jährlich, von Millionen Packungen Schlaf-

---

1 H. J. Kerner: Diversion statt Strafe, Heidelberg 1983

mitteln und Millionen Weckmitteln relativieren das Bild vom Drogenmißbrauch und zeichnen es als spezifisch jugendliche Ausprägung einer allgemeinen gesellschaftlichen Erscheinung.

Drogenkonsum ist in der Bundesrepublik längst keine Modeerschei-
nung mehr. Drogenabhängigkeit ist vielmehr eine sich verbreitende
Krankheit, die bislang nur nicht als solche gesehen und behandelt wird.
Wie jede Sucht, die immer mehr will, ohne je zu befriedigen oder zufrie-
den zu machen, ist sie zugleich aber auch ein Charakteristikum eines von
den Gesetzen des Marktes und der Gewinnmaximierung bestimmten
Wirtschaftsstruktur.

Nach Schätzungen von Fachleuten gibt es in der Bundesrepublik z. Z.
etwa 100 000 Drogenabhängige. Rd. 700 Menschen starben 1988 allein an
der Todesdroge Heroin. Die öffentliche Diskussion konzentriert sich allerdings nicht auf die weit verbreitete Alkohol-, Nikotin- oder Medika-
mentenabhängigkeit, sondern thematisiert vermehrt den zunehmenden
Konsum sog. harter Drogen. Einerseits ein Problem der Anbaugebiete in
der Dritten Welt und des internationalen, kriminell organisierten Dro-
genhandels, andererseits ein Problem des Zolls, der Polizei und der Strafverfolgung nach dem Betäubungsmittelgesetz, erfolgt am auffälligsten
die Auseinandersetzung mit der von der Drogenabhängigkeit ausgelösten
Beschaffungskriminalität sowie den Versuchen therapeutischer und sozialer Hilfen für jugendliche Abhängige, einschließlich der Einführung
pharmazeutischer Ersatzdrogen (z. B. Methadon) bis hin zur Legalisierung oder zumindest Entkriminalisierung des Drogenkonsums.

Dabei erscheint es für das weitere Umgehen mit der Problematik der
Drogenabhängigkeit erforderlich zu sein, zwischen den verschiedenen
Drogen und ihrer Wirkungsweise sorgfältig zu unterscheiden (Haschisch,
Kokain, Heroin). Dementsprechend ist auch ein weiter differenziertes
Therapieangebot bereitzuhalten. Die bisherige Strategie, nur über einen
hohen Leidensdruck zur Abstinenz zu kommen, hat offensichtlich nicht
nur Erfolge, so daß unbedingt zusätzlich mit sog. niedrigschwelligen Angeboten und Drogen-Substitution experimentiert werden muß. Für viele
Jugendprojekte und Initiativen ist der Umgang mit Drogen inzwischen
zur Existenzfrage geworden, weil nicht nur die einzelnen gefährdet sind,
sondern durch die Drogenabhängigkeit einzelner auch die schützende soziale Struktur zerstört wird, aus der heraus Selbsthilfe-Projekte leben.[1]

1 W. Heckmann: Praxis der Drogentherapie, Weinheim 1982; Y. Seyrer: Aufbruch in den
  Alltag, Weinheim 1986

Partnerwahl und Sexualverhalten

Die meisten Jugendlichen treffen bei ihrer Ablösung aus der Familie nicht nur die Berufsentscheidung, sondern auch die sich anschließende oder damit gleichlaufende Partnerwahl weitgehend selbständig.

Die bei der Wahl des Partners in allen Altersgruppen wirksamen Faktoren sind von der deutschen Soziologie noch kaum untersucht worden, so daß hier nur auf wenig gesicherte und meist pauschale Aussagen der Umfrageforschung zurückgegriffen werden kann. So sind z. B. drei Viertel der verheirateten Männer älter – und zwar durchschnittlich um vier Jahre – als ihre Ehefrauen, während nur ein geringer Teil eine gleichaltrige oder ältere Frau geheiratet hat. Über die Hälfte der westdeutschen Ehepartner stammt aus der gleichen Gegend, etwas über 70 v. H. haben die gleiche Konfession. Die traditionelle Bestimmung der Partnerwahl durch soziale Herkunft und Standeszugehörigkeit hat längst ihre Verbindlichkeit verloren. Es gibt nur noch wenige Bevölkerungsgruppen mit einer so starken Abgeschlossenheit und Exklusivität, daß in ihnen auch die Partnerwahl reglementiert werden könnte. In den seltensten Fällen ist die Familie heute der Ort der ersten Begegnung. Obwohl die Kontaktmöglichkeiten heute nicht mehr ständisch normiert sind, orientieren sich aber die meisten Menschen an den im Rahmen ihrer sozialen Schicht und ihres kulturellen Milieus vorhandenen Kontaktangeboten, die, was Prestige, Einkommen und sich daraus ergebende Konsum- und Entfaltungsmöglichkeiten angeht, durch gleiche Maßstäbe bestimmt sind.

Am häufigsten kommen also Angehörige gleicher sozialer Herkunft in Kontakt miteinander und neigen dazu, diesen durch informellen oder institutionellen Gruppenanschluß zu befestigen. In solchen fast durchweg die objektiven sozialen Unterschiede widerspiegelnden Gruppen lernen sich auch die künftigen Ehepartner in der Regel kennen. Auf Befragen gaben fast 90 v. H. der Verheirateten an, sie stammten aus «ähnlichen Verhältnissen».

Im Sexualverhalten der Jugend ist der voreheliche Geschlechtsverkehr längst nicht mehr so tabuiert wie bei den vorangegangenen Generationen. Die Jugendlichen nehmen ihn immer häufiger als selbstverständlichen Bestandteil in ihre persönlichen Beziehungen auf.

Schon Befragungen in den fünfziger und sechziger Jahren war über die Verbreitung vorehelicher geschlechtlicher Beziehungen zu entnehmen, daß fast 90 v. H. der verheirateten Männer und 70 v. H. der verheirateten Frauen vor der Ehe intime Beziehungen zu Partnern des anderen Geschlechts gehabt haben.[1]

---

1 Jahrbuch der öffentlichen Meinung 1958–1964, hrsg. von E. Noelle und E. P. Neumann, Allensbach 1965, S. 590 ff.

Bis zum 16. Lebensjahr haben etwa 40 v. H. der Mädchen und ein etwas geringerer Prozentsatz der Jungen den ersten Geschlechtsverkehr erlebt. Diese jugendliche Sexualität geschieht durchweg im Rahmen fester Freundschaftsbeziehungen mit etwa Gleichaltrigen. Diese Beziehungen werden aber nicht nur früher eingegangen, sie dauern auch kürzer, wobei dem jeweiligen Partner jedoch sehr bewußt die Treue gehalten wird. Für heranwachsende junge Menschen ist diese sexuelle Erfahrung ein Teil der Selbstwertentwicklung und der Erlangung innerer Stabilität.

Die Immunschwäche AIDS hat sich in den letzten Jahren zu einer Krankheit entwickelt, die weltweit das Leben vieler Menschen bedroht und gegen die bisher keine ursächlich wirksamen Gegenmittel entwickelt werden konnten. Diese Krankheit traf auch die bundesdeutsche Gesellschaft unvorbereitet. Dementsprechend waren die ersten Reaktionen aus Unwissenheit emotional und angstfördernd, anfangs auch durch reißerische Aufmachung irreführender Berichte in den Medien noch zusätzlich geschürt. 1985 setzten allmählich die ersten Kampagnen ein, erhebliche Forschungsmittel wurden auf diese Thematik umgelenkt.

Seit Erfassung der anonymisierten Meldungen von AIDS-Erkrankungen im Jahre 1982 sind bis Ende 1988 rd. 2800 Fälle registriert worden. Im Bundesgesundheitsamt sind im gleichen Zeitraum rd. 28000 HIV-Infektionen registriert worden. Schätzungen lauten jedoch auf 50000 bis 100000 HIV-Infizierte. In beiden Fallgruppen sind fast ausschließlich Homo- bzw. Bisexuelle, Drogenabhängige und Prostituierte vertreten. Für diese Gruppen sind inzwischen besondere Hilfeprogramme aufgelegt worden (Nationale AIDS-Stiftung, AIDS-Hilfe, ambulante Angebote der Wohlfahrtsverbände und Selbsthilfegruppen), um eine Ausgrenzung zu verhindern.

Die übrige Bevölkerung ist bislang so gut wie gar nicht von dieser Krankheit betroffen. Daher richten sich die Aufklärungskampagnen insbesondere auf den Schutz vor möglichen Infektionen. Umfragen ergeben, daß inzwischen der Informationsstand weitaus umfassender geworden ist ohne zu einer nennenswerten Veränderung des Sexualverhaltens der Menschen zu führen.[1]

Die in früheren Jahren in vielen sozialen Gruppen noch starke Ablehnung erfahrende nichteheliche Geburt eines Kindes verliert mehr und mehr von ihrer Konfliktträchtigkeit. Sowohl der Abbau der rechtlichen wie noch mehr der weitgehende Fortfall der sozialen Diskriminierung der nichtehelichen Mutter und ihres Kindes hat hier ein anderes gesellschaftliches Klima entstehen lassen. Wie in allen Gesellschaften, in denen dem vorehelichen Geschlechtsverkehr erhebliche Freiheiten eingeräumt wer-

---

1 AIDS: Fakten und Konsequenzen, Zwischenbericht der Enquete-Kommission des Deutschen Bundestages, Bonn 1988

den, gibt es auch in der Bundesrepublik eine weitverbreitete Empfängnis-
verhütung bzw. eine hohe Zahl von Abtreibungen und einen hohen Prozentsatz von Eheschließungen in jungen Jahren. Die Daten der Bevölke-
rungsstatistik zeigen dazu bemerkenswerte Schwankungen auf:[1]

	Eheschließungen		Lebendgeborene		Nichtehelich Lebendgeborene	
	absolut	je 1000 Einwohner	absolut	je 1000 Einwohner	absolut	je 1000 Lebendgeborene
1950	535 708	10,7	812 835	16,2	79 075	97,3
1955	461 818	8,8	820 128	15,7	64 427	78,6
1960	521 445	9,4	968 629	17,4	61 330	63,3
1965	492 128	8,3	1 044 328	17,7	48 977	46,9
1970	444 510	7,3	810 808	13,4	44 280	54,6
1975	386 681	6,3	600 512	9,7	36 774	61,2
1980	362 408	5,9	620 657	10,1	46 923	75,6
1985	364 661	6,0	586 155	9,6	55 070	94,0
1987	382 377	6,3	642 010	10,5	62 358	97,1

Das seit 1. 7. 1970 wirksame Gesetz über das Recht nichtehelicher Kinder stellte die bisherige rechtliche Fiktion, daß das nichteheliche Kind mit
seinem leiblichen Vater nicht verwandt sei, ab. Es sichert dem nichtehelichen Kind auch einen finanziellen Erbanspruch gegen seinen leiblichen
Vater. Der Vater ist auch über das 18. Lebensjahr des Kindes hinaus un-
terhaltspflichtig, und zwar richtet sich der Unterhaltsanspruch nach dem
Lebenszuschnitt beider Elternteile. Die ledige Mutter hat das Sorgerecht
in der Regel allein und uneingeschränkt.

Die Frage nach der Legalität des Schwangerschaftsabbruchs (Abtreibung) hat zu langandauernden Kontroversen geführt, die auch noch an-
halten.

In der juristischen Auseinandersetzung um die Neuformierung der
§§ 218 bis 220 standen diejenigen, die eine Fristenlösung anstrebten (in
den ersten drei Monaten der Schwangerschaft soll es der Frau allein überlassen bleiben, ob sie sich zur Austragung des Kindes entschließt), denjenigen gegenüber, die nach wie vor die Indikationslösung mit nur unwesentlich erweitertem Interpretationsspielraum als einzig annehmbar vertraten.

Bis zur Reform des § 218 galt von den ärztlichen Indikationen zum
Schwangerschaftsabbruch nur die medizinische: der ärztliche Eingriff zur
Rettung des Lebens der Mutter. Alle übrigen Motive zur Beseitigung des
keimenden Lebens wurden nach dem geltenden Strafrecht wie Verbre-
chen behandelt, auch wenn die dazu veranlassende Notlage unüberseh-

1 Statistisches Jahrbuch für die Bundesrepublik Deutschland, 1983, S. 70

bar war. Sowohl in kirchlichen Kreisen wie auch in weiten Teilen der Ärzteschaft und der politischen Öffentlichkeit verschloß man sich lange Zeit der Erörterung einer vorurteilsfreien und rechtlich abgesicherten Geburtenregelung. Jährlich wurden einige tausend Personen wegen dieses Deliktes abgeurteilt.

Im Jahre 1982 lag die Zahl der legalen Schwangerschaftsabbrüche in der BRD bei 91 064, das waren 147 Abbrüche auf tausend Geburten. 1987 waren es 88 540 legale Abbrüche, davon in rd. 77 000 Fällen aufgrund einer schweren Notlage. Insgesamt wird die Zahl der jährlichen Schwangerschaftsabbrüche nach Angaben der Krankenkassen auf 200 000 geschätzt.

Der Mitte 1976 in Kraft getretene neue Paragraph 218 StGB orientiert sich an dem sog. Indikationsmodell. Er stellt Abtreibung grundsätzlich weiter unter Strafe; Straffreiheit besteht jedoch in Fällen medizinischer, eugenischer, kriminologischer und sozialer Indikation.

Die *medizinische Indikation* liegt vor, wenn für die Frau schwerwiegende körperliche oder seelische Schäden zu befürchten sind. Das gilt jedoch nur, wenn die Gefahren für die Frau nicht auf andere Weise als durch einen Schwangerschaftsabbruch abgewendet werden können. Eine Frist für den Abbruch ist bei dieser Indikation nicht gesetzt.

Die *eugenische Indikation* liegt vor, wenn die Gefahr besteht, daß das erwartete Kind durch Erbanlage oder Umwelteinflüsse während der Schwangerschaft mit schweren körperlichen oder geistigen Schäden zur Welt kommt. Wenn diese Schädigungen schwerwiegend sind, kann der Abbruch bis zur 22. Woche durchgeführt werden.

Die *kriminologische Indikation* liegt vor, wenn die Frau durch eine Vergewaltigung schwanger geworden ist. Bei dieser Indikation darf der Abbruch nur bis zur 12. Schwangerschaftswoche durchgeführt werden.

Die *Notlagenindikation* (soziale Indikation) liegt vor, wenn die Frau durch das Kind in eine schwere wirtschaftliche Notlage geraten würde (z. B. beengte Wohnsituation, Partnerkonflikte, Ehezerrüttung, Ausweglosigkeit). Der Abbruch kann nur bis zur 12. Schwangerschaftswoche durchgeführt werden.

Nach § 219 muß ein Arzt der betroffenen Frau ein schriftliches Gutachten (Indikation) ausstellen, daß sie sich in einer der oben beschriebenen Ausnahmesituation befindet. Der Arzt, der die Indikation stellt, darf den Abbruch nicht selber vornehmen.

Die Frau muß sich über soziale Hilfen für Schwangere und Kind und über mögliche Komplikationen, die bei der Abtreibung auftreten können, beraten lassen. Die Beratung über die Komplikationen kann von jedem Arzt durchgeführt werden. Die soziale Beratung kann nur in einer öffentlich anerkannten Beratungsstelle gemacht werden. Besonders positive und verläßliche Hilfegewähren die Einrichtungen von «Pro familia».

Gerade um die Notlagen-Indikation ist in der Bundesrepublik erneut ideologischer Streit ausgebrochen, der allerdings auch regional mit unterschiedlicher Intensität geführt wird. So müssen die Beratungsstellen in Bayern und Baden-Württemberg ausschließlich zugunsten des ungeborenen Lebens beraten. Der ambulante Schwangerschaftsabbruch in der Arztpraxis ist dort verboten, die Frauen finden in diesen Bundesländern nur selten einen Arzt, der ihnen die soziale Notlage bescheinigt. Die massive Kritik an der derzeitigen Praxis des § 218 kommt daher insbesondere aus dem politischen Spektrum dieser Länder, namentlich der katholischen Kirche. Sie sprechen von einem Mißbrauch der Notlagen-Indikation und von vorsätzlicher Tötung. Parallel zu dieser Kritik wurde versucht, durch familienpolitische Leistungen bis hin zur Errichtung einer Bundesstiftung «Mutter und Kind» den materiellen Gründen für eine Abtreibung den Boden zu entziehen in der eher irrigen Annahme, mehr Geld würde weniger Abtreibungen bewirken. Weitergehender und restriktiver sind die Bemühungen von CSU und Teilen der CDU, mittels eines eigenen «Beratungsgesetzes» Einfluß auf die ärztliche Praxis zu nehmen und diese an das Ziel zu binden, «die Bereitschaft der Schwangeren zur eigenverantwortlichen Annahme des ungeborenen Lebens zu wecken, zu stärken und zu erhalten». Gegen diese Vorstellungen gibt es bei der Opposition und bis hinein in die F.D.P., die Frauen in der CDU und weite Teile der evangelischen Kirche eindeutigen Widerstand. Abtreibung und Schwangerschaft betreffen nachhaltig Probleme der Gesellschaft und ihre Wertvorstellungen. Sie sollten daher vor jedem staatlichen Zwang und Zugriff geschützt und in der Wahl- und Entscheidungsfreiheit des einzelnen belassen bleiben.[1]

Ehe und neue Partnerschaft

Das Zugeständnis größerer sexueller Freiheit vor der Ehe ist auch als Folge veränderter ökonomischer Bedingungen zu sehen. Trotz andauernder Arbeitsmarktkrise stehen insgesamt schon in jungen Jahren deutlich höhere Einkommen und damit eine frühzeitige Sicherung der materiellen Existenz zur Verfügung. Vermehrt haben die über 18jährigen bereits eine eigene Wohnung. Nicht zuletzt beeinflußt die inzwischen fast selbstverständlich fortgesetzte Berufstätigkeit sehr vieler Frauen auch nach der Eheschließung die Heiratsmotivation. Das durchschnittliche Alter der ledigen Eheschließenden ist inzwischen wieder im Steigen begriffen. Bei den Männern lag es 1960 bei 25,9 Jahren, 1975 bei 25,3 Jahren, 1980 bei

1 S. v. Paczensky und R. Sadrozinski (Hrsg.): § 218 – Zu Lasten der Frauen, Reinbek 1988; G. Amendt: Die bestrafte Abtreibung, Fulda 1988

26,1 Jahren und 1986 bei 27,5 Jahren. Bei den Frauen zeigt sich die gleiche Tendenz über die Jahre: 23,7 (1960), 22,7 (1975), 23,4 (1980) und 24,9 (1986). Vor dem Ersten Weltkrieg waren die Männer bei der Eheschließung durchschnittlich 27,5 und die Frauen 24,7 Jahre alt. Durch die zusätzliche größere Lebenserwartung kann eine Ehe heute im Durchschnitt doppelt so lange dauern wie vor hundert Jahren.

Auch hier ist allerdings die – im langfristigen Vergleich – sehr stark angestiegene Scheidungsquote mitzubedenken. Das Gefühl, mit der Eheschließung eine kaum wieder lösbare oder sogar gänzlich unlösbare persönliche Bindung einzugehen, ist heute nur noch bei einem Teil der Bevölkerung gegeben. Ein Bedeutungswandel der Ehe geht auch einher mit Veränderungen der Familienstruktur bzw. des Familientyps, also mit dem fast restlosen Wegfall der Dreigenerationenhaushalte und der weitverbreiteten Tendenz zur Ehe bzw. zum Haushalt ohne Kinder.[1]

Charakteristisch für die gegenwärtige öffentliche Auffassung von der Ehe ist, daß höchst unterschiedliche normative Vorstellungen nebeneinander existieren. Diese Widersprüchlichkeit der «Eheideale» ist nicht nur eine Frage der Generationszugehörigkeit. Unabhängig von solchen jeweiligen Ausfüllungen des Bildes von der Ehe läßt sich aber sagen, daß für die große Mehrheit der nachwachsenden Generation der Wunsch zu heiraten nahezu selbstverständlich ist, auch wenn viele junge Paare zunächst einige Zeit unverheiratet zusammenleben.

Aus Meinungsumfragen geht hervor, daß die Bevölkerungsmehrheit die Ehe als Raum der «Ordnung», der «Sicherheit», der «Moral», der Bindung und Verpflichtung und als Ort der Erziehung der Kinder sehr hoch schätzt. Vertrauen, Liebe, Treue, Achtung erscheinen als die wichtigsten Voraussetzungen der Ehe. Eine enge partnerschaftliche Gefühlsbindung wird dabei weitgehend als Grundvoraussetzung einer Ehe angenommen. In den meisten westdeutschen Ehen entscheiden Mann und Frau gemeinsam über anstehende Probleme.

Diesem partnerschaftlichen Eheideal suchte der Gesetzgeber vor allem durch das seit 1957 geltende Gleichberechtigungsgesetz Rechnung zu tragen. Bereits in Art. 3 des Grundgesetzes war festgelegt worden: «Männer und Frauen sind gleichberechtigt.» Aus dieser Grundrechtsgarantie ergab sich notwendig eine Überprüfung des geltenden Ehe- und Familienrechts. Die Gleichberechtigung soll sich nach dem Gesetz von 1957 sowohl auf den ehelichen Besitz wie auf das Verhältnis der Ehegatten zueinander und auf das Verhältnis der Eltern zu den Kindern auswirken. Jedem Ehepartner steht es danach frei, über rein persönliche Angelegenheiten ebenso wie über eigenes Vermögen selbst zu verfügen, soweit der gemein-

1 Zur historischen Entwicklung vgl. I. Weber-Kellermann: Die deutsche Familie – Versuch einer Sozialgeschichte, Frankfurt 1974

same Lebensunterhalt gesichert ist und keine anderweitigen privatrechtlichen Verträge bestehen. Über die Form und den Inhalt der ehelichen Lebensgemeinschaft müssen sich die Partner einigen. Das Gleichberechtigungsgesetz ließ aber zunächst die einseitige Fixierung der Frau auf die Haushaltsführung bestehen. Hier brachte erst die Eherechtsreform 1977 eine Änderung.

In den Jahren von 1949 bis 1955 bestand bei sehr vielen deutschen Soziologen ein auffälliges Interesse an den Auswirkungen der Nachkriegssituation auf die westdeutschen Ehen und Familien. Die von G. Wurzbacher analysierten Formen der Gattenbeziehungen und der in ihnen sichtbaren sozialen Leitbilder weisen schon in den fünfziger Jahren auf ein zahlenmäßiges Übergewicht der Ehen mit vorwiegender Anerkennung grundsätzlicher Gleichberechtigung beider Partner hin.[1] H. Schelsky brachte den Nachweis einer verstärkten Betonung der vom Gefühl getragenen Zuneigung und der Intensivierung der Intimsphäre in der heutigen Ehe und Familie.[2]

Die gegenwärtige Ehe in der Bundesrepublik unterscheidet sich insgesamt nur wenig von den Eheformen anderer hochentwickelter Industriegesellschaften. Trotz keineswegs überwundener patriarchalisch-hierarchischer Strukturen und einer traditionellen Rollenteilung im Alltag, die den Frauen zumeist die Doppelbelastung von Haushalt und Beruf auflädt, lassen sich doch – vor allem bei der jüngeren Generation und dort wieder vermehrt in den sozialen Mittelschichten – partnerschaftliche Lebensformen erkennen, die langsam neue Leitbilder hervorbringen. Dazu gehört, daß die Partner einander mehr Bewegungsfreiheit bei der persönlichen Lebensgestaltung zugestehen, wovon nunmehr auch die Frauen profitieren, die sich nicht ausschließlich an den Haushalt binden lassen, sondern im Beruf und auch im privaten Bereich mehr Kontakte haben als früher. Gleichzeitig läßt sich ein intensives Bedürfnis nach emotionaler Bindung beobachten, das in manchen Ehen sogar zu einer starken gegenseitigen Abhängigkeit führt, besonders dann, wenn keine Kinder da sind. So offen viele Paare Kontakt mit der Außenwelt pflegen und ein positives Lebensgefühl ganz bewußt aus der Vielseitigkeit freundschaftlicher Beziehungen herleiten, so abgekapselt und ausschließlich auf sich selbst bezogen leben andere, deren Ehe dadurch eine außerordentliche gefühlsmäßige Wichtigkeit bekommt. Zur Öffnung nach außen und zu mehr Partnerschaftlichkeit im Innenbereich hat mit Sicherheit die Emanzipationsbewegung der siebziger Jahre beigetragen. Mit der veränderten Rollenerwartung der Frauen an die Männer ist allerdings auch das Konflikt-

---

1 Vgl. G. Wurzbacher: Leitbilder gegenwärtigen deutschen Familienlebens, Dortmund 1951
2 Vgl. H. Schelsky: Wandlungen der deutschen Familie in der Gegenwart, Stuttgart 1955;
   D. Claessens: Familie und Wertsystem, 4. Aufl., Berlin 1970

potential gewachsen, mit dem viele Paare streitbar, aber selten von Anfang an souverän umgehen. So steckt im Bedeutungszuwachs der emotionalpartnerschaftlichen Ehe eine besondere Gefährdung ihrer Haltbarkeit, bestehen doch immer mehr Männer und Frauen darauf, ihre Probleme offen und nicht selten gefühlsgeladen auszutragen, was sie einerseits einander näherbringt, andererseits jedoch auch empfindlicher auf Kränkungen und Unzulänglichkeiten des anderen reagieren läßt. Das deutlich gewachsene Selbstbewußtsein der Frauen und die zunehmende Bereitschaft vieler Männer, die alten Rollenfixierungen zu verlassen, um einen lange unterdrückten Teil ihres Selbst, ihrer Gefühle kennen und ausdrücken zu lernen, findet in einer partnerschaftlich gestalteten Ehe trotz größerer Belastungen einen idealen Lebensraum.

Seit den 60er Jahren hat auch die Relevanz der bis dahin die Sexualität der Erwachsenen bestimmenden Normen immer mehr abgenommen. An ihre Stelle ist das Bewußtsein von Selbstverantwortung getreten. Die Ehe hat ihre Eigenschaft als sexuelles Privileg verloren. Geschlechtsunterschiede im sexuellen Verhalten nehmen ab, insbesondere aufgrund der Erweiterung der sexuellen Erfahrungen der Frauen. Die Sexualpartnerfluktuation ist allerdings erheblich weniger gestiegen als allgemein vermutet wird. Das dennoch dieses Bild vorherrscht, liegt im wesentlichen daran, daß sexuelle Erfahrungen heute früher beginnen und sexuelle Beziehungen leichter gelöst werden bzw. kürzer dauern. Der oder die durchschnittliche Dreißigjährige Ende der 80er Jahre hat damit auf das Sexualleben zurückblickend mehr Partnerinnen bzw. Partner erfahren als der bzw. die durchschnittliche Dreißigjährige der 50er Jahre.

Der Anteil ausschließlich Homosexueller an der Bevölkerung ist ziemlich konstant und scheint relativ unabhängig von ökonomischen oder kulturellen Einflüssen zu sein. Er liegt bei den Männern etwa bei 4–5 v. H., bei den Frauen bei 1–3 v. H. Etwa ein Viertel bis ein Fünftel der später heterosexuellen Männer macht in der Jugend vorübergehend homosexuelle Erfahrungen. Bei den Frauen ist dieser Anteil niedriger, nimmt aber deutlich zu. Für all diese Angaben gibt es bislang keine repräsentativen Untersuchungen der Gesamtbevölkerung der Bundesrepublik. Lediglich Teilstudien lassen Rückschlüsse auf diesen intimsten persönlichen Bereich zu.[1]

Neben der Ehe als immer noch von den meisten jungen Menschen gewünschten Lebensform haben sich in den letzten zwanzig Jahren andere Möglichkeiten des Zusammenlebens durchgesetzt und werden auch gesellschaftlich weitgehend toleriert. Dazu gehört vor allem die «nichteheliche Lebensgemeinschaft». Damit wird das auf Dauer angelegte Zusam-

1 Vgl. dazu: AIDS: Fakten und Konsequenzen, Zwischenbericht der Enquete-Kommission des Deutschen Bundestages, Bonn 1988

menleben eines Paares ohne Trauschein verstanden.[1] Wie viele solcher
Lebensgemeinschaften es derzeit gibt, ist statistisch nicht erfaßt; Schätzungen gehen von etwa zwei bis drei Millionen aus. Ihre Abgrenzung zu
reinen Wohngemeinschaften, in denen zumeist junge Leute in einer
Gruppe zusammenleben, um einerseits der Isolierung in den städtischen
Großraumsiedlungen zu entgehen und andererseits die hohen Mietkosten zu teilen, die Abgrenzung zu mehr oder weniger kurzfristigen Lie-
besbeziehungen zweier «Singles» oder zur vorehelichen Hausstandsgrün-
dung eines befreundeten oder verlobten Paares ist nicht immer einfach.

Bisher gibt es für «eheähnliche Lebensgemeinschaften» keine eigenen
gesetzlichen Regelungen. Auch gelten als «eheähnlich» nur heterosexuelle Verbindungen. Beim 57. Deutschen Juristentag 1988 haben sich
Richter, Rechtsgelehrte und Anwälte jedoch zu einer Empfehlung ent-
schlossen, die zukunftweisend ist. Danach sollen nicht nur unverheiratet
zusammenlebende Partner verschiedenen Geschlechts als nichteheliche
Lebensgefährten gelten. Angesichts einer Vielzahl ganz unterschiedlich
gestalteter «auf Dauer angelegter» Verbindungen von Menschen beider-
lei Geschlechts sei es vielmehr ratsam, neue Gesetze zu schaffen, die sich
überhaupt nicht mehr am Vorbild der Ehe orientieren, sondern jede Lebensform einbeziehen sollten, «bei der emotional aneinandergebundene
Partner sich wirtschaftlich zusammentun». Das könnten dann auch
Homosexuelle und Lesbierinnen, Geschwister, alte «Onkel-Konkubi-
nate» und junge «Probe-Ehen» sein, scheidungsgeschädigte Zweitverbin-
dungen ebenso wie altersbedingte Versorgungsgemeinschaften zweier
Menschen, die sich auch persönlich nahestehen. Das alles gibt es, wird
täglich gelebt und bietet neben der von der Verfassung als besonders
schutzwürdig hervorgehobenen Ehe vielen Menschen die Chance, ein sozial gesichertes und emotional befriedigendes Leben zu führen.

Bislang allerdings beziehen sich Rechtsprechung und Literatur fast ausschließlich auf heterosexuelle Paare, obwohl es für die Entscheidung der
meisten sich aus einem solchen Zusammenleben ergebenden Rechtsfra-
gen unerheblich ist, ob es sich um ein gleich- oder gegengeschlechtliches
Paar handelt.

In der – geschätzten – Zahl von zwei bis drei Millionen nichtehelicher
Lebensgemeinschaften finden sich nur die heterosexuellen Paare, jene
Menschen, die früher verlobt oder verheiratet gewesen wären, wenn sie
zusammenlebten. Überwiegend sind es junge, kinderlose Leute, ein Drittel ist sogar noch in der Ausbildung, die Hälfte erwerbstätig. Befragt, ob
sie denn irgendwann mal heiraten möchten, verneinen dies vor allem die

1 E. M. v. Münch: Zusammenleben ohne Trauschein, München, 3. Aufl. 1988; R. Scholz: Die
nichteheliche Lebensgemeinschaft in der Rechtspraxis, Bonn 1982; J. Limbach und I.
Schwenzer (Hrsg.): Familie ohne Ehe, Frankfurt 1988

gut ausgebildeten beruftätigen Frauen, die schon eine Zeitlang mit einem Partner unverheiratet zusammenleben. Sie vor allem sind nach Meinung der Sozialforschung für den sprunghaften Anstieg der nichtehelichen Lebensgemeinschaften verantwortlich. Viele Frauen wollen die alten Rollen nämlich nicht mehr alle zugleich ausfüllen: Eheweib, Hausmütterchen, Kindermädchen – und dann auch noch Karrierefrau. Bessere Ausbildung, häufigere Erwerbstätigkeit und zuverlässigere Familienplanung haben sie selbstbewußter gemacht. Die ehemals «wilde Ehe» ist für diese Frauen und ihre Partner auch langfristig gesehen eine erwünschte und geschätzte Form des Zusammenlebens.

Nicht zuletzt finanzielle Gründe spielen eine Rolle: Wer Ansprüche auf Ausbildungs- oder Unterhaltsleistungen hat (BAFÖG, Sozialhilfe, Scheidungsunterhalt) würde dies bei einer Heirat mit einem gut verdienenden Partner auf jeden Fall verlieren. Allerdings können auch nichtehelich zusammenlebende Paare damit rechnen, wie verheiratete behandelt zu zu werden, wenn sie gegen den Staat Unterhaltsansprüche geltend machen und ihr Zusammenleben als «eheähnlich» erkannt wird. Die entsprechenden Lücken im Gesetz sind inzwischen geschlossen worden. Ein weiteres Motiv für nichteheliche Lebensgemeinschaften ist die Ablehnung herkömmlicher Lebensformen oder eine Distanzierung von den Eltern.

Probleme entstehen in nichtehelichen Lebensgemeinschaften nicht mehr und nicht weniger als in Ehen, sie haben lediglich andere Folgen. Das gilt vor allem für den sozial schwächeren Partner und den Vater nichtehelicher gemeinsamer Kinder. Denn im Konfliktfall versagen dem Paar ohne Trauschein Gesetz und Rechtsprechung den Beistand, den sie Ehepaaren gewähren. Eine analoge Anwendung der Vorschriften über Ehe und Familie findet nicht statt. Bei einer Trennung hat der sozial schwächere Partner keinen Anspruch auf Unterhalt oder Zugewinnausgleich gegen den anderen, ein Versorgungsausgleich findet nicht statt; die Mutter ist allein sorgeberechtigt, der Vater hat nicht einen durchsetzbaren Anspruch auf ein Besuchsrecht gegenüber seinem Kind, das er vielleicht jahrelang wie ein ehelicher Vater betreut und miterzogen hat. Beim Tod eines Partners besteht kein gesetzliches Erbrecht des anderen, testamentarische Verfügungen sind umstritten und werden oft angefochten, vor allem dann, wenn noch Verpflichtungen aus einer früheren Ehe bestehen. Außerdem ist in diesem Falle der Erbschaft eine nicht unerheblich höhere Steuer zu zahlen.

Um einem Teil dieser Konflikte zu entgehen und auch für den gemeinsamen Alltag notwendige und praktische Regelungen zu treffen, werden Paaren in einer eheähnlichen Lebensgemeinschaft Partnerverträge empfohlen, für die es bereits verschiedene Musterbeispiele gibt. Würden schließlich Wohnungsbau und Vermieter besser auf diesen Bedarf eingehen, so wäre die Tendenz zu nichtehelichen Lebensgemeinschaften wie auch zu Wohngruppen und anderen Experimenten des Zusammenlebens außerhalb einer Ehe wohl noch größer.

Der 57. Deutsche Juristentag 1988 empfahl angesichts dieser insgesamt unbefriedigenden Rechtslage für eine wachsende Zahl von Bürgern, den Schutz nichtehelicher Lebensgemeinschaften gesetzlich festzuschreiben und eine Anzahl von Regelungen für sie zu treffen.

Dazu sollen gehören:

– ein Unterhaltsanspruch bei einer langdauernden Beziehung, der auch nach der Trennung für eine gewisse Zeit von dem Partner geltend gemacht werden kann, der während des Zusammenlebens nicht erwerbstätig war, weil er sich um gemeinsame Kinder gekümmert oder den anderen Partner wegen Alter oder Krankheit versorgt und gepflegt hat;

– ein Ausgleichsanspruch in Geld (bei Trennung oder Tod), der sich danach richtet, wieviel jeder in die Beziehung finanziell investiert hat;

– das Sorgerecht für beide Elternteile eines gemeinsamen Kindes, wenn sie sich darüber einig sind;

– ein Umgangsrecht für den nichtehelichen Vater analog der Regelung bei Scheidungskindern, wenn die nichteheliche Lebensgemeinschaft zerbricht;

– die Hausratsaufteilung bei Trennung nach Bedürftigkeit: jeder behält das, was er am dringendsten braucht. Notfalls entscheidet der Richter.

Die Beschlüsse des Deutschen Juristentages sind unverbindliche Vorschläge, aber sie haben Gewicht als die Empfehlungen von Fachleuten, die sich täglich mit der Rechtssituation auseinandersetzen müssen. Der Gesetzgeber wird auf die Dauer nicht an ihnen vorbeikommen. Die althergebrachte Institution der Ehe wird dadurch weder benachteiligt noch deklassiert.

Die Ehescheidung ist eine der radikalsten Lösungen ehelicher Konfliktsituationen. Der Weg zu diesem Entschluß ist jedoch nur über etliche rechtliche, moralische, soziale und persönliche Barrieren hinweg möglich. Die christlichen Konfessionen erheben ihrerseits bestimmte Forderungen in bezug auf die Unauflöslichkeit der Ehe. Ein großer Teil der westdeutschen Bevölkerung übrigens spricht sich in den Meinungsumfragen seit Jahren einerseits für eine Erschwerung der Ehescheidung aus; andererseits sollte sie, wenn beide Partner eine Scheidung wünschen, nach diesen Äußerungen ohne Nachteile möglich sein. Bei den nachfolgenden Zahlen ist zu berücksichtigen, daß die Ehe- und Familienrechtsreform von 1976/77 wegen ihrer grundlegenden Änderung des Scheidungsrechts einschließlich der Folgen und des Verfahrens einen Vergleich mit den Zahlen der vorliegenden Zeit nur bedingt zuläßt.

1986 lebten in der Bundesrepublik 2199200 geschiedene Personen (1975: 1500600), das sind 3,6 v. H. (2,5 v. H.) der Gesamtbevölkerung.

Scheidungsquoten seit 1890 (Bundesgebiet) [1]

Jahr	Scheidungen auf 10000 Einwohner	Scheidungen auf 10000 Ehen
1890	1,3	7,4
1910	2,3	15,2
1920	5,9	32,1
1940	7,1	38,1
1950	16,9	67,5
1960	8,8	35,7
1970	12,6	50,9
1980	15,6	61,3
1986	20,1	82,6

1 Statistisches Jahrbuch für die Bundesrepublik Deutschland 1988, S. 78

931 500 davon waren männlich (576 100), 1 267 700 weiblich (924 500). Es gab in diesem Jahr 122 443 Ehescheidungen (106 932). 1960 lag demgegenüber die Anzahl der Scheidungen noch bei 48 874. In 2903 Fällen wurde damals die Scheidungsklage abgewiesen (1986: 290).

Die meisten Scheidungen erfolgen zwischen dem dritten und achten Ehejahr (1986: 37 v. H.). 1986 hatten 52 v. H. der in diesem Jahr geschiedenen Ehe eine Dauer von längstens 10 Jahren gehabt. Bei 17 v. H. erfolgte die Scheidung 1986 nach mehr als 20 Ehejahren. Frühehen werden in größerem Umfang geschieden als Ehen älterer Frauen und Männer, obwohl auch spät, d. h. nach dem 35. Lebensjahr geschlossene Ehen ebenfalls gefährdet erscheinen. Eine hohe Scheidungshäufigkeit weisen auch Ehen auf, in denen nur ein Partner bei der Heirat jünger als 21 Jahre war, und Ehen, bei denen ein erheblicher Altersunterschied der Partner vorliegt.

50,0 v. H. der 1986 geschiedenen Ehepaare waren kinderlos. 32,2 v. H. hatten ein Kind, die übrigen zwei und mehr Kinder.

Während in den Nachkriegsjahren bis 1950 die Ehescheidungsklage meist vom oft aus Krieg und Gefangenschaft zurückkehrenden Mann erhoben wurde, geht sie nun schon seit vielen Jahren in der größeren Zahl der Fälle von der Frau aus. 1986 war bei 32,5 v. H. der geschiedenen Ehen antragstellend der Mann, bei 58,5 v. H. die Frau und bei 9,0 v. H. beide gemeinsam.

Evangelische Ehen und evangelisch-katholische Mischehen weisen eine erheblich höhere Scheidungshäufigkeit auf als rein katholische Ehen, die einem strengeren kirchlichen Unauflöslichkeitsgebot unterstehen. Untersuchungen deuten jedoch darauf hin, daß Eheleute mit geringerer religiöser Bindung und größerer Gleichgültigkeit gegenüber den Ansichten der Kirchen in beiden Konfessionen keine bedeutsamen Unterschiede in der Scheidungshäufigkeit zeigen.

Geht man den Motiven der Ehescheidung nach, kann man feststellen, daß eine wesentliche Bedingung für den Zusammenhalt der Ehe in der Harmonie der Beziehungen und dem persönlichen Glück der Ehegatten zu sehen ist. Kann diese Bedingung nicht eingehalten werden, dann scheint auch wenig Veranlassung zu bestehen, die Verbindung weiter aufrechtzuerhalten, es sei denn, man hält die dagegen aufgerichteten gesellschaftlichen Barrieren für unüberwindlich. Nachdem 1961 das Familienrecht-Änderungsgesetz neben einer Neuregelung des Eheschließungsrechts zeitweilig eine Erschwerung der Scheidung gebracht hatte, sollte das am 1. Juli 1977 in Kraft getretene «Erste Gesetz zur Reform des Ehe- und Familienrechts» endlich eine Angleichung der zum Teil seit dem Jahre 1900 unverändert geltenden Rechtsvorschriften im Bereich von Ehe, Familie und Scheidung an die seitdem stark gewandelte soziale Wirklichkeit bringen. Das vielfach als «Jahrhundertwerk» gefeierte Reformstück stieß in der Praxis jedoch bald auf heftigen Widerspruch, vor allem bei jenen, die aufgrund der neuen, an einer partnerschaftlichen Ehe ausgerichteten Regelungen über Unterhalt und Versorgungsausgleich nach der Scheidung erhebliche finanzielle Leistungen für den wirtschaftlich schwächeren Ehegatten zu erbringen hatten.

In seinem ersten Teil enthielt das Gesetz die Eherechtsreform, im zweiten die Reform des Scheidungsrechts; der dritte Teil schließlich brachte eine Neuordnung des Scheidungsverfahrens, wonach alle mit einer Scheidung zusammenhängenden Fragen an den neu eingerichteten Familiengerichten entschieden werden.[1]

Ein besonderer Teil des neuen Eherechts ist das Namensrecht, das seit dem 1. Juli 1976 gilt. Seitdem kann ein Paar bei der Heirat entweder den Namen des Mannes oder den der Frau zum Familiennamen wählen. Der Ehegatte, dessen Name nicht Familienname wird, kann seinen bisherigen Namen dem Ehenamen voranstellen.

Das bisher geltende Recht, wonach die Frau in erster Linie zur Haushaltsführung, der Mann zum finanziellen Unterhalt der Familie verpflichtet war, ist dahingehend geändert worden, daß beide die Hausarbeit in gegenseitigem Einvernehmen regeln sollen. Eine Mitarbeitspflicht im Geschäft des anderen gibt es nicht mehr; auch die Frau ist zu einer eigenen Berufstätigkeit berechtigt. Diese Regelung ersetzt das jahrzehntealte Leitbild der «Hausfrauenehe» durch eine auf Partnerschaft und Gleichberechtigung ausgerichtete Eheführung.

Die wichtigste Änderung im jetzt geltenden Scheidungsrecht ist die Abschaffung des «Schuldprinzips« zugunsten des lebensnäheren Zerrüttungsprinzips. Spielte früher die Schuldfrage bei Scheidungsverfahren

1 E. M. von Münch: Die Scheidung nach neuem Recht, München, 6. Aufl. 1988; dies.: Das neue Ehe- und Familienrecht von A–Z, München, 11. Aufl. 1989

eine zentrale Rolle, weil Unterhaltsregelungen und Sorgerecht für die Kinder von der Entscheidung dieser Frage abhingen, so werden diese Punkte jetzt unabhängig davon geregelt. In § 1565 BGB heißt es jetzt: «Eine Ehe kann geschieden werden, wenn sie gescheitert ist. Die Ehe ist gescheitert, wenn die Lebensgemeinschaft nicht mehr besteht und nicht erwartet werden kann, daß die Ehegatten sie wieder herstellen.» Nach welchem Zeitraum die «Wiederherstellung» einer Ehe nicht mehr erwartet werden kann, ist recht formal geregelt: Nach einer Trennung von weniger als einem Jahr ist eine Scheidung nur ausnahmsweise möglich. Lebt das Paar bereits ein Jahr getrennt und ist es sich über die Scheidung einig, beantragt es also gemeinsam oder mit wechselseitiger Zustimmung die Scheidung, so wird vom Gericht «unwiderlegbar vermutet, daß die Ehe gescheitert ist». Einer Scheidung steht dann nichts mehr im Wege, zumal wenn man sich auch über den Unterhalt und das Sorgerecht für die Kinder sowie die Hausratsverteilung geeinigt hat. Widerspricht ein Partner, so muß der andere unwiderlegbare Beweise für das Scheitern der Ehe beibringen. Erst nach drei Jahren Trennung vermutet das Gericht von sich aus das Scheitern, erst dann ist eine Scheidung auch gegen den Willen eines Partners möglich. In sogenannten «Härtefällen» konnte bis 1986 noch einmal ein Aufschub von zwei Jahren gewährt werden. Das Bundesverfassungsgericht hat diese starre «Fristenregelung» für verfassungswidrig erklärt. Seit dem 1. 4. 1986 kann es also – wenn auch nur in Ausnahmefällen – nachweislich gescheiterte Ehen geben, die dennoch lebenslang aufrechterhalten werden.

Problematisch ist auch die gesetzliche Vorschrift, nach der ein Paar mindestens ein Jahr getrennt leben muß, bevor es das Scheitern seiner Ehe vor Gericht erklären kann. Denn nicht jedes Paar ist finanziell in der Lage, sich zwei Haushalte zu leisten; und das zwar anerkannte, aber in jeder Hinsicht konfliktträchtige «Getrenntleben» in einer gemeinsamen Wohnung zerstört oft noch den letzten Rest gegenseitiger Achtung und Anerkennung.

Bezüglich der Unterhaltsregelung geht das neue Recht von dem Grundsatz aus, daß Unterhalt bekommen soll, wer nicht für sich selbst sorgen kann, zum Beispiel weil er zu alt oder krank ist, kleine Kinder versorgen muß, keine Berufsausbildung hat oder keine «angemessene Erwerbstätigkeit» finden kann. Diese gegenüber dem bisherigen Scheidungsrecht erhebliche Besserstellung des wirtschaftlich Schwächeren (in der Regel der Frau) bildete den Kernpunkt der Kritik an dem neuen Gesetz, zumal sie in engem Zusammenhang mit dem – abgeschafften – Verschuldensprinzip diskutiert wurde. Konnte nämlich nach altem Recht eine finanziell abhängige Ehefrau ihren Mann nicht verlassen, ohne alle Ansprüche auf Unterhalt und Altersversorgung zu verlieren, so verlangt das Reformgesetz für einen Unterhaltsanspruch lediglich den Nachweis,

daß sie die wirtschaftlich Schwächere ist; auf ein Verschulden soll es nicht
mehr ankommen. Nun kann der Unterhaltsanspruch jedoch bei «grober
Unbilligkeit» ausgeschlossen werden. Damit, so zeigt der Trend der
Rechtsprechung, kommt das Verschuldensprinzip durch die Hintertür
wieder ins Gesetz. Denn «grobe Unbilligkeit» ist als «Fehlverhalten» aus-
legbar, wenn etwa eine Frau ihren Mann verläßt und mit einem anderen
Partner in «eheähnlicher Gemeinschaft» lebt. Es ist dann «grob unbillig»,
den Ehemann weiterhin Unterhalt zahlen zu lassen, selbst wenn die Frau
kleine Kinder zu versorgen hat. Das Unterhaltsrechtsänderungsgesetz
(mit Wirkung vom 1.4.1986) läßt bei Arbeitslosigkeit eine zeitliche Begrenzung des Unterhaltsanspruches zu, wodurch vor allem ältere Hausfrauen benachteiligt würden, die auf dem Arbeitsmarkt nicht mehr vermittelbar sind und dann Sozialhilfe beantragen müßten. Auch das Maß
des Unterhalts, das sich bisher nach den «ehelichen Lebensverhältnissen»
bestimmt, kann seit April 1986 herabgesetzt und zeitlich begrenzt werden. Das bedeutet eine unkalkulierbare Schlechterstellung für alle
Frauen, die sich ganz oder teilweise der Kindererziehung gewidmet haben und deshalb nicht berufstätig waren.

Zur Sicherung der Altersversorgung einer nicht oder nur vorübergehend erwerbstätigen Ehefrau hat der Gesetzgeber den «Versorgungsausgleich» geschaffen. Danach werden die Rentenanwartschaften, die beide
Partner während der Ehezeit erworben haben, im Scheidungsfall unter
ihnen geteilt. Mit dieser Regelung sollte der wirtschaftlich schwächere
Partner einen Anspruch auf eine eigenständige Alterssicherung erwerben. Dieser Anspruch wird allerdings nicht mehr gegenüber dem geschiedenen Partner, sondern direkt gegenüber dem Versicherungsträger
geltend gemacht (sog. öffentlich-rechtlicher Versorgungsausgleich –
Wertausgleich). Die Anwartschaften führen nicht sofort zu direkten Geld-
zahlungen, sondern dienen nur zur Übertragung oder Neubegründung von
Rechten, die erst später im Versicherungsfall zum Zuge kommen.

Das System des Versorgungsausgleichs ist seit Anfang an heftig umstritten. Durch das Renten-Splitting entstehen nämlich in großer Zahl Mini-
Renten, die für keinen der geschiedenen Ehegatten zum Leben reichen
und nunmehr beide auf die Sozialhilfe verweisen. Andererseits muß eben
auch hier das Gleichheitsprinzip gegen den bislang bevorzugten Mann
durchgesetzt werden, denn auch heute noch «ist die Armut zum großen
Teil weiblich». Auf Drängen des Bundesverfassungsgerichts ist zur Milderung von Härten beim Versorgungsausgleich 1983 ein teilweise zeitlich
befristetes «Reparaturgesetz» erlassen worden. Bis Ende 1994 muß danach allerdings eine umfassende Neuregelung des Versorgungsausgleichs
abgeschlossen sein.

Nach dem Reformgesetz sollen möglichst sämtliche mit der Scheidung
zusammenhängende Fragen im Verbund entschieden werden. Ein Schei-

dungsurteil ergeht in jedem Falle erst, wenn auch über das elterliche Sorgerecht und Versorgungsausgleich Einigkeit erzielt oder vom Gericht Bestimmungen getroffen worden sind. Dadurch kann ein Scheidungsprozeß zwar lange dauern, aber die Partner werden auf der anderen Seite auch herausgefordert, sich in beiderseitigem Interesse schnell zu einigen. So lassen sich endlose Streitereien über den einen oder anderen Punkt lange nach der rechtsgültigen Scheidung vermeiden, was besonders bedeutungsvoll sein kann, wenn Kinder mitbetroffen sind. Diese Regelung dient aber auch dem Schutz des sozial schwächeren Partners, in der Regel der Ehefrau. Sie soll ihre materielle Sicherung gleichzeitig mit der Scheidung erreichen können.

Im Reformgesetz ist die Möglichkeit vorgesehen, durch einen beglaubigten Ehevertrag oder durch eine Scheidungsvereinbarung vor dem Familienrichter den Versorgungsausgleich auszuschließen. Auch der Zugewinnausgleich kann in einem Ehevertrag ausgeschlossen werden.[1]

Die Dynamik von Ehescheidungsentschlüssen ist soziologisch nur im Rahmen der gesamtgesellschaftlichen Entwicklung zu begreifen, innerhalb derer die Ehe als institutioneller Reflex des privaten Bereichs immer stärker von gesellschaftlichen Zusammenhängen abgelöst und isoliert wird. Diese Abkapselung bewirkt eine derart hohe Bewertung der Privatsphäre, daß sich dies wiederum auf den Bestand der Ehe notwendig belastend auswirken muß. Je mehr Hoffnungen sich auf den privaten Bereich verlagern, desto häufiger und größer müssen die Enttäuschungen sein, die aus den Unzulänglichkeiten im menschlichen Zusammenleben entspringen. Die Ehescheidung darf deshalb nicht als pathologische Erscheinung oder gar «sozialer Krebsschaden» interpretiert werden, sondern erfüllt eine wichtige Funktion als Regulativ persönlicher, privater Beziehungen. Die Wiederverheiratung der geschiedenen Frau, die bislang ein größeres Problem darstellte als die des Mannes, scheint heute leichter möglich zu sein. Waren von den Eheschließenden des Jahres 1982 jeweils 15,8 v. H. der Männer bzw. der Frauen geschieden, waren es 1986 bereits jeweils rd. 23 v. H. Über die vergangenen Jahre hinweg beobachtet läßt sich feststellen, daß von geschiedenen Frauen nahezu 70 v. H. ein zweites Mal heiraten gegenüber 84 v. H. der Männer. Grundsätzlich sind die Vorbehalte gegen eine neue Ehe Geschiedener im Verlauf der letzten Jahrzehnte abgebaut worden. Insbesondere für die jungen Geschiedenen ist Wiederverheiratung oft eine Selbstverständlichkeit, nicht zuletzt deshalb, weil viele Ehen ja im Hinblick auf eine neue Eheschließung gelöst werden.

In den zurückliegenden zwanzig Jahren haben sich in der Bundesrepublik insgesamt im Verhältnis der Geschlechter bemerkenswerte Verände-

1 G. Langenfeld: Handbuch der Eheverträge und Scheidungsvereinbarungen, München 1984

rungen vollzogen, wobei schwer auszumachen ist, ob sich diese Veränderungen eher im Bewußtsein als im konkreten Verhalten und den realen Lebenslagen von Männern und Frauen ereignet haben. In jedem Falle führen sie zu Widersprüchen zwischen Gleichheitserwartungen bzw. -forderungen der Frauen, auf die Männer vermehrt verbal zustimmend und unterstützend reagieren – ohne ihren Worten verändertes Handeln folgen zu lassen –, und den Ungleichheitswirklichkeiten z. B. auf dem Arbeitsmarkt und in der sozialen Sicherung. «Viel spricht für die Prognose eines langen Konflikts: Das Gegeneinander der Geschlechter bestimmt die kommenden Jahre.»[1]

Das Bildnis des Mannes als Schöpfer und Unterdrücker, als Eroberer und Abenteurer paßt nicht mehr in eine Welt, die seit langem «zivilisiert» ist und längst andere Anforderungen und Aufgaben formuliert. Die noch in den 70er Jahren ermittelte Männersicht der Geschlechterordnung vom stärkeren Mann und der schwächeren Frau stimmt nicht mehr.[2] Das hinter den gesellschaftlichen Entwicklungen zurückgebliebene Männerbild wird brüchig; die Neuorientierung fällt den Männern schwer. Die Chauvis, die Softies, die Depressiven, die Opportunisten, die Kritisch-Solidarischen treffen mit ihren jeweils typischen Verhaltensformen auf «Frauen in Bewegung». Dabei zeigen amerikanische wie westeuropäische und deutsche Untersuchungen, daß die Erwartung männlicher Veränderung längst nicht mehr auf Außenseiter beschränkt ist, sondern in allen gesellschaftlichen Schichten spürbar wird.[3]

Wie paradox allerdings die Entwicklung verläuft, wird in der Einstellung zur Berufstätigkeit der Frau und in der männlichen Legitimation ihrer Benachteiligung deutlich sichtbar. In den 70er Jahren erklärte die Mehrheit der Männer die Benachteiligung der Frauen im Berufsleben noch mit der Mutterrolle *und* der mangelnden Qualifikation. Angesichts der bildungspolitischen Entwicklung im letzten Jahrzehnt ist hartnäckig geblieben die Frage der Kindererziehung: «Die Frauenfrage zur Kinderfrage zu machen, das ist die stabilste Bastion gegen die Gleichstellung der Frau.»[4]

Die Frauen und die Frauenbewegung haben demgegenüber seit den 60er Jahren mit neuen Strategien und einem weitgefächerten Wirkungsfeld bis hinein in Parteien und Gewerkschaften deutlich Erfolge erzielt. Die individuellen Freiräume insbesondere der jungen Frauen sind – im Vergleich zur Generation ihrer Mütter – größer geworden und umfassen

1 U. Beck: Risikogesellschaft, Frankfurt 1986, S. 162
2 H. Pross: Die Männer. Eine repräsentative Untersuchung über die Selbstbilder von Männern und ihre Bilder von der Frau, Reinbek 1978
3 Vgl. W. Hollstein: Nicht Herrscher, aber kräftig. Die Zukunft der Männer, Hamburg 1988
4 S. Metz-Göckel und U. Müller: Der Mann. Brigitte-Untersuchung, Ms. Hamburg 1985, S. 26f

immer neue Bereiche. Dabei sind diese Freiräume gesellschaftlich bislang kaum gesichert. Entscheidungen über Arbeitszeiten und gezielte Frauenförderungsprogramme, über Quotierungen in Politik und Beruf bis hin zu einer tragfähigen eigenständigen, die Wahlfreiheit garantierenden Alterssicherung liegen erst in kleinen Teilschritten vor. Doch die Geduld der Frauen schwindet. Die Annäherungen zwischen den Frauen der etablierten Institutionen und den Frauen der neuen Frauenbewegung seit Anfang der 80er Jahre werden politisch wirksam, um die auftretenden Konflikte nicht mehr allein in der privaten Beziehungsebene zu belassen, sondern institutionell und gesellschaftlich auszutragen.[1]

Die öffentlich-rechtliche Gleichberechtigung von Mann und Frau ist im Grundgesetz in Artikel 1, Artikel 2 (Recht auf freie Entfaltung der Persönlichkeit), Artikel 3, Absatz 2 (Männer und Frauen sind gleichberechtigt), und Artikel 12, Absatz 1 (Recht auf freie Wahl von Beruf, Arbeitsplatz und Ausbildungsstätte) festgelegt. Gesetze, die gegen diese Wertvorstellungen verstießen, wurden zum großen Teil geändert, wofür das Gesetz über die Gleichberechtigung von Mann und Frau im Bürgerlichen Recht (1957) und das Gesetz zur Reform des Ehe- und Familienrechts (1977) Beispiele sind.

Das seit 1980 geltende «Gesetz über die Gleichberechtigung von Männern und Frauen am Arbeitsplatz» (arbeitsrechtliches EG-Anpassungsgesetz) hat den Anspruch der Frauen auf Gleichbehandlung bei der Einstellung in Arbeitsplätze, beim beruflichen Aufstieg und bei der Arbeitsvergütung noch einmal ausdrücklich, wenn auch damit nicht wirkungsvoller, vorgeschrieben.

Der Anteil der Frauen an der Gesamtheit der 26,9 Millionen Erwerbspersonen betrug 1986 in der BRD 38,5 v. H. (10,4 Millionen), der der Männer 61,5 v. H. Dieser Anteil hält sich seit etlichen Jahren konstant. Wirtschaftsbereiche mit einer hohen Frauenquote sind die Dienstleistungsbereiche mit über 60 v. H. sowie der Handel mit rd. 55 v. H. Entsprechend niedrig fallen die Anteile im Baugewerbe (rd. 10 v. H.) und im verarbeitenden Gewerbe (rd. 27 v. H.) aus.

Bei einem Vergleich zwischen den EG-Ländern zeigt sich, daß die BRD im Hinblick auf die Erwerbsbeteiligung der Frauen einen mittleren Platz einnimmt; in Dänemark, Großbritannien und Frankreich liegen die Frauen-Erwerbsquoten höher als in der BRD.

Der Anspruch der Frauen auf Selbständigkeit und Unabhängigkeit, auf bessere Bildung und Berufstätigkeit nimmt zu; ebenso die Zahl derjenigen, die Verantwortung in Politik und Öffentlichkeit anstreben. Dennoch kommt in der Lebenswirklichkeit der Frauen der die Gleichberechtigung

---

1 H. Mundzeck: Als Frau ist es wohl leichter, Mensch zu werden, Reinbek 1984; H. Geißler (Hrsg.): Abschied von der Männergesellschaft, Frankfurt 1986

fordernde rechtliche Normenkatalog noch lange nicht vollständig zum Tragen.

Es gibt eine Reihe von Untersuchungen vor allem zur Bewußtseinslage erwerbstätiger verheirateter Frauen und Mütter in der Bundesrepublik. Auch aus ihnen geht die Zwiespältigkeit und Unentschiedenheit zwischen gegensätzlichen gesellschaftlichen Werten hervor. Das wird zunächst daran deutlich, daß die meisten Frauen, vor allem aber die Mütter, bestrebt sind, ihre Erwerbstätigkeit mit guten Gründen zu belegen. Mütterarbeit bedarf also immer noch einer Rechtfertigung. Diese liefern vor allem besondere Notlagen, die den gesellschaftlichen Umständen angelastet werden. Die Berufstätigkeit wird in der Regel immer noch als befristet betrachtet.

Nach Berechnungen des Instituts für Arbeitsmarkt- und Berufsforschung in Nürnberg streben heute über 40 v. H. der Frauen, die sich vornehmlich aus Gründen der Kindererziehung aus dem Erwerbsleben zurückgezogen haben, nach einer vorübergehenden Unterbrechung eine neue Erwerbstätigkeit an; bei den 30- bis 40jährigen Frauen liegt der Anteil bereits bei 60 v. H. Fast zwei Drittel von ihnen nehmen bei der Rückkehr in die Erwerbstätigkeit (zunächst) eine Teilzeitbeschäftigung an. Insgesamt kehren jährlich etwa 320 000 Frauen auf den Arbeitsmarkt zurück, von denen rd. 70 v. H. jünger als 40 Jahre sind.

Neuere Untersuchungen aus dem Jahre 1982 bestätigen die Weiterentwicklung der Einstellungen in Richtung auf eine den individuellen Bedürfnissen entsprechende Erwerbsbeteiligung der Frauen. Nur etwa 20 v. H. der berufstätigen Frauen zwischen 20 und 60 Jahren erklären, sie würden gern auf die Berufstätigkeit verzichten, wenn ihr Einkommen entbehrlich wäre. 61 v. H. der berufstätigen Frauen bezeichnen sich selbst als durch die Berufstätigkeit voll und ganz befriedigt, während dieselbe Frage nur 47 v. H. der Hausfrauen mit Ja beantworten.

Dabei lebt etwa die Hälfte der verheirateten Frauen zwischen 18 und 60 Jahren in der Bundesrepublik in einer Ehe mit traditioneller Aufgabenteilung: sie führen den Haushalt und die Ehemänner verdienen im Erwerbsleben den Unterhalt für die Familie. Von ihnen werden für diese Lebenssituation je nach Alter unterschiedliche Erklärungen abgegeben:

Generell gilt jedoch für die Hausfrauen wie für die erwerbstätigen Frauen, daß die Zufriedenheit mit der Situation weitgehend davon abhängt, wie interessant die Tätigkeit ist und wieviel Identifikation sie ermöglicht. Wichtig für die Zufriedenheit ist danach, daß den Frauen die individuellen Wahlmöglichkeiten für beide Rollen offengehalten werden.

Von den im Jahre 1986 in der Bundesrepublik in einer Gesamtzahl von 10,5 Millionen erwerbstätigen Frauen hatten 3,1 Millionen Kinder unter

Gründe von Hausfrauen dafür, daß sie keiner Erwerbstätigkeit
nachgehen, nach Altersklassen[1]

Gründe (Mehrfachnennungen möglich)	Hausfrauen	
	18–40 Jahre %	41–60 Jahre %
Mütter sollten nicht berufstätig sein	78,5	87,3
Ich habe niemanden, der die Kinder betreut	72,0	26,7
Meine Arbeit als Hausfrau beansprucht mich voll	61,2	68,4
Ich bin lieber Hausfrau	48,9	75,6
Mein Mann ist dagegen	37,1	43,6
Ich habe keine Berufsausbildung	28,9	47,2
Ich finde keine geeignete Arbeitsstelle	24,9	25,8
Verheiratete Frauen sollten nicht berufstätig sein	23,5	36,0

1 W. Glatzer und W. Zapf (Hrsg.), Lebensqualität in der Bundesrepublik, Frankfurt 1984, S. 136

18 Jahren zu versorgen bzw. 2,4 Millionen Kinder unter 15 Jahren. Unter
der zuletzt genannten Gruppe waren 1,5 Millionen mit einem Kind,
0,7 Millionen mit zwei Kindern sowie 0,1 Millionen mit drei und mehr
Kindern. Von den 3,1 Millionen erwerbstätigen Frauen mit Kindern unter
18 Jahren waren 2,6 Millionen verheiratet.

Die Erwerbsquote der Mütter mit Kindern unter 15 Jahren ist von 1960
an ständig gestiegen, hat sich aber in Zeiten der wirtschaftlichen Rezession wieder verringert. Gegenwärtig (1986) sind 41,2 v. H. der Mütter mit
Kindern unter 15 Jahren bzw. 35,5 v. H. der Mütter mit Kindern unter
6 Jahren voll- oder teilzeitbeschäftigt.[1]

Zwei Gruppen sollen besonders dargestellt werden: die verheiratet
zusammenlebenden und die geschiedenen Frauen:

	Erwerbstätige Frauen 1986*	
	verheiratet	geschieden
insgesamt	5 266 000	705 000
ohne Kinder unter 18 Jahren	2 881 000	463 000
mit Kindern unter 18 Jahren	2 345 000	242 000
davon mit Kindern unter 6 Jahren	790 000	36 000
diese Frauen hatten ... Kinder unter 6 Jahren	943 000	39 000
Die Erwerbsquote** dieser Frauen	31,4 v. H.	44,2 v. H.
Erwerbsquote der Frauen insgesamt	35,3 v. H.	55,5 v. H.

* Außerhalb der Land- und Forstwirtschaft; nach Statistisches Jahrbuch für die Bundesrepublik
Deutschland 1988, S. 104.
** In v. H. der Frauen entsprechenden Familienstandes, Anzahl und Alter der Kinder in der Familie.

1 Statistisches Jahrbuch für die Bundesrepublik Deutschland 1988, S. 104

Eine Orientierung auf Arbeit und Beruf bcdcutet keineswegs eine Abkehr vom familiären Bereich, sondern eher den Versuch, beide Aufgaben aufeinander zu beziehen. Dennoch sollten die Probleme, die aus einer gleichzeitigen Tätigkeit in beiden Bereichen entstehen können, nicht unterschätzt werden. Ein ausgewogenes Verhältnis zwischen den Aufgabenbereichen verheirateter, berufstätiger Mütter setzt ausreichende Möglichkeiten für Teilzeitbeschäftigungen für Frauen und Männer voraus. Vollberufstätige verheiratete Mütter haben durch die «Doppel- und Dreifachbelastung» von Beruf, Kindern und Haushalt Arbeitszeiten «rund um die Uhr». Es fehlt immer noch an Unterbringungsmöglichkeiten in Kinderkrippen und Kinderhorten; außerdem ist das Engagement vieler Männer im Haushalt und bei der Kindererziehung immer noch gering.[1]

Viele Frauen unterbrechen ihre Berufstätigkeit für die Zeit, in der ihre Kinder klein sind, und widmen sich voll der Kinderpflege und -erziehung. Die geringere Kinderzahl und die damit verbundene Kleinheit der Familie ermöglichen ihnen, frühzeitiger wieder in eine Berufstätigkeit zurückzukehren. Der Wechsel zwischen verschiedenen Aufgabenbereichen in unterschiedlichen Lebensphasen vermag möglicherweise die Spannung zwischen Familie einerseits und Berufstätigkeit andererseits am ehesten herabzusetzen. Aber auch diese Möglichkeit ist durchaus nicht unproblematisch. Wegen der ausschließlichen Konzentration auf die Familie ist die Fähigkeit, sich sachbezogen und auf dem neuesten Stand beruflichen Aufgaben zu widmen, nicht weiterentwickelt worden. So ist häufig eine Rückkehr in den früheren Beruf unmöglich geworden; in der Folge versuchen viele Frauen, durch Umschulungen oder Erwerbstätigkeit als ungelernte Arbeitskräfte diese Schwierigkeiten zu überwinden.

Die Benachteiligung der Frauen in den verschiedenen gesellschaftlichen Bereichen vermittelt sich auf vielfältige Weise. Am hervorstechendsten ist allerdings die Entwicklung bei den Bildungschancen. Traditionelle Rollenvorstellungen prägten noch zu Beginn der 60er Jahre die frühkindliche und Vorschulerziehung. Von Mädchen wurde ein anderes Verhalten als von Jungen erwartet; entsprechend wurde dies Verhalten gefördert. Schulbuchanalysen dieser Zeit ergaben, daß man das Leitbild der «Nur-Hausfrau und -Mutter» immer noch idealisierte.

Inzwischen hat sich die Situation im schulischen Sektor deutlich umgekehrt, so daß schon gelegentlich von einer «Feminisierung» der Bildung in den 70er und 80er Jahren gesprochen wird. Die Veränderung im Bildungswesen hat sich allerdings im Arbeitsmarkt und im Beschäftigungssystem nicht gradlinig fortgesetzt.[2]

1 G. Busch u. a.: Den Männern die Hälfte der Familie, den Frauen mehr Chancen im Beruf, Weinheim 1988
2 Vgl. hierzu: Verbesserung der Chancengleichheit von Mädchen in der Bundesrepublik Deutschland – 6. Jugendbericht der Bundesregierung, Bonn 1984

In der Lohnsituation sind Frauen besonderen Diskriminierungen ausgesetzt; diese liegen nicht etwa direkt in ungleicher Bezahlung für gleiche Arbeit, sondern stellen sich durchweg in versteckteren Formen dar. In den sog. Leichtlohngruppen z.B. werden Arbeitsabläufe fixiert, deren Merkmale auf körperlich leichte Arbeiten festgelegt werden und bei denen andere Arbeitsmerkmale und Belastungen nicht berücksichtigt werden. Auf diese Weise wird die ungleiche Bezahlung mit ungleicher Arbeit gerechtfertigt. Die sog. «Frauentätigkeiten», die bestimmte, für spezifisch weiblich gehaltene Fähigkeiten wie Fingerfertigkeit und Monotonieresistenz voraussetzen, werden niedriger bewertet und entsprechend in Tarifverträgen festgehalten. Auf diese Weise erklärt sich, daß sogar die ungelernten Arbeiter im allgemeinen höhere Verdienste haben als die weiblichen Facharbeiter:

Durchschnittlicher Bruttostundenverdienst der Arbeiter
in der Industrie 1987 in DM

	insgesamt	Leistungsgruppen		
		1	2	3
Männer	18,55	19,46	17,66	15,71
Frauen	13,61	14,95	13,83	13,23

Statistisches Jahrbuch für die Bundesrepublik Deutschland 1988, S. 479

Die ungleiche Einkommensstruktur von Männern und Frauen zeigt sich auch in den Angestelltenberufen, wenn auch das Mißverhältnis hier nicht ganz so kraß ist. Auch hier wird die Mehrzahl der Frauen mit untergeordneten und weniger qualifizierten Tätigkeiten beschäftigt.

Durchschnittliche Bruttomonatsverdienste der *kaufmännischen*
Angestellten in der Industrie 1987 in DM[1]

	insgesamt	Leistungsgruppen			
		II	III	IV	V
Männer	4762	5805	4117	3059	2577
Frauen	3216	4725	3537	2680	2202

Durchschnittliche Bruttomonatsverdienste der *technischen*
Angestellten in der Industrie 1987 in DM[1]

	insgesamt	Leistungsgruppen			
		II	III	IV	V
Männer	4923	5725	4412	3516	2859
Frauen	3364	5040	3651	2814	2361

1 Statistisches Jahrbuch für die Bundesrepublik Deutschland 1988, S. 486f

Die Frauenerwerbstätigkeit konzentriert sich neben der Beschäftigung im Dienstleistungssektor, in dem der weibliche Beschäftigungsanteil relativ hoch ist, auf nur wenige Berufe. 75 Prozent aller erwerbstätigen Frauen sind in nur zwölf Berufsgruppen anzutreffen. Die meisten arbeiten in den Organisations-, Verwaltungs- und Büroberufen, in Textil- und Bekleidungsberufen des verarbeitenden Gewerbes und in kaufmännischen Berufen (Einzelhandel) oder in der Nahrungs- und Genußmittelindustrie.[1]

Gerade diese Branchen und Industriezweige sind dem nationalen und internationalen Strukturwandel sowie der erhöhten Technisierung und Rationalisierung besonders ausgesetzt. Der gegenwärtige Rationalisierungsschub in der Textilindustrie und im Handel, in Büro und Verwaltung erklärt die hohe Frauenarbeitslosigkeit. Von 1980 bis 1987 verdoppelte sich die Arbeitslosenquote bei den Frauen von 5,2 auf 10,5 v. H. 1987 lag der Anteil der Frauen an den Arbeitslosen bei 45,8 v. H., obwohl ihr Anteil an der erwerbstätigen Bevölkerung nur 35,5 v. H. betrug. Diese negative Entwicklung am Arbeitsmarkt steht damit im krassen Widerspruch zu den Erwartungen, die die nachwachsenden Frauengenerationen aufgebaut haben und immer deutlicher äußern.

Besonders kritische Aufmerksamkeit muß den zahlreichen ungeschützten Arbeitsverhältnissen gewidmet werden (sozialversicherungsfreie geringfügig Beschäftigte bis zu [1988] 450,– DM im Monat). Nach einer Studie des Kölner Instituts für Sozialforschung und Gesellschaftspolitik gab es 1987 rd. 2,8 Millionen derartiger Arbeitsverhältnisse. 60 v. H. dieser Beschäftigten sind Frauen.[2]

Wie wenig die gesetzliche Gleichberechtigung der Frauen in der gesellschaftlichen Wirklichkeit der Bundesrepublik gegenwärtig wiederzufinden ist, wird auch deutlich an der (fehlenden) Repräsentanz von Frauen im öffentlichen Leben. Die Zahl der weiblichen Bundestagsabgeordneten ist gering. Obwohl die Frauen die Mehrheit der Wählerschaft stellen, ist ihr politisches Engagement überwiegend punktuell an Einzelproblemen orientiert.[3] Als erste Partei hat die SPD 1988 eine Beteiligungsquote für Frauen von 40 v. H. der zu vergebenden Mandate beschlossen.

In den Gewerkschaften hat ebenfalls die Zahl der weiblichen Mitglieder zugenommen; hier macht sich das aber in der verbandlichen Willensbildung noch nicht dementsprechend bemerkbar.

Insgesamt scheint es erforderlich zu sein, die bislang männlich fixierte, auf Kosten der Frauen konzipierte Sozialpolitik umzudrehen. Der bishe-

---

1 U. Rabe-Kleberg: Frauenberufe – Zur Segmentierung der Berufswelt, Bielefeld 1987

2 H. Rudolph u. a. (Hrsg.): Ungeschützte Arbeitsverhältnisse. Frauen zwischen Risiko und neuer Lebensqualität, Hamburg 1987

3 Ch. Randzio-Plath: Laßt uns endlich mitregieren, Freiburg 1980

rige «Kompromiß» zwischen den Geschlechtern, der auf eine recht eindeutige Arbeitsteilung hinauslief, beginnt zu zerbröckeln. So ist bisher die Lohnarbeit des Mannes Basis der Sozialpolitik, eine Arbeit, die dieser in der Vorstellung als einzige Tag um Tag ein Leben lang auszufüllen hat. Haus-, Kinder- und Familienarbeiten der Frau bleiben weitgehend unberücksichtigt, ebenso die zahlreichen ungesicherten Beschäftigungsverhältnisse. Die Töchter werden heute nicht mehr zu braven Gattinnen erzogen, die klaglos ihre Hausarbeit tun und ihre Existenz lebenslänglich an einen Ehemann hängen. Frauen weigern sich überhaupt, «ausreichend» Kinder zu gebären, «kündigen» damit ihrerseits den Generationenvertrag als wichtiger Säule der Sozialpolitik.[1]

Wesentliche Voraussetzungen für eine Weiterentwicklung der beruflichen Chancen der Frauen lägen in der koordinierten Entwicklung einer Reihe gesellschaftspolitischer Maßnahmen wie Anreize zum Ausbildungsabschluß junger verheirateter Frauen, Ausweitung des Erziehungsgeldes für junge Mütter oder Väter von Kleinstkindern, die vorübergehend ihre Erwerbstätigkeit aufgeben, eine familienunabhängige Alterssicherung des im Haushalt tätigen Partners, Ausbau vor allem von Kindergärten, Horten, Jugendfreizeitheimen und Ganztagsschulen, Umschulungs- und Wiedereingliederungshilfen bei der Rückkehr in den Beruf, Verbreiterung des Angebots auch an qualifizierter Teilzeitarbeit, Verbesserung der tariflichen Bezahlung und Erweiterung der Aufstiegschancen der Frau bis hin zu einer (vorübergehenden) Quotierungsregelung bei der Stellenbesetzung im öffentlichen Dienst und der privaten Wirtschaft sowie einer Intensivierung der Frauenforschung. Besonders dem zweiten beruflichen Start vieler Frauen, die nach frühzeitiger Erwerbstätigkeit und früher Heirat bis zum 40. oder 50. Lebensjahr in der Familie blieben («Familienfrauen») muß stärkere Aufmerksamkeit zugewendet werden. Auf der in der Familientätigkeit erworbenen Kompetenz dieser Frauen können gezielte Qualifizierungsprogramme aufgebaut werden, die keineswegs ausschließlich in den früher erlernten Beruf münden, sondern neue Tätigkeitsfelder eröffnen.

1 U. Gerhard u. a.: Auf Kosten der Frauen. Frauenrechte im Sozialstaat, Weinheim 1988

Familienbilder

Das Zusammenleben von Erwachsenen und das Aufwachsen von Kindern ist in der Mehrheit durch die Familie als «kulturelle Selbstverständlichkeit» bestimmt. 1986 gab es in der Bundesrepublik rd. 10,5 Millionen Familien. Familie wird dabei verstanden als das auf Dauer angelegte Zusammenleben eines oder mehrerer Erwachsener mit einem oder mehreren Kindern. Allerdings sind auch gegenläufige Ansätze unverkennbar: Die Tendenz zur Ehelosigkeit, zum Alleinleben oder zur nicht als Ehe formalisierten Lebensgemeinschaft hat deutlich zugenommen, obwohl der Staat die Ehe sozusagen prämiert (Steuervorteile, Beihilfen, Vorteile bei der Wohnungsbeschaffung). Stärker noch ist die Tendenz zur kinderlosen Ehe bzw. Lebensgemeinschaft zu einem Moment des sozialstrukturellen Wandels geworden.

Bei den Familien mit Kindern im Haushalt bildeten 1986 rd. 1,8 Millionen Alleinstehende (Getrenntlebende, Verwitwete, Geschiedene oder ledige Frauen) den Familienvorstand. Alleinerziehende waren dabei in der großen Überzahl (rd. 1,5 Millionen) Frauen. Etwa 2,5 Millionen Kinder lebten 1986 in Familien mit einer alleinstehenden Bezugsperson.

Was die Zahl der im Haushalt lebenden Kinder angeht, so handelte es sich zum größten Teil um 1–2-Kinder-Familien; die Zahl der Familien mit 3 oder mehr Kindern ist demgegenüber sehr viel geringer. Im Hinblick auf die durchschnittliche Kinderzahl bestehen erhebliche Abweichungen je nach sozialstrukturellen Merkmalen; in agrarisch bestimmten, in kleinstädtisch-ländlich angesiedelten und in katholischen Familien ist die Kinderzahl im Durchschnitt höher als in industriell geprägten, in Verdichtungsräumen angesiedelten und in protestantischen Familien. Ferner besteht eine positive Korrelation zwischen hoher Kinderzahl und Nichtberufstätigkeit der Frau (wobei letzteres vermutlich eher Wirkung als Ursache ist).

Der Anteil der Familien, in denen noch drei Generationen in einem Haushalt zusammenleben, hat sich im Laufe der Jahre ständig verringert; heute ist dieser Familientyp am ehesten noch im ländlichen Raum anzufinden.

Unterschiede im Budget und dem Lebensstandard eines Familientypus haben einmal unabhängig von der Höhe des Einkommens betrachtet ihren Grund in regionalen Gegebenheiten wie z. B. dem Wohnen in ländlichen oder städtischen Gebieten mit seinen Rückwirkungen auf Miethöhe, Kosten der Lebenshaltung und Möglichkeiten für die Betreuung der Kinder bei etwaiger Berufstätigkeit der Mutter.

Nicht zuletzt ist auch das Alter der Kinder bestimmend für die Lebenslage der Familie. Da ist zunächst die Familie mit mehreren heranwachsenden Kindern bis zu 6 Jahren. Das Einkommen dieser Familien kann

Familien und ledige Kinder in der Familie (in 1000)

	Ehepaare		
	1957	1970	1986
Familien mit			
1 Kind	3879	4065	4016
2 Kindern	2801	3339	3334
3 Kindern und mehr	1884	2259	1298
Familien (insgesamt)	8564	9663	8649
Kinder (insgesamt)	16269	18839	15027

	Alleinstehende Familienvorstände								
	zusammen			davon männlich			davon weiblich		
	1957	1970	1986	1957	1970	1986	1957	1970	1986
Familien mit									
1 Kind	1290	1060	1288	138	119	204	1152	941	1084
2 Kindern	497	318	417	47	37	63	450	282	354
3 Kindern und mehr	259	160	126	23	23	12	236	137	110
Familien (insgesamt)	2046	1538	1831	203	179	283	1838	1360	1548
Kinder (insgesamt)	3177	2777	2544	309	279	385	2870	1999	2160

aus: Statistisches Jahrbuch für die Bundesrepublik Deutschland 1988, S. 67

weder durch Arbeitserträge der Kinder noch in der Regel durch außerhäusliche Erwerbstätigkeit der Mutter aufgebessert werden. Darüber hinaus handelt es sich hier meist um jüngere Familien, so daß auch der Verdienst des Vaters noch relativ niedrig ist. Nicht viel anders liegt die Situation der Familie mit Kindern zwischen 14 und 16 Jahren, da in diesem Alter die Aufwendungen für die Berufsausbildung immer fühlbarer werden. In der Gruppe der Familien mit älteren, bereits mitverdienenden Kindern schaffen deren Einkommen und u. U. die nun wieder mögliche Berufstätigkeit der Mutter eine relativ günstige Lage. Freilich währt diese Periode meist nicht lange, da die Kinder bald aus dem Hause gehen und oft die Eltern für die eigene Starthilfe in Anspruch nehmen. Die wirtschaftliche Lage der Familien Alleinerziehender mit Kindern wird nicht nur durch das Fehlen eines Mitverdieners bestimmt, sondern auch durch die Umstände des Alleinerziehens.

Eine ältere, verwitwete Mutter mit zwei Kindern steht sich möglicherweise nicht schlechter als vergleichbare Vollfamilien. Dagegen hat eine jüngere, geschiedene und mehr noch eine junge, ledige Mutter mit einem Kind recht spürbar unter der Knappheit der Mittel zu leiden. Wo auf keinen Renten-, Pensions- oder Unterhaltsanspruch zurückgegriffen werden kann und statt dessen eine Berufstätigkeit lebensnotwendig wird, ist der wirtschaftliche Verfügungsteil für Mutter und Kind sehr schmal bemessen.

Diese allgemeine Darstellung bedarf der Ergänzung durch eine detailliertere Untersuchung der Entwicklung der einzelnen Familientypen.

Während vor dem Ersten Weltkrieg die nach heutiger Vorstellung kinderreiche Familie mit drei und mehr Kindern dominierte, herrscht seit dem Zweiten Weltkrieg in der Bundesrepublik die 1–2-Kinder-Familie vor. Nach wie vor sind die Kinderzahlen auf dem Lande bedeutend höher als in der Stadt, und zwar unabhängig vom Beruf und dem Einkommen des Ehemannes. In der Bundesrepublik haben nicht nur Familien mit besonders niedrigem, sondern auch Familien mit vergleichsweise gutem Einkommen oft die größere Kinderzahl. Prozentual ist zu sagen, daß der Rückgang der Geburten dort am stärksten ist, wo früher hohe Kinderzahlen selbstverständlich waren, also bei den Bauern, den Landarbeitern und den gewerblichen Arbeitern. Im Gegensatz dazu ist bei den Bevölkerungsgruppen, deren Kinderzahlen schon früher stark abgesunken waren, den Familien der Selbständigen außerhalb der Landwirtschaft, der Beamten und Angestellten, in den nach 1946 geschlossenen Ehen eine leichte Zunahme der Kinderzahlen zu verzeichnen.

Die Geburtenentwicklung in der BRD zeigte innerhalb der Jahre von 1965 bis 1987 erhebliche Schwankungen. Um 1965 wurden jährlich noch über eine Million Kinder geboren. Bis 1975 ging diese Zahl deutlich zurück bei gleichzeitigem Anstieg der Kinderzahlen nichtdeutscher Nationalität. Zwischen 1975 und 1980 stieg die Zahl der deutschen Kinder wieder an, sank Mitte der 80er Jahre und lag 1987 bei 642010 lebend geborenen Kindern.[1]

Vor dem Hintergrund dieser Strukturbetrachtungen kann die Frage nach der wirtschaftlichen Lage der Familie[2] nun noch einmal gestellt werden. Die tatsächlichen Aufwendungen für ein Kind sind wesentlich vom allgemeinen Lebensstandard eines Landes, vom Verbrauchsniveau der sozialen Schicht, in der es aufwächst, von der Zahl und dem Alter weiterer Kinder in der Familie sowie vom Familieneinkommen abhängig. Generell läßt sich jedoch sagen, daß mit steigendem Alter die Kosten für ein Kind in der Familie zunehmen.

Wenn auch nicht direkt proportional, so steigen doch die Gesamtausgaben der Familien mit mehreren Kindern pro Kind in einem Ausmaß an, das durch die Kindergeldzuschüsse in keiner Weise gedeckt wird. Bei kin-

1 Näheres hierzu in der Fachserie 1/Bevölkerungsbewegung des Statistischen Bundesamtes Wiesbaden, fortlaufend
2 Vgl. hierzu wiederum die Familienberichte der Bundesregierung, ferner R. Emge: Soziologie des Familienhaushalts, Stuttgart 1981; M. Votteler: Aufwendungen der Familien für ihre minderjährigen Kinder, Stuttgart (Statistisches Landesamt) 1987

derreichen Familien tritt daher ziemlich zwangsläufig eine Ausgabensenkung pro Kind auf, weil das verfügbare Einkommen nur noch einen niedrigeren Lebensstandard zuläßt. Das Einkommen der Familie wächst eben nicht entsprechend der Kinderzahl an, obschon es sich bereits beim ersten Kind um durchschnittlich 22 v. H. erhöhen müßte, wenn der gleiche Verbrauchsstandard wie vor der Geburt des Kindes aufrechterhalten werden sollte. Wachsende Familiengröße bei gleichbleibendem Einkommen besagt für die Lebenshaltung dasselbe wie sinkendes Einkommen bei gleicher Familiengröße. Bei niedrigem Verdienst ist dabei sehr leicht die Grenze des Existenzminimums und der Sozialhilferegelsätze unterschritten.

Wenn diese Grenze auch für die Mehrzahl der Familien fernliegt, so ist die materielle Benachteiligung der Familie mit Kindern doch eine Tatsache.

Während z. B. in Frankreich der Lebensstandard einer Familie mit drei Kindern sich gegenüber einer kinderlosen Familie gleichen Einkommens nur geringfügig verschlechtert, sinkt er in der Bundesrepublik beträchtlich. Dieses Absinken ist nicht zuletzt durch die relative Zunahme steuerlicher Belastungen bedingt. Trotz der beachtlichen Lohn- und einkommensteuervorteile bzw. Freibeträge, die kinderreiche Familien bei direkten Steuerlasten begünstigen, bleibt das Ausmaß der indirekten Steuern bestehen. In der BRD besteht – verglichen mit anderen europäischen Ländern – ein Steuersystem, in welchem die indirekte Besteuerung einen unverhältnismäßig großen Platz einnimmt.

Die benachteiligten Wirkungen der indirekten Steuern nehmen mit wachsender Familiengröße schneller zu, als daß die Familienfreibeträge zu einer Steuerentlastung führen können. Wachsende Kinderzahl bei konstantem Einkommen bedingt steigende Verbrauchsausgaben der Familie. Die damit de facto einhergehende Verringerung des Pro-Kopf-Einkommens führt zu einer starken Verlagerung auf Ausgaben für Nahrung und Kleidung. Gerade diese aber sind mit entsprechenden Steuern belegt. Der stärkste Druck liegt auf den Beziehern niedriger Einkommen mit kinderreichen Familien. Schließlich fällt für die Familie mit Kindern erschwerend ins Gewicht, daß trotz des großzügigen Ausbaus des Systems der sozialen Sicherung die Abgaben für die einzelnen Zweige der Sozialversicherung nicht nach der Zahl der Kinder gestaffelt sind. Der Beschäftigte mit Kindern muß denselben Betrag für seine Altersversicherung aufwenden wie der Kinderlose. Jener aber brauchte diese Beträge eher für den Ausgleich seiner für die Kinder entstehenden Kosten. Lediglich bei der Krankenversicherung entsteht der kinderreichen Familie ein relativer Vorteil, da die Beiträge unabhängig von der Kinderzahl berechnet werden. Eine zusätzliche Verschärfung der ungünstigen wirtschaftlichen Lage der Familie mit mehreren Kindern resultiert daraus, daß der

Lebensstil in der Bundesrepublik – quer durch alle Einkommensschichten und sozialen Gruppen – vom Standard der Ehepaare ohne Kinder oder der Familie mit nur einem Kind geprägt wird. Sie stellen die Mehrzahl der Familien dar und können so maßstabbestimmend wirken. Da heute in zunehmendem Maße Konsumaufwand und Konsumstil den sozialen Status eines Menschen und seiner Familie bestimmen, versuchen viele Familien, durch zusätzlichen Verdienst eine Sicherung des Standards zu erlangen, um damit der sozialen Diskriminierung zu entgehen[1].

Die geschilderten Probleme der kinderreichen Familien treten nicht nur in den niedrigen Einkommensgruppen auf. Während es in den dreißiger Jahren noch richtig war, zu sagen, die «Armen» hätten mehr Kinder als die «Reichen», so läßt sich heute diese Aussage nicht mehr bestätigen. Es ist im Gegenteil ein positiver Zusammenhang zwischen Einkommen und Kinderzahl zumindest bis zum dritten Kind festzustellen[2]. Dieser Zusammenhang gilt sowohl für die Selbständigen als auch für die Beamten, Angestellten und Arbeiter. Dieser Feststellung steht nicht entgegen, daß auch Familien, die zu den untersten Einkommensschichten gehören, in vielen Fällen sehr hohe Kinderzahlen haben. Alles deutet darauf hin, daß kinderreiche Familien auch in den mittleren Einkommensklassen im Vergleich zu kinderlosen Ehen oder Familien mit einem Kind benachteiligt sind.

Das 1957 eingeführte Kindergeld soll Lasten, die den Familien mit Kindern entstehen, mindern. Seit 1975 wird Kindergeld vom ersten Kind an gezahlt. In der Vergangenheit wurde das Kindergeld für das zweite und jedes weitere Kind mehrfach erhöht, dann aber auch zum 1.1.1982 um je 20 DM monatlich gesenkt. Der Kreis der Kindergeldberechtigten wurde eingeengt. Gegenwärtig beträgt das Kindergeld für das erste Kind 50 DM, für das zweite Kind 100 DM, für das dritte Kind 220 DM, für das vierte und jedes weitere Kind 240 DM monatlich. Seit dem 1.1.1983 wird das Kindergeld für das zweite und jedes weitere Kind bei Eltern mit höherem Einkommen stufenweise reduziert, und zwar monatlich bis auf 70 DM für das zweite Kind sowie bis auf 140 DM für das dritte und jedes weitere Kind. Diese Sockelbeträge werden als Mindestbeträge – unabhängig von der Höhe des Einkommens – gezahlt. Die jeweiligen Einkommensgrenzen variieren nach Familienstand und Anzahl der Kinder. Seit 1.1.1986 wird ein Zuschlag zum Kindergeld gezahlt, wenn wegen niedrigen Einkommens der steuerliche Kinderfreibetrag (1986: 2484,– DM jährlich je Kind) nicht oder nicht voll genutzt werden kann. Er beträgt für ein Kind bis zu 46,– DM, für zwei Kinder bis zu 91,– DM.

---

1 Vgl. W. Glatzer und W. Zapf (Hrsg.): Lebensqualität in der Bundesrepublik, Frankfurt 1984, S. 124 ff
2 Siehe Familienberichte der Bundesregierung, Bonn

Spätestens seit Ende 1988 haben sich die Diskussionen verstärkt, eine deutliche Anhebung des Kindergeldes zu betreiben. Im Vergleich zu den von den Familien im Durchschnitt tatsächlich getätigten Ausgaben für den privaten Verbrauch ihrer Kinder bedeutet das Kindergeld nämlich nur einen geringen Zuschuß. So wurden 1983 bei einer 1-Kind-Familie im Durchschnitt nur rd. 6,5 v. H. der Ausgaben für dieses Kind durch Kindergeldzahlungen ausgeglichen; bei einer 2-Kinder-Familie waren es rd. 11 v. H. und bei einer 3-Kinder-Familie nur 18 v. H. der Verbrauchsausgaben für diese Kinder.[1]

In der gesetzlichen Unfallversicherung, in der Rentenversicherung, beim öffentlichen Dienst (einschl. Wehrdienst) werden Kinderzulagen in unterschiedlicher Höhe gezahlt. Die verschiedensten, z. T. komplizierten Berechtigungsverfahren machen es kaum möglich zu bestimmen, welche Kinder und wie viele von den einzelnen Gesetzen betroffen sind. Zweifelhafte Familienpolitik über das Finanzamt wird nach dem geltenden Steuerrecht aber mit dem «Ehegatten-Splitting» bei der steuerlichen Zusammenveranlagung betrieben. Demgegenüber könnte ein Steuersplitting unter Einbeziehung der zu versorgenden Kinder und des Einkommensniveaus die Steuerlasten familiengerecht verteilen.

Die materielle Situation einer Familie ist paradoxerweise um so weniger gesichert, je größer die Einkommensanteile aus staatlicher Umverteilung sind.[2] Greifen hier mehrere Leistungen ineinander, die jede für sich aus unterschiedlichen Gründen sozialpolitischen Kürzungen unterliegen, so können die dann fehlenden Beträge sehr schnell das bisher verfügbare Einkommen drastisch reduzieren. Wegfall des Schüler-BAFÖG, Verringerung der Wohngeldzahlungen, Kürzungen beim Mutterschaftsgeld, Erhöhung der Kindergartenbeiträge, Fortfall der steuerlichen Abzugsfähigkeit von Kinderbetreuungskosten, Heraufsetzung der Mehrwertsteuer, Kappung der Ausbildungsfreibeträge, Verteuerung der Miet- und Mietnebenkosten, steigende Fahrpreise bei Bussen und Bahnen usw. greifen in ihrer Massierung tief in das Familienbudget ein. Hauptbetroffene sind Familien mit Kleinkindern[3], die Kinderreichen, die Alleinerziehenden und alle Familien, die behinderte oder pflegebedürftige Angehörige versorgen.

In dieser Situation greift eine Familienpolitik, die sich nur als Beförde-

1 Vgl. M. Votteler: Aufwendungen der Familien für ihre minderjährigen Kinder, s. a. a. O. S. 92
2 Zu den familienpolitischen Kontroversen allgemein vgl. J. Langer-El Sayed: Familienpolitik – Tendenzen, Chancen, Notwendigkeiten, Frankfurt 1980; V. Gräfin von Bethusy-Huc: Familienpolitik – aktuelle Bestandsaufnahme der familienpolitischen Leistungen und Reformvorschläge, Tübingen 1987
3 Gutachten des Wissenschaftlichen Beirats für Familienfragen beim Bundesministerium für Jugend, Familie und Gesundheit: Familien mit Kleinkindern, Stuttgart 1980

Privathaushalte im April 1986 nach Haushaltsgröße und monatlichem Haushaltsnettoeinkommen * (in 1000)

Privathaushalte mit ... Person(en)	Insgesamt	Mit einem monatlichen Haushaltsnettoeinkommen von ... bis unter ... DM								Sonstige Haushalte[1]
		unter 600	600 bis 1200	1200 bis 1800	1800 bis 2500	2500 bis 3000	3000 bis 4000	4000 bis 5000	5000 und mehr	
mit männlichen Bezugspersonen										
1	3256	210	595	886	821	169	164	62	66	283
2	6502	33	326	1002	1773	819	1159	416	358	615
3 und mehr	8900	13	107	466	1830	1203	1991	1076	1019	1196
Zusammen	*18658*	*256*	*1029*	*2354*	*4423*	*2191*	*3314*	*1554*	*1443*	*2094*
darunter verheiratet zusammenlebend										
1	×	×	×	×	×	×	×	×	×	×
2	5709	27	284	919	1591	702	973	358	318	537
3 und mehr	8671	11	100	449	1796	1178	1943	1048	994	1153
Zusammen	*14300*	*38*	*384*	*1368*	*3387*	*1880*	*2916*	*1406*	*1312*	*1690*
mit weiblicher Bezugsperson										
1	5921	387	2026	1868	864	163	134	29	22	429
2	1384	37	183	253	355	135	190	56	36	141
3 und mehr	776	12	62	105	134	77	127	66	56	137
Zusammen	*8081*	*436*	*2271*	*2225*	*1353*	*375*	*451*	*150*	*114*	*706*
Insgesamt										
1	9177	597	2621	2754	1658	333	298	91	87	712
2	7886	69	509	1255	2127	954	1349	472	395	756
3 und mehr	9676	25	170	570	1964	1279	2118	1141	1076	1333
Insgesamt	*26739*	*691*	*3300*	*4579*	*5776*	*2566*	*3765*	*1704*	*1557*	*2801*

* Ergebnis des Mikrozensus. – Das Haushaltsnettoeinkommen wird aus den Individualeinkommen der Haushaltsmitglieder errechnet.
1 Haushalte, deren Bezugsperson selbständiger Landwirt oder mithelfender Familienangehöriger ist sowie Haushalte ohne Angabe.

Quelle: Statistisches Jahrbuch für die Bundesrepublik Deutschland 1988, S. 67

rin von Bevölkerungspolitik versteht, erst recht ins Leere. Familiengründungsdarlehen, Landeszuschüsse an nicht berufstätige Mütter bei Geburt eines Kindes, Mutterschafts- oder Erziehungsgeld sollen das «Kinderhaben» attraktiv machen. Dabei haben die konkreten Lebensbedingungen längst eine Verschiebung der Motivation der Eltern in Richtung auf bewußte Einschränkungen der Kinderzahl bewirkt. Je weniger Kinder in einer Familie heranwachsen, desto mehr können die Eltern in die Qualität der Erziehung und Ausbildung ihrer Kinder investieren, um so weniger werden Kinder als Hindernis empfunden und um so eher kann ein erreichter sozialer Standard aufrechterhalten werden, ohne dabei andere berufliche und private Interessen zu vernachlässigen. Bundeseinheitlich haben inzwischen Anspruch auf Erziehungsgeld Mütter oder Väter für Kinder, die nach dem 31. 12. 1985 geboren sind und wenigstens von einem Elternteil betreut werden, das selbst nicht mehr als 19 Stunden in der Woche erwerbstätig ist. In den ersten 6 Wochen nach der Geburt des Kindes beträgt das Erziehungsgeld 600 DM unabhängig vom Einkommen. Ab 7. bis 12. Monat (eine Verlängerung auf 18 Monate ist geplant) ist die Höhe des Einkommens maßgebend. Das erste Lebensjahr des Kindes wird in der Rentenversicherung der Mutter oder dem Vater als Erziehungsjahr angerechnet.

Zusammenfassend kann gesagt werden, daß man sich bei einer Betrachtung der Einkommensverteilung nicht nur auf eine Differenzierung der Einkommen nach Arbeitnehmern und Selbständigen, nach Einzelverdiener- und Mehrverdiener-Haushalten beschränken darf, sondern auch berücksichtigt werden muß, daß die Höhe des Einkommens pro Person ganz wesentlich davon abhängig ist, ob diese Personen zu einem kinderlosen Ehepaar, zu einer Familie mit ein oder zwei Kindern oder zu einer kinderreichen Familie gehören.

Aus diesem Grund wird die Frage nach der Gerechtigkeit der Einkommensverteilung unter dem Aspekt der individuellen Belastung immer mehr ein öffentliches Problem: In einer Zeit, in der die Einkommensdifferenzen zwischen den Beschäftigten sich erheblich verminderten, sind die Einkommensunterschiede je Kopf der Bevölkerung gestiegen. Die zunehmenden wirtschafts- und sozialpolitischen Interventionen des Staates haben diese Problematik bisher nicht ausräumen können.

Die Steuerreform der Jahre 1986, 1988 und 1990 hat zwar mit der Erhöhung der Kinderfreibeträge (1986 und 1990) auch familienpolitische Intentionen verfolgt, sie führt jedoch nicht zu einer Einkommenbesteuerung, die wesentliche Aspekte eines Familienlastenausgleichs berücksichtigt. Alleinstehende und Ehepaare ohne Kinder werden durch diese Reform weitaus stärker entlastet als Ehepaare bzw. Alleinerziehende mit Kindern. Familien mit niedrigen Einkommen, darunter ein großer Teil der Alleinerziehenden, können den erhöhten Freibetrag nicht voll oder über-

Im Sozialbudget für Ehe und Familie ausgewiesene Leistungen in Mill. DM

	1960	1970	1980	1987
Sozialbudget insgesamt	68943	180144	475730	635272
Leistungen für Ehe und Familie	14148	30805	62399	81585
darunter für				
Kinder	6903	14901	33125	43397
Ehegatten	6500	14528	25333	34565
Mutterschaft	744	1376	3941	3624
Anteil dieser Leistungen am Bruttosozialprodukt in v. H.	4,67	4,56	4,20	4,03

Bundesminister für Arbeit und Sozialordnung: Arbeits- und Sozialstatistik 1988, S. 115f

haupt nicht nutzen. Belastend wirken gerade auf diese Familien noch zusätzlich die mit dieser Reform verbundenen Erhöhungen zahlreicher Verbrauchssteuern. Völlig unangetastet bleibt das Ehegatten-Splitting. Nach wie vor wird eine lebenslang kinderlose Ehe stärker begünstigt als die Familie, das heißt die Entlastung für den Ehepartner ist höher als die für die Kinder. So beläuft sich die Entlastung durch das Ehegatten-Splitting 1988 auf fast 30 Milliarden DM, während Kinderfreibeträge und Kindergeld zusammen nur 20,5 Milliarden ausmachen.[1] In diesem Zusammenhang erhalten wieder die ursprünglichen Vorstellungen der SPD Bedeutung, statt des einkommensbezogenen Kinderfreibetrages und des Ehegatten-Splittings ein einheitliches Kindergeld von 200 DM schon für das erste Kind (z. Z. 50 DM) zu zahlen, um dem Grundsatz näher zu kommen, daß die Entlastungswirkung für jedes Kind gleich hoch sein sollte.

Wie in anderen hochindustrialisierten Ländern hat auch in der BRD der gesellschaftliche Wandel der letzten Jahrzehnte nicht nur das Verhältnis der Ehepartner zueinander, sondern auch die Beziehungen in der gesamten Familie grundlegend geändert. Die Familie hat zahlreiche ihrer früheren Aufgaben verloren. Die Abwanderung der Produktion aus dem Haushalt, die Trennung von Arbeitswelt und familiärem Raum, die Übertragung der Sicherheitserwartungen auf den Staat oder größere Organisationen, die teilweise Übernahme von Erziehungsaufgaben durch Schule und Kindergarten, der Abbau einiger gesellschaftlicher Garantien des Zusammenhalts der Familien durch Billigung der Scheidung und Minde-

1 Vgl.: Familienpolitik nach der Steuerreform, Gutachten des Wissenschaftlichen Beirats für Familienfragen beim Bundesminister für Jugend, Familie, Frauen und Gesundheit, Bonn 1988

rung der religiösen Einflüsse haben die soziale Rolle der Familie verändert. Überdies ist ein Großteil ihrer alten Funktionen von der Öffentlichkeit übernommen worden. Sie ist längst nicht mehr die «Keimzelle des Staates», als die sie manche sozialkundlichen Unterrichtsbücher noch hinstellen wollen. Die Familie wird heute von einigen Soziologen und Psychologen vielmehr als «vibrierende Einheit» (Bossard/Claessens) gesehen, die zwischen den verschiedensten Gruppenbeziehungen der Familienangehörigen steht und von außen kommende Eindrücke bewertet, verarbeitet, neu interpretiert. Diese Auffassung einer systemnotwendigen Elastizität der Familie hat die Meinung etlicher Nachkriegssoziologen abgelöst, die Familie sei in eine Igelstellung gedrängt und verteidige nun ihre privaten Interessen gegenüber den immer dichter und totaler werdenden Beeinträchtigungen durch die Umwelt, und der innerfamiliäre Zusammenhalt sei dadurch größer geworden.

Die Abhängigkeit der schulischen Startchancen von der familiären Sozialisation, der physische und psychische Druck, der auf zahlreichen Familien lastet, all dies stellt die herkömmlichen Familienbilder in Frage. Nicht zuletzt deshalb wird heute mit neuen Familienformen experimentiert.

Es ist gesagt worden, daß es immer weniger möglich werde, emotionale Spannungen direkt in der Öffentlichkeit abzureagieren. Statt dessen müsse und könne wohl die Familie als einzige Institution dafür zur Verfügung stehen. Man kann in diesem Zusammenhang von einem «paradox-funktionalen» Verhältnis der Familie zur Gesellschaft sprechen: «Fast nur in der Kernfamilie steht dem erwachsenen Menschen die Möglichkeit offen, die soziale Kontrolle in beiden Richtungen zu umgehen... Die Gesellschaft und ihre Wertanforderungen können einerseits in einer offenen Form kritisiert oder bagatellisiert werden, die in keiner anderen Gruppe möglich ist, andererseits braucht das aber nicht zu bedeuten, ... daß damit eine grundsätzliche Illoyalität gegenüber der Gesellschaft angemeldet oder gemeint wird.»[1].» In solcher Weise Ventil aufgestauter Emotion zu sein, stellt an die Familie erhebliche Anforderungen und kann den intimen familiären Zusammenhalt außerordentlich belasten.

Der Bedeutungszuwachs, den die Ehe wie die Kernfamilie im Hinblick auf psychische Stabilisierung gewonnen hat, ist ein wichtiger Grund für die Minderung des Gewichts der Verwandtschaftsbeziehungen. Man betrachtet es z. B. als nachteilig, wenn noch Verwandte im eigenen Familienhaushalt wohnen müssen. Und selbst von den Großeltern setzt man sich insofern ab, als die jungen Ehepaare in keinem der beiden Elternhaushalte verbleiben, sondern wenn irgend möglich eine eigene Wohnung beziehen.

1 D. Claessens: Familie und Wertsystem, 4. Aufl. Berlin 1978, S. 175

Auch aus neueren sozialwissenschaftlichen Untersuchungen wird deutlich, daß über die wichtigste Leistung der Familie, die emotional-expressiven Bedürfnisse des einzelnen zu befriedigen, breiter gesellschaftlicher Konsens besteht.

Einen bedeutenden Raum für die Entstehung von Familienbildern und Familienmoral nehmen die Medien, insbesondere die zahlreichen Familienserien des Fernsehens ein. Sie orientieren gewissermaßen in weicher Form über Familie sowie klären über Auslöser, Verlauf, Normalität, Tragik oder auch Brutalität von Familiensituationen und besonders Familienkrisen auf und wirken somit «stilbildend».

Die Entwicklung der Familienbilder kann aber auch auf der fachwissenschaftlichen und fachpolitischen Ebene im Vergleich der diversen Familien- und Jugendberichte der Bundesregierung abgelesen werden. Kritik und Wertschätzung der Familie wechseln darin, je nach Ausgangs- oder Zielvorgaben. Als roter Faden bleibt in der Darstellung der Familie mit ihren zahllosen Ausformungen die Tatsache eines sich ständig verändernden Lebenszusammenhanges für Kinder, Jugendliche und Erwachsene. Es gehört zur Wirklichkeit jeder Familie, daß sie bei diesem ständigen Wandel in Krisen und Konflikte geraten kann, deren Bewältigung ihre eigenen Kräfte übersteigt, und daß sie auch von außergewöhnlichen Belastungen überrascht und erfaßt werden kann, denen sie mit den ökonomischen und personellen Möglichkeiten ihrer Mitglieder nicht gewachsen ist.[1] Dabei ist es dann gleichermaßen problematisch, öffentliche und staatliche Förderungsprogramme ausschließlich auf ein bestimmtes Leitbild von Familie zu fixieren und damit in der Regel die eigenständigen Rechte von Frauen und Kindern zu vernachlässigen, wie es leichtfertig ist, die Familie kurzweg als untaugliches soziales System abzutun. Damit ist auch die lange in der Soziologie gepflegte These vom Funktionsverlust der Familie nicht weiter zu verfolgen, da sie den Blick versperrt für die Veränderung und die Öffnung der Familien und ihrer Mitglieder für neue «Funktionen» nicht wahrnimmt.[2] Eckpunkte wie bewußte Elternschaft mit der Tendenz zu zwar wenigen, aber zumeist gewünschten Kindern, oder die variantenreichen Versuche, die Lebensbereiche von Familie und Beruf zu vernetzen und zu optimieren, sowie ein bewußtes Einstellen auf eine zwar wichtige, aber eben doch nur zeitlich begrenzte Lebensphase,

---

1 Vgl. Jugendhilfe und Familie – die Entwicklung familienunterstützender Leistungen der Jugendhilfe und ihre Perspektiven. Siebter Jugendbericht, hrsg. vom Bundesminister für Jugend, Familie, Frauen und Gesundheit, Bonn 1986; ferner: M. Hermans und B. Hille: Familienbilder im Wandel, Materialien zum Siebten Jugendbericht, Bd. 3, München 1983
2 Vgl. R. Lempp: Familie im Umbruch, München 1986; E. Spiegel: Neue Haushaltstypen, Frankfurt 1986; Deutsches Jugendinstitut (Hrsg.): Wie geht's der Familie?, München 1987; K. Lüscher (Hrsg.): Die postmoderne Familie, Konstanz 1988; R. Nave-Herz: Wandel und Kontinuität der Familie in der Bundesrepublik Deutschland, Stuttgart 1988

prägen die weitere Entwicklung der Familien in der Bundesrepublik.

Damit ist es auch möglich, sich in der Familienforschung auf besondere Problembereiche und wichtige Detailfragen zu konzentrieren, wie etwa die Situation alleinerziehender Mütter und Väter. Die Zahl dieser Eltern hat in den letzten Jahren zugenommen. Es ist daher notwendig, sich eingehend, d. h. unter Einbeziehung der Wohnsituation, der materiellen Lage, des Zeitbudgets für Kindererziehung, Haushalt, Beruf und Erwachseneninteressen, der sozialen Vernetzung dieser Eltern und Kinder zu beschäftigen.[1]

Die Familie ist als «sozialer Durchgangsraum» gekennzeichnet worden, «in dem das ungeformte, nur potentiell seiner Entfaltung harrende Individuum durch tiefgreifende Prozesse sozialisiert wird»[2]. In der Familie vollzieht sich in der ersten Stufe der Aufbau der sozialkulturellen Persönlichkeit. In ihr lernt das Kind die ersten Regeln, Gewohnheiten und Prinzipien der Gesellschaft, in der es aufwächst und mit der es leben soll. Die Erziehung zur Reinlichkeit, die Vermittlung der Sprache, die ersten Glaubens- und Wertvorstellungen erfährt das Kind in der kleinen, überschaubaren Familiengruppe. Es erlebt und lernt Gefühle, Vertrauen, Glück und Traurigkeit, Lust und Enttäuschung, Belohnung und Versagung in der Konzentration auf nur wenige Personen. Verwandte sind da häufig bereits sehr periphere Personen.

Angesichts der Bedeutung vor allem frühkindlich-familialer Sozialisation erhebt sich die Frage nach der in der Bundesrepublik üblichen Kindererziehung. Leider geben nur wenige der familiensoziologischen Arbeiten der letzten Jahrzehnte eine genauere Auskunft über die pädagogischen Absichten und Methoden der Eltern in der Bundesrepublik. Die meisten Untersuchungen beschäftigen sich vorwiegend mit dem Wandel der Familie in Richtung auf größere Partnerschaft und Gleichberechtigung, ohne jedoch die Konsequenzen dieses Wandels für die Kindererziehung zu erforschen. Wie Umfragen ergeben, weicht in den Eltern-Kind-Beziehungen allmählich die Ausübung autoritärer Verfügungsgewalt der Berücksichtigung der Eigenarten und spezifischen Entwicklungsprobleme des Kindes.

In fast allen Familien hat die Erwartung an Bedeutung verloren, daß die Kinder später einmal für die Eltern sorgen müßten. Der Vorrang des Einkommens und die weitgehende Versorgung durch die öffentlichen Sicherungseinrichtungen haben derlei Überlegungen relativ bedeutungslos werden lassen. Durch die Anspannung aller Kräfte bemühen sich nun viele Eltern um das künftige wirtschaftliche Wohlergehen ihrer Kinder

1 E. Neubauer: Alleinerziehende Mütter und Väter – Eine Analyse der Gesamtsituation, Stuttgart 1988
2 D. Claessens: Familie und Wertsystem, 4. Aufl. Berlin 1978, S. 16

und einen Prestigegewinn durch deren sozialen Aufstieg. Der damit verbundene Leistungsdruck stellt freilich die Kinder oft in eine neue Zwangssituation.

Ein auf Gleichberechtigung und Selbständigkeit gerichteter Erziehungsstil, dem nicht unbedingt schon ein völlig kindzentriertes Konzept zugrunde liegen muß, läßt sich nach wie vor in der Mehrzahl der Familien kaum verwirklichen. Dies liegt nicht nur an mangelndem Wissen und Willen der Eltern, sondern auch an Umständen, die außerhalb der Familie in der Berufs- und Lebenssituation der Eltern zu suchen sind. Grundbedingung einer konsequent an Gleichberechtigung, Befriedigung und optimaler Entfaltung kindlicher Bedürfnisse ausgerichteten Erziehung ist ein Maß an finanziellem und zeitlichem Aufwand, das die meisten Eltern angesichts ihrer angespannten Finanzlage, ihres Zeitbudgets und mangelnder öffentlicher Unterstützung völlig überfordert.

Es liegt nahe, im Rahmen einer kritischen Analyse der Gesellschaft, die allenthalben einen immer noch wirksamen Autoritarismus aufdeckt, auch in der Familie die Bedingungen für die autoritären Strukturen fast aller gesellschaftlichen Insitutionen zu suchen, durch die notwendige gesellschaftliche Veränderungen gehemmt und in Frage gestellt werden. Autoritärem Verhalten wird fortwährend Vorschub geleistet durch autoritäre Umgangsformen in der Familie, durch einen vornehmlich am reibungslosen Ablauf des Alltags orientierten Erziehungsstil der Eltern.

Bezeichnend für das gesellschaftspolitische Bewußtsein in der Bundesrepublik ist, wie in konsequenter Rechtspolitik aus dem Artikel 6 des Grundgesetzes um die familiäre Erziehung der Schutzwall eines schier unanfechtbaren Elternrechtes aufgebaut wurde. Der Erziehungsstil der Eltern, sei er liberal oder autoritär, soll niemanden kümmern, jedenfalls nicht, solange nicht das «Wohl des Kindes» grob gefährdet wird. Kriterien für eine Gefährdung dieses Wohles des Kindes sind nicht pädagogische oder psychologische, sondern fürsorgerische Kategorien der Asozialität, der Vernachlässigung und Verwahrlosung.

Erst seit Mitte der sechziger Jahre sieht sich die Öffentlichkeit genötigt, die Gründe für den wachsenden Drogenmißbrauch und die steigende Jugendkriminalität auch in der familialen «Intimsphäre» zu suchen und Strategien in der Jugendhilfe zu entwickeln, die es möglich machen, den «Erziehungsauftrag» der Eltern angemessen zu unterstützen.

Das Jugendwohlfahrtsgesetz von 1961 hat Ansätze für eine umfassendere Interpretation der Erziehungsaufgabe des Jugendamtes gebracht, doch verpflichtet es die Jugendämter nicht zu aktivem Verhalten gegenüber den in ihrem Bereich auftretenden Problemen, sondern veranlaßt sie lediglich zu Reaktionen bei bestimmten vom Gesetz umrissenen Tatbeständen, wie z. B. Geburt eines nichtehelichen Kindes, Aufnahme in eine fremde Familie oder erheblicher erzieherischer Gefährdung.[1] Dabei hat sich mit großer regionaler Vielfalt doch ein sehr ideenreiches und wirksames Netz erzieherischer Hilfen entwickelt. Die Reform der Jugendhilfe läuft im übrigen seit längerem parallel mit der verfassungspolitischen Diskussion, einem überinterpretierten Elternrecht das Recht des Kindes auf freie Entfaltung seiner Persönlichkeit, auf Leben und körperliche Unversehrtheit (Art. 2 GG) entgegenzusetzen.

Auch das elterliche Sorgerecht – bis 1980 noch «elterliche Gewalt» genannt – hat einen Bedeutungswandel durchgemacht. Mehr als früher wurden bei der Reform die Interessen und das Wohl des Kindes berücksichtigt, was in verschiedenen neuen gesetzlichen Formulierungen zum Ausdruck kommt. So heißt es z. B. in den §§ 1626 ff des Bürgerlichen Gesetzbuches, daß die Eltern bei der Pflege und Erziehung «die wachsende Fähigkeit und das wachsende Bedürfnis des Kindes zu selbständigem, verantwortungsbewußtem Handeln (berücksichtigen)» sollen. «Sie besprechen mit dem Kind, soweit es nach dessen Entwicklungsstand angezeigt ist, Fragen der elterlichen Sorge und streben Einvernehmen an.» Die Eltern haben ihre Aufgaben «zum Wohl des Kindes» zu erfüllen. «Entwürdigende Erziehungsmaßnahmen sind unzulässig.» In Angelegenheiten, die mit der Ausbildung oder dem künftigen Beruf des Kindes zu tun haben, sollen die Eltern auf «Eignung und Neigung des Kindes Rücksicht» nehmen. In allen Fällen, in denen Eltern diese ihnen aufgetragenen Pflichten verletzen, kann das Vormundschaftsgericht eingeschaltet werden.

Rein rechtlich ist die Stellung des Kindes also erheblich gestärkt worden. Tatsächlich kommt dem Gesetz wohl in erster Linie eine ethisch-moralische Bedeutung zu. Anders als die Ehe- und Familienrechtsreform, die eine längst veränderte Wirklichkeit nun auch gesetzlich fixierte, hat das reformierte Recht der elterlichen Sorge eher Aufforderungscharakter. Immerhin haben Kinder nach dem neuen Recht die nicht nur theoretische, sondern auch praktische Möglichkeit, bei groben Verstößen gegen ihr Wohl und ihre Interessen ggf. mit Unterstützung des Jugendamtes das Vormundschaftsgericht anzurufen.

Sind Mutter und Vater miteinander verheiratet, steht ihnen das elterliche Sorgerecht für ihre gemeinsamen Kinder auch gemeinschaftlich und gleichberechtigt zu. Bei einer Scheidung muß vom Familiengericht über das Sorgerecht entschieden werden. Auch hier soll für die Entscheidung das Wohl des Kindes ausschlaggebend sein. Die Meinung des Kindes, das vom Gericht zu befragen ist, sobald es eine eigene Ansicht äußern kann,

---

1 Vgl. hierzu die regelmäßigen Berichte der Bundesregierung über Bestrebungen und Leistungen der Jugendhilfe – Jugendbericht –, Bonn (5. Jugendbericht 1980; 6. Jugendbericht 1984; 7. Jugendbericht 1986)

in jedem Fall jedoch vom 14. Lebensjahr an, ist dafür ein wichtiger Anhaltspunkt. Von einem übereinstimmenden Vorschlag der Eltern soll das Gericht nur abweichen, wenn dies zum Wohle des Kindes erforderlich ist. Das elterliche Sorgerecht wird nach bisher geltendem Gesetz grundsätzlich bei der Scheidung einem Elternteil allein übertragen. Im November 1982 hat das Bundesverfassungsgericht jedoch festgestellt, daß geschiedenen Ehegatten auch ein gemeinsames Sorgerecht zuerkannt werden muß, wenn sie willens und geeignet sind, die Verantwortung für ihr Kind zu dessen Wohl weiterhin zusammen zu tragen. Ein Jahr zuvor hatte dasselbe Gericht andererseits die Klage nichtehelicher Väter auf Beteiligung am Sorgerecht abgewiesen. So bleibt der Vater eines Kindes aus einer nichtehelichen Lebensgemeinschaft auch dann vom Sorgerecht ausgeschlossen, wenn er das Kind tatsächlich wie ein ehelicher Vater betreut und erzieht. Kommt es zur Trennung der Partner, kann die allein sorgeberechtigte Mutter dem Vater sogar das Besuchsrecht verweigern. Ein Gericht wird in den seltensten Fällen gegen den Willen der Mutter anders entscheiden und dem Vater das Besuchsrecht einräumen.

Sind die Eltern nicht willens oder nicht in der Lage, für ihr Kind ausreichend zu sorgen, kann das Vormundschaftsgericht die Unterbringung in einer Pflegefamilie, einer Jugendwohngemeinschaft oder einem Erziehungsheim anordnen. Bevor das Kind jedoch von seinen Eltern getrennt wird, müssen alle anderen Mittel und Möglichkeiten, insbesondere Beratung und Hilfe für die Eltern, ausgeschöpft sein.

Die Reform des elterlichen Sorgerechts hat zweifellos die Position des Kindes gestärkt. Dennoch geben die im Interesse des Kindes getroffenen Bestimmungen immer wieder Anlaß zur Diskussion über Legitimität und Grenzen staatlicher Einmischung in die Familie.

Verwandtschaft und Familientradition können bei der Kindererziehung kaum noch eingesetzt werden. Großeltern werden ggf. als Pflegepersonen akzeptiert, bei der Erziehung hält man sich jedoch eher an die Ergebnisse eigener Erfahrungen oder an den Rat von Fachleuten. Man erzieht, wie man selbst erzogen worden ist oder im genauen Gegenteil dazu. Man projiziert eigene psychische und ökonomische Konflikte auf die Kinder.[1] Erziehungsberatungsstellen sind rar und der verfügbaren Mittel wegen auf «schwerste Fälle» konzentriert. Elternbildungsveranstaltungen, Elternschulen bleiben in der Regel folgenlos, und selbst Eltern-Zeitschriften in Millionenauflage können nur oberflächliche Rezepte anbieten, die kaum geeignet sind, die Eltern zu einer Überprüfung ihrer Erziehungseinstellungen zu veranlassen. Kindererziehung ist zum «Problem» geworden, und viele junge Eltern sind zaghaft und ratlos im

1 Vgl. hierzu A. Miller: Das Drama des begabten Kindes, Frankfurt 1979; dies.: Am Anfang war Erziehung, Frankfurt 1980; dies.: Du sollst nicht merken, Frankfurt 1983

Umgang mit ihren Kindern. Eine Vorbereitung junger Eheleute auf eine qualifizierte Erziehung findet in der Regel nicht statt. Dennoch wird von der Familie weiterhin erwartet, für die Elementarerziehung der Kinder in vollem Umfang zu sorgen.[1]

Häufig tritt die Frage auf, ob sich der Zug zur Partnerschaft in der Ehe auch auf die Kindererziehung ausgewirkt habe. Es ist zunächst festgestellt worden, daß weniger die Familie als abstrakter Wert, sondern vielmehr die stark persönlichen und gefühlsmäßigen Beziehungen zwischen Vater, Mutter und den Kindern in den Vordergrund gerückt sind. Gleichzeitig schwächt sich die erzieherische Stellung des Vaters ab, insbesondere lockert sich der Vater-Sohn-Kontakt. Es ist davon gesprochen worden, daß wir uns «auf dem Weg zur vaterlosen Gesellschaft»[2] befinden oder zumindest zu einer Gesellschaft, in der das Väterliche deutlich zurücktritt und der Mutter ein gewichtigerer Platz eingeräumt wird. Als charakteristische Kennzeichen der deutschen Familienerziehung werden oft genannt: ihre strenge Direktheit in der Neigung zur Bestrafung und Bevormundung und ihr ebenso hohes Maß an emotionalen Beweisen der Zuneigung und partnerschaftlicher Hilfe. Den Kindern wird häufig Verantwortung übertragen, sie werden allerdings auch weniger kritisiert und durch Leistungsforderungen unter Druck gesetzt. Die Kinder erleben ihre Eltern als Menschen, die häufig strafen, zugleich aber auch große Herzlichkeit zum Ausdruck bringen, die wenig Mißfallen kundtun und geringe Leistungsanforderungen stellen. Die Strenge der Erziehung schließt vor allem für die Jungen immer noch ein erhebliches Maß an körperlicher Strafe ein.

Überlieferte Leitbilder und aktuelle Umstände führen oft dahin, daß Mütter eine strenge Kontrolle ihrer Kinder aufrechterhalten und viel interessierter daran sind, gehorsame, fügsame, unterwürfige, ordentliche und höfliche Kinder aufzuziehen, als die Entwicklung von Selbständigkeit, Unabhängigkeit und eigener Verantwortung zu fördern. Die hier skizzierten Erziehungsstile weisen recht typische Unterschiede in einzelnen sozialen Schichten auf. Greift man zwei Dimensionen elterlichen Erziehungsverhaltens heraus, so lassen sich sowohl in der emotionalen Tönung des Eltern-Kind-Verhältnisses wie im Grad der dem Kind zugestandenen Handlungsfreiheit deutliche Differenzen zwischen «einfachen» Arbeiterfamilien und etwa «gehobenen» Beamten- oder Angestelltenfamilien feststellen. Nach den vorliegenden Untersuchungen überwiegt in Unterschichten ein härterer, auf Gehorsam, Kontrolle, Pflicht und

---

1 Vgl. zum Gesamtzusammenhang P. Fürstenau: Soziologie der Kindheit, Heidelberg 1967; E. Beck-Gernsheim: Vom Geburtenrückgang zur Neuen Mütterlichkeit? – Über private und politische Interessen am Kind, Frankfurt 1984; E. M. Wallner und M. Pohler-Funke: Soziologie der Kindheit, Heidelberg 1978; L. Liegle: Welten der Kindheit und Familie, Weinheim 1987

2 A. Mitscherlich: Auf dem Weg zur vaterlosen Gesellschaft, München 1963

Ordentlichkeit gerichteter Stil. Auch richten sich die zum Teil recht spür-
baren Strafen mehr gegen die Folgen kindlicher Aktivität als gegen die
Absichten des Kindes, so daß oft gleiche Handlungen recht unterschiedlich bestraft werden.[1]

Dies hat auch Gründe in der Familiensituation, und zu bedenken ist,
daß psychische Strafen nicht weniger hart sein können als physische.

Wie weit nämlich der auf Kooperation, Glück, Überlegung und Selbstkontrolle gerichtete Erziehungsstil der Mittelschichten weniger repressiv
ist, ist eine schwer zu beantwortende Frage. Verbindet sich die großzü-
gige, auf prinzipielle Selbstentfaltung ausgerichtete Haltung der Eltern
mit Leistungsdruck und arbeitet sie mit Liebesentzug als Erziehungsmit-
tel, so können hier kindliche Ängste entstehen, die bedingungslose Anpassung der Kinder an die elterlichen Normen bewirken.

Trotz des starken Trends zu partnerschaftlich-liberalem Erziehungsver-
halten mit dem Vorrang von Autonomie vor Konformität, hat sich eine
alle Schichten umgreifende neue Wertorientierung noch nicht eingestellt.
Die stärkere Hinwendung zum Kind und der Wille, sich mehr mit ihm zu
beschäftigen, hat jedenfalls seit den 60er Jahren stark zugenommen. Je
älter die Kinder werden, um so mehr wird auch nach Ansicht vieler Jugendlicher der Umgang der Eltern mit ihnen partnerschaftlicher geregelt.
Aber auch dies kann teilweise eher auf Rat- und Orientierungslosigkeit
hinweisen als auf die Ausprägung neuer Werte.

Eine besondere Aufmerksamkeit hat in letzter Zeit die Mädchenerzie-
hung erfahren, um besser an die Wurzeln von Benachteiligungen und Diskriminierungen heranzukommen. Hier hat vor allem der 6. Jugendbericht der Bundesregierung über «Verbesserte Chancengleichheit von
Mädchen in der Bundesrepublik» 1984 etliche Aktivitäten namentlich in
der Jugendhilfe ausgelöst.[2] Dabei ist der Familienbezug sehr deutlich her-
vorgetreten. Insbesondere die Familientherapie, und zwar in ihrer kritischen Variante der Verknüpfung individueller Probleme mit gesellschaftlichen Konfliktlagen, hat hier wichtige Aufgaben übernommen.[3]

Der gesellschaftliche Wandel brachte für die Familie eine erhebliche
Funktionsverlagerung mit sich. Beachtliche Teile der Erziehungsaufgaben sind an die Schule, die Lehre, Kindergärten und Jugendgruppen abgegeben worden. Mit der Aufgabenverlagerung selbst ist jedoch noch
keine verbesserte pädagogische Situation eingetreten. Schulischer Leistungsdruck, autoritäre Momente in der Lehrlingsausbildung, unpädago-

1 M. S. Honig: Verhäuslichte Gewalt, Frankfurt 1986; J. Beiderwieden u. a.: Jenseits der Ge-
    walt – Hilfen für mißhandelte Kinder, Basel 1986
2 Vgl. z. B.: J. Münder u. a.: Rechtliche und politische Diskriminierung von Mädchen und
    Frauen, Opladen 1984
3 H. E. Richter: Patient Familie, Reinbek 1970; M.E. Karsten und H.-U. Otto (Hrsg.): Die
    sozialpädagogische Ordnung der Familie, Weinheim 1987

gische Kindergärten kennzeichnen weiterhin die Situation und finden ihre Fortsetzung in schlecht ausgestatteten Erziehungsheimen, deren pädagogischer Auftrag an der Gleichgültigkeit der Politiker, der mangelhaften Ausbildung der Erzieher und der undemokratischen Einstellung der Öffentlichkeit zu gesellschaftlichen Randgruppen scheitert. Sowohl an die Eltern als Erziehende wie auch an die außerfamiliären Erziehungsstätten sind neue Anforderungen gestellt, die mit revidierten pädagogischen Methoden und verstärkter Bereitstellung öffentlicher Hilfen beantwortet werden müssen.

Die alten Menschen

In allen Gesellschaften machen Menschen die Erfahrung, daß mit steigendem Alter körperliche und geistige Kräfte einer Veränderung unterliegen. Ganz unterschiedlich sind aber die individuellen und gesellschaftlichen Reaktionen auf diese Erfahrung. Während der eine ältere Mensch die Beschränkung seines Aktionsradius und den Rückgang seiner geistigen Fähigkeiten als unabänderlich hinnimmt, versucht der andere Lebenstechniken zu entwickeln, um sich abzeichnende Defizite auszugleichen. Der Anteil der älteren Menschen an der Gesamtbevölkerung der Bundesrepublik hat sich in den vergangenen Jahrzehnten nachdrücklich vergrößert. Insbesondere die Zahl der Hochbetagten, der über 80jährigen wird weiterhin zunehmen. Während 1985 nur 20 v. H. der Bevölkerung über 60 Jahre alt waren, werden es im Jahr 2000 voraussichtlich bereits 25 v. H. und im Jahr 2030 sogar 35 v. H. sein. Ende 1986 waren 2,1 Millionen Menschen in der Bundesrepublik 80 Jahre und älter, d. h. 3,5 v. H. der Gesamtbevölkerung. Die durchschnittliche Lebenserwartung der Männer liegt z. Zt. bei 70,5 Jahren, die der Frauen bei 77,0 Jahren.

Vielfach wird in der öffentlichen Diskussion Alter gleichgesetzt mit Kranksein, Pflegebedürftigkeit, Einsamkeit und Armut. Die Wirklichkeit ist weit vielschichtiger und differenzierter, umfaßt Alter doch inzwischen einen Lebenszeitraum von gut 30 Jahren. In der Altenhilfe und der Politik für ältere Menschen muß daher auch genauer hingesehen und sorgfältiger unterschieden werden. In der «ergrauten Gesellschaft»[1] gibt es die Alten inzwischen als interessante Konsumentengruppe ebenso wie als politisch interessante Wähler, als integrierte lebendige Geschichte eines Stadtteils wie als Zielgruppe von Wohn- und Betreuungsangeboten. In den Vordergrund rücken dabei immer stärker die Hilfen zu einem selbständigen Leben im Alter. Seniorenbildungsprogramme, Selbsthilfegrup-

1 Deutsches Zentrum für Altersfragen (Hrsg.): Die ergraute Gesellschaft, Berlin 1987

pen, Seniorenvertretungen und schließlich der enorme Ausbau ambulant sozialpflegerischer Dienste, insbesondere in Form der Sozialstationen prägen das Bild. 1984 umfaßten die Sozialstationen bereits über 33 v. H. aller ambulanten Pflegedienste. Seitdem ist deren Ausbau in großen Schritten vorangegangen.[1] Insgesamt findet eine immer stärkere stadtteil- und gemeinwesenorientierte Altenarbeit Anklang bei den kommunalen und karitativen Trägern sowie bei den Betroffenen. Das Verbleiben in der Wohnung, in der bekannten Umgebung wird mehr und mehr auch als Mittel zur Aktivierung der Lebenskräfte eingesetzt. Altentagesstätten, Altenclubs und Altenkreise, oft im Verbund mit Bürgerhäusern, Stadtteiltreffs und Begegnungsstätten auch für andere Gruppen ergänzen dieses Konzept.[2]

Eine besondere Bedeutung haben jedoch die Hilfen bei Pflegebedürftigkeit durch die engsten Familienangehörigen. In der Bundesrepublik leben etwa 2 Millionen auf Pflege angewiesene Menschen. 14 v. H. werden in Heimen oder ähnlichen Einrichtungen (insbesondere Behinderten- und Rehabilitationseinrichtungen) gepflegt, die übrigen 86 v. H. (rd. 1,7 Millionen Menschen) zu Hause. Von dieser großen Zahl erhielten 63 v. H. Hilfe von den im Haushalt lebenden Angehörigen und in nur 12 v. H. Fällen durch ambulante Dienste wie Sozialstationen. Die damit verbundene Belastung trifft vor allem die Frauen, die ihre pflegebedürftig gewordenen Ehemänner, Mütter, Väter, Schwiegermütter und -väter versorgen – neben der «normalen» Belastung durch Haushalt und nicht selten auch durch die eigene außerhäusliche Erwerbstätigkeit. 33 v. H. aller Familienpflegepersonen verbringen täglich mehr als sechs Stunden beim Pflege- und Hilfebedürftigen. Diese Pflege bedeutet Einschränkungen in der eigenen Freizeit, im Beruf und nicht unwesentlich auch beim verfügbaren eigenen Einkommen.[3] Hier setzen – mangels größerer staatlicher Leistungen wie etwa Berücksichtigung dieser Zeiten bei der Rentenversicherung – verstärkt Selbsthilfegruppen und kleine Initiativen von Angehörigen an, um nicht allein von der Last der Pflege erdrückt zu werden. Regional unterschiedlich stehen auch Kurzzeitpflegestationen, Krankenwohnungen und Tagespflegestätten zur Verfügung, um wenigstens zeitweise eine Entlastung der Angehörigen, aber auch den älteren Menschen Förderungs- und Rehabilitationsprogramme anzubieten.

1 Deutscher Verein für öffentliche und private Fürsorge: Bestandsaufnahme der ambulanten sozialpflegerischen Dienste im Bundesgebiet, Stuttgart 1987
2 K. Hummel und I. Steiner-Hummel: Wege aus der Zitadelle, Hannover 1986; S. Articus und S. Karolus: Altenhilfe im Umbruch, Frankfurt 1986; H. Döhner u. a. (Hrsg.): Im Alter leben. Krisen, Ängste, Perspektiven, Hamburg 1988
3 Vgl. Vierter Familienbericht der Bundesregierung: Die Situation der älteren Menschen in der Familie, Bonn 1986; M. Dieck u. a.: Alte Menschen in Pflegeverhältnissen, Materialien zum Vierten Familienbericht, Bd. 3, Weinheim 1987

Irgendwann tritt dann jedoch der Zeitpunkt für das Überwechseln in ein Alten- und Pflegeheim ein, nicht selten nach längerem Krankenhausaufenthalt, bei dem letztlich nur noch die Pflegebedürftigkeit festgestellt wird.

Diese Feststellung beinhaltet zugleich einen markanten materiellen Einschnitt. Kam für den Krankenhausaufenthalt noch die Krankenversicherung auf, hat der ältere pflegebedürftige Mensch nunmehr die vollen Kosten allein zu tragen, was dann je nach Pflegegrad und Personalausstattung einer Altenpflegeeinrichtung zwischen 2000 DM und 3500 DM im Monat kostet. Die Mehrzahl kann diese Beträge mit ihrem Renteneinkommen nicht bezahlen und wird damit automatisch zu Sozialhilfeempfängern, die nach langen Berufs- und damit auch Beitragsjahren jetzt nur noch einen geringen Barbetrag zur persönlichen Verfügung erhalten, während ihnen alles andere vom Träger des Heims nach den dort geltenden Bedingungen zur Verfügung gestellt wird. Eine allgemeine Versicherungslösung wie bei Krankheit, Unfall oder Invalidität wäre dagegen die sozialpolitisch beste Lösung zur Absicherung des Pflegerisikos. Andernfalls könnte allerdings auch ein Leistungsgesetz des Bundes hier eine Verlagerung der Lasten von der nur notgedrungen einspringenden Sozialhilfe der Kommunen auf eine andere staatliche Ebene bewirken. Die durch das Gesundheitsreformgesetz ab 1991 als Krankenkassenleistung einsetzende begrenzte Vergütung häuslicher Pflege ist dagegen nur ein Tropfen auf den heißen Stein.

Die Aufnahmenotwendigkeit und Pflegebedürftigkeit steigt mit zunehmendem Alter. Dabei darf die Tatsache, daß nur 4. v. H. der über 60jährigen in einem Alten- und Pflegeheim leben, nicht darüber hinwegtäuschen, daß ein solches Heim für viele die letzte Lebensstation ist und fast 20 v. H. der alten Menschen im Heim sterben.

Anzahl, Ausstattung und pflegerische Qualität der Heime haben in den letzten Jahren deutlich zugenommen.[1] Auch die gesetzlichen Regelungen über Heimaufsicht, Mindeststandards bis hin zu Heimbeiräten der Bewohner sind strikter geworden. Die Personalprobleme – Personalmangel, Ausbildungsdefizite und unzureichende Entlohnung – vermehren sich allerdings mit der Dichte der Anforderungen zusehends.

Die Alten werden immer älter. Damit treten auch stärker typische Erkrankungen des Alters in Erscheinung, und zwar gerade psychische Krankheiten wie Depression und Demenz. Die Häufigkeit der Demenz mit erheblichen Einschränkungen des Gedächtnisses und der geistigen Leistungsfähigkeit tritt nach vorsichtigen Schätzungen bei den 65jährigen zu etwa 2 bis 3 v. H., bei den 85jährigen dagegen zu 20 bis 30 v. H. ein.[2]

1 Vgl. dazu diverse Materialien des Kuratoriums Deutsche Altershilfe, Köln
2 H. Häfner: Psychische Gesundheit im Alter, Stuttgart 1986

UNTERBRINGUNGSRATE
IN ALTEN- UND PFLEGEHEIMEN *)

%	4	0.5	0.7	1.5	3.6	8.3	15.1	21.4
	≦60	60/65	65/70	70/75	75/80	80/85	85/90	≧90

* nach: Kuratorium Deutsche Altershilfe, Köln, 4/1988

Das gerontopsychiatrische Krankheitsbild wird geprägt durch Desorientierung und Verwirrtheit bei gleichzeitiger hoher Mobilität und körperlich durchweg guter Verfassung. Medizin, Pflege und Therapie stehen hier noch am Anfang. Nichtsdestoweniger muß sich auch der Gesetzgeber mit den veränderten Bedingungen auseinandersetzen. Das aus dem Jahre 1900 stammende Vormundschafts- und Pflegschaftsrecht muß dringend neu gestaltet werden. Ziel des 1989 vorgelegten Betreuungsgesetzes ist, daß auch im letzten Lebensabschnitt Betreuungsbedürftige ihr Leben nach eigenen Vorstellungen führen können und nicht anonym verwaltet werden.

Freizeit – Kultur

Nach Kriegsende war eine Arbeitszeit von 50 Stunden pro Woche durchaus üblich. Noch 1955 wurde überwiegend 48 Stunden je Woche gearbeitet. Die angestrebte 45-Stunden-Woche wurde erst 1958 Wirklichkeit. Danach dauerte es 15 Jahre, bis die 40-Stunden-Woche bei knapp der Hälfte aller Arbeitnehmer eingeführt, und nochmals 10 Jahre, bis sie fast überall durchgesetzt war.

Im Gefolge dieser Auseinandersetzungen haben Meinungsforschungsinstitute versucht, weiteres Licht in das im Grunde unbekannte Freizeitverhalten der Deutschen zu bringen.

Das Schlagwort «zuviel freie Zeit» ist vor allem wegen der zumeist ungenauen und willkürlichen Verwendung des Freizeitbegriffes recht fragwürdig. Eine Arbeitszeitverkürzung, die lediglich eine Verlängerung der betrieblichen Rolle in die Freizeit hinein bedeutet, in der der Arbeitnehmer statusgemäß seine «schöpferische Muße» auf programmierbare Stekkenpferde lenkt, kann noch nicht als freie Zeit verstanden werden. Freie, selbstbestimmte Zeit, eine Zeit, die der Autonomie des einzelnen verfügbar ist, seine eigenen Bedürfnisse zu befriedigen, geht nicht in bloßer Muße auf. «Freie Zeit gehört zu einer freien Gesellschaft, Freizeit zu einer repressiven.»[1]

Angesichts der Problematik jeder Definition von Freizeit ist auch die Frage nach dem Umfang der «Freizeit» und ihrer anteiligen Verwendung kaum zu beantworten. Es können allenfalls einige Faktoren genannt werden, die darauf Einfluß haben. Der Umfang der freien Zeit hängt zuerst einmal von der tatsächlichen Arbeitszeit ab, die zwischen und auch innerhalb einzelner Berufsgruppen sehr starke Unterschiede aufweist. Darüber hinaus ist die Zahl der Überstunden, die neben der regulären Arbeitszeit geleistet werden, zu berücksichtigen. Sie aber können wie die ebenso häufigen Nebenbeschäftigungen und «Schwarzarbeiten» in ihrer zeitlichen Ausdehnung nicht erfaßt werden. Dabei taucht zugleich ein Paradox auf. Es wird nämlich sehr häufig gerade deshalb länger gearbeitet und mehr verdient, um in einem größeren Umfang die Güter zu erwerben, die man für besondere Freizeitbetätigungen benötigt, vom Auto angefangen über den Urlaub bis zum Rasenmäher. Es wird also freie Zeit zugunsten von Freizeitinteressen eingeschränkt.

Ein weiterer Faktor, der den Umfang der Freizeit mitbestimmt, ist die Länge des Arbeitsweges. Die Verlagerung größerer Wohngebiete an die Peripherie der Stadt, der ungenügende Ausbau der öffentlichen Verkehrsmittel und die Verstopfung der Straßen lassen den Arbeitsweg nicht selten auf weit mehr als eine Stunde pro Tag anwachsen, womit ein Teil der gewonnenen Arbeitszeitverkürzung bereits wieder verbraucht ist.

Weiterhin fällt das Alter und der Familienstand auf die Länge der Freizeit ins Gewicht. Gerade bei den Jugendlichen ist die Schlafenszeit in der Regel länger als bei den Erwachsenen. Es ist außerdem ein erheblicher Unterschied für die zur Verfügung stehende freie Zeit, ob jemand ledig, verheiratet, kinderlos ist oder ob er Kinder zu versorgen hat, sich mit ihnen abgeben muß und z. B. ihre Schulaufgaben durchzusprechen hat. Hier wird zugleich auch deutlich, daß mehrere freizeitbeschneidende

1 H. Marcuse: Ideen zu einer kritischen Theorie der Gesellschaft, Frankfurt 1969, S. 175

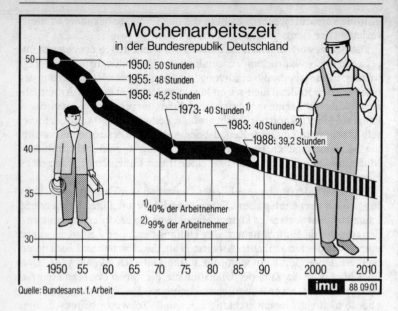

Wochenarbeitszeit
in der Bundesrepublik Deutschland

1950: 50 Stunden
1955: 48 Stunden
1958: 45,2 Stunden
1973: 40 Stunden[1]
1983: 40 Stunden[2]
1988: 39,2 Stunden

[1] 40% der Arbeitnehmer
[2] 99% der Arbeitnehmer

Quelle: Bundesanst. f. Arbeit

imu 88 09 01

Faktoren zusammentreffen können. Nicht zuletzt dürften sich beachtliche Unterschiede in der Länge der Freizeit für die einzelnen sozialen
Schichten ergeben, auch darüber lieben jedoch noch keine Unterlagen
vor. Vermehrte Freizeit ist heute grundsätzlich allen gegeben. Ihr Umfang hängt jedoch von vielfältigen, keineswegs in der Verfügungsgewalt
des einzelnen stehenden Momenten ab. Die allgemeine Entwicklung geht
dahin, im steigendem Maße die Freizeit gemeinsam in und mit der Familie zu verbringen. Von dieser Tendenz bleibt der Ablösungsprozeß der
Jugendlichen von der Elternfamilie unberührt. Jugendliche verbringen
ihre Freizeit mit zunehmendem Alter mehr außerhalb der Familie.

Den meisten Berufstätigen – hier müssen selbstverständlich Durchschnittswerte genannt werden – bleiben zunächst an jedem Werktag-
abend die etwa drei bis vier Stunden von der Rückkehr nach Hause bis
zum Schlafengehen. Diese rund 15–20 Stunden freier Zeit dürften in der
Regel ganz anders verbracht werden als die ebenfalls 15 Stunden an den
zwei Tagen des Wochenendes. Schließlich ist auch die «große» freie Zeit
in die Überlegungen einzubeziehen, der Urlaub. Vor allem während des
Urlaubs und des verlängerten Wochenendes lassen sich deutliche Unterschiede im Freizeitverhalten der sozialen Schichten vermuten.

Sucht man nach Informationen über die allabendlichen Freizeitbeschäftigungen der westdeutschen Bevölkerung, so fällt zuerst wieder die

Einengung des Blickfeldes vieler Freizeituntersuchungen auf. In fast allen Arbeiten, die zu diesem Thema durchgeführt werden, fehlen gerade die Tätigkeiten, die unauffällig sind, die regelmäßig oder unregelmäßig ablaufen, wie das Vertun der Zeit, das Gespräch mit dem Nachbarn, der Aufenthalt in der Familie. Zunächst wird doch die freie Zeit aufgebraucht für Essen und Essenszubereitung, für Körperpflege, häusliche Arbeiten, für die Kinder (siehe Abbildung Seite 424).

Erhebungen deuten darauf hin, daß der erwachsene Bundesbürger im Durchschnitt mehr als dreieinhalb Stunden pro Werktag auf die Nutzung der drei Medien Fernsehen, Hörfunk und Tageszeitung verwendet. In Haushalten, die über ein Fernsehgerät verfügen, entfallen von dieser Zeit allein über zwei Stunden auf das Fernsehen. Während das Radio hauptsächlich am Vormittag eingeschaltet und die Tagezeitung am frühen Morgen und am frühen Abend am häufigsten gelesen wird, dominiert das Fernsehen ab 18 Uhr. Insbesondere das werbungsbesetzte Vorabend-Programm hat hohe Einschaltquoten. An einem durchschnittlichen Werktag erreicht das Fernsehen dann weit mehr als die Hälfte der erwachsenen Bundesbürger. Diese Zahl läßt deutlich werden, wie sehr sich hier die Gewohnheiten verschiedener Bevölkerungsgruppen ähneln. Millionen Familien stellen ihren abendlichen Lebensrhythmus auf die Sendezeiten des Fernsehens ein.[1]

Der Bedeutungsgewinn des Fernsehens für die abendliche Unterhaltung steht in direktem Zusammenhang mit dem seit 1957 bemerkbaren Rückgang des Kinobesuches. Die Hälfte der westdeutschen Bevölkerung geht so gut wie nie, ein Drittel gelegentlich und ein Fünftel häufiger ins Kino. Die Hälfte der regelmäßigen Fernsehzuschauer geht so gut wie nie ins Kino.

Der Filmbesuch ist weitgehend eine Freizeitbetätigung der jüngeren Leute. Von den 16- bis 24jährigen Jugendlichen sind gut 70 v. H. häufige Kinogänger. Diese Häufigkeit ist sicherlich dadurch mitbedingt, daß das Kino für zahlreiche informelle jugendliche Gruppen zunächst nur Treffpunkt oder «Stammlokal» ist, in dem man sich unabhängig vom Filmprogramm einfindet. Die Jugendlichen sehen dafür auch seltener Fernsehsendungen. Das ist nicht verwunderlich, wenn man bedenkt, daß trotz der allgemein beobachteten Familienbezogenheit der Jugendlichen viele von ihnen einen Großteil ihrer Freizeit außerhalb der Familie im Kreis von Gleichaltrigen verbringen.

Die wesentlichen Unterschiede im Freizeitverhalten aufgrund des Einkommens, des Alters, des Bildungsniveaus, der Erziehungsstile werden

---

1 N. Postmann: Das Verschwinden der Kindheit, Frankfurt 1983; ders.: Wir amüsieren uns zu Tode, Frankfurt 1985; M. Grewe-Partsch und J. Groebel (Hrsg.): Mensch und Medien, München 1987

So wollen wir morgen leben ...

Freizeit (-Wunsch) für die Zeit nach dem Jahr 2000

Zeit für sich

51% Hobby
43% Muße
43% Reisen
27% Sport

Zeit für andere

45% Familie
41% Freunde
17% Soziales Engagement
15% Freiwillige Mitarbeit

Zeit zum Tätigsein

30% Garten
13% Do-it-yourself
9% Schwarzarbeit
8% Nebentätigkeit

Zeit zur Weiterbildung

23% Kulturangebote
20% Bildung
13% Freizeitakademie
9% Universität

... und so leben wir heute

Freizeit (-Wirklichkeit) im Jahr 1988

Zeit für sich

90% Fernsehen
62% Telefonieren
50% Ausschlafen
47% Reisen
38% Faulenzen
18% Sport

Zeit für andere

30% Familie
53% Freunde
6% Soziales Engagement
5% Freiwillige Mitarbeit

Zeit zum Tätigsein

39% Garten
22% Do-it-yourself
5% Schwarzarbeit

Zeit zur Weiterbildung

3% Kulturangebote
9% Bildung

eigentlich erst am Wochenende sichtbar. Das bedeutet nicht unbedingt, daß man mehr zu Hause bleibt, sondern daß man auch außerhalb der eigenen Wohnung mehr mit der Familie zusammen ist. Da an den Wochenenden sehr vielfältig und sehr ungleichmäßig von den verschiedenen Möglichkeiten, die Freizeit zu verbringen, Gebrauch gemacht wird, würden detaillierte Angaben für die einzelnen Bevölkerungsgruppen nur verwirren, zumal die vorliegenden Untersuchungen und Umfragen sehr uneinheitlich in ihrer Anlage und damit kaum vergleichbar in ihren Ergebnissen sind. Es soll darum an dieser Stelle lediglich auf die Teilnahme an Sport- und Vereinsveranstaltungen hingewiesen werden. Etwa 40 v. H. der Erwachsenen gehören als Mitglieder einem oder mehreren solcher Vereine und Organisationen an.

Was die finanziellen Aufwendungen für die Freizeit anbelangt, sei hier an zwei parallele Aussagen erinnert, die im Zusammenhang mit dem Konsum- und dem Freizeitverhalten bereits gemacht wurden. Einmal ist ein Anstieg der Ausgaben für die Wohnung und ihre Einrichtung festzustellen, zum anderen eine verstärkte Hinwendung zur häuslichen Freizeitgestaltung. Auch hier werden für eine teurere Freizeit in der behaglichen, komfortablen, aufwendigen Wohnung erhöhte Anstrengungen unter teilweisem Verzicht auf Freizeit gemacht.

Allein in einem Teilbereich, der Entwicklung auf dem Heimwerkermarkt, wird dies besonders deutlich: Von 1978 zu 1988 stieg die Anzahl der Bau- und Heimwerkermärkte von 435 auf 1569, der Jahresumsatz dieser Märkte von 2,0 auf 9,5 Milliarden DM. Bei den übrigen Freizeitausgaben zeigt sich folgendes (siehe Seite 426):

Der mehr oder weniger regelmäßige sonntägliche Kirchgang gehört für knapp ein Viertel der westdeutschen Bevölkerung zum Wochenende. Das besagt freilich noch nichts über die Religiosität der Bundesbürger oder die Bedeutung der Religion für die Gesellschaft der Bundesrepublik. Der Zweite Weltkrieg und die ihm nachfolgende Zeit haben für die Bundesrepublik konfessionelle Verschiebungen größten Umfangs mit sich gebracht. Im Bundesgebiet hat sich dadurch zahlenmäßig nahezu ein Gleichgewicht zwischen Protestanten und Katholiken ergeben. Waren in Deutschland 1871 62 v. H. der Bevölkerung evangelisch und 36 v. H. katholisch, so gehörten 1986 rd. 40,8 v. H. (rd. 24,9 Millionen) der Einwohner der Bundesrepublik der Evangelischen Kirche in Deutschland und den evangelischen Freikirchen sowie rd. 43 v. H. (rd. 26,3 Millionen) der römisch-katholischen Kirche einschließlich der unierten Riten an.[1] Zur jüdischen Religionsgemeinschaft zählten rund 27500 Mitglieder. Die üb-

1 Angaben des Statistischen Bundesamtes (1983) auf der fortgeschriebenen Basis der Volkszählung von 1970. Vgl. auch J. Hack: Gesellschaft und Religion in der BRD, Heidelberg 1980

Jährliche Freizeitausgaben von 4-Personen-Arbeitnehmerhaushalten mit mittlerem Einkommen

Ausgaben insgesamt in DM

1972 — 2 173
1977 — 3 949
1982 — 5 142
1987 — 6 336 DM

Aufteilung 1987 in DM

Auto (nur Freizeitzwecke) 892
Spiele, Spielzeug 325
Radio, Fernsehen, Video 754
Garten, Haustiere 483
Bücher, Zeitungen, Zeitschriften 586
Kino, Theater, Konzert 355
Sport, Camping 779
Foto, Film 195
Urlaub DM 1 467
sonstige Ausgaben 500

DIE ZEIT/GLOBUS   Quelle: Statistisches Bundesamt

rige Bevölkerung verteilte sich auf christlich orientierte Sondergemeinschaften (rund 600 000), auf die freireligiösen und weltanschaulichen Gemeinschaften und andere Weltreligionen (rund 800 000) bzw. bekannte sich nicht zu einer Religion oder religiösen Gemeinschaft.

Die starken Wanderungsbewegungen der letzten drei Jahrzehnte haben auch die alten Diasporaräume aufgefüllt und vor allem in den Städten zu einer erheblichen Konfessionsvermischung geführt.

Das konfessionelle Bild hat sich gewandelt. Auch die regionale Verbreitung der Konfessionen ist differenzierter geworden. Die Verallgemeinerung, es gäbe in der Bundesrepublik einen evangelischen Norden und einen katholischen Süden, ist allzu pauschal, als daß damit die Konfessionsverhältnisse erfaßt werden könnten. Die Vielfalt der Mischungen des Konfessionsverhältnisses ist noch besonders dadurch gekennzeichnet, daß Kreise mit vorwiegend evangelischer Bevölkerung neben Kreisen mit vorwiegend katholischer Bevölkerung liegen und auch innerhalb der Kreise evangelische und katholische Gemeinden aneinandergrenzen. Die im Gefolge der Reformation aufgetretene regionale Zersplitterung der Konfessionen hatte über Jahrhunderte allen Wanderungen getrotzt. Die Vermischung und Beseitigung der Grenzen begann erst nach der Jahrhundertwende in den Städten, um dann nach 1945 auch auf das Land überzugreifen. Vernachlässigt man die regionalen Unterschiede, so sind die Katholiken auf dem Lande, die Protestanten in den Städten stärker vertreten. Auf die damit verbundenen sozialstrukturellen Abstände und unterschiedlichen Bildungschancen ist bereits hingewiesen worden.

Die Religionssoziologie hat sich lange darauf beschränkt, ihre Aussagen fast ausschließlich an Zahlen über kirchliche Taufen, Mischehen, Kommunion, Abendmahl und Kirchenaustritte zu orientieren. Erst in jüngerer Zeit versucht man, den verschiedenen Stufen einer Beteiligung und Identifikation mit den Zielen und Werten der Kirche nachzugehen. Der sonntägliche Kirchgang und Gottesdienst hat in den beiden großen Kirchen unterschiedliche Bedeutung. Dennoch läßt sich die Lockerung der kirchlichen Bindungen besonders am Rückgang des Kirchenbesuchs ablesen: 1953 gingen noch rund 60 v. H. der Katholiken regelmäßig in die Kirche, 1980 dagegen nur noch 36,7 v. H. Und während damals noch rund 18 v. H. der evangelischen Christen wenigstens einmal in der Woche den Gottesdienst besuchten, waren es 1980 nur noch 4,9 v. H.

Kirchgangshäufigkeit von Katholiken und Protestanten 1980[1]

Kirchgang	Insgesamt %	Katholiken %	Protestanten %
regelmäßig	19,2	36,7	4,9
unregelmäßig (mindestens ein paarmal jährlich)	35,5	31,6	38,7
nie	45,3	31,7	56,4

1 W. Glatzer und W. Zapf (Hrsg.): Lebensqualität in der Bundesrepublik, Frankfurt 1984, S. 165

Die regelmäßigen Kirchenbesucher sind dabei am ehesten unter den Frauen, den Dorfbewohnern und den älteren Menschen zu finden.

Eine seit den sechziger Jahren stark angestiegene Zahl von Kirchenaustritten könnte ein Indiz dafür sein, daß die Kirchen als Glaubensgemeinschaften für größere Teile der Bevölkerung an Bedeutung verlieren. Der Höhepunkt dieser Austrittsbewegung scheint aber inzwischen überschritten zu sein.

Kirchenaustritte

	1970	1980	1986
ev. Kirche	202823	119814	138981
kath. Kirche	69454	66438	75919

Aus: Statistische Jahrbücher für die Bundesrepublik Deutschland

Es lassen sich kaum Aussagen darüber machen, welche Bedeutung die Kirchen und kirchliche Bindungen für die «Soziokultur» der Bundesrepublik haben und in Zukunft haben werden (Friedensbewegung, Kirchentage, soziale Dienste und Wohlfahrtsverbände), inwieweit sie das Verhalten ihrer Mitglieder wirklich prägen oder diesen eher als gelegentliche

«Zuflucht» dienen. Immerhin dürfte feststehen, daß die Orientierung an kirchlich vermittelten Normen und die Teilnahme am sozialen Leben der Kirchen und ihrer verschiedenen Gruppen und Organisationen innerhalb des soziokulturellen Systems der Bundesrepublik Faktoren darstellen, deren Stellenwert von anderen gesellschaftlichen Großverbänden nicht erreicht wird und deren Ablösung durch neue Formen organisierter «normativer» Bindung nicht zu erwarten ist.

In den letzten Jahren ist vornehmlich bei jungen Leuten eine Tendenz erkennbar, die auf einen Wandel der Werte, auf eine «alternative Kultur» hinauszulaufen scheint. Bei aller Vielfältigkeit der Motive, Konzepte und Ausdrucksformen lassen sich bei Bewegungen dieser Art einige vorherrschende Linien feststellen:

Die Alternativbewegungen wenden sich gegen die hochgradige Institutionalisierung sozialer Interaktion oder Regulierung, zugleich gegen die «Großflächigkeit» der entsprechenden Institutionen. Sie wenden sich gegen die Zentralisierung von Entscheidungsmöglichkeiten in den Institutionen oder Organisationen, gegen die damit einhergehende Anonymität und Unüberschaubarkeit der Herausbildung eines kollektiven Willens, gegen die mit zunehmender Institutionalisierung verbundenen bürokratischen Verhaltensweisen. Sie begehren auf gegen die Mediatisierung der Kommunikation, gegen die Spezialisierung von Funktionen, gegen die immer mehr sich ausdehnende gesellschaftliche Arbeitsteilung. Zum Teil verbindet sich mit diesem Protest eine Abwendung von «universalistischen» Maßstäben für soziales Verhalten oder gesellschaftliches Leben, von der Zweckrationalität der Formen sozialer Organisation.

Der Katalog der Kritikpunkte oder der Konfliktstellen ließe sich fortsetzen; positiv gewendet, laufen solche Einstellungen darauf hinaus, daß an die Stelle der heute vorherrschenden *sekundären* Systeme von Lebensvollzügen oder Lebensregelungen, die als entfremdet und entfremdend empfunden werden, *primäre* Möglichkeiten der Interaktion, der Erfahrung, des Handelns treten sollen, überschaubare Regelungen und Entscheidungsstrukturen im Zusammenleben von Menschen. Dem entspricht, pauschal gegeneinandergestellt, daß der Gruppe, der Kleingruppe vor allem, der Vorzug gegeben wird gegenüber der großräumigen Institution.

Man kann diese durchgängige Tendenz alternativer Modelle oder Versuche sozialer Regelungen in verschiedenen Bereichen finden: in den Bemühungen, gegen die Zentralstaatlichkeit den Regionalismus oder die kommunale Politik wiederzubeleben; in den Experimenten, überschaubare und selbstverwaltete neue Einheiten für Arbeit und Produktion, Genossenschaften wiederherzustellen und dabei die Trennung von Hand- und Kopfarbeit aufzuheben; in den Versuchen einer Erziehung und Bildung in kleinen, dem staatlichen Schematismus entrückten Alternativ-

schulen; in den Bestrebungen, die politischen und sozialen Großver-
bände (z. B. Parteien, Gewerkschaften) durch kleine und spontane Gruppierungen der Interessenvertretung, durch Basisgruppen, Bürgerinitiativen u. ä. zu konterkarieren oder gar zu ersetzen; in den Experimenten
ländlich angesiedelter Wohngemeinschaften anstelle der gleichförmigen
großstädtischen Wohnquartiere.

Unter den Folgeerscheinungen der industriellen Umformung der Lebensverhältnisse dürfte besonders wichtig und problematisch sein, daß
die Zwischenstrukturen weitgehend entfallen sind und in ihren Restbe-
ständen zur Zeit sich auflösen, die ehedem in dem weiten Abstand zwischen dem Individuum und den staatlich-gesellschaftlichen Großverbänden und Institutionen angesiedelt waren, also z. B. Nachbarschafts- und
Verwandtschaftszusammenhänge (als dauerhafte und verbindliche Strukturen), kontinuierliche soziale Gruppenbeziehungen am Arbeitsplatz
oder traditionelle Freizeitgesellungen (die ja früher oft sozial verpflich-
tende Züge hatten).

Ferner dürfte ein wesentlicher Wirkungsfaktor darin liegen, daß gerade in der westdeutschen Gesellschaft seit einigen Jahrzehnten jene kollektiven und «organisierten» sozialen Utopien, die früher den Vorgang
der Durchsetzung des Industriekapitalismus als Opposition begleiteten
und eine Perspektive seiner Transformation anboten, ihre für breite Bevölkerungsgruppen prägende Kraft verlieren oder verloren haben. Dies
gilt, aus teils gleichlaufenden, teils unterschiedlichen Gründen, z. B. sowohl für die traditionelle sozialistische Arbeiterbewegung wie für den po-
pulistischen Sozialkatholizismus, um nur die historisch gewichtigsten dieser kollektiven Utopien zu nennen. Das Versickern oder Verschwinden
dieser zur Industriegesellschaft querliegenden sozialen Milieus, mit denen sich ja nicht nur Hoffnungen auf eine andere künftige Gesellschaft,
sondern auch gegenwärtige kollektive Aktivitäten, Geselligkeiten und
Kommunikationschancen verbanden, die also Lebenserfüllung hier und
jetzt bedeuteten, hat gewiß zur sozialen Verunsicherung und Verödung
beigetragen und das Bedürfnis geweckt, Ersatz für das Verlorene in der
Primärgruppe zu suchen – wo auch immer.

Genau hier treten Probleme auf. Das Bedürfnis nach Unmittelbarkeit,
Überschaubarkeit und Intensität von sozialen Bindungen und Inter-
aktionen, das legitimerweise nach Realisierung sucht, liegt oft ganz in der
Nähe des Wunsches nach einem «einfachen Leben» in Sachen Gesellschaft oder Politik. Darin kann ein Fluchtverhalten stecken. Die Flüch-
tenden werden zwar von der gesellschaftlichen Wirklichkeit rasch wieder
eingeholt, aber die allzu große Distanz zwischen Wunschbild und Realität
läßt oft nur Frustration übrig, und das Innovationspotential, das der Kritik und Initiative zunächst innewohnte, ist dann leicht destruiert.

Wenn nicht alles täuscht, wirkt in den Leitbildern mancher Alternativer auch eine schwarz-weiß-malende Polarisierung von «Gesellschaft» und «Gemeinschaft» mit, die gerade in der deutschen Geistesgeschichte eine durchaus negative Vorläuferschaft hat. In dieser Polarisierung, in der einseitigen Bevorzugung des Typs «Gemeinschaft», liegt oft eine riskante Verachtung formeller und institutioneller Regelungen und Rechte – die eben *auch* Freiheit bedeuten können, so wie umgekehrt die «Intimgruppe» eben *auch* in psychische Gewaltanwendung umschlagen kann. Es gibt keinen Grund für die Annahme, daß die «Gemeinschaft» als emotional getragene Kleingruppe in jedem Falle und für alle Lebensprobleme bzw. unter allen Lebensbedingungen bessere Lösungen bereithalte als die auf Vertrag und Vernunft beruhende, institutionell geregelte «Gesellschaft». In der Polarisierung von «Gemeinschaft» und «Gesellschaft» und in der Abwertung der zweitgenannten Sozialform schwingt auch die überkommene Gegenüberstellung von (positiv gewerteter) «deutscher Kultur» im Sinne von «Gefühlstiefe» und (negativ gewerteter) «westlicher» oder «römischer» Zivilisation im Sinne von «Verstandeskälte» mit. Die Glorifizierung deutscher Gefühlstiefe war, historisch betrachtet, nur zu leicht instrumentalisierbar für die Irrationalität des Faschismus in Deutschland, der schließlich die «Volksgemeinschaft» durch Konzentrationslager herbeizuführen versuchte. Hier schrecken die Spuren einstiger Gemeinschaftsseligkeit.[1]

Aber auch wenn man einen politisch verführbaren Gemeinschaftskult heute nicht mehr als Problem für gegeben hält, bleibt doch die Frage, ob nicht die allzu einseitige Fixierung auf *Primär*erfahrung, *Klein*gruppe, *unmittelbare* soziale Interaktion usw. in eine Denk- und Verhaltensweise hineingeraten kann, die gegenüber der (zu verändernden) Wirklichkeit von Gesellschaft ohnmächtig bleibt und von den dort notwendigen Interventionen eher ablenkt, deshalb nämlich, weil hier eine nicht zu umgehende Ebene der Auseinandersetzung und Veränderung, die der Großgruppen, der institutionellen Regelungen, der primäre Lebenswelten übergreifenden Entscheidung, sozusagen freiwillig geräumt wird.

Es könnte sein, daß manche Positionsinhaber in den gesellschaftlichen Großverbänden, in Parteien oder Amtskirchen, es gar nicht so ungern sähen, wenn kritische Bewegungen in eine «zweite Kultur» der alternativen Kleingruppen abwandern und sich dort gegenüber der jeweils herrschenden Kultur abkapseln, also ihr eigenes Getto schaffen. Einkapselung oder Selbstabschottung oppositioneller Ansätze im Terrain der Subkulturen ist, wie man aus der Geschichte lernen kann, vielfach ein

---

1 Vgl. im übrigen: A. Klönne: Zurück zur Nation? Kontroversen zu deutschen Fragen, Köln 1984; M. Horx: Die wilden Achtziger. Eine Zeitgeist-Reise durch die Bundesrepublik, München 1987; C. Schnibben: Neues Deutschland. Seltsame Berichte aus der Welt der Bundesbürger, Hamburg 1988; H. M. Enzensberger: Mittelmaß und Wahn, Frankfurt, 2. Aufl. 1988

sozialer Prozeß gewesen, mittels dessen die dominanten Institutionen ihre kritikwürdigen oder veränderungsbedürftigen Inhalte immunisierten und Herrschaft befestigten.

Als 1973 im elsässischen Markolsheim Bürgerinitiativen ein Baugelände besetzten, aus dem eine chemische Fabrik errichtet werden sollte, war das der Anfang einer Ökologiebewegung, die bald auch in verschiedensten bundesdeutschen Regionen neben Jugendlichen Bürger aller Altersgruppen zu Aktionen gegen die Zerstörung der Umwelt durch Kernkraftwerke und Industrieanlagen zusammenführte. Anders als die APO fand die Botschaft der Ökologiebewegung weitaus stärkere Resonanz in der Bevölkerung. Die politische Kultur in der Bundesrepublik hat auch in anderen Bereichen neue Formen der Interessenvertretung Jugendlicher und Erwachsener gefunden: die «sozialen Bewegungen». Anti-Atomkraft-Bewegung, Dritte-Welt-Initiativen, Haus- und Instandbesetzer, Friedensbewegung und auch die traditionsreichste dieser Bewegungen, die Frauenbewegung, finden ihre nachhaltigste Unterstützung in der jüngeren Generation. Damit sind sie auch ein wirksames Gegengewicht zu der ebenfalls bei Jugendlichen vorfindbaren «no future»-Mentalität bis hin zu neo-faschistischen Aktivitäten («Wehrsportgruppe Hoffmann»). Großen Anteil an dieser Entwicklung hat zum einen die gegenseitige Kündigung des ungeschriebenen Generationenvertrags, nach dem bisher jede Generation nach ihren Möglichkeiten für die andere zu sorgen hatte. Heute verweigern sich erhebliche Teile der jüngeren Generation der Aufgabe, für die Zukunft der älteren Generation zu sorgen, und – ob im Reflex oder nicht – die ältere Generation vernachlässigt ihre Verpflichtung gegenüber den Jungen. Zum anderen haben aber auch die Reformkräfte der sozial-liberalen Koalition zu dieser Entwicklung beigetragen, als sie seit Mitte der siebziger Jahre immer mehr konservativen Forderungen nachgaben und damit die Orientierungslosigkeit insbesondere bei den Jugendlichen verstärkten.

Es ist richtig, daß sich die Werthaltungen junger Menschen gegenüber ihrer Umwelt, ihrer Arbeit und insgesamt dem, was in der Reformdiskussion «Lebensqualität» genannt wurde, zunehmend grundsätzlicher von denen der älteren Generation unterscheiden. Falsch wäre es jedoch, die Zukunftsängste vieler Menschen in Fragen der Umwelt, des Friedens und der durch Arbeitslosigkeit drohenden sozialen Deklassierung auf die Lebenswelt der Jugendlichen einzugrenzen[1].

Problematische oder «unvernünftige» Erscheinungsformen und Orien-

---

1 Vgl. dazu: H. A. Pestalozzi u. a. (Hrsg.): Frieden in Deutschland, München 1982; M. Wissmann und R. Hauck (Hrsg.): Jugendprotest im demokratischen Staat, Stuttgart 1983; M. Haller (Hrsg.): Aussteigen oder rebellieren?, Hamburg 1981; J. Huber: Wer soll das alles ändern?, Berlin 1980

tierungen der Alternativgruppen beweisen nicht etwa die Problemlosigkeit oder Vernünftigkeit der in unserer Gesellschaft derzeit dominierenden Positionen und Praktiken. Aber es gibt so etwas wie eigene Verantwortlichkeit oppositioneller Bewegungen für ihre Produktivität. Wer allzusehr sich von dem Wunsch bestimmen läßt, sich in erster Linie und allenthalben «selbst einzubringen», läuft Gefahr, Entwicklungen zuzulassen, in denen die Umweltbedingungen diesem Bedürfnis keinerlei Raum mehr belassen. Und außerdem kommt immer fordernder die Frage der Verantwortlichkeit für die Entwicklung auch der «Dritten Welt» auf unsere Wohlstandsgesellschaft zu.

Schlußbemerkungen

Die Informationen über politische, wirtschaftliche und sozialkulturelle Strukturen in der Bundesrepublik, wie wir sie in diesem Buch vorgestellt und zu interpretieren versucht haben, ergeben in ihrer Zusammenfassung das Bild einer in ihren Normen und Institutionen vergleichsweise stabilen, in ihrer wirtschaftlichen Leistungsfähigkeit hervorragenden und in ihrem System der sozialen Sicherungen und öffentlichen «Dienste» anerkannten Gesellschaft, die aber dennoch ungelöste Probleme mit sich trägt und vor neuen Fragen steht.

Vergleicht man die statistischen Daten historisch, so ergeben sich überall Veränderungen, und die positive Bilanz ist alles in allem noch ansehnlicher als die negative, die sich z. B. in der Arbeitslosigkeit zeigt. Aber die statistischen Veränderungen geschehen schrittweise; nur ein zusammenfassender Blick, der auch in Zahlen nur schwer greifbare oder gar nicht erhobene Erscheinungen mitberücksichtigt, kann ein Bild der tatsächlichen Veränderungen in den 40 Jahren des Bestehens der Bundesrepublik vermitteln.

Schon die auch hier wieder – da arbeitsrechtlich noch relevanten – verwendeten Begriffe «Arbeiter» und «Angestellte», ja, auch «Beamter», täuschen immer mehr. Bereits 1957 wurde festgestellt[1], daß manche «Arbeiter» in Qualifikationen und ansatzweise auch im Einkommen Angestellte weit übertrafen. Unterdessen ist aus einer Gesellschaft, in der man den Menschen ihre Berufe schon an der Kleidung, an den Händen, an ihrer Sprache anmerken konnte, eine moderne Gesellschaft geworden, in der z. B. im Fernsehen den sich auf der Bühne zeigenden Menschen nicht mehr anzusehen ist, wohin man sie – von Alter und Geschlecht abgesehen – einordnen sollte.

Nicht nur «Quotenregelungen» für Frauen und das zunehmende Auftreten von Frauen in «Männertätigkeiten» und auch in herausragenden Positionen, besonders der Politik, sondern auch Studien über die vielfältigen Probleme, denen Frauen aus (besonders ungelernten) Arbeiterhaushalten beim akademischen Aufstieg ausgesetzt sind, verweisen auf verän-

1 D. Claessens, G. Hartfiel, J. Fuhrmann, J. Zirwas: «Arbeiter und Angestellte in der Betriebspyramide», Berlin 1959

derte Problemlagen. Zugleich hat sich das Verhältnis der Geschlechter zueinander grundlegend gewandelt. Unter dem «Emanzipationsdruck» der Frauen, einer jetzt zum Ausdruck gekommenen hohen Artikulationsfähigkeit, die zur Auseinandersetzung mit Verve eingesetzt wird, und der größeren beruflichen und materiellen Selbständigkeit von Frauen, hat sich die Männerwelt in ein schwer zu überschauendes Spektrum aufgefächert, von der nun erlaubt zur Schau getragenen «Schwulheit» über die «Bi» bis zum reaktiv gezeigten oder doch praktizierten «Machismo». Solche Erscheinungen prägen sich verständlicherweise besonders in den Großstädten aus, aber eine weitere Veränderung hat bewirkt, daß der Abstand zwischen Stadt und Land teils bis zur Unkenntlichkeit schrumpft. Das hat nicht nur damit zu tun, daß viele städtische «Agglomerationen» sich weit ins «Land» hineingefressen haben, und daß das Auto nunmehr – man zögert, es zu sagen – wenigstens statistisch jedem zur Verfügung steht; bedeutsamer ist vermutlich der Einfluß des Fernsehens und neuer Medien überhaupt.

Die längst verringerte Distanz zwischen Stadt und Land ist vollends dadurch geschwunden, daß heute jedes Kind die gleichen Informationen erhält wie Erwachsene, ob Nachrichten oder optisch gestützt, Horror oder sexuelle Aufklärung. Das «verstohlen-vertraulich» liegende Dorf gehört der Vergangenheit an. Nicht nur breite Straßen haben es «erschlossen», sondern auch die technisch revolutionierte Kommunikation.

Sprache, Verhaltensweisen, Milieus, Ansichten, Meinungen und Informationen werden teils überregional, teils weltweit im wörtlichen Sinne übertragen.

Hinzu kommen andere Formen der Angleichung. Obwohl sich im Zuge des Rückgriffs auf traditionalistische Leitbilder – mit dem Stichwort «Wende» gekennzeichnet – auch die Unterschiede zwischen niedrigen und höchsten Einkommen wieder erhöht haben, gibt es die im Millionenheer des «öffentlichen Dienstes» fest verorteten «Anrechtsmillionäre», Beamte etwa vom Amtmann an, die, wären sie freie Unternehmer, Millionen-Beträge über Jahrzehnte fest und günstig angelegt haben müßten, um zu eben der Sicherheit relativ hoher Einkommen bis ins höchste Alter zu kommen, die ihnen ihre Stellung verleiht. Für sogenannte «Problemfamilien» aber, häufig alleinstehende Mütter mit mehreren Kindern, aber auch «Problemsingles», nämlich pflegebedürftige alte Menschen, müssen unter Umständen monatlich höhere Aufwendungen der «öffentlichen Hand» gewährt werden als Einkommen bei Gutverdienenden vorhanden sind.

Ob das eine «nivellierte Mittelstandsgesellschaft» im Sinne der Schelsky-These der 50er Jahre ist, ist schwer zu sagen; jedenfalls haben sich aber Anspruchsdenken und fordernde Haltung auf einem so hohen Niveau eingerichtet, daß mit einem solchen Begriff nicht mehr eine Absenkung von Ansprüchen und realisierter Lebenshaltung gemeint sein kann. Zugleich ist der Informationsstand der Bevölkerung allgemein gestiegen; viele Fragen, über die es früher gar kein Gespräch oder nur Stammtischgespräche mit fragwürdigsten Annahmen und grotesken Verkürzungen gab, sind heute ernsthaft abgehandelte Tagesthemen. Auch hier kann «Nivellierung» nur Anhebung meinen.

Insofern könnte man also davon sprechen, daß sich mit der Bundesrepublik ein gesellschaftliches System gefestigt hat, in dem zwar neue soziale Ungleichheiten aufgekommen sind und erhebliche Einkommensdifferenzen bestehen, auch die Aufstiegschancen für Angehörige der «niedrigen» Schichten sich nicht sensationell verbessert haben [1], das aber auf einem so hohen materiellen Niveau steht, daß die Ressourcen (und die Beweglichkeit) für Veränderungen da sein dürften, wenn politisch-gesellschaftliche Willensbildung diese anzielt.

Es ist aber sicherlich im gesellschaftlichen Bewußtsein der Bevölkerung der Bundesrepublik nicht unumstritten, wie ein gemeinsamer Zukunftsentwurf aussehen könnte. Im Kern der Auseinandersetzungen darüber steht – oft noch verdeckt – die Frage, was denn vom Prinzip des gleichen Existenzrechts aller Menschen (und aller Völker) zu halten ist. Noch undeutlich ist auch, wie denn diese Gesellschaft auf längere Sicht mit denjenigen umzugehen gedenkt, die nicht in die Stromlinie hochentwickelter «Leistungsfähigkeit» sich einfügen. Die Vision eines neuen Sozialdarwinismus, auch eines «sanften Faschismus» (etwa im Wege der Eugenik) liegt nicht so fern, wie wir hoffen möchten.

Zu bedenken ist, daß die demokratische Stabilität der Bundesrepublik eine wirkliche Probe aufs Exempel bisher glücklicherweise nicht hat bestehen müssen. Auch wirtschaftliche Rezessionen oder der studentische Protest bis hin zum Terror waren solche Proben – wie sich gezeigt hat – nicht. Es ist durchaus offen, welche Reaktionen es auslösen könnte, wenn weltwirtschaftliche Entwicklungen auch der Bundesrepublik die materiellen Ressourcen einschneidend schmälern und sozialen Konfliktstoff aktualisieren würden. Bereits der Umgang mit der Aussiedlerfrage, die wir freiwillig auf uns gezogen haben, läßt hier nichts Gutes ahnen. Die Wahlerfolge von Rechtsaußenparteien geben als Symptome zu denken.

Daß es gegenwärtig in der Bundesrepublik auf der «Linken» außerhalb eines kleinen jugendlich-intellektuellen Milieus keine politische Bewegung gibt, die eine ernsthafte Fundamentalopposition über die SPD und die «Grünen» hinausgehend darstellt, ist sicher auch dem rasanten Verfall des Ansehens des praktizierenden Sozialismus/Kommunismus zuzurechnen, ein Verfall, der offenbar nur durch Übernahme bisher verfemter

1 Dazu: H. W. Franz, W. Kruse und H. G. Rolff (Hrsg.): Neue alte Ungleichheiten, Opladen 1986

Organisationsformen des sogenannten «Westens» aufzuhalten ist. Es ist also äußerst schwierig, zum in vieler Hinsicht mit Recht kritisierten System einer «freien Marktwirtschaft» (mit kräftiger staatlicher Intervention) eine Alternative zu finden, die als realisierbare Utopie angesehen werden könnte, – ein Dilemma nicht nur vieler Intellektueller, sondern auch praktischer Politiker, die zukunftsorientiert handeln und gestalten wollen.

Es gibt aber objektive Zwänge, die in eine solche Richtung drängen, und daher wäre ein resignativer Pessimismus – der im übrigen nur die beklagten Verhältnisse verfestigen würde – ganz fehl am Platze.

In demselben Maße, in dem das Zutrauen in den nahezu problemlosen Fortschritt mittels wirtschaftlichen Wachstums enttäuscht wird (die Umwelt- und Kernenergiedebatte hat hier vermutlich symptomatischen Charakter), wird die westdeutsche Gesellschaft in die Suche nach einer neuen Identität, nach einer neuen Konsensbildung über gesellschaftliche Prioritäten gezwungen werden.[1] Bei einer Verengung des materiellen Spielraums der westdeutschen Gesellschaft werden auch die unterschiedlichen sozialökonomischen Interessenlagen, die bisher «sozial-partnerschaftlich» überdeckt waren, wieder stärker zutage treten.

Es sind vor allem drei Problemkomplexe, die eine Krisenhaftigkeit des gesellschaftspolitischen Selbstverständnisses in der Bundesrepublik erwarten lassen: Erstens ist die Frage nach der Knappheit natürlicher Ressourcen und nach den Folgen einer Vergeudung und Zerstörung der natürlichen Umwelt durch die hochindustrielle Produktion und Lebensweise auf dramatische Weise gestellt. Sie muß gelöst werden, und zwar in Weltmaßstab.

Zweitens wächst ohne Zweifel das Unbehagen gegenüber der administrativen Überformung aller Lebensbereiche, die immer mehr in die Poren des privaten Alltags eindringt. Soweit Regierungspolitik im öffentlichen Bewußtsein auf Kritik stößt, ist es auch diese Tendenz, die ihr angelastet wird, wobei hier dahingestellt sein mag, ob unter den derzeit gegebenen Bedingungen eine andere Regierung in dieser Sache eine andere Politik betreiben könnte. Großwirtschaft, Expansion der industriellen Technologie und Bürokratisierung stehen jedenfalls in einem engen Zusammenhang.

Drittens wird fragwürdig, ob die Industriegesellschaft des heutigen Typs denn wenigstens ihre materiellen Versprechungen einhalten kann, und dies in einem zentralen Punkt: Ob nämlich die Zusammenballung von Kapital und Technologie in der Großwirtschaft auf lange Sicht gesehen allen Menschen annähernd gleiche Chancen gibt, Beschäftigung, Lebensunterhalt, ausreichende Gesundheitsvorsorge und Alterssicherheit

1 Dazu U. Beck: Gegengifte. Die organisierte Unverantwortlichkeit, Frankfurt 1988

zu finden. So weiß zum Beispiel zur Zeit niemand, wie die Vorstellung, alle Menschen sollten sinnvolle Arbeitsplätze erhalten, eingelöst werden könnte.

Zu fragen ist, ob die Bundesrepublik in ihrer politischen Mentalität auf tiefgreifende gesellschaftliche Konflikte und deren einigermaßen rationale, demokratisch zu regelnde Austragung eingestellt ist. Es gibt viele Anzeichen dafür, daß hierzulande ein Harmonieglaube, der in der politischen Geschichte Deutschlands auf eine höchst fragwürdige Tradition zurückblicken kann, immer noch weit verbreitet ist und den Zugang zu einem realistischen Politikverständnis sehr erschwert. Harmonievorstellungen im Hinblick auf die Gesellschaft enthalten nach allen Erfahrungen das Risiko in sich, im Falle ihrer Enttäuschung in einen Gewaltkult dieser oder jener Art umzuschlagen oder auch in Sündenbock-Ideologien hineinzuführen. Die Art und Weise, in der man sich vielfach in der Bundesrepublik in aufkommenden Problemsituationen gegenüber Minderheiten verhält (etwa bei zunehmender Arbeitslosigkeit gegenüber Ausländern), stimmt nachdenklich. Auch die Kurzschlüssigkeit, mit der in Reaktion auf die Terrorakte der sogenannten «RAF» der Ruf nach dem starken Staat aufkam, deutet nicht gerade auf demokratische Selbstgewißheit hin. Wie «wetterfest» ist das Grundgesetz? Überlegungen dieser Art führen noch einmal zur Entstehungssituation der westdeutschen Demokratie zurück: Die politische Form der Bundesrepublik ist eben nicht Resultat einer Bewegung von unten her gewesen, sondern die Zerschlagung des Faschismus und der zweite Versuch einer Demokratie in Deutschland waren zunächst der militärischen Niederlage, dem Eingriff von außen her zu verdanken. Die «Verinnerlichung» einer freiheitlichen Verfassung, die historisch so zustande kam, ist gewiß nur als ein langwieriger Prozeß vorstellbar.[1] Der wirtschaftlich-soziale Aufstieg seit den Fünfziger Jahren (das sogenannte Wirtschaftswunder) hat die Eingewöhnung der Westdeutschen in Liberalität und politischen Rationalismus wesentlich erleichtert, aber es bildet sich neuer Problemdruck heraus. Insofern haben Demokratie und Menschenrechtspolitik ihre eigentlichen Bewährungsproben vermutlich erst noch vor sich.

1 Hierzu W. Röhrich: Die Demokratie der Westdeutschen. Geschichte und politisches Klima einer Republik, München 1988

Literaturhinweise

Die folgende Literaturübersicht umfaßt nicht sämtliche Veröffentlichungen, die für dieses Buch herangezogen wurden; Angaben hierzu
sind den Fußnoten zu entnehmen. Hier werden nur solche Titel genannt,
die dem Leser zur breiteren Information über die politischen und sozialökonomischen Verhältnisse in der Bundesrepublik nützlich sein können,
also gewissermaßen «Standardlektüre» darstellen.

Abelshauser, W., Wirtschaftsgeschichte der Bundesrepublik Deutschland, Frankfurt 1983

Adorno, Th. W. (Hrsg.), Spätkapitalismus oder Industriegesellschaft?
Verhandlungen d. 16 Dt. Soziologentags, Stuttgart 1969

Alemann, U. v., und Heinze, R. (Hrsg.), Verbände und Staat, Opladen
1981

Alemann, U. v., Organisierte Interessen in der Bundesrepublik, Opladen
1987

Ballerstedt, E. u. Glatzer, W., Soziologischer Almanach, Frankfurt
1980

Baumert, J. u. a., Bildung in der Bundesrepublik Deutschland, 2 Bde.,
Reinbek 1980

Beck, U., Risikogesellschaft, Frankfurt 1986

– ders., Gegengife, Frankfurt 1988

Beck-Gernsheim, E., Das halbierte Leben, Frankfurt 1985

Benz, W. u. a., Westdeutschlands Weg zur Bundesrepublik, München
1976

– ders. (Hrsg.), Die Bundesrepublik Deutschland – Geschichte in drei
Bänden, Frankfurt 1983

Bergmann, J. u. a., Gewerkschaften in der Bundesrepublik, 2 Bde., Köln
und Frankfurt 1976, 1977

Bonß, W. und Heinze, R. G. (Hrsg.), Arbeitslosigkeit in der Arbeitsgesellschaft, Frankfurt 1984

Brand, K.-W. u. a., Aufbruch in eine andere Gesellschaft, Frankfurt
1983

Claessens, D. und K., Kapitalismus als Kultur, Frankfurt 1979

Bundesminister für Arbeit und Sozialordnung (Hrsg.), Wirtschaftlicher und sozialer Wandel in der Bundesrepublik, Göttingen 1977

Dahrendorf, R., Gesellschaft und Demokratie in Deutschland, München 1971

Däubler, W., Das Arbeitsrecht, Reinbek 1976

Dittberner, J. (Hrsg.), Parteiensystem in der Legitimationskrise, Opladen 1973

Ellwein, Th., Das Regierungssystem der Bundesrepublik, Opladen 1987

Friedrichs, J. u. a., Süd-Nord-Gefälle in der Bundesrepublik, Opladen 1986

Fürstenberg, F., Die Sozialstruktur der Bundesrepublik, Köln–Opladen 1975

Gerhardt, U. und Schütze, Y. (Hrsg.), Frauensituation, Frankfurt 1988

Gerlach, F., Jugend ohne Arbeit und Beruf, Frankfurt 1983

Glastetter, W., Die wirtschaftliche Entwicklung der Bundesrepublik, im Zeitraum von 1950 bis 1975, Berlin 1977

Glatzer, W. und Zapf, W. (Hrsg.), Lebensqualität in der Bundesrepublik Deutschland, Frankfurt 1984

Greiffenhagen, M. u. S., Ein schwieriges Vaterland, München 1979

Guggenberger, B., Bürgerinitiativen in der Parteiendemokratie, Stuttgart 1980

Harten, H. C., Strukturelle Jugendarbeitslosigkeit, München 1977

– ders. u. Flitner, Arbeitslosigkeit, Reinbek 1980

Hartwich, H. H., Sozialstaatspostulat und gesellschaftlicher Status quo, Opladen 1978

Heinze, R. G., Der Arbeitsschock – Die Erwerbsgesellschaft in der Krise, Köln 1984

– ders. und Hombach, B. (Hrsg.), Sozialstaat 2000, Bonn 1987

Häußermann, H. und Siebel, W., Neue Urbanität, Frankfurt 1987

Holzer, H., Medien in der Bundesrepublik Deutschland, Köln 1980

Hradil, S., Soziale Schichtung in der Bundesrepublik, München 1977

Hübner, E. und Rohlfs, H. H., Jahrbuch der Bundesrepublik Deutschland, München 1989

Hurrelmann, K., Erziehungssystem und Gesellschaft, Reinbek 1975

Kaack, H., Geschichte und Struktur des deutschen Parteiensystems, Köln–Opladen 1972

Klemm, K. u. a., Bildung für das Jahr 2000, Reinbek 1988

Kleßmann, C., Die doppelte Staatsgründung, Bonn 1982

Klönne, A., Die deutsche Arbeiterbewegung, Düsseldorf 1985

– ders., Zurück zur Nation?, Köln 1984

Korte, H. (Hrsg.), Soziologie der Stadt, München 1972

– ders., Eine Gesellschaft im Aufbruch, Frankfurt 1987

Kreckel, R. (Hrsg.), Soziale Ungleichheiten, Göttingen 1983

Krupp, H. J. und Schupp, J. (Hrsg.), Lebenslagen im Wandel, Frankfurt 1988

Langer-El Sayed, J., Familienpolitik, Frankfurt 1980

Laufer, H., Das föderative System der Bundesrepublik, München 1973

Lehmbruch, G., Parteienwettbewerb im Bundesstaat, Stuttgart 1976

Leibfried, S. u. Tennstedt, F., Politik der Armut, Frankfurt 1984

Littek, W. u. a., Einführung in die Arbeits- und Industriesoziologie, Frankfurt 1983

Lompe, K. (Hrsg.), Techniktheorie, Technikforschung, Technikgestaltung, Opladen 1987

Lutz, B., Der kurze Traum immerwährender Prosperität, Frankfurt 1984

Menschik, J., Gleichberechtigung oder Emanzipation – Die Frau im Erwerbsleben der Bundesrepublik, Frankfurt 1971

Milhoffer, P., Familie und Klasse, Frankfurt 1973

Müller-Jentsch, W., Soziologie der industriellen Beziehungen, Frankfurt 1986

Murswieck, A. (Hrsg.), Staatliche Politik im Sozialsektor, München 1976

Narr, W. D. (Hrsg.), Auf dem Weg zum Einparteienstaat, Opladen 1977

– ders. (Hrsg.), Politik und Ökonomie, Opladen 1975

Offe, C., Arbeitsgesellschaft – Strukturprobleme und Zukunftsperspektiven, Frankfurt 1984

Pilz, F., Das sozialstaatliche System der Bundesrepublik, München 1988

Reichel, P. (Hrsg.), Politische Kulturen in Westeuropa, Frankfurt 1984

Ridder, H., Die soziale Ordnung des Grundgesetzes, Opladen 1975

Röhrich, W., Die Demokratie der Westdeutschen, München 1988

Rupp, H. K., Politische Geschichte der Bundesrepublik Deutschland, Stuttgart 1982

Schäfers, B., Sozialstruktur und Wandel der Bundesrepublik Deutschland, Stuttgart/München 1984

Simonis, U. E. (Hrsg.), Präventive Umweltpolitik, Frankfurt 1988

Staritz, D. (Hrsg.), Das Parteiensystem der Bundesrepublik, Opladen 1980

Statistisches Bundesamt (Hrsg.), Frauen in Familie, Beruf und Gesellschaft, Stuttgart 1987

Stöss, R. (Hrsg.), Parteien-Handbuch, 4 Bde., Opladen 1986

Thränhardt, D., Geschichte der Bundesrepublik Deutschland, Frankfurt 1986

Wallner, E. u. Funke, M., Soziale Schichtung und soziale Mobilität, Heidelberg 1980

Wiehn, E. u. Mayer, K. U., Soziale Schichtung und Mobilität, München 1975

Zapf, W. (Hrsg.), Lebensbedingungen in der Bundesrepublik, Frankfurt 1977

Besonders hingewiesen sei auf das Statistische Jahrbuch für die Bundesrepublik Deutschland, Stuttgart, jährlich erscheinend, das eine Fülle von interpretationsfähigen Daten enthält. Zusätzliches und spezifisches Zahlenmaterial enthalten die thematisch aufgegliederten «Fachserien» des Statistischen Bundesamtes, fortlaufend erscheinend, Stuttgart. Das Statistische Bundesamt bringt ferner alle zwei Jahre den «Daten-Report» – Zahlen und Fakten über die Bundesrepublik Deutschland» heraus.

Reichhaltige Daten sind auch in den verschiedenen Berichten bzw. Jahresberichten der Bundesministerien und in Kommissionsberichten der Bundesregierung oder des Bundestags enthalten.

Periodika

Aus Politik u. Zeitgeschichte (Beilage zum «Parlament»), Bonn, wöchentl. Blätter für deutsche u. internationale Politik, Köln, monatl.

Das Argument – Zeitschrift f. Philosophie und Sozialwissenschaften, Berlin, viertelj.

Gegenwartskunde – Zeitschrift für Gesellschaft, Wirtschaft, Politik und Bildung, Opladen, viertelj.

Geschichte und Gesellschaft –Zeitschrift für historische Sozialwissenschaft, Göttingen, viertelj.

Gewerkschaftliche Monatshefte, Köln, monatl.

Kölner Zeitschrift f. Soziologie und Sozialpsychologie, Opladen, viertelj.

Leviathan – Zeitschrift für Sozialwissenschaften, Opladen, viertelj.

Politische Vierteljahresschrift, Opladen, viertelj.

Soziale Welt, Zeitschrift f. sozialwiss. Forschung und Praxis, Göttingen, viertelj.

Sozialwissenschaftliche Information für Unterricht u. Studium, Stuttgart, viertelj.

Soziologische Revue, München, viertelj.

Wirtschaft und Statistik, hrsg. v. Statistischen Bundesamt, Stuttgart, monatl.

WSI-Mitteilungen, hrsg. v. Wirtschafts- und Sozialwiss. Institut des DGB, Köln, monatl.

Zeitschrift für Soziologie, Stuttgart, viertelj.

Personenregister

Sachregister

Die Seide Chinas

Eine Kulturgeschichte am seidenen Faden
280 Seiten mit 16 vierfarbigen Abbildungen

Wie die Geschichte eines alten, kostbaren Stoffes sich ausweitet zu facettenreicher Kulturgeschichte, zeigt Irmgard Timmermann in diesem Buch. Technik, Handel über die berühmte Seidenstraße, Kunst und Dichtung, Ritual und Kleidersitten, Zahlungswert und Tributsystem, Lackarbeiten, Kalligraphie, Saiteninstrumente: alles scheint mit der Seide verbunden. Das innere Gewebe einer Kultur, die immer neu erstaunen läßt.

Ein im besten Sinne unterhaltsames und informatives Buch. Für Laien und Kenner, für Freunde Chinas und nicht zuletzt für Genießer von Stoff und Design.

Eugen Diederichs Verlag

Herausgeber
Ingke Brodersen
Freimut Duve

aktuell ro ro ro

C 2311/4

aktuell ESSAY

Herausgeber
Ingke Brodersen
Freimut Duve

aktuell
ro ro ro

C 2311/4 a

Gunter Hofmann
Essay
Willy Brandt –
Porträt eines
Aufklärers aus
Deutschland
ro ro ro
12503

Bahman Nirumand
Essay
**Leben mit
den Deutschen**
ro ro ro
12404

Liberalität

Joschka Fischer
Von grüner Kraft und Herrlichkeit
(5532)

Rolf Meinhardt (Herausgeber)
Türken raus?
oder Verteidigt den sozialen Frieden.
Beiträge gegen die Ausländerfeindlichkeit (5033)

Herausgeber
Ingke Brodersen
Freimut Duve

C 2000/14 a

Peter-Jürgen Boock

Essay

Schwarzes Loch
Im Hochsicherheitstrakt

12505

Heiko Kauffmann (Hg.)

Anschlag auf ein Grundrecht

**Kein Asyl
bei den
Deutschen**

5989

Geschichte griffbereit

Grundkurs und Nachschlagewerk für Studenten,
Praktiker, Geschichtsinteressierte zum Verstehen und
Behalten welthistorischer Prozesse.
Von Imanuel Geiss.

1 **Daten**
der Weltgeschichte
Die chronologische
Dimension der Geschichte
(6235)

2 **Personen**
der Weltgeschichte
Die biographische
Dimension der Geschichte
(6236)

3 **Schauplätze**
Die geographische
Dimension
der Weltgeschichte
(6237)

4 **Begriffe**
Die sachsystematische
Dimension
der Weltgeschichte
(6238)

5 **Staaten**
Die nationale
Dimension
der Weltgeschichte
(6239)

6 **Epochen**
der Weltgeschichte
Die universale
Dimension der Geschichte
(6240)